KB058173

이성과
감성

JANE AUSTEN

이성과
감성

제인 오스틴 지음 | 권민정 옮김

시공사

일러두기

1. 이 책은 1811년 영국의 T. 에저턴(T. Egerton) 출판사에서 출간된 제인 오스틴(Jane Austen)의 《이성과 감성(Sense and Sensibility)》을 우리말로 옮긴 것이다.
2. 이 책의 번역은 2014년 출간된 펭귄 고전 시리즈의 《이성과 감성》(Ros Ballaster 편집, Penguin Books 발행)을 대본으로 삼았으며, 《주석판 이성과 감성》(David M. Shapard 주석 및 편집, Anchor Books 발행, 2011년)을 참고하였다.
3. 본문의 주는 모두 옮긴이 주이다.

Contents

오스틴을 사랑하는 한국 독자들에게

마틴 프라이어(주한영국문화원장)

18세기 영국 시골 마을에서 마흔두 해 짧은 생을 살다 간 제인 오스틴이라는 작가가 2백 년이 지난 지금도 전 세계적으로 사랑받고 있다는 건 매우 경이로운 일이다. 19세기에서 20세기 초만 해도 오스틴의 영향력은 주로 미국과 유럽 국가들에 한정되어 있었으나, 20세기 들어 널리 번역되어 읽히면서 오늘날 그의 작품은 언어와 문화권을 초월해 어마어마한 규모의 독자층을 형성하기에 이르렀다. 동아시아 지역도 예외는 아니어서 1920년대에는 일본어로, 1930년대에는 중국어로 번역되어 명성을 얻었고, 한국에서는 1958년 《오만과 편견》을 시작으로 주요 작품들이 차례로 소개되어 지금껏 식을 줄 모르는 인기를 누리고 있다. 특히 1900년대 후반부터 오스틴의 작품이 크고 작은 규모로 꾸준히 영상화되며 그의 아성은 더더욱 공고해졌다.

오스틴이 주제를 다루는 데 있어 한결같이 발휘한, 시공을 뛰어넘는 보편적 접근법 덕분에, 그의 작품이 아득히 멀고도 이질적인 18세기 영국을 배경으로 하고 있음에도 우리는 별다른 어려움 없이 그 속에서 공감을 느끼게 된다. 남녀의 성 역할, 사회적 지위, 돈, 결혼, 그리고 사랑까지…… 제인 오스틴의 소설에 담긴 다양한 주제는 2백 년 전 햄프셔의 작은 마을에 살았던 작가 자신뿐만 아니라 21세기를 사는 우리네 삶에서도 여전히 중요한 요소들이다.

일찍이 제인 오스틴의 탁월한 재능을 간파하고, 그가 영국 문학의 전통을 일구어온 거장들에 견주어 한 치의 부족함도 없음을 알아본 또 다른 영국 여성 작가가 있었다. 버지니아 울프는 작가로서의 여성과 소설 속 인물들에 대해 쓴 에세이《자기만의 방》에서 제인 오스틴에 대해 이렇게 말했다. "1800년 무렵에 증오도 고통도 두려움도 없이, 항의하는 법도 설교하는 법도 없이 글을 쓰던 한 여자가 여기 있다. 그것은 셰익스피어의 작법이기도 했다." 어떤 비평의 언어도 이만큼 강렬한 울림을 전해주진 못할 것이다.

곧 이 위대한 작가가 세상을 떠난 지 꼭 2백 년이 된다. 부디이 책이 한국의 독자들에게 널리 사랑받아 다음 2백 년간도 여전히 유효한 고전으로 남게 되길 바란다.

2016년 10월
마틴 프라이어

제1권

1

대시우드 집안은 오랜 세월 서식스 주에서 살아왔다. 그들의 영지는 드넓었고, 저택은 영지 한가운데 자리한 노어랜드 파크였는데, 그곳에서 수세대에 걸쳐 워낙 품위 있게 살아왔던지라 인근에서 대체로 좋은 평판을 누렸다. 이 영지의 전전 주인은 독신 남성으로 꽤 고령이 되도록 살았는데, 살아생전 수년간 누이를 한결같은 벗이자 살림꾼으로 삼았다. 하지만 자기보다 10년 앞서 누이가 죽으면서 저택에는 크나큰 변화가 일어났다. 그가 누이의 빈자리를 채우기 위해 조카인 헨리 대시우드 가족을 저택으로 맞아들인 것이다. 헨리 대시우드 씨는 노어랜드 영지의 법적 상속자*였고, 노신사는 그에게 영지를 물려줄 생각이었다. 조카 내외, 그들의 자녀와 함께하면서 노신사의 나

*토지 소유주에게 아들이 없는 경우 일반적으로 부계 쪽 조카가 단독 상속자가 되었다. 이는 가족 재산을 부계 쪽으로 온전히 보존하기 위한 조치였다.

날은 안락하게 흘러갔다. 조카 가족에 대한 애정도 커졌다. 헨리 대시우드 부부로부터 그저 이해관계에서가 아니라 선량한 마음에서 우러난 한결같은 보살핌을 받았기에, 그는 노령에 바랄 수 있는 진정한 안락함을 마음껏 누렸다. 조카네 자녀들의 생기발랄함은 삶에 활기를 더해주었다.

헨리 대시우드 씨는 전처와의 사이에서 아들 하나를 얻었고, 지금의 아내와는 딸 셋을 두었다. 아들은 착실하고 점잖은 젊은 이로, 친어머니에게서 물려받은 재산 덕분에 풍족하게 살았다. 친어머니의 재산은 상당한 규모였고, 그는 성년이 되면서 그중 절반을 미리 물려받은 터였다. 얼마 지나지 않아 결혼을 하면서 재산은 더더욱 불어났다. 그의 아내에게는 당시에도 적잖은 재산이 있었던 데다, 홀로 된 장모에게 재산이 상당했던지라 앞으로도 얼마간 더 들어올 터였다. 따라서 그에게는 노어랜드 영지를 물려받는 일이 누이들만큼 절실하지는 않았다. 누이들로 말하자면, 아버지가 영지를 물려받을 경우 그들에게 돌아올지도 모를 몫을 제외하곤 가진 것이 미미했기 때문이다. 어머니에게는 재산이 전혀 없었고, 아버지 역시 뜻대로 처분 가능한 재산이 7천 파운드밖에 되지 않았다. 전처 재산의 나머지 절반도 아들 앞으로 묶여 있고, 본인에게는 종신 재산 소유권*만 있었기

---

*헨리 대시우드는 전처가 남긴 재산에서 나오는 이자는 사용할 수 있으나 원금은 건드릴 수 없었다. 전처의 재산 절반은 이미 아들에게 상속되었고, 그가 죽으면 나머지 절반도 아들에게 넘어갈 터였다. 당시 상류층은 혼전 재산권 계약을 흔히 맺었는데, 부인이 먼저 죽고 남편이 재혼할 경우 전처의 재산이 후처의 자식들에게 넘어가지 못하도록 신부 측 집안에서 이런 항목을 요구하고는 했다.

때문이다.

노신사가 세상을 떠났다. 유언장이 공개되었고, 거의 모든 유언장이 그러하듯 기쁨 못지않게 실망감을 안겼다. 노신사는 조카에게 영지를 물려주지 않을 만큼 성격이 부당하지도 고마움을 모르지도 않았다. 하지만 유산의 가치를 절반이나 깎아내리는 조건을 내건 게 문제였다. 헨리 대시우드가 유산을 기다린 것은 본인이나 아들보다는 아내와 딸들을 위해서였다. 하지만 유산 상속권이 그의 아들에게, 그리고 네 살 난 손자에게 철저하게 묶이는 바람에, 그에게는 영지를 분할한다거나 금전적 가치가 있는 목재를 판다거나 하는 방식으로 자신에게 가장 소중한 이들, 가장 경제적 부양이 필요한 이들을 위해 무언가를 해줄 여지가 전혀 남지 않았다. 전 재산이 어린 손자 앞으로 묶여버렸다. 이따금 부모를 따라 노어랜드에 온 이 아이가 두세 살짜리에게 결코 드물지 않은 귀염성, 예컨대 혀 짧은 발음, 어떻게든 자기 뜻대로 해보려는 시도, 온갖 깜찍한 속임수, 그리고 엄청난 소음 등으로 친척 할아버지의 마음을 완전히 빼앗은 통에, 조카며느리와 손녀딸들이 수년간 바친 보살핌의 가치가 완전히 파묻히고 만 것이다. 하지만 노신사는 매정하게 굴 마음은 아니었던지라 조카의 세 딸에게 애정의 표시로 각각 1천 파운드씩을 남겼다.

처음에 대시우드 씨는 쓰라린 실망감을 느꼈다. 하지만 그는 쾌활하고 낙천적인 성품이었다. 앞으로 오래 살지 못할 이유도 없고, 영지의 산출물이 이미 상당한 데다 당장이라도 개

선의 여지가 있는 만큼, 짜임새 있게 살다 보면 꽤 많은 금액을 모으리라 여겼다. 하지만 재산은 올 때는 그리 더디더니 고작 열두 달만 그의 소유였다. 그는 이내 삼촌의 뒤를 따랐고, 홀로 된 아내와 딸들에게 남은 건 최근에 받은 유산을 포함하여 1만 파운드가 전부였다.

위독한 상황이 알려지자마자 아들이 불려왔고, 대시우드 씨는 병석에서 끌어낼 수 있는 모든 힘과 절박함을 담아 아들에게 의붓어머니와 누이들을 당부했다.

존 대시우드 씨는 나머지 가족들에게 크게 정이 없었다. 하지만 이런 순간에 이런 종류의 당부를 받고 보니 마음이 움직여서 그들이 편히 살도록 최선을 다하겠노라고 약속했다. 아버지는 이런 확약에 마음이 편해졌고, 존 대시우드 씨는 이제 자기가 그들에게 해줄 수 있는 것이 신중히 따져 얼마나 될지 생각해볼 시간을 가졌다.

그는 심성이 고약한 젊은이는 아니었다. 다소 매정하고 다소 이기적인 성격을 심성이 고약하다고 부른다면 모를까. 하지만 그는 전반적으로 꽤 평판이 좋았다. 일상적 의무를 이행할 경우 바르게 처신했기 때문이었다. 만약 그가 좀 더 온화한 여자와 결혼했더라면 지금보다 더 괜찮은 사람이 되었을지도 모른다. 심지어 본인도 온화해졌을지 모른다. 그는 매우 젊은 나이에 결혼을 했고, 아내를 무척 좋아했으니까. 하지만 존 대시우드 부인은 그의 못된 특징만 쏙쏙 빼닮은 인물이었다. 돈에 더 인색했고 성격은 더 이기적이었다.

그는 아버지에게 약속했을 당시, 누이 각자에게 1천 파운드 씩 주어 그들의 재산을 늘려줘야겠다고 속으로 생각했다. 당시에는 정말 그럴 여력이 된다고 여겼다. 현재 수입에 더해 연간 4천 파운드가 더 생기고, 게다가 친어머니의 재산 중 나머지 절반도 들어올 터였기에 마음이 너그러워져 그 정도 인심은 감당할 수 있으리라 느꼈다.* "그래, 누이들한테 3천 파운드를 주자. 그 정도면 넉넉하고 후한 금액이지! 그만하면 누이들도 충분히 편히 지낼 거야. 3천 파운드라! 상당한 금액이긴 하지만 그게 없다고 아쉬울 일은 없으니까." 그날 내내, 그 후로도 며칠간이나, 그는 생각을 거듭했고 결정을 후회하지 않았다.

존 대시우드 부인은 시아버지의 장례식이 끝나자마자, 시어머니에게 아무런 기별도 하지 않은 채 아이와 하인들을 대동하고 나타났다. 며느리한테 그곳에 올 권리가 있음은 아무도 반박할 수 없었다. 시아버지가 세상을 뜬 순간 그곳은 그녀 남편의 집이 되었으니까. 하지만 그런 만큼 며느리의 처신은 더더욱 무례했고, 시어머니의 처지에 놓인 여성이었다면 그저 보편적인 감정만을 지녔다 해도 이를 매우 불쾌하게 여겼을 것이다. 하물며 시어머니의 마음속에는 너무나 강렬한 명예심, 너무나 낭만적인 인정이 자리했던지라, 이러한 종류의 모욕은 그

---

*존 대시우드의 연 소득은 노어랜드에서 나오는 수입, 아내가 가지고 온 지참금, 친어머니에게 물려받은 금액 등을 합해 연간 5천~7천 파운드에 이를 것으로 추정된다. 당시 1파운드를 현재 가치로 환산하면 대략 55파운드 또는 80~85달러(2010년 환율 기준) 정도이므로, 그의 연 소득은 오늘날 연간 50만 달러 정도로 당시 상위 0.1~0.2퍼센트에 해당하는 수준이었다.

주고받는 상대가 누구이건 간에 그녀에게 지울 수 없는 혐오감을 불러일으켰다. 지금까지 존 대시우드 부인은 시댁 식구 누구에게서도 호감을 산 적이 없었다. 하지만 이제까지는 필요한 상황이 되었을 때 본인이 다른 이의 처지 따위를 얼마나 개의치 않고 행동할 수 있는지 보여줄 만한 기회도 없었던 터였다.

헨리 대시우드 부인은 며느리의 몰상식한 행동을 너무나 통렬하게 느꼈고 그런 행동을 하는 며느리를 너무나 뜨겁게 경멸했기 때문에, 며느리가 도착하자마자 그 집을 영영 떠났을지도 모른다. 하지만 맏딸의 간청에 힘입어 그렇게 떠나버리는 것이 예의에 적절한지 먼저 헤아려보았고, 이후 세 딸을 지극히 사랑하는 마음에 그곳에 머무르기로, 그리고 딸들을 위해 그들의 의붓오빠와 관계가 단절되는 일은 피하기로 마음먹었다.

매우 적절한 조언을 한 맏딸 엘리너는 이해력과 함께 차분한 판단력을 지니고 있었다. 그런 까닭에 아직 열아홉 살밖에 되지 않았지만 어머니의 조언자 역할에 부족함이 없었고, 대개 경솔한 결과로 이어졌을 대시우드 부인의 뜨거운 기질에 종종 맞서 가족 모두의 이익을 지켜내곤 했다. 그녀는 마음씨가 훌륭했다. 성품은 다정했고 감정은 강렬했다. 하지만 감정을 어떻게 다스리는지도 알고 있었다. 이것은 그녀의 어머니가 아직 배우지 못한, 그리고 여동생 중 한 명은 결코 배우지 않겠다고 마음먹은 분별력이었다.

메리앤의 재능은 많은 면에서 엘리너와 맞먹었다. 그녀는 이지적이고 영리했다. 하지만 매사에 지나치게 열성적이었다.

그녀의 슬픔, 그녀의 기쁨은 적절한 선을 몰랐다. 그녀는 너그럽고 상냥하고 흥미로웠다. 신중함만 빼고 모든 면을 갖추었다. 그녀와 어머니 사이에는 놀랍도록 닮은 점이 많았다.

엘리너는 여동생의 지나친 감성을 걱정스러운 눈으로 바라보았다. 그러나 대시우드 부인은 이를 귀하고 소중하게 여겼다. 이제 모녀는 격렬한 고통 속에 서로를 부추기고 있었다. 처음에 그들을 압도했던 비통함을 스스로 되살리고, 다시 끄집어내고, 몇 번이고 새로이 만들어냈다. 그들은 슬픔 앞에 온몸을 내던졌고, 조금이라도 그럴 만한 여지가 보이면 더 비참해지려 애썼으며, 앞으로 결코 마음의 위로를 얻지 않겠다고 다짐했다. 엘리너의 슬픔도 그 못지않게 깊었다. 그래도 그녀는 노력할 수 있었고 힘을 낼 수 있었다. 오빠와 함께 상의하고, 올케가 도착하면 맞이하고, 적절한 예의를 갖춰 대접할 수 있었다. 또한 어머니가 자신처럼 힘을 내도록 일깨우고, 자신처럼 참고 견디라고 다독일 수도 있었다.

다른 여동생 마거릿은 성격이 밝고 마음이 고운 소녀였다. 하지만 이미 메리앤 언니의 낭만적 기질을 듬뿍 흡수한 데다 분별력은 그다지 배우지 못했던 터라, 열세 살 소녀가 인생을 더 산 언니들과 견줄 만한 가능성은 없었다.

2

존 대시우드 부인은 이제 노어랜드의 안주인으로 자리를 잡았다. 시어머니와 시누이들은 손님의 처지로 전락했다. 상황이 이와 같았지만, 그래도 며느리는 그들에게 조용히 격식을 갖추었고, 그녀의 남편 역시 본인이나 아내나 자식을 제외한 남한테 베풀 수 있는 최대한의 친절을 보였다. 그는 실제로 얼마간 진심을 담아 노어랜드를 그들의 집으로 여기라 청하기까지 했다. 헨리 대시우드 부인으로서는 인근에 집을 구할 때까지 그곳에 머무는 것 외에는 달리 마땅한 수가 생기지 않았던지라, 그의 청을 받아들였다.

사방의 모든 것이 흘러간 즐거움을 상기시키는 곳에 계속 머무는 것, 이것은 그녀의 기질에 딱 어울렸다. 유쾌했던 시절, 그녀보다 더 유쾌한 성격은 없었고, 그 자체가 행복인 행복에 대한 낙천적 기대를 그녀보다 더 품고 있는 이도 없었다. 그러나 그녀는 기쁨 속에 어떤 불순물도 들이지 않았듯, 슬픔 속에 그 어떤 위로도 들이지 않고 마음껏 빠져들어야 했다.

존 대시우드 부인은 남편이 누이들을 위해 하려는 행동에 전혀 찬성하지 않았다. 사랑하는 어린 아들의 재산에서 3천 파운드를 빼간다는 것은 자식을 더없이 끔찍한 가난 속에 내모는 행동이었다. 그녀는 남편에게 다시 생각하라고 간청했다. 자식에게서, 그것도 외아들에게서 이렇게 엄청난 금액을 뺏다니 스스로에게 뭐라고 할 텐가? 누이들과는 피도 반밖에 섞이지 않왔고, 자기 생각에 그런 건 아무 관계도 아닌데, 그들이 무슨 자격으로 당신한테서 이렇게 큰 금액을 받아가는가. 배다른 자식들 사이에 애정 따위 없다는 건 누구나 아는 사실인데, 의붓누이들한테 가진 돈을 전부 내주어 왜 자신과 가엾은 해리를 망치려 드는가?

"아버지가 내게 남긴 마지막 부탁이었소." 남편이 대답했다. "홀로 남은 아내와 딸들을 챙기라 하셨소."

"아마 본인이 무슨 말을 하는지도 모르셨을 거예요. 십중팔구 당시에 정신이 흐리셨을 거예요. 당신한테 친자식의 재산을 절반이나 떼어주라고 요구하다니 제정신이라면 생각도 못 할 일이지요."*

"패니, 아버지께서 구체적인 금액을 말씀하시지는 않았소. 그저 막연하게 그들을 도와주라 하셨고, 아버지께서 챙기신 이상으로 그들의 처지를 낫게 하라 이르셨지. 그런 일은 그냥 내게 맡기시는 편이 나았을 텐데 말이오. 설마 내가 그들을 모른 체하리라고 생각하시지는 않았겠지. 하지만 아버지께서 약속하라 말씀하시니 그렇게 할 도리밖에 없었소. 적어도 당시에는 그렇게 생각했소. 어쨌거나 약속을 했고, 그러니까 지켜야지. 그게 언제가 되건 그들이 노어랜드를 떠나 새집에 정착하면 뭔가 해줘야겠소."

---

*대시우드 부부의 수입은 최소한 연간 5천 파운드이다. 반면 3천 파운드에서 나오는 이자 소득은 당시 5퍼센트의 국채 이율을 적용할 경우 연간 150파운드로, 그들 부부가 가진 재산의 2~3퍼센트에 불과하다.

"뭐, 그렇다면 뭔가를 해주세요. 하지만 그 뭔가가 꼭 3천 파운드일 필요는 없잖아요. 생각해봐요." 그녀가 덧붙였다. "일단 돈이 우리 곁을 떠나면 절대 다시 돌아오지 않아요. 누이들도 언젠가 결혼할 테고, 그러면 그 돈은 영영 사라지는 거예요. 정말로, 그 돈이 불쌍한 우리 어린 아들한테 다시 돌아올 수만 있다면……."

"그렇지, 맞는 말이야." 남편이 매우 심각하게 말했다. "그러면 이야기가 완전히 달라지겠는걸. 나중에 해리가 이렇게 큰 금액을 떼어준 것을 아쉬워할 날이 올지도 모르지. 가령 나중에 대식구를 거느리게 된다거나 하면 이 돈이 꽤 유용해질 테니까."

"당연하죠."

"뭐, 그러면 금액을 절반으로 줄이는 편이 모두를 위해 좋겠군. 5백 파운드씩만 받아도 누이들 재산은 엄청나게 늘어날 테니까!"

"아! 더 말할 필요도 없죠! 세상에 어떤 오빠가 누이들을 위해 당신 반만이라도 하겠어요, 설령 친남매라 하더라도 그렇게는 못 하지! 게다가 당신 경우엔 배다른 동생들이잖아요! 어쩌면 이렇게 인정이 많으신지!"

"인색하게 굴고 싶지는 않아요." 그가 대답했다. "이런 경우에는 부족하게 하기보다는 넘치게 하는 편이 낫지. 적어도 내가 그들한테 충분히 해주지 않았다고 말할 사람은 없을 테니까. 누이들도 마찬가지지. 그 이상을 어찌 바라겠소."

"누이들이 얼마나 바라는지는 알 길이 없지요." 부인이 말했다. "하지만 누이들이 뭘 바라는지에 대해서는 생각하지 말아요. 문제는 당신이 얼마나 해줄 형편이 되느냐는 거죠."

"그렇지. 내 생각에는 각자 5백 파운드씩 해줄 형편은 되는 것 같소. 사실, 내가 보태주지 않아도 누이들은 어머니가 돌아가시면 각자 3천 파운드씩은 생길 테니까. 젊은 여자들한테 그 정도 재산이면 충분하지."

"당연히 그렇죠. 사실, 누이들이 뭘 더 바랄 필요가 있나 싶네요. 훗날 1만 파운드를 서로 나눠 가질 거잖아요. 나중에 결혼을 하게 되면 뭐 당연히 잘살 테고, 혹시 결혼을 안 하더라도 1만 파운드에서 나오는 이자로 다들 편히 살 텐데요."

"맞는 말이오. 그럼 두루두루 생각했을 때, 누이들한테 뭘 해줄 게 아니라 어머니가 살아 계신 동안 뭘 해드리는 편이 낫지 않나 싶소. 연금 같은 형태로 말이지. 그렇게 하면 어머니뿐 아니라 누이들도 혜택을 느낄 테고. 연간 1백 파운드씩만 줘도 정말 편히들 살겠지."

하지만 그의 아내는 이 계획에 선뜻 동의하지 않고 망설였다.

"확실히 단번에 1천5백 파운드를 내주는 것보다야 낫겠지요." 그녀가 말했다. "하지만 어머님이 15년을 사시면 우리가 완전히 손해예요."

"15년이라고! 패니, 설마 그 절반인들 사실까."

"그건 그렇죠. 하지만 생각해보세요. 사람들은 받을 연금이 있으면 영영 죽지도 않아요. 게다가 어머님은 아주 정정하신 데다 아직 마흔도 안 되셨잖아요. 연금은 정말 가볍게 생각할 문제가 아니에요. 매년 돌아오고 또 돌아올뿐더러, 중간에 끊어버릴 수도 없어요. 당신은 자기가 무슨 일을 하시려는지 몰라요. 저는 연금이 얼마나 골치 아픈 일인지 잘 안답니다. 저희 아버지께서 나이 들어 그만둔 하인 셋한테 연금을 지급하라고 유언으로 남기시는 바람에 어머니께서 꼼짝없이 그래야 했거든요. 그런데 어머니가 얼마나 지긋지긋하게 여기셨는지 당신도 알면 놀랄걸요. 해마다 두 차례씩 꼬박꼬박 지급해야 했답니다. 그걸 일일이 전해주는 것도 성가신 일이었어요. 게다가 하인 한 명은 죽었다더니 나중에 보니 아니더라고요. 어머니는 정말 지긋지긋해하셨어요. 이렇게 끊임없이 줘야 되니 내 돈이 내 것이 아니다, 라고 하셨죠. 사실 너무한 쪽은 아버지셨어요. 그런 유언만 안 남기셨으면 어머니가 돈을 마음대로 관리하실 수 있잖아요, 아무런 제약 없이 말이에요. 그래서 저는 연금이라면 딱 질색이에요. 온 세상을 다 준대도 연금을 지급하는 일 따위에 스스로를 옭아매지는 않겠어요."

"매년 수입에서 그런 식으로 새어 나가는 돈이 있으면 확실히 불쾌하긴 하지." 대시우드 씨가 말했다. "장모님께서 정확히 말씀하셨듯, 그러면 내 재산이 내 게 아니야. 결산일*이 돌아올 때마다 그만한 금액을 꼬박꼬박 내야 하는 일이 결코 바

---

*성모 영보 대축일(3월 25일), 세례 요한 축일(6월 24일), 미카엘 축일(9월 29일), 크리스마스(12월 25일)를 사분기 결산일이라고 불렀다. 1년을 사 등분 하였으며 소작료 정산 등 돈의 지불이 이루어졌다.

람직하진 않겠소. 아무래도 얽매이게 되니까."

"당연하죠. 게다가 그렇게 해줘도 고마워하지도 않아요. 자기들은 보장을 받았고, 당신은 해야 될 일을 하는 것뿐이라고 여기니, 감사한 마음이 들 턱이 있나요. 내가 당신이라면, 무슨 일을 하건 오로지 내가 알아서 하겠어요. 해마다 뭔가를 내주어야 하는 짐 따위는 짊어지지 않겠어요. 우리가 쓸 돈에서 매년 1백 파운드씩, 아니 50파운드씩만 떼어내도 나중에는 정말 불편할 거예요."

"당신 말이 맞아요, 여보. 이번 경우에는 연금은 없는 편이 낫겠소. 얼마든 이따금씩 보태주는 편이 매년 정해진 돈을 주는 것보다 그들한테 훨씬 도움이 될 거야. 수입이 늘어난다고 확신하면 괜히 생활 씀씀이만 커질 테고, 결국 한 해가 다 가도록 한 푼도 못 모을걸. 확실히 이게 제일 좋은 방법이오. 가끔가다 50파운드씩 선물하면 그들도 돈에 쪼들리는 일은 없을 테고, 나도 아버지께 드린 약속을 충분히 지킨 셈이 되니까."

"그렇고말고요. 사실 솔직히 말하면, 아버님도 당신이 돈을 대줘야 한다거나 하는 생각은 전혀 안 하셨을 거예요. 아버님이 도와주라 말씀하셨을 때는 마땅히 당신한테 기대할 만한 걸 생각하셨겠죠. 이를테면 편히 살 작은 집을 찾아준다거나, 짐 옮기는 걸 도와준다거나, 제철이 되었을 때 사냥물이나 생선 같은 선물을 보내준다거나. 만약 아버님께서 그 이상을 의미하신 거라면 내 목숨을 내놓겠어요. 혹시라도 그런 생각이셨다면 그건 정말 말도 안 되는 일이에요. 생각해봐요, 여보, 당신 새어머니와 누이들이 7천 파운드에서 나오는 이자로 얼마나 편히 먹고살겠어요. 게다가 누이들한테 1천 파운드씩 있으니 매년 각자 앞으로 50파운드씩 나올 테고, 당연히 그 돈으로 어머님께 생활비를 보태겠죠. 전부 합치면 1년에 5백 파운드라는 얘긴데,* 세상에 여자 넷이 무얼 더 바라겠어요? 살림도 진짜 단출할 텐데! 어디 생활비 들 데나 있겠어요. 마차도 없을 테고, 말도 없을 테고, 하인도 거의 안 쓸 테고. 게다가 손님 접대할 일이 있나, 어디 돈 나갈 데라고는 없잖아요! 얼마나 편하게들 살지 생각해봐요! 1년에 5백이라니! 그 절반인들 무슨 수로 다 쓰나 상상이 안 되네요. 그런데도 돈을 더 보태주려 하신다니, 정말 터무니없는 생각이에요. 형편으로 따지자면 오히려 그들이 당신한테 뭔가를 해줘야죠."

"정말 그래." 대시우드 씨가 말했다. "당신 말이 전적으로 옳은 것 같소. 아버지께서 당신이 말한 것 이상을 나한테 요구하셨을 리가 없지. 이제는 분명히 알겠소. 그리고 당신이 말한 그런 도움과 친절을 베풀어서 아버지와 한 약속을 충실하게 지키겠소. 어머니가 다른 집으로 옮길 때 불편하시지 않도록 힘 닿는 데까지 도와드릴 거요. 가구 같은 작은 선물을 해드리는 것도 괜찮겠지."

"그럼요." 존 대시우드 부인이 대답했다. "그래도 한 가지는 짚고 넘어가야 해요. 당신 부모님이 노어랜드로 옮기셨을 때

---

*대시우드 부인이 가진 7천 파운드와 자매들이 각자 가진 1천 파운드에서 나오는 연간 5백 파운드의 이자가 그들의 생활비였다.

스탠힐에서 쓰던 가구는 처분했지만 자기 그릇, 접시, 리넨 같은 건 전부 가져오셨잖아요. 그게 이제는 다 어머님한테 넘어 갔고요. 그러니까 어머님이 집을 구하기만 하면 살림살이는 거의 완벽하게 갖추신 셈이에요."

"확실히 중요하게 짚어봐야 할 문제군. 실제로 값비싼 유산 이지! 그래도 접시 몇 개는 우리 식기에 보탰으면 참 근사했을 것 같은데."

"그럼요. 조찬용 자기 세트는 우리 집에 있는 것보다 두 배는 예뻐요. 제 생각에, 어머님네 형편에 어떤 집을 구하건 그런 곳에 두기에는 과분하게 예뻐요. 하지만 어쩌겠어요. 아버님은 그분들 생각밖에 안 하셨는데. 이 말은 꼭 해야겠어요. 당신은 아버님께 특별히 감사해야 할 일도 없고, 아버님 소망에 신경 써야 할 이유도 없다는 거예요. 만약 그러실 수만 있었다면 아 버님께서 이 세상 거의 모든 것을 '그분들'한테 남기셨을 거라 는 건 우리도 너무 잘 알잖아요."

이 주장이 결정적이었다. 지금껏 뭐라 결정을 못 했던 마음 을 굳히게 되었다. 그리고 마침내 그는 아버지의 미망인과 자 식들을 위해 아내가 언급한 것 같은 소소한 친절 이상을 베푸 는 것이 아주 부적절하다고까지는 할 수 없더라도 완전히 불필 요한 일이라고 결론을 내렸다.

3

대시우드 부인은 노어랜드에 여러 달 머물렀다. 구석구석 눈에 익은 장소들을 볼 때마다 한동안 북받치던 격한 감정도 이제는 사그라졌는지라, 그곳을 떠나기 싫었던 까닭은 아니었다. 오히려 이제 기운을 차리기 시작하고, 애수 어린 추억으로 고통을 되뇌는 것 외에 다른 노력을 할 마음의 여유가 생기자, 얼른 그곳을 떠나고 싶은 마음뿐이었다. 그래서 노어랜드 인근에서 적당한 집을 찾는 일에 열성이었다. 사랑하는 그곳에서 멀리 떨어진 곳으로 가는 것은 불가능했기 때문이었다. 하지만 그녀가 생각하는 안락함과 큰딸의 신중함을 모두 만족시키는 조건은 쉽게 나타나지 않았다. 어머니라면 찬성했을 집이 몇 군데 나왔으나, 큰딸은 보다 차분한 판단력으로 자기네 수입에 비해 너무 크다고 반대했다.

대시우드 부인은 아들이 그들을 돌봐주겠다고 엄숙히 맹세했다는 이야기를 남편에게서 들었던 터였다. 이 맹세는 남편이 삶을 돌아보는 마지막 순간에 위안이 되었다. 부인 역시 남편과 마찬가지로 이 약속의 진실성을 믿어 의심치 않았고, 자기 혼자라면 7천 파운드보다 훨씬 적은 금액으로도 풍족하게 살 수 있다고 믿었지만, 딸들을 생각하면 의붓아들의 맹세가 흐뭇하게 느껴졌다. 딸들의 오빠를 위해서도, 그의 인품을 위해서도 그녀는 기뻐했다. 이제껏 그의 장점을 부당하게 평가하고 그에게 인정 따위는 없다고 믿었던 자신을 나무랐다. 자신이나

누이들을 대하는 친절한 태도는 그가 자신들의 행복을 소중히 여긴다는 확신을 주었고, 그녀는 의붓아들의 넉넉한 마음 됨됨이를 오랫동안 굳게 믿었다.

알고 지낸 지 얼마 지나지 않아서부터 며느리에게 느꼈던 경멸감은 반년 동안 그녀의 가족과 함께 기거하며 며느리의 성격을 더 잘 알게 됨에 따라 더더욱 커졌다. 딸들이 노어랜드에 계속 머무는 편이 바람직하겠다는 특별한 상황이 생기지 않았더라면, 대시우드 부인이 아무리 예법이나 모성애를 중히 여긴다 하더라도 두 여인이 그렇게 오랫동안 함께 사는 일은 불가능했을 것이다.

이 특별한 상황이란 그녀의 맏딸과 존 대시우드 부인의 남동생 사이에 점점 커져가는 애정이었다. 그는 신사답고 호감 가는 젊은이로, 누나가 노어랜드에 자리를 잡고 얼마 안 돼 그들에게 소개되었고, 그 후로 대부분의 시간을 그곳에서 보내고 있었다.

에드워드 페라스는 장남인 데다 아버지가 큰 재산을 남기고 죽었기 때문에, 어떤 어머니들은 경제적 이득을 따져 딸의 애정을 부추겼을지도 모른다. 반면 그의 전 재산은 몇 푼을 제외하면 모친의 유언에 좌우되었기 때문에, 어떤 어머니들은 신중함을 따져 애정을 제지했을 터였다. 하지만 대시우드 부인은 어떤 쪽의 동기에도 영향을 받지 않았다. 그의 성격이 다정해 보이고, 그가 딸아이를 사랑하고 있으며, 엘리너도 그의 애정에 응답하고 있다는 사실만으로 충분했다. 서로 성향이 닮아

이끌린 남녀가 재산의 차이 때문에 헤어져야 한다는 것은 부인의 신념에 반하는 일이었다. 또한 누구든 엘리너를 아는 사람이 딸아이의 장점을 몰라본다는 것도 그녀로서는 있을 수 없는 일이었다.

에드워드 페라스는 특별히 외모나 매너가 뛰어나서 그들의 호감을 산 것은 아니었다. 그는 잘생긴 외모가 아니었고, 태도도 상대와 친해진 경우에만 유쾌했다. 자기 자신을 제대로 보여주기에는 너무 내성적인 성격이었다. 하지만 타고난 내향성을 극복하고 나면 너그럽고 따뜻한 마음이 행동에 그대로 묻어났다. 그는 이해력이 좋았고, 교육을 통해 이를 공고히 향상시킨 터였다. 하지만 어머니와 누나의 기대에 부응하기에는 능력으로나 기질로나 적합하지 않았다. 그들은 딱히 뭔지는 알 수 없으나 아무튼 그가 뛰어난 인물이 되기를 원했다. 어떤 방식으로든 세상에서 두각을 나타내길 원했다. 어머니는 아들의 관심을 정치 쪽으로 유도하여 그를 의회에 진출시킨다거나, 또는 아들이 당대의 저명인사들과 교류하는 모습을 보고 싶어 했다. 존 대시우드 부인의 바람도 이와 다르지 않았다. 하지만 이처럼 야심 찬 축복 중 하나가 이루어질 때까지, 일단 당분간은, 남동생이 4인승 사륜마차를 모는 모습을 보는 것만으로도 얼마간 만족했을 것이다. 하지만 에드워드는 저명인사나 4인승 사륜마차 따위에는 재주가 없었다. 그가 바라는 것은 오로지 안락한 가정과 조용한 사생활뿐이었다. 다행히도 그에게는 좀 더 장래가 촉망되는 남동생이 있었다.

에드워드는 저택에 머물고 몇 주가 지난 뒤에야 대시우드 부인의 관심을 받기 시작했다. 당시 부인은 너무 큰 고통에 잠겨 있었던지라 주변 대상에 무심했기 때문이었다. 부인의 눈에 그는 그저 조용하고 함부로 나서지 않는 성격으로 보였고, 그래서 마음에 들었다. 아무 때나 말을 걸어 그녀의 비참한 마음 상태를 어지럽히지 않았으니까. 어느 날 엘리너가 그와 누나 간의 차이점에 대해 우연히 언급했을 때, 부인은 처음으로 그를 눈여겨보고 더욱 호감을 느끼게 되었다. 무엇보다 강력하게 그녀의 마음을 움직인 것은 그가 누나와 대조적인 사람이라는 점이었다.

"그걸로 충분하구나." 부인이 말했다. "패니와 닮지 않았다는 것만으로 충분해. 성격이 아주 좋다는 뜻이니까. 벌써 그 청년한테 애정이 느껴진다."

"그분을 좀 더 알게 되면 어머니도 좋아하실 거예요." 엘리너가 말했다.

"좋아하다니!" 어머니가 미소를 지으며 대답했다. "애정보다 못한 그런 감정에는 난 동의할 수 없다."

"그분을 존경하실 수 있죠."

"존경과 애정을 어떻게 따로 생각한다는 건지 엄마는 아직 모르겠단다."

이제 대시우드 부인은 그와 친해지기 위해 노력했다. 그녀의 태도는 다정다감했고, 이내 그의 과묵함을 허물어뜨렸다. 부인은 그가 지닌 모든 장점을 빠르게 이해했다. 아마도 그가 엘리너에게 애정을 품고 있다는 확신이 부인의 통찰력에 도움을 주었을 것이다. 하지만 그녀는 정말로 그의 인품에 확신을 얻었다. 심지어 그의 말없는 태도조차 지금껏 부인이 이상적으로 여겨온 청년의 매너와는 거리가 멀었음에도, 그의 따뜻한 마음과 다정한 성격을 알게 된 지금에는 더 이상 지루하게 느껴지지 않았다.

엘리너를 대하는 그의 태도에서 사랑의 징후를 포착하자마자, 부인은 둘의 진지한 애정을 기정사실화한 채 결혼이 임박했다고 기대하게 되었다.

"몇 달만 지나면 말이다, 메리앤," 부인이 말했다. "네 언니는 확실히 가정을 이룰 것 같구나. 엘리너가 보고 싶을 거야. 하지만 그 애는 행복할 게다."

"아! 엄마, 언니 없이 어떻게 해요?"

"괜찮아, 정말 헤어지는 것도 아닌걸. 서로 몇 마일 내로 살면서 평생토록 매일 만나게 될 거야. 네게는 형부가, 다정한 진짜 형부가 생기겠구나. 엄마는 에드워드의 심성을 더없이 높이 여긴단다. 그런데 표정이 어둡구나, 메리앤. 언니의 선택이 마음이 들지 않니?"

"조금은 뜻밖이라서요." 메리앤이 말했다. "에드워드는 아주 다정하고, 저도 그분이 정말 좋아요. 하지만…… 제가 생각하기에 젊은 남자라면…… 그에게는 뭔가가 부족해요……. 외모도 뛰어나지 않고. 언니를 진심으로 사랑하는 남자라면 갖춰야 할 매력이 하나도 없어요. 눈에서 정열이, 불꽃이 튀어야 하는데, 그 속에서 지성과 덕성이 드러나야 하는데 그렇지가 않아요. 게다가 엄마, 안타깝지만 에드워드는 예술적 취향도 없는 것 같아요. 음악에도 거의 관심이 없어 보이고, 엘리너 언니의 그림을 굉장히 칭찬하기는 하지만, 그건 작품의 가치를 이해하는 사람으로서의 칭찬이 아니에요. 언니가 그림을 그릴 때자주 관심을 기울이긴 하지만, 사실은 그림에 대해 아무것도모르는 게 분명해요. 연인으로서 칭찬하는 것이지, 그림의 가치를 아는 사람으로서 칭찬하는 건 아니에요. 저를 만족시키려면 그런 특성들이 모두 결합되어야 해요. 저와 모든 점에서 취향이 일치하지 않는 남자와는 행복해질 수가 없어요. 그는 제모든 감정을 공유해야 돼요. 똑같은 책, 똑같은 음악이 우리를매료시켜야 해요. 아! 엄마, 어젯밤에 우리한테 책을 읽어줄 때에드워드의 태도 보셨어요? 얼마나 생기 없고 얼마나 단조롭던지! 저는 언니가 가여워서 견딜 수가 없었어요. 하지만 언니는 너무나 침착하게 참아내더라고요, 거의 눈치도 못 채는 것처럼. 저는 가만히 앉아 있기도 힘들었어요. 제가 그 아름다운구절들에 얼마나 자주 열광했었는데, 그걸 그렇게 아무 감정없이 밋밋하게, 끔찍할 정도로 무심하게 읽다니요!"

"단순하고 우아한 산문체였으면 더 잘 읽었을 거다. 그때 엄마 생각은 그랬단다. 하지만 너는 굳이 쿠퍼*를 안기더구나."

"아뇨, 엄마, 쿠퍼를 읽으면서도 감정이 고무되지 못한다면!

*영국 시인 윌리엄 쿠퍼는 전원생활과 자연의 아름다움을 찬미한 시를 썼으며, 훗날 낭만주의 시인들에게 영향을 주었다.

하지만 서로 취향의 차이를 인정해야겠죠. 엘리너 언니는 나 같은 감정이 없으니까 그런 점은 못 보고 그와 행복하게 지낼 거예요. 하지만 만약 내가 그를 사랑했다면, 그렇게 감성 없이 책 읽는 모습에 가슴이 찢어졌을 거예요. 엄마, 세상을 더 많이 알게 될수록 제가 정말로 사랑할 만한 남자를 만나지 못하리란 확신이 강하게 들어요. 전 요구하는 게 너무 많아요! 제 남자는 에드워드의 미덕을 모두 갖추었으면서, 외모와 태도가 온갖 매력으로 미덕을 더욱 빛내줘야 해요."

"사랑하는 우리 딸, 네가 아직 열일곱도 안 되었다는 사실을 기억하렴. 그런 행복을 단념하기에는 너무 어리단다. 네가 엄마보다 운이 못할 이유가 없지 않니? 메리앤, 오직 한 가지 상황에서만 네 운명이 엄마와 다르면 좋겠구나!"

4

"너무 안타까운 일이야, 언니." 메리앤이 말했다. "에드워드가 그림에는 전혀 취향이 없어서."

"그림에 취향이 없다니." 엘리너가 대답했다. "왜 그렇게 생각해? 실제로 그분이 직접 그림을 그리진 않아. 하지만 다른 사람의 작품을 감상하는 데서 큰 즐거움을 느끼는걸. 게다가 타고난 재능이 결코 부족하지도 않아. 지금까지 갈고 닦을 기회가 없었을 뿐이지. 만약 그런 기회가 있었더라면 정말 그림을 잘 그리셨을 거야. 이런 사안에서는 본인의 안목을 너무 불신한 나머지 어떤 그림에서건 선뜻 의견을 내는 법이 없어. 하지만 타고난 취향이 꾸밈없고 바르기에, 전반적으로 아주 올바른 방향을 제시하는걸."

메리앤은 언니의 감정을 상하게 할까 봐 그 문제에 대해 더 이상 이야기하지 않았다. 하지만 엘리너가 묘사한 것처럼 다른 이의 그림을 보고 그의 마음속에 인다는 감흥은 메리앤이 생각하는 황홀한 기쁨, 오직 취향이라 불릴 자격이 있는 그것과는 거리가 멀었다. 그녀는 이런 착오에 속으로 미소를 지으면서도, 이런 착오를 범할 정도로 에드워드에 대한 맹목적 애정을 지닌 언니를 높이 평가했다.

"네가 말이야, 메리앤," 엘리너가 말을 이었다. "그분에게 전반적 취향이 부족하다고 여기지 않았으면 좋겠어. 사실 그분을 대하는 네 태도가 더없이 다정한 걸 보면 너도 그렇게 여기지는 않잖아. 만약 네가 그랬다면 절대 깍듯하게 대하지 않았을 테니까."

메리앤은 말문이 막혔다. 어떤 이유에서건 언니의 마음을 상하게 하고 싶지는 않았지만 그렇다고 본인이 믿지 않는 말을 하는 것도 불가능했다. 마침내 그녀가 대답했다.

"언니, 혹시 에드워드에 대한 내 칭찬이 언니가 생각하는 그분의 미덕에 하나부터 열까지 미치지 못한다고 하더라도 기분 나쁘게 생각 마. 나는 그분의 기질, 성향, 취향에 대해 세세하게 평가할 기회가 언니만큼 많지 않았잖아. 하지만 그분의 선한 마음씨와 분별력에 대해서는 이 세상 무엇보다도 높게 평가해. 나는 에드워드가 더없이 존경할 만하고 다정한 사람이라고 생각해."

"내 생각에," 엘리너가 미소를 지으며 대답했다. "그분의 가장 친한 벗들도 그런 칭찬에는 만족하지 않을 수 없겠는걸. 그보다 더 따뜻하게 표현할 수는 없을 거야."

메리앤은 언니가 그렇게 쉽게 만족해하는 모습에 기뻤다.

"그분의 분별력과 선한 마음씨로 말하자면," 엘리너가 말을 이었다. "내 생각에는, 그분과 스스럼없이 대화를 나눌 정도로 자주 만나는 사이라면 아무도 부인하지 못할 거야. 내향적인 성격 때문에 너무 자주 말이 없어지고, 그래서 그분이 지닌 뛰어난 이해력과 신념이 가려지는 것뿐이지. 너는 그분에 대해 진가를 인정할 정도로는 알고 있어. 하지만 네가 말한 보다 세세한 기질에 대해서는, 특수한 상황 때문에 나처럼 자세히 살펴볼 기회가 없었어. 네가 더없이 애정 어린 이유로 어머니한테 온 관심을 쏟는 동안, 나는 그분과 종종 많은 시간을 보내야 했으니까. 나는 그분을 많이 보았고, 감정을 살펴보았고, 문학과 취향에 대한 의견도 들어보았어. 그리고 전체적으로 감히 이렇게 말할 수 있어. 그분은 식견이 넓고, 책에서 굉장한 즐거움을 얻으며, 상상력이 풍부하고, 공정하고 정확한 관찰력, 그리고 섬세하고 순수한 취향을 지녔다고. 그분을 잘 알게 되면 태도와 외모만큼이나 재능도 모든 면에서 나아 보여. 처음에 보면 확실히 뛰어난 태도는 아니야. 외모 또한 잘생겼다고 하기는 그렇지. 하지만 시간이 지나면 드물게 선한 눈빛, 그리고 전체적으로 온화한 얼굴 표정이 눈에 들어오게 돼. 그분을 잘 알게 된 지금, 나는 그분이 정말 잘생겼다고 생각해. 적어도 거의 잘생겼다고. 네 생각은 어때, 메리앤?"

"지금은 아니더라도, 언니, 이제 곧 그렇게 생각하게 될 거야. 언니가 그분을 형부로서 사랑하라고 말하면 그분의 얼굴에서 아무 결점도 보지 않을 거야. 지금 내가 그분의 마음에서 어떤 결점도 보지 않는 것처럼."

엘리너는 이 말에 화들짝 놀랐고, 에드워드에 대해 이야기하면서 자기도 모르게 너무 열의를 드러낸 것을 후회했다. 그녀는 자신이 에드워드를 매우 높이 평가한다고 느꼈다. 서로에 대한 호감이 상호적인 것이라 믿었다. 하지만 둘 사이의 애정에 대한 메리앤의 확신을 본인도 받아들이려면 좀 더 확실한 무언가가 필요했다. 그녀는 잘 알고 있었다. 메리앤과 어머니의 경우, 한순간의 추측이 다음 순간에는 믿음으로 바뀐다는 것을. 그들에게 있어 간절함은 희망이 되고, 희망은 곧 기대가 된다는 것을. 그녀는 여동생에게 실제로 자신이 어떤 상황인지 설명하려 애썼다.

"아니라고 하지는 않을게." 그녀가 말했다. "내가 그분을 무척 높이 평가하고…… 굉장히 존경하고 좋아한다는 건 맞아."

이 대목에서 메리앤이 발끈하여 소리쳤다.

"존경한다고! 좋아한다고! 냉담한 언니! 아! 냉담한 것보다 더 심해! 다른 식의 감정은 수치스럽게 여기지. 또 그런 표현들을 쓰면 당장 이 방에서 나가버릴 거야."

엘리너는 웃지 않을 수 없었다. "미안해." 그녀가 말했다. "내 감정을 그런 식으로 조용하게 표현해서 네 기분을 상하게 하려던 건 아니었어. 내가 느끼는 감정이 말로 표현한 것보다는 더 강하다고 믿어도 돼. 내 감정이, 그러니까 그분의 인품을 근거로, 그리고 그분이 내게 애정을 지니지 않았을까 하는 막연한 느낌…… 또는 기대를 근거로, 경솔하거나 어리석게 여겨지지 않을 정도로만 강하다고. 하지만 그 이상은 믿으면 안돼. 그분의 호감에 대해 나는 어떤 확약도 받은 적이 없어. 가끔은 그 호감의 정도가 의심스러울 때도 있어. 그러니까 그분의 감정을 온전히 알게 될 때까지는 나 자신의 애정을 실제보다 과장되게 믿는다거나 이야기한다거나 해서 공연히 부추기고 싶지는 않아. 내 가슴으로는 그분의 호의를 별로…… 거의 의심하지 않아. 하지만 그분의 의향 외에도 고려해야 할 점들이 있어. 에드워드는 경제적으로 독립한 상태가 전혀 아니야. 그분의 어머니가 실제로 어떤 분인지는 우리도 몰라. 하지만 올케한테 가끔 전해 들은 행동이나 의견으로 판단하건대, 결코 다정다감한 분이라는 생각은 들지 않아. 또한 내 짐작이 틀리지 않는다면, 재산도 변변찮고 지위도 높지 않은 여자와 결혼하기를 원할 때 앞으로 수많은 난관이 있으리란 걸 에드워드 본인도 잘 알고 있을 거야."

메리앤은 본인과 어머니의 상상력이 사실보다 너무 앞서 있었다는 점에 놀랐다.

"그러니까 정말 그분과 결혼을 약속하지 않았단 말이지!" 그녀가 말했다. "하지만 곧 그렇게 될 거야. 그래도 약혼이 미루어져서 좋은 점이 두 가지 있어. 내가 언니를 빨리 떠나보내지 않아도 된다는 점, 그리고 에드워드에게 언니의 취미 활동에 대한 타고난 취향을 향상시킬 기회가 더 많아졌다는 점. 앞으로 언니가 행복하려면 반드시 필요한 점이잖아. 아! 에드워드가 언니의 재능에 고무되어서 직접 그림을 배우려 든다면 얼마나 좋을까!"

엘리너는 동생에게 자기 생각을 사실대로 말한 터였다. 그녀는 에드워드에 대한 애정이 메리앤이 믿고 있는 것처럼 그렇게 순조로운 상태라고 생각할 수 없었다. 때때로 그는 기분이 착 가라앉곤 했는데, 이게 무관심의 표시까지는 아니더라도 뭔가 비슷하게 불길한 신호처럼 보였다. 행여 그가 엘리너의 애정을 의심하는 것이라면, 그렇다고 하더라도 그에게 애타는 심정 그 이상을 안길 리는 없었다. 종종 그에게 엿보이는 그 의기소침한 기분을 불러일으킬 성싶지는 않았다. 어쩌면 보다 그럴듯한 이유는 그가 경제적으로 의존적인 처지라 함부로 사랑에 빠질 수 없다는 점일지도 몰랐다. 그녀가 알기로, 에드워드의 어머니는 현재의 가정을 편히 느끼도록 그를 대하지도 않을뿐더러, 본인이 설정한 원대한 목표를 철저히 따르지 않는 한 아들에게 따로 가정을 꾸릴 기회도 허락지 않았다. 이런 사실을 알고 있는지라, 엘리너로서는 이 사안에서 마음이 편할 수 없었다. 그의 애정이 가져올 결실에 대해 어머니와 여동생은 여전히 확신하고 있었지만, 그녀는 전혀 믿음이 없었다. 아니, 그와 함께하는 시간이 길어질수록 그의 애정이 어떤 성격의 것인지 의문도 커져갔다. 때로, 가슴 아픈 일순간에는, 그저 우정 정도에 지나지 않는다는 생각이 들기도 했다.

하지만 애정의 정도가 실제로 어떠했든 간에, 그의 누나에게 감지되는 순간 그녀의 심기를 불편하게, 동시에 (더 흔히 나타나는 경우처럼) 그녀를 무례하게 만들기에는 충분했다. 그녀는 이 사안에 대해 시어머니를 모욕할 기회를 잡자마자, 남동생이 엄청난 유산을 물려받게 될 거라는 둥, 친정어머니가 아들 둘을 다 좋은 집안과 결혼시키려 작정하고 있다는 둥, 그리고 어떤 처녀든 남동생을 낚으려 들었다가는 달갑지 않은 상황에 처할 거라는 둥, 너무나 의미심장하게 이야기를 늘어놓았다. 대시우드 부인은 모르는 체할 수도, 그렇다고 냉정함을 유지하려 애쓸 수도 없었다. 그녀는 며느리에게 경멸 어린 대꾸를 던지고는 곧장 방에서 나갔고, 갑작스런 이사에 따른 불편함과 비용이 얼마가 되든 간에, 사랑하는 엘리너로 하여금 이런 불쾌한 암시를 한 주라도 더 겪게 해서는 안 되겠다고 다짐했다.

부인이 이렇게 마음먹고 있을 때 편지 한 통이 우편으로 도착했는데, 그 안에는 너무나 시의적절한 제안이 담겨 있었다. 작은 집을 아주 좋은 조건으로 빌려주겠다는 제안이었다. 집주인은 부인의 친척으로, 지위도 높고 재산도 많은 데번셔의 신사였다. 편지는 이 신사가 직접 작성한 것이었고, 친절한 배려심이 진심으로 묻어났다. 그는 부인이 거처를 구한다는 사실을 알고 있다면서, 비록 본인이 제안하는 집이 코티지에 불과하지만, 혹시라도 위치가 마음에 든다면 부인이 필요하다고 생각하는 부분을 모두 손봐놓겠노라고 장담했다. 그는 집과 정원에 대한 세부 사항을 전한 뒤, 부디 딸들과 함께 본인의 저택인 바턴 파크에 방문해달라고, 그곳에 머물면서 바턴 코티지가 같은 교구에 있으니 어떻게 수리하면 부인이 지내기에 편안하겠는지 직접 판단해보라고 진심으로 청했다. 그에게서는 정말로 그들을 맞이하고자 하는 열망이 느껴졌고, 편지 역시 처음부터 끝까지 워낙 친절한 말투로 쓰여 있었던지라 친척 부인에게 기쁨을 안기기에 부족함이 없었다. 특히나 그녀가 더 가까운 친척의 차갑고 인정머리 없는 처사에 고통을 받고 있던 때라 더욱 그러했다. 그녀는 더 고민하거나 알아볼 시간이 필요치 않았다. 편지를 읽으면서 이미 마음을 굳힌 터였다. 바턴 코티지가 서식스 주에서 멀리 떨어진 데번서 주에 위치하고 있다는 점은, 불과 몇 시간 전이었다면 그곳에 따른 이점이 얼마나 크든 충분히 반대 사유가 되었을 것이나, 현재로서는 으뜸가는 찬성 요인이었다. 노어랜드 인근을 떠나는 것은 더 이상 불행이 아니었다. 이제는 더없이 바라는 바였다. 며느리에게 계속 얹혀사는 비참함에 비하면 축복이었다. 이런 여자가 안주인으로 있는 동안 이곳에 함께 살거나 방문하는 것보다는 사랑하는 노어랜드를 영원히 떠나는 편이 덜 고통스러울 터였다. 그녀는 즉각 존 미들턴 경에게 친절함에 감사하고 제안을 받아들이겠다는 내용으로 편지를 썼다. 그런 다음 답장을 보내기 전에 딸들의 찬성을 먼저 얻을 요량으로 서둘러 편지 두 통을 보여주었다.

엘리너는 그들 가족이 이곳에서 아는 사람들 틈에 자리 잡기보다는 노어랜드에서 다소 떨어진 곳으로 옮기는 편이 현명하다고 내내 생각해왔던 바였다. 따라서 그 점에 있어서는 데번셔로 옮기고자 하는 어머니의 생각에 반대할 입장이 아니었다. 집 역시 존 경의 설명대로라면 규모도 워낙 소박하고 집세도 드물게 괜찮아서 어느 모로 보나 반대할 여지가 없었다. 상황이 이런지라, 비록 그것이 마음에 즐겁게 와 닿는 계획이 아니었음에도, 그리고 본인의 뜻보다 노어랜드 인근을 더 멀리 벗어나는 것이었음에도, 그녀는 어머니에게 수락 편지를 보내지 말라고 설득하려 들지 않았다.

5

대시우드 부인은 답장을 보내자마자 의붓아들과 며느리에게 본인이 집을 구했으며, 그곳으로 옮길 준비만 갖추어지면 더 이상 폐를 끼치지 않겠다고 의기양양하게 전했다. 그들은 소식에 놀라워했다. 존 대시우드 부인은 아무 말도 하지 않았다. 하지만 그녀의 남편은 앞으로 옮길 곳이 노어랜드에서 먼 곳이 아니면 좋겠다고 정중하게 말했다. 부인은 데번셔로 갈 예정이라고 대답하며 통쾌함을 만끽했다. 그 말을 듣자 에드워드는 황급히 부인 쪽을 바라보았고, 왜 그런지는 설명할 필요도 없이 놀라움과 걱정이 어린 목소리로 이 말을 되풀이했다. "데번 셔라고요! 정말로 그곳에 가신다고요? 그렇게 먼 곳으로! 데번 셔 어느 지역입니까?" 부인은 위치를 설명해주었다. 엑서터에서 북쪽으로 4마일 안쪽이었다.

"그냥 코티지랍니다." 그녀가 말을 이었다. "하지만 그곳에서 많은 벗들을 뵙게 되길 바라고 있어요. 방 한두 개 정도는 쉽게 증축할 겁니다. 벗들이 나를 보기 위해 먼 길을 대수롭지 않게 여긴다면, 나 역시 모실 곳을 마련하는 것쯤이야 대수롭지 않지요."

그녀는 존 대시우드 부부에게 바턴에 한번 들르라고 친절하게 초대하며 말을 맺었다. 에드워드에게는 각별히 따뜻하게 청했다. 비록 며느리와 최근 주고받은 대화 때문에 한시라도 빨리 노어랜드를 떠나기로 마음먹게 되었지만, 대화가 원래 의도했던 목적에는 조금도 영향을 받지 않은 터였다. 에드워드와 엘리너를 갈라놓겠다는 건 예전과 마찬가지로 지금도 그녀가 뜻하는 바가 아니었다. 그녀는 며느리의 남동생을 각별히 지목해 초대함으로써, 며느리의 결혼 반대 따위는 전혀 개의치 않는다는 사실을 보여주고 싶었다.

존 대시우드 씨는 노어랜드에서 그렇게 멀리 떨어진 곳에 집을 구하는 바람에 세간 옮기는 것도 돕지 못하게 되었다면서 어머니에게 정말 애석하다고 거듭 말했다. 그는 실제로 이런 상황 앞에 양심이 편치 않았다. 아버지와 한 약속을 이 정도 선에서 끝낼 참이었는데 일이 이렇게 되어 그것마저 불가능해졌기 때문이었다. 세간은 모두 배편으로 보냈다. 주로 가정용 리넨, 접시, 자기 그릇, 책이었고, 메리앤의 아름다운 피아노가 한 대 있었다. 존 대시우드 부인은 짐이 떠나가는 것을 보며 한숨을 내쉬었다. 시어머니의 경우 자기네에 비해 수입이 보잘것없는데도 근사한 가구를 가져가는 게 부당하다는 생각을 떨치기 힘들었기 때문이었다.

대시우드 부인은 열두 달간 집을 빌렸다. 가구와 비품도 모두 갖추어져, 언제라도 들어가 살 수 있었다. 계약 과정은 양측 모두 순조로웠다. 부인은 서쪽으로 떠나기 전, 노어랜드 시절의 재산 몇 가지만 처분하고 앞으로 쓸 하인 숫자만 결정하면 되었다. 그녀는 어떤 일이든 마음만 동하면 엄청나게 빠른 속도로 처리하는지라, 이번 일도 신속하게 마무리했다. 남편에게 물려받은 말들은 이미 남편 사후에 곧장 팔아치운 터였고, 이제 마차를 처분할 기회가 생기자 맏딸의 간곡한 조언에 힘입어 역시 팔기로 결정했다. 본인의 뜻만으로 결정했다면야 자식들의 편의를 위해 마차를 남겼을 것이나, 결국에는 엘리너의 신중함을 이기지 못했다. 맏딸의 분별력은 하인의 숫자도 여자 둘과 남자 하나, 이렇게 셋으로 제한했다. 노어랜드 시절 데리고 있던 하인들 중에서 신속하게 결정이 이루어졌다.

안주인의 도착에 맞춰 집을 정리하기 위해 하인과 하녀 한 명이 즉각 데번셔로 떠났다. 대시우드 부인이 레이디* 미들턴

*귀족이나 작위를 가진 신사의 부인에게 붙이던 칭호.

에 대해 아는 바가 전혀 없어, 바턴 파크에 손님으로 머무는 것보다 코티지로 곧장 가는 편을 택했기 때문이었다. 또한 그녀는 코티지에 관한 존 경의 묘사를 곧이곧대로 믿었기 때문에 나중에 들어가 살 때까지 직접 확인하고 싶은 호기심도 느끼지 않았다. 한시바삐 노어랜드를 떠나고픈 그녀의 마음은 시어머니를 내보낼 생각에 만족한 기색이 역력한 며느리 때문에 결코 줄어들 수가 없었다. 좀 더 계시다 가라고 마음에도 없는 권유를 할 때조차 만족한 기색이 고스란히 묻어났으니까. 지금은 의붓아들이 아버지에게 드린 약속을 온당하게 지킬 만한 순간이었다. 처음 노어랜드 영지에 왔을 때 약속을 등한시했으니, 어머니와 누이들이 집을 떠나는 지금이야말로 약속을 이행할 적기였다. 하지만 대시우드 부인은 이내 그런 희망을 모두 버렸다. 아들이 이러니저러니 떠들어대는 이야기로 미루어보건대, 노어랜드에서 여섯 달 동안 먹여주고 재워준 것이 그가 베풀 수 있는 전부인 듯했다. 툭하면 가계 유지비가 늘어났다느니, 지갑을 열어야 할 일이 끊임없이 생긴다느니, 이 세상에서 어느 정도 위치에 있는 남자라면 그런 일을 셀 수 없이 겪는다느니 하고 앓는 소리를 늘어놓아서, 돈을 나누어줄 생각이 있기는커녕 본인이 돈이 아쉬운 사람처럼 보였다.

존 미들턴 경의 편지가 노어랜드에 처음 도착한 날로부터 몇 주 지나지 않아, 그들이 앞으로 살게 될 집도 어느 정도 준비를 갖추어 대시우드 부인과 딸들은 여행길에 오르게 되었다.

그토록 사랑했던 곳에 마지막 작별을 고하며 그들은 많은 눈물을 흘렸다. "사랑하는 우리 노어랜드!" 그곳에 머무는 마지막 날 저녁, 메리앤은 저택 앞을 홀로 거닐며 이렇게 말했다. "언제쯤이면 너를 그리워하지 않게 될까! 언제쯤이면 다른 곳이 집으로 느껴지게 될까! 아! 행복한 집이여, 이곳에서 너를 바라보는 지금, 내가 어떤 고통을 겪는지 알 수 있겠니. 이곳에서 너를 바라볼 날도 이제는 없겠지! 그리고 너희, 낯익은 나무들아! 하지만 너희는 앞으로도 그대로겠지. 우리가 떠났다고 해서 이파리가 시드는 일도, 우리가 지켜보지 못한다 하여 가지가 흔들리지 않는 일도 없을 거야! 그래, 너희는 앞으로도 그대로겠지. 너희가 불러일으키는 기쁨과 그리움도 모른 채, 네 그늘 아래 거니는 이들이 어떻게 달라지는지도 모른 채! 하지만 어느 누가 남아 너희를 즐길까?"

6

여행의 초반부는 워낙 우울한 분위기라 지루함과 불편함 외의 감정은 느낄 여지가 없었다. 하지만 여행이 막바지에 이르자, 앞으로 살게 될 시골 지역 모습에 흥미가 돋으면서 낙심했던 마음도 가라앉았고, 바턴 골짜기로 들어서면서 주변 풍경에 마음이 밝아졌다. 골짜기는 아름답고 비옥했으며, 숲이 울창하고 목초지가 푸르렀다. 그곳을 따라 1마일 이상 구불구불 달린 뒤, 그들은 집에 도착했다. 건물 앞쪽으로 자리한 작은 풀밭이 영지의 전부였고, 아담한 쪽문이 그들을 안으로 맞이했다.

집으로 보자면 바턴 코티지는 크기는 작아도 안락하고 짜임새가 있었다. 하지만 코티지로 보자면 부족함이 있었다. 건물이 균형 잡힌 데다 지붕도 기와였고, 창에 달린 덧문도 초록색이 아닌 데다 벽도 덩굴에 뒤덮여 있지 않았기 때문이다.* 좁은 복도가 건물을 그대로 통과하여 뒷마당으로 연결되어 있었다. 입구 양쪽에는 대략 16제곱피트 크기의 거실이 각각 자리했고, 그 너머로 가사실과 계단이 있었다. 침실 네 개와 다락방 두 개가 나머지를 이루었다. 집은 지은 지 몇 년 안 된 데다 수리 상태도 좋았다. 노어랜드 저택과 비교하면 참으로 초라하고 작았지만! 그러나 집으로 들어설 때 추억이 불러일으킨 눈물은 이내 씻기어 사라졌다. 그들의 도착을 반기는 하인들을 보자 기운이 났고, 다들 서로를 생각하여 행복하게 보이기로 마음먹었다. 때는 이른 9월, 아름다운 계절이었다. 화사한 날씨 속에 처음 집을 마주한 덕분에 그들은 좋은 인상을 받았고, 이는 이후에도 집에 대해 호의적인 느낌을 가지는 데 중요한 역할을 했다.

집은 위치도 좋았다. 높은 언덕들이 바로 뒤쪽에 솟아 있었는데, 모두 거리상으로 멀지 않았다. 일부는 탁 트인 초원 구릉지였고, 일부는 경작지와 우거진 숲이었다. 바턴 마을은 주로

*이 시기에는 잠시 부유층 사이에 코티지 열풍이 일었다. 원래 코티지는 작고 소박한 가옥으로 가난한 사람들이 주로 거주했다. 하지만 단순하고 소박한 면이 당시 유행했던 낭만주의 사조와 맞아떨어지면서 새로운 형태의 코티지가 등장했다. 전통적인 코티지는 외관이 비대칭에다 초가지붕이었으나, 새로운 코티지는 규모가 더 크고 편의 시설도 다수 갖추고 있었다.

이 언덕들 중 한 곳에 위치해 있었으며, 창문 너머로 기분 좋은 경치를 이루었다. 건물 앞쪽으로는 더 광활한 풍경이 펼쳐졌다. 골짜기 전체가 내려다보였고, 그 너머 지역까지 시야에 들어왔다. 코티지를 둘러싼 언덕들 때문에 골짜기는 그쪽 방향에서 잠시 끊겼다가, 다른 이름과 다른 줄기를 이루며 가장 가파른 언덕 두 개 사이로 다시 뻗어나갔다.

대시우드 부인은 집의 크기나 가구에 전반적으로 꽤 만족했다. 아무래도 옛 생활 방식이 있다 보니 지금도 이것저것 늘려나갈 게 필연적으로 많겠지만, 그녀에게는 무언가를 늘리고 개선하는 것이 즐거움이었다. 게다가 현재 그녀에게는 방에 우아함을 더하기 위해 필요한 모든 것을 갖출 현금도 충분했다. "확실히 집 자체만 보자면," 그녀가 말했다. "우리 가족이 살기에는 너무 작구나. 하지만 수리를 하기에는 이미 철이 늦었으니, 당분간은 그럭저럭 편안하게 지내도록 해보자꾸나. 봄에 만약 돈이 넉넉하면, 아마도 그럴 테지만, 그때 가서 수리하는 걸 생각해보자. 이곳에 손님들이 자주 모이는 걸 보고 싶은데 그러기에는 거실이 둘 다 너무 작아. 거실 하나와 다른 거실 일부에 복도를 트고, 그쪽 나머지는 입구로 남겨두면 어떨까 싶어. 여기에다가, 응접실 하나는 쉽게 새로 지을 테고, 침실과 다락방을 그 위로 올리면 집이 아주 아늑해지겠어. 계단이 좀 더 널찍하면 좋았을걸. 하지만 모든 걸 다 바랄 수는 없지. 그래도 계단 폭 넓히는 건 어렵지 않겠어. 일단 봄에 여윳돈이 얼마나 되는지 본 다음에 거기에 맞춰 수리 계획을 짜보자꾸나."

그동안에는, 다시 말해 평생 저축이라고는 해본 적 없는 여인이 연간 5백 파운드의 수입에서 아껴 모은 돈으로 이 모든 수리를 마칠 때까지는, 다들 현명하게 현재의 집 모습에 만족하기로 했다. 그들은 각자 중요한 것들을 정리하면서, 그리고 책과 여러 소지품을 여기저기 배치하여 그곳을 집답게 꾸미면서 바쁘게 보냈다. 메리앤의 피아노는 포장을 끌러 적당한 곳에 놓았고, 엘리너의 그림들도 거실 벽에 걸었다.

이런 일들로 바쁘던 와중에 다음 날 아침 식사 직후 집주인이 예고 없이 찾아왔다. 그들이 바턴에 온 것을 환영하고, 현재 코티지에 부족하리라 예상되는 것들을 자기 저택과 정원에서 아낌없이 내주고자 온 것이었다. 존 미들턴 경은 마흔 살 정도의 잘생긴 남자였다. 예전에 스탠힐에 살 때 그가 방문한 적이 있었지만, 너무 오래전이라 어린 자매들은 이 친척 아저씨를 기억하지 못했다. 그의 표정은 더없이 쾌활했고, 태도도 편지만큼이나 친절했다. 그들의 도착을 정말로 반기는 기색이었고, 그들이 편히 지내는지 여부에 진심으로 마음을 쓰는 듯했다. 그는 자기 가족과 친하게 지내자는 열렬한 소망을 재차 밝힌 뒤, 앞으로 제대로 자리를 잡을 때까지는 날마다 바턴 파크에 와서 함께 식사를 하자고 권했는데, 그 권하는 정도가 정중함을 넘어 끈덕지다 생각될 정도였지만 태도가 워낙 싹싹해서 불쾌하게 느껴지지 않았다. 그의 친절함은 말로만 그치지 않았다. 그가 떠나고 한 시간도 안 돼 바턴 파크로부터 채소와 과일이 가득 담긴 커다란 바구니가 도착한 데다, 그날이 가기 전에 사냥물이 선물로 배달된 것이었다. 게다가 그는 그들 대신 우체국에 가서 편지를 부치거나 찾는 일을 해주겠다고 고집했고, 날마다 자기 신문을 보내주는 뿌듯함을 포기하려 들지도 않았다.*

레이디 미들턴은 남편을 통해 아주 정중한 전갈을 보내왔다. 자신이 방문해도 폐가 되지 않을지 확실해지는 대로 대시우드 부인을 찾아뵙겠다는 내용이었다. 이에 대한 응답으로 똑같이 예를 갖춘 초대를 하자, 다음 날 부인이 그들을 찾아왔다.

물론, 그들은 바턴에서의 편안한 삶을 크게 좌우할 이 인물이 몹시 보고 싶던 차였다. 그녀의 우아한 외모는 그들의 기대를 충족시켰다. 레이디 미들턴은 많아야 스물예닐곱 정도였다. 그녀는 아름다운 얼굴에 훤칠하고 빼어난 몸매, 그리고 우아한 말솜씨를 갖추고 있었다. 태도 또한 남편에게는 없는 우아함이 가득했다. 하지만 그럼에도 남편의 소탈하고 따뜻한 태도를 조금이나마 나눠 가졌다면 좋았을 법했다. 게다가 방문이 길어지면서 그들이 처음에 느꼈던 감탄이 조금씩 줄어들었으니, 비록 그녀가 더없이 교양 있게 행동하기는 했으나 비사교적이고 냉랭하고 아주 보편적인 질문이나 짧은 언급만 할 뿐 스스로 말하는 법이 없었기 때문이다.

하지만 대홧거리가 부족하지는 않았다. 존 경이 워낙 말수가 많은 데다, 레이디 미들턴도 현명한 예방책으로 여섯 살가량 된 귀여운 큰아들을 데려왔기 때문이었다. 이 아이 덕분에

---

*당시 신문은 가격이 비쌌기 때문에 이웃들이 서로 돌려 보는 경우가 흔했다.

여자들은 궁지에 몰리면 언제든 되돌아갈 화제가 생겼으니, 아이의 이름과 나이를 물어보고, 참으로 잘생겼다 칭찬하고, 아이에게 질문하면 어머니가 대신 대답하고, 아이는 고개를 숙인 채 어머니 곁에 붙어 있고, 그러면 부인은 집에서는 그렇게 소란스러운 아이가 손님 앞에서는 어쩌면 이렇게 수줍어하는지 모르겠다고 놀라는 식이었다. 정식으로 방문을 하는 자리에는 항상 대화 밑천으로 아이를 데려가야 한다. 이번 경우만 해도 아이가 아버지와 어머니 중 누구를 더 닮았는지, 특히 어떤 부분에서 닮았는지 정하는 데만 10분이 걸렸다. 당연히 모든 사람들의 의견이 제각각 다른 데다, 서로 다른 사람들의 의견에 매우 놀라야 했기 때문이다.

대시우드 가족은 곧 나머지 아이들에 대해서도 토론을 벌일 기회를 가지게 될 터였다. 존 경이 다음 날 파크에서 함께 식사를 한다는 약속을 받아내기 전에는 집을 나서려 하지 않았기 때문이다.

7

바턴 파크는 코티지에서 약 반 마일 거리였다. 앞서 골짜기를 지나올 때 그 근처를 지나기는 했지만, 집에서는 언덕에 가려 보이지가 않았다. 저택은 크고 아름다웠다. 미들턴 부부는 접대하는 삶과 고상한 삶을 공평하게 누리며 살고 있었다. 전자는 존 경의 만족을 위해서였고, 후자는 부인의 만족을 위해서였다. 저택에는 친구가 와서 머물지 않는 날이 드물었고, 그들은 인근의 어떤 집안보다 두루두루 많은 이들과 교제하고 있었다. 이것은 부부 둘 다의 행복을 위해 필요했다. 겉으로 드러나는 행동과 기질은 사뭇 달랐지만, 재능과 취향이 전무하다는 점에서는 부부가 매우 닮아 있었기에, 사람들과의 교제에서 생겨나는 활동을 빼면 그들이 하는 활동은 매우 좁은 범위로 제한되었기 때문이다. 존 경은 사냥꾼이었고 레이디 미들턴은 어머니였다. 그는 짐승을 쫓고 총을 쏘았으며, 그녀는 아이들을 어르고 달랬다. 이것이 그들의 유일한 소일거리였다. 레이디 미들턴이 1년 내내 아이들을 오냐오냐 떠받드는 이점을 누린 반면, 존 경의 독자적 활동은 그 절반의 기간 동안만 가능했다.* 하지만 집 안팎에서의 끊임없는 약속은 천성과 교육에서 생겨난 모든 부족함을 메웠고, 존 경의 명랑한 기분을 북돋웠으며, 부인의 올바른 예의범절을 선보일 기회가 되었다.

레이디 미들턴은 본인의 식탁이 얼마나 우아한지, 그리고 나머지 살림살이가 얼마나 우아한지에 대해 자부심이 강했다. 이런 종류의 허영심은 어떤 파티에서건 그녀에게 가장 큰 즐거움이었다. 하지만 존 경이 사람들과 어울리며 얻는 만족감은 훨씬 더 실제적이었다. 그는 저택에 다 들어가지도 못할 만큼 많은 젊은이들을 불러 모으는 것을 좋아했고, 일행이 시끌

*사냥철은 가을과 겨울로 제한되었다.

벅적하면 할수록 더 즐거워했다. 그는 인근의 모든 젊은이들에게 축복 같은 존재였다. 여름이면 야외에서 차게 식힌 햄과 닭고기를 먹는 파티를 끊임없이 열었고, 겨울이면 지칠 줄 모르는 욕구를 가진 열다섯 살만 빼고* 어떤 아가씨라도 만족할 만큼 빈번하게 개인 무도회를 개최했다.

그 지역에 새로운 가족이 오는 것은 그에게 언제나 즐거운 일이었다. 그리고 이제 그는 바턴 코티지에 새로 들인 가족들에게 모든 면에서 매료되었다. 대시우드 자매는 젊고 예쁘고 꾸밈이 없었다. 이것은 그에게 좋은 평을 얻기에 충분했다. 예쁜 아가씨의 경우 마음이 외모만큼이나 매력적이려면 꾸밈없는 성격만이 필요한 전부였기 때문이다. 그는 친절한 성향을 지녔기에 과거에 비해 불운한 처지가 된 이들을 돌봐줄 때 행복했다. 따라서 그의 선량한 마음은 친척인 대시우드 가족에게 친절을 베풀며 진정한 만족감을 느꼈다. 게다가 여성으로만 구성된 가족을 코티지에 들임으로써 사냥꾼으로서도 만족감을 느꼈다. 사냥꾼은 자신과 마찬가지로 사냥꾼인 동성만을 높이 여기지만, 자신의 영지 내에 거처를 내주어 그들의 취향을 부추기고 싶은 마음은 없는 법이니까.**

*숙녀들은 대개 열다섯 살이 되면 무도회에 나가도록 허락받았다. 처음 무도회에 나간 아가씨들이 얼마나 춤추기를 좋아했는지 드러낸다.
**당시 법에 따르면 연 소득이 적어도 1백 파운드 이상 산출되는 영지의 소유주에게만 사냥권이 주어졌다. 하지만 그들은 자기 영지 내에 거주하는 세입자에게 사냥터지기의 역할을 부여해 사냥권을 허락해줄 수 있었다. 그러나 사냥이 신사들 사이에서 워낙 보편적인 취미 활동이었던 데다 사냥감이 한정되었던 까닭에, 자신의 영지 내에서 사냥권을 허락해주느냐는 민감한 문제였다.

존 경은 대시우드 부인과 딸들을 저택 현관에서 맞이하며 바턴 파크에 온 것을 진심으로 환영했고, 그들을 응접실까지 안내하면서 그 전날 똑같은 주제를 논할 때 토로했던 걱정거리, 즉 그들과 함께할 말쑥한 젊은이를 한 명도 구하지 못했다는 이야기를 아가씨들에게 되풀이했다. 그가 말하길, 자기를 빼면 신사는 한 명뿐이라고 했다. 바턴 파크에 머물고 있는 특별한 친구인데, 썩 젊지도 그렇다고 썩 명랑하지도 않다고 했다. 그는 일행이 적은 점에 양해를 구하면서 다시는 이런 일이 없을 거라고 장담했다. 인원을 좀 늘려볼 요량으로 그날 아침에 몇몇 가족을 찾아가봤지만, 그날은 달빛이 밝은 밤이라 다들 선약이 차 있었다나.* 다행히 레이디 미들턴의 어머니가 바턴에 막 도착했는데, 워낙 유쾌하고 서글서글한 분이라 아가씨들도 생각만큼 지루하지는 않을 거라고 했다. 어머니와 마찬가지로 아가씨들도 생판 모르는 사람 둘로 구성된 일행에 전혀 개의치 않았고, 더 이상은 원하지도 않았다.

레이디 미들턴의 어머니인 제닝스 부인은 성격 좋고 명랑하고 뚱뚱한 노부인이었다. 말이 엄청나게 많았고, 매우 즐거워 보였으며, 다소 속된 면도 있었다. 그녀는 농담과 웃음이 넘쳐흘러, 정찬 내내 애인과 남편을 주제로 온갖 재치 있는 말들을 늘어놓은 터였다. 대시우드 자매에게 서식스에 마음을 주고 온 이는 없길 바란다는 둥, 이 말에 얼굴을 붉혔다는 둥 실제로

---

* 당시에는 가로등이 없고 마차의 등불도 약했기 때문에 저녁 약속은 달빛이 밝은 날을 선호했다.

그랬건 아니건 농담을 던져댔다. 메리앤은 언니 때문에 마음이 편치 않아 이런 공격을 어떻게 견디는지 보려고 엘리너를 바라보았는데, 엘리너로서는 동생의 절절한 눈빛이 제닝스 부인의 실없는 농담보다 훨씬 고통스러웠다.

존 경의 친구인 브랜던 대령은 그와 태도가 닮아서 친구가 된 것은 아닌 듯했다. 마치 레이디 미들턴이 존 경의 아내인 것이나, 제닝스 부인이 레이디 미들턴의 어머니인 것과 비슷하다고나 할까. 그는 말이 없고 근엄했다. 서른다섯을 넘긴 나이인지라 메리앤과 마거릿의 눈에는 딱 노총각으로 보였지만, 그래도 보기 싫은 외모는 아니었다. 비록 잘생긴 얼굴은 아니었으나, 얼굴 표정이 이지적이고 몸가짐도 각별히 신사다웠다.

일행 중 어느 누구도 딱히 대시우드 가족과 어울릴 법한 점을 갖고 있지 않았다. 하지만 레이디 미들턴이 그날따라 유난히 냉랭하고 시큰둥해서, 그에 비하면 브랜던 대령의 근엄함, 심지어 존 경과 장모의 왁자지껄한 웃음마저 재미있게 느껴질 정도였다. 레이디 미들턴은 정찬이 끝난 뒤 소란스러운 네 아이가 들어왔을 때에야 기분이 살아난 듯했다. 아이들은 그녀를 이리저리 잡아당기고, 그녀의 옷을 찢고, 자신들과 관계없는 대화는 모조리 중단시켰다.

저녁 무렵, 메리앤에게 음악적 재능이 있다는 사실이 알려지자 사람들은 연주를 청했다. 잠겨 있던 악기가 열리고 모든 이들이 매혹당할 준비를 마치자, 노래 솜씨가 빼어난 메리앤은 사람들의 요청에 따라 악보의 주요부를 불러나갔다. 악보는 레이디 미들턴이 결혼하면서 저택으로 가져온 것이었는데, 아무래도 그때 이후로 죽 피아노 위 똑같은 자리에 놓여 있었던 것 같았다. 어머니 말에 따르면 딸이 연주를 굉장히 잘했고, 본인 말에 따르면 음악을 매우 즐겼다는데, 결혼과 함께 포기했다는 것이다.

메리앤의 연주는 큰 박수를 받았다. 존 경은 모든 곡이 끝날 때마다 큰 소리로 찬사를 퍼부었고, 모든 곡이 연주되는 동안에는 그만큼 큰 소리로 다른 이들과 떠들어댔다. 레이디 미들턴은 여러 번 남편을 제지하면서 어떻게 음악을 듣다가 잠시라도 딴짓을 할 수 있는지 모르겠다며 메리앤에게 어떤 곡을 불러달라고 청했는데 하필이면 그녀가 막 끝낸 곡이었다. 일행 중에서 브랜던 대령만이 열광하지 않고 연주를 들었다. 그는 오로지 경청으로써 예를 표했고, 그녀는 그 점에서 대령에게 존경심을 느꼈다. 뻔뻔할 정도로 예술적 소양이라고는 없는 나머지 사람들에게는 당연히 어떤 존경심도 들지 않았다. 대령이 음악에서 얻는 즐거움은 비록 그녀의 기준에 합치하는 황홀한 기쁨에는 미치지 못했지만, 끔찍하도록 둔감한 다른 이들에 비하면 존경스러웠다. 게다가 나이 서른다섯의 남자라면 이미 강렬한 감정이나 예리한 감상력 등을 모두 잃었을 것이라 합리적으로 이해되기도 했다. 그녀는 대령의 나이가 지긋하다는 사실을 얼마든지 인간적으로 참작해줄 마음이었다.

8

남편을 여읜 제닝스 부인은 미망인 연금*을 풍족하게 받고 있었다. 슬하에 딸만 둘을 뒀는데 살아생전 둘 다 남부럽지 않은 곳으로 시집가는 것도 보았으니, 이제 그녀에게 남은 일이라고는 나머지 세상 사람들을 결혼시키는 것뿐이었다. 그녀는 이 목적을 추진함에 있어 능력이 닿는 한도에서 온 열성을 다했고, 본인이 아는 모든 처녀 총각 사이에 혼인을 도모할 기회가 생기면 놓치는 법이 없었다. 그녀에게는 놀랍도록 기민하게 애정을 포착해내는 재주가 있었고, 어떤 청년이 자네한테 넘어왔다느니 하는 암시로 수많은 아가씨들의 얼굴을 붉히게 하거나 허영심을 부추기는 즐거움을 누렸다. 이런 눈썰미 덕분에 그녀는 바턴에 도착한 지 얼마 지나지 않아 브랜던 대령이 메리앤 대시우드와 사랑에 빠졌다고 단언할 수 있었다. 두 사람이 처음으로 함께했던 저녁, 메리앤이 그들에게 노래를 불러줄 때 너무나 집중해서 듣는 대령의 모습을 보고 부인은 혹시나 하는 마음을 품었던 터였다. 그러다 초대에 대한 답방으로 미들턴 가족이 코티지에서 식사를 하게 된 날, 대령이 다시 메리앤에게 귀 기울이는 모습을 보고 부인은 심증을 굳히게 되었다. 아무렴, 그렇고말고. 남자는 부유하고 여자는 미인이니 탁월한 결합이 될 터였다. 제닝스 부인은 존 경을 사위로 맞으면서 브

---

*남편 사후에 부인에게 주어지는 재산. 주로 연금 형태로 지급되었다.

랜던 대령을 처음 알게 된 이후부터 그가 좋은 짝을 만나야 될 텐데 하고 안달했다. 또한 어여쁜 처녀만 보면 좋은 신랑감을 구해주고 싶어 안달했다.

부인에게 즉각 생기는 이점도 결코 적지 않았다. 둘 다에게 끝없이 농담을 해댈 수 있었으니까. 파크에서는 대령을 놀렸고, 코티지에서는 메리앤을 놀렸다. 전자의 경우, 대령은 부인의 실없는 농담이 자신에게만 해당되는 한 철저히 무관심으로 응수했다. 하지만 후자의 경우에는 처음에 무슨 말인지 이해를 못 했다가, 나중에 농담의 대상을 깨닫고 난 후에는 그 얼토당토않음에 웃어야 할지, 아니면 그 무례함을 따져야 할지 판단이 서지 않았다. 제닝스 부인의 농담이 대령의 지긋한 나이라든가 노총각으로서의 쓸쓸한 신세에 대한 짓궂은 조롱으로 여겨졌기 때문이었다.

대시우드 부인은 자신보다 다섯 살 적은 남자를 어린 딸의 눈에 비친 것처럼 그렇게 늙었다고는 생각할 수 없었기에, 제닝스 부인이 그의 나이를 조롱하려 했다고는 생각지 않는다고 말을 꺼냈다.

"하지만 엄마, 일부러 고약하게 군 건 아니라 하더라도 이런 주장이 얼마나 터무니없는지는 잘 아시잖아요. 브랜던 대령님이 확실히 제닝스 부인보다야 젊겠죠. 하지만 제게는 아버지뻘이라고요. 게다가 혹시라도 사랑에 빠질 만큼 그분한테 활기가 생긴다 해도, 그 짜릿한 감각 같은 건 이미 오래전에 잃어버렸을 거예요. 진짜 말도 안 돼! 노쇠해지고 난 뒤에도 이렇게 시달려야 된다면 남자는 언제쯤에야 이런 농담으로부터 자유로워지는 거예요?"

"노쇠해졌다니!" 엘리너가 말했다. "브랜던 대령님이 노쇠하다고 말하는 거니? 대령님의 나이가 어머니보다 네 눈에 더 많이 들어 보이는 건 이해하겠어. 하지만 그분의 팔다리가 멀쩡하다는 사실마저 아니라고는 못 하겠지!"

"관절이 결린다고 하는 그분 말씀 못 들었어? 그거야말로 노쇠해졌을 때 나타나는 제일 흔한 증상 아냐?"

"우리 메리앤," 어머니가 웃으며 말했다. "이런 식이라면 엄마가 시들어가는 것도 네겐 끔찍하겠구나. 엄마가 마흔이라는 나이가 되도록 살아남았다는 게 네 눈에는 기적처럼 보이겠어."

"엄마, 그런 말이 아니잖아요. 아직까지는 브랜던 대령님이 자연의 순리대로 떠나게 될까 봐 친구들의 염려를 살 만큼 늙지 않았다는 걸 저도 잘 알아요. 20년은 더 사실지 모르죠. 하지만 서른다섯은 결혼과는 아무 상관 없는 나이예요."

"아마도 상대가 서른다섯 살과 열일곱 살이라면 결혼과 상관없는 편이 낫겠지." 엘리너가 말했다. "하지만 혹시라도 스물일곱에 미혼인 여성이 있다면, 브랜던 대령님이 서른다섯이라는 사실이 그 여자와 결혼하는 데 아무 반대 사유가 되지 않을걸."

"스물일곱 먹은 여자라면," 메리앤이 잠시 후에 말했다. "다시 애정을 느끼거나 불러일으킬 희망은 품지 못하지. 만약 여자가 집이 편치 않고 가진 재산도 적다면, 경제적 부양도 받고 안정감도 얻으려고 누군가의 아내가 되어 간병인 역할을 감수할 수도 있겠지. 따라서 대령님이 그런 여자와 결혼한다고 해서 이상할 일은 하나도 없어. 서로의 편의를 위한 계약이고, 모두에게 만족스러울 거야. 하지만 내 눈에 그건 결혼이 아니야. 그냥 아무것도 아니야. 그저 상대를 이용해 이익을 얻고자 하는 상업적 거래일 뿐이지."

"내가 이렇게 말해도 너는 납득 못 하겠지." 엘리너가 대답했다. "스물일곱 먹은 여자가 서른다섯 먹은 남자에게 거의 사랑에 가까운, 그를 바람직한 반려자로 여길 정도의 감정을 느낄 수도 있다고 말이야. 하지만 어제 (정말 춥고 습한 날이었어) 브랜던 대령님이 한쪽 어깨 관절이 약간 결린다고 말했다 해서, 그분과 부인이 내내 병실에 갇혀 지낼 거라 단언하지는 말아줘."

"하지만 플란넬 조끼 얘기를 했잖아." 메리앤이 말했다. "나는 플란넬 조끼라고 하면 쑤시고 저리고 결리고, 그 외에도 늙고 약해졌을 때 시달리는 온갖 질환들이 연상된단 말이야."

"만약 그분이 심한 열병을 앓았다면 넌 지금의 반만큼도 업신여기지 않았을 거야. 솔직히 말해봐, 메리앤. 열병에 걸려 뺨이 달아오르고, 눈이 퀭해지고, 맥박이 빨라지는 것에는 마음이 끌리지?"

그로부터 얼마 뒤 엘리너가 방을 나가자 "엄마" 하고 메리앤이 불렀다. "아프다는 말이 나와서 말인데요, 엄마께 꼭 말하고 싶은 걱정거리가 있어요. 에드워드 페라스가 몸이 안 좋은가 봐요. 우리가 여기 온 지 벌써 보름이 지났는데 아직도 찾아오지 않잖아요. 정말로 아프지 않고서야 이렇게 늦어질 리가 없어요. 그분이 노어랜드에서 지체할 이유가 달리 뭐가 있겠어요?"

"너는 에드워드가 그렇게 빨리 찾아올 거라 생각했니?" 대시우드 부인이 말했다. "엄마는 그렇게 생각지 않았단다. 오히려 이 문제에서 마음에 걸리는 점이 있다면, 예전에 내가 바턴에 오라고 청했을 때 에드워드가 초대를 바로 받아들이지 못하고 이따금 어두운 기색이나 머뭇거리는 모습을 보였다는 점이야. 언니가 에드워드를 벌써 기다리니?"

"언니한테 이런 말을 한 적은 없어요. 하지만 당연히 기다리겠죠."

"엄마 생각에는 네가 잘못 안 것 같구나. 어제 손님용 침실에 있는 난로 받침쇠를 새로 갈아야겠다고 얘기했더니 언니가 당장 서두를 필요는 없다고 말하던걸. 마치 당분간은 그 방을 쓸 필요가 없다는 것처럼 말이야."

"얼마나 이상한 일이에요! 도대체 그게 무슨 뜻이냐고요! 하긴 서로를 대하는 두 사람의 태도부터 이해할 수 없었어요! 마지막 인사도 얼마나 냉랭하고 차분하던지! 마지막으로 함께 했던 저녁에도 늘어지는 대화만 나누고! 에드워드가 언니랑 나한테 건넨 작별 인사에는 아무 차이도 없었어요. 둘 다한테 다정한 오빠처럼 안부만 빌던걸요. 마지막 날 아침에도 제가 두 번이나 일부러 둘만 방에 남겨두고 나왔는데 그때마다 에드워드가 무슨 이유에서인지 저를 따라 나오는 거예요. 게다가 언니는 노어랜드와 에드워드 곁을 떠나면서 저만큼도 울지 않았어요. 심지어 지금도 한결같이 침착한 모습인걸요. 언니가 낙담하거나 우울해하는 걸 본 적 있어요? 사람들과 어울리기를 피하려 한다거나, 사람들 사이에서 불안하고 불만스러운 모습을 보인 적이 있어요?"

9

대시우드 가족은 이제 바턴에 그럭저럭 편안하게 자리를 잡았다. 집과 정원, 그들을 둘러싼 모든 것들에 이제는 익숙해졌고, 노어랜드의 매력 중 절반을 차지했던 일상 활동도 다시 시작하게 되었다. 아버지가 돌아가신 이후 노어랜드에서 그랬던 것보다 훨씬 즐겁게. 존 미들턴 경은 처음 보름 동안은 날마다 그들을 찾아왔는데, 집에서는 별다른 활동이란 걸 본 적이 없는 터라 그들이 항상 뭔가를 하고 있다는 점에 놀라움을 감추지 못했다.

그들을 찾아오는 사람은 바턴 파크 식구를 빼면 많지 않다. 존 경이 이웃 사람들과 좀 더 어울리라고 간곡히 당부하고 언제든 자기 마차를 써도 된다고 누누이 이야기했지만, 대시우드 부인은 누군가에게 기대는 성격이 아니었기에 비록 딸들을

60

위해 사람들과 어울리고는 싶었으나 이를 받아들일 수 없었다. 그녀는 걸어서 오갈 수 있는 거리가 아니면 어떤 집도 방문하지 않겠다고 단호하게 결심한 터였다. 그 기준에 맞는 가족은 몇 안 되는 데다, 설령 기준에 맞는다 하더라도 다 어울릴 수 있는 것은 아니었다. 코티지에서 1마일 반쯤 떨어진 곳에, 앞서 묘사한 바대로, 바턴 골짜기로부터 흘러나온 좁고 구불구불한 앨러넘 골짜기가 있었다. 일찍이 대시우드 자매는 그곳에 산책을 나갔다가 고색창연한 저택 한 곳을 발견하였는데, 노어랜드와 다소 닮은 구석이 있어서 호기심과 함께 더 알고 싶다는 마음이 일었다. 하지만 알아본 결과, 그곳의 주인은 평판이 매우 좋은 노부인으로 안타깝게도 너무 노쇠해서 세상 사람들과 어울리지 못하고 바깥출입을 전혀 않는다고 했다.

주변에는 아름다운 산책로가 가득했다. 코티지의 거의 모든 창문으로 내다보이는 높은 초원 구릉지는 그들에게 꼭대기로 올라와 더없이 상쾌한 공기를 즐기라 손짓했는데, 흙먼지 때문에 아래쪽 골짜기의 뛰어난 경관을 즐기지 못하는 날이면 구릉지가 기꺼운 대안이 되었다. 잊지 못할 어느 아침에 메리앤과 마거릿은 이 언덕들 중 한 곳으로 발걸음을 옮기고 있었다. 비를 뿌리는 하늘 저편으로 햇빛이 비치는 데 끌리기도 했고, 지난 이틀간 끊임없이 비가 내리는 통에 계속 집 안에만 갇혀 있느라 갑갑했기 때문이었다. 메리앤이 그날은 종일 맑게 개일 것이고 언덕 위의 먹구름도 모조리 사라질 거라 장담했지만, 나머지 두 사람은 연필과 책을 두고 따라나설 만큼 날씨에 끌리지 않았다. 그래서 두 자매만 산책에 나섰다.

그들은 파란 하늘이 언뜻 비칠 때마다 본인들의 예상이 옳았음에 기뻐하며 명랑하게 구릉지를 올랐다. 상쾌한 남서풍이 세차게 얼굴에 불어올 때면, 어머니와 엘리너가 괜한 걱정 때문에 이렇게 싱그러운 기분을 함께 나누지 못하게 되었다면서 안타깝게 여겼다.

"세상에 이보다 더한 행복이 있을까?" 메리앤이 말했다. "마거릿, 적어도 두 시간은 걷다 가자."

마거릿이 동의해, 그들은 바람을 헤치며 나아갔다. 그렇게 20분쯤 즐거운 웃음으로 바람에 맞서고 있을 때, 갑자기 머리 위로 구름이 모이더니 억수 같은 비가 얼굴을 때리기 시작했다. 분하고 놀라기는 했으나 근처에 피할 곳이라고는 없고 그나마 집이 제일 가까웠기 때문에, 어쩔 수 없이 걸음을 돌려야 했다. 그래도 한 가지 위안은 있었다. 상황의 긴박함 때문에 평소의 예의범절을 따지지 않아도 되었으니, 가파른 산비탈을 전속력으로 달려 내려갈 수 있고 그러면 곧장 그들의 정원 입구가 나온다는 점이었다.

그들은 출발했다. 처음에는 메리앤이 앞섰으나 발을 헛디디면서 갑자기 고꾸라졌다. 마거릿은 언니를 도와주기 위해 멈추고 싶었으나 어쩔 수 없이 걸음을 재촉했고, 이내 무사히 기슭에 이르렀다.

메리앤이 사고를 당했을 때, 총을 든 신사 한 명이 깡충거리는 포인터 사냥개 두 마리를 데리고 몇 야드 떨어지지 않은 곳을 지나고 있었다. 그는 총을 내려놓고 그녀를 돕기 위해 달려왔다. 그녀는 몸을 일으켰으나, 넘어질 때 발을 삔 탓에 제대로 서지 못했다. 신사는 도와주겠노라 청했다가, 그녀가 불가피한 상황임에도 예의를 차리느라 거절하는 것을 보고는 아무 지체 없이 그녀를 번쩍 안아 들고 언덕을 내려왔다. 정원 입구는 마거릿이 열어둔 상태였다. 신사는 정원을 거쳐 곧장 집 안으로 들어간 뒤, 거실 의자에 그녀를 내려놓고 나서야 손길을 거두었다. 마거릿도 막 집에 도착한 참이었다.

엘리너와 어머니는 그들이 들어서자 놀라며 자리에서 일어났다. 둘 다 그의 모습에 겉으로 놀라고 속으로 감탄하면서 눈길을 거두지 못하는 동안, 그는 이렇게 불쑥 나타나서 죄송하다며 이유를 설명했는데, 그 태도가 워낙 소탈하고 품위 있어서 그렇잖아도 남달리 잘생긴 외모가 목소리와 표정 덕분에 더욱 매력적으로 보였다. 설령 상대가 늙고 못생기고 저속했다 하더라도, 대시우드 부인은 자기 자식을 어떤 식으로든 보살펴 준 이에게는 고마워하고 친절하게 대했을 터였다. 하물며 상대가 젊고 잘생기고 품위마저 있었으니, 그녀는 그의 행동에 감동하는 동시에 흥미마저 일었다.

부인은 거듭해서 감사를 표하며, 언제나 그렇듯 상냥한 몸가짐으로 그에게 자리에 앉으라 권했다. 하지만 그는 몸이 지저분하고 젖었다면서 사양했다. 그러자 대시우드 부인은 누구에게 신세를 졌는지는 알려달라고 간곡히 청했다. 그가 대답하길 자신의 이름은 윌러비이고 현재 거처는 앨러넘인데, 부인이 허락하신다면 다음 날 대시우드 양이 괜찮은지 확인하기 위해 다시 방문하고 싶다고 했다. 그의 청은 즉각 받아들여졌다. 이어 그는 거센 빗줄기 속에 떠났고, 이 때문에 더더욱 흥미로운 존재가 되었다.

그의 남성미와 범상치 않은 기품은 즉각 화제에 올라 모두의 감탄을 샀고, 그의 기사도를 두고 메리앤에게 쏟아진 농담도 그의 매력적인 외모 때문에 유난히 활기를 띠었다. 정작 메리앤 본인은 다른 사람들만큼 그의 모습을 잘 보지 못한 터였다. 그가 자신을 번쩍 안을 때 얼굴이 새빨갛게 달아오를 정도로 당황한 탓에 집 안에 들어오고 나서도 그를 차마 쳐다보지 못했기 때문이다. 하지만 다른 이들과 함께 감탄할 정도로는 그의 모습을 보았고, 언제나 그렇듯 그녀의 칭찬은 열성적이었다. 그의 외모와 분위기는 그녀가 좋아하는 이야기를 읽으며 꿈꿨던 주인공의 모습에 비할 만했다. 또한 앞서 격식을 차리지 않고 그녀를 집 안으로 안고 온 것은 신속한 판단력이 있었기에 가능했으니, 그녀는 이 점을 특히 높이 샀다. 그와 관련된 모든 것들이 흥미로웠다. 이름도 멋있고, 거처도 그들이 좋아하는 마을에 있었다. 이내 그녀는 모든 남성복 중에 사냥복이 가장 남자답다는 생각을 품게 되었다. 그녀의 상상은 분주했고 회상은 즐거웠으며, 삔 발목의 통증에는 관심도 없었다.

존 경은 그날 오전에 다시 날씨가 개어 집 밖으로 나설 수 있게 되자마자 코티지에 들렀다. 그들은 메리앤의 사고 소식을 전하면서, 혹시 앨러넘의 윌러비라는 신사를 아느냐고 열심히 물었다.

"윌러비!" 존 경이 외쳤다. "뭐, 그 청년이 이 지역에 와 있어요? 좋은 소식이군요. 내일 말을 타고 그곳에 가서, 목요일 정찬에 초대해야겠습니다."

"그러면 그분을 아시는군요." 대시우드 부인이 말했다.

"아느냐고요! 알다마다요. 그게, 매년 이 지역에 내려오니까요."

"어떤 젊은이인가요?"

"내 장담하건대, 비할 바 없이 좋은 친구입니다. 사격 솜씨도 훌륭하고, 잉글랜드에서 그 정도로 대범하게 말을 타는 사람은 드물죠."

"그분에 대해 말씀하실 수 있는 게 그게 전부인가요?" 메리앤이 발끈해서 외쳤다. "좀 더 가까운 사이에서는 어떻게 행동하는지 모르세요? 취미는 뭔지, 재능은 뭔지, 특출한 점은 뭔지?"

존 경은 다소 어리둥절했다.

"세상에." 그가 말했다. "그 정도로 잘 알지는 못하지. 하지만 성격 좋고 즐거운 친구란다. 게다가 그 친구의 검정 포인터 암컷은 내가 본 놈들 중에 제일 훌륭하지. 오늘 그 사냥개도 같이 데리고 나왔던가?"

하지만 존 경이 윌러비의 내면이 어떤 색조인지 묘사하지 못한 것처럼, 메리앤 역시 윌러비의 포인터가 어떤 빛깔이었는지 속 시원한 대답을 내놓지 못했다.

"하지만 누구신지는 아시죠?" 엘리너가 말했다. "어디서 오신 분인가요? 앨러넘에 집이 있어요?"

이 점에 대해서는 존 경도 좀 더 확실한 정보를 줄 수 있었다. 윌러비 씨는 이 지역에 본인의 땅을 소유하고 있지는 않다, 단지 앨러넘 코트의 노부인을 방문할 때만 그곳에 머무른다, 노부인과는 친척 관계인데 장차 그녀의 재산을 상속받을 예정이다, 등의 얘기를 하면서 이렇게 덧붙였다. "그럼, 그럼, 그 청년은 잡을 만한 가치가 있지, 대시우드 양.* 게다가 서머싯셔에 자기 소유의 작고 예쁜 영지도 있는걸. 내가 자네라면, 언덕에서 구르고 어쩌고 했다고 해서 여동생한테 그 청년을 양보하지는 않겠어. 메리앤 양은 모든 남자를 독차지하려 들면 안 되지. 조심하지 않으면 브랜던이 질투하겠어."

"존 경이 말씀하시는 것처럼 그분을 잡는다느니 하는 시도로 제 딸들이 윌러비 씨께 폐를 끼치는 일은 없을 거예요." 대시우드 부인이 사근사근한 미소를 지으며 말했다. "제 아이들은 그런 식으로 교육을 받지는 않았답니다. 남성분들이 아무리 부자라 해도, 저희와 계실 때는 안심하셔도 됩니다. 하지만 존 경의 말씀을 듣고 보니, 그분이 훌륭한 청년인 데다 알고 지내도 괜찮은 분인 것 같아 기쁘군요."

"내 생각에 세상에 그렇게 좋은 친구도 없어요." 존 경이 거듭 말했다. "지난 크리스마스에 파크에서 작은 무도회가 열렸

---

*결혼하지 않은 맏딸은 항상 성으로 불렸고, 가족들만 이름으로 부를 수 있었다. 따라서 엘리너의 경우 외부 사람들은 항상 그녀를 '대시우드 양'이라고 칭한다.

을 때, 그 친구가 8시부터 새벽 4시까지 춤췄던 게 기억나는군요. 단 한 번도 자리에 앉지 않았지요."

"그분이 정말 그랬어요?" 메리앤이 눈을 반짝이며 외쳤다. "아무 흐트러짐 없이, 지치지도 않고요?"

"그럼. 게다가 8시에 다시 일어나 말을 타고 여우를 쫓으러 나섰지."

"그게 제가 좋아하는 거예요. 그게 이상적인 젊은 남자의 모습이고요. 무슨 일을 추구하건 적당히 하는 법 없이, 지치는 법도 없이, 열성을 다해야죠."

"이런, 이런, 어떻게 될지 눈에 보이는군." 존 경이 말했다. "어떻게 될지 보여. 이제 메리앤 양은 그 친구를 낚으려 하고, 가엾은 브랜던은 생각도 않겠군."

"그런 표현은요, 존 경, 제가 특히 싫어하는 거예요." 메리앤이 열을 올리며 말했다. "재치를 부린답시고 만든 진부한 표현들은 하나같이 질색이에요. 그중에서도 '남자를 낚는다'라든가 '정복한다' 같은 표현들이 제일 불쾌해요. 저속하고 천박하잖아요. 처음에 만들었을 때는 재치 있게 여겼을지 모르지만, 시간이 흐르면서 참신한 맛은 오래전에 다 사라졌다고요."

존 경은 이런 비난을 제대로 이해하지 못했다. 하지만 마치 이해한 것처럼 껄껄 웃더니 이렇게 대답했다.

"이쪽이든 저쪽이든 메리앤 양은 충분히 정복하고도 남을 거야. 불쌍한 브랜던! 이미 푹 빠져 있는데. 내 말하지만, 브랜던이야말로 낚을 만한 가치가 충분하지. 아무리 언덕에서 구르고 발목을 삐고 어쩌고저쩌고 해도 말이야."

10

마거릿이 정확성보다는 우아함에 중점을 두고 윌러비에게 이름 붙인 바, 메리앤의 수호자는 다음 날 아침 일찍 안부를 묻기 위해 코티지에 들렀다. 그는 대시우드 부인으로부터 정중함 이상의 환영을 받았으니, 그녀가 보인 친절함은 존 경이 들려준 이야기나 부인 본인의 감사함에서 비롯된 것이었다. 그는 그곳에 머무는 동안, 우연한 사고를 통해 알게 된 이들 가족의 분별력, 품위, 서로를 향한 애정, 가정의 화목함 등을 모든 점에서 확인하게 되었다. 그들의 용모로 말하자면 두 번 볼 필요도 없이 매력적이었다.

대시우드 양은 살결이 곱고 이목구비가 반듯하고 몸매가 두드러지게 예뻤다. 메리앤은 심지어 더 아름다웠다. 체형이 언니만큼 균형 잡히지는 않았지만, 훤칠한 키 덕분에 더 눈을 사로잡았다. 게다가 얼굴은 정말 사랑스러워서, 흔히 하는 빈말로 그녀는 미인이지, 라고 말해도 대개의 경우와는 달리 진실이 왜곡된 경우가 아니었다. 피부는 꽤 짙은 편이었지만 워낙 투명해 안색에서 남다른 광채가 났고, 이목구비도 흠잡을 데 없었으며, 살짝 웃는 모습이 어여쁘고 매력적이었다. 게다가 매우 짙은 두 눈에는 생기, 활력, 열의가 담겨 있어 보고 있노라면 절로 흐뭇한 기분이 들었다. 처음에 그녀는 이런 표정을 윌러비에게 짓지 못했다. 그의 도움을 떠올리면 부끄러웠기 때문이다. 하지만 부끄러움이 사라지고 그녀에게 생기가 돋았을 때, 그리고 그가 신사로서의 완벽한 예의범절뿐 아니라 솔직함과 쾌활함까지 갖췄음을 알게 되었을 때, 무엇보다도 그가 음악과 춤을 열정적으로 좋아한다고 말했을 때, 그녀가 그에게 지은 감동 어린 표정은 나머지 시간 동안 그와의 대화를 독점하기에 충분했다.

그녀를 대화에 끌어들이려면 좋아하는 취미 생활을 언급하기만 하면 되었다. 이런 화제가 나오면 그녀는 가만있지 못했고, 대화를 나눌 때 수줍어하거나 말을 아끼지도 않았다. 그들이 춤과 음악에서 얻는 즐거움이 닮았다는 점, 이것이 가능한 이유는 양쪽과 관련된 모든 면에서 일반적으로 의견이 일치하기 때문이라는 점을 그들은 금세 발견하게 되었다. 메리앤은 여기에 고무되어 그의 의견을 좀 더 알아보고자 책을 주제로 질문을 던졌다. 그녀가 자신이 좋아하는 작가들을 끄집어내어 얼마나 황홀하고 열렬하게 묘사했던지, 분별 있는 스물다섯 살 청년이었다면 제아무리 예전에는 무시했을지라도 그녀 앞에서는 당장 그 작품들의 우수함을 인정하게 되었을 것이다. 그들의 예술적 취향은 놀랄 만큼 비슷했다. 둘 다 똑같은 책들, 똑같은 구절들에 심취했다. 어쩌다 차이점이 나타나거나 반대 의견이 제시되어도, 그녀의 열정적인 강변과 반짝이는 눈빛 앞에서는 순식간에 사라졌다. 그는 그녀의 모든 판단을 받아들였고, 그녀의 모든 열정을 이해했다. 방문이 끝나기 이미 한참 전에 그들은 오랫동안 알고 지낸 사람들처럼 친밀하게 대화를 나누고 있었다.

"글쎄다, 메리앤." 그가 떠나자마자 엘리너가 말했다. "하루아침나절에 참 많은 걸 해냈구나. 거의 모든 중요한 사안에서 윌러비 씨의 견해를 확인했으니까. 그분이 쿠퍼와 스콧*을 어떻게 생각하는지도 알아냈고, 그 시들의 아름다움을 응당 높이 평가하고 있다는 것도 확인했고, 포프**의 경우에는 적절한 선 이상으로 찬미하지 않는다는 확증도 얻었지. 하지만 모든 대화 주제를 이렇게 빨리 섭렵해버리면 앞으로 긴 친분을 어떻게 유지하려고 하니? 좋아하는 이야깃거리도 곧 떨어져버릴 텐데. 이제 한 번만 더 만나면 그분이 회화적 자연미***와 재혼에 대해 어떤 견해를 가지고 있는지 충분히 알게 될 테고, 그러고 나면 더 이상 질문할 거리도 없겠지."

"언니." 메리앤이 외쳤다. "어쩜 그럴 수 있어? 너무한 거 아냐? 내 생각이 그렇게 빈약해? 하지만 무슨 뜻인지는 알겠어. 내가 너무 편하게 너무 즐겁게 너무 솔직하게 굴었다는 거

---

*영국의 낭만파 시인이자 역사소설가인 월터 스콧을 가리킨다.
**시인이자 비평가인 알렉산더 포프는 당대의 대표적인 시인으로 널리 읽혔으나, 내용과 형식 면에서 절제되고 합리론적인 면을 표현했기에 메리앤의 성향과 대치된다.
***'그림 같은 자연 풍경'을 뜻하며, 당시에 매우 유행했던 개념이다. 1782년 윌리엄 길핀이 쓴 《와이 강과 남 웨일스 지방의 관찰기》라는 책에서 '그림 같은(picturesque)'이라는 용어가 처음 쓰였다. 자연 속에서 그림처럼 아름다운 풍경을 찾아내고자 했으며, 실제로 많은 사람들이 이런 풍경을 찾아 여행을 떠나기도 했다. 당대의 낭만주의 사조와 연관성이 많았다.

지. 통상적인 예법에 어긋나게 처신했다고. 그냥 입 다물고 생기 없이, 따분하게 거짓을 내보여야 했는데 마음을 터놓고 진지하게 대했다고. 만약 내가 날씨나 길의 상태에 대해서만 얘기했다면, 그리고 10분에 한 번씩만 입을 열었다면 이런 비난을 받는 일은 없었겠지."

"애야." 어머니가 말했다. "네 언니가 하는 말에 마음 상하지 마라. 언니는 그냥 농담으로 그런 거니까. 그럴 리는 없겠지만 혹시라도 언니가 너와 우리 새 친구의 즐거운 대화를 제지하려 든다면, 엄마가 언니를 나무라마." 메리앤은 즉각 마음이 누그러졌다.

한편 윌러비 편에서도 어느 모로 보나 그들과 알게 되어 기뻐하는 듯했다. 친분을 더 발전시키고자 하는 분명한 태도가 그 증거였다. 그는 날마다 그들을 찾았다. 처음에는 메리앤의 안부를 묻는다는 것이 이유였으나, 날이 갈수록 점점 커져가는 따뜻한 환대를 받다 보니, 메리앤이 완전히 회복하여 더 이상 그런 이유가 통하지 않게 되었을 때에는 굳이 그런 이유를 댈 필요조차 없어진 터였다. 그녀는 며칠간 집 안에 갇혀 지냈다. 하지만 갇혀 지내는 것이 이처럼 지루하지 않은 적이 있었을까. 윌러비는 훌륭한 재능, 기민한 상상력, 활발한 정신, 스스럼없고 다정한 태도를 지닌 청년이었다. 그는 메리앤의 마음을 완벽히 사로잡을 만한 사람이었으니, 위의 모든 장점과 더불어 매력적인 외모와 타고난 열정까지 갖추었기 때문이었다. 그리고 이런 열정은 이제 그녀를 본받아 점점 더 활발하게 커져갔고, 그 어떤 요소보다 그녀의 애정을 얻는 이유가 되었다.

그와 함께 보내는 시간은 점차 메리앤에게 가장 강렬한 즐거움이 되었다. 그들은 함께 읽고 함께 이야기하고 함께 노래했다. 그의 음악적 재능은 상당했다. 게다가 책을 낭독할 때면 에드워드에게는 안타깝게 없었던 감성과 생기가 넘쳤다.

대시우드 부인은 윌러비가 흠잡을 데 없는 청년이라는 점에서 메리앤과 견해를 같이했다. 엘리너도 그에게서 딱히 나쁘게 볼 만한 점을 찾지 못했으나, 단지 매사에 사람들이나 상황을 고려하지 않고 너무 자신의 생각만 이야기하는 성향이 마음에 걸렸다. 이런 성향은 메리앤과 매우 닮은 점이자 동생이 특별히 좋아하는 점이기도 했다. 다른 사람에 대해 너무 성급하게 판단하고 말한다는 점, 마음이 가는 상대에게만 관심을 집중한 나머지 일반적인 예의를 소홀히 한다는 점, 세상의 예법을 너무 쉽게 무시하는 점 등 그는 신중함이 부족한 모습을 보였는데, 그와 메리앤이 아무리 이를 옹호하려 해도 엘리너로서는 찬성하기 힘들었다.

이제 메리앤은 자신이 생각하는 완벽함을 충족시킬 남자를 영영 만나지 못하리라, 하고 열여섯 살 반의 나이에 절망에 빠졌던 것이 얼마나 성급하고 부당했는지 깨닫고 있었다. 윌러비는 그 불행했던 시간과 좀 더 낙관적이었던 모든 순간에 그녀가 사랑할 만한 사람으로 상상했던 모습 그대로였다. 게다가 그의 행동으로 보건대, 이 점에 있어 그는 그럴 만한 능력이 뛰어난 만큼이나 그러고자 하는 마음도 진실해 보였다.

어머니 역시 그가 재산을 물려받을 거란 이유로 둘의 결혼을 상상한 적은 단 한 번도 없었지만, 한 주가 지나기 전에 어느덧 이런 희망과 기대를 품고 있었다. 그녀는 에드워드와 윌러비 같은 사위를 얻게 되었음을 남몰래 자축했다.

브랜던 대령이 메리앤을 좋아한다는 사실은 일찌감치 주변 친구들의 시선에 포착되었으나, 엘리너는 다들 관심을 거두어버린 지금에 와서야 처음으로 그런 사실을 알아차리게 되었다. 이제 사람들의 관심과 재담은 그보다 운이 좋은 경쟁자에게로 향했다. 애정이 싹트기도 전에 대령에게 쏟아졌던 실없는 농담들은 정작 그의 감정이 연모에 응당 뒤따르는 놀림을 받을 만한 처지가 되었을 때는 사라지고 없었다. 엘리너는 제닝스 부인이 자신의 즐거움을 위해 대령한테 덮어씌웠던 감정이 실제로 여동생에 의해 생겨났음을 비록 내키지는 않지만 인정할 수밖에 없었다. 또한 서로 성향이 두루두루 닮은 점이 윌러비 씨의 애정을 촉진했다면, 서로 성격이 완전히 다른 점이 브랜던 대령의 애정을 가로막는 장애가 되지 못한다는 사실도 인정해야 했다. 그녀는 근심스럽게 지켜보았다. 서른다섯 살의 말없는 남자가 스물다섯 살의 원기 왕성한 남자를 상대로 무슨 희망을 품겠는가? 그녀는 차마 대령에게 성공을 빌어줄 수조차 없었기에, 그가 관심을 거두기를 진심으로 바랐다. 그녀는 대령이 좋았다. 근엄하고 말수도 적었지만 그에게는 뭔가 흥미로운 점이 있었다. 그의 태도는 엄숙하기는 해도 부드러웠다. 말수가 적은 점은 타고난 기질이 우울해서라기보다는 뭔가 정신적 억압의 결과인 듯 보였다. 과거의 상처와 실망감에 대해 존 경이 넌지시 던진 암시는 대령이 불행한 남자라는 그녀의 생각을 뒷받침해주었기에, 그녀는 존경과 연민으로 그를 대했다.

어쩌면 그녀는 대령이 윌러비와 메리앤에게 무시당하고 있다는 사실 때문에 그를 더 가엾게 여기고 존중했는지도 모른다. 그들은 대령이 활기차지도 젊지도 않다는 점에 편견을 품고 그의 장점을 깎아내리기로 작정한 듯 보였다.

"브랜던 대령은 딱 그런 분이죠." 어느 날 그들이 대령에 대해 이야기하고 있을 때 윌러비가 말했다. "다들 좋게 말하지만 아무도 신경 쓰지 않는 사람. 다들 만나면 반가워하지만 아무도 말을 걸지 않는 사람 말입니다."

"저도 딱 그렇게 생각했어요." 메리앤이 소리쳤다.

"너무 장담하지는 마세요." 엘리너가 말했다. "두 사람 다 옳지 않으니까. 바턴 파크 가족들은 그분을 매우 존경해요. 저 역시 그분을 뵐 때마다 일부러 대화를 나누고요."

"대시우드 양의 비호를 받는다는 점은 확실히 대령한테 유리하겠군요." 윌러비가 대꾸했다. "하지만 다른 이들의 존경을 받는다는 점으로 말하자면, 그 자체로 비난입니다. 세상에 누가 레이디 미들턴이나 제닝스 부인 같은 여성한테 인정받는 수모를 감수하려 하겠습니까? 인정받든 말든 아무도 신경도 안 쓰는데."

"하지만 윌러비 씨나 메리앤 같은 사람들한테 받는 모욕이

레이디 미들턴이나 그 어머니로부터 받는 존경을 보상하겠네요. 그분들의 칭찬이 비난이라면 두 사람의 비난은 칭찬이에요. 그분들한테 분별력이 없다 치면 두 사람은 편파적이고 부당하니까요."

"피보호자를 옹호하기 위해 짓궂은 말도 서슴지 않으시는군요."

"윌러비 씨가 부르시는 바대로, 제 피보호자는 분별 있는 신사분이세요. 그리고 저는 분별력을 언제나 높이 사고요. 그래, 메리앤, 설령 상대가 서른과 마흔 살 사이라고 해도 말이야. 그분은 세상을 많이 보셨어요. 외국에도 나가셨고 책도 읽으셨고 생각도 깊으시죠. 그분은 다양한 주제에 대해 제게 많은 정보를 주실 수 있더군요. 게다가 질문을 드리면 언제나 교양 있고 온화하게 대답을 해주셨고요."

"다시 말해 언니한테 이렇게 말했다는 거겠지." 메리앤이 경멸 어린 말투로 외쳤다. "동인도는 기후가 무덥고 모기가 성가시다고."

"내가 그런 질문을 드렸다면, 틀림없이 그렇게 얘기해주셨겠지. 하지만 그런 것들은 이미 들어서 알고 있던 내용이었어."

"어쩌면 대령의 관찰력이 네이밥, 골드 모르, 팰런킨*의 존재에까지 미쳤을지도 모르죠." 윌러비가 말했다.

*네이밥은 인도에서 막대한 부를 얻은 영국인, 골드 모르는 영국령 인도에서 쓰였던 동전, 팰런킨은 인도의 1인승 가마를 뜻한다. 모두 당시에 보편적으로 쓰였던, 인도와 관련된 용어들이다.

"감히 말씀드리지만 그분의 관찰력은 당신의 공평함보다는 미치는 범위가 클 것 같군요. 하지만 왜 그분을 싫어하시는 거죠?"

"싫어하지 않습니다. 오히려 매우 존경할 만한 분이라 생각합니다. 다들 칭찬하지만 아무도 관심을 갖지 않는 분, 쓸 수 있는 이상으로 돈이 많고, 어떻게 보낼지 모를 만큼 시간이 남아돌고, 매년 새 코트를 두 벌씩 장만하는 분이라고요."

"거기에 덧붙이자면," 메리앤이 소리쳤다. "특출한 재능도 취향도 생기도 없는 분이시죠. 지력은 있으나 반짝이지 않고, 감정은 있으나 뜨겁지 않고, 목소리는 단조롭기 그지없는 분."

"두 사람은 그분을 그렇게 싸잡아서, 그것도 그렇게 상상력에 기초해서 결점 많은 사람으로 매도해버리는군요." 엘리너가 대답했다. "그렇다면 제가 그분을 위해 해드릴 수 있는 칭찬은 상대적으로 냉랭하고 건조하게 들리겠어요. 나는 그저 그분이 분별 있고, 예의 바르고, 박식하고, 태도가 온화하고, 그리고 필시 심성이 다정한 분인 것 같다는 말밖에 할 수 없으니까요."

"대시우드 양." 윌러비가 소리쳤다. "저를 모질게 대하시는군요. 이성으로 저를 무장해제하고, 제 뜻과 다르게 믿도록 설득하려 하십니다. 하지만 그렇게 되지는 않을 겁니다. 대시우드 양이 재간 좋은 만큼이나 저 역시 고집이 세거든요. 제게는 브랜던 대령을 싫어할 만한 반박 못 할 이유가 세 가지 있습니다. 제가 맑은 날을 기대했을 때 그분은 비가 올 거라 얘기했고, 제 이륜 쌍두마차의 차체 높이를 흠잡았으며, 아무리 설득해도 제 갈색 암말을 사려 하지 않습니다. 하지만, 이런 말씀이 위안이 될지 모르겠으나, 그분의 성격이 나머지 면에서는 흠 잡을 데 없다고 믿습니다. 그 점은 기꺼이 인정하겠습니다. 이렇게 괴로움을 무릅쓰고 인정했으니, 그 대가로 제게서 그분을 마음껏 싫어할 수 있는 권리를 뺏어가지 마십시오."

11

대시우드 부인이나 딸들은 처음 데번셔에 왔을 때, 이렇게 금세 수많은 약속이 생겨 시간을 할애해야 한다거나, 잦은 초대와 끊임없는 방문객 때문에 뭔가를 진득이 할 여유가 없어질 거라고는 상상도 못 했다. 하지만 실제 상황이 그러했다. 메리앤이 회복되자, 존 경이 예전부터 세워왔던 저택 안팎에서의 흥겨운 계획들이 실행에 옮겨졌다. 이어 바턴 파크에서 개인 무도회가 시작되었다. 비 많은 시월의 날씨가 허락하는 한 물놀이 파티도 자주 열렸다. 윌러비는 이런 모임이 열릴 때마다 초대되었는데, 파티에 자연스레 따르는 편안하고 친근한 분위기는 그에게 있어 대시우드 가족과 더 친밀해지는 호기가 되었다. 또한 메리앤의 여러 장점을 지켜보고, 그녀를 적극적으로 찬미하고, 자신을 대하는 태도에서 그녀의 애정을 더없이 분명하게 확인하는 기회가 되었다.

엘리너는 그들의 애정에 놀라지 않았다. 단지 너무 공공연히 드러내지 않기만을 바랐다. 실제로 한두 번 메리앤에게 조금 자제하는 게 적절하지 않겠느냐고 어렵사리 말을 꺼낸 적도 있었다. 하지만 메리앤은 스스럼없이 굴어 수치스러운 상황도 아닌데 어떤 감정이든 감추는 것을 극도로 싫어했다. 또한 그 자체로 비난받을 만한 것이 아닌 감정을 억누르려 하는 것은 불필요한 시도일 뿐 아니라, 통속적이고 잘못된 관념에 이성을 종속시키는 수치스러운 일이라고 여겼다. 윌러비 역시 생각이 똑같았다. 그리고 그들의 행동에는 언제나 본인들의 견해가 고스란히 드러났다.

그와 함께 있으면 그녀의 시선에 다른 사람은 들어오지도 않았다. 그가 하는 일은 모두 옳았다. 그가 하는 말은 모두 재치 있었다. 만약 바턴 파크에서 저녁 모임을 카드놀이로 마무리하면, 그는 본인뿐 아니라 나머지 일행 모두에게 속임수를 써서라도 그녀에게 좋은 패를 주었다. 무도회가 열리는 밤이면, 절반의 경우는 둘이 파트너였다. 행여나 두 곡을 추는 동안 서로 떨어져 있게라도 되면, 다음번에는 함께 서려고 정신을 바짝 차렸고 다른 사람들에게는 거의 말도 건네지 않았다.* 물론 이런 행동은 굉장한 비웃음을 샀다. 하지만 사람들이 조롱하거나 말거나 그들은 창피해하지도 않았고 거의 신경도 쓰지 않는 것 같았다.

대시우드 부인은 그들의 감정을 따뜻하게 공유했기에 이처

*당시에는 한 파트너와 두 곡의 춤을 추는 것이 무도회의 기본 원칙이었다. 두 곡이 끝나기까지는 30분 정도 걸렸고, 이후에는 파트너를 바꾸는 것이 예의였다.

럼 과도한 감정 표현을 자제시킬 의향이 전혀 없었다. 그저 젊고 열정적인 남녀가 서로 강렬한 애정을 품게 되었을 때 나타나는 자연스런 결과로 여겼다.

　이때가 메리앤에게는 행복한 시절이었다. 그녀의 마음에는 온통 윌러비뿐이었고, 그와 어울리면서 현재의 집에 매력이 더해진 까닭에 서식스에서 품고 온 노어랜드에 대한 애정도 예상보다 쉽게 옅어져갔다.

　엘리너의 행복은 그리 대단하지 않았다. 마음도 그다지 편치 않았고, 사람들과의 교제에서 얻는 만족감도 그리 순수하지 않았다. 남기고 떠나온 것을 대신 채워줄 만한 벗도, 그리고 노어랜드를 떠올릴 때 회한이 줄어들게 할 만한 벗도 이곳에는 없었다. 레이디 미들턴이나 제닝스 부인은 그녀가 그리워하는 그런 대화를 제공해주지 못했다. 비록 후자는 끝없는 수다꾼으로, 처음부터 엘리너를 예쁘게 봐서 대화의 상당 부분을 그녀에게 할애했지만. 벌써 그녀는 엘리너에게 본인의 인생사를 서너 번 되풀이해 들려준 터였다. 만약 엘리너의 기억력이 강연 내용을 다 따라갈 정도였다면, 제닝스 씨가 마지막으로 앓은 병이 어떠했는지, 또는 그가 숨을 거두기 몇 분 전에 부인에게 뭐라 말했는지 온갖 시시콜콜한 내용을 교제 초반부터 숙지하게 되었을 것이다. 레이디 미들턴은 좀 더 조용하다는 점에서 그나마 어머니보다 나을 뿐이었다. 레이디 미들턴이 말수가 적은 것은 그저 몸가짐이 조용해서일 뿐 분별력과는 아무 상관없음은 몇 번 보지 않아도 알 수 있었다. 남편과 어머니를 대할 때도 그들을 대할 때와 태도가 똑같았다. 친밀함은 기대하지도 바라지도 않았다. 오늘 하는 얘기나 그 전날 했던 얘기나 그게 그거였다. 심지어 기분까지 늘 똑같아서 한결같이 무미건조했다. 남편이 주선하는 파티도 모든 게 고상하게 이루어지고 위로 두 아이가 참석하기만 한다면 굳이 반대하지는 않았지만, 집에 가만 앉아 있을 때보다 결코 더 큰 즐거움을 얻는 것 같지는 않았다. 대화에 참여해서 다른 이들에게 즐거움을 더하는 일도 없었기에, 그녀의 존재는 성가신 아들들을 애타게 챙길 때나 이따금 사람들 사이에서 상기될 뿐이었다.

새로 친분을 쌓은 사람들 중에서 브랜던 대령만이 어느 정도 능력을 존중할 만하고, 우정을 쌓아나가고 싶고, 함께 있을 때 즐거운 사람이었다. 윌러비는 논의 대상이 아니었다. 엘리너는 그에게 감탄과 애정, 심지어 처형으로서의 애정도 품고 있었다. 하지만 그는 연인이었고, 온통 메리앤에게만 관심이 쏠려 있어서, 훨씬 덜 유쾌한 사람일지라도 그보다는 더 기분 좋은 상대가 될 정도였다. 브랜던 대령은, 본인에게는 안타까운 일이지만 윌러비처럼 오직 메리앤만 생각해도 되는 고무적인 입장이 아닌지라, 엘리너와 나누는 대화에서 여동생의 철저한 무관심에 대한 큰 위안을 얻을 따름이었다.

대령이 이미 실연의 아픔을 겪었다고 짐작할 만한 이유가 있었기에, 그를 향한 엘리너의 연민은 점점 커져갔다. 이런 짐작은 어느 날 저녁 바턴 파크에서 그가 우연히 던진 말로부터 비롯된 것이었다. 당시 다른 이들이 춤추는 동안, 그들은 상호

동의하에 함께 앉아 있었다. 그는 메리앤에게 시선을 고정하고 있다가 얼마간 침묵이 흐른 뒤 희미한 미소를 지으며 말했다. "제가 보기에 동생분은 두 번째 사랑을 인정하지 않는 것 같군요."

"네." 엘리너가 대답했다. "메리앤의 생각은 굉장히 낭만적이에요."

"아니면 첫사랑 외에는 존재할 수 없다고 여기는지도 모르지요."

"아마 그럴 거예요. 하지만 저희 아버지가 어떤 분이셨는지 고려치 않고 어떻게 그런 생각을 품는지 모르겠어요. 아버지만 해도 아내가 둘이었거든요. 그렇지만 몇 해만 지나면 메리앤도 상식과 관찰의 이성적인 토대 위에서 생각하겠지요. 그러면 지금보다는 저 아이의 생각을 정의하고 해명하기 쉬워질 거예요, 본인만 빼고 누구든."

"어쩌면 그럴지도 모르지요." 그가 대답했다. "하지만 젊은 마음이 품는 편견에는 뭔가 굉장히 매력적인 면이 있어서 그것을 포기하고 좀 더 일반적인 여론을 받아들이는 것을 보면 안타까운 마음이 듭니다."

"그 점에는 동의할 수가 없어요." 엘리너가 말했다. "메리앤이 품은 것 같은 감정에는 불편함이 따라요. 세상에 대한 무지나 열정이 아무리 매력적이라 한들 그것을 보상하지는 못해요. 메리앤의 가치관에는 무엇이 옳고 적절한지를 무시해버리는 안타까운 경향이 있어요. 세상을 좀 더 알게 되는 것만이 저 애에게 가장 도움이 되는 길이라 기대하고 있어요."

그는 잠시 침묵하더니 대화를 이어나갔다.

"동생분은 두 번째 사랑을 반대하는 데 있어 어떤 구분을 둡니까? 아니면 누가 하든 똑같이 죄악시되는 건가요? 상대방의 변심이든, 상황의 어긋남이든, 첫 번째 선택에서 실망감을 맛본 사람들도 남은 생애 내내 무심하게 지내야 하는 건가요?"

"맹세코, 저도 메리앤의 가치관이 어떠한지 세세한 부분까지는 알지 못해요. 그저 그 애에게서 두 번째 사랑이 용납 가능하다는 말은 아직까지 못 들은 것 같아요."

"계속 그러지는 못하겠지요." 그가 말했다. "어떤 변화가, 감정의 완전한 변화가 일어나면…… 아니, 아닙니다. 그렇게 되길 바라지 마십시오. 젊은 마음이 지닌 낭만적 생각이 어쩔 수 없이 꺾였을 때, 그 자리에 너무나 저속하고 너무나 위험한 생각들이 들어차는 경우가 얼마나 흔합니까! 경험에서 드리는 이야기입니다. 예전에 제가 알던 한 숙녀는 기질이나 마음이 동생분과 무척 닮았었지요. 생각하는 것도 판단하는 것도 말입니다. 하지만 어찌할 수 없는 변화 때문에…… 일련의 불운한 상황들 때문에……." 이 대목에서 그는 갑자기 말을 멈췄다. 너무 말을 많이 했다고 생각하는 것 같았다. 여느 때라면 그냥 지나쳤을 테지만, 엘리너는 그의 표정에서 어떤 추측을 얻었다. 대령이 그녀에 관한 이야기는 결코 입 밖에 내어서는 안 된다는 강한 인상만 주지 않았더라도, 숙녀 이야기는 아무 의심 없이 넘어갔을 것이다. 하지만 상황이 그러했기에, 대령의 감정과 옛 사랑의 가슴 아픈 회상을 연결시키는 데는 약간의 상상력이면 충분했다. 엘리너는 더 이상 알려고 하지 않았다. 하지만 메리앤이었다면 그 정도로 만족하지 않았을 것이다. 그녀의 풍부한 상상력 아래 이야기 전체가 신속하게 재구성되고, 모든 것이 더없이 애절한 비극적 사랑의 형태로 탄생했을 것이다.

12

다음 날 오전 엘리너와 메리앤이 함께 산책하고 있을 때, 동생이 언니에게 소식 한 가지를 전했다. 엘리너는 예전부터 메리앤이 경솔하고 생각이 없는 것을 알고 있었지만, 그럼에도 이번 소식은 이런 성향을 적나라하게 드러냈다는 점에서 놀라울 따름이었다. 윌러비가 말을 한 마리 줬어, 그이가 직접 서머싯셔 영지에서 교배시켜 키운 말이래, 여성을 태우기에 딱 적당하대, 라고 메리앤은 기쁨에 넘쳐 전했다. 애초에 말을 건사하는 건 어머니의 계획에 없는 일이었고, 혹시라도 어머니가 이번 선물을 받아들이는 쪽으로 생각을 바꾸기라도 하면 하인이 탈 말을 따로 사야 된다는 것, 말을 탈 하인도 따로 고용해야 한다는 것,* 무엇보다 말을 건사할 마구간을 지어야 한다는 것

---

*여성이 혼자 말을 타는 것은 적절치 않기 때문에 하인이 동행해야 했다.

등은 전혀 고려하지 않은 채, 동생은 덥석 선물을 수락하고는 기쁨에 겨워 언니에게 소식을 전하는 것이었다.

"즉각 말구종을 서머싯셔에 보내서 말을 데려올 생각이래." 메리앤이 덧붙였다. "말이 도착하면 우리는 날마다 타러 나갈 거야. 언니한테도 빌려줄게. 상상해봐, 엘리너 언니, 저 구릉지를 힘차게 달리면 얼마나 즐거울지."

메리앤은 이 같은 행복한 꿈에서 깨어나 이번 일에 따를 온갖 불편한 사실들을 이해하려 하지 않았다. 얼마 동안은 그런 사실을 인정하기를 거부했다. 따로 하인을 두는 데 드는 비용은 미미할 거라는 둥, 엄마는 분명 반대하지 않을 거라는 둥, 하인이야 아무 말이나 타면 된다는 둥, 말은 바턴 파크에서 언제든 구할 수 있다는 둥, 마구간으로 말하자면 그냥 헛간만으로도 충분하다는 둥. 그러자 엘리너는 이렇게 잘 알지도 못하는, 아니면 어쨌거나 이렇게 최근에야 알게 된 사람에게 선물을 받는 것이 과연 예의에 맞는 일인가 하고 의문을 제기했다. 너무 지나친 말이었다.

"언니가 잘못 안 거야." 메리앤이 발끈하며 말했다. "내가 윌러비에 대해 잘 알지도 못한다니. 실제로 그이와 안 지는 오래되지 않았어. 하지만 언니랑 엄마만 빼면 이 세상 어떤 사람보다도 내가 잘 아는 사람인걸. 친밀함을 결정하는 건 시간이나 기회가 아니야. 오로지 성향이지. 어떤 사람들은 서로 친해지는 데 7년으로도 부족하고, 어떤 사람들은 7일만으로도 충분해. 오히려 윌러비보다 오빠한테서 말을 받는 게 더 예의에 어굿나는 일이 될 거야. 수년간 함께 살았지만 존 오빠에 대해 아는 것이라고는 없는걸. 하지만 월러비에 대해선 오래전에 이미 판단이 섰어."

엘리너는 그 점에 대해선 더 이상 건드리지 않는 편이 현명하겠다고 생각했다. 그녀는 동생의 기질을 잘 알고 있었다. 이처럼 민감한 주제에 이견을 제시하면 동생은 더욱 자기 의견을 고수하려 들 것이 분명했다. 하지만 어머니를 향한 동생의 애정에 호소하고, 만약 (아마 그렇게 될 테지만) 딸들에게 한없이 자상하기만 한 어머니가 이처럼 가계 부담을 늘리는 데 동의하면 당신 스스로 어떤 불편함을 감수해야 되는지 알려주자, 메리앤은 금세 마음이 가라앉았다. 그러고는 어머니한테 괜히 이런 이야기를 꺼내 분에 넘치는 친절을 베풀게 하지 않겠다고, 그리고 다음에 월러비를 보게 되면 제안을 거절하겠다고 약속했다.

그녀는 약속을 지켰다. 같은 날 월러비가 코티지에 들렀을 때, 엘리너는 동생이 낮은 목소리로 선물을 받아들일 수 없게 되어 아섭다고 말하는 것을 들었다. 동시에 마음을 바꿀 수밖에 없었던 이유도 설명했는데, 사정이 그러한지라 그의 편에서도 더 권하기란 불가능했다. 하지만 그가 마음을 쓰고 있다는 사실은 명백했다. 그는 진지하게 마음을 표현한 뒤, 똑같이 낮은 목소리로 덧붙였다. "하지만 메리앤, 지금 당장 데려갈 수는 없다 해도 그 말은 여전히 당신 겁니다. 당신이 찾으러 올 때까지만 내가 맡고 있겠어요. 당신이 바턴을 떠나 오래오래 살 집에서 자신만의 보금자리를 꾸미게 되면, 퀸 맵*이 당신을 맞을 겁니다."

대시우드 양은 본의 아니게 모든 이야기를 엿듣게 되었다. 이야기의 전체 내용이나, 그것을 표현하는 방식이나, 동생을 이름으로만 부르는 것이나, 여기에는 둘 사이의 완벽한 합의를 나타내는 너무나 확고한 친밀감, 너무나 직설적인 의미가 담겨 있었다. 그 순간부터 엘리너는 둘이 결혼을 약속했다고 믿어 의심치 않았다. 단지 여기에서 놀라운 점은 그렇게 솔직한 기질을 가진 당사자들이 그녀나 주변 친구들에게 직접 밝히지 않고 우연히 발견하도록 내버려뒀다는 점이었다.

마거릿이 다음 날 들려준 이야기는 사안을 더욱 명확하게 밝혀주었다. 전날 저녁에 윌러비가 와서 함께 지냈는데, 마거릿은 잠시 동안 그와 메리앤하고만 거실에 남겨졌던 까닭에 그들을 지켜볼 기회가 있었다. 그리고 다음 날 큰언니와 단둘이 있게 되자, 더없이 의미심장한 표정으로 이렇게 전한 것이었다.

"있지, 엘리너 언니!" 마거릿이 외쳤다. "메리앤 언니에 대해 말해줄 비밀이 있어. 내 생각에 작은언니는 윌러비 씨와 곧 결혼할 것 같아."

"또 그 얘기니." 엘리너가 대답했다. "두 사람이 하이처치 구릉지에서 처음 만난 날 이후로 너는 거의 날마다 그 얘기구

---

*윌러비는 메리앤에게 선물하는 말의 이름을 '퀸 맵'이라 정함으로써 은밀한 칭찬을 바치고 있다. '퀸 맵'은 셰익스피어의 《로미오와 줄리엣》에 나오는 요정들의 산파로, 인간이 잠들면 그들의 가장 은밀한 소망을 꿈의 형태로 보여준다.

나. 내 기억에, 둘이 알게 된 지 일주일도 되기 전에 너는 메리 앤이 윌러비 씨의 초상화를 목에 걸고 다닌다고 확신했었지. 하지만 알고 보니 우리 종조부님의 세밀화였어."

"하지만 정말로 이번엔 달라. 틀림없이 곧 결혼할 거야. 윌 러비 씨가 작은언니의 머리카락을 가지고 있거든."

"조심해, 마거릿. 알고 보면 그분 종조부님의 머리카락일지 도 모르니까."

"하지만 엘리너 언니, 정말로 메리앤 언니의 머리카락이야. 거의 확실해. 왜냐하면 윌러비 씨가 자르는 걸 내가 봤거든. 어 제 저녁에 다과가 끝난 뒤 언니랑 엄마가 방에서 나갔을 때 말 이야, 두 사람이 엄청 빠른 속도로 속닥속닥 얘기를 주고받았 는데, 윌러비 씨가 작은언니한테 뭔가를 간청하는 것 같더니 곧바로 작은언니의 가위를 집어 들고 기다란 머리카락을 몇 가 닥 잘랐어. 머리카락이 등 위로 치렁치렁 늘어져 있었거든. 그 러고선 머리카락에 입을 맞추더니, 하얀 종이에 그걸 싸서 자 기 수첩에 넣었어."

그처럼 세세한 내용을 그처럼 근거 있게 이야기하니, 엘리너 는 인정하지 않을 수 없었다. 아니라고 할 마음도 없었다. 상황 이 자신이 직접 보고 들은 내용과 완벽하게 맞아떨어졌으니까.

마거릿의 총명함이 언제나 언니에게 썩 만족스러운 형태로 발휘되는 것은 아니었다. 어느 날 저녁 바턴 파크에서 제닝스 부인이 오랫동안 굉장히 궁금해했던 사안, 즉 엘리너가 특별히 좋아하는 젊은이의 이름이 무엇이냐고 마거릿을 추궁하자, 마거릿은 언니를 쳐다보며 이렇게 말했다. "말하면 안 되지, 그지, 엘리너 언니?"

이 대답에 물론 다들 웃음을 터뜨렸다. 엘리너 역시 웃으려고 애썼다. 하지만 그러기가 고통스러웠다. 그녀는 마거릿이 지목한 인물이 누구인지 알고 있었기에, 그의 이름이 제닝스 부인의 우스갯거리가 되는 것을 침착하게 견뎌낼 자신이 없었다.

메리앤은 언니를 진심으로 가엾게 여겼다. 하지만 본의와 달리 도움보다는 해를 끼쳤으니, 얼굴이 빨갛게 변해서 화난 말투로 마거릿에게 쏘아붙인 것이었다.

"네가 어떤 추측을 하는지는 모르겠지만, 그걸 남한테 말할 권리는 없다는 걸 잊지 마."

"추측 같은 건 한 적 없어." 마거릿이 대꾸했다. "그 얘기를 해준 건 작은언니잖아."

이 말에 일행의 웃음소리는 더 높아졌고, 마거릿한테 좀 더 말해보라고 성화를 부렸다.

"아! 그렇지, 마거릿 양, 속 시원하게 얘기해봐요." 제닝스 부인이 말했다. "그 신사분의 이름이 뭘까?"

"말하면 안 돼요. 하지만 이름이 뭔지는 확실히 알아요. 게다가 어디 계시는지도 알고요."

"그럼, 그럼, 다들 그분이 어디 계시는지 짐작할 수 있지. 틀림없이 노어랜드에서 본인 집에 계시겠지. 아마 교구 부목사님 아니려나."

"아뇨, 그건 아니에요. 아무 직업도 없는걸요."

"마거릿." 메리앤이 열을 내며 말했다. "다 네가 지어낸 얘기잖아. 세상에 그런 사람은 없어."

"뭐, 그렇다면 그분이 최근에 돌아가셨나 보네, 메리앤 언니. 왜냐하면 예전에는 분명 그런 분이 있었고, 이름이 F로 시작했으니까."

바로 그 순간, 레이디 미들턴이 "비가 정말 많이 내리네요"라고 얘기해서 엘리너는 그녀에게 더없이 고마운 마음이 들었다. 물론 그녀가 이야기 중간에 끼어든 것은 엘리너를 배려해서라기보다는 남편과 어머니가 희희낙락 재미있어하는 품위 없는 농담거리를 질색했기 때문이었을 테지만. 어쨌거나 레이디 미들턴이 이런 의도를 내비치자, 언제나 다른 이들의 감정을 배려하는 브랜던 대령이 즉각 이어받았고, 두 사람은 비를 소재로 많은 이야기를 나누었다. 윌러비가 피아노 뚜껑을 열고 메리앤에게 앉으라고 청했다. 그리하여 화제를 중단시키려고 여러 사람들이 다양한 노력을 한 덕분에 이야기는 거기에서 끝이 났다. 하지만 그 이야기 때문에 가슴 철렁했던 엘리너는 쉽게 마음을 가라앉히지 못했다.

이날 저녁에 그들은 일행을 꾸려 다음 날 바턴에서 12마일 거리에 있는 매우 아름다운 장소를 보러 가기로 했다. 브랜던 대령의 매형이 소유한 곳이었는데, 당시 외국에 나가 있던 주인이 엄격한 지시를 내려놓은 탓에, 대령과의 친분이 없으면 함부로 볼 수 없는 곳이었다. 넓은 정원이 아주 아름답다고 했다. 존 경은 특히 열성적으로 그곳을 칭찬했는데, 지난 10년간 여름이면 적어도 두 차례씩 일행을 꾸려 그곳을 방문했다고 하니, 그럭저럭 그의 평가를 믿어볼 만했다. 그곳에는 넓은 호수도 있으니, 낮 시간 대부분을 뱃놀이로 즐겁게 보낼 수 있을 터였다. 시원한 음식도 가져가기로 하고, 마차는 덮개 없는 것만 쓰기로 하는 등, 모든 것이 유쾌한 나들이를 위한 일상적 방식으로 준비되었다.

1년 중 시기상으로 보았을 때, 그리고 지난 보름 내내 매일같이 비가 왔다는 점을 고려했을 때, 일행 가운데 몇 명은 이 계획을 다소 무모하게 여겼다. 그리고 대시우드 부인은 이미 감기에 걸린 터라 엘리너의 의견을 받아들여 집에 머물기로 했다.

13

그들이 계획했던 위트웰 나들이는 결과적으로 엘리너의 예상과 매우 다르게 전개되었다. 그녀는 온몸이 흠뻑 젖고 지치고 겁에 질릴 각오가 되어 있었다. 하지만 사태는 더 불운했으니, 아예 출발조차 못 한 것이다.

10시경, 일행이 모두 바턴 파크에 모였다. 그곳에서 조찬을 할 예정이었다. 밤새 비가 내렸지만, 아침에는 구름이 하늘로 흩어지고 해도 자주 모습을 비치는 게 제법 날씨가 괜찮았다. 다들 기운이 넘치고 명랑했으며, 마음껏 즐기리라, 아무리 불편하고 힘들어도 기꺼이 따르리라 마음먹고 있었다.

조찬을 들고 있을 때 하인이 편지 몇 통을 가지고 들어왔다. 그중에는 브랜던 대령에게 온 것도 한 통 있었다. 그는 편지를 집어 주소를 보더니 안색이 변해 곧장 방에서 나갔다.

"브랜던한테 무슨 일이지?" 존 경이 말했다.

아무도 알지 못했다.

"나쁜 소식이 아니면 좋겠군요." 레이디 미들턴이 말했다. "우리 집에서 조찬을 하다 말고 저렇게 갑자기 자리를 뜨실 정도면 뭔가 심상치 않은 일인가 봐요."

5분쯤 지나 그가 돌아왔다.

"나쁜 소식이 아니면 좋겠구려, 대령." 그가 방에 들어오자마자 제닝스 부인이 말했다.

"아닙니다, 부인. 감사합니다."

"아비뇽에서 온 소식인가요? 누이 건강이 더 나빠졌다는 얘기는 아니어야 될 텐데."

"아닙니다. 런던에서 온 겁니다. 그냥 업무상 편지입니다."

"하지만 단순히 업무상 편지라면 왜 필체를 보고 그렇게 심란해하는 거요? 자, 자, 그래봤자 안 통해요, 대령. 그냥 속 시원히 말해봐요."

"어머니," 레이디 미들턴이 말했다. "말씀을 가려서 하셔야지요."

"아니면 사촌 패니가 결혼한다는 소식인가?" 제닝스 부인이 딸의 책망을 무시하고 말했다.

"아닙니다. 그런 내용이."

"뭐, 그렇다면 누구한테서 온 건지 알겠구려, 대령. 잘 지낸다지요?"

"누구를 말씀하시는 겁니까, 부인?" 그가 얼굴을 약간 붉히며 말했다.

"아! 내가 누구를 말하는지 잘 알면서 그러시네."

"하필이면 오늘 이 편지를 받게 되어 특히 유감입니다, 부인." 그가 레이디 미들턴을 보며 말했다. "아무래도 업무상 즉시 런던에 가봐야 할 것 같습니다."

"런던에!" 제닝스 부인이 외쳤다. "요즘 같은 철에 런던에서 무슨 볼일이 있다고?"

"저로서도 무척 안타깝습니다." 그가 말을 이었다. "이렇게 유쾌한 분들을 두고 떠나야 하니까요. 게다가 위트웰에 들어가려면 제가 있어야 될 텐데, 그게 특히 걱정입니다."

일행에게 이 무슨 날벼락인가!

"하지만 하녀장*한테 쪽지를 써주시면 되잖아요, 브랜던 대령님." 메리앤이 간절히 말했다. "그거면 충분하지 않을까요?"

그는 고개를 저었다.

"가야 해." 존 경이 말했다. "이렇게 나들이를 목전에 두고 연기할 수는 없어. 그냥 내일 런던으로 가게, 브랜던. 그러면 되잖나."

"나도 그렇게 간단한 문제면 좋겠네. 하지만 단 하루도 내

---

*하녀장은 하녀들 중 총책임자로 살림살이 전반을 지휘했다. 손님들에게 저택을 안내하는 것도 대개 하녀장의 역할이었다.

마음대로 늦출 수 있는 사안이 아니야!"

"어떤 업무인지 알려주면 좋을 텐데." 제닝스 부인이 말했다. "그러면 그게 늦출 만한지 아닌지 우리가 알겠지요."

"그래봤자 여섯 시간 차이입니다." 윌러비가 말했다. "우리가 돌아올 때까지 여행을 미루셔도 말입니다."

"단 한 시간도 지체할 처지가 못 됩니다."

이어 엘리너는 윌러비가 낮은 목소리로 메리앤에게 하는 말을 들었다. "함께 모여 노는 걸 못 견디는 사람들이 있죠. 브랜던도 그런 사람입니다. 필시 감기라도 걸릴까 두려워서 모임에서 빠지려고 이런 속임수를 쓰는 겁니다. 저 편지도 직접 작성했다는 데에 50기니 걸죠."

"당연히 그렇겠죠." 메리앤이 대답했다.

"자네는 뭐든 일단 결심하면 아무리 설득해도 마음을 바꾸지 않지, 브랜던. 겪어봐서 알아." 존 경이 말했다. "하지만 부디 다시 생각해보게. 그렇잖은가. 여기 캐리가의 아가씨 두 분이 뉴턴에서부터 왔지, 대시우드가 아가씨 세 분도 코티지에서부터 걸어왔지, 게다가 윌러비 씨는 평소보다 두 시간이나 일찍 일어났어. 다들 위트웰에 가려고 말이야."

다시 한 번 브랜던 대령은 일행을 실망시키게 되어 송구하다고 말했지만, 동시에 불가피한 일이라고 단언했다.

"뭐, 그럼 언제쯤 다시 돌아올 텐가?"

"런던을 떠나실 형편이 되는 대로, 바턴에서 다시 뵙길 바라겠어요." 레이디 미들턴이 덧붙였다. "대령님께서 돌아오실 때까지 위트웰 나들이는 연기해야겠네요."

"정말 친절한 말씀입니다. 하지만 언제쯤 돌아올 형편이 될는지 알 수 없어서, 어떤 약속도 드리지는 못하겠습니다.

"허! 돌아와야지, 돌아와야 하고말고." 존 경이 소리쳤다. "이번 주가 끝나도록 돌아오지 않으면 내가 찾으러 갈 거야."

"맞아, 그렇게 하구려, 존 경." 제닝스 부인이 외쳤다. "그럼 대령의 업무가 뭔지 자네가 알아낼 수도 있겠어."

"다른 사람들의 일을 꼬치꼬치 캐고 싶지는 않습니다. 아마도 뭔가 남부끄러운 일인가 보지요."

브랜던 대령의 말들이 준비되었다고 했다.

"설마 말을 타고 런던까지 가려는 건 아니겠지, 그런 건가?" 존 경이 덧붙였다.

"아니. 호니턴까지만 갈 거야. 거기서 역마차를 탈 생각이네."

"뭐, 자네가 굳이 가겠다니 좋은 여행이 되길 바라겠네. 하지만 지금이라도 생각을 바꾸면 좋을 텐데."

"다시 말하지만 내 마음대로 할 수 있는 일이 아니라네."

이어 그는 일행에게 작별을 고했다.

"올겨울에 동생분들과 함께 런던에서 뵐 기회는 없겠습니까, 대시우드 양?"*

"아쉽지만 힘들 것 같아요."

*당시 상류층은 런던에서 겨울을 나는 경우가 많았다. 겨울에는 시골에서 즐길 만한 일이 없었기 때문에 런던에서 다양한 사회적, 문화적 활동을 즐겼다.

"그렇다면 제가 바라는 바보다 더 오랫동안 작별을 고해야 겠군요."

그는 메리앤에게는 그저 고개만 숙여 인사하고 아무 말도 하지 않았다.

"그러지 말고, 대령." 제닝스 부인이 말했다. "떠나기 전에 무슨 일인지 얘기 좀 해보시라니까."

그는 제닝스 부인에게 인사한 뒤, 존 경의 배웅을 받으며 방에서 나갔다.

지금껏 예의상 억눌렸던 불만과 한탄이 이제 동시에 터져 나왔다. 이렇게 계획이 틀어지다니 정말 속상한 일이라고 다들 거듭해서 입을 모았다.

"그래도 대령의 업무가 뭔지 짐작은 가지." 제닝스 부인이 의기양양하게 말했다.

"그래요, 부인?" 거의 모든 사람들이 말했다.

"그럼. 분명 윌리엄스 양에 관한 일일 거요."

"윌리엄스 양이 누군데요?" 메리앤이 물었다.

"이런! 윌리엄스 양이 누군지 모른단 말이우? 예전에 분명 들어봤을 텐데. 윌리엄스 양은 대령과 혈연관계지. 아주 가까운 혈연관계. 얼마나 가까운지는 어린 아가씨들이 충격받을지 모르니 말하기 그렇고." 그러더니 목소리를 조금 낮춰 엘리너에게 말했다. "대령의 사생아라우."

"설마요!"

"아유, 그렇다니까. 게다가 대령을 얼마나 빼닮았는데. 아마도 대령은 전 재산을 그 아가씨한테 물려줄걸."

　고상한 레이디 미들턴은 충격을 받았다. 그녀는 사생아 이야기처럼 부도덕한 화제를 중단시키기 위해, 날씨에 대해 몸소 몇 마디 언급하는 수고도 마다하지 않았다.

　존 경은 다시 돌아와서 사태가 참 불운하게 되었다고 애석해하는 사람들 틈에 적극적으로 합세했다. 하지만 기왕 이렇게 다들 모였으니, 뭐라도 해서 즐겁게 시간을 보내자고 결론을 내렸다. 그리하여 의논을 한 끝에, 비록 위트웰에 가야만 진정한 즐거움을 누리겠지만, 마차를 타고 시골길을 달리는 것도 그럭저럭 마음을 가라앉히는 데 괜찮겠다고 의견을 모았다. 곧이어 마차를 대령하라고 일렀다. 윌러비의 마차가 제일 먼저 도착했는데, 메리앤은 마차에 오를 때 그렇게 행복해 보일 수가 없었다. 그는 매우 빠른 속도로 영지를 빠져나갔고, 이내 그들은 시야에서 사라졌다. 그리고 온종일 자취를 감추었다가 나중에 다른 사람들이 다 돌아오고 나서야 모습을 드러냈다. 둘 다 드라이브에 만족한 기색이었다. 하지만 나머지 사람들이 구릉지 쪽으로 갈 때 본인들은 오솔길 쪽으로 갔다고만 두루뭉술하게 말할 뿐이었다.

　저녁에는 무도회를 열어서 하루 종일 쾌락을 만끽하기로 했다. 캐리가에서 몇 명이 더 정찬에 참석하여, 존 경이 굉장히 뿌듯하게 언급한 것처럼, 스무 명 남짓한 사람이 식탁에 앉는 즐거움을 누렸다. 윌러비는 평상시처럼 대시우드 집안의 큰딸과 둘째딸 사이에 앉았다. 제닝스 부인은 엘리너의 오른쪽에 앉았는데, 자리에 앉은 지 얼마 되지도 않아 엘리너와 윌러비 뒤로 몸을 젖히고는, 두 사람에게 들릴 만큼 큰 소리로 메리앤에게 말했다. "아무리 속임수를 써도 내가 다 알아냈지. 두 사람이 낮 시간 내내 어디 있었는지."

메리앤이 얼굴을 붉히며 허둥지둥 대답했다. "네, 어디라니요?"

"알고 계시잖습니까?" 윌러비가 말했다. "저희는 이륜마차를 타고 나들이 중이었는데요."

"아무럼, 아무럼, 철면피 선생, 아주 잘 알고 있지. 그래서 두 사람이 어디에 갔었는지 알아내기로 마음먹었지. 앞으로 살 집이 마음에 들면 좋겠구려, 메리앤 양. 아주 큰 저택이지, 그렇고말고. 나중에 내가 방문하면 가구는 몽땅 새로 바꾸었길 바라요. 내가 6년 전에 갔을 때 보니 영 신통찮더라고."

메리앤은 적잖이 당황하여 고개를 돌렸다. 제닝스 부인은 실컷 웃었다. 그리고 엘리너는 두 사람이 어디 갔는지 알아내려고 작심한 제닝스 부인이 실제로 하녀를 시켜 윌러비 씨의 말구종에게 물어보게 했음을, 그리고 결국 이 방법을 통해 그들이 앨러넘에 갔고 그곳에서 꽤 오랫동안 정원을 산책하고 집안 곳곳을 누볐다는 정보를 입수했음을 알게 되었다.

엘리너는 그 말이 사실이라고 믿기 어려웠다. 스미스 부인이 안에 있는데, 게다가 메리앤은 부인과 일면식도 없는데, 윌러비가 저택에 들어가자고 제안했을 리도, 메리앤이 동의했을 리도 없기 때문이었다.

정찬실에서 나오자마자 엘리너는 동생에게 물어보았고, 제 닝스 부인이 들려준 상황이 모두 사실임을 알고서 크게 놀랐다. 메리앤은 언니가 이야기를 믿지 않는다고 화를 냈다.

"왜 우리가 거기에 안 갔다거나 저택을 보지 않았다고 생각하는 거야, 언니? 가끔씩 언니도 그러고 싶다고 하지 않았어?"

"그래, 메리앤. 하지만 스미스 부인께서 안에 계시고, 동행이 윌러비 씨밖에 없다면 들어가지 않을 거야."

"하지만 윌러비 씨는 그 저택을 보여줄 권리가 있는 유일한 사람인걸. 게다가 2인용 마차를 타고 갔기 때문에 다른 사람은 탈 수도 없었어. 내 평생 그렇게 유쾌한 시간은 처음이었어."

"안타깝지만, 어떤 일이 유쾌했다고 해서 항상 옳은 건 아냐."

"아니, 언니, 그것보다 더 강력한 증거는 없어. 우리는 뭔가 잘못된 행동을 하면 항상 마음에 걸리잖아. 그러니까 내가 한 행동에 정말 옳지 않은 부분이 있었다면 당시에 알아차렸을 거야. 그리고 그런 죄책감이 들었다면 유쾌함도 누리지 못했겠지."

"하지만 메리앤, 그 일 때문에 벌써 민망한 소리도 들었으니 이제 네 행동이 신중하지 못했다는 생각이 안 들어?"

"만약 제닝스 부인한테 민망한 소리를 들은 것이 옳지 않은 행동을 한 증거라면, 우리는 삶의 매순간 죄를 짓는다는 소리야. 나는 제닝스 부인의 비난 따위 신경 안 써. 칭찬도 마찬가지고. 스미스 부인의 정원을 거닐거나 저택을 둘러보았다고 해서 잘못된 행동을 했다고는 생각지 않아. 언젠가는 윌러비 씨의 소유가 될 거고, 그러면……."

"그게 언젠가 네 소유가 된다고 해도, 메리앤, 네가 한 행동이 정당화되지는 않아."

그녀는 이런 암시에 얼굴을 붉혔지만, 그럼에도 흡족해하는 기색이 역력했다. 이어 10분간 진지하게 생각하더니 다시 언니에게 와서 아주 싹싹하게 말했다. "언니, 앨러넘에 간 일 말이야, 내가 판단을 잘못한 게 맞는 것 같아. 하지만 윌러비 씨가 특별히 그곳을 보여주고 싶어 했는걸. 그리고 정말로 멋진 저택이었어. 위층에 유난히 예쁜 거실이 하나 있는데, 일상적으로 사용하기에 크기도 딱 적당해. 현대식 가구만 갖추면 근사할 거야. 구석에 위치한 방인데, 양쪽으로 창문이 나 있어. 한쪽 창으로는 저택 뒤편의 볼링용 잔디밭과 가파른 비탈에 위치한 아름다운 숲이 보여. 다른 쪽 창으로는 교회와 마을이 보이고, 그 너머로 우리가 그렇게 자주 감탄했던 깎아지른 듯한 멋진 언덕도 보여. 방은 상태가 조금 아쉬웠어. 가구가 너무 칙칙했거든. 하지만 새로 싹 바꾸면, 윌러비 말로는 2백 파운드 정도만 들이면, 잉글랜드에서 가장 쾌적한 여름용 거실로 만들 수 있을 거래."

일행의 방해 없이 엘리너가 계속 들을 수만 있었더라면, 메리앤은 저택의 방이란 방을 일일이 즐겁게 묘사했을 것이다.

14

브랜던 대령이 바턴 파크에 머물다가 갑작스럽게 떠난 것과, 왜 떠나야 하는지 이유를 끝내 감춘 것은 이삼 일 내내 제닝스 부인의 마음속에 맴돌면서 궁금증을 불러일으켰다. 지인들의 일이라면 시시콜콜한 부분까지 왕성한 호기심을 보이는 사람들이 그렇듯, 그녀도 궁금증이 굉장히 많은 사람이었다. 도대체 이유가 무엇일까, 그녀는 잠시도 쉬지 않고 궁금해했다. 분명 뭔가 나쁜 소식이 있을 거라고, 대령에게 닥쳤을 법한 온갖 문젯거리를 궁리했고, 그중 하나는 분명할 거라고 단단히 믿었다.

"뭔가 아주 우울한 일인가 봐, 틀림없어." 그녀가 말했다. "표정에서 딱 보였으니까. 딱한 사람! 재정 상태가 안 좋을까 걱정이야. 델라퍼드 영지도 연간 2천 파운드 이상은 안 나와. 게다가 형한테 물려받았을 때부터 빚에 얽힌 상태였거든. 금전 문제로 불려간 게 분명해. 달리 뭐가 있겠어? 정말 그런 건가 모르겠네. 속 시원히 알 수만 있다면 뭐든 할 텐데. 아니면 윌리엄스 양에 관한 건가. 그래, 그러고 보니 맞는 것 같아. 내가 그 이름을 언급했을 때 대령 표정이 바로 굳었거든. 아마 윌리엄스 양이 런던에서 아픈가 봐. 딱 설명이 들어맞잖아. 내 생각에 윌리엄스 양은 항상 좀 아파 보였거든. 모든 걸 걸고 장담하는데 분명 윌리엄스 양에 관한 일이야. 대령이 지금 재정적으로 곤란한 상황일 리는 없거든. 워낙 착실한 사람인 데다, 지금쯤이면 영지 부채도 싹 해결했을 테니까. 도대체 무슨 일일까!

아니면 아비뇽에 있는 누이 병세가 악화돼서 대령을 부른 건가. 그렇게 서둘러 출발한 걸 보면 맞는 것 같기도 하고. 어쨌거나 대령한테 아무 문제도 없으면 정말 좋겠구려. 덤으로 참한 색시도 한 명 얻으면 좋겠고."

제닝스 부인은 쉼 없이 궁금해하고, 쉼 없이 떠들어댔다. 새로운 추측이 나올 때마다 의견이 바뀌었고, 뭐든 새로 떠오를 때는 하나같이 그럴듯해 보였다. 엘리너 역시 브랜던 대령이 괜찮은지 정말 마음이 쓰였지만, 그렇다고 제닝스 부인의 장단에 맞춰 왜 그가 갑작스레 떠났는지만 궁금해하고 있을 수는 없었다. 그녀가 보기에는 그렇게까지 놀라거나 갖가지 추측을 내놓을 만한 사안도 아닐뿐더러, 그녀에게는 다른 궁금한 사항이 있었기 때문이다. 모든 이들이 각별히 관심을 가지고 있다는 사실을 잘 알 만한 주제에 대해 동생과 윌러비가 이례적으로 침묵을 지키고 있다는 점이었다. 이런 침묵이 계속되면서, 날이 가면 갈수록 더더욱 이상하고 그들의 성향과 맞지 않게 느껴졌다. 서로를 대하는 한결같은 태도를 보면 이미 일어난 일인데, 왜 어머니나 자기한테 터놓고 알리지 않는 것인지, 엘리너로서는 짐작이 되지 않았다.

그들이 곧바로 결혼할 만한 처지가 아니라는 건 그녀도 쉽게 이해할 수 있었다. 윌러비가 경제적으로 독립한 상태이기는 해도 부유하다고 믿을 근거는 전혀 없었기 때문이다. 존 경에 따르면 그의 영지에서 나오는 소득은 연간 6, 7백 파운드 정도였다. 하지만 윌러비의 씀씀이는 소득 수준을 넘어섰고, 본인도 종종 돈이 없다고 불평하곤 했다. 그렇다고 쳐도 사실 겉으로 훤히 드러나는 일인데, 약혼에 관해 이상하게 비밀을 유지하는 까닭이 무엇인지, 엘리너는 이해가 되지 않았다. 그들의 평상시 생각이나 행동과 완전히 상반되는 일이라, 때로는 정말 약혼을 한 건지 의심스러운 생각도 들었다. 그리고 이런 의심 때문에 메리앤에게 차마 물어볼 수도 없었다.

월러비의 행동은 그들 모두에 대한 애정을 더없이 확실하게 드러냈다. 메리앤을 대하는 태도에는 연인의 마음이기에 가능한 부드러움이 듬뿍 묻어났고, 나머지 가족들에게는 아들이자 형제로서의 애정을 보였다. 그는 바턴 코티지를 자기 집으로 여기고 사랑하는 듯했다. 앨러넘에서 보내는 시간보다 그곳에서 보내는 시간이 훨씬 많았다. 통상적인 약속으로 파크에서 모이는 경우가 아니면, 그는 오전에 운동을 하러 나섰다가 십중팔구 코티지에 들렀고, 본인은 메리앤 곁에서, 그가 아끼는 포인터 사냥개는 그녀의 발치에서 남은 하루를 보냈다.

특히나 어느 날 저녁, 브랜던 대령이 그 지역을 떠난 지 일주일쯤 지났을 무렵, 그는 주변 사물에 평소보다 유난히 애정 어린 감정을 느끼는 듯 보였다. 대시우드 부인이 봄에 코티지를 수리할까 한다고 어쩌다 이야기를 꺼내자, 그는 본인에게는 애정으로 완벽하게 느껴지는 곳인데 어떤 식으로든 개조해서는 안 된다고 열렬히 반대했다.

"뭐라고요!" 그가 외쳤다. "이 정다운 코티지를 수리한다고요! 아뇨. 그건 절대 찬성할 수 없습니다. 제 감정을 존중하신다면 벽에 돌멩이 하나라도, 지금 크기에 손톱만큼이라도 보태서는 안 됩니다."

"놀라지 마세요." 대시우드 양이 말했다. "그런 일은 없을 거예요. 앞으로도 어머니한테 그럴 만한 돈은 없을 테니까요."

"그렇다면 정말 기쁩니다." 그가 소리쳤다. "더 나은 곳에 돈을 쓰시지 못할 거라면, 앞으로도 언제나 돈이 없으시길 빕니다."

"고마워요, 윌러비. 하지만 당신이든 내가 사랑하는 누구든, 이곳을 아끼는 여러분의 감정을 해치면서까지 수리를 하는 일은 절대 없을 거예요. 설령 이 세상에서 가장 멋지게 수리할 수 있다 해도 말이에요. 봄에 돈을 정산했을 때 얼마나 여윳돈이 남을지는 모르겠지만, 당신의 마음을 그렇게 아프게 해가면서 돈을 쓰느니 그냥 쌓아놓고 있을게요. 하지만 정말로 이곳에 결점이 없다고 여길 만큼 애정을 느끼나요?"

"그럼요." 그가 말했다. "제가 보기엔 흠이라고는 없습니다. 아니, 그 이상이죠. 이곳은 행복을 얻을 수 있는 유일한 건물 형태입니다. 만약 제게 돈이 충분하다면 즉각 '쿰'을 헐어버리고 이 코티지의 도면과 똑같은 방식으로 다시 지어 올리겠습니다."

"컴컴하고 좁은 계단과 연기 나는 부엌까지 말씀이신가요." 엘리너가 말했다.

"그럼요." 그가 변함없이 열성적인 어조로 외쳤다. "이곳에 속한 모든 것을 다 담아야죠. 편한 것이든 불편한 것이든, 어떤 부분도 달라져서는 안 됩니다. 그때, 오직 그때, 그런 지붕 아래에서라면, 저는 쿰에서도 바턴에서처럼 행복할 수 있을 겁니다."

"제 소견으로는," 엘리너가 대답했다. "비록 방도 더 근사하고 계단도 더 널찍하다는 결점이 있지만, 앞으로 윌러비 씨의 집이 이 집과 마찬가지로 흠잡을 데 없는 곳으로 여겨질 날이 있지 않을까요."

"분명 어떤 여건하에서는 그곳이 저에게 대단히 소중해질지도 모릅니다."* 윌러비가 말했다. "하지만 이곳은 언제나 제 애정을 차지할 자격을 가질 겁니다. 그 어떤 곳에도 없는 자격을 말입니다."

대시우드 부인은 메리앤을 흐뭇하게 바라보았다. 딸의 아름다운 두 눈은 감정을 가득 담은 채 윌러비를 응시하고 있어, 그녀가 그의 말을 얼마나 잘 이해했는지 여실히 드러냈다.

"매년 이맘때쯤 앨러넘에 오면, 얼마나 자주 바랐는지 모릅니다." 그가 덧붙였다. "바턴 코티지에 누가 살았으면 하고요! 오다가다 이곳이 눈에 들어오면, 언제나 위치에 감탄하고 아무도 살지 않는다는 사실에 애석해했지요. 그때만 해도 전혀 생각지 못했습니다, 다음에 이곳을 방문했을 때 스미스 부인으로부터 처음 듣는 소식이 바턴 코티지에 사람이 들었다는 이야기가 되리라고는요. 저는 그 말을 듣자마자 만족감과 흥미를 느꼈습니다. 앞으로 제가 어떤 행복을 맛보게 될지 미리 예견을 했다고밖에는 설명할 수 없겠지요. 그렇지 않아요, 메리앤?"

*메리앤이 아내가 되어 함께 살 경우를 뜻한다.

나지막한 목소리로 그녀에게 말하더니, 이어 원래 목소리로 말을 이었다. "그런데도 이런 집을 망치려 하십니까, 대시우드 부인? 근사하게 고친다는 상상으로 이곳의 소박함을 없애려 하십니까! 이 소중한 거실은 우리의 만남이 처음 시작된 곳이자, 그 후로 우리가 너무나 많은 시간을 행복하게 보낸 곳인데, 이곳을 한낱 대기실의 처지로 강등시켜, 누구나 얼른 지나가기에 바쁜 공간으로 만들려 하십니까. 지금껏 세상의 그 어떤 으리으리한 방보다 진정한 편안함과 쾌적함을 제공해준 이곳을 말입니다."

대시우드 부인은 그런 식의 개조는 하지 않겠다고 다시 한 번 약속했다.

"정말 친절하십니다." 그가 열성적으로 대답했다. "말씀을 들으니 마음이 놓입니다. 조금만 더 약속을 해주시면, 저는 행복해질 겁니다. 이 집이 변함없을 뿐만 아니라, 부인과 따님들도 언제나 변함없을 거라 말씀해주십시오. 그리고 언제나 저를 따뜻하게 대하시겠다고요. 부인의 따뜻한 호의 덕분에 이곳의 모든 것이 제게는 너무나 소중해졌지요."

그는 곧바로 약속을 받았다. 그리고 저녁 내내 윌러비의 행동에는 애정과 행복이 동시에 묻어났다.

"내일 정찬 시간*에 뵐 수 있을까요?" 그가 떠날 때 대시우

*당시에는 오전 10시경 조찬을 하고, 오후 4~5시쯤 정찬을 들었다. 정찬은 하루 중에서 가장 격식을 갖춘 식사였다. 이른 저녁에는 차와 간단한 음식을 곁들인 다과를 들었고, 이어 늦은 저녁에 가벼운 석식을 먹었다.

드 부인이 말했다. "일찍 오시라고는 못 하겠어요. 레이디 미들턴을 뵈러 바턴 파크에 가봐야 하거든요."

그는 4시경에 오겠다고 약속했다.

15

다음 날 대시우드 부인은 레이디 미들턴을 보러 갔고, 딸 두 명이 동행했다. 하지만 메리앤은 소소한 일거리를 핑계 삼아 집에 있겠다고 했다. 어머니는 아마도 윌러비가 그들이 없을 때 메리앤을 보러 오겠다고 전날 밤에 약속했나 보다, 라고 여기면서 딸이 집에 남는 것에 매우 흡족해했다.

바턴 파크에서 돌아왔을 때 윌러비의 이륜마차와 하인이 코티지 앞에서 대기 중인 걸 보고, 대시우드 부인은 본인의 짐작이 맞았음을 확신했다. 지금까지는 그녀가 예상한 대로였다. 하지만 집 안으로 들어서자 어떤 선견지명으로도 예상치 못했던 장면이 펼쳐졌다. 그들이 복도에 막 들어섰을 때 메리앤이 손수건으로 두 눈을 가린 채 격심한 괴로움을 내비치며 거실에서 황급히 나오더니, 그들을 알아보지도 못하고 2층으로 뛰쳐올라간 것이다. 그들은 놀라고 당황하여 메리앤이 방금 나온 방으로 곧장 들어갔고, 그곳에서 홀로 있는 윌러비를 보았다. 그는 그들을 등진 채 벽난로 선반에 기대고 있었다. 그들이 들어오자 몸을 돌렸는데, 그의 표정에도 메리앤을 짓누른 감정이 강하게 드러나 있었다.

"메리앤한테 무슨 일이라도 있나요?" 대시우드 부인이 들어서면서 외쳤다. "아픈 건가요?"

"그렇지 않길 바랍니다." 그는 애써 유쾌한 척 대답하고는, 곧이어 억지 미소를 지으며 덧붙였다. "아마 아플 사람은 저일 겁니다. 지금 저는 극심한 실망감을 맛보고 있으니까요."

"실망감이라고요?"

"그렇습니다, 여러분과 한 약속을 지키지 못하게 되었으니까요. 오늘 아침에 스미스 부인께서 가난하고 의존적인 친척에게 부의 특권을 행사하시어, 저를 업무차 런던으로 보내셨습니다. 방금 전에 떠나라는 분부를 받고 앨러넘에 작별을 고했습니다. 그리고 이제 기운을 얻고자 여러분께 작별 인사를 드리러 왔습니다."

"런던이라고요! 오늘 낮에 가신다는 말씀인가요?"

"지금 바로 떠나야 합니다."

"너무 안타깝군요. 하지만 스미스 부인의 분부대로 해야지요. 부디 업무가 잘 마무리되어 얼른 다시 뵙길 바라겠어요."

그는 얼굴을 붉히며 대답했다. "정말 친절하십니다. 하지만 가까운 시일 내에 데번셔에 돌아오게 될지는 모르겠습니다. 스미스 부인을 뵙는 건 1년에 한 차례뿐이니까요."

"스미스 부인만 윌러비의 친지인가요? 이 마을에서 당신을 반겨 맞을 집이 앨러넘뿐인가요? 당치도 않아요, 윌러비. 이곳에서 초대하길 기다릴 수 있겠어요?"

그는 얼굴이 더욱 붉어졌다. 두 눈을 바닥에 고정한 채 이렇게 대답할 뿐이었다. "과분한 친절이십니다."

대시우드 부인은 놀라서 엘리너를 쳐다보았다. 엘리너도 놀라기는 마찬가지였다. 잠시 아무도 말이 없었다. 대시우드 부인이 먼저 입을 열었다.

"한마디만 덧붙일게요, 윌러비. 바턴 코티지는 언제든 당신을 반겨 맞을 거예요. 얼른 이곳으로 돌아오라고 채근하지는 않겠어요. 그게 얼마만큼 스미스 부인의 마음에 들지는 윌러비만이 판단할 수 있을 테니까요. 이 문제에 있어 나는 윌러비의 마음을 의심하지 않듯 판단력도 의심하지 않아요."

"현재 제게 주어진 일이," 윌러비가 당황하며 대답했다. "성격상 너무…… 그래서…… 감히 뭐라 말씀드리기가…….."

그는 말을 멈추었다. 대시우드 부인은 너무 놀라 말을 잇지 못했고, 또다시 침묵이 이어졌다. 침묵을 깬 사람은 윌러비였다. 그는 희미하게 미소를 지으며 말했다. "이런 식으로 머무는 건 어리석은 짓입니다. 지금으로서는 함께 어울리지도 못할 분들 옆에 남아 더 이상 제 자신을 괴롭히지 않겠습니다."

그는 서둘러 모두에게 작별을 고한 뒤 방에서 나갔다. 이어 마차에 오르는 그의 모습이 보였고, 잠시 후 마차는 시야에서 사라졌다.

대시우드 부인은 마음이 격해서 말도 나오지 않았고, 이 갑작스러운 결별이 가져온 근심과 놀라움을 홀로 곱씹고자 바로 거실에서 나갔다.

엘리너가 느끼는 심란함 역시 어머니보다 더하면 더했지 못하지는 않았다. 그녀는 방금 일어난 일을 걱정과 의혹 속에 생각했다. 그들에게 작별을 고할 때 윌러비가 보인 태도, 어색함, 가장된 유쾌함, 그리고 무엇보다도 어머니의 초대를 받아들이지 않고 주저하던 모습, 너무나 연인답지 않은, 너무나 그답지 않은, 그런 머뭇거림이 몹시 마음에 걸렸다. 어떤 순간에는 그에게 애당초 진지한 의향이 없었던 건 아닐까 의심스러웠다가, 다음 순간에는 그와 동생 사이에 뭔가 유감스러운 말다툼이 벌어진 걸까 걱정이 되었다. 방을 나설 때 괴로워하던 메리앤의 모습은 심각한 말다툼 때문일 것이라고 설명하면 딱 맞아떨어졌다. 비록 메리앤이 그에게 품은 사랑을 고려하면 말다툼 자체가 거의 불가능한 일로 여겨졌지만.

그들의 결별이 구체적으로 어떤 것이었든 간에 동생의 고통은 의심할 여지가 없었다. 그녀는 메리앤이 겪고 있을 격렬한 슬픔을 생각하며 더없이 애틋한 연민을 느꼈다. 동생은 필시 안식처 삼아 슬픔에 온몸을 내맡길 뿐 아니라, 의무감 삼아 그것을 더더욱 돋우고 있으리라.

반 시간쯤 지나서 어머니가 돌아왔다. 눈이 충혈되기는 했지만 표정이 침울하지는 않았다.

"우리 윌러비가 지금쯤이면 바턴에서 수마일 떨어진 곳에 있겠구나, 엘리너." 그녀가 바느질감을 들고 자리에 앉으며 말했다. "얼마나 무거운 마음으로 길을 가고 있을까?"

"모든 게 너무 이상해요. 그렇게 갑작스럽게 떠나다니! 순식간에 일어난 일 같아요. 지난밤 우리와 함께 있을 때만 해도 그렇게 행복하고, 그렇게 유쾌하고, 그렇게 다정했잖아요? 그런데 지금은 고작 10분 만에 작별을 고하고…… 게다가 돌아온다는 기약도 없이! 분명 우리한테 털어놓지 않은 뭔가가 있어요. 윌러비는 평소처럼 말하지도 행동하지도 않았어요. 그가 얼마나 다른지 어머니도 보셨잖아요. 도대체 무슨 일일까요? 둘이 다툰 걸까요? 그렇지 않고서야 어머니의 초대에 그렇게 주저할 이유가 있을까요?"

"윌러비한테 마음이 없었던 건 아니야, 엘리너. 그 점은 확실해 보였어. 단지 초대를 받아들일 형편이 아니었던 거지. 다시 차근차근 생각해보니, 처음에는 너 못지않게 이상하게 생각했던 일들이 모두 완벽하게 설명되더구나."

"정말이에요?"

"그럼. 내 나름대로 설명하니 충분히 납득이 가더구나. 하지만 너는, 엘리너, 여지가 보이면 의심하기를 좋아하니…… 네게는 흡족하지 않을 게다. 하지만 엄마를 설득해서 마음을 돌려놓을 생각일랑 말아라. 내 생각에는 윌러비가 메리앤에게 애정을 품고 있다는 사실을 스미스 부인께서 눈치채고 탐탁지 않게 여긴 것 같구나. (아마도 그에게 다른 기대를 품고 있었을 테니까) 그래서 그를 멀리 보내려고 한 거야. 윌러비에게 처리하라고 시킨 업무도 아마 그런 이유로 꾸민 핑계였을 테고. 분명 일이 그렇게 된 거야. 게다가 윌러비는 스미스 부인이 둘의 결합을 탐탁지 않게 여긴다는 사실을 잘 알기에, 현재로서는 메리앤과 약혼했다는 사실을 감히 털어놓을 수 없을뿐더러, 아무래도 경제적으로 의존하는 처지이다 보니 부인의 뜻대로 따를 수밖에 없다고, 그리고 당분간 데번셔에서 떠나 있을 수밖에 없다고 느꼈을 거야. 그래 알아, 너는 이렇게 말할 테지. 실제로 그랬을 수도 있고 그렇지 않을 수도 있다고 말이야. 하지만 이번 일을 이렇게 만족스럽게 설명할 다른 방법이 없다면 괜한 트집은 잡지 말거라. 자, 엘리너, 뭐라 할 말이 있니?"

"없어요, 제 대답을 이미 예상하셨잖아요."

"그렇다면 실제로 그랬을 수도 있고 그렇지 않을 수도 있다고 대답하려던 거였구나. 아, 엘리너, 네 감정은 도무지 알 수가 없구나! 좋은 쪽보다는 나쁜 쪽으로 생각하려 드니. 불쌍한 윌러비를 변호하기보다는 오히려 그에게서 잘못을 찾고 메리앤에게 불행을 안기려 드는구나. 우리를 떠날 때의 태도가 평소처럼 다정하지 않았다 해서, 너는 그가 비난받을 일을 했다고 단정하고 있어. 하지만 불과 얼마 전에 실망감을 맛본 사람이라면 마음이 우울해서 그랬다고, 경황이 없어서 그랬다고 생각해볼 수도 있잖니? 단지 확실하지 않다는 이유만으로 어떤 가능성도 받아들여서는 안 된다는 거냐? 사랑할 이유는 너무 많지만 나쁘게 생각할 이유는 전혀 없는 사람에게 그 정도도 못 해줘? 당분간은 불가피하게 비밀로 해야겠지만 그 자체로 반박 못 할 이유가 있었을 가능성은? 어쨌거나, 네가 그에게 의심하는 게 뭐니?"

"저도 잘 모르겠어요. 하지만 방금 전에 그렇게 달라진 모습을 보고 나니 뭔가 좋지 않은 일이 생겼을 거라고 의심할 수밖에 없지 않겠어요? 그에게 그럴 만한 사정이 있었을 거라는 어머니 말씀도 옳고, 저 역시 모든 사람들을 평가할 때는 공정하고 싶어요. 윌러비가 그런 행동을 한 데에는 틀림없이 충분한 이유가 있었을 테고, 부디 그랬으면 좋겠어요. 하지만 즉각 이유를 밝히는 게 좀 더 윌러비다운 행동이었을 거예요. 비밀을 지키는 게 바람직할지도 모르겠지만, 그래도 그가 그랬다는 건 솔직히 의아해요."

"다르게 행동할 수밖에 없는 상황에서 평소의 모습과 달랐다고 탓하지는 마라. 그래도 정말 내가 윌러비를 위해 한 말이 타당하다는 거지? 기쁘구나. 윌러비의 혐의가 풀려서."

"전부 다는 아니에요. 스미스 부인한테는 둘의 약혼 사실을 (만약 정말로 약혼했다면) 숨기는 편이 바람직하겠죠. 그리고 실제로 그런 경우라면, 지금으로서는 데번셔를 떠나는 편이 훨씬 나을 거고요. 그렇다고 해서 우리한테까지 약혼 사실을 숨길 이유는 없잖아요."

"우리한테 숨기다니! 얘야, 지금 윌러비와 메리앤이 숨겼다고 비난하는 거니? 참으로 별나구나, 날마다 그들한테 조심성이 없다고 책망하는 눈빛을 보내더니."

"둘이 사랑한다는 증거는 필요치 않아요." 엘리너가 말했다. "하지만 둘이 약혼했다는 증거는 확인하면 좋겠어요."

"엄마는 두 가지 다 확신한다."

"하지만 이 문제에 대해 어머니께 한마디 말도 없었잖아요,

두 사람 다."

"행동으로 그렇게 분명히 이야기하는데 굳이 말로 들을 필요는 없었다. 적어도 지난 보름 동안 메리앤을 대하는 태도나 우리 모두를 대하는 태도에서, 윌러비가 메리앤을 사랑하고 미래의 아내로 여긴다는 게, 그리고 우리를 가까운 가족처럼 다정하게 여긴다는 게 분명히 드러나지 않았니? 우리 모두 서로를 완벽하게 이해하지 않았어? 표정으로, 몸가짐으로, 세심하고 다정한 존경심으로, 윌러비는 내게 날마다 승낙을 구하지 않았어?* 엘리너, 둘의 약혼을 의심하는 게 가능하니? 어떻게 그런 생각이 들 수가 있어? 윌러비가, 네 동생의 사랑을 확신하고 있을 그가, 자신의 애정을 고백하지도 않은 채 그 애를 떠난다니, 그것도 몇 달이 될지도 모르는데……. 서로 마음을 나누어 가지지도 않고 헤어진다는 게, 어떻게 그런 일이 가능해?"

"저도 인정해요." 엘리너가 대답했다. "한 가지만 빼면 모든 정황이 둘의 약혼 쪽으로 기울어요. 하지만 그 한 가지는 두 사람이 이 문제에 대해 완전히 함구하고 있다는 사실이고, 제게는 그 사실이 나머지 모두를 덮어버릴 만큼 크게 느껴져요."

"참으로 별나구나! 윌러비를 정말 형편없는 인간으로 생각하지 않고서야, 둘 사이에 공공연히 오간 일들을 보고서도 어떻게 그 애들의 관계를 의심할 수 있는지. 윌러비가 지금껏 네

*젊은 남녀는 약혼 전에 부모의 승낙을 얻어야 했다. 대개 남자가 여자의 아버지에게, 또는 아버지가 없는 경우 어머니에게 정식으로 허락을 구했다.

동생한테 연극을 해왔다는 거니? 정말로 그가 메리앤한테 아무 마음이 없다고 생각해?"

"아뇨, 그런 생각은 할 수 없어요. 분명 윌러비는 메리앤을 사랑하는 것 같아요. 아니, 사랑해요."

"그런데도 네 주장대로 미래에 대해 아무 기약 없이 그렇게 무심하게 떠날 수 있다면, 애정의 방식이 참으로 별나지 않니."

"아시다시피, 어머니, 저는 이 문제를 확실하다고 여긴 적이 없어요. 맞아요, 지금껏 나름대로 의심도 들었어요. 하지만 예전보다는 약해졌고, 이제 곧 완전히 사라질 거예요. 둘이 서신 교환*을 하는 것만 본다면 제 불안감은 말끔히 없어질 거예요."

"참으로 크게도 양보하는구나! 넌 둘이 제단 앞에 서는 걸 봐야 이제 결혼한다고 생각하겠어. 모질기도 하지! 하지만 나는 그런 증거 따위 필요 없다. 내 생각에 의심을 불러일으킬 만한 일은 전혀 없었어. 숨기려 들지도 않았고, 모든 게 한결같이 솔직하고 스스럼없었어. 네가 동생의 마음을 의심하지는 못할 테고. 그렇다면 네가 의심하는 건 윌러비이겠구나. 하지만 왜? 윌러비는 명예와 인정을 지닌 남자가 아니더냐? 뭔가 불안감을 살 만큼 이랬다저랬다 하는 면이 있었니? 그가 남을 속일 만한 사람이야?"

"아니면 좋겠어요, 아니라고 믿고요." 엘리너가 외쳤다. "저도 윌러비가 좋아요, 정말 좋아요. 그의 진심을 의심하는 게 마

---

*당시에는 가족 관계가 아닌 미혼 남녀가 서신을 주고받는 일이 엄격하게 금지되었다. 서신 교환은 약혼을 한 사이에만 가능했다.

음 아프기는 어머니보다 제가 더할 거예요. 일부러 의심하는 건 아니에요, 그런 마음을 키우지도 않을 거고요. 맞아요, 오늘 낮에 윌러비의 태도가 변한 걸 보고 많이 놀라기는 했어요. 평소처럼 말하지도 않았고, 어머니의 친절에 따뜻하게 응하지도 않았으니까요. 하지만 이 모든 게 어머니가 추측하신 것처럼 그의 현재 여건 때문일지도 몰라요. 메리앤과 막 헤어진 데다, 그 애가 격심한 슬픔 속에 방을 나가는 걸 보았으니까요. 게다가 스미스 부인의 노여움을 살까 봐 이곳에 조만간 돌아오고 싶은 유혹을 참아야 했다면, 동시에 어머니의 초대를 거절하고 당분간 떠나 있을 거라 말해서 우리 가족에게 부당하고 의심쩍은 인물로 비칠까 신경이 쓰였다면, 아마도 곤혹스럽고 심란했겠죠. 그런 경우라면 본인에게 어떤 어려움이 있는지 솔직하게 터놓고 밝히는 게 제 생각에는 보다 명예로운 일이 아니었을까 싶어요. 평소 그의 성격과도 더 잘 맞고요. 하지만 이렇게 편협한 근거로 누군가의 행동에 이의를 제기하지는 않겠어요. 제 자신의 판단과 다르다고 해서, 또는 제가 생각하는 옳고 일관된 행동에서 벗어났다고 해서 말이에요."

"말 한번 잘했다. 윌러비는 의심받을 만한 사람이 아니야. 우리랑 알고 지낸 지는 얼마 되지 않았지만, 이 지역에서는 낯선 사람이 아니잖니. 지금껏 그에 대해 나쁘게 말한 사람이 누가 있니? 만약 그가 독자적으로 행동할 수 있고 곧장 결혼할 수 있을 만한 여건이었다면, 나한테 모든 사정을 바로 털어놓지 않고 떠난 걸 이상하게 여겼겠지. 하지만 지금은 그런 경우가 아니잖니. 둘의 결혼이 언제가 될지 불확실하기만 하니, 어떤 면에서 이번 약혼은 시작부터 순조롭지 않았어. 그리고 비밀로 하는 것도 말이다, 지킬 수만 있다면 지금으로서는 그러는 편이 훨씬 낫지."

마거릿이 들어오면서 대화는 중단되었다. 그리고 이제 엘리너는 어머니의 주장을 곰곰 생각해보고, 많은 주장의 가능성을 인정하고, 모든 게 사실이기를 바랄 뿐이었다.

메리앤은 온종일 모습을 드러내지 않다가, 정찬 시간이 되어서야 방에 들어와 한마디 말도 없이 식탁 앞에 앉았다. 두 눈은 빨갛게 부어올랐고, 그때까지도 간신히 눈물을 참고 있는 듯 보였다. 그녀는 모든 이들의 시선을 피했고, 먹지도 말하지도 못했으며, 얼마 뒤 어머니가 애틋한 연민으로 말없이 손을 잡자 얼마 되지도 않던 꿋꿋함이 무너지면서 울음을 터뜨리며 방을 나가고 말았다.

이렇듯 격렬한 의기소침함은 저녁 내내 계속되었다. 그녀에게는 아무런 힘도 없었다. 스스로를 추스르려는 마음이 전혀 없었기 때문이었다. 조금이라도 윌러비와 관련된 이야기가 나오면 그 즉시 무너져 내렸다. 비록 가족들은 그녀의 아픔을 어루만지고자 더없이 걱정스럽게 챙겼지만, 어떤 식이든 말을 하게 되면 그녀의 감정이 그를 연상했기에 그런 주제를 모두 피해 가기란 사실상 불가능했다.

16

윌러비와 헤어진 첫날 밤에 조금이라도 잠을 이루었다면 메리
앤은 자신을 용서하지 못했을 것이다. 잠자리에 들었을 때보다
나중에 일어났을 때 더 초췌한 상태가 아니었다면 다음 날 아
침 가족들 얼굴을 보기가 창피했을 것이다. 하지만 이런 평정
심을 수치라고 여기는 감성 덕분에 그녀에게는 평정심이 들어
설 위험이라고는 전혀 없었다. 그녀는 밤새 깨어 있었고, 대부
분의 시간 동안 흐느껴 울었다. 아침에 일어났을 때는 머리가
지끈거렸고, 말할 수도 없었고, 음식은 입에 대려 하지도 않았
다. 매순간 어머니와 자매들의 마음을 아프게 했고, 어느 누구
의 위로도 거부했다. 참으로 대단한 감성이 아닌가!

조찬이 끝났을 때 그녀는 홀로 산책을 나가 앨러넘 마을을
정처 없이 거닐었고, 흘러간 즐거움을 추억하고 현재의 불행에
눈물을 쏟으면서 낮 시간 대부분을 보냈다.

저녁 시간도 똑같이 감정에 흠뻑 젖은 채 흘려보냈다. 그녀
가 좋아해서 윌러비에게 들려주곤 했던 모든 곡들, 둘의 목소
리가 자주 하나로 합쳐졌던 모든 선율들을 빠짐없이 연주했고,
그가 자신을 위해 옮겨 써준 악보들*을 하나하나 바라보며 피
아노 앞에 앉아 있었다. 나중에는 마음이 너무 무거워서 더 이
상 슬픔이 들어설 자리마저 남지 않았다. 날마다 이런 식으로

---

*당시 악보는 가격이 비쌌기 때문에 베껴 옮기는 일이 흔했다.

슬픔에 자양분을 공급했다. 몇 시간이고 피아노 앞에 앉아 노래와 흐느낌을 반복했고, 종종 눈물 때문에 목소리가 완전히 끊기고는 했다. 음악뿐만 아니라 책에서도 과거와 현재의 달라진 처지 때문에 솟구치기 마련인 고통을 끌어냈다. 오직 예전에 그와 함께 읽던 책만 읽을 뿐 다른 책은 보지도 않았다.

이처럼 격렬한 고통도 영원히 지탱되기는 어려운지라, 며칠이 지나자 좀 더 차분한 우울함으로 가라앉았다. 하지만 그녀가 날마다 되풀이하는 이런 일들, 쓸쓸한 산책과 조용한 회상은 여전히 이따금씩 생생한 슬픔을 솟구치게 했다.

윌러비에게서는 아무런 편지도 오지 않았다. 메리앤 역시 편지를 기대하지 않는 듯했다. 어머니는 놀라워했고, 엘리너도 다시금 마음이 불안해졌다. 하지만 대시우드 부인은 언제든 원할 때면 그럴듯한 이유, 적어도 본인에게는 만족스러운 이유를 찾아낼 수 있었다.

"너도 알잖니, 엘리너." 그녀가 말했다. "존 경이 얼마나 자주 우체국을 오가며 우리 편지를 전달해주는지. 약혼을 비밀로 할 필요가 있다는 점에는 너와 내가 이미 의견을 같이했으니, 만약 둘이 주고받는 편지가 존 경의 손을 거치게 되면 비밀이 유지되지 못하리라는 점도 인정해야겠지."

이 말에도 어느 정도 일리가 있어, 엘리너는 여기에서 두 사람의 침묵을 설명할 만한 충분한 이유를 찾아보려 애썼다. 하지만 실제로 상황이 어떠한지 알아볼 방법, 그리고 모든 의구심을 단숨에 날려버릴 방법, 너무나 직접적이고 너무나 간단하고 그녀가 생각하기에는 너무나 적절한 방법이 하나 있는지라 어머니에게 이것을 제안할 수밖에 없었다.

"메리앤한테 지금 바로 물어보시지 그래요?" 그녀가 말했다. "윌러비와 약혼했는지 아닌지 말이에요. 질문하는 이가 어머니라면, 메리앤에게 이렇듯 다정하고 살뜰한 어머니라면, 그런 질문을 해도 감정을 상하게 하지는 않을 거예요. 메리앤을 아끼는 마음에서 자연스레 나오는 질문일 테니까요. 메리앤은 속마음을 잘 얘기했잖아요. 어머니한테는 특히 더 그랬고요."

"하늘이 두 쪽 나도 그런 질문은 할 수가 없구나. 만에 하나라도 둘이 약혼한 사이가 아니라면, 그런 질문이 얼마나 고통스럽겠니! 어쨌거나 그건 너무 모진 짓이야. 지금으로서는 어느 누구에게도 알리지 않기로 되어 있는 이야기를 그 애에게서 억지로 털어놓게 하면, 앞으로는 두 번 다시 내게 속마음을 털어놓지 않을 거야. 나는 메리앤의 심정을 잘 알아. 그 애가 나를 끔찍이 사랑한다는 것도 알고, 사정을 밝혀도 되는 때가 오면 제일 먼저 내게 이야기해줄 거라는 것도 알아. 나는 누구라도 억지로 비밀을 털어놓게 하지는 않을 거다. 내 자식이라면 더더군다나 그렇고. 마음으로는 거부하고 싶어도 의무감 때문에 억지로 말해야 할 테니까."

엘리너는 여동생의 어린 나이를 고려했을 때 이것이 지나친 관용이라고 생각했다.* 그래서 조금 더 어머니를 설득해보았으

*연령에 따라 상대를 다르게 대하는 원칙을 의미한다. 이는 당시 널리 행해진 것으로 나이가 어릴수록 이성적으로 판단할 능력이 부족하므로 간섭을 하는 것이 정당화되었다.

나 소용이 없었다. 일반적 상식, 일반적 주의, 일반적 신중함은 대시우드 부인의 낭만적 배려 속에 모두 파묻히고 말았다.

식구들은 며칠 동안 메리앤 앞에서 윌러비의 이름을 언급하지 않았다. 물론 존 경과 제닝스 부인은 그렇게 세심하지 못해서, 재담을 한답시고 수많은 고통스러운 시간에 추가로 고통을 안겼다. 그러던 어느 저녁, 대시우드 부인이 셰익스피어의 책 한 권을 우연히 집어 들고 큰 소리로 내뱉었다.

"《햄릿》을 마저 읽지 못했구나, 메리앤. 이 책을 끝내기도 전에 우리 윌러비가 가버렸어. 이건 한쪽으로 치워놓았다가 나중에 그가 다시 오면……. 하지만 그날이 되려면 몇 달이 걸릴지도 모를 텐데."

"몇 달이라고요!" 메리앤이 화들짝 놀라며 소리쳤다. "아니에요……. 몇 주도 안 걸릴 거예요."

대시우드 부인은 괜한 말을 했다고 후회했지만, 엘리너는 마음이 가벼워졌다. 어머니의 그 말이 메리앤에게서 이끌어낸 대답 속에는 윌러비에 대한 확신과 그의 의향에 대한 이해가 너무나 분명하게 담겨 있었기 때문이다.

윌러비가 떠나고 일주일쯤 지난 무렵의 어느 아침, 메리앤은 자매들의 설득에 못 이겨 홀로 정처 없이 거니는 대신 그들의 산책에 동행하기로 했다. 지금까지는 산책길에 나설 때 누구와도 함께하지 않으려 조심스레 피해왔던 터였다. 자매들이 구릉지로 산책을 나가려 하면, 그녀는 곧장 오솔길 쪽으로 슬그머니 빠져버렸다. 자매들이 골짜기 쪽을 이야기하면, 그녀는 재빨리 언덕으로 올라가버려 그들이 출발할 때쯤이면 이미 자취를 감춘 뒤였다. 엘리너는 동생이 이렇듯 홀로 겉도는 게 바람직하지 않다고 여겼고, 갖은 노력 끝에 결국 그녀를 붙들어 둘 수 있었다. 그들은 골짜기 길을 따라 걸었다. 대부분 말이 없었는데, 메리앤의 마음까지 어쩌기는 힘든 데다 엘리너도 한 가지를 얻은 데 만족하여 더 이상은 시도하려 들지 않았다. 골짜기 입구 너머, 여전히 울창하지만 다른 곳보다는 좀 더 정돈되고 트인 곳에, 그들이 처음 바턴으로 올 때 지나왔던 길이 길게 뻗어 있었다. 그곳에 이르자 지금껏 산책하며 한 번도 와보지 않았던 곳에 서서, 그들은 걸음을 멈추고 주위를 둘러보았다. 그들의 눈앞에 펼쳐진 경치는 코티지에서 볼 때는 원경을 이루었던 것이었다.

경치를 이룬 사물들 사이로 이내 살아 움직이는 무언가가 눈에 띄었다. 말을 타고 그들을 향해 달려오는 남자였다. 얼마 뒤 신사라는 사실을 식별할 수 있었고, 곧바로 메리앤이 기쁨에 넘쳐 외쳤다.

"그이야, 정말로 그이야. 분명해!" 그러면서 황급히 그를 맞으러 나서려는데, 엘리너가 소리쳤다.

"아냐, 메리앤, 잘못 본 것 같아. 윌러비가 아니야. 윌러비만큼 키가 크지도 않고, 분위기도 달라."

"맞아, 틀림없다니까." 메리앤이 외쳤다. "분명 윌러비야. 분위기도 같고, 외투도 같고, 말도 같아. 이렇게 금방 올 줄 알았어."

그녀는 말을 하면서 걸음을 재촉했다. 엘리너는 윌러비가 아니라고 거의 확신했기 때문에 동생이 엉뚱한 짓을 못 하게 말리려고 걸음을 재촉해 따라잡았다. 이내 그들과 신사와의 거리는 30야드도 되지 않았다. 다시 본 순간, 메리앤은 가슴이 무너져 내렸다. 그녀가 휙 몸을 돌려 서둘러 되돌아올 때, 자매들이 그녀에게 멈추라고 목소리를 높였다. 그때 세 번째 목소리, 거의 윌러비만큼이나 친숙한 목소리가 그녀에게 멈추라 합세했고, 그녀가 깜짝 놀라 돌아서서 맞이한 이는 에드워드 페라스였다.

그 순간 그는 윌러비가 아님에도 용서받을 수 있는 유일한 사람이었다. 그녀에게서 미소를 자아냈을 유일한 사람은 윌러비였겠지만. 그래도 그녀는 눈물을 삼키고 그에게 미소를 지었으며, 언니의 행복을 생각해 잠시나마 본인의 실망감을 잊었다.

그는 말에서 내려 하인에게 말을 건넨 다음, 바턴까지 그들과 함께 걸어갔다. 원래 그들을 방문하기 위해 그곳으로 가던 중이라 했다.

그는 모두에게서, 그중에서도 특히 메리앤에게서 매우 따뜻한 환영을 받았다. 메리앤은 심지어 엘리너 본인보다도 더 다정하게 그를 맞이했다. 실제로 메리앤이 보기에, 에드워드와 언니의 재회는 노어랜드 시절 그들이 서로를 대하는 태도에서 종종 목격되었던 그 설명할 수 없는 냉랭함의 연장선에 불과했다. 특히 에드워드의 경우, 이런 상황에서 연인이라면 지었을 표정이나 했을 말이 전혀 없었다. 그는 심경이 복잡해 보였고, 그들을 만나 즐거운지도 모르는 것 같았으며, 가슴 벅차게 기뻐하거나 쾌활해 보이지도 않았고, 질문을 받아 대답해야 되는 경우가 아니면 말도 거의 없었고, 엘리너에게 각별히 애정을 드러내지도 않았다. 메리앤은 보고 들으면서 점점 놀라움이 커져갔다. 거의 에드워드에 대한 반감이 느껴질 정도였다. 그리고 그녀에게 모든 감정의 끝이 그러하듯, 결국에는 윌러비에 대한 생각으로, 장래 동서가 될 사람과 너무나 대비되는 태도를 지닌 그에게로 되돌아갔다.

처음 만났을 때의 놀라움과 질문 뒤에 짧은 침묵이 이어진 후, 메리앤이 에드워드에게 런던에서 바로 오는 길이냐고 물었다. 아니, 그는 보름 동안 데번셔에 있었다고 했다.

"보름이라고요!" 메리앤이 되풀이했다. 엘리너와 같은 지역에 그렇게 오랫동안 있었으면서도 지금에서야 언니를 보러 왔다니 놀라울 따름이었다.

그는 다소 괴로운 표정으로 덧붙이길, 플리머스 근처에서 친구와 함께 지냈다고 했다.

"최근에 서식스에 가보신 적이 있나요?" 엘리너가 말했다.

"한 달 전쯤에 노어랜드에서 지냈습니다."

"그립고 그리운 노어랜드는 어떤 모습인가요?" 메리앤이 물었다.

"그립고 그리운 노어랜드는," 엘리너가 말했다. "아마 해마다 이맘때 보던 모습과 비슷하겠지. 숲과 산책로에는 마른 낙엽이 가득 덮였을 테고."

"아!" 메리앤이 외쳤다. "예전에 낙엽이 떨어지는 걸 보면 얼마나 황홀한 기분이 들었는지 몰라! 산책 중일 때, 바람에 낙엽이 내 주위로 우수수 떨어지면 얼마나 기뻤는지! 낙엽, 계절, 대기, 그 모든 것들이 어떤 감정을 불러일으켰는지! 이제는 신경 쓰는 사람도 없겠지. 그저 성가시다 여겨 서둘러 쓸어버릴 테고, 최대한 눈에 보이지 않도록 치워버리겠지."

"모든 사람이 너처럼 마른 낙엽에 열정을 보이지는 않지." 엘리너가 말했다.

"맞아. 내 감정은 공유되는 경우도 드물고, 이해받는 경우도 드물어. 하지만 가끔은 그럴 때도 있지." 그녀는 이 말을 할 때 잠시 생각에 빠져들었다. 그러나 다시 정신을 차리고선, "자, 에드워드" 하고 주변 경치로 그의 관심을 돌렸다. "여기가 바턴 골짜기예요. 저기를 보세요, 그래도 마음이 차분해질 수 있는지. 저 언덕들 좀 보세요! 저기에 비할 만한 곳을 본 적이 있어요? 왼쪽으로 바턴 파크가 있어요, 저 숲과 조림지 사이로요. 저택 한쪽 끝이 보이시죠. 그리고 저기, 가장 멀리 있는 언덕, 웅장하게 솟은 저 언덕 아래 우리 코티지가 있어요."

"아름다운 곳이군요." 그가 대답했다. "하지만 이쪽 저지대는 겨울에 흙먼지가 만만찮겠어요."

"눈앞에 이런 광경을 두고 어떻게 흙먼지를 생각하실 수 있어요?"

"왜냐하면," 그가 미소를 지으며 대답했다. "눈앞에 펼쳐진 나머지 광경들 사이로 흙먼지로 뒤덮인 길이 보이니까요."

"특이하기도 하지!" 메리앤이 계속 걸어가며 혼자 중얼거렸다.

"이곳 이웃들은 마음에 드십니까? 미들턴 가족은 유쾌한 분들인가요?"

"아뇨, 전혀요." 메리앤이 대답했다. "이렇게 운 나쁜 곳에 자리 잡기도 힘들어요."

"메리앤." 언니가 소리쳤다. "어떻게 그런 말을 해? 어떻게 그런 심한 말을 할 수 있어? 아주 훌륭한 분들이에요, 페라스 씨. 더없이 친절하게 우리를 대하시고요. 잊었니, 메리앤, 그분들 덕에 즐거운 날이 얼마나 많았는지?"

"잊지 않았어." 메리앤이 낮은 목소리로 대꾸했다. "괴로운 순간이 얼마나 많았는지도 말이야."

엘리너는 이 말을 무시하고 그들을 방문한 손님에게 관심을 돌렸다. 그녀는 지금 사는 집이 어떠한지, 편리한 점이 무엇인지 등을 이야기했고, 이따금 그에게서 마지못한 질문과 대답을 이끌어내면서 어떻게든 대화 비슷한 것을 해보려 애썼다. 그의 냉랭하고 과묵한 태도에 마음이 몹시 쓰라렸다. 당혹스럽고 반쯤 화도 났다. 하지만 현재보다는 과거에 맞추어 그를 대하기로 마음먹은 뒤, 전혀 분하다거나 불쾌한 내색 없이, 친인척 관계에 마땅하다고 생각되는 대우를 해주었다.

17

대시우드 부인이 그를 보고 보인 놀라움은 잠시뿐이었다. 그녀가 생각하기로, 에드워드가 바턴에 오는 것보다 자연스러운 일도 없었으니까. 기쁨과 애정의 표현은 놀라움보다 오래갔다. 그는 부인으로부터 더없이 다정한 환영을 받았다. 내향적이고 냉담하고 과묵한 태도도 그런 환영 앞에서는 버틸 수가 없는 법이다. 그의 태도는 집 안에 들어서기도 전에 녹기 시작했고, 대시우드 부인의 매혹적인 태도 앞에 완전히 바뀌었다. 실제로 그녀의 딸들과 사랑에 빠진 남자라면 그 애정이 대시우드 부인한테까지 뻗을 수밖에 없었다. 엘리너는 그가 곧 예전 모습을 되찾는 것을 보고 흐뭇했다. 그들 모두에 대한 애정도 되살아나고, 그들이 잘 지내는지 여부에 다시 관심을 가지는 듯 보였다. 하지만 쾌활하지는 않았다. 집을 칭찬하고, 경치에 감탄하고, 관심을 기울이고, 친절함을 보이기는 했지만, 그럼에도 쾌활하지는 않았다. 온 가족이 이 점을 눈치챘다. 대시우드 부인은 이것이 아량 없는 모친 때문이라 생각하고, 이 세상 모든 이기적인 부모들에게 분개하며 식탁에 앉았다.

"페라스 부인께서는 현재 에드워드에게 무엇을 기대하고 계신가요?" 정찬이 끝나고 모두 난롯가에 둘러앉았을 때 그녀가 말했다. "아직도 본인 뜻과 달리 위대한 연설가가 되어야 하나요?"

"아닙니다. 제가 공직 생활에는 뜻도 없고 재능도 없다는 걸 이제 어머니께서도 아셨을 겁니다!"

"그러면 어떻게 명성을 쌓을 건가요? 가족들 모두를 만족시키려면 유명해져야 할 텐데요. 돈으로 과시할 생각도 없고, 모르는 이들과 어울리기도 싫어하고, 직업도 없고, 자신만만한 성격도 아니니, 꽤 힘든 일이 되겠어요."

"저는 그럴 뜻이 없습니다. 저명인사가 되고 싶은 마음도 없고, 그렇게 되지 못하리라 기대하는 이유도 충분합니다. 다행스런 일이죠! 강제로 시킨다고 천재나 달변가가 될 수는 없으니까요."

"야심이 없다는 건 잘 알아요. 에드워드의 소망은 무척 소박하죠."

"아마 나머지 세상 사람들의 소망처럼 소박하리라 믿습니다. 저 역시 다른 사람들처럼 완벽하게 행복해지길 소망합니다. 하지만 다른 사람들과 마찬가지로 제 방식으로 행복해야지요. 높은 인물이 된다고 행복해지지는 않을 겁니다."

"그렇게 된다면 이상하겠죠!" 메리앤이 외쳤다. "부나 권세가 행복과 무슨 상관이에요?"

"권세는 별로 상관없겠지." 엘리너가 말했다. "하지만 부는 상관이 많아."

"언니, 부끄럽게 그런 말을!" 메리앤이 말했다. "어떤 것에서도 행복을 얻을 수 없을 때나 돈에서 행복을 얻지. 일개 개인에 관한 한, 부는 적당한 생활수준을 제공하는 것 외에는 어떤 진정한 만족감도 주지 못해."

"어쩌면 우리는 같은 결론에 이를지도 몰라." 엘리너가 웃으며 말했다. "네가 말하는 적당한 생활수준과 내가 말하는 부는 거의 같을 테니까. 오늘날 세상에서 흔히 말하듯, 그런 것이 없으면 물질적 편안함을 누릴 수 없다는 점에는 둘 다 동의할 거야. 단지 네 생각이 나보다 더 고상할 뿐이지. 자, 네가 생각하는 적당한 생활수준은 얼마야?"

"연간 1천8백이나 2천 파운드 정도. 그 이상은 아니야."*

엘리너는 웃었다. "연간 2천 파운드라고! 1천 파운드가 내가 생각하는 부야! 결론이 이렇게 날 줄 알았어."

"연간 소득 2천 파운드면 아주 평범한 편이야." 메리앤이 말했다. "그것보다 적으면 가정을 제대로 꾸릴 수가 없어. 내가 지나친 요구를 한다고 생각지는 않아. 적당한 수의 하인, 마차 한 대, 어쩌면 두 대, 그리고 사냥용 말 몇 마리를 두려면 그 이하로는 불가능하지."

엘리너는 동생이 훗날 '쿰 매그나'에서 쓸 지출액을 이렇게 정확하게 묘사하는 것을 듣고 다시 미소를 지었다.

"사냥용 말이라고요!" 에드워드가 되풀이했다. "하지만 사냥용 말이 왜 필요합니까? 모든 사람이 다 사냥을 하는 건 아닌데요."

메리앤은 대답을 하면서 얼굴을 붉혔다. "하지만 대부분의 사람들은 해요."

---

*당시 그 정도 소득을 가진 이는 전체 인구의 1퍼센트 이하였다.

"나는 말이야," 마거릿이 참신한 생각을 떠올리며 말했다. "누가 우리 모두한테 각자 큰 재산을 나눠주면 좋겠어!"

"아, 그러기만 한다면!" 메리앤이 외쳤다. 가상의 행복에 즐거워하며 두 눈이 초롱초롱 빛났고, 두 뺨은 발그레 달아올랐다.

"우리 모두 그 소망에서는 한마음인 것 같네." 엘리너가 말했다. "그럴 만한 돈이 없다는 게 문제지만."

"아, 좋겠다!" 마거릿이 외쳤다. "얼마나 행복할까! 그 돈으로 뭘 해야 할까!"

메리앤은 그 점에 있어서는 마음이 확실해 보였다.

"그렇게 큰 재산을 나 혼자 쓰려면 막막하겠는걸." 대시우드 부인이 말했다. "딸들이 내 도움 없이 모두 부자가 된다면 말이다."

"어머니는 이 집을 멋지게 고치기 시작하셔야죠." 엘리너가 말했다. "그거면 바로 문제가 해결되겠네요."

"그런 일이 벌어진다면, 이 집에서 런던으로 참으로 대단한 주문이 들어가겠군요!" 에드워드가 말했다. "책, 악보, 판화를 파는 상점들은 정말 행복한 하루가 되겠어요! 대시우드 양은 괜찮은 판화가 새로 나올 때마다 보내달라고 일괄 주문을 넣을 테고…… 메리앤의 경우에는, 그 섬세한 영혼을 잘 알아서 하는 말인데, 아마 런던에 있는 악보만으로는 성에 차지 않을 겁니다. 게다가 책으로 말하자면! 톰슨,* 쿠퍼, 스콧…… 이런 책

*제임스 톰슨은 스코틀랜드의 시인으로 낭만주의적 자연시의 선구자이다.

들을 끊임없이 사들이겠지요. 혹시라도 이런 책들이 자격 없는 자들의 손에 떨어질까 두려워 마지막 한 부까지 다 사들일지 모르지요. 또한 뒤틀린 고목을 어떻게 찬양해야 하는지 알려주는 책이라면 모두 가지고 있을 테고요.* 그렇지 않아요, 메리앤? 제가 건방지게 굴었다면 용서하십시오. 하지만 예전에 우리가 나누었던 논쟁을 아직 잊지 않았다는 걸 보여드리고 싶었습니다."

"저는 옛 시절을 떠올리길 좋아해요, 에드워드. 구슬픈 기억이든 명랑한 기억이든, 그때를 회상하는 게 좋아요. 흘러간 시절을 이야기했다고 제 마음이 상할 일은 전혀 없어요. 제가 돈을 어떻게 쓸지 아주 잘 맞추셨네요. 아무튼 그중 일부는 그래요. 악보와 책을 좀 더 제대로 구비하는 데 얼마간 돈이 들어가겠죠."

"재산 중 큰 몫은 작가나 그들의 계승자들한테 연금으로 떼어주고요."

"아뇨, 에드워드, 달리 쓸 데가 있을 거예요."

"그렇다면 메리앤이 좋아하는 좌우명, 즉 어떤 사람이건 일생의 사랑은 단 한 번뿐이다, 라는 의견에 대해 가장 뛰어난 변론을 써낸 사람한테 상금으로 주려는 거군요. 짐작건대 아직도 그 의견은 변함이 없겠지요?"

"당연하죠. 제 나이쯤 되면 어느 정도 의견이 굳어져요. 지

*회화적 자연미에 관해 글을 쓴 윌리엄 길펀은 썩고 말라 죽은 나무들에 진정한 회화적 아름다움이 있다고 주장했다.

금 와서 그 의견을 바꿀 만한 일을 보거나 들을 것 같지도 않고요."

"보시다시피 메리앤은 여전히 확고부동하답니다." 엘리너가 말했다. "전혀 달라진 바가 없어요."

"단지 예전보다 조금 더 심각해진 것 같군요."

"이런, 에드워드," 메리앤이 말했다. "저를 나무라실 입장이 아닌 것 같은데요. 당신도 별로 명랑하지는 않잖아요."

"왜 그렇게 생각하십니까?" 그가 한숨을 쉬며 대답했다. "하지만 명랑함은 원래부터 제 성격과는 거리가 멀었지요."

"메리앤의 성격과도 거리가 멀어요." 엘리너가 말했다. "메리앤을 생기발랄하다고 말하기는 힘들어요. 매사에 정말 진지하고, 열정적이긴 해요. 때로는 말도 많이 하고 언제나 활기차게 이야기하고요. 하지만 실제로 발랄한 경우는 별로 없어요."

"그런 것 같군요." 그가 대답했다. "그런데도 왜인지 저는 언제나 메리앤을 생기발랄하다고 생각했답니다."

"저 역시 그런 실수를 자주 해요." 엘리너가 말했다. "상대를 실제보다 훨씬 더 명랑하다거나 심각하다고, 또는 영리하다거나 둔감하다고 상상하면서, 이런저런 식으로 성격을 완전히 오해하는 거죠. 그런 착각이 왜, 또는 어디에서 비롯되는지 모르겠어요. 우리는 스스로 깊이 생각하여 판단할 시간을 갖지 않은 채, 때로는 사람들의 자기 평가를, 좀 더 흔히는 그들에 관한 세간의 평가를 그대로 받아들이지요."

"하지만 언니, 나는 남들의 의견에 전적으로 따르는 게 옳은

줄 알았는데." 메리앤이 말했다. "우리가 내리는 판단은 그저 이웃들이 내리는 판단에 부차적으로 존재하는 건 줄 알았지. 언제나 이게 언니의 신조였잖아."

"아니, 메리앤, 절대 아니야. 내 신조는 결코 이해력을 종속시키려는 게 아니야. 내가 바꾸고자 했던 건 행동이었지. 내 뜻을 혼동하면 안 돼. 종종 네게 주변 사람들을 좀 더 배려하라고 요구했던 것, 그래 맞아. 하지만 내가 진지한 사안에서 그들의 생각을 그대로 받아들이라거나 그들의 판단에 따르라고 충고한 적이 있었니?"

"동생분을 설득하여 일반적 예의범절의 길로 이끈다는 계획은 아직 여의치 않은가 봅니다." 에드워드가 엘리너에게 말했다. "아무런 진전이 없나요?"

"오히려 정반대예요." 엘리너가 의미심장한 표정으로 메리앤을 바라보며 대답했다.

"이 사안에서 말입니다." 그가 말을 이었다. "제 판단은 대시우드 양을 따르지만, 안타깝게도 제 행동은 동생분한테 훨씬 가까운 것 같습니다. 절대 누군가의 마음을 상하게 할 뜻은 없는데, 이렇듯 어리석을 정도로 내성적이다 보니 종종 예의를 소홀히 한다는 인상을 주지요. 그저 타고난 어색함 때문에 표현을 못 했을 뿐인데요. 상류층의 낯선 사람들 사이에서 이렇듯 불편하기만 하니, 아마도 저는 신분이 낮은 사람들과 더 잘 어울리도록 태어났나 보다 하고 자주 생각합니다."

"메리앤은 내성적이지도 않으니 예의를 소홀히 하는 핑계로 삼을 수도 없어요." 엘리너가 말했다.

"동생분은 겉치레로 부끄러워하기에는 너무 본인의 가치를 잘 알고 있어요." 에드워드가 말했다. "부끄러움이라는 건 어떤 식으로든 열등감에서 비롯된 결과예요. 제 몸가짐이 완벽하게 자연스럽고 품위 있다고 확신할 수만 있다면 저도 부끄러움을 느끼지 않을 겁니다."

"그래도 여전히 속마음은 숨기실 거잖아요." 메리앤이 말했다. "그건 더 나쁘죠."

에드워드가 빤히 쳐다보았다. "속마음을 숨긴다니요! 제가 속마음을 숨깁니까, 메리앤?"

"그럼요, 아주 그렇죠."

"이해할 수가 없군요." 그가 얼굴을 붉히며 대답했다. "속마음을 숨긴다니! 어떻게…… 어떤 방식으로요? 뭐라고 말씀드려야 할지? 어떤 생각을 하시는 건가요?"

엘리너는 그의 감정에 놀란 듯 보였다. 하지만 이야기를 웃어넘기려 애쓰면서 그에게 말했다. "무슨 뜻으로 하는 말인지 이해하실 정도로는 제 동생을 아시지 않나요? 메리앤은 자기만큼 빠르게 말하지 않거나, 자기가 감탄하는 것에 자기만큼 황홀한 감탄사를 바치지 않으면 누구에게나 속마음을 숨긴다고 하잖아요?"

에드워드는 아무 대답도 하지 않았다. 다시금 그는 더없이 어둡고 생각에 잠긴 표정으로 되돌아갔고, 한동안 아무 말 없이 활기도 없이 그렇게 앉아 있었다.

18

엘리너는 친구의 침울한 기분을 지켜보면서 마음이 매우 불편했다. 이번 방문에서 그녀가 얻는 만족감은 얼마 되지 않았고, 그가 얻는 즐거움 역시 너무나 불완전해 보였다. 그가 불행하다는 점은 명백했다. 그가 전과 다름없는 애정으로 여전히 자신을 각별히 대한다는 점 또한 명백하면 얼마나 좋을까 싶었다. 한때 그녀는 자신이 그에게 애정을 불러일으킨다고 믿어 의심치 않았었다. 하지만 지금으로서는 그의 애정이 계속되고 있는지도 확실치 않아 보였다. 어느 순간에는 생기 있는 표정으로 무엇인가 암시하는 듯하다가 다음 순간에는 거리감이 느껴지는 말없는 태도로 그것을 부정하는 것이었다.

다음 날 아침 다른 식구들이 내려오기 전에 그는 조찬실에서 엘리너와 메리앤을 만났다. 메리앤은 언제나 힘닿는 데까지 둘의 행복을 도와주고자 열심이었기에, 곧 그들만 남겨두고 방에서 나왔다. 하지만 계단을 절반도 오르기 전에 거실 문이 열리는 소리가 들렸고, 돌아보자 놀랍게도 에드워드 역시 방에서 나오고 있었다.

"맡겨둔 말들을 보러 마을에 가는 길입니다." 그가 말했다. "아직 식사 준비가 덜 되었으니까요. 금방 다시 돌아오겠습니다."

에드워드는 주변 경관에 다시금 감탄하며 코티지로 돌아왔다.

다. 마을로 가는 길에 골짜기 여기저기를 보았는데 마음에 들었다고 했다. 마을 자체도 코티지보다 훨씬 높은 위치에 있다 보니 주변이 한눈에 들어왔는데, 그 모습이 굉장히 만족스러웠다고 했다. 이는 당연히 메리앤의 관심을 끌 만한 주제라, 그녀가 이런 경치에 대해 나름의 찬사를 늘어놓으면서 그에게 특별히 인상적이었던 사물에 대해 세세한 질문을 퍼붓기 시작하자, 에드워드는 그녀의 말을 가로막으며 이렇게 말했다. "너무 지나치게 물어보지 마세요, 메리앤. 제가 회화적 자연미에 대해 아무런 지식이 없다는 것을 잊지 말아요. 만약 세세한 부분까지 파고들었다가는 저의 무지와 예술적 취향의 결여 때문에 마음이 상하실 겁니다. 깎아지른 언덕이라 표현해야 될 것을 가파른 언덕이라 부르고, 불규칙적이고 거친 지층이라 해야 될 것을 괴상하고 별나다고 표현할 테니까요. 게다가 희뿌연 대기의 부드러운 표현 기법을 통해 어렴풋이 보인다고 해야 할 것을 멀리 있어 눈에 안 보인다고 말할 테지요. 제가 정직하게 드릴 수 있는 찬사에 만족하셔야 될 겁니다. 저는 이곳 시골 지역이 아주 참하다고 생각합니다. 가파른 언덕에, 좋은 목재가 가득해 보이는 숲에, 쾌적하고 아늑해 보이는 골짜기에, 비옥한 목초지와 말쑥한 농가 몇 채가 여기저기 흩어진 모습까지. 제가 생각하는 참한 시골의 모습과 딱 일치합니다. 아름다우면서도 쓸모가 있으니까요. 게다가 메리앤이 찬양하는 걸 보니 회화적 자연미까지 갖춘 것 같군요. 이곳에 바위와 절벽, 잿빛 이끼와 잔가지가 가득하리란 건 쉽게 믿음이 갑니다만, 제게는 별로 쓸모가 없군요. 저는 회화적 자연미에 대해 전혀 아는 바가 없으니까요."

"안타깝지만 사실인 것 같네요." 메리앤이 말했다. "하지만 그렇다고 굳이 자랑하실 건 없잖아요?"

"내 생각에는," 엘리너가 말했다. "이분은 한 종류의 허세를 피하기 위해 다른 종류의 허세에 빠지신 것 같아. 에드워드는 많은 사람들이 실제로 느끼는 것보다 과장되게 자연미에 감탄하는 척한다고 생각하고 그런 가식에 염증을 느낀 나머지, 본인은 실제보다 더 무심한 척, 더 못 알아보는 척하시는 거지. 까다로운 분이라 본인만의 허세를 부리시는 거야."

"정말 맞는 말이야." 메리앤이 말했다. "풍경을 찬양하는 건 한낱 상투어가 되고 말았어. 회화적 자연미가 무엇인지 제일 처음 정의했던 그분*의 취향과 기품을 흉내 내어 다들 느끼는 척하고 묘사하려 들잖아. 나는 상투어라면 어떤 것이든 싫어. 그래서 때로는 뜻도 의미도 없는 낡고 진부한 표현을 쓰느니 차라리 느낌을 혼자 간직하기도 해."

"메리앤은 본인이 공언하는 바처럼 멋진 풍경에서 온갖 즐거움을 느끼리라 확신합니다." 에드워드가 말했다. "하지만 그 대신, 언니분께서는 제가 공언하는 바 이상으로 느끼지 않는다는 걸 인정하셔야 합니다. 저는 멋진 경치를 좋아하지만, 회화적 자연미의 원칙에 따르지는 않습니다. 구부러지고 뒤틀리고

*윌리엄 길핀.

말라 죽은 나무는 좋아하지 않아요. 키가 크고 곧고 무성한 나무를 훨씬 근사하게 여기지요. 허물어져 폐허가 된 오두막도 좋아하지 않습니다. 쐐기풀이나 엉겅퀴, 히스 꽃송이도 별로입니다. 망루보다는 아늑한 농가에서 더 큰 즐거움을 얻고, 세상에서 가장 멋진 도적 떼보다는 말쑥하고 행복한 마을 사람들이 더 마음에 듭니다."

메리앤은 놀랍다는 눈빛으로 에드워드를, 측은하다는 눈빛으로 언니를 바라보았다. 엘리너는 그저 웃을 뿐이었다.

이야기는 거기에서 멈추었고, 이후 메리앤은 생각에 잠겨 말이 없었다. 그러던 중 새로운 대상이 문득 그녀의 관심을 사로잡았다. 그녀는 에드워드의 옆자리에 앉아 있었는데, 그가 대시우드 부인으로부터 찻잔을 넘겨받을 때 그의 손이 바로 앞으로 지나가는 바람에 손가락에 끼워진 반지 하나가 눈에 확 띄었던 것이다. 반지 중앙에 땋아 내린 머리카락이 들어 있었다.

"반지를 끼신 건 처음 봐요, 에드워드." 그녀가 외쳤다. "그건 올케의 머리카락인가요? 올케언니가 머리카락을 주겠다고 약속했던 게 생각나네요. 하지만 머리카락 빛깔이 더 짙었던 것 같은데."

메리앤은 실제로 느끼는 바를 아무 생각 없이 말한 터였다. 그러나 이 말이 에드워드에게 얼마나 괴로움을 안겼는지를 보았을 때, 그녀가 자신의 생각 없음에 느낀 속상함은 에드워드 본인이 느꼈을 감정보다 못하지 않았다. 그는 얼굴을 몹시 붉히면서 엘리너를 흘깃 본 다음 대답했다. "네, 누님의 머리카락입니다. 그게, 세팅을 하면 언제나 색조가 달라 보이니까요."

엘리너는 그와 눈이 마주친 뒤, 역시 무언가를 의식하는 기색이었다. 머리카락이 자신의 것이다, 라고 그녀는 메리앤만큼 즉각 확신하게 되었다. 둘이 내린 결론에서 유일한 차이점이라면, 메리앤은 언니가 손수 내어준 선물이라 여긴 반면, 엘리너는 그가 슬쩍 가져갔거나 뭔가 자신이 알지 못하는 수단을 통해 손에 넣었으리라 짐작했다는 점 정도였다. 하지만 그녀는 이것을 모욕이라 느끼지 않았고, 방금 일어난 일을 모른 체 곧장 다른 이야기를 꺼내면서, 속으로는 언제 기회가 날 때 유심히 살펴봐서 그게 정확히 자신의 머리카락 빛깔과 같은지 의문의 여지 없이 확인해야겠다고 마음먹었다.

에드워드의 당혹감은 얼마간 계속되었고, 나중에는 멍한 마음 상태가 더욱 굳어졌다. 그는 오전 내내 유난히 어두웠다. 메리앤은 괜한 말을 했다고 심하게 자책했다. 하지만 언니가 그 말에 그다지 마음이 상하지 않았다는 것을 알았다면, 그녀는 자기 자신을 훨씬 빨리 용서했을 것이다.

한낮이 되기 전에 존 경과 제닝스 부인이 찾아왔다. 코티지에 신사 한 명이 와 있다는 얘기를 듣고, 손님을 살펴보고자 찾아온 것이었다. 존 경은 장모의 도움 덕에 얼마 지나지 않아 페라스의 성이 F로 시작한다는 사실을 발견했다. 이것은 앞으로 일편단심 엘리너를 놀려먹을 농담거리가 무궁무진하게 파묻힌 광산이나 다름없어, 에드워드와 초면만 아니었다면 그들은 즉각 채굴을 시작했을 것이다. 하지만 상황이 이런지라, 엘리너는 그들의 의미심장한 표정을 보고 그들이 마거릿의 정보에 기초해 얼마나 많이 간파했는지 짐작할 따름이었다.

존 경은 대시우드 가족을 방문할 때면 언제나 다음 날 정찬에 초대하거나 당일 저녁에 다과를 함께하자고 청했다. 이번 경우에는 손님을 좀 더 제대로 대접하기 위해 그들에게 양쪽 모두를 청했다. 존 경은 손님에게 즐거움을 제공하는 것이 자신의 의무라고 느꼈다.

"오늘 밤에는 반드시 저희와 같이 다과를 드셔야 합니다." 그가 말했다. "오늘은 저희끼리만 있을 테니까요. 그리고 무조건 내일은 저희랑 같이 정찬을 드셔야 합니다. 내일은 일행도 꽤 많을 테니까요."

제닝스 부인도 그래야 한다고 열심히 거들었다. "혹시 모르죠, 그쪽 덕분에 무도회가 열릴지도." 그녀가 말했다. "그러면 자네도 마음이 동할걸, 메리앤 양."

"무도회라고요!" 메리앤이 소리쳤다. "말도 안 돼요. 춤출 사람이 누가 있다고!"

"누구라니! 당연히 자네들이랑, 캐리네 식구랑, 휘터커네 식구지. 저런! 어떠어떠한 아무개가 떠나버렸다고 해서 아무도 춤을 추지 못할 거라 생각했구먼!"

"나도 온 마음으로 바란단다." 존 경이 외쳤다. "윌러비가 다시 우리와 함께하면 좋겠다고 말이지."

이 말 외에도 메리앤의 상기된 얼굴이 에드워드에게 새로운 의혹을 안겼다. "그런데 윌러비가 누구입니까?" 그가 옆에 앉은 대시우드 양에게 낮은 목소리로 물었다.

그녀는 짧게 대답해주었다. 메리앤의 표정은 더 많은 이야기를 해주었다. 이제 에드워드는 다른 이들의 말뜻뿐 아니라, 앞서 이해가 되지 않았던 메리앤의 말이 무슨 뜻이었는지도 이해할 수 있었다. 손님들이 떠났을 때, 그는 곧바로 메리앤에게 다가가서 이렇게 속삭였다. "아까부터 추측한 게 있는데. 뭔지 말해드릴까요?"

"무슨 말씀이세요?"

"말해드릴까요?"

"물론이죠."

"그러시다면. 제가 추측하기로 윌러비 씨는 사냥을 하실 것 같군요."

메리앤은 놀랍고 당황스러웠다. 하지만 그의 조용한 짓궂음에 미소를 짓지 않을 수 없었다. 잠시 말이 없다가 그녀가 대답했다.

"아, 에드워드! 어떻게 그런? 하지만 언젠가 때가 되면…… 틀림없이 에드워드도 그분을 좋아하게 되실 거예요."

"당연히 그렇겠지요." 그는 이렇게 대답하면서도 그녀의 진지하고 열띤 태도에 다소 놀랐다. 이게 윌러비 씨와 그녀 사이에 있었을, 혹은 없었을 어떤 일을 근거로 주변 사람들이 그저 즐겁자고 하는 농담이라 생각지 않았다면, 그는 감히 그런 이야기를 꺼내지도 않았을 것이었기 때문이다.

19

에드워드는 바턴 코티지에 일주일간 머물렀다. 대시우드 부인
은 좀 더 머무르라고 열심히 권했다. 하지만 그는 고행에 정진
하기로 작정한 사람처럼, 친구들과 함께하는 즐거움이 최고조
에 달했을 때 떠나기로 마음먹은 것 같았다. 마지막 이삼 일 동
안, 그의 기분은 여전히 오락가락하기는 했지만 상당히 좋아졌
다. 코티지와 주변 환경에 대한 애정이 나날이 커졌고, 떠난다
는 말을 할 때마다 한숨을 쉬었으며, 딱히 할 일이 있는 것도 아
니라 했고, 심지어 그들을 떠나면 어디로 가야 할지도 모르겠다
면서, 그럼에도 여전히 가야 한다고 했다. 일주일이 이렇게 빨
리 지나다니 시간이 이렇게 흐른 게 믿기지 않는다고 했다.

그는 몇 번이고 그렇게 말했다. 다른 말들도 했는데, 그의
감정 변화를 보여주는 동시에 행동의 모순을 드러내는 말들이
었다. 노어랜드에서는 아무런 즐거움도 누릴 수 없고 런던 생
활은 지긋지긋하다면서, 그럼에도 노어랜드로든 런던으로든
가야 한다 했다. 그들의 친절함을 무엇보다 소중하게 여기고
그들과 함께할 때 가장 행복하다면서, 그럼에도 일주일이 지나
면 그들을 떠나야 한다 했다. 이곳에 머무는 것을 그들이 원하
고 그 자신이 원하는데, 게다가 딱히 시간의 제약을 받는 것도
아니었는데.

엘리너는 그가 이런 식으로 종잡을 수 없이 행동하는 원인
을 그의 어머니에게 돌렸다. 그녀로서는 그 어머니의 성품에

대해 제대로 아는 바가 없다는 점이 다행이었다. 무엇이든 아들의 이상한 점을 어머니 탓으로 돌릴 수 있을 테니까. 자신을 대하는 그의 불확실한 태도에 실망하고 속상하고 때로는 불쾌하기도 했지만, 그녀는 전반적으로 그의 행동을 좋게 생각하고 너그러이 이해할 마음이었다. 앞서 윌러비의 경우에는 어머니의 강요에 못 이겨 마지못해 그래야 했지만. 에드워드에게 활기, 솔직함, 일관성이 부족한 것은 경제적으로 자립하지 못한 데다, 그가 자기 어머니의 계획과 의도에 대해 잘 알고 있기 때문일 터였다.

그의 방문 기간이 짧은 것도, 그들을 떠나야 된다는 결심이 확고한 것도, 앞서와 마찬가지로 의지가 속박당했기 때문이고, 당분간은 어머니와 타협해야 하는 불가피한 필요성 때문이리라. 자기 의지보다는 의무감을, 자식보다는 부모를 우선해야 한다는, 그 확고하게 자리한 오랜 고충이 모든 것의 원인이었다. 언제쯤 이런 어려움이 끝나고 이런 대립이 사라질지…… 언제쯤 페라스 부인이 마음을 고쳐먹어 아들이 마음껏 행복해질지 알 수만 있다면 좋으련만. 하지만 지금으로서는 이처럼 헛된 소망은 접어두고, 에드워드의 애정을 다시 확신하게 되었다는 것에서, 바턴에 머무는 동안 그의 표정이나 말에서 내비쳤던 모든 애정의 표시를 기억하는 것에서, 그리고 무엇보다도 그가 손가락에 항상 끼고 다니는 그 뿌듯한 애정의 증표에서 마음의 위안을 얻어야 했다.

"내 생각에는 말이에요, 에드워드." 마지막 날 아침에 함께 식사를 하던 중, 대시우드 부인이 말했다. "직업을 가져서 시간을 할애하고 계획이나 활동에 흥미가 생긴다면 지금보다 행복해지지 않을까 싶어요. 물론, 에드워드가 직업을 가지면 친구들한테 불편한 점도 생기겠죠. 예전만큼 시간을 함께 보내지 못할 테니까요. 그래도 (미소를 지으며) 적어도 한 가지 면에서는 크게 도움이 될 겁니다. 친구들과 헤어지면 어디로 가야 할지 알 테니까요."

"확실히 말씀드리지만, 저도 이 점에 대해 오랫동안 생각해 왔습니다." 그가 대답했다. "지금 부인께서 생각하시는 것처럼 말입니다. 반드시 시간을 할애할 만한 일도 없고, 소일거리나 경제적 독립성 같은 것을 안겨줄 직업도 없다는 점은 과거에도 현재에도 그리고 아마 미래에도 언제나 제게 매우 불운한 일이 될 겁니다. 하지만 유감스럽게도 제 자신도 너무 신중하고 제 친지들 역시 너무 신중하다 보니, 저는 지금과 같은 모습, 즉 나태하고 무력한 인간이 되고 말았습니다. 어떤 직업을 선택해야 할지 의견의 일치를 보지 못했죠. 저는 언제나 성직을 선호했고, 지금도 그러합니다. 그러나 저희 가족이 보기에 성직은 그다지 대단한 직업이 아니었지요. 가족들은 육군에 들어가길 권했습니다. 하지만 그건 제게 과하게 대단한 직업이었어요. 법조계도 그럭저럭 품위 있는 직업이라 인정받았습니다. 템플*에 사무실을 마련한 많은 젊은이들이 일류 사교계에 근사

---

*런던에 자리한 법학원.

하게 등장했고, 아주 세련된 이륜 경마차를 타고 런던을 누볐으니까요. 가족들은 찬성했지만, 저는 법 분야에는 관심이 없었습니다. 난해한 공부를 상대적으로 덜 해도 되는 분야에서도 말입니다. 해군으로 말하자면, 사회적으로 명망 있는 직업이긴 하나, 처음 그 말이 나왔을 때 저는 해군에 들어가기에는 이미 나이가 많았습니다.* 그리하여 결국, 반드시 직업을 가질 필요성이 없었기에, 그리고 붉은 제복**을 걸치든 안 걸치든 당당하고 호화롭게 살 터였기에, 한가로운 삶이 가장 이롭고 고귀한 삶이라 천명했지요. 게다가 일반적으로 열여덟 살 청년은 한가로이 지내자는 친구들의 청을 물리칠 만큼 부지런한 삶에 열광하지도 않고요. 그런 연유로 저는 옥스퍼드에 들어갔고 그때 이후로 제대로 한가로이 지내왔습니다."

"짐작건대, 그 결과는 이렇게 되겠군요." 대시우드 부인이 말했다 "느긋한 생활에서 행복을 얻지 못했으니, 훗날 에드워드는 자제분들을 키울 때 콜루멜라의 자식들처럼 다양한 활동과 일거리와 직업과 기술을 가지게 하겠어요."***

"제 자식들은 가능한 한 저와 닮지 않도록 키울 겁니다." 그가 진지한 어조로 말했다. "감정에서나 행동에서나 환경에서나 모든 것에서요."

---

* 해군이 되고자 하는 이들은 12세~15세에 해군 훈련을 받았다.
** 육군 제복을 지칭한다.
*** 콜루멜라는 리처드 그레이브스가 1779년에 출간한 소설의 주인공으로, 본인의 한가로운 삶에 염증을 느낀 나머지 아들들에게 여러 직업 교육을 시킨다.

"이런, 이런. 지금 잠깐 의기소침해서 그런 말을 하는 거예요, 에드워드. 기분이 울적해서 자신과 다른 사람은 다 행복할 거라 상상하는 거지요. 하지만 친구들과 헤어지는 고통은 누구나 종종 겪는 일이랍니다. 교육 수준이 어떠하건 사회적 지위가 어떠하건 간에요. 본인의 행복을 잊지 말아요. 에드워드에게 필요한 건 인내심뿐이랍니다. 아니면 좀 더 매력적인 이름으로 그걸 희망이라고 부를까요. 때가 되면 당신이 그토록 간절히 원했던 경제적 독립을 어머니께서 보장해주실 거예요. 아들의 청춘이 불만 속에 헛되이 흘러가지 않도록 막는 것이 그분의 의무이고, 또한 장차, 아니 조만간 그분의 행복이 될 겁니다. 몇 달이면 많이 달라지지 않겠어요?"

"제 생각에는," 에드워드가 대답했다. "수개월이 지난다 한들 좋은 일이 생길까 싶습니다."

이와 같은 의기소침함은 비록 대시우드 부인에게까지 옮지는 않았지만, 잠시 뒤에 이어진 작별에서 그들 모두의 마음을 더욱 아프게 했고, 특히나 엘리너의 감정에 편치 않은 인상을 남겨 이를 가라앉히는 데는 얼마간 시간과 노력이 필요할 터였다. 하지만 그녀는 이런 감정을 가라앉히겠다고, 또한 그가 떠난 것에 대해 가족들 이상으로 힘들어하는 모습을 보이지 않겠다고 마음먹었기 때문에, 앞서 유사한 경우에 메리앤이 퍽이나 사려 깊게 취했던 방법, 즉 침묵과 고독과 무위를 통해 슬픔을 더더욱 돋우고 붙박아두는 방법을 취하지는 않았다. 그들의 방법은 목표만큼이나 달랐고, 각자의 목표 달성에 나름대로 적합

했다.

엘리너는 그가 떠나자마자 그림용 책상에 앉아 온종일 작업에 몰두했고, 그의 이름이 언급되는 것을 바라지도 피하지도 않았으며, 가족들의 일상사에 평소와 다름없이 관심을 가지는 것처럼 행동했다. 혹여 이런 행동을 통해 슬픔이 줄어들지는 않았다 하더라도, 적어도 슬픔을 불필요하게 키우지는 않았고, 자기 일로 어머니와 동생들에게 큰 염려를 끼치지도 않았다.

메리앤의 입장에서는 과거 자신의 행동이 결함으로 느껴지지 않았듯, 자신과는 완전히 정반대인 언니의 이런 행동이 그다지 미덕으로 보이지도 않았다. 그녀는 자제력이라는 문제를 아주 간단히 정의했다. 애정이 강렬하면 자제력을 발휘하기란 불가능하고, 애정이 담담하면 자제력은 별로 쓸모가 없다는 것이다. 언니의 애정이 실제로 담담하다는 것, 이것은 비록 인정하기는 창피하지만 부인하기 어려운 사실이었다. 자신의 애정이 얼마나 강한가로 말하자면, 이처럼 인정하기 창피한 심증에도 불구하고 여전히 그런 언니를 사랑하고 존중하니, 그것만으로도 확실한 증거가 될 터였다.

가족들과 담을 쌓고 혼자 틀어박힌다거나, 그들을 피해 결연한 고독 속에 집을 나선다거나, 밤새 뜬눈으로 지새우며 생각에 빠진다거나, 굳이 그렇게 하지 않아도 날마다 엘리너에게는 에드워드와 그의 행동에 대해 생각할 시간이 충분히 생겼다. 애정, 연민, 칭찬, 비난, 그리고 의혹까지…… 그녀의 감정은 때와 기분 상태에 따라 더없이 다양하게 변해갔다. 어머

146

니나 동생들이 없는 경우가 아니더라도, 적어도 그들 나름대로 일에 몰두하다 보면 대화가 여의치 않아 혼자 있을 때와 마찬가지인 듯한 경우가 흔히 생겼다. 그럴 때면 불가피하게 마음이 자유로이 풀려났다. 생각을 다른 곳에 묶어두기가 불가능해졌다. 그토록 마음 쓰이는 사안의 과거와 미래가 눈앞에 펼쳐지면서, 그녀에게 관심을 강요하고, 온갖 기억과 회상과 상상을 끄집어내는 것이었다.

에드워드가 떠나고 얼마 되지 않은 어느 오전, 그녀는 그림용 책상에 앉아 이런 상념에 잠겨 있다가 누가 찾아오는 바람에 정신을 차렸다. 어쩌다 보니 주변에는 아무도 없었다. 건물 앞쪽으로 펼쳐진 잔디밭 입구에 작은 쪽문이 달려 있었는데, 이 문이 닫히는 소리에 창밖을 내다보니 꽤 많은 일행이 현관으로 걸어오고 있었다. 그중에는 존 경과 레이디 미들턴과 제닝스 부인도 보였지만, 나머지 신사와 숙녀 두 명은 처음 보는 사람이었다. 그녀가 창문 가까이 앉아 있었던 터라, 존 경은 그녀를 보자마자 현관문을 두드리는 격식 따위는 나머지 일행에게 맡겨둔 채 잔디밭을 가로질러 와서는, 현관문과 창문 사이가 너무 가까워 한쪽에다 얘기하면 다른 쪽에 다 들릴 수밖에 없는 상황이었음에도 말 좀 하게 여닫이창을 열어달라고 청했다.

"자, 새로운 손님들을 모시고 왔단다." 그가 말했다. "어때, 마음에 드니?"

"쉬! 저분들 귀에 들리겠어요."

"들리든 말든 상관없어. 그냥 파머 부부니까. 장담하지만,

샬럿은 참 예쁘지. 이쪽으로 보면 샬럿이 보일 게다."

엘리너는 굳이 그런 결례를 범하지 않아도 몇 분 뒤면 그녀를 보게 될 터였기에 정중히 사양했다.

"메리앤은 어디 있어? 우리가 온 걸 보고 도망쳤나? 저기 피아노는 열려 있는데."

"아마 산책 중일 거예요."

이제 제닝스 부인까지 그들한테 합세했다. 현관문이 열릴 때까지 기다리기에는 얼른 자기 얘기를 하고 싶었기 때문이었다. 그녀는 큰 소리로 인사하며 창가로 다가왔다. "아이고, 잘 지냈수? 대시우드 부인은 좀 어떠신가? 동생들은 어디 갔고? 이런! 혼자 있다고! 함께할 손님이 와서 반갑겠구려. 내가 다른 딸이랑 사위를 데리고 왔지. 얼마나 갑작스레 왔는지 몰라! 어젯밤에 우리가 차를 마시고 있는데 마차 소리 같은 게 들리지 뭔가. 그래도 저 아이들일 거라고는 추호도 생각 못 했지. 나는 그저 브랜던 대령이 돌아왔나 보다, 라고만 여겼다오. 그래서 존 경한테 이렇게 말했지. 마차 소리가 들리는 것 같은데 아마 브랜던 대령이 돌아온 모양이라고."

엘리너는 나머지 일행을 맞이하기 위해 이야기 중간에 부득이하게 돌아서야 했다. 레이디 미들턴이 처음 보는 두 사람을 소개했다. 마침 대시우드 부인과 마거릿이 아래층으로 내려와서 다들 서로 마주 보고 앉았고, 그러는 내내 제닝스 부인은 존 경과 함께 복도를 지나 거실로 들어서면서 이야기를 늘어놓았다.

파머 부인은 레이디 미들턴보다 몇 살 어렸는데, 모든 면에서 언니와는 딴판이었다. 몸매가 아담하고 통통했으며, 얼굴이 아주 예뻤고, 표정에는 더할 나위 없는 유쾌함이 흘러넘쳤다. 확실히 몸가짐이 언니만큼 우아하지는 않았지만 훨씬 더 느낌이 좋았다. 들어올 때도 생글생글, 머무는 동안에도 소리 내어 웃을 때만 빼고는 내내 생글생글, 그곳을 떠날 때도 생글생글 웃는 얼굴이었다. 남편은 스물대여섯 살 정도의 엄숙해 보이는 젊은이로, 아내보다는 품위와 분별력을 갖춘 듯했으나, 남들을 즐겁게 하거나 본인이 즐거워하거나 할 마음은 별로 없어 보였다. 그는 거만한 표정으로 방에 들어와, 한마디 말도 없이 숙녀들한테 까딱 목례만 했고, 잠시 그들과 방을 쓱 살펴보더니 이내 탁자에서 신문 한 부를 집어 들고는 그곳에 머무는 내내 신문만 읽었다.

반면 파머 부인은 한결같이 예의 바르고 명랑한 성격을 강하게 타고난 까닭에, 자리에 앉자마자 거실과 그 안의 모든 것들을 침이 마르도록 칭찬했다.

"아! 정말 근사한 방이에요! 이렇게 예쁜 방은 처음 봐요! 그죠, 엄마, 제가 마지막으로 왔을 때 이후로 이렇게 멋지게 변했다니! 참 사랑스러운 곳이라고 항상 생각은 했지만! (대시우드 부인을 쳐다보며) 부인께서 정말 예쁘게 꾸며놓으셨어요! 봐, 언니, 하나같이 다 근사하지 않아! 나도 이런 집이 있으면 얼마나 좋을까! 당신은 안 그래요, 여보?"

파머 씨는 아무 대꾸도 하지 않았고, 심지어 신문에서 눈을 떼지도 않았다.

"파머 씨에게는 제 말이 안 들려요." 그녀가 웃으며 말했다. "가끔씩 저래요. 진짜 웃겨요!"

이건 대시우드 부인이 이제껏 해보지 못한 생각이었다. 그녀는 누군가의 무시를 재미있다고 여겨본 적이 없었기에, 두 사람을 얼마간 놀라운 표정으로 바라볼 수밖에 없었다.

그러는 와중에도 제닝스 부인은 목청껏 이야기를 늘어놓았다. 전날 저녁에 파머 내외를 보고 그들이 얼마나 놀랐는지, 모든 이야기를 쏟아내기 전에는 잠시도 쉬지 않았다. 파머 부인은 놀라던 그들의 모습을 떠올리며 깔깔 웃었고, 참으로 반가운 기습 방문이었다고 모든 이들이 두세 번 되풀이해 입을 모았다.

"딸 내외를 보고 다들 얼마나 반가워했는지는 짐작이 가실 거요." 제닝스 부인이 덧붙였다. 이어 다른 사람들한테는 들리지 않게 하려는 듯 엘리너 쪽으로 몸을 기울이고 목소리를 낮췄지만, 두 사람이 서로 거실의 반대쪽에 앉아 있다는 게 문제였다. "아무리 그래도 그렇게 빠른 속도로, 그렇게 먼 길을 오면 안 됐는데 싶은 생각이 어쩔 수 없이 드는구려. 글쎄 볼일이 있어 런던까지 들렀다 왔다지 뭐요. 왜냐하면 (의미심장하게 딸 쪽으로 고개를 끄덕이면서) 지금 저 아이 상태로는 그러면 안 되거든. 오늘 아침에도 그냥 집에서 쉬라고 했건만 굳이 우리를 따라나서겠다는 거야. 이 집 가족을 너무너무 보고 싶어 했거든."

파머 부인이 웃으면서 자기는 별 탈 없을 거라 말했다.

"2월에 몸을 풀 예정이라오." 제닝스 부인이 말을 이었다.

레이디 미들턴은 더 이상 이런 대화를 견딜 수가 없어서 파머 씨에게 신문에 무슨 소식이라도 있냐고 친히 물어보기까지 했다.

"아뇨, 전혀 없습니다." 그는 이렇게 대꾸하고 계속 읽었다.

"저기 메리앤이 오는군." 존 경이 외쳤다. "자, 파머, 이제 엄청나게 예쁜 아가씨를 보게 될 걸세."

그는 곧장 복도로 나가서 현관문을 열고 직접 메리앤을 맞았다. 그녀가 들어오자마자 제닝스 부인은 혹시 앨러넘에 다녀오는 길이냐고 물었고, 이 질문에 파머 부인은 무슨 뜻인지 알겠다는 듯 배꼽을 잡고 웃었다. 파머 씨는 메리앤이 들어오자 잠시 고개를 들고 빤히 보더니, 다시 신문으로 되돌아갔다. 이제 파머 부인은 거실 여기저기에 걸린 그림에 눈길을 주었다. 그녀는 자리에서 일어나 그림들을 살펴보았다.

"어머나! 세상에, 정말 아름다운 그림이네요! 아! 정말 근사해요! 보세요, 엄마, 진짜 예쁘죠! 너무 매력적이에요. 영원히 쳐다보고 있으래도 그러겠어요." 그러고는 다시 자리에 앉더니, 방 안에 그런 물건이 있었다는 사실을 이내 잊어버렸다.

레이디 미들턴이 그만 가려고 자리에서 일어서자, 파머 씨도 따라 일어나 신문을 내려놓고 몸을 쭉 뻗은 후 그들 모두를 둘러보았다.

"여보, 자고 있었어요?" 그의 아내가 웃으며 말했다.

그는 아무 대답도 하지 않았다. 그저 방을 다시 살펴보더니 천장이 너무 경사지게 내려왔고 반듯하지가 않다고 한마디 했다. 이어 그들에게 고개를 까닥하고는 일행과 함께 떠났다.

앞서 존 경은 다음 날 파크에서 함께 지내자고 그들 모두를 끈덕지게 졸랐다. 대시우드 부인은 코티지에서 정찬을 함께하는 만큼만 파크에서 그들과 정찬을 하겠다고 마음을 정한 터라 본인은 딱 잘라 거절했고,* 딸들에게는 원하는 대로 하라고 했다. 하지만 딸들 역시 파머 부부가 어떻게 식사를 하는지 전혀 궁금하지 않았고, 어떤 식으로든 그들한테서 즐거움을 얻을 성싶지도 않았다. 그래서 그들도 날씨가 변덕스럽다고, 아마도 궂을 것 같다고, 핑계를 대고 빠지려 했다. 하지만 존 경은 막무가내였다. 마차를 보내줄 테니 반드시 와야 한다는 것이었다. 레이디 미들턴 역시 그들의 어머니한테는 굳이 권하지 않았지만 그들에게는 꼭 와달라 청했다. 제닝스 부인과 파머 부인도 합세했다. 마치 자기 가족들끼리만 모이는 걸 다들 똑같이 피하고 싶은 모양이었다. 결국 젊은 숙녀들은 뜻을 굽힐 수밖에 없었다.

"왜 우리한테 오라는 거야?" 그들이 떠나자마자 메리앤이 말했다. "이 코티지는 임대료가 싼지는 몰라도 조건이 너무 나빠. 파크에 누가 묵을 때나 여기에 누가 묵을 때마다 그곳에서 함께 정찬을 들어야 한다면 말이야."

"초대를 자주 하긴 해도 우리를 정중하고 친절하게 대하는

*두 집이 정찬 초대를 서로 번갈아 하는 것이 당시 예법이었다.

건 변함이 없어." 엘리너가 말했다. "몇 주 전이나 지금이나. 만약 그분들이 여는 파티가 지루하고 따분해졌다면, 그 이유가 그분들한테 있지는 않을 거야. 다른 데서 달라진 점을 찾아야 지."

20

다음 날 대시우드 자매가 바턴 파크의 응접실 한쪽 문으로 들어서자, 파머 부인이 다른 쪽 문으로 한달음에 들어왔다. 전과 다름없이 유쾌하고 명랑한 표정이었다. 그녀는 더없이 반갑게 그들의 손을 잡고 다시 보게 되어 기쁘다고 말했다.

"뵙게 돼서 반가워요!" 그녀가 엘리너와 메리앤 사이에 앉으면서 말했다. "날이 너무 궂어서 못 오시면 어쩌나 걱정이었거든요. 그러면 진짜 충격이 컸을 거예요. 우리는 내일 이곳을 떠나니까요. 가야 한답니다. 웨스턴 가족이 다음 주에 우리 집에 오기로 했거든요. 사실 여기에 온 것도 워낙 갑작스러운 일이었어요. 마차가 문 앞에 당도할 때까지 저는 아무것도 몰랐답니다. 그때서야 파머 씨가 저더러 바턴에 가고 싶으냐고 물었다니까요. 정말 익살맞은 양반이에요! 저한테 뭘 말해주는 법이 없어요! 여기에서 좀 더 머물지 못해 정말 아쉬워요. 그래도 금방 다시 런던에서 뵙겠지요, 분명."

그들은 그런 기대를 접도록 해야 했다.

"런던에 오지 않으신다고요!" 파머 부인이 웃으며 소리쳤다. "만약 안 오시면 저는 정말 실망할 거예요. 세상에서 가장 근사한 집을 구해드릴 수도 있어요. 하노버 광장에 저희 집이 있는데 바로 옆집으로요. 정말 오셔야 해요. 해산하기 전까지는 언제든 기꺼이 보호자 역할을 해드릴게요. 만약 대시우드 부인께서 사람들 앞에 나서기 싫어하시면 말이에요."

그들은 감사를 표했지만, 그녀의 모든 청을 거절해야 했다.

"아! 여보." 파머 부인이 막 응접실에 들어서는 남편에게 소리쳤다. "올겨울에 대시우드 양들이 런던에 오도록 저랑 같이 설득 좀 해봐요."

그녀의 여보는 아무 대꾸도 하지 않았다. 숙녀들한테 고개만 까닥인 다음, 날씨에 대해 불평하기 시작했다.

"정말 지긋지긋하군." 그가 말했다. "이런 날씨에는 뭘 하든 누굴 만나든 불쾌하기 짝이 없어. 실내에 있어도 비 때문에 따분하긴 바깥이나 마찬가지야. 주변 사람들도 하나같이 신경에 거슬리고. 집에 당구실 하나 없다니 도대체 존 경은 무슨 생각인 거야? 안락함이란 걸 아는 사람이 이렇게 없나! 존 경도 날씨만큼이나 답답한 사람이야."

나머지 일행도 이내 함께 모였다.

"아쉽겠어, 메리앤 양." 존 경이 말했다. "오늘은 평소처럼 앨러넘에 산책을 못 나갔을 테니까."

메리앤은 아주 굳은 표정으로 아무 말도 하지 않았다.

"아유! 우리 앞에서 아닌 척할 필요 없어요." 파머 부인이 말했다. "다들 알고 있으니까요. 메리앤 양은 안목이 참 높아요. 굉장히 잘생긴 분이잖아요. 저희 시골 저택에서 그분 댁까지는 별로 멀지도 않답니다. 아마 10마일도 안 될걸요."

"30마일에 훨씬 가깝지." 남편이 말했다.

"정말요! 어쨌거나! 별 차이는 없잖아요. 실제로 그분 댁에 가본 적은 없어요. 하지만 사람들 말로는 사랑스럽고 예쁜 곳이라더군요."

"내 평생 본 집 중에 가장 불쾌한 곳이었지." 파머 씨가 말했다.

메리앤은 여전히 침묵을 지키고 있었지만, 대화 내용에 흥미가 있음이 표정에서 그대로 엿보였다.

"그렇게 형편없는 곳인가요?" 파머 부인이 말을 이었다. "그럼 아까 말한 예쁜 저택은 다른 곳인가 보네."

그들이 정찬실에 둘러앉았을 때, 존 경이 다 합쳐 여덟 명밖에 안 된다고 유감스러운 듯 말했다.

"여보," 그가 부인한테 말했다. "이렇게 인원이 적다니 너무 섭섭한걸. 길버트네 가족들한테 오늘 오라고 하지 그랬소."

"제가 말하지 않았던가요, 존 경, 아까도 그러시기에 불가능하다고 말씀드렸잖아요? 마지막 정찬을 이곳에서 했으니까요."

"자네와 나는 말일세, 존 경." 제닝스 부인이 말했다. "그런 격식은 차리지 말도록 하세."

"그러면 교양 없는 사람으로 비칠 겁니다." 파머 씨가 외쳤다.

"여보, 당신은 아무한테나 반박이에요." 아내가 평소처럼 웃으며 말했다. "자신이 무례하다는 거 아세요?"

"당신 어머니를 교양 없다고 말하는 게 누구한테 반박이 된다는 거요."

"아유, 내 욕을 하고 싶으면 마음껏 하게나." 성격 좋은 노부인이 말했다. "내 손에서 샬럿을 데려갔으니 다시 반품은 안 되네. 그러니까 내가 자네보다 유리한 입장이지."

샬럿은 남편이 자신을 떼어내지 못한다는 생각에 배꼽을 잡고 웃었다. 그러면서 의기양양하게 덧붙이길, 남편이 자기한테 얼마나 퉁명스레 굴든 상관없다고 했다. 어차피 함께 살아야 할 테니까. 세상에 파머 부인만큼 철저하게 기분 좋고 결연하게 행복한 사람도 없을 터였다. 남편의 고의적인 무관심, 무례함, 불평불만은 그녀에게 아무런 고통도 주지 않았다. 그가 질책하거나 모욕하면 그녀는 굉장히 즐거워했다.

"파머 씨는 정말 익살맞은 사람이에요!" 그녀가 엘리너에게 귓속말로 말했다. "항상 부루퉁해 있다니까요."

엘리너가 잠시 지켜본 바에 따르면, 파머 씨는 본인이 그런 척하는 것만큼 정말로 그렇게 성미가 고약하거나 예의 없는 사람 같지는 않았다. 수많은 남성들이 그러하듯, 그 역시 왜인지는 모르겠으나 미모에 집착한 나머지, 결과적으로 아주 어리석은 여성의 남편이 되었다는 사실을 발견하고는 다소 뚱한 성격으로 변한 건지도 몰랐다. 하지만 이런 종류의 실책은 워낙 흔한 일이라 분별 있는 남성이라면 이 때문에 계속 마음이 상하지는 않을 터였다. 오히려 엘리너가 생각하기에, 그가 아무에게나 업신여기는 태도를 취하고 눈앞에 보이는 모든 것에 막말을 던지는 것은 두드러져 보이고 싶은 마음 때문인 듯했다. 다른 이들보다 우월하게 보이고 싶은 욕구. 그런 동기는 너무 흔해 그다지 놀랄 만한 일도 아니었다. 하지만 그런 수단을 쓰면, 설령 탁월한 무례함으로 두드러진 존재가 되는 데는 성공할지라도, 그의 곁에는 아내 말고는 아무도 붙어 있을 성싶지 않았다.

"아! 대시우드 양." 얼마 뒤 파머 부인이 말했다. "대시우드 양과 동생분한테 드릴 부탁이 있어요. 이번 크리스마스에 클리블랜드에 와서 지내다 가지 않을래요? 제발 그렇게 하세요. 웨스턴 가족이 와 있는 동안에요. 그러면 저는 정말 행복할 거예요! 진짜 즐거울 거예요!" 그러고는 남편을 향해 물었다 "여보, 대시우드 양들을 클리블랜드에 초대하면 좋지 않겠어요?"

"당연하지." 그가 냉소적으로 대꾸했다. "내가 데번셔에 올 때 그 생각밖에 더 했겠소?"

"보셨죠." 부인이 말했다. "파머 씨도 오길 기대하잖아요. 그러니까 못 온다고 말씀하시면 안 돼요."

그들은 둘 다 그녀의 청을 적극적이고 단호하게 거절했다.

"꼭 오셔야 해요, 오시게 될 거고요. 장담하는데 진짜 마음에 드실 거예요. 웨스턴 가족도 올 거고, 참으로 즐거울 거예요. 클리블랜드가 얼마나 사랑스러운 곳인지 상상도 못 하실 거예요. 게다가 요즘은 부쩍 흥겨운 분위기랍니다, 파머 씨가 지역 선거 유세를 다니느라 항상 바쁘거든요. 예전에는 보지도 못했던 수많은 사람들이 우리랑 정찬을 들러 오는데, 참으로 근사해요! 하지만 딱한 사람! 저이한테는 정말 피곤한 일이죠! 모든 사람들이 자기를 좋아하도록 만들어야 하니까요."

엘리너는 그런 의무를 다하려면 정말 고되겠다고 동의하면서 얼굴 표정을 유지하느라 애를 썼다.

"얼마나 근사할까요." 샬럿이 말했다. "저이가 의회에 들어가면 말이에요! 그렇지 않아요? 웃음이 나서 어쩔까 몰라! 저이한테 오는 편지마다 M.P.*라고 찍힌 걸 보면 너무 웃길 거예요. 하지만 아세요? 저이가 내 편지에 무료 송달 서명을 안 해줄 거래요.** 절대 안 해줄 거라고요. 그랬죠, 파머 씨?"

파머 씨는 들은 척도 하지 않았다.

"저이는 글 쓰는 걸 못 견뎌해요." 그녀가 말을 이었다. "지긋지긋하대요."

"아니." 그가 말했다. "그렇게 비합리적인 말은 한 적이 없어. 말도 안 되는 소리를 다 나한테 덮어씌우지 말아요."

"저것 봐요. 저이가 얼마나 익살맞은지 보셨죠. 항상 저렇다니까요! 어떤 때는 나한테 한나절 내내 한 마디도 않다가, 저렇게 익살맞은 이야기를 툭 던지는 거예요. 세상 아무것에나 대고 저래요."

다시 응접실로 돌아갈 때 그녀가 파머 씨가 굉장히 마음에

---

*하원 의원(Member of Parliament).
**의원들에게는 편지를 무료로 보낼 수 있는 특권이 주어졌다. 그러기 위해서는 의원이 직접 편지에 자신의 필체로 주소를 써야 했다. 우표 값이 비쌌기 때문에 이 특권은 가족과 친구들 사이에 남용되고는 했다.

들지 않느냐고 물어서 엘리너는 상당히 놀랐다.

"그럼요." 엘리너가 말했다. "아주 좋으신 분인 것 같아요."

"음…… 마음에 드신다니 정말 기뻐요. 그러실 줄 알았어요. 저이는 참 유쾌하거든요. 파머 씨도 대시우드 양과 동생분들한테 굉장히 호감을 갖고 있어요. 그러니까 클리블랜드에 안 오시면 저이는 굉장히 실망할 겁니다. 왜 거절하시는지 이해가 안 가요."

엘리너는 그녀의 초청을 다시 거절해야 했다. 그리고 더 이상 청하지 못하도록 화제를 바꾸었다. 엘리너가 생각하기에, 파머 부인은 윌러비와 같은 지역에 사니 어쩌면 그의 일반적 세평에 대해 좀 더 자세한 정보를 줄 수도 있을 것 같았다. 미들턴 가족은 그와 단편적으로만 아는 사이인지라 얻을 수 있는 정보가 한정되어 있었다. 그에게 메리앤에 대한 걱정의 가능성을 덜 만한 장점이 있다면 누구에게서든 확인받고 싶었다. 그녀는 클리블랜드에서 윌러비 씨를 자주 보느냐고, 그리고 그와 친한 사이냐고 이야기를 꺼냈다.

"아! 그럼요, 굉장히 잘 알죠." 파머 부인이 대답했다. "실제로 이야기를 나누어봤다거나 한 건 아니에요. 하지만 런던에서는 툭하면 보는걸요. 어쩌다 보니 그분이 앨러넘에 와 있는 동안에는 제가 바턴에서 지낸 적이 없네요. 저희 엄마께서는 예전에 한 번 여기에서 그분을 보셨대요. 하지만 그때 저는 웨이머스의 아저씨 댁에 있었거든요. 그래도 서머싯셔에서는 자주 뵈었어야 했는데, 공교롭게도 서로 시기가 안 맞았어요. 그분은 쿰에 잘 안 들르시는 것 같아요. 하지만 설령 쿰에 자주 계셨다 해도, 파머 씨가 방문하거나 하지는 않았을 거예요. 아시다시피 서로 정당이 다르거든요. 게다가 워낙 거리도 멀고요. 그분에 대해 왜 물어보시는지 잘 알아요. 동생이 그분과 결혼하신다면서요. 저도 엄청나게 기쁘답니다. 그렇게 되면 서로 이웃지간이 될 테니까요."

"맹세컨대," 엘리너가 대답했다. "둘의 결혼을 예상하실 만한 이유가 있다면, 저보다 알고 계신 게 많은가 봐요."

"아닌 척하지 마세요, 다들 그렇게 말한다는 거 잘 아시면서. 저는 런던에 다녀오는 길에도 그 얘기를 들은걸요."

"설마요, 파머 부인!"

"제 명예를 걸고 정말이에요. 월요일 오전에 본드 거리에서 브랜던 대령님을 만났거든요, 런던을 막 떠나기 전에요. 그때 그분이 직접 말씀해주셨어요."

"정말 놀랍군요. 브랜던 대령님이 그런 말씀을 하셨다니! 분명 파머 부인께서 잘못 아셨을 거예요. 그런 소식을, 설령 사실이라 해도 별로 관련도 없는 사람한테 전하다니, 브랜던 대령님은 그럴 분이 아니에요."

"하지만 아무리 그래도 정말 사실이라니까요. 제가 어떻게 된 일인지 처음부터 말씀드릴게요. 서로 길에서 마주쳤을 때, 대령님은 발걸음을 돌려 저희와 함께 걸으셨어요. 그래서 저희 언니와 형부 얘기가 나왔고, 이런저런 이야기를 나누다가 제가 말했죠. '그런데 대령님, 바턴 코티지에 새로운 가족이 왔다면서요. 다들 아주 예쁘고, 그중 한 명은 쿰 매그나의 윌러비 씨와 결혼할 거라고 엄마께서 편지에 쓰셨던데. 그게 정말인가요? 대령님은 최근까지 데번셔에 계셨으니까 당연히 아시겠죠'라고요."

"그래서 대령님께서 뭐라고 하시던가요?"

"아! 별 말씀은 안 하셨어요. 하지만 그런 줄 알고 있었다는 표정이시더라고요. 그래서 그 순간부터 저는 기정사실로 받아들였지요. 정말 기쁜 일이 되겠어요! 결혼식은 언제쯤으로 예정되어 있나요?"

"브랜던 대령님이 잘 지내시면 좋겠네요."

"아! 그럼요, 아주 잘 지내시죠. 대시우드 양 칭찬을 무척 많이 하셨어요. 좋은 얘기밖에 안 하시던걸요."

"대령님이 저를 칭찬하셨다니 기뻐요. 참 훌륭하신 분 같아요. 성격도 보기 드물게 좋으시고."

"저도 그렇게 생각해요. 참 멋진 분이시죠. 그래서 그렇게 근엄하고 침울한 게 참 안타까워요. 엄마 말씀이 그분도 대시우드 양 동생을 사랑했다면서요. 정말 그랬다면 굉장한 찬사랍니다. 그분이 누군가와 사랑에 빠지는 일은 거의 없으니까요."

"파머 부인께서 계신 서머싯셔 지역에서 윌러비 씨는 잘 알려진 분인가요?" 엘리너가 말했다.

"아! 그럼요, 굉장히 잘 알려져 있죠. 정확히 말하면, 그분과 알고 지내는 사람이 많지는 않을 거예요. 쿰 매그나가 워낙 떨어져 있거든요. 하지만 다들 그분이 굉장히 좋은 사람이라고 생각해요. 윌러비 씨는 어디를 가든 단연 사람들한테 인기랍니다. 동생분께 그렇게 전하셔도 좋아요. 제 명예를 걸고 말하지만, 그런 분을 얻다니 동생분은 엄청난 행운아예요. 하긴 동생분을 얻은 윌러비 씨가 훨씬 더 행운이긴 하지만요. 워낙 미인에다 성격도 좋잖아요. 누구라도 동생분을 얻으면 과분한 거죠. 하지만 동생분이 대시우드 양보다 미인이라는 생각은 안 들어요, 정말로요. 두 분 다 엄청나게 미인이시거든요. 분명 파머 씨도 그렇게 생각할 거예요, 비록 어젯밤에 우리가 아무리 추궁해도 끝내 인정은 안 했지만요."

윌러비에 관한 파머 부인의 정보는 그다지 실질적이지 못했다. 하지만 그에게 유리한 증언이라면, 아무리 사소한 것일지라도 그녀에게는 만족스러웠다.

"우리가 드디어 알고 지내게 돼서 정말 기뻐요." 샬럿이 말을 이었다. "항상 절친한 사이로 지내면 좋겠어요. 제가 얼마나 만나고 싶어 했는지 상상도 못 하실걸요! 코티지에 사시게 돼서 정말 기뻐요! 거기에 비할 바가 있을까요! 동생분이 좋은 혼처를 구한 것도 너무 기쁘고요! 앞으로 대시우드 양도 쿰 매그나에 자주 오시면 좋겠어요. 사람들 말로는 사랑스러운 곳이래요."

"브랜던 대령님과는 오랫동안 알고 지내셨죠, 그렇지 않나요?"

"그럼요, 오래되었죠. 언니가 결혼한 이후로 쭉 알았으니까요. 존 경과 각별한 친구 사이셨어요." 그녀가 낮은 목소리로 덧붙였다. "제 생각에는, 저랑 맺어졌다면 무척 좋아하셨을걸요. 그럴 수만 있었다면요. 존 경과 레이디 미들턴은 그렇게 되길 굉장히 원했답니다. 하지만 엄마는 제게 썩 만족스러운 혼사가 아니라 생각하셨어요. 그렇지 않았다면 존 경이 대령님한테 말했을 테고, 우리는 곧장 결혼했겠죠."

"존 경이 어머니께 드린 제안을 브랜던 대령님도 미리 아셨나요? 대령님이 직접 부인에게 애정을 고백하셨어요?"

"아! 아뇨. 하지만 엄마가 그 혼사에 반대만 안 하셨다면 틀림없이 대령님도 엄청 좋아하셨을 거예요. 당시에는 저를 두 번 정도밖에 못 보셨지만요. 제가 아직 학교에 다니던 때였거든요. 하지만 저는 지금 이대로가 훨씬 행복하답니다. 파머 씨는 딱 제 이상형이거든요."

21

파머 부부는 다음 날 클리블랜드로 돌아갔고, 바턴의 두 가족은 다시 서로에게서 즐거움을 얻어야 하는 처지로 남겨졌다. 하지만 이는 오래가지 않았다. 엘리너가 마지막 방문객들에 대한 생각을 머리에서 채 지우기도 전에, 그리고 샬럿이 이유 없이 그렇게 행복한 점이나, 파머 씨가 훌륭한 지력을 지니고도 그렇게 어리석게 구는 점이나, 그들 부부 사이에 종종 존재했던 이상한 부적절함에 대해 미처 다 신기해하기도 전에, 존 경과 제닝스 부인이 사교를 향한 집념을 발휘해 그녀가 만나보고 지켜볼 새로운 인물 몇 명을 구해놓았으니까.

그들은 오전에 엑서터에 나들이를 나갔다가 젊은 숙녀 두 명을 만난 터였다. 제닝스 부인은 두 사람이 자신의 친척임을 흐뭇하게 알렸고, 이는 존 경이 그들을 바턴 파크에 초대할 충분한 이유가 되었기에, 엑서터에서의 약속이 끝나는 대로 곧장 방문해달라 청했다. 엑서터에서의 그들의 약속은 이런 초대 앞에서 바로 밀려났고, 덕분에 레이디 미들턴은 존 경이 돌아오자마자 경악할 소식을 듣게 되었다. 그녀 평생 본 적도 없을뿐더러 우아함이라든가 심지어 그런대로 봐줄 만한 상류층 매너라든가, 그런 것들에 대해 확인해볼 길도 없는 아가씨 두 명을 곧 손님으로 맞아야 한다는 것이었다. 이 점에 대해 남편이나 어머니가 확인해준 바는 전혀 도움이 되지 않았다. 그들이 그녀의 친척이라는 점도 상황을 더욱 악화시켰다. 따라서 제닝스 부인이 딸을 위로한답시고 건넨 말은 초점을 잘못 잡았으니, 그들이 상류층인지 아닌지 너무 신경 쓰지 말라고, 다들 친척 관계이니 서로 참고 받아들여야 한다고 조언한 것이다. 하지만 지금 와서 그들을 못 오게 할 수도 없는 노릇이라, 레이디 미들턴은 교양 있게 자란 여성답게 달관한 마음으로 이를 받아들였고, 날마다 이 문제에 대해 대여섯 번 남편을 부드럽게 책망하는 것으로 만족했다.

젊은 숙녀들이 도착했다. 교양이 없다든가 격이 떨어진다든가 하는 외모는 절대 아니었다. 옷차림도 아주 말쑥하고, 태도

164

도 아주 정중했으며, 저택에 감탄하고 실내장식에 환호한 데다 아이들이라면 덮어놓고 좋아했던지라, 그들이 파크에 한 시간도 채 머물기 전에 레이디 미들턴은 이들에게 호감을 품게 되었다. 그들을 두고 아주 마음에 드는 아가씨들이라 평했는데, 그녀로서는 열렬한 찬사였다. 이처럼 적극적인 칭찬을 듣자 존 경은 본인의 판단력에 더욱 자신감을 얻었고, 곧장 코티지로 건너가 스틸 자매가 도착했다는 사실과, 그들이 세상에서 가장 사랑스러운 아가씨들이라는 사실을 대시우드 자매에게 전했다. 하지만 이런 칭찬에서 알아낼 만한 점은 별로 없었다. 엘리너도 잘 아는 바처럼, 세상에서 가장 사랑스러운 아가씨들이야 잉글랜드 도처에서 만날 수 있고, 각자의 몸매와 얼굴과 기질과 분별력 등은 온갖 다양한 형태로 존재할 테니까. 존 경은 온 가족이 바로 파크로 걸어가서 손님들을 만나자고 했다. 마음도 넓고 인정도 많은 사람! 그는 팔촌지간이라도 자기 혼자 알면 마음이 아픈 사람이었다.

"지금 가자꾸나." 그가 말했다. "어서 가야지. 그럼, 꼭 가야 하고말고. 그 아가씨들이 굉장히 마음에 들 게다. 루시는 엄청나게 예쁘지. 게다가 성격 좋고 싹싹하기까지 하고! 아이들은 벌써 루시 주변에서 난리야, 마치 오래전부터 알고 지낸 사이처럼. 게다가 두 아가씨도 너희를 굉장히 보고 싶어 한단다. 세상에서 대시우드 자매만큼 어여쁜 아가씨들도 없다는 이야기를 엑서터에서 들었다더구나. 그래서 내가 다 사실이라고, 그 이상이라고 말해줬지. 틀림없이 마음에 들 거라니까. 마차에다 아이들을 위한 장난감을 한가득 싣고 왔더라고. 어쩌면 그렇게 야박하게 안 간다고 할 수가 있는 거냐? 어떤 의미에서는 너희와도 친척지간인걸. 너희는 내 친척이고 그 처녀들은 내 아내의 친척이니, 서로 친척이라 할 수 있지."

하지만 존 경은 설득에 실패했다. 단지 하루 이틀 안에 파크에 들르겠다는 약속만 받아냈을 뿐이었다. 그는 그들의 무심함에 놀라면서 그곳을 나섰고, 앞서 스틸 자매가 그들에게 호감을 갖고 있다고 떠벌린 것처럼, 집에 돌아와서는 그들이 스틸 자매에게 호감을 보였다고 새로이 떠벌려댔다.

그들이 약속대로 파크를 방문하여 젊은 숙녀들과 인사를 나누어보니, 언니 쪽은 나이가 거의 서른에다 얼굴도 아주 평범하고 똑똑해 보이지도 않아, 딱히 외모에서 감탄할 만한 요소는 없었다. 하지만 동생 쪽은 기껏해야 나이가 스물두셋 정도에, 상당한 미인이라 인정할 만했다. 어여쁜 이목구비, 날카롭고 기민한 눈매, 그리고 말쑥한 차림새는 비록 그녀에게 우아함이나 품위를 부여하지는 못했지만 그래도 외모가 돋보이게는 했다. 둘 다 태도가 각별히 깍듯했고, 엘리너도 이내 인정했듯 얼마간 지각도 있는 것 같았다. 레이디 미들턴의 마음에 들기 위해 부단하고 신중하게 신경 쓰는 모습을 보였기 때문이다. 부인의 아이들을 보고는 끊임없이 감탄사를 내뱉었다. 외모를 극찬하고, 아이들의 관심을 얻으려 애쓰고, 온갖 변덕을 다 받아주었다. 이렇게 예의를 차리는 데 온 시간을 쏟는 한편으로 틈틈이 짬을 내어 혹시라도 레이디 미들턴이 무슨 일을

166

하고 있으면 그게 무엇이건 찬사를 바치거나, 전날 부인이 입은 모습을 보고 감탄을 금치 못했던 우아한 새 드레스의 본을 뜨거나 했다. 이처럼 어리석은 습성을 통해 남의 비위를 맞추는 사람들에게는 다행인 것이, 다정한 어머니는 자녀들의 칭찬을 구함에 있어 가장 탐욕스러운 존재인 동시에 가장 어리숙한 존재이기도 하다는 사실이다. 그들은 터무니없이 요구한다. 하지만 무슨 말이든 곧이곧대로 믿는다. 그리하여 스틸 자매가자기 아이들을 과도한 애정과 인내심으로 대하는 것을 보고도 레이디 미들턴은 조금도 놀라거나 의심하지 않았다. 자기 친척들이 감내하고 있는 온갖 버릇없는 방해와 짓궂은 장난을 그녀는 흐뭇한 모성애로 지켜보았다. 아이들이 그들의 허리띠를 풀고, 귓가 머리카락을 잡아당기고, 바느질 가방을 뒤지고, 칼과 가위를 훔쳐 달아나는 걸 보고서도 그녀는 그것이 상호적인 놀이라고 믿어 의심치 않았다. 그저 놀라운 점이 있다면 엘리너와 메리앤이 이런 놀이에 끼겠다고 나서지 않고 너무나 차분하게 앉아 있다는 점이었다.

"존이 오늘따라 기운이 넘치네!" 아이가 스틸 양의 손수건을 뺏어 창밖으로 내던지자 그녀가 말했다. "온갖 장난을 다 치는구나."

곧이어 둘째 아들이 같은 숙녀의 손가락 하나를 세게 꼬집자, 부인이 사랑스럽다는 듯 얘기했다. "윌리엄은 얼마나 장난기가 많은지 몰라!"

"그리고 우리 귀염둥이 애나마리아." 그녀가 세 살배기 여자아이를 다정하게 껴안으며 덧붙였다. 아이는 지난 2분 동안 떠들지 않고 가만히 있었던 터였다. "항상 이렇게 온순하고 얌전하다니까……. 세상에 이렇게 얌전한 아이도 없을 거야!"

하지만 불행하게도 부인이 아이를 안을 때, 부인의 머리 장식에 달린 핀 하나가 아이의 목을 살짝 긁었고, 그러자 이 온순함의 표본이 얼마나 맹렬하게 비명을 질러댔던지, 시끄럽다고 알려진 어떤 생물체도 그 소리를 당해내지는 못했을 것이다. 어머니는 극도로 놀랐다. 하지만 놀란 것으로 말하자면 스틸 자매가 더했으니, 세 여인은 이처럼 중대한 위급 상황에 할 수 있는 모든 것, 애정 어린 마음으로 생각했을 때 어린 환자의 고통을 덜어줄 만한 모든 것을 다 했다. 아이를 어머니의 무릎에 앉히고 키스를 퍼부었으며, 스틸 자매 중 한 명이 무릎을 꿇고 앉아 라벤더수로 상처를 씻겼고, 다른 한 명은 아이의 입에 사탕 과자를 계속 넣어주었다. 눈물을 보였다고 이런 보상을 받으니, 아이는 영악하게도 울음을 그치지 않았다. 여전히 비명을 지르면서 힘차게 울어댔고, 자기를 만지려 한다고 두 오빠에게 발길질을 해댔다. 모두들 합심해서 아이를 달래려 애썼지만 아무 소용이 없던 참에, 다행히도 레이디 미들턴이 바로 전 주에 비슷한 일을 당했을 때 멍든 관자놀이에 살구 마멀레이드를 발라 성공했던 기억을 떠올렸고, 이 불운한 생채기에도 똑같은 치료법을 써보자는 열띤 제안이 나왔으며, 이 말을 들은 꼬마 아가씨의 비명이 살짝 잦아든 것을 보고 아이가 거부하지는 않겠다고 기대하게 되었다. 그리하여 아이는 이 치료법을 찾아 어머니의 품에 안겨 방에서 나갔고, 두 사내아이 역시 방에 있으라는 어머니의 간청에도 불구하고 굳이 따라나섰기 때문에, 젊은 숙녀 넷은 몇 시간 만에 처음으로 조용해진 방에 남게 되었다.

"가엾은 아가!" 그들이 나가자마자 스틸 양*이 말했다. "너무 안타까운 사고가 아니었나 싶어요."

"저는 잘 모르겠는데요." 메리앤이 받아쳤다. "완전히 다른 상황이었다면 모르겠지만. 하지만 이번 경우는 흔히들 그러하듯 실제로 걱정할 일도 없는데 괜히 걱정을 키운 것 아닌가요."

"레이디 미들턴은 참 상냥하세요!" 루시 스틸이 말했다.

메리앤은 말이 없었다. 아무리 사소한 것일지라도 마음에 없는 말을 하기란 불가능했다. 따라서 예의상 필요할 때 거짓말을 해야 하는 의무는 언제나 엘리너의 몫이었다. 그녀는 이런 의무 앞에 최선을 다했고, 루시 양보다는 훨씬 정도가 덜하지만 실제로 느끼는 것보다는 더 호의적으로 레이디 미들턴에 대해 말했다.

"존 경도 그래요." 언니 쪽이 외쳤다. "정말 매력적인 분이세요!"

이번에도 대시우드 양은 단순하고 공정하게, 아무 호들갑 없이 칭찬을 건넸다. 그저 아주 성격이 좋고 친절한 분이라고만 말했다.

*미혼인 경우 맏딸은 항상 성으로 부르는 당시 관습에 따라 언니인 앤 스틸은 스틸 양으로, 동생인 루시 스틸은 루시로 불린다.

"게다가 얼마나 멋지고 단출한 가족인지! 이렇게 훌륭한 아이들은 평생 본 적이 없어요. 저는 벌써 그 아이들한테 푹 빠졌답니다. 원래부터 아이들이라면 정신을 못 차릴 정도로 좋아하고요."

"그러실 것 같더군요." 엘리너가 미소를 지으며 말했다. "오늘 아침에 지켜본 바로는요."

"대시우드 양께서는 이 집 아이들이 너무 응석받이로 자랐다고 생각하시는 것 같아요." 루시가 말했다. "어쩌면 도가 지나친 면도 있겠죠. 하지만 레이디 미들턴께는 너무나 당연한 일이랍니다. 제 경우에도 아이들은 생기 넘치고 기운찬 게 좋아요. 고분고분하고 조용한 아이들은 견딜 수가 없어요."

"솔직히 말씀드리자면," 엘리너가 대답했다. "제가 바턴 파크에 있는 동안에는 고분고분하고 조용한 아이들이 싫다는 생각은 안 들더군요."

이 말이 끝나자 잠시 침묵이 이어졌다. 먼저 침묵을 깬 쪽은 스틸 양이었다. 그녀는 대화를 몹시 좋아하는 듯했는데, 지금은 돌연히 이렇게 말하는 것이었다. "데번셔는 마음에 드세요, 대시우드 양? 서식스를 떠나야 돼서 아주 슬펐겠어요."

질문의 내용이 너무 스스럼없어서, 그게 아니라면 적어도 질문을 던지는 태도가 너무 스스럼없어서, 엘리너는 다소 놀라면서 그렇다고 대답했다.*

---

* 처음 만난 사이에 사적인 질문을 직접 던지는 것은 예의에 어긋나는 행동으로 간주되었다.

"노어랜드는 어마어마하게 아름다운 곳이죠, 안 그래요?" 스틸 양이 덧붙였다.

"존 경이 그곳을 굉장히 칭찬하는 걸 들었거든요." 루시가 말했다. 그녀는 언니가 지나치게 허물없이 구는 것에 대해 뭔가 변명을 해야겠다고 생각하는 듯했다.

"그곳을 본 사람이라면, 분명 누구든 칭찬할 거예요." 엘리너가 대답했다. "우리만큼 그곳의 아름다움을 온전히 평가할 수 있는 사람은 없겠지만요."

"그곳에 멋진 애인들도 엄청 많았겠죠? 이 지역에는 별로 없는 것 같아요. 저는 말이에요, 그런 남자들이 있다면 언제나 대환영이랍니다."

"왜 그렇게 생각해?" 루시가 언니를 부끄러워하는 듯한 표정으로 말했다. "왜 데번셔에 서식스만큼 젊은 신사분이 없겠어?"

"아니, 꼭 그렇다는 말은 아니고. 엑서터에도 애인으로 삼을 만한 멋진 남자들이야 엄청 많겠지. 하지만 노어랜드 주변은 어떤지 내가 어떻게 알겠니. 그런 남자들이 예전만큼 많지 않으면 대시우드가 아가씨들이 바턴 생활을 지루하게 여길까 봐 걱정이 돼서 그런 거지. 어쩌면 너희 젊은 아가씨들은 애인이 있어도 그만 없어도 그만, 별로 연연하지 않을지 몰라. 나는 말이지, 그런 남자들이 참 마음에 들어. 물론 옷차림이 말쑥하고 태도가 깍듯하다면 말이야. 하지만 너저분하고 고약한 남자들은 못 봐주겠어. 엑서터의 로즈 씨 있잖니, 심슨 씨의 서기로 일하는 젊은 남자. 굉장히 똑똑하고 애인으로 꽤 괜찮잖아. 하지만 아침에 한번 봐봐. 봐줄 만한 몰골이 아니야. 그쪽 오빠도 결혼 전에는 애인으로 꽤 괜찮았겠어요, 대시우드 양. 엄청 부자니까 말이에요."

"글쎄요, 뭐라 말씀을 못 드리겠네요." 엘리너가 대답했다. "정확히 무슨 뜻으로 하시는 말씀인지 이해가 안 돼서요. 하지만 이 말씀은 드릴 수 있어요. 오빠가 결혼 전에 애인으로 괜찮았다면, 아직도 그럴 거예요. 그때나 지금이나 조금도 달라진 게 없으니까."

"아유! 세상에! 결혼한 남자를 애인이라고 생각하는 사람이 어디 있어요. 유부남들은 다른 할 일이 있죠."

"맙소사! 앤 언니," 동생이 외쳤다. "애인 얘기 말고는 그렇게 할 말이 없어? 그러다가 대시우드 양이 언니는 그런 생각밖에 안 한다고 생각하시겠어." 그러더니 화제를 돌리기 위해 저택과 실내장식을 칭찬하기 시작했다.

스틸 자매를 파악하는 데는 이 정도로 충분했다. 언니 쪽은 저속한 방자함과 어리석음 때문에 좋게 봐줄 만한 구석이 전혀 없었고, 동생 쪽은 미모나 영리한 표정에도 불구하고 진정한 우아함이나 자연스러움의 결핍이 빤히 보였기 때문에, 엘리너는 저택을 나설 때 그들을 더 자세히 알고 싶다는 생각이 전혀 들지 않았다.

스틸 자매로 말하자면 생각이 달랐다. 그들은 존 미들턴 경, 그의 가족, 그의 모든 친척들에게 써먹을 찬사를 엑서터에서부터 한가득 준비해왔던 터라, 이제 그의 어여쁜 친척들에게 아낌없이 칭찬을 퍼부었다. 그들 평생에 그렇게 아름답고 우아하고 교양 있고 상냥한 아가씨들은 처음 본다면서, 더 친하게 지내고 싶다는 각별한 소망을 피력했다. 그리하여 엘리너는 더 친하게 지내는 것이 불가피한 운명임을 알게 되었으니, 존 경이 전적으로 스틸 자매의 편인지라 그 강력한 일당에게 반대하기가 만만찮을 테고, 결국에는 그런 친밀함을 감수하게 될 터였기 때문이었다. 즉 거의 날마다 한두 시간씩 그들과 한방에 앉아 있어야 된다는 뜻이었다. 존 경은 더 이상 할 수 있는 일이 없었다. 뭔가를 더 해야 된다는 것도 알지 못했다. 그의 생각에, 함께 있으면 친해지는 것이니, 만남을 끊임없이 주선해주기만 하면 서로 친구가 되리라 믿어 의심치 않았다.

존 경의 입장에서 말해보자면, 그들이 서로 허물없는 사이가 되도록 그로서도 할 만큼 한 셈이었다. 스틸 자매에게 친척들의 상황에 대해 그가 알거나 추측하는 내용들을 더없이 민감한 부분까지 시시콜콜 전해주었으니까. 그리하여 서로 두어 번도 채 안 만났을 때, 그중 언니 쪽이 엘리너에게 다가와서 동생분이 바턴에 온 이후 아주 멋진 애인을 정복했다는 얘길 들었다면서 정말 운이 좋기도 하다고 기쁨의 인사말을 건네는 것이었다.

"그렇게 어린 나이에 결혼하는 건 확실히 멋진 일이에요." 그녀가 말했다. "게다가 듣자 하니 꽤 괜찮은 애인이라면서요. 엄청나게 잘생겼고요. 대시우드 양한테도 곧 그런 행운이 생기길 바라요. 하지만 이미 숨겨둔 흑기사가 있으려나."

존 경이 에드워드에 대한 그녀의 애정을 추측하고 떠벌릴 때, 메리앤의 이야기를 다룰 때보다 더 조심성 있게 행동했으리라 기대하기는 어려웠다. 실제로 존 경은 두 건의 농담 가운데 좀 더 최근의 일이고 추측의 여지가 많은 엘리너 쪽을 선호했다. 에드워드가 다녀간 이후로 함께 식사를 할 때면 어김없이 그녀의 멋진 애정을 위해 건배하면서 어찌나 의미심장하게 고개를 끄덕이고 윙크를 해대는지 모든 이들이 주목할 수밖에 없었다. 문자 F 역시 어김없이 등장해 어찌나 많은 농담들을 만들어내는지, 엘리너는 그것이 알파벳 중에서 가장 재치 넘치는 문자라고 이미 오래전에 인정한 터였다.

그녀가 예상했던 대로 이제 스틸 자매는 이런 농담들을 모두 누리게 되었고, 둘 중 언니 쪽은 여기에서 암시되는 신사의 이름을 궁금해했다. 이런 호기심은 종종 주제넘게 표현되곤 했으나, 그들 가족에 관한 일이라면 워낙 두루두루 캐묻기 좋아했던 터라 평상시와 별반 다르지는 않았다. 하지만 존 경은 본인이 흐뭇하게 불러일으킨 호기심을 오래 갖고 놀지는 않았다. 스틸 양이 문제의 이름을 듣는 것만큼이나, 그도 그 이름을 말하는 데서 똑같이 즐거움을 느꼈기 때문이었다.

"이름이 페라스지." 그가 다 들릴 만한 목소리로 속삭였다. "하지만 말하면 안 돼요, 절대 비밀이니까."

"페라스라고요!" 스틸 양이 되풀이했다. "페라스 씨가 그 행복한 주인공이군요, 그죠? 잠깐만! 올케의 남동생 아닌가요,

대시우드 양? 확실히 아주 좋은 청년이죠. 저도 그분을 잘 안답니다."

"어떻게 그렇게 말할 수 있어, 앤 언니?" 루시가 외쳤다. 그녀는 언니가 무슨 주장만 하면 번번이 고쳐서 말하곤 했다. "아저씨 댁에서 한두 번 뵙기는 했지만, 그걸 가지고 그분을 잘 아는 척해서는 곤란하지."

엘리너는 관심과 놀라움 속에 이야기를 들었다. '이 아저씨는 누구지? 어디에 살지? 서로 어떻게 아는 사이일까?' 그녀는 대화에 직접 참여하지는 않았지만 이야기가 계속되었으면 하고 간절히 바랐다. 하지만 더 이상의 이야기는 나오지 않았고, 난생처음으로 그녀는 제닝스 부인한테 사소한 정보를 캐려는 호기심이나 그걸 떠벌리는 경향이 부족하다는 생각이 들었다. 스틸 양이 에드워드에 관해 말할 때의 태도 역시 그녀의 호기심을 자극했다. 뭔가 심술궂은 듯한 느낌, 뭔가 에드워드에게 불리한 사실을 알고 있다는 듯한, 혹은 안다고 생각하는 듯한 느낌이었다. 하지만 그녀의 호기심은 허무하게 끝났다. 존 경이 페라스 씨의 이름을 은근히 암시해도, 심지어 공공연히 언급해도, 스틸 양은 더 이상 관심을 보이지 않았으니까.

22

메리앤은 애당초 주제넘게 군다거나, 저속하다거나, 재능이 떨어진다거나, 심지어 자신과 취향이 다른 것조차 너그럽게 봐주지 못하는 데다, 지금은 본인의 기분 상태로 인해 더더군다나 스틸 자매와의 교류를 즐기거나 그들의 접근을 허용할 마음이 없었다. 한결같이 쌀쌀맞은 메리앤의 태도는 좀 더 친해보려 애쓰는 그들의 모든 시도를 차단했고, 엘리너는 아마도 이런 이유 때문에 그들 자매가 자신을 더 선호하나 보다고 여겼다. 이런 사실은 두 사람의 태도에서 이내 명백히 드러났는데, 그중에서도 특히 루시는 기회만 나면 그녀와 대화를 나누려 한다거나, 자신의 감정을 스스럼없이 털어놓음으로써 친분을 다지려고 애썼다.

루시는 천성적으로 영리했다. 그녀가 하는 말은 종종 이치에도 맞고 재치도 있었다. 반 시간 정도 함께할 동무로는 괜찮다고 엘리너도 종종 생각했다. 하지만 그녀는 타고난 재능이 교육의 도움을 전혀 받지 못해 무식하고 무지했으며, 실제보다 낮게 보이려고 부단히 애를 쓰는데도 불구하고, 모든 정신적 영역에서의 발달이 미흡하다든가, 너무나 일반적인 내용을 모른다든가 하는 점에서 대시우드 양의 눈을 피하지는 못했다. 엘리너는 교육만 제대로 받았으면 꽤 훌륭하게 간주되었을 재능이 방치된 것을 지켜보면서 안타까이 여겼다. 하지만 바턴 파크에서 온갖 친절과, 온갖 부지런과, 온갖 아부를 떠는 데서 여실히 드러나듯, 감수성이나 올곧음이나 고결함이 철저히 결핍된 것을 지켜볼 때는 그다지 호의적인 마음이 들지 않았다. 진실하지 않고 무지하기까지 한 상대, 지식이 부족하여 서로 동등하게 대화를 나눌 수 없는 상대, 그리고 다른 이들을 대하는 태도로 보건대 자신에게 쏟는 모든 관심과 존경심도 아무 가치 없게 느끼도록 만드는 상대, 이런 상대와 함께하면서 지속적인 만족감을 얻기란 불가능했다.

"제 질문이 이상하게 느껴지실 거예요, 어쩌면." 어느 날 파크에서 코티지로 함께 걸어가던 중 루시가 말했다. "하지만, 혹시 올케의 어머니 되시는 페라스 부인과 개인적으로 아시는 사이인가요?"

실제로 엘리너는 이 질문을 아주 이상하게 생각했기에 표정에서 그런 점을 내비치며 지금까지 페라스 부인을 한 번도 본 적이 없노라고 대답했다.

"정말이세요!" 루시가 대답했다. "뜻밖이네요, 이따금 노어랜드에서 그분을 뵈었을 거라 생각했거든요. 그렇다면 어떤 분인지도 말씀해주실 수 없겠군요?"

"네." 엘리너가 대답했다. 그녀는 에드워드의 어머니에 대한 자신의 생각을 드러내지 않으려 조심했고, 상대의 주제넘은 호기심을 충족시켜줄 마음도 전혀 없었다. "그분에 대해서는 아무것도 아는 바가 없어요."

"이런 식으로 그분에 대해 질문을 드리다니, 저를 아주 이상하게 생각하실 것 같아요." 루시가 주의 깊게 엘리너를 살피면서 말했다. "하지만 그럴 만한 이유가 있을 수도 있답니다. 말할 수 있으면 좋으련만……. 하지만 주제넘게 굴려는 마음은 아니란 것만은 부디 알아주셨으면 해요."

엘리너는 예의 바르게 대답했고, 그들은 잠시 아무 말 없이 걸었다. 침묵을 깬 사람은 루시였다. 그녀는 얼마간 머뭇거리면서 다시 이 주제를 꺼냈다.

"대시우드 양께서 저를 주제넘게 호기심 많은 인간으로 여기시는 건 견딜 수가 없어요. 당신 같은 분의 호의가 얼마나 값진 것인데 무슨 일이 있어도 당신한테는 그렇게 여겨지고 싶지 않아요. 당신을 믿어도 되나 눈곱만큼도 걱정할 필요가 없다고 확신해요. 지금 제가 처한 곤란한 상황에서 어떻게 해야 될지 조언을 해주신다면 정말 감사하겠어요. 하지만 당신께 폐가 될 일은 전혀 없어요. 페라스 부인을 모르신다니 안타깝네요."

"그분을 알지 못해 저도 안타까워요." 엘리너가 무척 놀라워하며 말했다. "그분에 대한 제 의견이 당신에게 어떤 식으로든 도움이 된다면 말이죠. 하지만 정말로 루시 양이 그쪽 집안과 관계가 있는 줄은 전혀 몰랐는데요. 그래서 솔직히 말씀드리면, 그분에 대해 너무 진지하게 물어보셔서 조금 놀라기는 했어요."

"분명 그러실 거예요, 그러시는 게 당연하고요. 하지만 제가 모든 걸 말씀드리면 그렇게 놀라시지는 않을 거예요. 페라스 부인은 현재로서는 저와 아무런 관계가 아니랍니다. 하지만 언젠가 때가 되면…… 그게 언제가 될지는 그분에게 달렸겠지만…… 우리는 아주 친밀한 관계가 될 거예요."

그녀는 이 말을 할 때 짐짓 부끄러운 듯 눈길을 떨구면서 상대가 어떻게 반응하는지 곁눈질로 살폈다.

"세상에!" 엘리너가 외쳤다. "그게 무슨 뜻인가요? 로버트 페라스 씨와 아는 사이인가요? 혹시 그분과?" 이런 여자와 동서지간이 된다는 사실이 그다지 달갑게 느껴지지 않았다.

"아뇨." 루시가 대답했다. "로버트 페라스 씨가 아니에요. 그분은 평생 본 적도 없는걸요. 그게 아니라," 그녀는 엘리너를 빤히 응시했다. "그분의 형이랍니다."

그 순간 엘리너가 느낀 감정은 무엇이었을까? 크나큰 놀라움이었다. 이 말에 대한 불신이 곧바로 뒤따르지 않았더라면 놀라움의 강도만큼이나 고통도 컸을 터였다. 그녀는 조용한 놀라움 속에 루시를 향해 돌아섰다. 상대가 어떤 이유나 의도를 가지고 이런 말을 하는지 짐작이 가지 않았다. 안색이 변하긴 했지만 이야기에 대한 불신감은 확고했기에 히스테리 발작이나 기절을 할 위험은 전혀 없다고 느꼈다.

"놀라시는 것도 당연해요." 루시가 말을 이었다. "지금까지 전혀 모르셨을 테니까요. 틀림없이 그이는 대시우드 양이나 가족분들에게 사소한 힌트도 주지 않았을 거예요. 언제까지나 절대 비밀로 간직해야 하거든요. 저도 이 순간까지 충실하게 비밀을 지켰고요. 저희 가족 중에서 이 사실을 아는 사람은 앤 언니밖에 없어요. 그리고 당신이 비밀을 지켜주실 거라 철석같이 믿지 않았다면 이런 말을 털어놓지도 않았을 거예요. 게다가 페라스 부인에 대해 그렇게 많은 질문을 했으니 제 행동이 이상하게 보였을 테고, 그래서 해명을 해야겠다고 생각했어요. 당신한테 털어놓았다고 해서 페라스 씨가 불쾌하게 생각하지는 않을 거예요. 그이가 대시우드 양의 가족을 누구보다도 높게 평가하고, 당신이나 동생분들을 친누이처럼 여긴다는 사실을 잘 알거든요." 그녀는 말을 멈췄다.

엘리너는 잠시 침묵했다. 처음에는 자신이 들은 이야기가 너무 놀라워서 말이 나오지 않았다. 하지만 이윽고 그녀는 억지로, 조심스럽게 이야기를 꺼냈다. 그녀는 침착한 태도로 놀라움과 근심을 그럭저럭 잘 감추면서 말했다. "약혼 기간이 오래되었는지 여쭤봐도 될까요?"

"약혼한 지는 4년이 되었답니다."

"4년이라고요!"

"네."

엘리너는 굉장히 충격을 받기는 했으나 여전히 믿을 수가 없었다.

"바로 전날까지만 해도 두 분이 서로 아시는 사이인지도 몰랐는데요." 그녀가 말했다.

"수년 전부터 알고 지냈답니다. 그이가 저희 친척 아저씨 밑에서 상당히 오랫동안 있었거든요."

"친척 아저씨요!"

"네, 프랫 씨라고 해요. 그이가 프랫 씨에 대해 얘기한 적이 없나요?"

"얘기하신 것 같아요." 엘리너가 애써 기운을 내며 대답했다. 그와 함께 감정도 고조되었다.

"그이는 저희 아저씨와 4년 동안 함께 지냈어요. 아저씨는 플리머스 근처 롱스테이플에 사신답니다. 우린 그곳에서 처음 만났어요. 언니랑 저는 자주 아저씨 댁에 묵었거든요. 우리가 약혼한 곳도 그곳이었답니다. 그이가 수업을 관두고 1년쯤 지난 후의 일이기는 하지만요. 하지만 그 후로도 그이는 거의 언제나 저희와 같이 지냈어요. 짐작하시겠지만, 저는 그분 어머님께 허락도 받지 않고 몰래 약혼하는 게 정말 내키지 않았어요. 신중해야 마땅했지만 그러기에는 너무 어렸고 그이를 너무 사랑했답니다. 그이를 저만큼 잘 아시지는 못하겠지만요, 대시우드 양, 어느 정도 알고 지내셨으니 그분이라면 여성이 진심으로 애정을 품을 수밖에 없는 상대라는 걸 느끼셨을 거예요."

"그럼요." 엘리너는 자신이 무슨 말을 하는지도 모른 채 대답했다. 하지만 잠시 생각에 잠긴 뒤, 에드워드의 명예와 사랑, 그리고 상대의 거짓말에 대한 확신이 되살아나 이렇게 덧붙였다. "에드워드 페라스 씨와 약혼했다니! 솔직히 지금 들려주신 이야기가 너무 놀라워서, 정말이지……. 죄송해요, 하지만 분명 사람이나 이름을 착각하셨을 거예요. 저희가 얘기하는 페라스 씨가 같은 사람일 리가 없어요."

"다른 사람일 수가 없잖아요." 루시가 미소를 지으며 외쳤다. "에드워드 페라스 씨, 파크 거리에 사시는 페라스 부인의 장남이자, 당신의 올케인 존 대시우드 부인의 남동생이 제가 말하는 바로 그 사람이랍니다. 제 행복이 전적으로 그분에게 달렸는데 설마 제가 그분의 이름을 잘못 알기야 하겠어요."

"이상하군요." 엘리너가 더없이 고통스러운 당혹감 속에 대답했다. "그분은 루시 양의 이름을 언급한 적도 없었거든요."

"아뇨, 저희 처지를 고려하면 그리 이상할 것도 없지요. 저희는 비밀 유지에 가장 신경을 썼으니까요. 대시우드 양은 저에 대해, 또는 제 가족에 대해 아무것도 모르셨으니, 그이가 굳이 제 이름을 언급할 필요도 없었을 거예요. 게다가 그이는 누나가 뭔가를 알아차릴까 봐 특히나 염려했기 때문에, 그것만으로도 제 이름을 언급하지 않을 충분한 이유가 되지요."

그녀는 말이 없었다. 엘리너는 확신이 무너졌으나 자제력은 함께 무너지지 않았다.

"4년 전에 약혼하셨다고요." 그녀가 단호한 목소리로 말했다.

"네, 게다가 저희가 얼마나 더 기다려야 될지는 아무도 모른답니다. 가엾은 에드워드! 상심이 이만저만이 아니랍니다." 그러더니 주머니에서 작은 세밀화를 꺼내며 덧붙였다. "혹시라도 착각의 가능성을 없애기 위해, 부디 이 얼굴을 한번 봐주세요. 확실히 실물만큼 잘 나오지는 않았지만 그래도 이 그림이 누구를 그린 것인지는 모르실 수 없을 거예요. 벌써 3년도 넘게 지니고 다녔답니다."

그녀는 이렇게 말하면서 그림을 손에 쥐여주었다. 그림을 본 순간, 너무 성급하게 결정을 내릴까 두려운 마음에, 또는 상대에게서 거짓을 알아내고픈 마음에, 다른 의혹들은 여전히 마음속에서 떨치지 못했을지 모르지만, 그것이 에드워드의 얼굴이라는 점에는 어떤 의혹도 없었다. 그녀는 닮았다고 인정하면서 거의 받자마자 다시 돌려주었다.

"저는 답례로 제 초상화를 주지 못했어요." 루시가 말을 이었다. "그래서 너무 속상하답니다. 그이는 항상 제 그림을 무척이나 갖고 싶어 했거든요! 이제 저도 기회가 닿는 대로 곧장 초상화를 그리게 할 생각이에요."

"잘 생각하셨네요." 엘리너가 침착하게 대답했다. 이어 그들은 말없이 몇 걸음을 더 걸었다. 루시가 먼저 입을 열었다.

"대시우드 양께서 비밀을 충실하게 지켜주시리라 저는 믿어 의심치 않는답니다. 이 이야기가 그이의 어머니 귀에 들어가지 않도록 하는 것이 저희한테 얼마나 중요한지 잘 아실 테니까요. 아마 그분은 절대 허락하지 않으실 거예요. 저는 재산도 없는 데다, 왠지 그분은 굉장히 자부심이 강하실 것 같거든요."

"분명 제가 루시 양에게 비밀을 말해달라고 한 것은 아니지만," 엘리너가 말했다. "저를 믿을 만하다고 생각하셔도 좋아요. 당신의 비밀은 안전하게 지켜드리겠어요. 하지만 이런 대화가 불필요했다는 점에 제가 얼마간 놀라움을 표시해도 양해해주세요. 제가 알게 되는 것이 비밀 유지에 도움이 안 된다는 것쯤은 아실 텐데요."

그녀는 이 말을 하면서 루시를 진지하게 바라보았다. 그녀의 표정에서 뭔가를, 어쩌면 그녀가 말한 이야기의 대부분이 거짓임을 발견하고 싶었다. 하지만 루시의 표정에는 아무 변화가 없었다.

"사실 이런 이야기를 모두 털어놓으면, 제가 너무 허물없이 군다고 여기실까 봐 걱정이 되었어요." 그녀가 말했다. "분명 대시우드 양을 알게 된 건 얼마 되지 않았어요, 적어도 직접적으로는요. 하지만 당신이나 가족들에 관해서는 이미 오래전부터 들어서 알고 있었답니다. 저는 대시우드 양을 보자마자 마치 오랫동안 알던 사람처럼 느꼈어요. 게다가 이번 경우에는 에드워드의 어머니에 대해 그렇게 각별히 질문을 해댔으니 뭔가 설명을 드리는 것이 마땅하다고 생각했고요. 저는 몹시도 운이 없답니다. 조언을 구할 사람이 한 명도 없거든요. 이 일을 아는 사람은 앤 언니밖에 없는데, 언니는 판단력이라고는 없어요. 실제로 제게 득보다는 해가 되는 경우가 훨씬 많아요. 혹시라도 언니가 비밀을 누설할까 봐 언제나 불안에 떨어야 하거든요. 대시우드 양도 보셨겠지만 언니는 입을 다무는 법을 몰라요. 요 전날 존 경이 에드워드의 이름을 언급했을 때, 혹시라도 언니가 이야기를 모두 떠벌릴까 봐 얼마나 무서웠는지 몰라요. 이런 일들 때문에 제가 마음속으로 어떤 고통을 겪는지 상상도 못 하실 거예요. 지난 4년 동안 에드워드를 위해 그런 일들을 겪고도 아직 살아 있다는 점이 놀라울 따름이에요. 모든 것이 얼마나 조마조마하고 불확실한지, 게다가 그이도 좀처럼 보기 힘들고……. 저희는 1년에 두 번 이상 만나지 못해요. 제 가슴이 찢어지지 않은 게 놀랍답니다."

이 대목에서 그녀는 손수건을 꺼냈다. 하지만 엘리너는 그다지 연민이 느껴지지 않았다.

"가끔씩은 말이에요." 루시가 눈가를 훔친 뒤 말을 이었다. "그냥 다 파기해버리는 것이 우리 둘 다를 위해 좋지 않을까 하는 생각이 들어요." 그녀는 이 말을 하면서 상대를 똑바로 응시했다. "하지만 어떤 순간에는 그럴 만한 결단력이 없어요.* 그이를 그렇게 비참하게 만들다니 감히 생각도 못 하겠어요. 그런 말을 꺼내는 것만으로도 그이는 분명 그렇게 될 테니까요. 그리고 저 때문에도…… 그이가 너무 소중하니까…… 그렇게는 못 할 것 같아요. 이런 경우 제게 어떤 조언을 해주시겠어요, 대시우드 양? 당신이라면 어떻게 하시겠어요?"

"죄송하지만," 엘리너가 질문에 깜짝 놀라며 대답했다. "이런 경우에는 어떤 조언도 드릴 수가 없군요. 본인의 판단에 따라야지요."

"확실히 어머니께서도 언젠가는 그이에게 경제적 지원을 해주시겠지요." 양쪽에서 몇 분간 침묵이 흐른 후 루시가 말을 이었다. "하지만 가엾은 에드워드는 완전히 낙담해 있답니다! 그이가 바턴에 있을 때 너무 의기소침하다는 생각이 들지 않으셨나요? 그이가 롱스테이플에서 우리랑 있다가 그쪽으로 가기 위해 떠날 때 워낙 괴로워했거든요. 그래서 혹시라도 그이가 아픈 거라고 여기시면 어쩌나 걱정이 되었답니다."

"그렇다면 우리를 방문했을 때 그분이 루시 양의 아저씨 댁에서 온 거였나요?"

"아! 그럼요. 보름 동안 저희랑 함께 지냈어요. 그이가 런던에서 바로 온 줄 아셨어요?"

---

*사회적 관습에 따르면 약혼을 파기할 권한은 남성이 아닌 여성에게 있었다.

"아뇨." 엘리너가 대답했다. 루시가 진실을 말하고 있음을 뒷받침하는 새로운 정황들이 나올 때마다 마음이 아렸다. "플리머스 근처에서 친구들과 보름 동안 머물렀다고 말씀하신 게 기억나네요." 또한 당시에 그가 친구들에 대해 더 이상 언급하지 않아서, 심지어 이름조차 철저히 함구해서, 의아하게 여겼던 기억도 났다.

"그이가 몹시 기운이 없다고 생각하지 않으셨어요?" 루시가 재차 물었다.

"사실 그랬어요, 특히나 처음에 도착하셨을 때요."

"저는 제발 기운을 차리시라고 간곡히 부탁했어요. 혹시 무슨 문제가 있나 여러분이 의심하실까 봐서요. 하지만 그이는 몹시 우울해했어요. 우리랑 고작 보름밖에 못 지낸 데다, 제가 마음 아파하는 것을 보았으니까요. 가여운 사람! 안타깝지만 지금도 똑같은 상태인 것 같아요. 아주 우울한 기분으로 편지를 보내거든요. 엑서터를 떠나기 직전에 그이한테 편지를 받았어요." 그녀는 주머니에서 편지를 꺼내더니 아무렇지도 않게 엘리너에게 주소를 내보였다. "그이의 필체를 아실 거예요. 참 매력적이죠. 하지만 평소보다는 못해요. 아마 피곤해서 그랬을 거예요. 편지지를 최대한 빽빽하게 채운 뒤였으니까요."

엘리너는 정말 그의 필체임을 알아보았고, 더 이상은 의심할 수 없었다. 세밀화는 우연히 손에 넣은 것이라고, 에드워드의 선물이 아닐 거라고, 그렇게 마음대로 믿을 참이었다. 하지만 둘 사이의 서신 왕래는 분명 약혼한 사이에서만 가능한 일,

그런 사이에서만 용납되는 일이었다. 잠시 그녀는 몸을 가누지 못할 뻔했다. 가슴이 무너져 내렸고, 제대로 서 있기조차 힘들었다. 하지만 무슨 일이 있어도 기운을 차려야 했다. 짓눌린 감정에 워낙 결연히 맞섰기에, 회복은 신속하게, 일단은 완전하게 이루어졌다.

"서로 편지를 주고받는 것이 이런 오랜 이별에서 유일한 위안이랍니다." 루시가 편지를 다시 주머니에 넣으며 말했다. "맞아요, 저에겐 위안거리가 하나 더 있죠. 그이의 초상화요. 하지만 가엾은 에드워드에겐 그것마저 없답니다. 제 그림만 있다면 좀 더 견디기 쉬울 거라고 하더군요. 그이가 지난번에 롱스테이플에 왔을 때 저는 반지에다 제 머리카락을 넣어 드렸어요. 그이가 얼마간 위안이 된다고 말했지만, 초상화만큼은 못하겠지요. 어쩌면 그분을 뵜을 때 반지도 보셨겠네요?"

"네." 엘리너가 말했다. 목소리는 침착했으나 그 이면에는 이제껏 느껴보지 못한 격한 감정과 고통이 감추어져 있었다. 그녀는 당혹감과 충격과 혼란을 느꼈다.

다행스럽게도 어느덧 그들은 코티지에 도착하여 더 이상 대화를 계속할 수 없었다. 스틸 자매는 그들과 몇 분간 함께 앉아 있다가 바턴 파크로 돌아갔고, 이제 엘리너는 마음껏 생각하고 비참해할 자유를 얻었다.

제2권

1

일반적으로 엘리너는 루시의 진실성을 그다지 신뢰하지 않았지만, 이번 경우에는 아무리 생각해봐도 의심하기가 불가능했다. 아무리 그런 마음이 들었다 해도 그 정도로 자세하게 거짓말을 지어내는 어리석음을 범할 수는 없는 노릇이었다. 따라서 루시가 진실이라고 주장하는 것을 더 이상 의심하지 못했고 감히 의심할 수도 없었다. 모든 면에서 너무나 확실한 개연성과 증거가 주장을 뒷받침하고 있는 반면, 그것을 반박하는 것은 오로지 그녀의 소망뿐이었으니까. 프랫 씨의 집에서 가진 친분의 기회가 나머지의 토대가 되었고, 이는 명백하면서도 두려운 사실이었다. 게다가 에드워드가 플리머스 근처를 방문한 일, 그의 우울한 심리 상태, 본인의 장래에 대한 불만, 그녀를 대하던 어정쩡한 태도, 종종 그녀도 놀랍게 생각했던 것처럼 스틸 자매가 노어랜드와 그들 가족 관계에 대해 세세히 알고 있다는 점, 초상화, 편지, 반지, 이 모든 것들이 너무나 확실한 증거를 이루어, 혹시라도 그를 부당하게 비난할까 저어되던 마음을 모두 물리쳤고, 본인이 그에게서 가혹한 대우를 받았다는 것은 그 어떤 애정으로도 어쩌지 못할 엄연한 사실이었다. 그런 행동을 원망하고 그런 행동에 속아 넘어갔다는 사실에 분노하느라 얼마 동안은 자기 연민밖에 느껴지지 않았다. 하지만 이내 다른 생각들, 고려해야 할 다른 사항들이 떠올랐다. 에드워드가 그녀를 고의적으로 기만해왔는가? 실제로는 아니면서 그녀를 좋아하는 척했는가? 루시와의 약혼이 마음에서 우러난 약혼인가? 아니, 한때는 어떠했는지 몰라도 현재는 그럴 리가 없었다. 그의 애정은 오롯이 그녀의 것이었다. 그 점만은 착각일 리 없었다. 그녀의 어머니, 동생들, 올케, 모든 이들이 노어랜드에서 그가 그녀를 좋아한다고 알고 있었다. 그녀의 허영심이 만들어낸 환상이 아니었다. 그는 분명 그녀를 사랑했다. 이렇게 믿고 나자 얼마나 마음이 누그러지는지! 얼마나 용서하고픈 마음이 생기는지! 그가 지나칠 만큼 그녀에게 마음이 향한다는 사실을 처음 깨닫고 난 뒤에도 노어랜드에 계속 머문 것은 잘못된, 아주 잘못된 행동이었다. 그 점에 있어서는 옹호할 여지가 없었다. 하지만 혹여 그가 그녀에게 상처를 입혔다면, 본인에게는 얼마나 더 큰 상처를 입혔는가! 그녀가 가련한 처지라면 그는 절망적인 처지였다. 그의 경솔함은 한동안 그녀를 비참하게 만들었지만, 본인에게서는 비참함에서 벗어날 수 있는 기회를 모조리 빼앗아버린 것 같았다. 시간이 흐르면 그녀는 평정심을 되찾으리라. 하지만 그는, 앞으로 그는 기대할 것이 있던가? 과연 그가 루시 스틸과 웬만큼이라도 행복할 수 있을까? 그녀 자신에 대한 애정은 차치하고라도, 그렇게 고결하고 섬세하고 교양 있는 사람이 과연 그런 아내에게…… 무지하고 교활하고 이기적인 아내에게 만족할 수 있을까?

열아홉 나이에 젊은 열병을 앓았을 때는 루시의 미모와 싹싹함에 눈이 멀어 다른 것은 당연히 보이지도 않았으리라. 하지만 그 후 4년…… 분별 있게 쓰기만 했다면 지성의 비약적 향상을 가져왔을 시간이 흐르면서, 그는 그녀의 교육적 결함에 눈뜨게 되었을 것이다. 반면 동일한 기간 동안, 그녀는 상대적으로 열등한 무리와 어울리고 천박한 활동을 즐기다 보니, 한때 그녀의 미모에 매력적인 특성을 부여했던 그 소박함마저 잃어버리게 되었을 것이다.

그가 엘리너와 결혼하려 한다고 가정했을 때도 어머니로 인해 겪게 될 어려움이 만만치 않아 보였는데, 하물며 약혼 상대가 그녀 자신보다 확실히 집안도 열등하고 아마 재산도 적을 테니 그 어려움이 얼마나 더 크겠는가. 마음이 루시로부터 너무나 멀어졌기에, 실제로 이런 어려움은 그의 인내심을 그다지 압박하지 않을지도 모른다. 하지만 우울함은 그의 기질이 되었고, 향후 예상되는 가족의 반대와 냉대가 그에게는 위안으로 느껴질 수도 있으리라!

이러한 생각들이 고통스럽게 잇따라 떠오르는 가운데, 그녀는 자신보다 그를 위해 흐느껴 울었다. 자신이 현재의 불행을 겪어 마땅한 그 어떤 일도 하지 않았다는 확신에 힘입어, 그리고 에드워드가 그녀의 존경심을 잃을 만한 그 어떤 일도 하지 않았다는 믿음에 위안을 얻어, 그녀는 심지어 지금, 강한 타격의 첫 얼얼함이 가시기도 전에, 어머니와 동생들이 이 사실을 눈치채지 못하도록 자기 마음을 다스릴 수 있다고 생각했다. 그리고 이런 자신의 기대에 너무나 훌륭하게 부응했기에, 더없이 소중했던 희망이 모두 꺼져버린 지 불과 두 시간 만에 정찬에 함께했을 때, 자매들의 겉모습만 보고서는 엘리너가 사랑하는 사람과 자신을 영영 갈라놓은 장애물에 남몰래 비통해하고 있음을, 그리고 메리앤이 자신에게 온 마음을 다 바쳤다고 믿는 한 남자, 집 근처로 마차가 지나갈 때마다 혹시 보일까 기대하는 한 남자의 완벽함에 대해 속으로 생각하고 있음을 그 누구도 짐작하지 못했을 것이다.

자신에게 비밀이라며 털어놓은 이야기를 어머니와 메리앤에게 감추어야 한다는 필요성 때문에 비록 끊임없이 노력을 해야 했지만, 그 때문에 괴로움이 더 커지지는 않았다. 오히려 가족에게 크나큰 고통을 안길 이야기를 하지 않아도 되고, 그들이 에드워드를 비난하는 소리를 듣지 않아도 되니 그녀에게는 위안이었다. 가족들은 자신을 더 끔찍하게 사랑하기 때문에 필시 에드워드에 대한 비난을 쏟아낼 테고, 그녀는 그런 상황을 감당할 자신이 없었다.

그들에게 조언을 구하거나 대화를 나눠보았자 그들의 아픔과 슬픔이 그녀의 고통에 더해질 뿐이니 아무런 도움이 되지 않을 테고, 그들이 몸소 행동이나 칭찬으로 그녀의 자제심에 용기를 북돋워줄 일도 없을 터였다. 그녀는 혼자일 때 더 강했다. 그리고 뛰어난 분별력이 워낙 잘 뒷받침해주었기에, 그토록 사무치고 그토록 생생한 슬픔 속에서도 그녀는 아무런 흔들림 없이 확고한 태도와 변함 없이 유쾌한 표정을 내보일 수 있었다.

이 문제에 대해 루시와 처음 대화를 나눈 뒤 크나큰 고통을 겪긴 하였으나, 이내 그녀는 대화를 계속하고픈 간절한 마음이 생겼다. 여기에는 하나 이상의 이유가 있었다. 그들의 약혼에 대해 세세한 내용을 다시 듣고 싶었고, 루시가 에드워드에게 정말 어떤 마음인지, 그를 애틋하게 사랑한다는 주장에 조금이라도 진심이 있는지 분명하게 알고 싶었으며, 그리고 무엇보다도 이 문제를 선뜻 다시 꺼내고 침착하게 대화를 나눔으로써, 자기는 그저 친구로서 관심이 있을 뿐 다른 의도는 없다는 것을 루시에게 확인시키고 싶었다. 오전에 대화를 나누면서 본의 아니게 동요하는 모습을 보인 터라 혹여 그녀에게 의심의 여지를 남겼을 것 같아 몹시 걱정스러웠다. 루시가 그녀를 질투한다는 것은 가능성이 다분해 보였다. 에드워드가 언제나 그녀를 높이 여기고 칭찬했다는 것은 확실했다. 루시의 이야기를 들어봐도 그러했고, 그녀가 자기와 알고 지낸 지 얼마 되지도 않아 본인 스스로 인정하듯 그토록 명백하게 중요한 비밀을 털어놓은 사실만 봐도 그러했다. 심지어 존 경이 농담 삼아 던진 정보도 얼마간 중요한 역할을 했으리라. 하지만 실제로 엘리너가 자신을 향한 에드워드의 진정한 사랑을 깊이 확신하는 한, 굳이 다른 가능성을 고려하지 않더라도 루시가 질투를 하는 것은 당연한 일이었다. 그녀가 비밀을 털어놓았다는 것이 질투를 한다는 증거였다. 에드워드를 차지할 권리가 자신에게 있음을 알리고, 앞으로 그를 만나지 말라고 엘리너에게 경고하려는 목적이 아니라면 약혼 사실을 밝힐 이유가 무엇이 있겠는가? 그리하여 엘리너는 별 어려움 없이 경쟁자의 의도를 파악할 수 있었다. 그녀는 명예와 정직의 원칙에 따라 행동하겠다고, 그리고 에드워드에 대한 애정을 억누르고 가능한 한 그를 보지 않겠다고 굳게 다짐했으나, 한편으로는 루시한테 자신은 전혀 마음의 상처를 입지 않았다고 내보임으로써 그나마 위안을 삼고 싶었다. 그리고 이 문제에 관해 이미 들은 내용보다 더 고통스러운 이야기를 들을 일은 없으므로, 상세한 내용을 다시 듣게 되더라도 침착하게 견뎌낼 수 있을 거라 믿었다.

하지만 기회가 금방 오지는 않았다. 루시도 그녀만큼이나 그런 기회를 잡고 싶어 했지만, 함께 산책이라도 나서야 일행을 따돌리고 둘만 있게 될 터인데 그러기에는 날씨가 갠 날이 흔치 않았다. 게다가 적어도 이틀에 한 번꼴로 파크나 코티지에서, 대개는 앞의 장소에서 저녁마다 만났지만, 대화를 나눌 목적으로 만난 것은 아니었다. 그런 생각은 존 경이나 레이디 미들턴의 머릿속에 떠오른 적이 없었기에, 다 함께 담소를 나눌 기회는 드물었고, 사적으로 이야기를 주고받을 기회는 아예 없었다. 그들이 만나는 것은 오로지 함께 먹고, 마시고, 웃고,

카드놀이나 결말 놀이,* 또는 그 밖의 충분히 왁자지껄한 놀이를 즐기기 위해서였다.

이런 식의 모임을 한두 차례 가졌지만 루시와 단둘이 이야기할 기회를 갖지 못하던 차에, 어느 날 아침 존 경이 코티지에 찾아와, 자기는 엑서터에 있는 클럽에 다녀와야 하니 부디 자선하는 셈치고 그날 레이디 미들턴과 함께 식사를 좀 해달라고, 그렇지 않으면 집에 장모님과 스틸 자매밖에 없어서 부인이 굉장히 적적해할 거라고 간청했다. 엘리너는 존 경이 왁자지껄하게 일행을 선동하는 모임보다 레이디 미들턴의 차분하고 교양 있는 지휘 아래 좀 더 여유롭게 만나는 모임이 본인이 염두에 두고 있는 바를 실현하기에 보다 적당하다고 예상하고 즉시 초대에 응했다. 마거릿도 어머니의 허락을 받아 동행하기로 했고, 메리앤은 그들의 모임이라면 언제든 내켜하지 않았지만, 딸이 즐거움의 기회를 물리치고 홀로 있는 것을 견디지 못한 어머니의 설득 아래 역시 가게 되었다.

젊은 숙녀들이 찾아갔고, 레이디 미들턴은 자신을 위협하던 그 무시무시한 고독에서 행복하게 벗어나게 되었다. 모임의 무미건조한 분위기는 엘리너가 예상했던 딱 그대로였다. 참신한 생각이나 표현은 단 한 마디도 나오지 않았고, 정찬실에서나 응접실에서나 그들이 나눈 대화는 그보다 더 재미없는 대화를 찾아보기가 힘들 정도였다. 응접실에서는 아이들도 함께했는

*가상의 신사와 숙녀의 연애담에 대해 사람들이 시작부터 결말까지 이야기를 지어내는 놀이.

데, 아이들이 그곳에 있는 동안에는 루시의 관심을 끌기가 불가능하다는 사실을 너무나 잘 알았기에 엘리너는 시도조차 하지 않았다. 찻잔 세트를 내가고 난 뒤에야 아이들도 물러났다. 이어 카드 탁자가 펼쳐졌고, 엘리너는 파크에서 대화할 시간이 있을 거라 기대한 자신이 어리석게 느껴졌다. 그들은 라운드 게임*을 준비하기 위해 모두 자리에서 일어났다.

"다행이에요." 레이디 미들턴이 루시에게 말했다. "루시 양이 우리 가엾은 애나마리아의 바구니를 오늘 저녁에 마무리하려고 하지 않아서요. 촛불 아래서 필리그리** 작업을 하면 얼마나 눈이 아프겠어요. 내일 우리 귀염둥이가 실망하면 다른 것으로 보상해주기로 해요. 부디 그 애가 언짢아하지 않았으면 좋겠네요."

이런 암시만으로 충분했다. 루시는 즉각 마음을 가다듬고 대답했다. "정말로 잘못 아셨어요. 저는 이 모임에 제가 빠져도 될지 알게 될 때까지 기다리던 중이었어요. 그렇지 않았다면 벌써 필리그리를 시작했을 거예요. 세상 무슨 일이 있어도 그 귀여운 천사를 실망시켜서는 안 되지요. 만약 지금 제가 카드 탁자에 필요하다면, 석식 후에 바구니를 마무리할 생각이었는걸요."

---

*편을 짜지 않고 각자 단독으로 하는 카드놀이.
**금은 세공을 본뜬 종이 세공으로, 당시 숙녀들 사이에서 인기 있는 취미 활동이었다. 가늘고 길쭉한 종이를 말거나 접어서 정교한 모양을 만든 뒤 상자나 바구니 등에 장식으로 붙였다.

"정말 친절하세요. 눈이 피로하지 않아야 할 텐데. 작업용 초를 가져오게 벨을 울리시겠어요? 내일 바구니가 완성되어 있지 않으면, 틀림없이 우리 가엾은 딸아이가 굉장히 실망할 거랍니다. 제가 분명히 안 될 거라고 말해두었지만, 그 애는 다 되었을 거라고 믿고 있을 테니까요."

루시는 즉시 근처에 있던 작업용 탁자를 끌어당겨 민첩하고 명랑하게 자리를 잡고 앉았는데, 마치 응석받이 아이를 위해 필리그리 바구니를 만드는 것보다 더 즐거운 일은 없다는 듯한 태도였다.

레이디 미들턴은 일행에게 세 판 내기 카지노 게임을 제안 했다. 아무도 반대하지 않았지만 메리앤만은 언제나 그렇듯 통상적 예법을 무시하고 이렇게 외쳤다. "부디 저는 좀 빼주세요. 제가 카드놀이라면 질색하는 걸 잘 아시잖아요. 저는 피아노를 치러 가겠어요. 조율하고 난 이후로 만져본 적이 없어요." 그러더니 더 이상 격식도 차리지 않고 몸을 돌려 피아노 쪽으로 걸어가버렸다.

레이디 미들턴은 자신은 지금껏 저렇게 무례한 언사를 구사한 적이 없어 천만다행이라는 표정이었다.

"메리앤은 저 피아노에서 오래 떨어져 있지 못한답니다, 부인." 엘리너는 동생의 무례함을 어떻게든 수습해보려고 애썼다. "놀랄 일도 아니지요. 저렇게 음색이 고운 피아노 소리는 저도 들어본 적이 없으니까요."

남은 다섯 명은 이제 카드를 뽑기로 했다.

"혹시 제가 판에서 빠지게 되면, 루시 스틸 양한테 얼마간 도움이 될 수도 있겠어요. 대신 종이를 말아준다거나 하면서요." 엘리너가 말을 이었다. "아직 할 일이 워낙 많이 남아서, 제 생각으로는 루시 양 혼자 작업해서는 오늘 저녁 안에 바구니를 끝내기 힘들 거예요. 루시 양만 괜찮다고 하시면, 저도 저 일을 굉장히 좋아한답니다."

"대시우드 양께서 도와주신다면 정말 감사하지요." 루시가 외쳤다. "지금 보니 생각했던 것보다 일이 많네요. 어쨌거나 귀여운 애나마리아를 실망시키는 건 죄받을 일이에요."

"그럼! 절대 안 되고말고." 스틸 양이 말했다. "참으로 귀여운 아이지, 얼마나 사랑스러운지 몰라!"

"정말 친절하시네요." 레이디 미들턴이 엘리너에게 말했다. "진심으로 저 일을 좋아한다고 하시니, 이번 세 판이 끝날 때까지는 빠지셔도 괜찮겠지요? 아니면 지금 바로 끼시겠어요?"

엘리너는 본인에게 유리한 첫 번째 제안을 기쁘게 선택했다. 그리하여 메리앤이라면 성격상 절대 하지 않았을 공손한 언변을 조금 구사함으로써, 그녀는 자신의 목적을 이루었을 뿐 아니라 레이디 미들턴도 기쁘게 했다. 루시는 재빨리 그녀가 앉을 자리를 내주었고, 그리하여 두 아름다운 연적은 같은 탁자에 나란히 앉아 더없이 사이좋게 같은 작업에 착수했다. 메리앤은 피아노 앞에서 자신만의 음악과 자신만의 생각에 푹 빠진 채, 그 방에 다른 사람이 있다는 사실조차 잊은 상태였다. 다행히 그 피아노가 아주 가까이 있었기 때문에, 대시우드 양은 음악 소리의 비호 아래, 자신이 염두에 둔 이야기를 꺼내도 카드 탁자까지 들릴 염려는 없겠다고 생각했다.

2

엘리너는 조심스럽지만 확고한 어조로 이야기를 꺼냈다.

"루시 양께서 저를 믿고 비밀을 털어놓으셨는데, 제가 이야기를 계속할 마음이 없다거나 더 이상 호기심을 가지지 않는다면 그런 비밀을 들을 자격도 없겠지요. 따라서 다시 이 이야기를 꺼내는 것에 대해 굳이 변명을 하지는 않겠어요."

"서먹서먹했는데 먼저 말씀 꺼내주셔서 감사해요." 루시가 열심히 말했다. "덕분에 마음이 가벼워졌어요. 월요일에 제가 드린 말씀 때문에 마음이 상하신 건가 걱정했거든요."

"마음이 상하다니요! 왜 그런 생각을 하셨어요? 맹세코 말씀드리지만," 엘리너는 거짓 없이 진심을 담아 말했다. "루시 양께 그런 식으로 생각되는 건 결코 제가 뜻하던 바가 아니랍니다. 저를 믿어주신 것이 얼마나 명예롭고 뿌듯한 일인데, 루시 양께 다른 의도가 있었을 리 없잖아요?"

"그런데도 왠지 대시우드 양의 태도가 차갑고 불쾌해 보였어요." 루시가 작고 날카로운 눈에 의미를 가득 담고 말했다. "그래서 마음이 무척 불편했답니다. 제게 화가 나신 게 분명하다고 생각했어요. 그래서 주제넘게 그런 말을 왜 했나, 그날 이후 제 자신을 나무라고 있었답니다. 하지만 그게 다 제 상상이었고, 실제로 저를 탓하지 않으신다니 정말 다행이에요. 살면서 한시도 제 머릿속을 떠나지 않는 생각을 이렇게 이야기할 수 있어 얼마나 마음이 홀가분한지, 그게 얼마나 제게 위안이 되는지 아신다면, 다른 모든 것은 너그러운 마음으로 이해해주시리라 믿어요."

"현재 처지를 제게 털어놓으시는 것이 루시 양께 얼마나 큰 위안이 될지 쉽게 이해가 됩니다. 그것 때문에 후회하실 일은 결코 없을 테니 안심하셔도 좋아요. 그런데 아주 안타까운 상황에 놓이셨네요. 제가 보기에 주위에 온통 어려움뿐인 듯한데, 그 속에서 견디시려면 서로 간에 애정을 다해야겠어요. 제가 알기로 페라스 씨는 어머니께 전적으로 의지하고 계실 텐데요."

"그이가 가진 재산은 2천 파운드가 전부예요. 그 돈으로 결혼을 하는 건 어리석은 짓이겠죠. 저야 아무리 더 큰 재산이 생긴대도 아무런 미련 없이 포기할 수 있지만요. 지금껏 워낙 적은 수입으로도 그럭저럭 잘 지내왔고, 그이를 위해서라면 어떤 가난도 헤쳐나갈 수 있어요. 하지만 혹시라도 그이가 어머님께 흡족한 결혼을 하면 어떤 큰 재산을 물려받게 될지도 모르는데 그걸 저 하나 때문에 포기하게 만든다니 저는 그이를 너무 사랑해서 그런 이기적인 짓은 할 수가 없어요. 기다려야죠, 몇 년이 될지도 모르지만. 세상 남자들은 이런 상황이라면 거의 모두가 기겁할 거예요. 하지만 에드워드의 한결같은 애정을 제게서 빼앗을 건 아무것도 없답니다."

"그런 믿음이 정말 중요하겠어요. 분명 그분도 루시 양을 똑같이 믿으면서 버티고 계시겠지요. 약혼한 채로 4년이나 있다 보면 많은 사람들이 다양한 상황 속에서 자연스럽게 갈라서게 되는데, 두 분의 애정이 약해지기라도 했다면 참으로 딱한 처지가 되었을 테니까요."

루시는 이 대목에서 고개를 들었다. 하지만 엘리너는 본인의 말이 수상쩍게 느껴지지 않도록 매우 조심스럽게 표정을 관리했다.

"저를 향한 에드워드의 사랑은," 루시가 말했다. "우리가 처음 약혼한 순간부터 기나긴, 너무나 기나긴 이별을 통해 톡톡한 시험을 치렀어요. 그리고 그 시험을 너무나 잘 이겨냈고요. 따라서 지금 와서 그이의 사랑을 의심한다는 건 용서받지 못할 짓이지요. 이 점에 관한 한 그이는 처음부터 단 한순간도 제게 걱정을 끼치지 않았다고 자신 있게 말할 수 있어요."

엘리너는 이런 주장에 미소를 지어야 할지 한숨을 쉬어야 할지 알 수 없었다.

루시가 말을 이었다. "저는 본래 질투심도 많은 편이에요. 게다가 서로 신분도 다르고, 그이가 저보다 사람들도 훨씬 많이 만나는 데다 계속 헤어져 있어야 하잖아요. 그래서 혹시라도 우리가 만났을 때 그이의 행동에 조금이라도 변화가 생겼다거나, 뭔가 이해할 수 없는 이유로 우울해한다거나, 유독 한 숙녀에 대해 이야기를 많이 한다거나, 롱스테이플에 머물 때 어

제2권 203

떤 식으로든 예전만큼 행복해 보이지 않았다면 즉각 제 눈에 띄어서 어떻게 된 일인지 알아냈을 거예요. 제가 특별히 주의력이 있다거나 눈치가 빠르다는 말은 아니에요. 단지 그런 경우라면 모르고 넘어가지 않았으리라는 거죠."

'말은 참 번드르르해.' 엘리너가 생각했다. '하지만 우리 둘다 사실이 아니란 걸 알지.'

"그런데 루시 양의 계획은 뭔가요?" 잠시 침묵이 흐른 뒤 그녀가 말했다. "아니면 페라스 부인이 돌아가실 때까지 기다린다는, 그런 우울하고 극단적인 방법 외에는 아무 계획이 없나요? 그분 아드님도 이런 방법, 몇 년이 될지도 모르는 하염없는 기다림에 따르기로 하신 건가요? 루시 양까지 끌어들여서요? 차라리 어머니께 사실대로 말하고 잠시 노여움을 사는 편을 택하지 않고요?"

"잠시라고 확신만 할 수 있다면 그렇게 하겠죠! 하지만 페라스 부인은 워낙 완고하고 자부심이 강한 분이라, 그런 소식을 듣고 노여움이 폭발하면 그 자리에서 바로 로버트한테 전 재산을 유증할 거예요. 그런 생각만으로도 겁이 나서 성급한 행동을 못 하겠어요. 에드워드를 위해서요."

"루시 양을 위해서이기도 하겠죠. 그렇게나 스스로에게 무심하다면 이치에도 어긋나는 일일 거예요."

루시는 다시 엘리너를 바라보았고, 침묵했다.

"로버트 페라스 씨를 아세요?" 엘리너가 물었다.

"전혀요. 본 적도 없어요. 하지만 형과는 완전히 다를 것 같아요. 어리석고 멋이나 잔뜩 부리겠죠."

"멋이나 잔뜩 부린다고!" 스틸 양이 되풀이했다. 메리앤의 피아노 소리가 갑자기 끊긴 사이 몇 마디가 귀에 들어왔던 것이다. "아! 둘이서 애인 이야기를 하고 있나 봐요, 틀림없어요."

"아냐, 언니." 루시가 외쳤다. "무슨 소리야, 우리 애인이 멋만 잔뜩 부릴 리가 없잖아."

"대시우드 양의 애인은 그렇지 않다는 걸 내가 잘 알지." 제닝스 부인이 쾌활하게 웃으면서 말했다. "그렇게 수수하고 예의 바르게 행동하는 청년은 본 적이 없거든. 하지만 루시 양은 워낙 비밀스러워서 말이야, 본인이 누구를 좋아하는지 알아낼 길이 없단 말이지."

"아!" 스틸 양이 일행을 의미심장하게 둘러보며 외쳤다. "아마 루시 애인도 대시우드 양의 애인만큼이나 수수하고 예의 바르게 행동할걸요."

엘리너는 자기도 모르게 얼굴을 붉혔다. 루시는 입술을 깨물면서 언니를 매섭게 쳐다보았다. 얼마 동안 양쪽 다 침묵을 지켰다. 루시가 먼저 침묵을 깼다. 마침 메리앤이 아주 웅장한 콘체르토를 연주해서 강력한 보호막을 제공했지만, 그녀는 나지막한 목소리로 말했다.

"최근에 문제 해결에 도움이 될 만한 계획이 하나 떠올랐는데 솔직히 말씀드릴게요. 대시우드 양도 관련이 있으니 비밀을 말씀드려야 할 것 같아요. 아마 에드워드를 어느 정도 보셨으니 그이가 어떤 직업보다도 성직을 선호한다는 사실을 아실 거예요. 제 계획은 그이가 가능한 한 서둘러 성직 서품을 받고, 그러면 대시우드 양의 연줄로 오빠를 설득해서 그이에게 노어랜드 교구 자리를 내주도록 하는 거예요. 그이와의 우정을 생각해서, 그리고 바라건대 저에 대한 호의로, 그 정도는 해주시리라 믿어요. 노어랜드 교구는 매우 좋은 곳이라 들었고, 현직 목사가 오래 살지는 못할 거라 하더군요. 그 정도면 우리가 결혼하기에 충분할 거예요. 나머지는 시간과 운에 맡겨야지요."

"페라스 씨에 대한 존경심과 우정을 어떤 식으로든 보여드릴 수 있다면 저야 언제나 기쁘지요." 엘리너가 대답했다. "하지만 이번 사안에서 제 연줄이란 게 전적으로 불필요하다는 사실을 아시지 않나요? 페라스 씨는 존 대시우드 부인의 동생이에요. 그것만으로도 그분 남편에게 추천이 되고도 남을 텐데요."

"하지만 존 대시우드 부인은 에드워드가 성직에 드는 걸 그다지 찬성하지 않을 거예요."

"그렇다면 제 연줄도 별 쓸모가 없을 것 같군요."

그들은 다시 한동안 침묵했다. 마침내 루시가 깊은 한숨을 쉬며 탄식했다.

"아무래도 약혼을 깨고 모든 걸 끝내는 게 가장 현명한 길인 것 같아요. 온 사방에 난관만 가득하니, 당분간은 마음이 찢어지겠지만 결국에는 지금보다 행복해지겠지요. 그래도 제게 조언을 해주시지 않을 건가요, 대시우드 양?"

"네." 엘리너가 어지러운 속마음을 미소로 감추며 대답했다. "이런 문제에서는 결코 조언을 드릴 수 없어요. 제 의견이 본인의 소망과 같지 않다면, 루시 양께 아무런 가치도 지니지 못하리란 사실을 잘 알고 계시잖아요."

"정말 잘못 아신 거예요." 루시가 아주 엄숙하게 대답했다. "제가 아는 모든 사람 중에서 저는 대시우드 양의 판단력을 가장 높이 사는걸요. 만약 당신이 '아무쪼록 에드워드 페라스와 파혼하시길 권해드립니다. 그 편이 두 분 모두에게 더 행복할 겁니다'라고 말씀하신다면 저는 곧바로 그렇게 할 작정이랍니다."

엘리너는 장차 에드워드의 아내가 될 여자의 위선에 얼굴을 붉히며 대답했다. "이렇게 칭찬해주시니 설령 제가 이 문제에 의견이 있더라도 겁이 나서 말씀드리지 못하겠어요. 제 영향력이 너무 커지니까요. 그토록 애틋하게 사랑하는 두 사람을 갈라놓는 일은 제삼자에게 지나치게 막대한 권한이에요."

"대시우드 양이 제삼자이기 때문에," 루시가 다소 언짢은 어조로 이 단어에 특별히 힘을 주어 말했다. "당신의 판단력이 제게 그토록 큰 가치를 지니게 되는 것이겠죠. 어떤 식으로든 감정이 섞이어 편견을 지니고 계시다면, 당신 의견은 제게 아무런 가치가 없을 테니까요."

괜히 서로를 자극하여 적절치 않은 속마음까지 털어놓을까 걱정스러워, 엘리너는 이 말에 아무런 대꾸도 않는 편이 현명하겠다고 여겼다. 심지어 다시는 이 주제를 언급하지 않겠다고 반쯤 마음먹기까지 했다. 그리하여 이 말을 끝으로 또다시 한동안 침묵이 이어졌고, 이번에도 침묵을 먼저 깬 이는 루시였다.

"올겨울에 런던에 계실 건가요, 대시우드 양?" 그녀가 평소처럼 싹싹하기 그지없게 말했다.

"물론 아니에요."

"그러시다니 안타까워요." 상대가 이 소식에 두 눈을 빛내며 대답했다. "그곳에서 뵙게 되면 정말 기쁠 텐데요! 하지만 말씀은 그리하셔도 아마 가시겠죠. 틀림없이 오빠와 올케께서 초대할 테니까요."

"설령 그런다고 해도 초대를 받아들일 권한이 제겐 없어요."

"정말 애석하네요! 런던에서 뵐 수 있을 거라 믿고 있었거든요. 앤 언니랑 저는 1월 말에 그곳에 있는 친척 댁에 간답니다. 지난 몇 년간 저희더러 오라고 성화였거든요! 하지만 저는 단지 에드워드를 만날 목적으로 가는 거랍니다. 그이가 2월에 그곳에 있을 예정이거든요. 그게 아니라면 런던에 아무런 매력도 느끼지 못했을 거예요. 딱히 가고 싶지도 않고요."

첫 번째 세 판이 모두 끝나면서 이내 엘리너는 카드 탁자로 불려갔고, 두 숙녀의 비밀 담화는 그렇게 마무리되었다. 예전보다 상대를 덜 싫어하게 될 만한 말은 어느 쪽에서도 나오지 않은 터라, 둘 다 아무 주저 없이 대화를 접었다. 엘리너는 우울한 확신 속에 카드 탁자에 앉았다. 에드워드가 앞으로 아내가 될 사람에게 아무 애정이 없을 뿐 아니라, 결혼 생활에서 그럭저럭 행복해질 가능성조차 없다는 확신이었다. 여자 쪽의 진실한 애정이 있어야 행복이 가능할 터인데 그렇지 않은 데다, 남자의 마음이 떠났다는 사실을 속속들이 알면서도 그를 약혼에 묶어놓을 수 있는 건 오로지 여자의 이기심뿐일 테니까.

이후 엘리너는 이 주제를 다시 거론하지 않았다. 반면 루시는 기회만 나면 이야기를 꺼냈고, 에드워드에게 편지라도 받으면 자신이 얼마나 행복한지 비밀 상담자에게 잊지 않고 전했다. 이렇듯 루시가 이야기를 꺼낼 때면, 엘리너는 침착하고 조심스럽게 대응했으며, 예법을 벗어나지 않는 선에서 가능한 한 빨리 이야기를 끊었다. 이런 대화를 다 받아주기에는 루시에게 그럴 만한 자격이 없을뿐더러, 엘리너 자신에게도 위험하다고 느꼈기 때문이었다.

스틸 자매가 바턴 파크에 머문 기간은 처음에 초대할 때 얘기됐던 것보다 훨씬 늘어났다. 그들에 대한 호감도 커졌고, 그들은 없어서는 안 될 존재가 되었다. 그들이 떠나겠다고 하면 존 경은 들으려 하지도 않았다. 그리하여 엑서터에 오래전부터 잡힌 선약이 그렇게 많다면서도, 그리고 약속을 지키기 위해 당장 돌아가야 한다면서도, 한 주가 끝나갈 때마다 금방이라도 떠날 듯 그렇게 서두르면서도, 그들은 설득에 못 이겨 거의 두 달이나 파크에 머물렀고, 여느 때의 개인 무도회나 만찬으로는 턱없이 부족할 그 대단한 축제*를 온당히 축하하는 자리에도 함께하게 되었다.

*크리스마스를 뜻한다.

3

제닝스 부인은 한 해의 상당 기간을 자식이나 친지의 집에서 즐겨 보냈지만, 자기 앞으로 고정된 주거지가 없는 것은 아니었다. 그녀의 남편은 런던에서 상대적으로 품격이 덜한 지역에서 장사로 성공한 사람이었는데, 그가 세상을 떠난 뒤로 부인은 포트먼 광장 근처의 어느 거리에 위치한 저택에서 해마다 겨울을 보냈다. 1월이 다가오자 그녀는 이 집으로 생각이 향했고, 어느 날 불쑥, 전혀 예상치 못하게, 대시우드가의 두 자매에게 자기를 따라 그곳으로 가자고 청했다. 엘리너는 동생의 달라진 안색이나 생기 있는 표정 등이 이 계획에 무관심하지 않다는 표시인 것을 눈치채지 못한 채, 필시 동생도 같은 마음일 거라 생각하고, 감사하지만 자기들은 갈 수 없겠다고 그 자리에서 딱 잘라 거절했다. 거절 이유는 한 해가 저물어가는 이맘때 어머니만 남겨두고 떠나지는 않겠다는 것이었다. 제닝스 부인은 상대의 거절에 다소 놀라면서 곧장 초대를 거듭했다.

"아유! 세상에, 어머니야 아가씨들 없이도 잘 지내시지. 제발 내 부탁 좀 거절 말고 같이 가십시다. 나는 그렇게 하기로 단단히 마음을 정했는걸. 폐가 된다는 생각은 하지 말아요. 아가씨들을 위해 굳이 뭘 하지도 않을 테니까. 베티를 역마차로 보내기만 하면 되는데, 그 정도 비용이야 나도 감당하겠지.* 우

---

* 베티는 제닝스 부인의 몸종이다. 부인의 경마차는 3인승이라 제닝스 부인과 엘리너, 메리앤만으로 공간이 차기 때문에 몸종은 역마차로 보내겠다는 뜻이다.

리 셋은 내 경마차로 아무 문제 없이 갈 수 있을 테고. 런던에 도착해서 말이우, 혹시나 내가 가는 곳에 같이 따라다니기 싫으면, 뭐 어쩔 수 있나, 언제든 내 딸들 중 한 명이랑 다니시구려. 분명 어머니도 반대하지 않으실걸. 내가 딸자식들을 치우는 데 워낙 운이 따랐던 사람이니, 아가씨들을 맡기기에 나만한 적임자도 없다고 생각하시겠지. 일정이 끝나기 전까지 내가 적어도 둘 중 하나라도 번듯하게 결혼시키지 못하면, 그게 내탓은 아닐 게야. 모든 젊은이들한테 아가씨들 얘기를 좋게 해줄 테니, 그건 아무 염려 말고."

"내가 보기엔," 존 경이 말했다. "언니가 가겠다고 하면 메리앤 양은 계획에 반대하지 않을 것 같은데. 대시우드 양이 내키지 않는다고 해서, 동생까지 작은 즐거움을 못 누려서야 쓰나. 그러니까 두 사람은 바턴 생활이 지겨워지면 그냥 런던으로 떠나버려요. 대시우드 양한테 말도 꺼내지 말고."

"아니지." 제닝스 부인이 외쳤다. "대시우드 양이 같이 가건 말건, 나야 메리앤 양이 동행하면 엄청나게 좋긴 하지. 다만 사람이 많으면 많을수록 더 즐거운 법 아니겠나. 게다가 두 사람도 같이 있어야 더 마음 편할 테고. 그래야 나한테 싫증나면 둘이 서로 속닥속닥, 등 뒤에서 내 별난 행동을 두고 깔깔대기라도 하지. 하지만 둘 다가 안 된다면 나는 이쪽이든 저쪽이든 하나는 꼭 데려가야겠어. 아이고 세상에! 올겨울까지만 해도 샬럿을 내내 끼고 살았는데, 나 혼자 빈둥빈둥 어떻게 지내라고. 자, 메리앤 양, 우리는 그러기로 서로 약조합시다. 대시우드 양이 이제든 저제든 마음을 바꾸면, 더 말할 나위가 없고."

"감사합니다, 부인, 정말 감사해요." 메리앤이 열성적으로 말했다. "초대해주신 점 평생토록 감사하게 여길 거예요. 초대를 받아들일 수만 있다면 저는 정말 행복할 거예요. 맞아요, 더 이상 행복하기란 불가능할 정도로 행복할 거예요. 하지만 우리 어머니, 세상에서 가장 소중하고 다정한 우리 어머니를 생각하면 엘리너 언니 말이 옳아요. 우리가 곁에 없어서 어머니가 조금이라도 덜 행복하다거나 덜 편안하다면……. 아! 그럼요, 어떤 유혹에도 어머니 곁을 떠나서는 안 돼요. 이렇게 고민하면 안 되죠, 절대로 고민하면 안 돼요."

제닝스 부인은 그들이 없어도 대시우드 부인이 끄떡없을 거라고 다시 한 번 장담했다. 그제야 동생을 이해한 엘리너는 동생이 윌러비와 다시 만나고픈 열망에 휩싸여 다른 것은 거의 눈에 들어오지도 않는다는 것을 깨달았다. 그래서 더 이상 직접적인 반대는 하지 않고 그저 어머니의 결정에 맡기겠다고 했다. 메리앤을 위해서도 찬성할 수 없고 본인으로서도 피하고픈 특별한 사정이 있는 만큼 이번 방문을 어떻게든 막고 싶었지만, 그녀의 이런 노력에 어머니가 지지를 보내줄 것 같지는 않았다. 메리앤이 소망하는 것이 무엇이건, 어머니는 그것을 열성적으로 부추길 터였다. 앞서 어머니에게 미심쩍게 생각해보라 청했다가 실패했던 사안, 그 사안에서 이번이라고 어머니가 신중하게 행동할 것 같지는 않았다. 엘리너는 본인이 런던에 가고 싶지 않은 이유도 감히 설명하지 못했다. 까다롭기 그지

없고 제닝스 부인의 태도를 속속들이 알고 있으며 거기에 한결같이 질색하던 메리앤이 오직 한 가지 목적을 위해 그런 불편함을 모조리 눈감기로 했다는 것, 본인의 예민한 감정에 쓰라린 상처가 될 일들을 무시하기로 했다는 것은 그 목적이 그녀에게 얼마나 중요한지를 보여주는 너무나 강력하고 너무나 완전한 증거였으니, 엘리너는 지금껏 일어난 모든 일에도 불구하고 그것을 마주할 준비가 되어 있지 않았다.*

대시우드 부인은 초대 이야기를 듣자 이번 나들이가 두 딸 모두에게 큰 즐거움을 가져다줄 것이라 믿었고, 비록 자기에게 애정 어린 배려를 쏟지만 메리앤의 마음이 온통 여행에 쏠려 있음을 꿰뚫어 보았기에, 자기 때문에 초청을 거부하는 건 안 될 말이라고 잘랐다. 그러면서 얼른 초대를 받아들이라고 이르고는 이번 이별을 통해 그들 모두에게 일어날 여러 장점들을 여느 때처럼 쾌활하게 제시하기 시작했다.

"참 괜찮은 계획이야." 그녀가 외쳤다. "엄마가 딱 바라던 바란다. 마거릿과 나도 너희들만큼이나 이번 계획 덕을 톡톡히 볼 거야. 미들턴 가족과 너희가 떠나고 나면 우리는 책과 음악을 벗하며 정말 조용하고 행복하게 지낼 거란다! 다시 돌아오면 마거릿이 얼마나 많이 배웠는지 보게 될 거다! 게다가 너희 침실을 조금 개조해볼까 생각 중이었는데, 이제 아무한테도 불편을 끼치지 않고 할 수 있겠구나. 런던에 꼭 가야지. 그게 맞

*메리앤의 희망이 꺾일 경우 이런 강렬한 감정들이 어떤 불행의 전조가 될지 엘리너는 염려하고 있다.

아. 너희 생활수준의 젊은 아가씨들이라면 런던의 관습과 여흥 거리를 접해봐야 해. 어머니처럼 좋은 분이 보살펴주실 테고, 너희를 대하는 그분의 마음 씀씀이야 의심할 여지가 없지. 게다가 십중팔구 오빠도 만나게 되지 않겠니. 네 오빠나 올케가 무엇을 잘못했건, 그 애가 누구 아들인지를 생각해보면, 그래도 너희가 완전히 남남처럼 지내는 건 못 견디겠구나."

"언제나처럼 저희 행복을 염려하시느라 이번 계획에 장애가 될 만한 것은 모조리 없애고 계시지만," 엘리너가 말했다. "아직도 반대 이유가 하나 남았어요. 제 생각에는 쉽게 제거되지 않을 이유가요."

메리앤의 안색이 어두워졌다.

"우리 신중한 엘리너가 뭘 제시하려는 걸까? 어떤 어마어마한 장애물을 꺼내놓으려는 거니? 여행 경비에 관한 얘기라면 한 마디도 듣지 않으마."

"제 반대 이유는 이거예요. 저는 제닝스 부인이 마음씨 고운 분이라고 생각해요. 하지만 저희가 그분과의 교제에서 즐거움을 얻는다거나, 그분의 후견을 받는다고 사교적 지위를 얻게 될 것 같지는 같아요."*

"옳은 말이긴 해." 어머니가 대답했다. "하지만 다른 사람들

---

* 런던에 있는 동안 그들은 제닝스 부인의 피후견인이 되므로 부인의 저속한 면은 사교적으로 그들에게도 영향을 미치게 된다. 엘리너가 이런 반대 사유를 거론하거나, 대시우드 부인이 여기에 대응할 필요를 느끼는 것은 당시 사회에서 인격이 고매한 사람들조차 사회적 계급을 얼마나 중요시하는지 드러낸다.

과 별개로 부인과만 함께하는 경우는 드물 거야. 공식적인 자리에는 항상 레이디 미들턴과 나가면 될 테고."

"엘리너 언니가 제닝스 부인에 대한 반감으로 꽁무니를 뺀다 해도," 메리앤이 말했다. "적어도 저까지 초대를 거절할 필요는 없잖아요. 저는 그런 것쯤 아무렇지도 않아요. 그럼요, 어떤 불쾌한 일이 있어도 아무렇지 않게 참아낼 수 있어요."

이제껏 메리앤에게 제발 그분을 대할 때 그럭저럭이라도 예의를 갖춰 행동하라고 설득하느라 그렇게 애를 먹었는데, 정작 동생이 그분의 태도 따위는 아무렇지도 않다는 듯 구는 걸 보니 엘리너는 미소를 짓지 않을 수 없었다. 만약 동생이 굳이 가겠다고 고집하면, 자신도 가야겠다고 마음속으로 결심했다. 메리앤을 자기 판단력에만 의지하도록 내버려두는 것도 그렇고, 제닝스 부인이 집에서 얼마나 안락하게 지낼 수 있을지 여부를 오로지 메리앤의 인정에만 맡겨두는 것도 적절치 않다고 판단했기 때문이었다. 에드워드 페러스가 2월 전에는 런던에 없을 거라 했던 루시의 이야기를 떠올리자, 이런 결정을 받아들이기가 좀 더 수월했다. 일정을 무리하게 축소하지 않아도 그들의 방문은 그 전에 충분히 끝날 테니까.

"엄마는 너희 둘 다 보내야겠다." 대시우드 부인이 말했다. "이런 반대는 터무니없어. 런던에 있으면, 그리고 특히 함께 있으면, 얼마나 즐거운 일이 많을 텐데. 엘리너가 마음을 먹지 않아서 그렇지 즐길 거리를 찾으려 들면 도처에 널려 있을 게다. 올케네 가족이랑 친분을 쌓아보는 데서도 즐거움을 찾을 수 있을 테고."

이따금 엘리너는 기회만 된다면 에드워드와 자신의 애정에 보내는 어머니의 신뢰를 흔들어, 나중에 진실이 모두 밝혀졌을 때 받을 충격을 줄이고 싶다고 생각해왔던 터였다. 그래서 지금 이런 도발을 마주하자, 비록 성공 가능성은 희박하지만 계획을 실행에 옮겨보기로 했다. 그녀는 가능한 한 차분하게 말했다. "저는 에드워드 페라스를 아주 좋아해요. 그래서 그분을 뵈면 항상 반가울 거예요. 하지만 나머지 가족들로 말하자면, 그분들이 저를 알게 되건 말건 제게는 전혀 상관없는 일이에요."

대시우드 부인은 아무 말 없이 미소를 지었다. 메리앤은 놀란 눈으로 언니를 쳐다봤고, 엘리너는 그냥 입을 다물고 있는 편이 나았겠다고 생각했다.

더 길게 이야기를 주고받을 것도 없이 초대를 완전히 받아들이기로 마침내 결정이 되었다. 제닝스 부인은 이 소식을 듣고 대단히 기뻐하면서 살뜰하게 돌봐주겠다고 몇 번이고 장담했다. 이는 부인에게만 기쁜 소식은 아니었다. 존 경 역시 좋아했다. 혼자 있는 두려움이 주된 걱정거리인 사람에게, 런던에 묵을 인원수에 둘을 더 확보한 것은 대단한 일이었으니까. 레이디 미들턴조차 몸소 기뻐해주셨으니, 그녀로서는 꽤 수고를 한 셈이었다. 스틸 자매로 말하자면, 그중에서도 특히 루시의 경우, 평생 이렇게 기쁜 소식을 들은 적이 없노라고 했다.

일이 자신의 의사에 반해 결정되었지만 엘리너는 예상했던 것보다 흔쾌히 받아들였다. 그녀 자신의 경우 런던에 가고 안

가고는 이제 중요한 문제가 아니었다. 이 계획 덕분에 어머니가 아주 흡족해하는 모습이나, 동생이 한껏 들떠, 표정, 목소리, 태도에서 평소의 생기를 온전히 되찾았을 뿐 아니라 평소보다 오히려 더 명랑해진 것을 보았을 때, 그녀는 이런 변화를 불러온 원인에 불만을 품을 수 없었고, 앞으로의 결과에 감히 의혹을 품을 수도 없었다.

메리앤의 기쁨은 거의 행복을 넘어설 정도였다. 마음의 동요가 극심했고, 당장이라도 떠나고 싶어 안달했다. 어머니 곁을 떠나고 싶지 않은 마음만이 그녀를 가라앉히는 유일한 진정제였다. 그리고 이 점을 두고 그녀는 이별의 순간에 극도로 슬퍼했다. 어머니의 고통도 덜하지는 않았으니, 셋 중에 엘리너만이 이를 영원한 이별로 여기지 않는 듯했다.

그들은 1월 첫 주에 출발했다. 미들턴 가족은 일주일 정도 있다 따라오기로 했다. 스틸 자매는 파크에 계속 머물다가 나머지 가족이 다 떠난 뒤에야 그곳에서 물러날 예정이었다.

4

제닝스 부인과 함께 마차를 타고 그녀의 보호 아래, 게다가 그녀의 손님으로서 런던 여행길에 오르게 되자, 엘리너는 자신이 처한 상황에 새삼 놀라지 않을 수 없었다. 이 부인과 알고 지낸 기간도 너무 짧고, 서로 간에 나이나 성향도 딴판이며, 불과 며칠 전만 하더라도 자신은 이번 계획에 무수한 반대 이유를 내놓지 않았던가! 하지만 이런 반대들은 메리앤과 어머니가 공유한 젊음의 행복한 열정에 의해 모조리 극복되거나 무시되었다. 엘리너는 윌러비의 마음이 한결같을지 문득문득 의심이 들다가도, 메리앤의 영혼을 가득 채우고 두 눈을 반짝반짝 빛나게 하는 황홀한 기대감을 마주하면, 자신의 전망은 얼마나 공허한지, 자신의 마음은 상대적으로 얼마나 쓸쓸한지, 그리고 자신에게도 힘이 나는 목표나 희망의 가능성이 있다면 메리앤의 처지에 수반되는 근심 걱정을 얼마나 기꺼이 받아들일지 느끼지 않을 수 없었다. 하지만 이제 조금만, 아주 조금만 지나면 윌러비의 의도가 무엇인지 밝혀지리라. 십중팔구 그는 벌써 런던에 가 있을 터였다. 당장 떠나고 싶어 안달하던 메리앤의 태도로 보건대 그곳에서 그를 만나리라 믿고 있는 게 분명했다. 엘리너는 자신의 관찰이나 다른 이들의 정보를 통해 그의 성격을 파악할 새로운 시각을 얻고, 또한 동생을 대하는 그의 태도를 열심히 주시하여, 만남이 여러 번 지속되기 전에 그가 어떤 사람이고 어떤 의도를 품고 있는지 확실히 밝혀내야겠다고 다짐했다. 혹시라도 관찰 결과가 나쁘게 나오면, 무슨 일이 있어도 동생이 그 사실에 눈을 뜨도록 만들 생각이었다. 하지만 결과가 다른 식으로 나오면, 그녀의 노력은 다른 성격을 띠게 되리라. 그렇게 되면 그녀는 이기적인 비교를 피하는 법을 배우고, 동생의 행복을 마냥 만족스럽게 바라보지 못할 모든 아쉬움을 떨쳐버리는 법을 배워야 할 것이었다.

그들의 여행은 사흘간 계속되었고, 여정 중에 메리앤이 보여준 태도는 향후 그녀가 얼마나 공손하고 붙임성 있게 제닝스 부인을 대할지 보여주는 표본으로 딱 들어맞았다. 그녀는 거의 여행 내내 아무 말 없이 앉아 있었고, 자신만의 생각에 푹 빠진 채 스스로 입을 여는 일이라고는 드물었으며, 어쩌다 회화적 자연미를 지닌 대상이 시야에 들어오면 언니에게만 대고 기쁨의 탄성을 내뱉는 정도였다. 따라서 엘리너는 이런 행동을 보상하기 위해, 본인 스스로 임명한 예의범절의 수호자 역할에 즉각 돌입하여, 함께 이야기하고 함께 웃고 언제든 그녀의 말에 귀를 기울이며 제닝스 부인을 더없이 살뜰하게 챙겼다. 제닝스 부인 역시 두 자매를 최대한 친절하게 대했고, 그들이 편안하고 즐겁게 지내도록 매사에 세심하게 배려했다. 여인숙에서 그들이 직접 정찬 메뉴를 고르도록 설득하지 못한 점이나, 그들에게서 대구보다 연어를, 또는 기름에 튀긴 송아지 고기보다 물에 익힌 닭고기를 더 좋아한다는 자백을 끌어내지 못한 점에 심란해했을 뿐이었다. 그들은 사흘째 되는 날 3시경에 런던에 도착했다. 고된 여행 끝에 갑갑한 마차에서 풀려나니 기뻤고, 다들 따뜻한 벽난로를 편안히 누릴 태세가 되어 있었다.

　　저택은 널찍했고 아름답게 꾸며져 있었다. 처녀들은 곧바로 아주 편안한 방에 자리 잡게 되었다. 예전에 샬럿이 쓰던 방으로, 벽난로 선반 위에는 샬럿이 채색 비단실로 직접 수놓은 풍경화가 아직 걸려 있었다. 그녀가 런던의 명문 학교를 7년간 다닌 보람이 있었다는 증거였다.

그들이 도착하고 정찬이 준비되려면 아직 두 시간은 기다려야 했기 때문에 엘리너는 그사이 어머니에게 편지를 쓰기로 마음먹고 자리에 앉았다. 잠시 뒤 메리앤도 똑같이 했다. "내가 집에 보낼 편지를 쓰고 있어, 메리앤." 엘리너가 말했다. "너는 하루 이틀 뒤에 쓰는 게 낫지 않겠어?"

"어머니한테 쓰는 게 아냐." 메리앤이 더는 묻지 말라는 듯 서둘러 대답했다. 엘리너는 더 이상 말하지 않았다. 그렇다면 동생이 윌러비에게 편지를 쓰고 있겠다는 생각이 바로 떠올랐기 때문이었다. 이어 연달아 떠오른 결론은, 두 사람이 아무리 알쏭달쏭하게 일을 처리하려 들어도 약혼을 한 건 틀림없겠다는 것이었다. 이렇게 믿고 나자 완전히 만족스럽지는 않아도 기분이 좋아졌고, 그녀는 한결 활기차게 편지를 써나갔다. 메리앤의 편지는 단 몇 분 만에 완성되었다. 길이로 보자면 쪽지 남짓했다. 이어 열심히 서둘러 편지를 접고 봉인을 한 다음 주소를 썼다. 엘리너는 주소에서 대문자 W를 본 것 같았다. 편지를 다 쓰자마자 메리앤은 벨을 울렸고, 이에 응답한 하인한테 2페니 우체국*에 가서 편지를 부치고 오라고 부탁했다. 이렇게 일은 즉각 마무리되었다.

메리앤은 여전히 매우 들떠 있었지만 뭔가 안절부절 초조한 기색이어서 언니에게 썩 기쁨을 주지는 못했다. 저녁이 다가올수록 마음의 동요는 커져갔다. 그녀는 식사를 거의 들지 못했

* 런던 시내의 우편배달을 담당하던 곳.

고, 이후 사람들과 응접실로 돌아간 뒤에도 마차 소리가 들릴 때마다 초조하게 귀 기울이는 눈치였다.

제닝스 부인이 자기 방에서 할 일이 워낙 많아 지금 벌어지는 일들을 거의 보지 못했다는 점이 엘리너로서는 무척 감사할 따름이었다. 다과가 방에 준비되고, 이웃집 문 두드리는 소리에 이미 메리앤이 한 차례 이상 실망감을 맛본 터에, 갑자기 다른 집이라고는 착각할 수 없을 정도로 크게 문 두드리는 소리가 들렸다. 엘리너는 윌러비가 온 것이 틀림없다고 느꼈고, 메리앤은 자리에서 벌떡 일어나 문 쪽으로 다가갔다. 모든 것이 조용했다. 그녀는 더 이상 참지 못한 채 문을 열고 계단 쪽으로 몇 걸음 다가갔고, 30초가량 귀를 기울인 후 다시 방으로 돌아왔는데, 그의 목소리를 들었다는 확신에 당연히 한껏 흥분한 모습이었다. 그녀는 황홀한 감정에 젖어 "아! 엘리너 언니, 윌러비야, 정말 그이야!"라고 탄성을 내질렀고, 거의 그의 품에 몸을 던질 듯한 기세였다. 그때 브랜던 대령이 나타났다.

침착하게 견디기에는 충격이 너무 커서, 메리앤은 곧장 방에서 나가버렸다. 엘리너도 실망했다. 그렇기는 하지만 동시에 그녀는 브랜던 대령을 좋아했기에 그를 반갑게 맞이할 수 있었다. 동생을 이토록 좋아하는 사람인데, 정작 상대는 그를 보고 슬픔과 실망감만 내비쳤다고 생각하니 무척이나 마음이 아팠다. 한눈에 봐도 대령 역시 이런 사실을 눈치챈 것 같았다. 심지어 그는 메리앤이 방을 나설 때 워낙 당혹스럽고 걱정스러운 눈길로 지켜보느라, 엘리너 자신에게 제대로 예의를 갖추는 것도 잊을 정도였다.

"동생분이 몸이 안 좋은가요?" 그가 말했다.

엘리너는 다소 괴로운 심정으로 그렇다고 대답했다. 그런 다음 두통이니, 기운이 없다느니, 많이 피로하다느니, 동생의 행동을 점잖게 변명할 만한 모든 것들을 둘러댔다.

그는 그녀의 말에 진지하게 귀를 기울였고, 다음 순간 마음을 다잡는 듯하더니 더 이상 거기에 대해 언급하지 않았다. 이어 곧바로 런던에서 그들을 보게 되어 반갑다고 이야기를 꺼내면서, 그들의 여행과 두고 온 친구들에 대해 일상적인 질문을 던졌다.

이런 식으로 차분하게, 양쪽 모두 열의 없이, 대화가 계속되었다. 둘 다 기운이 나지 않았고, 둘 다 생각은 딴 곳에 가 있었다. 엘리너는 윌러비가 지금 런던에 있느냐고 묻고 싶은 마음이 간절했지만, 괜히 경쟁자에 대한 질문으로 대령에게 고통을 안길까 두려웠다. 마침내 뭐라도 얘기할 생각으로, 그녀는 마지막으로 만난 이후 계속 런던에 있었느냐고 물어보았다. "그렇습니다." 그가 다소 당황하며 대답했다. "그때 이후로 거의 그랬죠. 델라퍼드에 며칠간 한두 차례 다녀오긴 했지만, 바턴으로 돌아갈 형편은 아니었습니다."

이 말과, 이 말을 하는 그의 태도로 인해, 대령이 그곳을 떠날 때의 상황이 어떠했는지, 그리고 제닝스 부인이 그 일을 두고 얼마나 싱숭생숭 미심쩍어했는지 곧바로 기억이 되살아났고, 그녀는 괜한 질문으로 본의 아니게 지나친 호기심을 드러낸 것은 아닌지 걱정이 되었다.

곧 제닝스 부인이 들어왔다. "아유! 대령." 그녀가 언제나처럼 시끌벅적 유쾌하게 말했다. "이렇게 뵈니 엄청나게 반갑구려. 아까는 못 나와봐서 미안해요. 이해해주시구려. 하지만 주변 정리를 좀 해야 했다오, 밀린 일도 처리하고. 내가 집을 비운 지 워낙 오래됐어야지. 누구든 잠시라도 집을 비우면 자질구레 처리할 일들이 산더미처럼 쌓이는 걸 대령도 아시죠. 게다가 다음에는 카트라이트*랑 처리할 일도 있었고. 세상에, 정찬 이후로 꿀벌처럼 정신없이 바빴다오! 그건 그렇고, 대령, 오늘 내가 런던에 오는 걸 무슨 수로 아셨소?"

"파머 씨께 들었습니다. 그곳에서 함께 식사를 하던 중에요."

"아하! 그렇게 된 거구먼. 자, 그 집은 어떻습디까? 샬럿은 잘 지내고? 지금쯤이면 꽤 몸이 불었을 텐데."

"파머 부인께서는 아주 좋아 보이셨습니다. 제게 전해달라고 하시더군요, 내일 꼭 찾아뵙겠다고."

"아, 그래야지. 나도 그렇게 생각했다오. 자, 대령, 내가 숙녀 두 분을 데리고 왔어요. 보시다시피…… 어, 지금은 둘 중 하나밖에 안 보이지만, 다른 하나도 어딘가에 있다오. 대령 친구 메리앤 양도 왔거든. 어때, 섭섭지 않은 소식이죠. 메리앤 양을 두고 대령이랑 윌러비 씨가 어떻게 할지 도통 모르겠구

*집사의 이름인 듯하다. 집사는 대저택의 하인들 중 총책임자였다.

려. 아무렴, 젊고 예쁜 건 좋은 일이지. 아유! 나도 한때는 젊었는데, 하지만 예쁘지는 않았어요. 그쪽으로는 운이 없었지. 그래도 남편 하나는 아주 잘 얻었어. 세상 제일가는 미녀라도 더한 걸 얻을까. 아! 불쌍한 사람! 세상을 뜬 지도 벌써 8년이 넘었구려. 그런데 대령, 헤어진 뒤로 여태 어디에 계셨소? 일은 어떻게 됐고? 자, 자, 친구 사이에 비밀은 만들지 맙시다."

그는 평소처럼 온화하게 모든 질문에 대답을 했지만, 어느 것 하나 부인을 만족시키지는 못했다. 엘리너가 이제 차를 만들기 시작해, 메리앤도 어쩔 수 없이 다시 나와야 했다.

메리앤이 나온 뒤로 브랜던 대령은 한층 더 생각에 잠긴 채 말이 없었고, 제닝스 부인의 거듭된 설득에도 불구하고 오래 머물지 않았다. 그날 저녁에는 더 이상 찾아오는 방문객이 없어, 숙녀들은 다들 일찍 잠자리에 들기로 입을 모았다.

메리앤은 다음 날 아침 일어났을 때 다시 기운이 나고 표정도 명랑해 보였다. 전날 밤의 실망감은 오늘 일어날 일에 대한 기대감에 잊힌 듯했다. 조찬이 끝나고 얼마 되지 않아 파머 부인의 사륜마차가 문간에 당도했고, 잠시 뒤 그녀가 웃으면서 방으로 들어왔다. 그들을 보게 되어 너무 기쁘다면서, 어머니를 만나서 더 반가운지 대시우드 자매를 다시 봐서 더 반가운지 가리기가 힘들다 했다. 런던에 오시다니 정말 놀랐다면서, 그래도 자기는 이렇게 되리라 내내 예상했다고 했다. 자기 초청은 거절하고 어머니의 초청은 받아들이다니 정말 화가 난다면서도, 동시에 만약 그들이 안 왔다면 절대 용서하지 않았을 거라나!

"파머 씨도 여러분을 보면 정말 좋아할 거예요." 그녀가 말했다. "여러분이 엄마랑 같이 왔다는 이야기를 들었을 때 그이가 뭐라고 한 줄 아세요? 지금은 기억이 안 나지만, 뭔가 정말 익살맞은 이야기였어요!"

그녀의 어머니 말마따나 한두 시간 정도 '편안한 담소'를 나눈 뒤, 다시 말해 제닝스 부인 쪽에서는 온갖 지인들의 잡다한 소식을 시시콜콜 물어보고 파머 부인 쪽에서는 아무 이유 없이 깔깔 웃으면서 시간을 보낸 뒤, 후자 쪽이 제안하길 그날 오전에 몇몇 상점에 볼일이 있다면서 다 같이 나가자고 했다. 제닝스 부인과 엘리너는 마침 본인들도 살 것이 있어 흔쾌히 동의했다. 메리앤은 처음에는 거절했지만 설득에 못 이겨 같이 가게 되었다.

일행이 어디를 가든, 그녀는 항상 주위를 살피는 기색이 역력했다. 특히 볼일이 많은 본드 거리*에서는 끊임없이 무언가를 찾는 듯한 시선이었다. 또한 일행이 어떤 상점에서 볼일을 보든, 그녀는 마음이 딴 데 팔린 채 실제로 눈앞에 펼쳐진 모든 것, 다른 이들의 흥미와 관심을 사로잡는 모든 것에 무심하기만 했다. 어디를 가든 초조하고 불만이라, 언니는 두 사람이 같이 쓸 물품을 구입할 때도 동생의 의견을 구할 수가 없었다. 그녀는 어떤 것에서도 즐거움을 얻지 못했다. 그저 얼른 집으로

*상점이 많은 런던 번화가. 윌러비의 거처가 이곳에 있다. 메리앤 역시 편지를 보낸 것으로 보아 이런 사실을 알고 있다.

돌아가고 싶어 안달했고, 파머 부인의 꾸물거리는 행동에 짜증이 솟구치는 것을 간신히 억누르고 있을 뿐이었다. 파머 부인은 무엇이든 예쁘거나 비싸거나 새로운 것만 보면 시선이 사로잡혀서, 다 사야겠다고 흥분했다가, 아무것도 못 고른 채 고민만 하다가, 넋을 놓고 갈팡질팡 시간만 흘려보냈으니까.

그들이 집에 돌아온 건 낮 시간이 거의 지나서였다. 집에 들어서자마자 메리앤은 열심히 위층으로 달려 올라갔고, 엘리너는 뒤따라 올라갔다가 동생이 슬픈 표정으로 탁자에서 돌아서는 모습을 보게 되었다. 윌러비가 다녀가지 않았다는 표시였다.

"우리가 나간 뒤에 내 앞으로 편지 온 거 없었어?" 그녀가 마침 짐 꾸러미를 들고 들어오는 시종에게 물었다. 그렇다는 대답이 돌아왔다. "정말 확실해?" 그녀가 응수했다. "어떤 하인이나 문지기도 편지나 쪽지 같은 걸 남겨놓지 않았다는 거지?"

시종은 그런 일이 없었다고 대답했다.

"이상하기도 하지!" 그녀가 실망한 목소리로 낮게 말하면서 창가로 걸어갔다.

'정말 이상해!' 엘리너도 불편한 심정으로 여동생을 보면서 속으로 되뇌었다. '윌러비가 런던에 있는 걸 몰랐다면 편지를 쓰지 않았을 텐데. 그랬다면 쿰 매그나로 편지를 보냈겠지. 게다가 그 사람이 런던에 있다면, 찾아오지도 않고 편지도 안 보내다니 얼마나 이상한 일이야! 아! 어머니, 이렇게 어린 딸이 이렇게 잘 알지도 못하는 남자랑, 이렇게 불확실하게, 이렇게 비밀스럽게 약혼을 이어가도록 내버려두시다니 아무래도 잘못하신 것 같아요. 나라도 물어보고 싶긴 한데. 하지만 내 간섭을 어떻게 받아들일지!'

그녀는 얼마간 고심한 끝에, 만약 며칠 후에도 상황이 지금처럼 불길하게 이어지면 이 사안을 진지하게 조사해봐야 한다고 어머니한테 아주 강하게 말하기로 마음먹었다.

제닝스 부인이 낮에 친하게 지내는 노부인 두 명을 만나 초대했던 터라, 그들과 파머 부인이 정찬 자리에 함께했다. 파머 부인은 다과가 끝나자마자 저녁 선약을 지키기 위해 그곳을 나섰다. 엘리너는 나머지 사람들이 휘스트 판을 벌일 수 있도록 함께 자리를 지켜야 했다.* 메리앤은 이 게임을 배우려 들지 않아서 이쪽으로는 전혀 쓸모가 없었다. 따라서 그녀는 자기 시간을 마음대로 쓸 수 있었지만, 저녁 시간에서 엘리너보다 딱히 더 큰 즐거움을 얻지는 못했다. 온통 초조한 기대감과 괴로운 실망감 속에 시간을 보냈으니까. 이따금 그녀는 몇 분간 책을 읽으려고 애써보았다. 하지만 이내 책을 옆으로 밀쳐버리고, 그녀의 마음을 더 강하게 당기는 소일거리로 되돌아갔으니, 방 안을 이쪽에서 저쪽으로 오가다, 창가에 이르면 잠시 걸음을 멈추고선 혹시라도 오랫동안 기다려온 노크 소리가 들릴까 기대하는 것이었다.

*휘스트 게임은 네 명이서 하는 일종의 카드놀이다. 그러므로 제닝스 부인과 친구 두 명이 휘스트 게임을 하려면 엘리너가 필요하다.

5

"이렇게 서리 내리지 않는 날이 계속되면," 다음 날 아침 조찬을 위해 모였을 때 제닝스 부인이 말했다. "존 경이 다음 주에 바턴을 떠나기 싫겠어. 하루라도 즐길 날을 잃는 건 사냥꾼들한테 안타까운 일이거든. 딱한 사람들! 그런 일이 생기면 참 가엾지. 다들 여간 집착하는 게 아니거든."

"그렇구나." 메리앤이 생기 찬 목소리로 외치고선 창가로 걸어가 날씨를 살폈다. "그걸 생각 못 했네. 이런 날씨라면 많은 사냥꾼들이 시골을 못 벗어나겠지."

이렇게 다행스러운 생각이 떠오르자, 그녀는 다시 명랑한 기분을 회복했다. "그들한테는 진짜 멋진 날씨겠어요." 그녀는 행복한 표정으로 조찬 식탁에 앉으면서 말을 이었다. "얼마나 신나게 즐기고 있을까요! 하지만 (다시 초조한 기색을 내비치며) 이런 날이 오래가지는 않겠지. 철이 철이니까, 그리고 연달아 비가 내린 뒤니까, 분명 이런 날도 얼마 남지 않았을 거야. 금세 서리가 내릴 거야, 아마 굉장히 심하게. 어쩌면 하루 이틀 안에. 이렇게 말도 안 되게 포근한 날씨가 계속될 리 없지. 맞아, 어쩌면 오늘 밤에 서리가 내릴지도 몰라!"

"어쨌거나," 엘리너가 말했다. 제닝스 부인이 동생의 생각을 자신만큼 빤히 들여다보지 못하게 하고 싶었다. "다음 주가 끝나기 전에 존 경과 레이디 미들턴을 런던에서 뵐 수 있겠네요."

228

"그럼, 그렇고말고, 내가 장담하지. 메리는 항상 자기 뜻대로 하거든."

'그리고 이제,' 엘리너는 속으로 추측했다. '메리앤은 오늘자 우편으로 쿰에 편지를 보낼 테지.'

하지만 그녀가 실제로 그랬다면, 사실을 확인하고자 하는 언니의 주의 깊은 시선을 피해 남몰래 써서 보낸 모양이었다. 사실이 어떻게 되었든 간에, 그리고 이런 상황이 썩 만족스럽지는 않았지만, 그래도 메리앤이 기운을 차린 것을 보니 엘리너 자신도 마음이 그렇게 불편하지는 않았다. 실제로 메리앤은 기운을 차렸다. 포근한 날씨에 행복해하고, 서리가 내릴 거란 기대감에는 더 행복해했다.

그날 낮 시간은 주로 제닝스 부인이 런던에 돌아온 사실을 알리기 위해 친지들 집에 명함을 남기는 일을 하면서 보냈다.* 그러는 내내 메리앤은 바람의 방향과 하늘의 변화를 살피고 대기가 어떻게 달라졌는지 상상하느라 바빴다.

"아침보다 좀 추워진 것 같지 않아, 언니? 내가 보기에는 확실히 달라진 것 같은데. 머프**에 손을 넣고 있어도 따뜻하지가 않아. 내 생각에 어제는 이렇지 않았거든. 구름도 흩어지는 것 같고, 금방 해가 나오겠어. 아무래도 오늘 오후는 날이 맑을

---

*한 가족이 어떤 지역에 도착하면 주변 친지들 집에 방문용 명함을 남기는 것이 통상 예법이었다. 명함을 받은 사람은 답례로 자기 명함을 남기거나 직접 방문하도록 되어 있었다.
**모피 뒷면에 헝겊을 대어 토시 모양으로 만들어서 양쪽으로 손을 넣게 된 방한 용구.

것 같아."*

엘리너는 마음이 좋았다가 아팠다가 했다. 하지만 메리앤은 꿋꿋했다. 매일 밤이면 벽난로의 환한 불빛에서, 매일 아침이면 대기의 상태에서, 서리가 곧 내릴 거라는 확실한 조짐을 찾아냈다.

대시우드 자매는 한결같이 친절한 제닝스 부인의 태도와 마찬가지로, 그녀의 생활 방식이나 지인들에게도 불만을 품을 이유가 없었다. 그녀는 살림 전반을 더없이 넉넉한 방식으로 운영했고, 레이디 미들턴의 못마땅한 만류에도 불구하고 관계를 끊지 않은 시티 지구의 옛 친구 몇 명을 제외하면, 공연히 소개해서 어린 손님들의 마음을 불편하게 할 사람은 일절 방문하지 않았다.** 엘리너는 이런 점에서 예상보다 좀 더 편안하게 지내게 된 데에 만족해, 저녁 모임마다 실제로 제대로 즐길 만한 것이 없어도 기꺼이 받아들였다. 집에서건 밖에서건, 저녁 모임은 오로지 카드놀이여서 그녀가 즐거워할 만한 것은 거의 없었으니까.

브랜던 대령은 일상적으로 초대를 받았고 거의 날마다 그들과 함께했다. 메리앤을 바라보고 엘리너와 이야기하러 찾아오

---

*겨울에 하늘이 맑으면 밤에 서리가 내릴 확률이 높았다.
**시티 지구는 런던에서 가장 오래된 상업 지구이다. 성공한 상인들이 주로 거주했으나 그들의 사회적 지위는 높지 않았다. 제닝스 부인은 남편이 장사로 성공한 사람이므로 시티 지구의 다른 상인 가족들과 친분을 맺고 있지만, 신사 계층과 결혼한 레이디 미들턴은 어머니가 그들과의 교류를 끊기를 바란다. 엘리너와 메리앤조차도 신분이 낮은 사람들과의 소개 자체를 불편해할 정도로 사회적 계급을 인식하고 있다.

는 것이었다. 종종 엘리너는 다른 일상사보다 그와의 대화에서 더 큰 만족감을 얻었지만, 한편으로는 동생을 향한 그의 꾸준한 애정을 걱정스럽게 지켜보았다. 그 애정이 점점 강해지는 것 같아 두려웠다. 가끔씩 동생을 바라볼 때의 그의 간절한 눈빛을 보면 마음이 아팠다. 확실히 그는 바턴에 있을 때보다 기분이 가라앉아 있었다.

그들이 도착하고 일주일쯤 지난 무렵 윌러비 역시 그곳에 도착했다는 게 분명해졌다. 그들이 아침에 마차를 타고 바람을 쐬다 돌아왔을 때, 그의 명함이 탁자 위에 놓여 있었던 것이다.

"어쩜 좋아!" 메리앤이 외쳤다. "우리가 나간 사이 그이가 다녀갔나 봐." 엘리너는 그가 런던에 있다는 사실을 확인한 게 기뻐서 조심스레 말을 꺼내보았다. "틀림없이 내일 다시 올 거야." 하지만 메리앤은 언니 말이 귀에 들어오지 않는 듯, 제닝스 부인이 들어오자 그 소중한 명함을 들고 자리를 피해버렸다.

이 사건으로 엘리너의 기분은 한결 좋아졌지만, 동생의 기분은 예전처럼 흥분된 상태로 완전히, 아니 그보다 더 심하게 되돌아갔다. 그 순간부터 그녀의 마음은 잠잠해질 줄을 몰랐다. 하루 중 언제라도 그를 만날지 모른다는 기대감 때문에 아무 일도 할 수 없었다. 다음 날 아침에 다른 이들이 외출할 때 그녀는 굳이 집에 남겠다고 우겼다.

엘리너는 그들이 집을 비운 사이 버클리 거리*에서 어떤 일

*제닝스 부인의 거주지.

이 벌어지고 있을까 온통 그 생각뿐이었다. 하지만 다시 돌아왔을 때 동생을 슬쩍 본 것만으로도 윌러비가 두 번째 방문을 하지 않았음을 짐작할 수 있었다. 그때 하인이 쪽지 하나를 가지고 들어와서 탁자 위에 놓았다.

"내 거야?" 메리앤이 황급히 앞으로 나서며 외쳤다.

"아닙니다, 아가씨, 주인마님께 온 겁니다."

하지만 메리앤은 믿지 못하고 바로 쪽지를 집어 들었다.

"정말로 제닝스 부인한테 온 거네. 아, 속상해!"

"너도 편지를 기다리고 있는 거니?" 엘리너가 더 이상 참지 못하고 물었다.

"응. 조금…… 많이는 말고."

짧은 침묵이 흘렀다. "언니를 전혀 믿지 않는구나, 메리앤."

"세상에, 언니, 이런 비난을 언니한테 듣다니……. 정작 본인은 어느 누구도 믿지 않으면서!"

"내가!" 엘리너가 다소 당황하며 말했다. "정말로, 메리앤, 난 아무것도 얘기할 게 없어."

"나도 마찬가지야." 메리앤이 강하게 대꾸했다. "그럼 우리는 비슷한 상황이네. 둘 다 아무것도 얘기할 게 없어. 언니는 아무것도 알리지 않고, 나는 아무것도 숨기지 않으니까."

엘리너는 자기 마음대로 말할 수 없는 처지인데 속마음을 숨긴다고 비난을 받게 되니 괴로웠다. 이런 상황에서 메리앤에게 좀 더 솔직하게 말해보라고 채근하기는 어려웠다.

제닝스 부인이 이내 나타나, 쪽지를 받고 큰 소리로 읽었다.

레이디 미들턴에게서 온 것으로, 그들이 전날 밤 컨듀잇 거리에 도착했음을 알리고, 다음 날 저녁에 어머니와 친척 아가씨들이 찾아와주길 청하는 내용이었다. 존 경은 처리할 일이 있고 자기는 심한 감기에 걸려, 버클리 거리로 찾아가기는 힘들다고 했다. 그들은 초대를 수락했다. 하지만 약속 시간이 다가왔을 때, 제닝스 부인에 대한 통상적 예의에 따라 이런 방문에는 두 자매가 모두 동행해야 했지만 엘리너는 동생을 설득하는 데 애를 먹었다. 메리앤이 아직 윌러비 그림자도 보지 못한 터라 집 밖에서 즐거움을 찾고 싶어 하지 않았거니와, 행여 본인이 없는 사이에 그가 다시 방문할까 봐 그런 위험을 감수하려 들지 않았기 때문이다.

저녁 시간이 끝났을 때, 엘리너는 사람 기질이란 게 장소가 바뀐다고 크게 달라지지는 않는다는 사실을 알게 되었다. 존 경이 런던에 자리 잡기가 무섭게 스무 명 남짓한 젊은이들을 용케 끌어모아 무도회를 열어주었기 때문이었다. 하지만 레이디 미들턴은 찬성하지 않은 일이었다. 시골에서는 즉석으로 무도회를 열어도 문제 될 게 없었다. 하지만 런던에서, 우아하다는 평판이 훨씬 중요하고 얻기도 힘든 이곳에서, 레이디 미들턴이 여덟아홉 쌍밖에 안 되는 사람들을 모아놓고 고작 바이올린 두 대와 사이드보드에 차린 가벼운 음식만 가지고서 작은 무도회를 열었다는 소문이 퍼지기라도 한다면, 이건 아가씨들 몇 명을 만족시키자고 벌이기에는 너무 위험 부담이 큰 일이었다.*

*사이드보드는 응접실용 탁자의 일종으로 서랍이 달려 있어 그 안에 나이프나 포크 등을 넣었다. 정식 무도회에서는 식탁에 여러 음식을 준비하는 게 관례였다.

파머 부부도 파티에 있었다. 파머 씨의 경우, 그들은 런던에 온 이후에 그를 본 적이 없었다. 그는 어떤 식으로든 장모에게 신경 쓰는 것처럼 보이지 않으려고 조심했고, 따라서 그녀 주변에는 얼씬도 하지 않았기 때문에, 그들이 들어섰을 때도 전혀 알아보는 기색을 내비치지 않았다. 마치 모르는 사람을 대하는 것처럼 그들을 흘깃 쳐다본 뒤, 방 건너편에서 제닝스 부인에게 고개만 까닥했을 뿐이었다. 메리앤은 방에 들어서면서 주변을 쓱 둘러보았다. 그것으로 충분했다. 그는 그곳에 없었다. 그녀는 즐거움을 줄 생각도 얻을 생각도 없이 자리에 앉았다. 그곳에 모인 지 한 시간쯤 흘렀을 때, 파머 씨가 대시우드 자매 쪽으로 슬렁슬렁 걸어와서는 런던에서 그들을 보게 되어 뜻밖이라고 말했다. 브랜던 대령이 그들의 도착 소식을 처음 전해 들은 곳이 그의 집이었고, 파머 씨 본인도 그들이 온다는 소식을 들었을 때 뭔가 굉장히 익살맞은 소리를 했다지 않았던가.

"두 분 모두 데번셔에 계신 줄 알았는데요." 그가 말했다.

"그러셨나요?" 엘리너가 대답했다.

"언제 다시 돌아가십니까?"

"잘 모르겠어요." 이것으로 그들의 담소는 끝이었다.

메리앤은 살면서 그날 저녁처럼 춤추기 싫었던 적이 없었고, 춤추고 나서 그렇게 피곤했던 적도 없었다. 그들이 버클리 거리로 돌아왔을 때 그녀는 이런 불평을 늘어놓았다.

"아무렴, 아무렴." 제닝스 부인이 말했다. "왜 그런지 이유야 너무 잘 알지. 만약 어떠어떠한 아무개가 그곳에 있었다면 메리앤 양도 전혀 피곤해하지 않았을걸. 솔직히 말해 초대를 받았으면서도 자네를 만나러 안 왔다니, 그 사람도 참 그래."

"초대를 받았다고요!" 메리앤이 소리쳤다.

"우리 딸내미 미들턴이 그럽디다. 오늘 오전에 존 경이 어딘가 길에서 그 사람을 만난 모양이더라고." 메리앤은 더 이상 말하지 않았지만 극도로 상처 입은 표정이었다. 이런 상황에서 엘리너는 뭐라도 동생의 고통을 덜어줄 만한 것을 해야겠다는 초조한 마음에, 다음 날 아침 어머니에게 편지를 쓰기로 결심했다. 그래서 메리앤의 건강을 걱정하게 만들어서라도 너무 오랫동안 미뤄왔던 질문을 시킬 생각이었다. 다음 날 조찬 후에 메리앤이 다시 편지를 쓰고 있는 모습을 보았을 때, 엘리너는 더더욱 이런 결심을 굳히게 되었다. 다른 사람에게 편지를 쓸 리는 없으니, 분명 윌러비에게 쓰는 것일 터였다.

그날 한낮 무렵, 제닝스 부인은 볼일이 있어 혼자 외출했고, 엘리너는 곧바로 편지를 쓰기 시작했다. 그러는 내내 메리앤은 뭔가 일을 하기에는 너무 초조하고 대화를 나누기에는 너무 불안하여, 그저 이쪽 창문에서 저쪽 창문으로 오가다 벽난로 옆에 앉아 우울한 상념에 빠지곤 했다. 엘리너는 그동안 일어났던 일을 모두 적고 윌러비의 마음이 변한 것 같다는 의심을 전한 뒤, 부디 의무감과 애정을 생각해서 메리앤에게 윌러비와 실제 어떤 관계인지 밝히도록 요구하라고 어머니에게 아주 간곡히 청했다.

편지가 끝나자마자 손님의 방문을 알리는 노크 소리가 들렸고, 이어 브랜던 대령이 왔다고 하인이 전했다. 메리앤은 창문으로 그를 본 데다 누구와도 같이 있기 싫었던 탓에 그가 들어오기 전에 방에서 나가버렸다. 그는 평소보다도 더 심각해 보였고, 마치 특별히 할 말이 있는 듯 대시우드 양 혼자 있다는 점에 만족감을 표했지만, 한동안 아무 말 없이 앉아 있기만 했다. 왠지 그가 동생과 관련된 이야기를 할 것 같아 엘리너는 초조하게 말문이 열리기만 기다렸다. 이런 확신이 든 건 이번이 처음이 아니었다. 그는 예전에도 한 번 이상, "오늘 동생분이 안 좋아 보입니다"라거나 "동생분이 기운이 없어 보이네요"라는 관찰로 시작해, 메리앤에 관해 특별히 뭔가 밝히려는, 또는 뭔가 물어보려는 인상을 주었던 적이 있었다. 몇 분간 침묵이 흐른 뒤, 그가 다소 격앙된 목소리로 "언제쯤 제부를 얻게 된 것을 축하하면 되겠습니까?"라고 말을 꺼냈다. 엘리너는 이런 질문을 전혀 예상치 못한 데다 미리 생각해둔 대답이 없어, 단순하고 통상적인 방법, 즉 "무슨 뜻이신지요?"라고 물을 수밖에 없었다. 그는 대답을 하면서 미소를 지으려 애썼다. "동생분이 윌러비 씨와 약혼했다는 건 많이들 알고 있습니다."

"많이들 알다니 그럴 리가 있나요." 엘리너가 대답했다. "가족들조차 모르는 일인데요."

그는 놀란 표정으로 말했다. "죄송합니다. 제 질문이 주제넘었나 봅니다. 하지만 비밀로 하시려는 줄은 생각지 못했습니다. 두 분이 공개적으로 서신을 주고받는 데다, 결혼한다는 소식도 도처에서 들은 터라."

"어떻게 그런 일이 있지요? 누구한테서 그런 말을 들으셨나요?"

"많은 사람들에게서요. 대시우드 양이 전혀 모르는 사람들도 있고, 대시우드 양과 아주 가까운 사람들, 제닝스 부인, 파머 부인, 그리고 미들턴 부부도 있었습니다. 그래도 저는 믿지 않았을 겁니다. 마음으로 믿고 싶지 않을 때는 언제든 뭔가 의심거리를 찾아내는 법이니까요. 그러다가 오늘 하인이 저를 집 안에 들일 때 그의 손에 들린 편지를 우연히 보게 되었는데, 동생분의 필체로 윌러비 씨에게 보내는 것이더군요. 알아보러 왔다가, 질문을 드리기도 전에 알게 되고 말았습니다. 모든 것이 최종적으로 확정된 겁니까? 혹시라도 그렇게 되지 않을······? 하지만 제게는 아무런 권리도 없고, 성공할 가능성도 없겠지요. 죄송합니다, 대시우드 양. 이렇게 많은 말을 늘어놓다니 잘못된 것임을 압니다만, 어떻게 해야 할지 도저히 모르겠습니다. 오로지 대시우드 양의 신중함에 의지할 뿐입니다. 부디 제게 말씀해주십시오. 모든 것이 확실하게 결정되었다고. 그리고 제게는 힘든 시도, 다시 말해 숨기는 일밖에 남지 않았다고 말입니다. 숨긴다는 게 가능할지 모르겠습니다만."*

엘리너에게 털어놓은 이 말은 동생에 대한 그의 사랑을 직접 고백한 것이었기에 그녀의 마음을 깊이 건드렸다. 순간 그녀는 아무 말도 할 수 없었고, 정신을 가다듬은 뒤에도 가장 적

*메리앤에 대한 애정을 숨긴다는 뜻. 그녀가 다른 남자와 결혼할 경우 브랜던 대령이 유일하게 택할 수 있는 명예로운 행동은 본인의 애정을 숨기는 것이다.

절한 대답을 찾느라 잠시 고민해야 했다. 윌러비와 동생 사이가 실제로 어떤 것인지는 그녀 자신도 아는 바가 너무 없는지라, 이를 설명하려 애쓰다 보면 말이 너무 적어질 가능성만큼이나 말이 너무 많아질 가능성도 농후했다. 하지만 윌러비에 대한 메리앤의 애정을 생각해보면 그 애정의 결과가 어떻게 되든 간에 브랜던 대령이 성공할 가망성은 전무해 보였고, 이와 동시에 동생의 처신이 비난받지 않도록 지켜주고 싶었기 때문에, 그녀는 얼마간 고심한 끝에 자신이 실제로 알거나 믿는 것보다 더 많이 말하는 것이 현명하고 친절한 길이라 생각했다. 그리하여 비록 그들이 어떤 관계인지 당사자들로부터 직접 들은 바는 없지만, 서로 애정을 품고 있다는 점은 의심할 여지가 없고, 서로 편지를 주고받는 것도 놀라운 일이 아니라고 말했다.

그는 그녀의 말에 조용히 귀를 기울였고, 이야기가 끝나자 곧바로 자리에서 일어나더니 격한 목소리로 이렇게 말했다. "동생분에게는 가능한 모든 행복이 이루어지길 기원하겠습니다. 윌러비는 부디 동생분에게 걸맞은 사람이 되도록 애쓰길 바라겠습니다." 그러고선 작별을 고하고 그곳을 나섰다.

이 대화에서 엘리너는 지금까지의 불편한 심정을 덜어줄 만한 어떤 편안한 느낌도 얻지 못했다. 오히려 브랜던 대령의 불행에 관한 우울한 인상만 얻었고, 심지어 자신은 그것이 사라지도록 바랄 수도 없었다. 그의 불행을 공식화할 그 사안 자체가 너무나 불안했으니까.

6

그로부터 사나흘 동안은 엘리너가 어머니에게 편지를 보낸 것을 후회할 만한 일이 일어나지 않았다. 윌러비는 찾아오지도 않았고 편지도 없었으니까. 그 시기 막바지 무렵에 그들은 레이디 미들턴과 함께 파티에 참석하기로 되어 있었다. 제닝스 부인은 작은딸의 몸 상태 때문에 함께 갈 수 없었다. 메리앤은 기운이라고는 없이, 외모에도 신경 쓰지 않은 채, 가든 남든 전혀 상관없다는 태도로 파티에 참석할 준비를 했는데, 어떤 희망 어린 모습도, 어떤 즐거운 표정도 찾아보기 힘들었다. 그녀는 다과가 끝난 뒤부터 레이디 미들턴이 도착하는 순간까지 응접실 벽난로 옆에 앉아, 자리에서 일어나거나 자세를 바꾸는 법도 없이, 언니의 존재조차 잊은 채 자기 생각에 푹 빠져 있었다. 이윽고 레이디 미들턴이 문간에서 기다린다는 전갈이 왔을 때, 그녀는 마치 누가 오기로 했다는 사실조차 잊고 있었던 듯 흠칫 놀랐다.

그들은 시간에 맞춰 목적지에 도착했고, 먼저 도착한 마차 행렬이 자리를 내주는 대로 곧장 마차에서 내려 계단을 올랐으며, 한쪽 층계참에서 다른 층계참으로 그들의 이름이 크게 호명되는 것을 들으며 방으로 들어섰다. 방은 불빛이 휘황찬란했고, 사람들로 가득했으며, 견디기 힘들 정도로 후텁지근했다. 그들은 저택의 안주인에게 인사로 예의를 표한 뒤, 사람들 틈에 섞여 들어갔고, 자신들의 도착으로 불가피하게 더해졌을 열기와 불편함 속에 한몫을 차지하게 되었다. 별로 말도 않고 딱히 뭘 하지도 않으면서 한동안 시간을 보낸 뒤, 레이디 미들턴은 카지노 판에 합석했고, 그다지 돌아다닐 기분이 아니었던 메리앤은 마침 빈 의자를 발견하고는 언니와 함께 탁자에서 그리 멀지 않은 곳에 자리를 잡았다.

이런 식으로 얼마 지나지 않았을 때 엘리너가 윌러비를 발견했다. 그는 몇 야드 떨어진 곳에서 매우 세련된 차림새의 젊은 여성과 진지하게 대화를 나누는 중이었다. 곧 그녀는 그와 눈이 마주쳤다. 그는 바로 고개 숙여 인사했으나 그녀와 이야기를 나누려 하거나, 틀림없이 메리앤을 보았을 텐데도 다가오려 하거나 하지 않았다. 그저 같은 숙녀와 대화를 이어갈 뿐이었다. 엘리너는 혹시 메리앤이 보았나 싶어 자기도 모르게 몸을 돌렸다. 바로 그 순간 메리앤이 처음으로 윌러비를 알아보았다. 그녀는 뜻밖의 기쁨에 얼굴 전체가 환히 빛났고, 언니가 붙잡지 않았다면 바로 그에게로 향했을 터였다.

"세상에!" 그녀가 외쳤다. "그이가 저기 있어……. 그이가 저기 있다고……. 아! 왜 내 쪽을 안 보지? 왜 그이랑 얘기를 하면 안 돼?"

"제발, 제발 진정해." 엘리너가 청했다. "여기 모인 모든 사람들한테 네 감정을 드러내진 마. 아직 너를 못 봤나 보지."

하지만 이것은 엘리너 자신도 믿기 힘든 말이었다. 또한 이런 순간에 진정한다는 것은 메리앤의 능력에도 맞지 않거니와 소망에도 맞지 않는 일이었다. 그녀는 초조한 괴로움 속에 앉아 있었고, 그런 사실이 모습에서 여실히 드러났다.

마침내 그가 다시 몸을 돌리고 두 사람을 보았다. 메리앤은 자리에서 벌떡 일어나 애정 어린 목소리로 그의 이름을 부르면서 손을 내밀었다. 그는 다가오더니 마치 그녀의 눈을 피하고 싶은 듯, 그리고 그녀의 태도를 보지 않기로 결심한 듯, 메리앤이 아닌 엘리너를 상대로 대시우드 부인의 안부를 서둘러 묻고서, 런던에는 얼마나 있었느냐고 질문했다. 이런 태도 앞에 엘리너는 모든 평정심을 빼앗겨 한 마디도 할 수 없었다. 하지만 동생은 즉각 감정을 표현했다. 그녀는 얼굴이 빨갛게 달아오른 채 더없이 격한 목소리로 외쳤다. "세상에! 윌러비, 이게 무슨 뜻이에요? 내 편지를 못 받았어요? 나랑 악수하지 않을 거예요?*"

이렇게 되자 그도 더는 피하지 못했다. 하지만 그녀의 손길이 고통스러운 듯 금세 다시 손을 놓았다. 그러는 내내 그는 평정을 찾으려고 애쓰는 기색이었다. 엘리너는 그의 얼굴 표정이 점차 차분하게 변해가는 것을 지켜보았다. 잠시 뒤, 그가 침착하게 말했다.

"지난 화요일에 버클리 거리로 찾아뵈었지만, 여러분과 제닝스 부인이 안 계신 것을 보고 무척 안타깝게 여겼습니다. 제 명함을 남겨두었는데, 보셨길 바랍니다."

*악수는 친밀한 관계의 남녀 사이에서 일반적인 인사법이었기 때문에 그렇지 않은 사이에서는 부적절하게 여겨졌다. 메리앤이 그들의 약혼을 믿는 반면 윌러비는 거부하고 있음이 이 장면에서 드러난다.

"제 편지 못 받으셨어요?" 메리앤이 격렬한 불안감 속에 외쳤다. "분명 무슨 착오가 있나 봐……. 뭔가 끔찍한 착오가. 대체 이게 무슨 뜻인가요? 말해줘요, 윌러비. 제발 말해줘요. 도대체 무슨 일이에요?"

그는 아무 대답도 하지 않았다. 안색이 변했고 당혹감이 역력히 되살아났다. 하지만 조금 전에 대화를 나누었던 젊은 숙녀와 눈이 마주치자 속히 기운을 차릴 필요성을 느꼈던지, 다시 정신을 가다듬고 "네, 런던에 도착하셨다는 소식은 반갑게 잘 받았습니다. 소식을 전해주셔서 감사합니다"라고 말한 뒤, 살짝 고개를 숙여 보이고는 서둘러 몸을 돌려 일행에게 가버렸다.

이제 메리앤은 얼굴이 백지장처럼 하얗게 변한 채 더 이상 서 있을 기운도 없이 의자에 털썩 주저앉았고, 엘리너는 언제 동생이 기절할지 몰라, 다른 사람들의 시선으로부터 그녀를 가리려고 애쓰는 한편, 라벤더수로 정신을 차리게 했다.

"저이한테 가봐, 언니." 그녀는 말할 기력을 되찾자마자 외쳤다. "강제로라도 나한테 데려와. 다시 봐야겠다고 전해. 당장 이야기해야겠다고……. 쉴 수가 없어……. 해명을 듣기 전에는 잠시도 편히 있을 수가 없어……. 뭔가 끔찍한 오해 같은 게 있는 거야……. 아, 당장 저이한테 가봐……."

"어떻게 그렇게 하겠니? 아니, 메리앤, 기다려야 해. 여기는 해명을 할 만한 장소가 아니야. 내일까지만 기다려봐."

하지만 그녀는 동생이 직접 그를 따라가려는 걸 말리느라 애를 먹었다. 그와 좀 더 조용한 장소에서 제대로 이야기할 수 있을 때까지 부디 흥분을 가라앉히라고, 적어도 겉으로나마 침착하게 기다리라고 설득하기란 불가능했다. 메리앤이 끊임없이 낮은 목소리로 비참함을 쏟아내며 불행한 감정에 몸을 내맡겼기 때문이었다. 잠시 뒤 엘리너는 윌러비가 계단 쪽 문을 통해 방을 나서는 걸 보았고, 메리앤에게 그가 갔다고 전하면서 그날 저녁에는 다시 그와 이야기할 수 없다는 것을 새로운 논거로 삼아 동생을 진정시키려 애썼다. 메리앤은 곧장 언니에게 너무 비참해서 1분도 더 있을 수가 없다며, 레이디 미들턴한테 집에 데려다달라 부탁하라고 청했다.

레이디 미들턴은 워낙 예의가 바른 사람이라, 카지노 판이 아직 돌아가던 중이었음에도 메리앤이 몸이 안 좋아 집에 가기를 원한다는 말을 듣자 잠시도 반대하지 않고 자기 카드를 친구에게 넘겼고, 마차가 도착하자마자 그들은 바로 그곳을 떠났다. 버클리 거리로 돌아가는 동안 그들은 한 마디도 하지 않았다. 메리앤은 말없이 괴로워했고, 너무 비통하여 눈물조차 흘리지 못했다. 하지만 다행히 제닝스 부인이 아직 집에 오지 않은 터라 그들은 곧장 방으로 갈 수 있었고, 메리앤은 그곳에서 녹각정*으로 조금이나마 기운을 차렸다. 곧 그녀는 옷을 벗고 잠자리에 누웠고, 동생이 혼자 있기를 원하는 듯하여 언니는 방에서 나왔다. 제닝스 부인이 돌아오기를 기다리는 동안 지난 일을 되돌아볼 시간은 충분했다.

---

*수사슴 뿔에서 빼낸 탄산암모늄. 사람들의 의식을 차리게 하는 방향염으로 쓰였다.

윌러비와 메리앤 사이에 모종의 언약이 존재했다는 점은 의심할 여지가 없었다. 그리고 윌러비가 거기에 싫증이 났다는 것 역시 분명해 보였다. 메리앤이 아무리 여전히 자기가 원하는 대로 믿는다 해도, 그녀는 그런 행동을 실수나 오해의 탓으로 돌릴 수 없었으니까. 오로지 완전한 변심만이 그것을 설명할 수 있을 터였다. 만약 당혹스러워하는 윌러비의 모습을 보지 않았더라면, 그녀의 분노는 지금보다 더 컸을지도 모른다. 그의 당혹해하던 모습은 자신의 잘못된 행동을 의식하고 있음을 나타냈기에, 그가 아무런 떳떳한 계획도 없이 처음부터 동생의 애정을 농락한 파렴치한 인간이라고는 믿을 수 없었다. 곁에 없다 보니 애정이 약해졌을지도 모르고, 편의에 따라 애정을 떨치기로 마음먹었는지도 모르겠지만, 한때 그런 애정이 존재했다는 사실만은 차마 의심할 수 없었다.

동생의 경우, 그토록 불행한 만남이 이미 가했을 고통과, 앞으로 닥쳐올 것으로 예상되는 더욱더 가혹한 고통을 생각하면, 그녀는 크나큰 근심을 느끼지 않을 수 없었다. 자신의 처지는 상대적으로 나은 편이었다. 아무리 훗날 헤어지게 된다 하더라도, 그녀가 에드워드를 변함없이 존중할 수 있는 한 그녀의 마음은 언제나 그대로일 테니까. 하지만 메리앤의 경우에는 윌러비와의 최종 결별, 즉각적이고 화해 불가능한 결렬에서 불행을 가중시킬 만한 모든 상황들이 연합하여 그녀를 더욱 비참하게 만들려는 듯 보였다.

7

다음 날 하녀가 그들 방의 불을 지피기도 전에, 또는 차갑고 어둑한 정월 새벽에 태양이 힘을 얻기도 전에, 메리앤은 옷도 제대로 걸치지 않은 채 창으로 스며드는 희미한 빛이라도 얻고자 창가 자리에 무릎 꿇고 앉아, 하염없이 흘러내리는 눈물 속에서도 최대한 빠른 속도로 글을 써나가고 있었다. 엘리너는 가슴을 앓으며 흐느끼는 소리에 잠에서 깼고, 이런 상황에서 동생의 모습이 처음 눈에 들어왔다. 그녀는 잠시 침묵하며 걱정스럽게 그녀를 지켜본 뒤, 더없이 애틋하고 부드러운 목소리로 말했다.

"메리앤, 언니가 뭐 좀 물어봐도……?"

"아니, 언니." 그녀가 대답했다. "아무것도 묻지 마. 곧 모든 걸 알게 될 거야."

이 말을 할 때의 절박한 차분함은 말이 끝남과 동시에 무너져 내렸고, 아까와 같은 격렬한 고통이 이내 되돌아왔다. 그녀는 몇 분이 지난 후에야 편지를 계속 쓸 수 있었는데, 빈번하게 솟구치는 슬픔 때문에 이따금 펜을 멈춰야 하는 걸로 봐서, 지금 그녀가 윌러비에게 마지막으로 편지를 쓰고 있다는 것은 가능성을 넘어 자명한 사실로 보였다.

엘리너는 최대한 조용히 방해하지 않고 동생을 지켜보았다. 만약 메리앤이 극도로 초조하고 흥분된 목소리로 제발 자기에게 말을 걸지 말라고 간청하지 않았다면, 그녀는 동생을 위로

하고 진정시키려고 애썼을 것이다. 이런 상황에서는 되도록 같이 있지 않는 편이 둘 다에게 나았다. 메리앤은 마음이 진정되지 않아 옷을 입고 난 뒤 잠시도 방에 가만있지 못했다. 또한 누군가와 함께하거나 한 장소에 머무를 수 없었던 까닭에 조찬 시간이 될 때까지 모든 이를 피해 저택 여기저기를 방황하고 다녔다.

조찬 자리에서 그녀는 먹지도, 먹으려고 시도하지도 않았다. 그러자 엘리너는 동생을 열심히 다독이거나 가엾게 여기거나 신경 쓰는 기색을 내비치는 대신, 제닝스 부인의 시선을 오로지 자기한테 붙들어놓는 데에 온 관심을 쏟았다.

제닝스 부인은 하루 식사 중에서 이때를 제일 좋아했기 때문에 조찬이 끝날 때까지는 상당한 시간이 흘렀고, 이후 그들이 바느질감을 들고 탁자에 막 둘러앉는 참에 메리앤 앞으로 편지 한 통이 배달되었다. 그녀는 얼른 하인에게서 편지를 받아 들었고, 시체처럼 낯빛이 창백해지더니 곧바로 방에서 나가버렸다. 이것만으로도 엘리너는 마치 주소를 보기라도 한 듯 그것이 윌러비에게서 온 편지라는 사실을 확신했고, 이내 가슴이 너무 울렁거려 머리를 가누기도 힘들었을뿐더러, 온몸이 너무 떨려 제닝스 부인의 눈에 띌까 두려웠다. 하지만 이 마음 좋은 부인은 메리앤이 윌러비에게서 편지를 받았다는 사실만 보았을 뿐이었다. 그녀에게 이것은 아주 재미난 농담거리로 여겨졌기에, 부인은 한바탕 웃으면서 편지가 마음에 들어야 할 텐데, 하고 농을 던졌다. 그녀는 바닥 깔개에 쓸 소모사의 길이를 재느라 워낙 분주했기 때문에 엘리너의 괴로움 같은 것은 전혀 보지 못했다. 메리앤이 방에서 나가자마자 그녀는 태연하게 이야기를 계속했다.

"맹세컨대 내 평생 저렇게 필사적으로 사랑에 빠진 아가씨는 처음 봤네! 내 딸들은 비할 바도 아니야. 그 애들도 한때는 꽤 분별없이 굴었는데도 말이야. 하지만 메리앤 양은 사람이 완전히 달라졌어. 정말 진심으로 바라는데, 그이가 메리앤 양을 더 이상 기다리게 하지 않으면 좋겠구려. 너무 안색이 안 좋고 쓸쓸해 보여서 보고 있으면 내 마음이 다 아파. 그래서 식은 언제쯤 올린답디까?"

엘리너는 그 순간만큼 말이 내키지 않은 적도 없었지만, 이런 가당찮은 질문을 받고 보니 대답을 하지 않을 수 없었다. 그래서 애써 미소를 지으며 대답했다. "죄송하지만, 정말로 제 동생이 윌러비 씨와 약혼했다고 믿으신 건 아니지요? 저는 그저 농담이라고만 여겼는데, 이렇게 진지하게 물어보시니 그게 아닌 것 같아서요. 그러니 부디 더 이상은 그런 오해를 품지 않으셨으면 해요. 저로서는 두 사람이 결혼할 거라는 이야기보다 더 놀라운 소식이 없을 테니까요."

"저런, 저런, 대시우드 양! 그런 식으로 말하면 쓰나! 두 사람이 짝이라는 걸, 처음 만난 순간부터 서로 홀딱 반해 있다는 걸 다들 아는데? 데번셔에서 날이면 날마다, 그것도 하루 진종일 둘이 붙어 지내는 걸 내가 다 봤는데? 게다가 동생이 결혼 예복을 살 생각으로 런던까지 따라온 걸 설마 내가 모를까?

자, 자, 그런 수작은 안 통해요. 대시우드 양이 그렇게 꼭꼭 숨긴다고 해서 다른 사람들은 아무것도 모른다고 생각하나 본데. 하지만 절대 그렇지 않아요. 이미 온 시내에 다 알려진 지 오래니까. 내가 사람들한테 몽땅 얘기하거든, 샬럿도 그렇고 말이야."

"정말로 잘못 알고 계세요." 엘리너가 매우 심각하게 말했다. "정말로 그런 소문을 퍼뜨리시다니 몹쓸 일을 하신 거예요. 지금은 믿지 않으시겠지만, 그렇다는 걸 알게 되실 거예요."

제닝스 부인은 다시 껄껄 웃었지만, 엘리너는 더 이상 말할 기분이 아닌 데다 무엇보다도 윌러비가 뭐라고 썼는지 궁금하여 서둘러 방으로 향했다. 문을 연 순간, 그녀의 눈에 들어온 것은 침대에 쓰러져 있는 메리앤의 모습이었다. 숨이 넘어가도록 비통한 모습이었고, 편지 한 통은 그녀의 손에, 다른 두세 통은 곁에 놓여 있었다. 엘리너는 가까이 다가갔지만 아무 말도 하지 않았다. 침대에 걸터앉아 동생의 손을 잡고 다정하게 여러 번 입을 맞춘 뒤, 결국에는 자신도 눈물을 터뜨리고 말았는데, 처음에는 그 격렬함이 동생보다 못하지 않았다. 메리앤은 말은 할 수 없었지만 이런 애정 어린 행동을 모두 느끼는 듯했고, 그리하여 얼마간 둘이 함께 슬퍼한 뒤, 그녀는 언니의 손에 편지를 모두 쥐여주었다. 그러고는 손수건으로 얼굴을 가리고선 극도의 고통 앞에 거의 비명을 지르다시피 했다. 비록 지켜보기는 충격적이었지만, 이런 슬픔이 한 번은 거쳐야 될 과정임을 잘 알기에, 엘리너는 동생의 격렬한 고통이 어느 정도

잦아들 때까지 곁에서 지켜보았다. 이어 곧장 윌러비의 편지를 들고 다음과 같은 내용을 읽어나갔다.

본드 거리, 1월

친애하는 메리앤 양,

방금 전에 귀하의 편지를 받았으며, 심심한 감사의 말씀을 전하는 바입니다. 지난밤 제 행동에 귀하의 마음을 상하게 한 부분이 있었다는 점을 알게 되어 매우 유감스럽습니다. 안타깝게도 어떤 점에서 귀하의 마음을 상하게 했는지 당혹감을 금할 길 없으며, 절대 고의가 아니었음을 들어 너그러운 용서를 구하는 바입니다. 데번셔에서 귀하의 가족과 맺은 옛 친분을 돌이켜보면 언제나 감사와 기쁨을 느낍니다. 그리고 제 행동에 대한 오해나 실수로 인해 그것이 끊어지지는 않으리라 감히 믿어봅니다. 저는 귀하의 모든 가족분께 진심으로 호의를 품고 있습니다. 하지만 안타깝게도 제가 느낀 것, 또는 표현하고자 했던 것 이상으로 어떤 믿음을 갖게 했다면, 그런 호의를 표현하는 데 있어 좀 더 신중하지 못했던 제 자신을 책망하겠습니다. 제 애정은 이미 오래전부터 다른 분께 언약되어 있었고, 몇 주만 있으면 이 언약이 결실을 맺게 될 것이기에, 귀하께서도 이런 사실을 아신다면 제게 다른 의도가 있었을 리 만무하다는 점을 이해하시리라 생각합니다. 매우 유감스럽지만 귀하의 명령에 복종하여 지금까지 보내주신 귀한 편지들과 제게 기꺼이 내어주신 머리카락을 돌려드리는 바입니다.

친애하는 메리앤 양께,

귀하를 충심으로 섬기는

존 윌러비

    대시우드 양이 이런 편지를 읽으면서 어떤 분노를 느꼈을지는 상상이 되시리라. 편지를 읽기 전부터 그 안에 마음이 변했다는 고백과 영원한 결별을 확인하는 내용이 담겼으리라는 것은 짐작했지만, 이런 언어를 동원하여 전할 줄은 전혀 짐작도 못 한 터였다. 게다가 그가 이 정도로 명예와 배려를 저버리고, 이 정도로 신사의 통상 예법을 팽개치면서, 뻔뻔하고 잔인하기 그지없는 편지를 보낼 수 있으리라고는 상상도 못 한 터였다. 약혼을 깨고자 하는 데 대한 뉘우침의 표현을 담기는커녕 어떤 신의도 저버린 적이 없다고, 무엇이건 각별한 애정을 품은 적도 없다고 주장하는 편지를…… 한 줄 한 줄이 모두 모욕이고, 글쓴이가 얼마나 냉혹하고 비열한 인간인지 드러내는 편지를.

    그녀는 분노와 경악 속에 얼마간 꼼짝도 하지 않았다. 이어 편지를 읽고 또 읽었다. 하지만 다시 읽을수록 상대에 대한 혐오감만 커질 뿐이었다. 그에 대한 반감이 너무 커서 감히 입을 열었다가는 메리앤의 마음에 더더욱 상처를 입히는 말을 할까 두려웠다. 엘리너가 보기에 그들의 파혼은 동생에게 아쉬운 손실이 아니라, 절대 돌이킬 수 없는 최악의 불행, 즉 파렴치한 남자와 평생 맺어지는 운명에서 벗어나는 것이자, 더없이 실질적인 구원, 더없이 크나큰 축복이었으니까.*

편지에 쓰인 내용에 대해, 이런 내용을 쓸 수 있는 타락한 인격에 대해, 그리고 이 일과는 아무 관련 없으나 그녀의 마음이 모든 일과 연결시키는, 아주 다른 사람의 아주 다른 인격**에 대해 골똘히 생각하느라, 엘리너는 지금 당장 동생이 겪고 있는 괴로움에 대해 잊었고, 아직 읽지 않은 편지 세 통이 무릎에 놓여 있다는 사실도 잊었으며, 자기가 얼마나 오랫동안 방에 머물러 있었는지도 완전히 잊고 있었다. 그래서 마차가 문간에 이르는 소리를 듣고 누가 이렇게 경우 없이 이른 시간에 찾아오나 싶어 창가로 갔을 때, 그게 오후 1시까지 대령하기로 되어 있던 제닝스 부인의 경마차인 것을 깨닫고는 화들짝 놀랄 수밖에 없었다. 현재로서는 메리앤을 위로할 가망이 전혀 없지만, 그래도 엘리너는 곁을 떠나지 않기로 결심하고 서둘러 제닝스 부인을 찾아가 동생의 몸 상태가 좋지 않아서 자신은 함께 갈 수 없겠노라고 양해를 구했다. 제닝스 부인은 마음 좋게 동생을 걱정해주면서 선선히 그렇게 하라 말했고, 엘리너는 부인을 배웅한 뒤 메리앤에게 돌아갔다. 메리앤은 침대에서 막 일어나려는 참이었는데, 오랫동안 제대로 쉬지도 먹지도 않은 탓에 머리가 핑 돌아 바닥으로 쓰러지는 것을 엘리너가 때마침 붙들었다. 며칠 동안이나 낮에는 식욕도 없고, 밤에는 잠도 못

*당시에는 이혼이 일반적으로 불가능했고, 여성의 경제적, 법적 지위가 상당히 열등했기 때문에 잘못된 결혼은 불행으로 이어지기 쉬웠다.
**에드워드를 의미한다.

청한 탓이었다. 그리고 이제 팽팽한 긴장감이 사라지면서 맥이 풀리자, 이 모든 것의 결과로 머리가 아프고 속이 허하고 온몸이 신경성으로 어질어질했다. 엘리너가 즉각 가져다준 포도주 한 잔에 몸이 조금 편해지자, 메리앤은 마침내 언니의 친절에 얼마간 반응할 수 있었다.

"가엾은 언니! 나 때문에 얼마나 힘들까!"

"뭐라도 내가 할 수 있는 일이 있다면 좋겠어." 언니가 대답했다. "너한테 위로만 된다면."

어떤 말을 들어도 마찬가지였겠지만, 이 말은 메리앤에게 감당이 되지 않았다. 가슴 찢어지는 고통 속에 그녀는 "아! 언니, 난 너무 불행해" 하고 한마디 내뱉더니, 이내 격한 흐느낌에 말을 잇지 못했다.

엘리너는 이처럼 아무 자제심 없이 쏟아져 나오는 슬픔을 더 이상 가만히 지켜볼 수 없었다.

"기운 내, 메리앤." 그녀가 외쳤다. "너 자신과 너를 사랑하는 모든 사람들을 죽일 생각이 아니라면 말이야. 어머니를 생각해봐. 네가 이렇게 괴로워하는 동안 어머니도 얼마나 고통스러우시겠니. 어머니를 생각해서라도 기운을 내야 해."

"못 해, 못 해." 메리앤이 울부짖었다. "나를 떠나, 떠나라고, 나 때문에 괴로우면. 나를 떠나고 미워하고 잊어버려. 하지만 그렇게 고문하지는 마. 아! 슬픔이라고는 없는 사람들은 기운 내라는 말을 쉽게도 하지! 행복하디행복한 언니, 내가 어떤 고통을 받고 있는지 언니는 전혀 몰라."

"내가 행복하다는 거니, 메리앤? 아! 네가 알기만 한다면! 그리고 네가 이렇게 비참한데, 어떻게 언니가 행복할 수 있겠니!"

"용서해, 용서해줘." 메리앤이 언니의 목을 끌어안았다. "언니가 나를 가엾게 여기는 거 알아. 언니 마음이 어떤지도. 하지만 언니는…… 행복할 수밖에 없어. 에드워드가 언니를 사랑하잖아……. 무엇이, 아! 무엇이 그런 행복을 뺏을 수 있겠어?"

"그럴 상황이야 많고 많지." 엘리너가 침통하게 말했다.

"아니, 아니, 아니." 메리앤이 격하게 울부짖었다. "에드워드는 언니를 사랑하잖아, 오직 언니만. 언니한테 슬픔 따위가 있을 리 없어."

"네가 이런 모습을 보이는 동안에는 나도 즐겁지 못해."

"이제 다른 모습은 영영 보지 못할 거야. 내 고통은 어떤 것으로도 지워지지 않을 테니까."

"그런 식으로 말하지 마, 메리앤. 네게는 위로가 되는 게 아무것도 없니? 친구도 없고? 상실감이 너무 커서 위안의 여지는 전혀 없다는 거야? 지금은 무척 괴롭겠지. 하지만 그자가 어떤 인간인지 더 나중에 알게 되었더라면 네가 어떤 고통을 겪었을지 생각해봐. 충분히 그러리라 짐작되지만, 몇 달이고 약혼을 질질 끌다가 그 사람이 파혼하자고 했다면. 네 편에서 불행한 믿음이 하루씩 늘어날수록 나중에 받을 타격은 더 끔찍했을 거야."

"약혼!" 메리앤이 외쳤다. "약혼 따위는 없었어."

"약혼이 없었다니!"

"그래, 언니 생각처럼 그렇게 부도덕한 사람은 아니야. 그이
는 나랑 어떤 약속도 어기지 않았어."

"하지만 네게 사랑한다고는 했지?"

"응…… 아니……. 확실하게 말한 적은 없어. 날마다 암시
는 했지만, 대놓고 표현한 적은 없었어. 가끔씩은 그런 줄 알았
는데…… 그게 아니었어."

"그런데도 그 사람한테 편지를 썼다고?"

"그래…… 우리한테 있었던 일을 생각하면 그게 잘못됐어?
하지만 말은 못 하겠어."

엘리너는 더 이상 말하지 않고 이전보다 훨씬 궁금증을 불
러일으키는 편지 세 통을 다시 집어 들고는 한꺼번에 쭉 읽어
나갔다. 첫 번째 편지는 동생이 런던에 도착하고 보낸 것으로,
다음과 같은 내용이었다.

버클리 거리, 1월

이 편지를 받으면 얼마나 놀라실까요, 윌러비. 게다가 내가
런던에 와 있다는 사실을 알게 되면 놀란 것 이상이 되겠죠. 안
타깝게도 제닝스 부인과 함께이긴 하지만, 이곳에 올 기회는
거부 못 할 유혹이었어요. 이 편지가 제때 도착해서 오늘 밤에
여기 오실 수 있다면 좋겠어요. 그래도 크게 기대는 않을게요.
어쨌거나 내일은 보게 될 테니까요. 그럼 잠시 동안, 안녕.

M. D.

두 번째 편지는 미들턴 저택에서 무도회가 있고 다음 날 아침에 쓴 것으로, 내용은 이러했다.

그저께 당신을 만날 기회를 놓쳐 얼마나 실망스러운지, 그리고 일주일도 더 전에 편지를 보냈는데 아직 아무런 답장을 못 받아 얼마나 당혹스러운지 말로 다 못 하겠어요. 매 순간 당신에게서 소식이 오기를, 그리고 무엇보다도 당신을 보게 되기를 기다리고 있어요. 부디 최대한 빨리 다시 이곳에 들러, 제 기다림에 왜 답하지 못했는지 그 이유를 설명해주세요. 다음번에는 좀 더 일찍 오시는 게 좋을 거예요. 우리는 보통 1시 전에는 외출을 하거든요. 어젯밤에는 레이디 미들턴 댁에서 무도회가 열렸어요. 당신도 초대받았다는 이야기를 들었어요. 하지만 그럴 리가 없겠죠? 만약 정말 그렇다면, 그런데도 당신이 안 왔다면, 우리가 헤어진 뒤로 당신이 아주 많이 변했다는 얘기겠죠. 하지만 저는 그런 가능성을 믿지 않을래요. 얼른 당신한테서 아니라는 이야기를 직접 듣고 싶어요.

M. D.

그에게 보낸 마지막 편지의 내용은 다음과 같았다.

윌러비, 지난밤 당신의 행동을 보고 내가 어떤 생각을 해야 하지요? 다시 한 번 당신한테 해명을 요구하겠어요. 저는 우리가 만나면, 서로 헤어져 있었으니 당연히 반가울 것이라 예상했고, 바턴에서 그토록 친밀하게 지냈으니 마땅히 살가울 것이라 기대했어요. 하지만 저는 외면당했어요! 도저히 모욕이라고밖에 생각할 수 없는 그런 행동을 어떻게든 납득해보려 애쓰면서 밤새 비참했어요. 당신이 왜 그런 행동을 했는지 저는 아직 그럴듯한 이유를 찾지 못했지만, 당신에게 타당한 이유가 있다면 기꺼이 들을 준비가 되어 있어요. 어쩌면 저에 관해 뭔가 잘못된 정보나 고의적인 거짓말을 들어, 저를 좋지 않게 여기시는 건가요. 어떻게 된 일인지 말해주세요. 왜 그렇게 행동하는지 설명해주세요. 그러면 당신을 납득시킬 수 있을 테고 저 역시 납득이 되겠지요. 당신을 나쁘게 생각해야 한다면 너무 가슴 아플 거예요. 하지만 만약 그래야 한다면, 만약 당신이 지금까지 우리가 믿어왔던 사람이 아니고, 우리 모두에게 보인 호의가 거짓이었고, 나에게 한 행동이 그저 기만하기 위해서였다면, 조금이라도 속히 그렇다고 말해주세요. 현재 제 감정은 갈팡질팡 괴롭기 그지없어요. 당신에게 잘못이 없다 믿고 싶지만, 어느 쪽이든 지금 제가 겪는 고통보다는 나을 거예요. 만약 당신 감정이 더 이상 예전과 같지 않다면, 제가 보낸 편지들과 당신이 갖고 계신 제 머리카락을 돌려주세요.

M. D.

이토록 애정과 신뢰가 가득 담긴 편지에 그런 식으로 답장을 보낼 수 있다니, 엘리너는 윌러비를 위해서라도 그런 사실을 믿고 싶지 않았다. 하지만 그를 비난하는 마음에 눈이 멀어 그들이 서로 편지를 주고받았다는 것 자체가 부적절한 행동이었음을 모르지는 않았다. 상대가 원치 않는 애정의 증표들, 앞선 어떤 일로도 정당화되지 않고 이번 사건으로 혹독하게 비난받는 그것들을 이렇게 선뜻 내어줬다니, 엘리너가 그 경솔함에 말없이 비통해하고 있을 때, 메리앤이 언니가 편지를 다 읽은 것을 보고는 누구라도 자신과 같은 처지였다면 썼을 만한 내용밖에 없다고 말했다.

"나는 그이와 엄숙하게 약혼했다고 느꼈어." 그녀가 덧붙였다. "아주 엄격한 법적 계약서로 서로 묶여 있는 것처럼 말이야."

"그랬을 거라고 생각해." 엘리너가 말했다. "하지만 불행하게도 그 사람은 그렇게 느끼지 않았나 봐."

"그이도 그렇게 느꼈어, 언니. 몇 주 동안이나 그렇게 느꼈다고. 내가 알아. 지금은 무엇이 그이를 변하게 했는지 몰라도, (나를 음해하려는 사악한 모략만이 그렇게 할 수 있었겠지) 한때 나는 그이에게 소중한 존재였어. 내 영혼이 더 바랄 수 없을 정도로. 이 머리카락도 지금은 그이가 이렇게 선선히 내어놓지만, 그때는 나한테 얼마나 간절히 부탁했는지 몰라. 그때 그이의 표정이, 태도가 어땠는지 언니가 봤더라면, 그이의 목소리가 어땠는지 언니가 들었더라면! 바턴에서 우리가 마지막으로 함께했던 저녁을 잊었어? 우리가 헤어졌던 아침도! 다시 만날 때까지 몇 주가 걸릴지도 모른다고 그이가 말했을 때…… 그 괴로워하던 모습…… 그이가 그렇게 괴로워하던 모습을 어떻게 잊겠어!"

잠시 동안 그녀는 말을 잇지 못했다. 하지만 이런 감정이 잦아들자, 아까보다 확고한 어조로 덧붙였다.

"언니, 나는 잔인하게 당했어. 하지만 윌러비가 그런 게 아냐."

"메리앤, 그 사람이 아니면 누구겠어? 누가 그 사람을 부추기기라도 했다는 거야?"

"온 세상이. 그이의 마음이 아니라. 그이의 본성이 이렇게 잔인할 수 있다고 믿느니, 내가 아는 모든 사람들이 서로 결탁해서 그이한테 나를 깎아내렸다고 믿겠어. 그이가 편지에 쓴이 여자가(그게 누구이건 간에) 아니면 그 누구라도, 언니랑엄마랑 에드워드만 빼고 모든 사람이 악랄하게 나를 비방했다고. 세 사람을 제외하면, 세상 사람들 중에 내가 나쁘게 의심하지 않을 사람이 윌러비 말고 또 있겠어? 그이의 마음을 그렇게잘 아는데?"

엘리너는 말싸름을 하는 대신 이렇게만 대답했다. "그렇게 가증스러운 적이 누구이건 간에, 메리앤, 너 자신에게는 떳떳함과 선의가 있기에 네 정신은 고고하게 꺾이지 않는다는 걸보여주자. 그래서 그들이 악의에 찬 승리를 만끽하지 못하도록만드는 거야. 그런 악의에 맞서는 건 이성적이고 뛰어난 자존감이니까."

"아니, 아니." 메리앤이 울부짖었다. "나같이 불행해지면자존감 따위는 사라져. 내가 비참하다는 걸 누가 알든 상관없어. 온 세상더러 이런 내 처지를 보고 승리감을 만끽하라고 해. 언니, 언니, 고통이 별로 없는 사람들은 자존감이고 자립심이고 마음껏 발휘할 수 있겠지. 모욕에 맞서고, 굴욕을 되돌려주고…… 하지만 난 못 해. 난 느껴야 해……. 비참해야 해……. 다들 이런 사실을 볼 테면 보라고 해."

"하지만 어머니를 위해서 그리고 나를 위해서……."

"나 자신보다 두 사람을 위해서라면 뭐든 하겠어. 하지만 이렇게 비참한데 겉으로 행복한 척하라니……. 아! 어떤 이가 그런 걸 요구할 수 있겠어?"

다시금 두 사람은 침묵했다. 엘리너는 생각에 잠긴 채 벽난로에서 창문으로, 창문에서 벽난로로 왔다 갔다 했지만, 하나에서는 따뜻함을 얻고 다른 하나를 통해서는 사물을 식별한다는 사실조차 알지 못했다. 메리앤은 침대 발치에 앉아 침대 기둥에 머리를 기댄 채 다시 윌러비의 편지를 집어 들었고, 문장 하나하나에 몸서리를 치더니 이렇게 부르짖었다.

"이건 너무해! 오! 윌러비, 윌러비, 이게 당신 편지라니! 잔인해, 잔인해. 어떤 걸로도 죄가 씻기지 않아. 언니, 어떤 걸로도. 그이가 나에 대해 어떤 소리를 들었건…… 잠시 판단을 보류했어야 되는 것 아냐? 나한테 얘기해서 해명할 기회를 줬어야 되는 거잖아? (편지 구절을 읽으며) '제게 기꺼이 내어주신 머리카락'이라니……. 용서할 수 없어. 윌러비, 이런 말들을 쓸 때 당신에겐 심장도 없었나요? 아! 야비할 정도로 무례해! 언니, 그이의 행동이 정당화될 수 있어?"

"아니, 메리앤, 어떤 식으로도 안 돼."

"하지만 이 여자…… 어떤 간사한 술수를 썼는지 누가 알겠
어. 얼마나 오랫동안 계획하고, 얼마나 교묘하게 궁리했는지!
누구지? 도대체 누구야? 그이가 아는 여자 중에 젊고 매력적
이라고 얘기한 사람이 있어? 아니! 없어, 없었다고……. 오로
지 내 얘기밖에 하지 않았어."

다시 침묵이 이어졌다. 메리앤은 심하게 흥분한 상태였고,
이렇게 끝을 맺었다.

"언니, 집에 가야겠어. 집에 가서 엄마를 위로해드려야겠어.
내일 갈 수 있어?"

"내일이라니, 메리앤!"

"그래. 내가 여기 왜 있어야 돼? 나는 그저 윌러비 때문에
온 건데……. 이제 나를 좋아하는 사람이 있어? 나를 아껴주는
사람이 있어?"

"내일 돌아가는 건 불가능해. 제닝스 부인한테 신세 진 걸
생각하면 예의만 차리고 끝날 일이 아니잖아. 일반적인 예의만
따지더라도 이렇게 서둘러 떠나는 건 안 될 일이야."

"그러면 하루나 이틀 정도만 더 있어. 하지만 오래는 못 있
겠어. 온갖 사람들이 물어대고 한마디씩 던질 텐데 그렇게는
못 있겠어. 미들턴 부부나 파머 부부…… 그 사람들의 동정을
어떻게 견디겠어? 레이디 미들턴 같은 여자한테 동정을 받다
니! 아! 이 말을 들으면 그이는 뭐라 할지!"

엘리너는 동생에게 다시 누우라고 권했고, 잠시 동안 그녀

는 말을 들었다. 하지만 어떤 자세를 취하건 편안함을 얻지는 못했다. 몸도 마음도 초초한 고통 속에 놓인 가운데, 이 자세에서 저 자세로 계속 뒤척였고, 마침내는 히스테리 상태가 점점 더 심해져 침대에 붙들어두는 것만으로도 애를 먹을 지경이었다. 잠시 엘리너는 도움을 요청해야 하는 게 아닌지 걱정스럽기까지 했다. 하지만 간신히 어르고 얼러서 라벤더수를 몇 방울 마시게 했더니 효과가 있었다. 그때부터 제닝스 부인이 돌아올 때까지, 그녀는 꼼짝 않고 조용히 침대에 누워 있었다.

8

제닝스 부인은 돌아오자마자 곧장 그들의 방에 들러, 들어오라는 대답을 기다릴 새도 없이, 진심으로 걱정스런 표정으로 문을 열고 들어왔다.

"저기, 좀 어때요?" 그녀가 무척 안쓰러워하는 목소리로 메리앤에게 말했다. 메리앤은 대꾸하는 시늉도 않고 얼굴을 돌려버렸다.

"동생은 괜찮아요, 대시우드 양? 가엾기도 하지! 영 얼굴이 안 좋네. 놀랄 일도 아니지. 그래요, 사실이랍니다. 이제 곧 결혼한다는구려. 아무 짝에도 쓸모없는 인간 같으니! 그런 자는 참을 수가 없어요. 30분 전에 테일러 부인이 그 이야기를 합디다. 그레이 양 본인의 각별한 친구한테 들었다면서 말이우. 그렇지 않았다면 내가 믿었을 리가 있나. 정말 하마터면 기절할 뻔했어요. 그래서 말했다오. 내가 할 수 있는 말이라고는, 만약 그게 사실이라면 그자는 내가 아는 젊은 숙녀에게 엄청나게 몹쓸 짓을 했다고, 그리고 부인이 그자 속을 시커멓게 태워버리기를 온 마음으로 기도하겠다는 것뿐이었어요. 앞으로도 항상 그렇게 말하고 다닐 거라오. 그건 내가 장담하지. 남자들이 이런 식으로 행동하는 건 도무지 알다가도 모르겠어. 만약 다시 그자를 만나게 되면 호되게 꾸짖어주겠어. 지금껏 들어보지 못했을 정도로 말이야. 그래도 한 가지 위안은 있다오, 대시우드 양. 세상에 괜찮은 청년이 어디 그자 하나뿐이겠소. 게다가 저렇게 얼굴도 예쁘니 구혼자들이 줄을 잇겠지. 아유, 가엾은 것! 더 이상 방해하지 않으리다. 지금 실컷 울고 얼른 떨치는 게 상책이니까. 다행히도 오늘 밤에 패리네 가족과 샌더슨네 가족이 오기로 했다오. 그러면 메리앤 양도 기분 전환이 되겠지."

그러더니 그녀는 발끝으로 가만가만 방에서 나갔다. 마치 어린 친구의 고통이 소음 때문에 더 커지기라도 한다는 듯.

메리앤이 그들과 정찬을 같이 들겠다고 결심해서 언니는 적잖이 놀랐다. 엘리너는 심지어 그러지 말라고 조언하기까지 했다. 하지만 메리앤은 내려가겠다고, 아주 잘 참을 수 있다고, 그래야 자기에 대해 수군대는 소리가 줄어들 거라고 했다. 엘리너는 동생이 정찬 자리를 끝까지 지켜내지 못할 거라 생각했지만, 그런 동기로나마 잠시 자제력을 발휘하는 것이 기뻐서 더 이상 말하지 않았다. 그리고 메리앤이 여전히 침대에 있는 동안 동생의 옷차림새를 최대한 매만져주고, 호출이 오면 바로 동생을 부축하여 정찬실로 가도록 준비를 끝냈다.

그곳에 있는 동안 메리앤은 더없이 비참해 보이기는 했지만, 그래도 언니가 예상했던 것보다는 식사도 하고 태도도 침착했다. 만약 그녀가 말을 하려 했다거나, 아니면 의도는 좋지만 판단력은 부족한 제닝스 부인의 관심을 반만이라도 알아차렸다면, 이런 침착함은 유지되지 못했을 것이다. 하지만 그녀의 입에서는 한마디도 새어 나오지 않았고, 멍하니 딴생각에 잠긴 탓에 눈앞에서 벌어지는 모든 일들에 그저 무심하기만 했다.

제닝스 부인의 친절은 그 과한 표현 방식이 종종 괴롭고 때로는 거의 우스꽝스럽기도 했지만, 엘리너는 그 진심을 인정하고 거기에 대해 감사와 예의로 답했다. 동생은 감사도 예의도 직접 차리지 못했지만. 마음 좋은 부인은 메리앤이 불행한 걸 보고, 그녀의 불행을 조금이라도 줄여주지 못하면 다 자기 탓이라고 느꼈다. 그래서 휴일 마지막 날 사랑하는 자식에게 온갖 애정을 쏟아붓는 부모의 심정으로 그녀를 대했다.* 벽난로 근처 제일 좋은 자리를 내어주고, 집 안에 있는 온갖 맛난 음식은 다 권하고, 그날 일어난 소식을 줄줄 읊어 즐거움을 주려 했다. 동생의 슬픈 표정에서 이런 시도가 다 부질없다는 걸 보지 않았더라면, 엘리너는 실연의 아픔을 치료하기 위한 방안으로 다양한 사탕 과자와 올리브, 따뜻한 난롯가를 동원하는 제닝스

---

*당시에는 많은 아이들이 기숙학교에 다녔고 종종 긴 휴일을 맞아 집에 다녀가곤 했다.

부인의 시도를 재미있게 여겼을 것이다. 하지만 이 모든 일이 계속 반복되면서 메리앤이 의식하지 않을 수 없게 되자, 그녀는 더 이상 자리를 지키지 못했다. 그녀는 '고통'의 외마디 비명과 함께, 언니에게 따라오지 말라는 표시를 하며 곧장 자리에서 일어나 서둘러 방에서 나가버렸다.

"딱하기도 하지!" 메리앤이 나가자마자 제닝스 부인이 외쳤다. "보고 있자니 얼마나 마음이 아픈지 몰라! 포도주도 다 못 비우고 저리 가버렸네! 말린 체리도! 아유, 어떤 것도 소용없어 보이는구려. 메리앤 양이 좋아하는 것만 있다면 온 시내를 뒤져서라도 구해 오게 할 텐데. 글쎄, 참으로 이상하기도 하지, 저렇게 예쁜 아가씨한테 그리 몹쓸 짓을 하다니! 하지만 한쪽은 돈이 넘쳐나고 다른 쪽은 거의 무일푼에 가까우니, 하느님 맙소사! 남자들은 이제 그런 건 신경도 안 쓰나 보오!"

"그럼 그 숙녀분은, 아까 그레이 양이라고 부르셨던 것 같은데, 돈이 아주 많나요?"

"5만 파운드라고 합디다. 그레이 양을 본 적이 있수? 사람들 말로는 영리하고 세련된 여자라던데, 예쁘지는 않지. 비디 헨쇼라고, 그 아가씨 친척 아주머니를 내가 똑똑히 기억하고 있어요. 아주 큰 부자랑 결혼을 했었지. 하지만 집안이 모두 부자야. 5만 파운드라니! 게다가 시기도 어쩜 이렇게 딱 맞아떨어지는지. 들리는 말로는 그자가 완전히 파산 상태라니까 말이오. 놀랄 일도 아니지! 이륜 쌍두마차랑 사냥용 말들을 끌고 그렇게 돌아다녔으니! 뭐, 이런 말이 굳이 중요하지도 않지만, 젊은 남자가 말이오, 누가 됐든 간에, 예쁜 아가씨를 만나 사랑을 나누고 결혼을 약속했으면, 단지 자기가 가난해지고 더 돈 많은 아가씨가 받아준다고 해서 약속을 팽개치고 달아나면 안 되지. 그런 형편이라면 자기 말을 팔고, 집을 세주고, 하인도 내보내고, 당장 재정 상태를 확 뜯어고쳐야 되지 않겠소? 내 장담하지만, 메리앤 양은 상황이 호전될 때까지 기다릴 준비가 되어 있었을걸. 하지만 요즘에는 소용없나 보오. 요즘 청년들은 쾌락을 위해서라면 어떤 것도 포기하지 못하거든."

"그레이 양이 어떤 아가씨인지 혹시 아시나요? 마음씨는 상냥한 분이라고 하던가요?"

"나쁜 말은 딱히 들어본 적이 없다우. 실은 지금껏 어떤 말도 별로 들어본 적이 없어. 다만 테일러 부인이 오늘 아침에 얘기하기는 합디다. 예전에 워커 양이 자기한테 슬쩍 말하길, 그레이 양이 결혼하면 엘리슨 부부도 속이 시원할 거라고, 그레이 양이랑 엘리슨 부인이랑 마음이 그렇게 안 맞는다고 말이야."

"엘리슨 부부가 누구인데요?"

"후견인이라오. 하지만 이제 그레이 양도 성년이 됐으니 자기 뜻대로 선택할 수 있지.* 그리고 선택 한번 기막히게 잘했지 뭐요! 이제 어쩐다." 부인은 잠시 멈췄다가 말을 이었다. "가엾

---

*당시 법적인 성년은 21세였다. 아마 그레이 양은 양친을 모두 여의고 후견인의 법적 보호를 받는 상태였을 것이다. 그런 경우 성년이 되기 전까지는 후견인의 허락이 있어야 결혼할 수 있었다.

은 동생은 자기 방에 가서 아마도 혼자 탄식하고 있겠지. 뭐라도 위안이 될 만한 게 없겠소? 딱한 것, 혼자 내버려두는 건 너무 잔인한 일인 것 같아. 뭐, 이제 손님 몇 명이 찾아오기로 했으니 좀 기분이 좋아질지도 모르지. 무슨 놀이를 한다? 메리앤 양이 휘스트 게임을 싫어하는 건 아는데. 혹시 동생이 좋아하는 라운드 게임은 없우?"

"감사하지만, 이렇게까지 친절을 베푸실 필요는 없어요. 아마 메리앤은 오늘 저녁에 방에서 다시 나오지 않을 거예요. 일찍 잠자리에 들도록 얘기해봐야겠어요. 메리앤은 쉬는 게 나을 것 같거든요."

"아무렴, 그게 상책이고말고. 저녁에 뭘 먹고 싶은지만 물어보고 잠자리에 들게 하시게나. 아유! 지난 일 이 주 동안 그렇게 핼쑥하고 풀 죽어 보이더니 당연한 일이었구면. 내내 이 문제가 머릿속에서 떠나지 않았을 테니까. 그러다가 오늘 온 편지가 그걸 끝장낸 거고! 가엾은 것! 전 재산을 걸고 말하지만, 그런 줄만 알았다면 나도 그걸 갖고 농담을 하지는 않았을 게야. 하지만 내가 어찌 짐작이나 했겠소? 나는 그저 평범한 연애편지인 줄만 알았지. 게다가 젊은 사람들은 자기들을 갖고 놀려대면 좋아하잖우. 아유! 존 경과 우리 딸들이 이 소식을 들으면 얼마나 걱정을 해댈까! 아까 정신만 있었다면 집에 오는 길에 컨듀잇 거리에 들러서 얘기해줬을 텐데. 하지만 다들 내일 볼 테니까."

"혹시라도 파머 부인이나 존 경께 제 동생 앞에서 윌러비 씨의 이름을 언급한다거나, 지금 일어난 일에 대해 조금이라도 암시를 한다거나 하지 말라고 굳이 주의를 주실 필요 없겠지요. 다들 선량한 분들이니 메리앤이 듣는 앞에서 이 일에 대해 아는 기색을 보이는 게 얼마나 모진 일인지 스스로 알고 계실 테니까요. 부인께서도 너그러이 이해하시겠지만, 저 역시 이 문제에 대해 적게 들을수록 마음이 덜 아플 테고요."

"아이고! 아무렴! 그럼, 이해하다마다요. 대시우드 양도 이 일을 두고 떠들어대는 소리를 들으면 끔찍하겠지. 동생한테도 말이오, 내 무슨 일이 있어도 이 일에 대해서는 일절 함구하리다. 정찬이 끝나도록 내가 여기에 대해 한마디라도 합디까. 존경이나 우리 딸들도 다들 사려 깊고 이해심 많은 사람들이니 다들 그렇게 할 게야. 특히나 미리 슬쩍 귀띔해두면 말이야, 내 꼭 그렇게 함세. 내가 보기엔 말이오, 이런 일들은 말을 적게 할수록 상책이고, 그럴수록 더 빨리 잊혀 날아가버리는 법이지. 말이 많아 득 될 일이 뭐가 있습디까?"

"이번 경우에는 해만 되겠지요. 세상에 비슷한 경우도 많겠지만 이번 경우는 더욱 그러할 거예요. 여러 여건상, 이 일에 관련된 모든 사람들을 생각하면, 공공연히 이야기하는 게 적절치 않아 보이거든요. 윌러비 씨를 위해 이 말만은 꼭 해야겠어요. 그 사람은 제 동생과 어떤 확실한 언약도 깨뜨린 적이 없어요."

"아유, 대시우드 양! 그자를 두둔하는 척은 마시구려. 확실한 언약을 깨뜨린 적이 없다니! 메리앤 양을 데리고 앨러넘 저

택을 다 돌아다니면서 나중에 함께 지낼 방까지 다 정해두고
선!"

엘리너는 동생을 위해 그 문제를 더 깊이 언급할 수 없었고,
윌러비를 위해서도 더 이상 말이 나오지 않기를 바랐다. 진상
을 파헤치면 메리앤도 잃을 게 많겠지만 그 역시 얻을 게 거의
없었으니까. 양측에서 잠시 침묵이 흐른 뒤, 제닝스 부인이 타
고난 유쾌함을 한껏 내보이며 다시 말을 쏟아냈다.

"그나저나, 아무리 상황이 나빠도 득을 보는 사람은 꼭 있
다더니 딱 맞는 말이구려. 브랜던 대령한테 아주 잘된 일이잖
우. 마침내 그이가 메리앤 양을 차지하겠구려. 아무렴, 그렇
고말고. 둘이서 세례 요한 축일 전까지 식을 올리나 안 올리
나 봅시다. 아이고! 대령이 이 소식을 들으면 얼마나 싱글벙글
할까! 오늘 밤에 오면 좋을 텐데. 동생도 이쪽과 맺어지는 게
더 낫지. 연간 2천 파운드 수입에다 빚도 없고 차감할 돈도 없
고……. 하긴 나이 어린 사생아가 있긴 하지. 그래, 그 애를 잊
고 있었네. 하지만 돈만 조금 들이면 어디든 견습공으로 들여
보낼 수 있을 테니, 뭐 그러면 아무 문제 없잖우? 델라퍼드는
참 근사한 곳이라오, 그건 확실해. 근사하고 고풍스럽다는 표
현이 딱 적당하지. 아늑하고 편리한 것들도 그득하고. 우뚝 솟
은 담이 정원을 빙 둘러싸고 있는데 그 안에는 지역에서 으뜸
가는 과실수가 빽빽하다오. 한쪽 구석에 있는 오디나무는 또
어떻고! 아유! 샬럿과 나는 그곳에 딱 한 번 들렀는데 그때 얼
마나 먹어댔는지 몰라요! 게다가 비둘기장도 있고, 멋진 양어

지*도 있고, 아주 예쁜 물길도 흐르지. 간단히 말해, 소망할 수 있는 건 뭐든지 갖췄다오. 무엇보다 교회와도 가깝고, 유료 포장도로와는 4분의 1마일밖에 안 되니 지루할 일이 없지. 저택 뒤 주목나무로 만든 정자에 올라가 앉아 있으면 지나가는 마차 행렬이 죄다 보이거든. 암! 참 근사한 곳이지! 마을 푸줏간도 가까이 있고, 교구 목사관은 엎어지면 코 닿을 거리니까. 내 생각에 바턴 파크보다 천 배는 더 멋진 곳이야. 거기서는 고기 한 점 사려면 3마일이나 사람을 보내야 되지, 가까운 이웃이라 해봤자 아가씨네 어머니 정도밖에 없잖우. 자, 이제 얼른 대령을 부추겨봐야겠어. '양고기 한 점을 맛보면 다른 한 점이 더 당긴다'**는 말이 있잖우. 메리앤 양 머리에서 윌러비만 몰아낼 수 있다면 좋겠는데!"

"그렇게만 할 수 있다면야 일이 수월하게 풀리겠지요." 엘리너가 말했다. "브랜던 대령님이 있건 없건 간에요." 이어 그녀는 자리에서 일어나 메리앤을 보러 갔다. 예상했던 것처럼, 메리앤은 자기 방에서 조용한 불행 속에 얼마 남지 않은 불씨 위로 몸을 숙이고 있었다. 엘리너가 들어가기 전까지 그게 방에 있는 유일한 불빛이었다.

"그냥 내버려둬." 동생이 언니의 기척을 알아차렸다는 유일한 표시였다.

---

*물고기를 인공적으로 기르기 위한 못.
**'음식을 맛보면 더 배가 고파진다'는 뜻으로 쓰이는 속담. 여기서는 메리앤이 윌러비를 통해 사랑에 눈을 떴으니 그를 대체할 다른 남자를 더 갈구하게 될 거라는 의미이다.

"내버려둘게." 엘리너가 말했다. "네가 지금 잠자리에 든다면 말이야." 메리앤은 초조한 괴로움 속에 잠시 고집불통이 되었는지 처음에는 말을 듣지 않았다. 하지만 부드러우면서도 간곡한 언니의 설득에 힘입어, 이내 태도가 누그러들면서 고분고분해졌다. 엘리너는 동생이 지끈거리는 머리를 베개에 누이는 걸 보았고, 그녀의 소망처럼 그런대로 조용히 잠이 든 걸 확인하고 방에서 나왔다.

이어 그녀는 응접실로 돌아갔고, 그곳에서 이내 제닝스 부인을 다시 만났다. 부인은 뭔가가 가득 찬 포도주 잔을 손에 들고 있었다.

"대시우드 양," 그녀가 방에 들어오며 말했다. "우리 집에 최상급 콘스탄시아 포도주가 있다는 게 방금 생각났지 뭐요. 지금껏 맛본 것 중에 최고라오. 그래서 동생 좀 주라고 한 잔 가져왔지. 불쌍한 양반! 그이가 이걸 얼마나 좋아했는데! 통풍이 도지고 위통이 격심할 때면, 세상 어떤 것보다도 이게 도움이 된다고 말했었지. 얼른 동생한테 갖다 주시구려."

"감사합니다." 사뭇 다른 증상에 포도주를 권하는 것에 미소를 지으며 엘리너가 대답했다. "정말 친절하세요! 하지만 이제 막 메리앤이 침대에 드는 걸 보고 나왔어요. 아마 거의 잠든 것 같아요. 지금 메리앤에게 수면만큼 도움이 되는 것은 없는 것 같아서요. 혹시 허락하신다면 포도주는 제가 마시겠어요."

제닝스 부인은 5분만 더 빨리 오지 못한 걸 안타까워했지만, 그래도 절충안에 만족했다. 엘리너는 포도주를 거의 들이켜면서, 이게 통풍이나 위통에 효과가 있는지는 현재 그녀에게 중요하지 않지만, 실연의 상처를 치유할 효능이 있는지는 동생뿐 아니라 자신에게도 꽤 시험해볼 만하다고 생각했다.

브랜던 대령은 일행이 차를 마실 때 도착했는데, 메리앤이 있는지 방을 둘러보는 태도로 보건대 그곳에서 동생을 볼 것이라 기대하거나 바라지 않았다는 것을, 간단히 말해 동생이 왜 그곳에 없는지 이미 알고 있다는 것을 엘리너는 짐작할 수 있었다. 제닝스 부인한테는 그런 생각이 들지 않았던 모양이었다. 대령이 들어오고 얼마 안 돼, 부인이 방을 가로질러 엘리너가 맡아서 보고 있는 다과용 탁자로 오더니 이렇게 속삭이는 것이었다. "대령 표정이 여느 때처럼 근엄하구려. 아직 아무것도 모르나 봐. 얼른 가서 말해주구려."

그로부터 잠시 뒤 대령이 그녀 가까이 의자를 당겨 앉으며 동생의 안부를 물었다. 표정으로 보건대 이미 모든 걸 알고 있는 게 확실했다.

"메리앤은 몸이 좋지 않아요." 그녀가 말했다. "하루 종일 몸이 불편해서 저희가 일찍 잠자리에 들게 했어요."

"그렇다면 아마도," 그가 머뭇거리며 대답했다. "오늘 오전에 제가 들은 이야기가…… 처음에는 그럴 리 없다 믿었는데 어느 정도 사실이었나 봅니다."

"무슨 이야기를 들으셨는데요?"

"제가 생각하기로, 그렇게 여길 만한 이유가 있는 어떤 신사가…… 다시 말해, 제가 알기로 약혼녀가 있는 어떤 남자가……. 하지만 이런 말씀을 어떻게 드리겠습니까? 틀림없이 그러시겠지만, 이미 알고 계시다면 굳이 말씀드리지 않겠습니다."

"대령님 말씀은," 엘리너가 애써 침착한 태도로 대답했다. "윌러비 씨가 그레이 양과 결혼한다는 것인가요. 네, 실제로 저희도 모두 알고 있답니다. 오늘은 두루두루 깨우침의 날이었나 봅니다. 저희도 오늘 아침에 처음으로 그 사실을 알게 되었으니까요. 윌러비 씨는 속을 알 수 없는 사람이에요! 대령님께서는 어디서 이야기를 들으셨나요?"

"팰맬 거리의 문구점에 볼일이 있어 들렀다가 그곳에서 들었습니다. 숙녀 두 분이 마차를 기다리고 있었는데, 한 사람이 일행에게 앞으로 예정된 어떤 결혼에 대해 들려주고 있더군요. 목소리에 워낙 감추려는 기색이 없었던지라 모든 이야기를 듣지 않을 수 없었습니다. 윌러비, 존 윌러비라는 이름이 자주 되풀이되면서 처음에는 제 관심을 끌었는데, 다음에 나오는 이야기를 듣자니 그와 그레이 양의 결혼에 관해 마침내 모든 것이 확정되었다는 겁니다. 더 이상 비밀이 아니라고…… 심지어 몇 주 내로 식을 올릴 거라고, 세세한 준비 사항들과 여러 사안들을 이야기하더군요. 그중에서도 특히 한 가지가 기억납니다. 남자의 정체를 더 자세히 파악할 수 있었으니까요. 결혼식이 끝나는 대로 그들이 쿰 매그나로 갈 예정이라는 겁니다. 서머싯셔에 있는 남자의 저택으로요. 그때의 경악감이란! 하지만 제가 어떻게 느꼈는지 묘사하기란 불가능할 겁니다. 그분들이 떠날 때까지 저도 문구점에 있었던 터라, 나중에 물어보니, 이야기를 하던 숙녀 이름이 엘리슨 부인이라고 하더군요. 이후에 들은 바에 따르면 그레이 양의 후견인이라고요."

"맞아요. 하지만 그레이 양한테 5만 파운드가 있다는 이야기도 들으셨나요? 아마 굳이 이유를 찾자면, 거기에서 찾을 수 있겠지요."

"그럴 수도 있겠지만, 윌러비는 능히…… 적어도 제 생각에는……." 그는 잠시 말을 멈췄다. 이어 스스로의 목소리를 믿지 못하겠다는 듯 이렇게 덧붙였다. "그럼 동생분은…… 지금 어떻게……."

"극심하게 괴로워하고 있어요. 그저 괴로움이 상대적으로 짧게 지나가기만 바랄 뿐이에요. 얼마나 모진 고통을 겪었는지, 겪고 있는지 몰라요. 어제까지만 해도 메리앤은 그 사람의 애정을 전혀 의심하지 않았던 것 같아요. 어쩌면 심지어 지금도……. 하지만 저는 그 사람이 동생을 정말 좋아한 적이 없었다고 거의 확신하고 있어요. 아주 기만적이었지요! 그리고 어떤 면에서는 매정한 면도 보이고요."

"아!" 브랜던 대령이 말했다. "그렇습니다, 정말로! 하지만 동생분은, 아까 그렇게 말씀하신 것 같은데, 대시우드 양처럼 생각하지 않는가 봅니다."

"그 애의 기질을 아시잖아요, 할 수만 있다면 여전히 그 사람을 열심히 옹호하리라는 것도요."

그는 아무 대답도 하지 않았다. 그로부터 얼마 뒤 찻잔 세트가 치워지고 카드놀이 무리가 구성되자, 그들은 대화를 중단할 수밖에 없었다. 제닝스 부인은 그들이 이야기를 나누는 동안 흐뭇하게 지켜보면서, 대시우드 양에게 소식을 전해 들으면 브랜던 대령이 즉각 명랑해질 거라고, 젊음과 희망과 행복으로 활짝 피어날 것이라고 기대했다가, 그가 저녁 내내 평소보다도 더 심각하고 생각에 잠긴 얼굴인 것을 보고는 어리둥절했다.

9

메리앤은 예상보다는 밤에 잠을 이루었지만, 다음 날 아침 눈을 떴을 때 느껴진 고통은 지난밤 눈을 감았을 때와 똑같았다.

　엘리너는 동생에게 되도록 심정을 많이 얘기하라고 북돋웠다. 조찬이 준비되기 전, 그들은 같은 주제를 몇 번이고 되풀이했다. 엘리너는 전과 같이 한결같은 확신과 다정한 충고로, 메리앤은 전과 같이 충동적인 감정과 오락가락하는 의견으로 일관했다. 때로는 윌러비가 자신처럼 불운하고 결백하다고 믿었다가, 때로는 그를 변호하는 게 불가능하다는 사실에 절망했다. 어느 순간에는 세상 사람들의 시선에 철저히 무심했다가, 다음 순간에는 그런 시선을 피해 영영 은둔하겠다고 했고, 또 다음 순간에는 온 힘을 다해 맞설 수 있다고 했다. 다만 한 가지에서는 일관성이 있었으니, 가능한 한 제닝스 부인과의 자리를 피하고 불가피하게 함께해야 하는 경우에는 결연히 침묵을 지킨다는 점이었다. 그녀의 마음은 제닝스 부인이 조금이나마 연민을 가지고 자신의 슬픔을 나눌 수 있다고 믿지 않았다.

"아니, 아니, 아니, 그렇지 않아." 그녀가 외쳤다. "부인은 감정을 느낄 줄 몰라. 친절하게 굴지만 연민은 아냐. 살갑게 굴지만 애정은 아니라고. 부인이 원하는 건 오로지 사람들과 쑥덕거릴 잡담거리뿐이야. 그리고 지금 내가 그걸 제공해주니까 나를 좋아하는 거고."

엘리너는 꼭 이 일이 아니더라도 동생이 종종 다른 사람들을 평가할 때 내보이는 부당함을 잘 알고 있었다. 본인의 마음이 예민할 정도로 고상한 데다, 강한 감수성이 지닌 섬세함이나 세련된 태도가 지닌 우아함 등에 과하게 중요성을 부여한 나머지 비롯된 결과였다. 세상에 영리하고 선한 사람들이 절반이 넘는다면, 메리앤 역시 그들과 마찬가지로 뛰어난 능력과 뛰어난 성향을 갖추고 있었으나, 분별력이라든가 공정함은 지니고 있지 않았다. 그녀는 다른 사람들에게서 자신과 똑같은 의견과 감정을 기대했고, 그들의 행동이 자신에게 즉각 미치는 영향을 가지고 그들의 동기를 판단했다. 자매가 조찬 후 자기들 방에 함께 있을 때, 이런 식으로 메리앤이 제닝스 부인의 마음씨를 더욱 낮게 평가하는 상황이 발생했다. 제닝스 부인으로서는 오로지 선의에서 우러나온 행동이었으나, 메리앤은 본인의 약점으로 인해 여기에서 새로운 고통을 맛보았던 것이다.

한 손에는 편지를 앞으로 들고, 위안거리를 가져왔다는 생각에 얼굴에는 환한 미소를 지으며, 부인이 방으로 들어오면서 말했다.

"자, 메리앤 양, 여기 확실히 도움이 될 만한 걸 가져왔다오."

그 말로 충분했다. 순식간에 메리앤의 상상력은 윌러비에게서 온 편지를, 애정과 뉘우침으로 가득하고, 지금껏 일어난 모든 일을 만족스럽게, 설득력 있게 설명하는 편지를, 눈앞에 펼쳐놓았다. 곧이어 펼쳐진 장면에서는 윌러비 본인이 방 안으로 서둘러 들어와 자신의 발치에 몸을 던지고서, 절절한 눈빛으로 편지의 내용을 직접 확인해주는 것이었다. 한순간의 상상은 다음 순간에 처참히 부서졌다. 어머니의 필체가, 지금껏 반갑지 않은 적이 없었던 그 필체가 그녀 앞에 있었다. 희망 이상의 황홀감 뒤에 따라온 이 극심한 실망감 속에 마치 그 순간까지 자신이 겪은 고통은 고통도 아닌 것처럼 느껴질 정도였다.

제닝스 부인의 잔인함은 그 어떤 말로도 표현할 수 없었다. 더없이 풍부하게 표현을 구사하던 시절에도 이를 표현할 말은 찾기 힘들 터였다. 그리고 이제 그녀는 두 눈에서 하염없이 쏟아지는 눈물로만 부인을 비난할 따름이었다. 하지만 이 비난은 그 상대에게는 전혀 효과가 없었으니, 부인은 수많은 동정의 말을 건넨 뒤 여전히 편지에서 위안을 찾길 기대하며 방에서 물러났던 것이다. 하지만 어느 정도 진정이 된 뒤 편지를 읽었을 때 그 안에는 위안이 될 게 거의 없었다. 모든 장마다 윌러비 이야기였다. 어머니는 여전히 그들의 약혼을 확신했고, 윌러비의 일편단심을 변함없이 굳게 믿었지만, 엘리너의 간청에

276

못 이겨 자기들 둘한테는 좀 더 사실을 터놓고 이야기해달라고 메리앤에게 부탁하게 된 것이었다. 자신을 향한 다정함, 윌러비를 향한 애정, 그리고 향후 두 사람의 행복에 대한 믿음이 얼마나 확고했던지, 그녀는 편지를 읽는 내내 괴로움에 흐느껴 울었다.

얼른 집으로 돌아가고 싶은 조바심이 다시 되살아났다. 어머니는 그녀에게 그 어느 때보다 소중했다. 윌러비를 향한 과하게 잘못된 그 믿음으로 인해 더더욱 소중했다. 당장 떠나고 싶어 애가 탔다. 엘리너는 메리앤이 런던에 머무는 편이 나을지 아니면 바턴에 돌아가는 편이 나을지 직접 결정하기 힘들어, 어머니의 의사를 알 때까지 기다리자고 권할 뿐 스스로 조언을 하지는 않았다. 그리고 마침내 소식이 올 때까지 기다리겠다는 동생의 동의를 얻어냈다.

제닝스 부인은 평소보다 일찍 집을 나섰다. 미들턴 부부와 파머 부부가 자신만큼 비통해할 수 있기 전까지는 마음이 편치 않았던 탓이다. 엘리너가 모시고 가겠다고 제안했지만 부인은 극구 사양하고 정찬 시간이 될 때까지 혼자 외출했다. 엘리너는 이제 어머니에게 전하게 될 고통스러운 소식을 의식하면서, 그리고 메리앤에게 온 편지로 보건대 자신이 했던 사전 작업이 아무 성과를 거두지 못했음을 인식하면서, 무거운 마음으로 자리에 앉아 어머니에게 지금까지 일어난 일들을 전하고 앞으로 어떻게 할지 알려달라고 청했다. 메리앤은 제닝스 부인이 나가자 응접실에 들어와, 엘리너가 편지를 쓰고 있는 탁자에 가만히 앉아 있었다. 그녀는 펜이 움직이는 것을 지켜보면서 이런 어려운 일을 맡은 언니를 위해 슬퍼했고, 이 편지가 어머니에게 미칠 영향을 생각하며 더욱 애틋하게 슬퍼했다.

두 사람이 이런 식으로 15분 정도 보냈을 때, 누군가 문을 두드리는 소리에 메리앤이 화들짝 놀랐다. 당시 그녀의 예민한 신경은 무엇이건 갑작스러운 소리를 견디지 못했다.

"대체 누굴까?" 엘리너가 외쳤다. "그것도 이렇게 이른 시간에! 우리끼리 방해받지 않을 줄 알았는데."

메리앤이 창가로 다가갔다.

"브랜던 대령님이야!" 그녀가 짜증스럽게 말했다. "저 사람한테서는 방해를 안 받으려야 안 받을 수가 없어."

"아마 들어오시지 않을 거야, 제닝스 부인이 집에 안 계시니까."

"나라면 그렇게 확신하지는 않겠어." 그러면서 자기 방으로 물러났다. "자기 시간이 남아도는 사람은 남의 시간 귀한 줄도 모르니까."

메리앤의 추측은 비록 부당함과 착각에 근거하기는 했지만 결과적으로는 옳았다. 브랜던 대령이 정말 들어왔기 때문이었다. 엘리너는 그가 메리앤을 염려하여 이곳에 왔을 것이라 생각했고, 그의 심란하고 우울한 표정과 짧지만 걱정스럽게 동생의 안부를 묻는 태도에서 그런 염려를 엿보았기에, 그를 그렇게 가볍게 평가한 동생을 용서할 수 없었다.

"본드 거리에서 제닝스 부인을 만났습니다." 첫 인사를 건

낸 후 그가 말했다. "부인께서 집에 들르라고 권하시더군요. 저
도 쉽게 마음이 동했던 게, 아마 대시우드 양 혼자 계시지 않을
까 하는 생각이 들었기 때문입니다. 그렇게 되길 몹시 원했으
니까요. 그렇게 되길 원했던 목적은…… 제 바람은…… 제 유
일한 바람은…… 희망컨대, 틀림없이 이게…… 위안을 드릴
수 있으리란 믿음에서였습니다. 아니, 위안이라기보다는……
당장의 위안이라기보다는…… 확신, 동생분의 마음에 깊은 확
신을 드리기 위해서입니다. 동생분과 대시우드 양과 두 분의
어머님에 대한 제 호의를…… 그것을 증명하도록 허락해주신
다면, 오로지 정말 진심에서 우러난 호의로…… 오로지 도움
이 되고 싶은 간절한 소망으로, 어떤 이야기를 들려드릴까 합
니다. 제 행동이 정당하다고 생각합니다만…… 제가 옳다고
확신하기 위해 너무나 많은 시간을 고민했습니다. 혹시나 제
생각이 틀렸을 만한 이유는 없는가 하고." 그는 말을 멈췄다.

"무슨 말씀인지 알겠어요." 엘리너가 말했다. "윌러비 씨에
관해 뭔가 하실 말씀이 있는 거군요. 그 사람의 성품을 드러내
는 이야기를요. 만약 그렇게 해주신다면 메리앤에게 최상의 우
정을 베푸시는 거예요. 그에 관해 어떤 정보라도 주신다면 저
는 즉각 감사히 여길 거예요. 메리앤 역시 때가 되면 그럴 거고
요. 부디, 부디 제게 이야기해주세요."

"그러겠습니다. 간단히 말해, 제가 지난 10월에 바턴을 떠났
을 때…… 하지만 이걸로는 부족하겠군요. 더 과거로 거슬러
올라가야겠습니다. 제 말솜씨가 형편없다고 여기실 겁니다, 대

시우드 양. 어디서부터 시작해야 될지도 잘 모르겠습니다. 먼저 저에 관해 짧게 말씀드릴 필요가 있을 것 같군요. 짧게 끝내겠습니다." 그는 무겁게 한숨을 내쉬었다. "이런 이야기를 길게 늘어놓고 싶은 마음은 전혀 없으니까요."

그는 잠시 말을 멈추고선 마음을 가다듬은 뒤, 다시 한 번 한숨을 내쉬며 이야기를 이어갔다.

"아마도 완전히 잊으셨으리라 생각됩니다만 (전혀 인상에 남을 만한 이야기가 아니었으니까요) 어느 저녁에 바턴 파크에서 저희가 대화를 나눈 적이 있습니다. 무도회가 열린 저녁이었지요. 그때 제가 예전에 알았던 어떤 숙녀에 대해 언급했지요, 동생분인 메리앤 양과 얼마간 닮았다고 말입니다."

"그럼요." 엘리너가 대답했다. "잊지 않았어요." 그는 기억한다는 말에 기쁜 표정을 지으면서 이렇게 덧붙였다.

"미묘한 기억이 불확실하기도 하고 불완전하기도 해서 착각했을 수도 있지만, 그렇지 않다면 두 사람 사이에는 뚜렷하게 닮은 구석이 있습니다. 외모뿐 아니라 마음도요. 둘 다 가슴이 따뜻하고, 둘 다 열정적인 상상력과 정신을 지녔지요. 이 숙녀는 저와 아주 가까운 친척지간이었는데, 어릴 적에 고아가 되어 제 아버지가 후견인 역할을 맡았습니다. 우리는 나이가 거의 비슷해서 아주 어린 시절부터 서로 놀이 친구이자 벗이었어요. 저는 한순간도 일라이자를 사랑하지 않은 적이 없었습니다. 나이가 들면서 그녀에 대한 애정이 얼마나 커졌던지, 쓸쓸하고 침울하고 심각한 지금의 제 모습을 보시면 과연 제가 그런 감정을 느낄 수 있었을까 믿기지 않으실 겁니다. 저를 향한 그녀의 애정도 윌러비 씨를 향한 동생분의 애정만큼 열렬했다고 생각합니다. 그리고 원인은 다르지만, 불운한 점도 동생분 못지않았지요. 열일곱 살이 되었을 때 저는 영원히 그녀를 잃었습니다. 그녀가 결혼을…… 원하지도 않는 결혼을 제 형과하게 된 겁니다. 그녀에게는 재산이 많았고, 저희 가족은 영지를 대부분 저당 잡힌 상태였습니다. 안타깝게도 그녀의 아저씨이자 후견인이었던 사람의 행동에 대해 제가 드릴 수 있는 말씀은 이게 전부입니다. 형은 그녀를 차지할 자격이 없었습니다. 심지어 그녀를 사랑하지도 않았습니다. 저는 그녀가 저에대한 애정으로 어떤 어려움 속에서도 견뎌내리라 희망했고, 실제로 얼마 동안은 그러했습니다. 하지만 너무나 모진 대우를겪다 보니, 결국 그녀의 굳은 결심도 비참한 처지 앞에 무너지고 말았습니다. 저와 약속하면서 그 어떤 것도……. 하지만 너무 두서없이 이야기하고 있군요! 무엇 때문에 이런 결과가 생겼는지 말씀도 안 드렸으니. 저희는 몇 시간 안에 함께 스코틀랜드로 도망갈 계획이었습니다.* 그런데 그녀의 하녀가 배신한것인지 어리석었던 것인지, 계획이 발각되고 말았습니다. 저는아주 먼 친척의 집으로 쫓겨났고, 저희 아버지의 뜻이 관철될때까지 그녀는 자유롭게 지내지도, 사람들과 어울리지도, 즐거움을 누리지도 못했습니다. 일라이자가 꿋꿋하게 견뎌내리라

---

* 당시 스코틀랜드 법은 21세 미만도 부모나 후견인의 동의 없이 결혼하도록 허락했고, 일단 그곳에서 인정된 결혼은 잉글랜드에서도 효력을 가졌다.

는 믿음이 너무 컸던 탓에, 제가 받은 타격은 참으로 쓰라렸습니다. 그래도 그녀의 결혼 생활이 행복하기만 했더라면, 당시저도 어린 나이였으니 몇 달만 지나면 현실을 인정하고 받아들였을 겁니다. 아니면 적어도 지금 그걸 두고 애통해할 필요는없었을 겁니다. 하지만 현실은 그렇지 않았습니다. 형은 그녀를 전혀 사랑하지 않았습니다. 마땅히 누려야 할 즐거움 대신다른 곳에서 쾌락을 찾았고, 처음부터 그녀를 모질게 대했습니다. 브랜던 부인처럼 그렇게 어리고, 그렇게 발랄하고, 그렇게 세상 물정 모르던 사람에게, 이 모든 것이 가져온 결과는 너무나 당연했습니다. 처음에 그녀는 본인의 비참한 처지를 모두체념하고 받아들였습니다. 차라리 그녀가 저에 대한 기억으로생긴 회한을 극복할 정도로 오래 살지 않았더라면 나았을 뻔했습니다.* 하지만 남편이라는 작자는 마음이 떠날 수밖에 없도록 만들었고, 주변에는 조언을 해주거나 말려줄 친구 한 명 없었으니, (저희 아버지는 둘이 결혼한 뒤 몇 개월 만에 세상을뜨셨고, 저는 동인도 연대에 배치되어 있었습니다) 그녀가 타락한 것이 놀랄 만한 일일까요? 만약 제가 잉글랜드에 남아 있었더라면……. 하지만 저는 두 사람이 더 행복해질 수 있도록몇 년간 그녀의 곁을 떠나 있을 생각이었고, 그런 목적으로 교환 복무 기회를 얻었던 겁니다. 그녀의 결혼으로 제가 받은 충

---

*간통이라는 끔찍한 죄를 저지르고 그에 따르는 치욕과 죄책감 속에 사느니 차라리 죽는 편이 나았을 것이라는 뜻. 이것은 당시의 보편적인 정서로, 여성의 정절에 대한 확고한 입장을 반영한다.

격은," 그는 굉장히 동요된 목소리로 말을 이었다. "그로부터 약 2년 뒤, 그녀의 이혼 소식*을 들었을 때 느낀 감정에 비하면…… 별로 대단한 것도…… 아무것도 아니었습니다. 이런 암울함 속에 내던져진 것도 바로 그것 때문입니다……. 심지어 지금도 그때 겪은 고통을 생각하면……."

그는 더 이상 말하지 못했고, 황급히 자리에서 일어나 몇 분간 방 안을 서성였다. 엘리너는 그의 이야기에, 무엇보다도 그의 고통에 연민이 일어, 아무 말도 하지 못했다. 그는 그녀가 마음 쓰는 것을 보고는, 그녀에게 다가와 손을 꼭 잡더니 감사와 존경심을 담아 손에 입을 맞추었다. 그는 몇 분 더 말없이 애를 쓴 뒤에야 침착하게 이야기를 계속할 수 있었다.

"이토록 불행한 시기로부터 거의 3년이 지난 뒤 저는 잉글랜드로 돌아왔습니다. 드디어 이곳에 도착했을 때, 첫 번째 관심사는 당연히 그녀를 찾는 것이었습니다. 하지만 그녀를 찾는 일은 우울한 것만큼이나 헛된 노력이었습니다. 그녀를 유혹한 첫 번째 남자까지는 어떻게 찾았으나 그 이후는 추적할 길이 없었고, 모든 정황상 그녀는 이 남자를 떠나 더 깊은 죄악의 늪에 빠져든 게 확실해 보였습니다. 그녀에게 주어진 이혼 수당은 재산에 비해 턱없이 적었고, 안락한 삶을 살기에도 부족했습니다. 형에게 듣자 하니, 이혼 수당 수령권도 몇 달 전

---

*당시 사회에서 이혼이란 거의 불가능했고 끔찍한 재앙으로 간주되었다. 이혼을 하려면 의회의 특별 허락이 필요했고 아내의 부정행위 등과 같이 매우 중대한 사유가 있는 경우에 한해 허락되었다.

에 다른 사람에게 넘어갔다고 하더군요. 아마도 그녀의 낭비벽과 거기서 비롯된 곤경 때문에 당장 쓸 돈을 마련하고자 수령권을 처분했을 거라고 형이 그러더군요, 아주 태연하게요.* 하지만 잉글랜드에 돌아오고 여섯 달이 지난 뒤, 저는 마침내 그녀를 찾아냈습니다. 예전에 제 하인이었다가 불행한 처지에 빠진 사람이 있었는데, 제가 옛정을 생각하여 채무자 구치소로 면회를 갔을 때였습니다. 그는 빚을 갚지 못해 그곳에 수감되어 있었지요. 그런데 그곳에, 똑같은 구치소에, 똑같이 수감된 상태로, 제 불행한 형수가 있었습니다. 너무 변하고…… 너무 시들고…… 온갖 불행한 고통으로 만신창이가 되어 있었지요! 제 눈앞에 있는 그 침울하고 병든 몸이 한때 제가 그토록 사랑했던 꽃처럼 싱그럽고 어여쁘고 건강했던 소녀라니, 저는 도저히 믿을 수가 없었습니다. 그런 모습을 바라보면서 제가 어떤 심정이었는지……. 하지만 굳이 자세히 얘기해서 대시우드 양의 마음을 상하게 해서는 안 되겠지요. 이미 너무 많은 고통을 안겨드렸으니까요. 어느 모로 보나 그녀가 폐결핵 말기라는 게…… 네, 그런 상황에서는 그 사실이 제게 가장 큰 위안이 되었습니다. 삶은 더 이상 그녀에게 해줄 게 없었습니다, 그저 죽음을 제대로 맞이할 시간만 허락했을 뿐이었지요. 그녀는 그런 시간을 가졌습니다. 저는 편안한 거처를 마련해주고, 제대로 보살펴줄 사람들을 구해주었습니다. 짧은 삶의 마지막 순간

*이혼 수당은 보통 연금 형태로 지급되었다. 일라이저는 대금업자를 찾아가 수령권을 넘기는 대신 목돈을 일시금으로 받은 것으로 보인다.

284

까지 날마다 그녀를 찾아갔습니다. 숨을 거두던 순간에도 함께 있었지요."

다시 그는 말을 멈추고 마음을 진정시켰다. 그의 불운한 친구의 운명에 엘리너는 애틋한 탄성으로 마음을 표현했다.

"부디 동생분의 마음이 상하지 않으면 좋겠습니다." 그가 말했다. "가엾고 수치스러운 제 친척과 동생분이 닮았다고 생각해서요. 두 사람의 숙명이, 운명이 똑같을 수는 없습니다. 한 사람의 타고난 상냥한 기질이 좀 더 강인한 마음에 의해, 또는 좀 더 행복한 결혼 생활에 의해 보호받았더라면, 앞으로 대시우드 양께서 살아가며 지켜보게 되실 다른 한 분의 모습과 같았을 겁니다. 하지만 제가 왜 이런 이야기를 하고 있는지. 공연히 마음만 무겁게 해드리는 것 같습니다. 아! 대시우드 양, 이런 이야기는…… 14년간 묻어두었기에 입 밖으로 꺼내는 것조차 두렵습니다! 이제 좀 더 침착하게, 간결하게 이야기하겠습니다. 그녀는 하나밖에 없는 자식을 제게 맡겼습니다. 어린 여자아이였는데, 첫 번째 불륜 상대의 소생으로 당시 세 살 정도였지요. 그녀는 아이를 사랑했고 언제나 곁에 두었습니다. 아이는 제게 맡겨진 귀중한 책임이었습니다. 여건이 허락했다면 저는 아이의 교육을 직접 챙기면서, 더없이 충실하게 기꺼운 마음으로 책임을 다했을 겁니다. 하지만 제게는 가족도 집도 없었습니다. 그래서 귀여운 일라이자를 학교에 맡겨야 했습니다. 저는 시간이 날 때마다 학교에 찾아가 아이를 보았고, 형이 죽은 뒤에는, (5년쯤 전에 일어난 일입니다. 그 일로 집안 재산이 제게 넘어왔지요) 일라이자도 델라퍼드에 자주 들렀어요. 저는 그 애를 먼 친척이라고 했습니다. 하지만 다들 훨씬 가까운 사이라고 의심했다는 걸 잘 압니다. 지금으로부터 3년 전, (그 애는 막 열네 살이 된 참이었지요) 저는 일라이자를 학교에서 데리고 나와, 도싯셔에 사는 아주 품성 좋은 여성에게 맡겼습니다. 당시 그녀는 일라이자 또래의 여자아이 네다섯 명을 돌보고 있었어요. 그리고 2년 동안은 그 애의 환경을 어느 모로나 만족스럽게 여겼지요. 하지만 지난 2월, 거의 1년 전쯤, 아이가 갑자기 사라졌어요. 친구 한 명이 바스*에서 아버지 간병을 하게 되었는데, 일라이자가 워낙 간절히 원하는 바람에, 저는 그 친구와 함께 가도록 허락해주었지요. (이후에 그것이 경솔한 행동이었음을 알게 되었습니다.) 친구의 부친도 아주 괜찮은 분이라 알고 있었고, 그 딸도 좋게 여겼거든요. 하지만 생각보다 못한 아이였습니다. 분명히 모든 걸 알고 있을 텐데도, 막무가내로 비밀을 지킨답시고 입을 굳게 다문 채 아무 단서도 내주지 않는 겁니다. 그분, 그 아이의 부친은 사람은 좋으나 눈치는 없는 편이라, 정말로 아무것도 모르는 듯했습니다. 아이들이 시내를 쏘다니면서 아무나 마음대로 사귀는 동안, 그분은 거의 집에서 요양 중이었으니까요. 그는 자기 딸이 그 일과 아무 상관이 없다고 저를 설득하려 했고, 본인도 그렇게 굳게 믿고 있었습니다. 간단히 말해, 아이가 떠났다는 사실 외에는 아

---

*잉글랜드 최고의 휴양 도시이며 온천으로 유명하다. 18세기에 많은 사람들이 오락과 사교를 위해 이곳을 찾았다.

무엇도 알아낼 수 없었습니다. 여덟 달이라는 기나긴 시간 동안, 나머지 일들은 그저 추측에만 맡겨야 했지요. 제가 무슨 생각을 했는지, 어떤 걱정을 했는지, 상상이 되실 겁니다. 또한 어떤 고통을 겪었는지도 말입니다."

"이럴 수가!" 엘리너가 외쳤다. "설마! 설마 윌러비 씨가!"

"일라이자에 대해 처음 전해진 소식은," 그는 말을 이어나갔다. "지난 10월 그 아이가 직접 보낸 편지에 담겨 있었습니다. 델라퍼드에 배달된 것을 그쪽에서 다시 제게로 보냈더군요. 우리가 위트웰에 나들이를 가기로 했던 바로 그날 아침에 편지를 받았습니다. 이것이 제가 그렇게 갑자기 바턴을 떠난 이유였습니다. 당시에 다들 제 행동을 이상하게 여기셨을 겁니다. 또한 몇 분은 기분이 상하셨을 테고요. 아마도 윌러비 씨는, 나들이 계획을 무산시키는 결례를 저질렀다고 제게 비난의 눈길을 보낼 때, 제가 그렇게 떠나야 했던 이유가 자기 때문에 불쌍하고 비참한 처지에 빠진 사람을 구하기 위해서였음을 상상도 못 했을 겁니다. 하지만 설령 그가 알았다 한들 무슨 소용이 있었겠습니까? 그자가 동생분의 미소 속에서 조금이라도 덜 유쾌하고 덜 행복해했을까요? 아니요, 그자는 이미 그런 짓을 저질렀습니다. 타인에 대해 동정심을 느낄 수 있는 사람이라면 절대 하지 못할 짓을요. 어리고 순결한 소녀를 유혹하고는 극도로 비참한 처지 속에 내팽개쳤습니다. 점잖은 거처도 도움도 친구도 없이, 그의 주소조차 모르는 상태로! 그 애를 떠나면서 돌아온다고 약속했다더군요. 그는 돌아오지도, 편지를 쓰지도, 어떤 도움도 주지 않았습니다."

"이건 상상조차 못 할 일이에요!" 엘리너가 소리쳤다.

"이제 그자의 인격을 아셨을 겁니다. 낭비벽이 심하고, 방탕하고, 이보다 더 못한 인간입니다. 지난 몇 주 동안 이 모든 사실을 알면서도, 여전히 그자를 좋아하는 동생분을 지켜볼 때, 그자와의 결혼이 분명해 보였을 때, 제가 어떤 심정이었을지 짐작해보십시오. 여러분 모두를 생각하며 제가 어떤 심정이었을지. 지난주에 대시우드 양 혼자 계신 걸 보았을 때, 저는 진실을 알아내기로 마음먹고 찾아온 것이었습니다. 실제로 알아내고 난 뒤 어떻게 할지는 결정하지 못했지만요. 당시 제 행동이 이상하게 보였을 겁니다. 하지만 지금은 왜 그랬는지 이해가 되실 겁니다. 여러분 모두가 그렇게 기만당하도록 내버려두다니. 동생분이 그렇게 되도록……. 하지만 제가 뭘 할 수 있었겠습니까? 제가 끼어들어도 성공할 희망은 없었습니다. 또한 가끔씩은 동생분의 영향력으로 그자를 교화시킬 수도 있겠다는 생각이 들었습니다. 하지만 지금, 이토록 파렴치한 짓을 저지른 뒤니, 그자가 어떤 속셈으로 동생분을 대했는지 누가 알겠습니까? 하지만 그자의 속셈이 무엇이었건 간에, 동생분은 이제 앞으로 틀림없이 본인의 처지를 감사하게 여기게 될 겁니다. 우리 가엾은 일라이자와 비교했을 때, 그 불쌍한 아이가 얼마나 비참하고 절망적인 상황에 처했는지 생각했을 때, 그리고 동생분과 마찬가지로 여전히 그에게 강한 애정을 품은 채, 평생 자신을 따라다닐 자책감으로 얼마나 괴로워할지 떠올려보기만 해도 말입니다. 분명 이런 비교가 동생분에게는 도움이 될 겁니다. 자신의 고통은 아무것도 아니라고 느끼게 될 테니까요. 동생분이 겪는 고통은 품행이 나빠서 생긴 것도 아니고, 수치가 될 일도 아닙니다. 오히려 이 일로 인해 친구들과의 유대는 더욱 강해질 겁니다. 동생분의 불행에 대한 염려, 그리고 그 아래서 꿋꿋하게 견뎌내는 모습에 대한 존경심, 이런 것들로 인해 애정은 더욱 강해질 겁니다. 하지만 제가 말씀드린 내용을 동생분에게 전하실 때, 대시우드 양께서 나름대로 판단하십시오. 어떤 것이 도움이 될지는 대시우드 양께서 제일 잘 아실 테니까요. 하지만 이것이 도움이 될 거라고, 동생분의 슬픔을 덜어드릴 거라고, 제가 마음으로부터 진심으로 믿지 않았다면, 제 가족의 불행한 사연을 군이 들려드리거나, 남을 깎아내려 제 자신을 높이는 것처럼 보일 이야기를 장황하게 늘어놓지는 않았을 겁니다."

이야기가 끝나자 엘리너는 진심으로 감사를 표했다. 또한 지금 들은 이야기를 전해주면 메리앤에게 큰 도움이 될 것이라고 확언했다.

"제게 무엇보다 고통스러웠던 것은," 그녀가 말했다. "메리앤이 어떻게든 그 사람에게 죄가 없다고 믿으려 애쓰는 것이었어요. 형편없는 인간이라고 의심할 여지 없이 확신했으면 차라리 그 애의 마음이 편했을 거예요. 이제, 처음에는 무척 괴롭겠지만, 분명 머지않아 메리앤도 한결 편해질 거예요." 그녀는 잠시 멈췄다가 말을 이었다. "혹시 바턴을 떠나신 뒤로 다시 윌러비 씨를 보신 적이 있나요?"

"네." 그가 엄숙하게 대답했다. "한 번 보았습니다. 한 번의 만남은 불가피했으니까요."

엘리너는 그의 태도에 깜짝 놀라, 걱정스럽게 바라보며 말했다.

"설마! 그분을 만나신 이유가……."

"다른 이유로는 만날 일이 없었습니다. 일라이자는 몹시 주저하긴 했지만, 결국 제게 애인의 이름을 털어놓았습니다. 그래서 그자가 저보다 보름 늦게 런던에 도착했을 때, 우리는 약속에 따라 만났습니다. 그자는 자신의 행동을 방어하기 위해, 저는 그자를 벌하기 위해서였지요. 둘 다 부상을 입지 않았기 때문에 결투 이야기가 바깥으로 알려지지는 않았습니다."

엘리너는 그런 일이 과연 필요했을까 한숨을 내쉬었다. 하지만 남자이자 군인인 사람에게, 주제넘게 그것을 비난할 생각은 없었다.

"이렇게 해서," 잠시 침묵한 뒤 브랜던 대령이 말했다. "어머니와 딸의 운명이 너무나 불운하게 닮아버렸습니다! 저는 제게 맡겨진 책임을 너무나 부실하게 이행했고요!"

"그 아가씨는 아직 런던에 있나요?"

"아닙니다. 제가 찾아냈을 때는 거의 해산일이 다 된 터라, 산후조리가 끝나자마자 산모와 아기를 시골로 내려보냈습니다. 지금은 그곳에 머물고 있어요."

얼마 뒤, 그는 자기 때문에 엘리너가 동생과 떨어져 있다는 생각이 들었는지 그만 작별을 고했다. 엘리너는 다시 한 번 감사의 인사를 전했고, 연민과 존경심을 가득 품고서 그와 헤어졌다.

10

그로부터 잠시 뒤, 대시우드 양이 대화의 세세한 내용을 전했을 때, 동생이 보인 반응은 정확히 언니가 기대했던 것과는 달랐다. 딱히 메리앤이 이야기의 어떤 부분이라도 의심하는 듯 보였다는 것은 아니었다. 그녀는 더없이 차분하고 유순하게 모든 이야기에 귀를 기울였고, 이의를 제기하거나 토를 달지도 않았으며, 윌러비를 옹호하려 애쓰지도 않았고, 흐르는 눈물로 보건대 옹호하는 것 자체가 불가능하다고 느끼는 듯했으니까. 엘리너는 이런 반응으로 미루어 동생이 윌러비의 잘못을 절실히 깨달았음을 알 수 있었고, 브랜던 대령이 방문했을 때 동생이 더 이상 그를 피하지 않는다거나, 그와 이야기를 나눈다거나, 심지어는 일종의 연민과 존경심 어린 태도로 스스로 말을 건다거나 하는 것에서 대화의 효과를 흐뭇하게 지켜볼 수도 있었으며, 또한 동생이 예전만큼 격심한 동요를 겪지 않는다는 것도 확인할 수 있었다. 그럼에도 동생의 비참한 모습이 나아진 것은 보지 못했다. 메리앤은 실제로 마음이 가라앉기는 했지만, 마음이 가라앉으면서 침울한 낙담이 자리를 잡았다. 그녀는 윌러비의 마음을 잃은 것보다 그의 인격을 잃어버린 것에 더 무거운 상실감을 느꼈다. 그가 윌리엄스 양을 유혹해놓고는 버린 일, 그 불쌍한 소녀가 겪는 고통, 그리고 한때 그가 자신에게는 어떤 속셈을 가졌을까 하는 의심, 이런 것들에 마음이 너무나 괴로워 언니에게조차 심정을 털어놓지 못했다. 그리고 언니로서는 동생이 말없이 슬픔에 잠겨 있는 것이, 걸핏하면 대놓고 하소연하는 것보다 더 마음 아팠다.

대시우드 부인이 엘리너의 편지를 받고 쓴 답장에서 어떤 감정과 언어를 사용했는지 나열하는 것은 딸들이 이미 느끼고 말한 것들을 반복하는 일에 지나지 않을 것이다. 실망감으로 말하자면 메리앤이 느낀 것보다 결코 덜하지 않았고, 분노로 말하자면 엘리너가 느낀 것보다 심지어 더 크기까지 했다. 잇따라 계속해서 날아드는 장문의 편지에서, 부인은 자신이 어떤 고통을 겪고 어떤 생각을 하는지 구구절절 늘어놓았다. 메리앤을 향한 애틋한 걱정을 표현했고, 이런 불행 속에서도 의연하게 견뎌내기를 간청했다. 어머니가 의연함에 대해 말하다니, 메리앤의 고통이 참으로 대단하기는 했으리라! 이런 슬픔이 생긴 원인이 분하고 치욕적이긴 하나, 그녀는 딸이 거기에 빠져들지 않기를 바랄 뿐이라나!

대시우드 부인은 일신의 안위를 뒤로하고, 현재로서는 메리앤이 어디든 상관없으나 바턴에만은 오지 않는 것이 좋겠다고 결정했다. 바턴에 오면 예전에 보았던 윌러비의 모습이 끊임없이 눈앞에 아른거려, 시야에 보이는 모든 것들이 더없이 강렬하고 고통스럽게 지난날을 떠올리게 할 것이기 때문이었다. 따라서 무슨 일이 있어도 제닝스 부인과의 방문 기간을 줄이지 말라고 그녀는 딸들에게 당부했다. 방문 기간은 정확히 정해진 바는 없었지만, 다들 최소한 대여섯 주 정도로 예상하고 있었다. 바턴에서는 경험하기 어려운 다양한 활동들, 대상들, 사람들이 런던에서는 불가피하게 많을 테니, 메리앤이 지금은 단번에 거절하지만 어쩌면 가끔씩 자기도 모르게 흥미를 가진다거나 심지어 즐거움을 얻을 수도 있지 않을까 부인은 기대했다.

월러비를 다시 보게 될 위험으로 말하자면, 런던이 시골보다 가능성이 적으면 적었지 많지는 않다고 여겼다. 그녀의 친구라 자칭하는 사람들은 당연히 그와의 교제를 모두 끊을 것이기 때문이었다. 의도적으로 서로 만날 일도 없을 테고, 부주의하게 서로 당황할 상황에 놓이지도 않을 것이며, 우연히 만나는 것으로 치자면 호젓한 바턴에서보다 북적거리는 런던이 더 가능성이 낮았다. 그자가 결혼을 하면 앨러넘에 인사차 들를 터이니 바턴에 있으면 어쩔 수 없이 보게 될 테니까. 대시우드 부인은 처음에는 이렇게 될 가능성이 있다고 여겼다가, 나중에는 틀림없이 그렇게 될 거라고 믿고 있었다.

부인이 딸들더러 런던에 그대로 있으라고 한 데에는 한 가지 이유가 더 있었다. 의붓아들에게 받은 편지에 따르면 그들 내외가 2월 중순 전에 런던에 간다는데, 딸들이 가끔씩 오빠를 만나는 게 옳다는 판단에서였다.

메리앤은 어머니의 의견을 따르겠다고 약속했기에 아무런

반대 없이 받아들였지만, 이는 그녀가 원하거나 기대했던 바가 아니었고, 잘못된 근거에 기초한 완전히 잘못된 판단이라고 느꼈다. 게다가 이 계획에 따라 런던에 계속 머물러야 하니 그녀의 비참함을 덜어줄 수 있는 유일한 것, 즉 몸소 아픔을 어루만져주는 어머니의 연민을 누리지 못할뿐더러, 한순간도 조용히 쉴 수 없게끔 만드는 그런 사람들과 상황들 속에 내던져지게 된 것이었다.

그래도 한 가지 큰 위안은 있었으니, 자신에게 악재로 작용할 상황이 언니에게는 호재가 될 것이라는 점이었다. 반면 엘리너로 말하자면, 여건상 에드워드를 완전히 피할 도리는 없겠다고 생각하면서, 체류가 길어지는 것이 자기한테는 행복한 일이 아니지만, 메리앤을 위해서는 곧장 데번셔로 돌아가는 것보다 낫겠다는 생각으로 그나마 위안을 삼았다.

동생 앞에서 윌러비의 이름을 꺼내지 않도록 미리 조심스레 챙긴 건 헛된 일이 아니었다. 메리앤 본인은 그 사실을 전혀 모르고 있었지만 그 혜택을 온전히 누렸다. 제닝스 부인이나 존경, 심지어 파머 부인조차 그녀 앞에서는 윌러비에 대해 입도 벙긋하지 않았으니까. 엘리너는 그들이 자기 앞에서도 이렇게 삼가주었으면 하고 바랐지만 그것은 불가능한 일이라, 날이면 날마다 모든 이들이 쏟아내는 분노를 들어줄 수밖에 없었다.

존 경은 있을 수 없는 일이라고 했다. 지금껏 참 괜찮은 남자인 줄 알았다고! 성격도 말할 나위 없었다고! 잉글랜드에서 그 정도로 대담하게 말을 모는 남자도 없다 믿었다고! 대체 무슨 영문인지 모르겠다고 했다. 지옥에 떨어지길 온 마음으로 빌겠다고도 했다. 앞으로는 그자를 만나도 절대 말을 섞지 않을 거라고! 설령 바턴의 여우 굴 근처에서 두 시간 동안 서로 기다려야 한다 해도 어림없다고 했다. 천하의 무뢰한! 천하의 사기꾼 놈! 지난번에 만났을 때만 해도 그자에게 폴리 새끼 몇 마리를 주겠다고 했는데! 이제는 상종도 않겠다 했다.

파머 부인도 그녀 나름의 방식으로 똑같이 분개했다. 그자와의 교제를 즉각 끊어버리기로 결심했다더니, 애당초 그자와 모르고 지낸 것이 감사할 따름이라고 했다. 쿰 매그나가 클리블랜드에서 가깝지 않기만을 온 마음으로 바란다더니, 어차피 상관없다고, 어차피 방문하기에는 거리가 너무 멀다고 했다. 그자가 너무 싫어서 다시는 이름조차 입에 담지 않을 거라더니, 앞으로 사람들을 만날 때마다 그자가 얼마나 쓸모없는 인간인지 알려주겠다고 했다.

파머 부인의 나머지 동정심은 다가오는 예식의 온갖 세세한 정보를 힘닿는 대로 얻어서, 이것들을 엘리너에게 전해주는 데에 쓰였다. 그녀는 어떤 마차 제작업자가 새 마차를 만드는 중인지, 어떤 화가가 윌러비 씨의 초상화를 그렸는지, 어떤 상점에 가면 그레이 양의 예복을 볼 수 있는지 금세 말해줄 수 있었다.

엘리너는 레이디 미들턴이 이 사안에 대해 보이는 조용하고 예의 바른 무관심에 행복한 안도감을 느꼈다. 다른 이들의 시끌벅적한 친절함 때문에 마음이 답답해지곤 했기 때문이었다. 어울리는 사람들 중 적어도 한 명은 이 일에 아무 흥미도 없다는 게, 적어도 한 명은 그녀를 만나도 세세한 정보를 궁금해하거나 동생의 건강을 염려하지 않는다는 게, 그녀로서는 큰 위안이었다.

순간의 상황에 의해, 어떤 자질이든 때로는 실제 가치보다 높게 평가될 때가 있다. 때때로 엘리너는 사람들의 오지랖 넓은 애도에 지친 나머지, 마음의 평안을 위해서는 올바른 예의가 친절한 품성보다 더 필수적이라는 생각마저 들었다.

레이디 미들턴은 매일 한 차례, 또는 이 주제가 자주 언급되는 경우에는 두 차례, "정말 충격적이군요!"라고 말함으로써 이 사안에 대한 본인의 느낌을 표현했다. 그녀는 이처럼 온화하면서도 지속적인 감정 표출을 통해, 처음부터 대시우드 자매를 만나도 무덤덤할 수 있었을뿐더러, 얼마 안 가선 그들을 만나도 이 사안에 대해서는 일절 떠올리지도 않았다. 이런 식으로 자신과 같은 성(性)의 존엄성을 지지하고 상대의 잘못을 단호히 비판했으니, 그녀는 이제 자신만의 사교 모임에 마음껏 전념해도 되겠다 여겼고, 그리하여 (존 경의 의견과는 다소 상반되게) 윌러비 부인이 우아함과 재산을 겸비한 여성인 만큼 결혼식이 끝나는 대로 찾아가 자기 명함을 남겨두고 와야겠다고 마음먹었다.*

브랜던 대령의 섬세하고 조심스러운 질문은 대시우드 양에게 결코 달갑지 않은 것이 아니었다. 그가 동생의 낙담을 덜어

---

*명함을 남겨놓는다는 것은 교제를 원한다는 표시이다.

주고자 다정한 열의를 보인 만큼, 대시우드 양은 그에게 동생의 상태에 대해 허물없이 논의할 특권을 듬뿍 부여했고, 그들은 언제나 서로를 신뢰하며 대화를 주고받았다. 그는 과거의 슬픔과 현재의 치욕을 고통스럽게 내보인 덕분에 값진 보상을 얻었으니, 이따금 그를 바라볼 때 메리앤이 연민 어린 눈빛을 보이고, 언제든 (비록 자주는 아니었지만) 그에게 말을 해야 할 때, 또는 자진해서 그에게 말을 걸 때 그녀의 목소리가 부드러워졌다는 점이었다. 이런 변화는 그에게 자신이 노력한 덕분에 상대의 호의가 커졌다는 확신을 갖게 했다. 또한 이런 변화는 엘리너에게 동생의 호의가 앞으로도 더욱 커질 거라는 희망을 품게 했다. 하지만 제닝스 부인은 이런 사정을 전혀 모른 데다, 실제로 아는 것이라고는 대령의 표정이 변함없이 근엄하다는 것과, 자기가 아무리 설득해도 그가 스스로 나서지도 않을뿐더러 자기한테 중신을 부탁하지도 않는다는 것뿐이었기에, 이틀이 지날 때쯤에는 세례 요한 축일 대신 미카엘 축일은 되어야 결혼이 가능하겠다고 생각하기 시작했고, 일주일이 끝날 때쯤에는 아예 결혼 자체가 힘들겠다고 여기게 되었다. 오히려 대령과 대시우드 양 사이에 이해가 돈독해지는 것으로 보아 오디나무와 물길과 주목나무 정자의 영광*은 그녀에게 넘어가는 것처럼 보였다. 그리하여 제닝스 부인은 한동안 페라스 씨에 대해서는 아예 생각조차 하지 않게 되었다.

*앞서 제닝스 부인이 브랜던 대령의 델라퍼드 영지를 칭찬하면서 나열했던 장점들.

월러비의 편지를 받고 보름이 채 지나지 않은 2월 초순의 어느 날, 엘리너는 동생에게 그의 결혼 소식을 알리는 고통스러운 임무를 수행했다. 그녀는 예식이 끝났다는 것이 알려지는 대로 자신에게 그 소식이 전달되도록 각별히 신경 써온 터였다. 메리앤이 매일 아침 열심히 신문을 살피는 것을 보았기에, 동생이 신문을 통해 먼저 소식을 접하게 될까 염려되었기 때문이다.

메리앤은 결연한 태도로 침착하게 소식을 받아들였다. 아무 소견도 말하지 않았고, 처음에는 눈물도 흘리지 않았다. 하지만 잠시 뒤 눈물이 터져 나왔고, 그날 내내 그녀의 상태는 그의 결혼 계획을 처음 전해 들었을 때 못지않게 측은하기 그지없었다.

월러비 부부는 식이 끝나자마자 런던을 떠났다. 이제 그들과 마주칠 위험도 사라졌으므로, 엘리너는 서서히 예전처럼 다시 외출을 해보자고 동생을 설득할 생각이었다. 메리앤은 첫 타격을 받은 이후로 집을 나선 적이 없었다.

이 무렵, 홀번의 바틀릿츠 빌딩스*에 위치한 친척 집에 막 도착한 스틸 자매 두 사람은 컨듀잇 거리와 버클리 거리에 사는 좀 더 지체 높은 친척들을 방문하였고, 그들 모두로부터 매우 따뜻한 환영을 받았다.

엘리너만이 그들을 보게 되어 유감이었다. 그들의 존재는

---

*홀번은 런던 상업 지구 근처에 위치해 있고, 이는 스틸 자매가 방문 중인 친척이 상대적으로 사회적 계급이 낮다는 것을 의미한다. 바틀릿츠 빌딩스는 홀번 남쪽에 위치한 작은 거리이다.

언제나 그녀에게 고통을 안겼고, '아직도' 그녀가 런던에 있다는 점을 발견하고 기쁨에 겨워하는 루시에게 어떤 식으로 품위 있게 대응을 해야 할지 감이 서지 않았다.

"아직도 여기 계시지 않았다면 저는 정말 실망했을 거예요." 그녀는 이 단어에 유독 힘을 주어 거듭 말했다. "하지만 이렇게 될 거라고 쭉 생각했어요. 아직은 런던을 떠나시지 않을 거라 거의 확신했거든요. 비록 바턴에서 말씀하시기로는, 이곳에서 한 달 넘게 계시지는 않을 거라고 했지만요. 하지만 그 당시에도 저는 대시우드 양께서 막상 때가 되면 마음을 바꿀 거라고 생각했어요. 오라버니 내외가 오기 전에 떠나면 그렇게 섭섭한 일이 없을 테니까요. 이제 서둘러 떠나실 일은 없겠네요. 대시우드 양께서 자기 말을 안 지켜서 저는 너무 기쁘답니다."

엘리너는 이 말의 의미를 완벽하게 이해했으나, 그 사실을 드러내지 않기 위해 본인이 가진 자제심을 총동원해야 했다.

"그래, 아가씨들." 제닝스 부인이 말했다. "여행길은 어땠우?"

"역마차로는 안 왔어요, 정말로요." 스틸 양이 즉각 기분이 들떠 대답했다. "오는 내내 전세마차를 이용했어요, 게다가 아주 말쑥한 신사가 저희랑 동행했답니다. 데이비스 박사님께서 런던에 오는 길이라기에 혹시 저희도 전세마차에 같이 타면 어떨까 생각했거든요. 그분은 정말 신사답게 행동했어요, 저희보다 10실링 내지 12실링을 더 냈거든요."

"이런, 이런!" 제닝스 부인이 소리쳤다. "정말 신사답구먼! 게다가 그 박사라는 분은 미혼일 테지, 아마도."

"이렇다니까요." 스틸 양이 우쭐우쭐 선웃음을 치며 말했다. "다들 박사님을 가지고 저를 놀리는데, 왜 그러는지 도통 모르겠어요. 친척들은 제가 그분을 정복했다고 그래요. 하지만 저는 시시각각 그분 생각을 한 적이 단연코 없어요. '저런! 저기 네 애인이 온다, 낸시.' 요 전날 그분이 길을 건너 집으로 오는 걸 보고는 제 친척이 그랬어요. '내 애인이라니, 세상에!' 제가 말했죠. '누구를 보고 그러는지 모르겠는걸요. 박사님은 내 애인이 아니에요.'"

"아무렴, 아무렴. 말은 참 그럴듯하지만, 그래봤자 안 통해. 그 박사라는 분이 배필이구먼, 암."

"세상에, 아니에요!" 그녀가 짐짓 펄쩍 뛰었다. "그리고 혹시라도 누가 그렇게 얘기하거들랑 부디 아니라고 말씀해주세요."

제닝스 부인은 즉각 그렇게는 못 하겠다는 흡족한 대답을 해주었고, 스틸 양은 더없이 행복해졌다.

"오라버니 내외분이 런던에 오시면 그 댁에 가서 함께 지내시겠네요, 대시우드 양." 적대적 암시의 짧은 휴전이 끝나고, 루시가 다시 공격을 재개했다.

"아뇨, 그럴 것 같지는 않아요."

"뭘요, 틀림없이 그러실 것 같은데요."

엘리너는 더 이상 반박해서 상대를 흡족케 할 생각은 없었다.

"이렇게 오랫동안 두 분 모두 자리를 비웠는데 대시우드 부인께서 잘 지내신다니 얼마나 다행이에요!"

"오랫동안은 무슨!" 제닝스 부인이 끼어들었다. "여기 온 지 얼마나 되었다고, 안 그러우?"

루시는 입을 다물 수밖에 없었다.

"동생분을 못 봬서 아쉬워요, 대시우드 양." 스틸 양이 말했다. "몸이 안 좋으시다니 어떡해요." 메리앤은 그들이 도착하자마자 방에서 나갔던 터였다.

"감사합니다. 제 동생도 여러분을 못 뵈어 무척 아쉬워할 거예요. 하지만 최근에 신경성 두통이 무척 심해졌어요. 그래서 사람들과 어울리거나 대화를 나누기가 힘들어요."

"아유, 이런, 정말 안됐어요! 하지만 루시나 저처럼 오랜 친구들이야 뭐! 아마 저희는 보시지 않을까요. 진짜로 입도 벙긋 안 할게요."

엘리너는 아주 정중하게 제안을 거절했다. 동생이 아마 침대에 들었거나 실내복 차림일 터라, 그들을 만나러 내려오기 힘들겠다고 했다.

"아유, 그런 이유라면 저희가 올라가서 동생분을 봐도 괜찮아요." 스틸 양이 외쳤다.

엘리너는 이런 주제넘은 무례함에 신경이 거슬리기 시작했다. 하지만 굳이 신경을 진정시킬 필요도 없었으니, 루시가 날카롭게 언니를 질책한 것이었다. 여러 경우에서 그랬듯, 이번에도 이런 질책은 한 자매의 태도를 그다지 상냥하게 보이게 하지는 않았지만, 다른 자매의 태도를 통제하는 데는 효과가 있었다.

11

메리앤은 얼마간 싫다고 버텼으나 결국에는 언니의 간청에 못 이겨, 어느 날 오전 언니와 제닝스 부인을 따라 30분간 외출을 하기로 했다. 하지만 다른 집은 방문하지 않고, 그냥 색빌 거리에 있는 그레이 보석상에만 함께 들르겠다고 분명하게 조건을 달았다. 그레이 보석상은 엘리너가 어머니의 구식 보석 몇 점을 교환하려고 흥정 중인 곳이었다.

보석상 문 앞에 이르렀을 때, 제닝스 부인은 색빌 거리 끄트머리에 사는 한 숙녀를 떠올리고는 한번 찾아가봐야겠다고 생각했다. 부인은 그레이 보석상에 달리 볼일이 없던 터라, 젊은 친구들이 볼일을 보는 사이 방문을 마치고 다시 데리러 오기로 했다.

대시우드 자매가 계단을 올라가자, 보석상 안에는 이미 사람들이 북적거려 그들을 응대할 직원이 아무도 없었다. 자매는 기다릴 수밖에 없었다. 할 수 있는 일이라고는 가장 빨리 순서가 돌아올 것 같은 창구 끝에 앉아 있는 것뿐이었다. 그쪽 창구에는 신사 한 명만 서 있었는데, 엘리너는 그가 예의상 서둘러 일을 끝내지 않을까 기대하는 마음도 있었을 것이다. 하지만 신사는 눈이 얼마나 정확하고 취향은 얼마나 섬세한지, 예의를 차릴 새가 없었다. 그는 자기가 쓸 이쑤시개 갑을 주문하는 중이었는데, 그 크기와 모양과 장식을 결정할 때까지, 그리고 이를 위해 15분 동안 상점 안에 있는 이쑤시개 갑이란 갑은 모조리 뜯어보고 설전을 펼친 다음, 결국에는 자기 취향대로 새로 주문을 낼 때까지, 두 숙녀에게 달리 관심을 베풀 여유가 없었으며, 단지 서너 번 노골적으로 빤히 쳐다보기만 했을 뿐이었다. 엘리너에게 그의 시선은 차림새는 번지르르 일류로 차려입었지만, 외모나 얼굴에서는 강한, 타고난, 순도 높은 천박함이 흐르는 사람이라는 인상을 주었다.

메리앤은 눈앞의 모든 일에 그저 무심했기 때문에, 자기들의 용모를 대놓고 살피는 상대의 무례함에 대해, 그리고 자기 앞에 놓인 각기 다른 이쑤시개 갑에서 각기 다른 결점을 찾아내는 겉멋 가득한 허세에 대해, 굳이 수고스럽게 경멸이나 분노를 느끼지 않아도 되었다. 그녀는 그레이 씨의 보석상에 있을 때도 자기 침실에 있을 때와 마찬가지로, 내면의 생각에 몰두한 채 주위에서 어떤 일이 일어나건 의식을 차단할 수 있었기 때문이었다.

마침내 주문이 결정되었다. 상아, 금, 진주 모두를 사용하기로 했고, 신사는 이쑤시개 갑 없이도 생존 가능한 시한을 밝힌 뒤, 참으로 여유롭게 장갑을 착용하더니 다시 한 번 대시우드 자매를 향해 감탄했다기보다는 감탄해달라는 듯한 시선을 던지고선, 진정한 자만심과 가장된 무관심 속에 우쭐우쭐 사라졌다.

엘리너는 지체 없이 용무에 들어갔다. 일이 거의 마무리되어가고 있을 때, 또 다른 신사 한 명이 그녀 옆에 모습을 드러냈다. 엘리너는 그에게 눈길을 돌렸다가 오빠인 것을 발견하고는 적잖이 놀랐다.

그들이 해후에서 보인 애정과 반가움은 그레이 씨의 보석상에서 아주 괜찮은 장면을 연출할 만한 수준이었다. 존 대시우드는 누이들을 다시 만난 게 정말 싫지 않은 기색이었고, 그들도 이에 얼마간 만족했다. 게다가 그는 어머니의 안부를 물을 때도 공손하고 친절했다.

엘리너는 오빠와 패니가 이틀 전에 런던에 왔다는 사실을 알게 되었다.

"어제 정말로 너희한테 들르고 싶었다." 그가 말했다. "하지만 사정이 여의치 않았어. 해리를 데리고 엑서터 익스체인지에 야생동물을 보러 가야 했거든.* 게다가 나머지 시간은 장모님과 보내야 했어. 해리는 굉장히 즐거워했단다. 오늘 오전에도 30분 정도만 시간이 비면 너희를 찾아가보려고 딱 마음먹고 있었어. 하지만 런던에 도착하면 언제나 해야 할 일이 산더미 아니겠니. 여기에는 패니가 쓸 봉랍을 주문하려고 들렀다. 하지만 내일은 확실히 버클리 거리에 들러 제닝스 부인이라는 친

---

*엑서터 익스체인지는 당시 런던 최고의 동물원이었다. 실내에 위치하여 날씨의 영향을 받지 않았을 뿐 아니라 오전 9시부터 오후 9시까지 연중 운영했기 때문에 언제든 방문할 수 있었다. 누이들을 찾는 대신 이곳에 들른 것은 존 대시우드 부부의 우선순위가 어떠한지를 잘 드러낸다.

구분을 소개받을 수 있을 것 같구나. 듣자 하니 아주 재산이 많은 부인이라던데. 그리고 미들턴 부부, 그분들한테도 꼭 소개시켜줘야 한다. 새어머니의 친척 되는 분들이시니 나도 기꺼이 예의를 갖춰야지. 너희 사는 시골 마을에서 그분들이 이웃으로 아주 잘 대해주신다면서."

"잘 대해주시고말고요. 우리가 편히 지내도록 살피시고 모든 면에서 얼마나 친절하신지, 말로 다 표현할 수가 없어요."

"그 말을 들으니 굉장히 기쁘구나. 진심이다. 정말로 굉장히 기뻐. 하지만 당연히 그래야지. 그분들은 재산도 많은 데다 너희들과 친척지간이니, 너희가 쾌적하게 지낼 수 있도록 모든 예의와 편의를 베푸는 게 마땅하지. 그러니까 이제 너희는 아담한 코티지에서 부족한 것 하나 없이 참으로 아늑하게 지내겠구나! 에드워드가 전해준 말로는 정말 멋진 곳이라던데. 지금껏 코티지 중에서 그렇게 완벽한 곳은 본 적이 없다면서, 너희 모두 그곳을 무척 좋아하는 것 같다고 하더라. 우리 모두 그 이야기를 듣고 정말 흐뭇했다, 그렇고말고."

엘리너는 오빠가 다소 창피하게 느껴졌다. 그래서 때마침 제닝스 부인의 하인이 다가와 주인마님이 문간에서 기다리고 있다고 전하는 바람에 굳이 오빠의 말에 대꾸할 필요가 없어진 것이 전혀 아쉽지 않았다.

대시우드 씨는 그들과 함께 계단을 내려가, 마차 문간에서 제닝스 부인을 소개받고, 다음 날 방문하고 싶다는 소망을 재차 피력한 다음 그들을 떠났다.

그의 방문은 약속대로 행해졌다. 그는 누이들의 올케가 함께 못 와 죄송해한다며 변명을 했다. "하지만 워낙 장모님한테 쏟는 시간이 많다 보니, 아내는 어디든 나갈 형편이 못 된답니다." 그러나 제닝스 부인은 어차피 다들 친척지간이거나 그 비슷한 사이인데 자기는 격식 따위는 따지지 않는다고, 그리고 조만간 누이들을 데리고 존 대시우드 부인을 꼭 방문하러 가겠다고 즉각 장담했다. 누이들을 대하는 그의 태도는 조용하기는 해도 매우 친절했다. 제닝스 부인에게는 더없이 세심하게 예의를 갖췄다. 그리고 자기보다 조금 뒤에 브랜던 대령이 도착하자, 호기심에 찬 눈초리로 그를 지켜보았다. 마치 그가 부자인 것만 확인하면 그에게도 똑같이 예의를 갖출 텐데, 라고 말하는 듯한 눈빛이었다.

그는 30분 동안 그곳에 머문 뒤, 엘리너에게 컨듀잇 거리까지 함께 걸어가서 존 경과 레이디 미들턴을 소개해달라고 부탁했다. 날씨도 유난히 화창해서 그녀는 순순히 동의했다. 집에서 나오자마자, 그의 질문 세례가 시작되었다.

"브랜던 대령은 어떤 분이지? 재산이 있는 사람이니?"

"네, 도싯셔에 아주 멋진 영지가 있어요."

"잘됐구나. 아주 신사다운 분처럼 보이던데. 내 생각에는 말이다, 엘리너, 정말 남부럽지 않게 자리를 잡게 되었으니 네게 축하를 해야겠구나."

"저한테요, 오빠! 무슨 말씀이세요?"

"대령이 너를 좋아하더라. 내가 유심히 지켜보고 확인한 사실이야. 재산 규모는 어느 정도지?"

"연간 소득이 2천 파운드쯤 될 거예요."

"연간 2천이라," 이어 뜨거운 아량을 베풀기라도 하듯 이렇게 덧붙였다. "엘리너, 너를 위해 그 두 배라면 좋겠구나. 정말 진심으로 그래."

"정말 그러시겠죠." 엘리너가 대답했다. "하지만 제가 확신하건대, 브랜던 대령님은 저랑 결혼하실 생각이 눈곱만큼도 없으세요."

"네가 잘못 안 게다, 엘리너. 아주 잘못 알고 있어. 네 편에서 조금만 신경 쓰면 대령을 확실히 잡을 거다. 아마 지금 당장은 대령도 결심이 안 서겠지. 네 재산이 적으니 주저하는 마음도 있을 거야. 친구들도 다들 반대할 테고. 하지만 숙녀들이 아주 간단히 하는 것처럼 조금만 신경 써주고 마음을 북돋워주면, 대령은 자기도 모르게 넘어올 거야. 네가 그렇게 시도하지 못할 이유가 뭐가 있니. 앞서 네가 다른 사람한테 애정을 품었다고 해서……. 내 말은, 그런 애정은 전혀 가망이 없어. 반대가 이만저만 심해야지. 너도 분별이 있는 아이이니 그 정도는 알지 않겠니. 브랜던 대령이 확실한 배필이야. 그분이 너나 가족들한테 만족할 수 있도록 내 편에서도 깍듯이 예의를 갖추마. 이건 두루두루 모든 사람들에게 흡족한 혼사야. 다시 말해, 이건 일종의……." 그는 목소리를 낮춰 의미심장하게 속삭였다. "모든 당사자들이 굉장히 반길 만한 일이지." 그러다가 정신을 차리고선 이렇게 덧붙였다. "그러니까 내 말은…… 일가

친지 모두 네가 좋은 혼처를 구하길 진심으로 바라고 있다는 거지. 특히 패니가 그래. 올케언니는 네가 잘되기만 고대하니까, 그렇고말고. 그리고 우리 장모님인 페라스 부인도 그렇지. 참 마음 좋으신 분이지. 그분도 굉장히 기뻐하실 거다. 요 전날에도 그렇게 말씀하셨거든."

엘리너는 어떤 대답도 해주지 않았다.

"놀라운 일이 되겠는걸, 이제." 그가 말을 이었다. "재미있는 일이 되겠어. 패니는 남동생을, 나는 여동생을 동시에 결혼시킨다면 말이야. 하지만 가망성이 없는 일도 아니지."

"에드워드 페라스 씨가 결혼하시나요?" 엘리너가 결연히 물었다.

"아직 정해진 바는 없지만 한창 논의 중이지. 처남은 참 훌륭한 어머니를 뒀어. 페라스 부인은 얼마나 마음이 너그러우신지, 글쎄 혼사가 성사되기만 하면 처남한테 연간 1천 파운드를 주시겠다는구나. 상대는 작고하신 모턴 경의 외동따님인 모턴 양인데, 재산이 3만 파운드란다. 이건 양측 모두에게 아주 바람직한 혼사야. 조만간 성사될 거라는 점엔 의심할 여지가 없지. 연간 1천 파운드면 자식한테 내어주기에 꽤 큰 액수잖니. 영영 양도하는 건데 말이야. 하지만 페라스 부인은 마음이 참 고결하시지. 장모님이 얼마나 너그러운 분인지 또 다른 예를 들어볼까. 요 전날, 우리가 런던에 막 도착했을 때, 장모님께서 지금 우리 사정이 넉넉지 않은 걸 눈치채시곤 2백 파운드나 되는 은행권을 네 올케 손에 쥐여주시는 게 아니겠니. 굉장히 감사한 일이었지. 런던에 머무는 동안에는 아무래도 생활비가 대단히 많이 들 테니까."

그는 동의와 연민을 구하며 잠시 말을 멈추었다. 그녀는 어쩔 수 없이 대답했다.

"런던과 시골에서 쓰는 비용이 분명 상당하겠어요. 하지만 수입도 많으실 텐데요."

"사람들이 생각하는 것처럼 그렇게 많진 않아. 하지만 불평하려는 건 아냐. 확실히 상당한 수입이긴 하지. 그리고 때가 되면 더 좋아질 거라고 기대하고 있다. 노어랜드 공유지의 사유화 작업*이 지금 한창 진행 중인데, 여기에서 새어 나가는 돈이 어마어마하지. 게다가 반년 사이에 땅을 조금 사들인 것도 있고. 너도 기억할 거야, 이스트 킹엄 농지라고 깁슨 노인이 살던 곳 말이다. 내 땅과 바로 인접한 농지인 데다, 여러모로 워낙 괜찮은 곳이라 사들이는 게 내 임무라고 느꼈다. 그곳이 다른 사람의 손에 넘어가도록 내버려뒀으면 양심에 걸렸을 거야. 남자라면 편의에 따라 돈을 써야지. 실제로 그것 때문에 엄청난 돈이 들었고."

"그곳의 실제 가치나 본래 가치라고 생각하시는 것보다 더

---

*나폴레옹 전쟁 당시 곡물 가격이 상승하면서, 공유지에 울타리를 둘러 대규모 농경지로 만드는 사유화 작업이 많이 진행되었다. 그 결과 소농들은 공유지에 대한 방목권을 잃었고, 지주가 운영하는 새로운 농지에서 일꾼으로 일하는 수밖에 없었다. 이런 사유화 작업에 따라 존 대시우드는 장기적으로 상당한 이윤을 얻을 입장이나, 평소처럼 당장 드는 비용에 대해 불평하면서 본인의 인색함을 정당화하고 있다. 당시 대지주들 사이에서는 인접한 농지를 병합하는 작업도 많이 행해졌는데, 존 대시우드 역시 이스트 킹엄 농지를 구입하는 것으로 나온다.

많이 들었다는 건가요."

"아니지, 그건 아니라고 봐. 다음 날이라도 사들인 것보다 더 비싼 값으로 팔 수 있었을 테니까. 하지만 구입 비용 때문에 아주 곤란한 상황에 놓일 뻔했어. 당시 주식 가격이 워낙 낮아서, 마침 내 계좌에 필요한 금액이 있었으니 망정이지, 안 그랬다면 아주 큰 손해를 보고 팔 뻔했거든."

엘리너는 미소만 지을 따름이었다.

"노어랜드에 처음 도착하고 나서도 불가피하게 큰 비용이 들었지. 너도 잘 알다시피, 존경하는 아버지께서 노어랜드에 남아 있는 스탠힐 시절 살림들을 (그것도 아주 값나가는 물건들을) 모조리 네 어머니한테 남기셨잖니. 뭐 그렇게 하셨다고 투덜거릴 생각은 전혀 없다. 당신 재산이니 당신 원하시는 대로 처분해야지. 하지만 결과적으로 우리는 빈자리를 채우기 위해 리넨이며 자기 그릇 같은 물건들을 엄청나게 다시 사야 했어. 이런 비용이 들었으니, 우리가 지금 얼마나 돈이 아쉬울지, 그리고 장모님의 친절이 얼마나 반가웠을지, 너도 충분히 짐작할 거다."

"그러시겠죠." 엘리너가 대답했다. "장모님의 너그러운 도움으로, 이제 형편이 나아지길 바라겠어요."

"한두 해만 지나면 아마 그렇게 되겠지." 그가 엄숙하게 대답했다. "하지만 아직 해야 할 일들이 산더미야. 패니의 온실에는 돌멩이 하나 쌓지 못했고, 꽃밭은 계획만 간신히 세웠으니까."

"온실 자리는 어디로 정하셨어요?"

"집 뒤에 있는 둔덕에. 온실 만들 자리를 마련하느라 오래된 호두나무들은 모두 잘라냈다. 온실이 완성되면 영지 어느 쪽에서 봐도 좋은 풍경이 나올 거야. 게다가 온실 바로 앞쪽으로 꽃밭이 경사지게 펼쳐지면 엄청나게 예쁠 거다. 비탈에 여기저기 자란 오래된 가시나무들도 싹 제거했지."

엘리너는 걱정과 비난을 속으로만 품었다. 메리앤이 함께 있지 않아 이런 분노를 피할 수 있게 된 것이 고마울 따름이었다.

이제 자기가 얼마나 가난한지도 충분히 밝혔겠다, 다음에 그레이 보석상에 들를 때 누이들 각자에게 귀고리 한 쌍씩을 사줄 필요도 없어졌겠다, 그는 좀 더 유쾌한 쪽으로 생각을 돌려 엘리너에게 제닝스 부인 같은 친구를 둔 걸 축하하기 시작했다.

"참으로 소중한 분처럼 보이더구나. 저택도 그렇고, 생활 방식도 그렇고, 어느 모로나 수입이 대단하다는 걸 알겠어. 그런 분과 알고 지내는 건 지금까지도 너희들한테 큰 도움이 되었겠지만, 나중에도 실질적으로 이익이 될 거야. 너희를 런던에 초대한 것만 봐도 상당히 좋게 해석할 만하지. 실제로 너희한테 큰 애정을 품고 있다는 뜻이니, 십중팔구 나중에 세상을 뜰 때 너희를 잊지 않을 거다. 남겨줄 재산도 상당할 거고."

"제 생각에는 아무것도 없을 것 같은데요. 그분에게 있는 거라곤 가구뿐이고, 그것들은 모두 자녀분들한테 물려주실 테니까요."

"하지만 그분이 자기 수입을 다 쓰면서 산다고 생각해선 안돼. 통상적인 분별력을 갖춘 사람이라면 그렇게 하는 경우는 드물어. 그분도 얼마가 되건 돈을 모으면 마음대로 처분하실 수 있을 거야."

"그 돈을 저희 대신 따님들한테 물려주실 거라는 생각은 안 드세요?"

"따님들이야 둘 다 굉장히 결혼을 잘했잖니. 그러니 더 이상 챙겨줄 필요가 뭐가 있겠어. 반면에 내 생각에는 말이다, 그분이 너희를 이만큼 신경 쓰고 또 이런 식으로 대접했으니, 향후에도 섭섭지 않게 대우받을 일종의 권리를 부여한 셈이지. 양심적인 여성이라면 그래놓고 못 본 체하지는 않을 거다. 그분이 너희를 얼마나 친절하게 대하더냐. 본인이 이런 식으로 행동했으니 너희들한테 어떤 기대를 불러일으키는지 모르지는 않겠지."

"하지만 정작 당사자들은 아무런 기대도 없어요. 정말로요, 오빠, 저희가 유복하게 잘살았으면 하는 마음에 너무 생각을 비약하신 것 같아요."

"그래, 그렇구나." 다시 정신을 차린 듯 그가 말했다. "사람들은 자기 뜻대로 할 수 있는 게 거의 없어. 정말 거의 없어. 그나저나 엘리너, 메리앤한테 무슨 일이라도 있니? 몸도 많이 상한 것 같고, 안색도 창백하고, 꽤 야위었던데. 어디 아픈 거냐?"

"몸이 좋지 않아요. 몇 주 동안 신경성 질환에 시달렸어요."

312

"거참 안타까운 소식이구나. 그 나이에 어떤 질환이라도 앓으면 꽃다운 시절은 영영 끝나는 건데! 메리앤은 그런 시절이 너무 짧았어! 지난 9월에 봤을 때만 해도 누구 못지않게 예뻤는데 말이다. 남자들이 끌릴 만한 외모였지. 메리앤의 미모에는 특별히 남자들을 사로잡는 뭔가가 있었거든. 예전에 패니가 그런 말을 하곤 했었지. 메리앤이 너보다 더 빨리, 더 좋은 곳으로 시집갈 거라고 말이야. 올케가 너를 좋아하지 않는다는 말은 아니다. 그냥 그런 생각이 들었다는 거지. 하지만 올케가 잘못 알았구나. 지금으로서는 메리앤도 기껏해야 연간 5, 6백 파운드지, 그 이상인 남자와는 결혼하기 힘들겠는걸. 내가 장담하는데 넌 이보다는 더 좋은 혼처를 구할 거다. 도싯셔라! 도싯셔에 대해서는 별로 아는 바가 없어. 하지만 엘리너, 앞으로 그곳을 더 잘 알게 되면 굉장히 기쁠 거다. 그곳에 초대를 해준다면 오빠와 패니는 누구보다도 기뻐하면서 제일 먼저 초대에 응할 거야."

엘리너는 자기가 브랜던 대령과 결혼할 가능성은 전혀 없다고 진지하게 설득하려 했다. 하지만 이건 그를 몹시 즐겁게 하는 기대라 쉽게 꺾이지 않았다. 그는 그 신사와 친해져야겠다고, 그래서 어떤 식으로든 결혼을 도모해봐야겠다고 굳게 마음먹고 있었다. 그에게도 양심의 가책이란 게 있는지라, 본인이 누이들에게 아무것도 해준 게 없으니 다른 사람들이 자기 대신 많은 것을 베풀기를 간절히 바랐다. 그리고 브랜던 대령의 청혼이나 제닝스 부인의 유산은 그 자신이 도외시한 약속을 보상할 가장 쉬운 방법이었다.

다행히도 레이디 미들턴이 집에 있었고, 방문이 끝나기 전에 존 경도 도착했다. 온갖 예의 차린 말들이 사방에서 오갔다. 존 경은 누구라도 좋아할 준비가 된 사람이라, 비록 대시우드 씨가 말에 대해 문외한인 것처럼 보이긴 해도 이내 그를 아주 성격 좋은 사람이라고 판단했다. 레이디 미들턴의 경우에는 그의 겉모습에서 충분히 상류층의 품위를 확인하고는 알고 지내도 괜찮겠다고 여겼다. 대시우드 씨는 두 사람 모두에게 만족하며 집을 나섰다.

"패니에게 근사한 이야기를 전해줄 수 있겠구나." 그는 누이와 함께 되돌아가면서 말했다. "레이디 미들턴은 정말 우아한 여성이야! 패니도 알고 지내면 분명 반가워할 거야. 제닝스 부인도 딸만큼 우아하지는 않아도 굉장히 예의 바른 여성이더구나. 올케가 그분을 찾아뵙는 걸 주저할 필요조차 없겠어. 솔직히 말해서, 지극히 당연한 일이지만, 그게 조금 문제가 됐거든. 우리가 아는 것이라고는 그분이 미망인이고 남편이 미천한 방식으로 전 재산을 모았다는 것 정도였으니까. 그래서 올케나 장모님은 제닝스 부인이나 그 딸들이 패니와 어울릴 만한 여성이 아니라고 강한 선입견을 지니고 있었지. 하지만 이제 두 사람에 대해 더없이 만족스러운 이야기를 전해줄 수 있겠어."

12

존 대시우드 부인은 남편의 판단력을 워낙 신뢰했기에 바로 다음 날 제닝스 부인과 그 딸을 모두 방문하였다. 그리고 이런 신뢰는 보상을 받았으니, 심지어 전자, 즉 시누이들이 함께 지내고 있는 그 부인조차 전혀 무시할 만한 사람이 아닌 데다, 레이디 미들턴으로 말하자면 세상에서 가장 매력적인 여성들 중 한 명으로 생각될 정도였던 것이다!

레이디 미들턴 역시 대시우드 부인에게 똑같이 만족했다. 양측 모두 일종의 냉담한 이기심을 지니고 있었기에, 이런 점에 서로 이끌린 것이었다. 무미건조하게 예의를 차리는 태도라든가, 전반적으로 지성이 결여되었다든가, 이런 점에서 두 사람은 서로 일치했다.

하지만 레이디 미들턴이 높이 평가한 존 대시우드 부인의 태도를 제닝스 부인은 못마땅하게 여겼으니, 부인이 보기에 그녀는 남편의 누이들을 만났는데도 전혀 살갑지 않고, 그들에게 말도 거의 붙이지 않는, 다소 자만심 강하고 말본새가 쌀쌀맞은 여자로밖에 보이지 않았던 것이다. 실제로 그녀는 버클리 거리에 할애한 15분의 시간 중에서 적어도 7분 30초 동안 아무 말 없이 앉아 있었다.

엘리너는 질문을 하지 않기로 마음먹었지만, 에드워드가 지금 런던에 있는지 무척이나 궁금했다. 하지만 패니는 남동생과 모턴 양의 결혼이 확정되었다고 전할 수 있을 때까지, 또는 브랜던 대령에게 품고 있는 남편의 기대가 실현될 때까지, 엘리너 앞에서 자발적으로 남동생의 이름을 꺼낼 생각이 전혀 없었다. 그녀는 두 사람이 아직도 서로에게 깊은 애정을 느끼고 있다고 믿었기 때문에 매사에 말에서나 행동에서나 세심하게 갈라놓아야 한다고 생각했다. 하지만 그녀가 주지 않으려 했던 정보는 곧 다른 쪽에서 흘러들어왔다. 얼마 지나지 않아 루시가 찾아와, 에드워드가 대시우드 부부와 함께 런던에 와 있는데도 그를 볼 수 없다면서 엘리너에게 동정을 요구한 것이다. 그는 혹시라도 들킬까 봐 바틀릿츠 빌딩스 거리에 찾아오지도 못하고, 서로 못 견디게 보고 싶은 마음이야 이루 말할 수 없지만 지금은 서로 편지밖에 쓸 수 없는 처지라고 했다.

그로부터 얼마 뒤, 에드워드는 버클리 거리에 두 번이나 찾아와 자신이 런던에 있음을 몸소 알렸다. 그들이 오전 약속에서 돌아왔을 때, 두 차례 그의 명함이 탁자에 놓여 있었던 것이다. 엘리너는 그가 찾아온 게 기뻤다. 그리고 서로 어긋나서 못 만난 건 더욱 기뻤다.

대시우드 부부는 미들턴 부부가 얼마나 마음에 들었던지, 평소 어떤 것도 좀체 베풀지 않는 성향임에도 무언가를 베풀기로 마음먹었으니, 바로 정찬이었다. 그리하여 서로 교제를 시작하고 얼마 뒤 그들을 할리 거리의 정찬에 초대했다. 대시우드 부부는 할리 거리의 어느 훌륭한 저택에서 석 달 동안 지낼 예정이었다. 누이들과 제닝스 부인도 초대를 받았고, 존 대시우드는 브랜던 대령도 잊지 않고 확실히 챙겼다. 대령은 대시우드 자매가 있는 곳이라면 언제든 기꺼이 함께했기에, 다소 의아하긴 했으나 반가운 마음으로 그의 열성적인 호의를 받아들였다. 그들은 페라스 부인을 만날 예정이었다. 하지만 그녀의 아들들도 함께하는지 여부는 엘리너도 알지 못했다. 그래도 그녀를 만난다는 기대감으로도 이번 만남이 충분히 흥미로웠다. 한때는 에드워드의 어머니와 처음 만나는 자리가 강한 긴장감을 안겼을 테지만 이제는 그런 감정으로부터 자유로웠고, 또한 그녀가 자기를 어떻게 생각하건 완전히 무관심할 수 있었다. 하지만 페라스 부인을 보고 싶다는 마음, 그녀가 어떤 사람인지 알고 싶다는 호기심은 전과 마찬가지로 생생했다.

이런 이유로 그녀가 파티를 기대하면서 느낀 흥미는, 그로부터 얼마 뒤 스틸 자매 역시 그곳에 온다는 얘기를 들었을 때 즐거움 면에서보다는 강도 면에서 더더욱 커졌다.

그들이 레이디 미들턴에게 얼마나 잘 보였던지, 그리고 얼마나 부지런하게 그녀에게 환심을 샀던지, 비록 루시가 우아함과는 거리가 멀고 언니의 경우에는 상류층 매너조차 지니지 못했지만, 레이디 미들턴은 존 경만큼 기꺼이 그들을 일이 주 정도 컨듀잇 거리로 초청했던 것이다. 스틸 자매는 시기도 얼마나 기막히게 잘 택했는지, 대시우드 부부의 초청이 알려지자, 파티가 열리기 며칠 전에 미들턴 부부 댁으로 옮기기로 했다.*

그들은 존 대시우드 부인의 남동생을 수년간 지도한 신사의

*스틸 자매는 미들턴 부부와 함께 머무르면 그들의 손님 자격으로 파티에 함께 초청받으리란 것을 알고 있다.

조카들이었지만 이런 점만으로는 부인의 식탁에 함께 앉을 자격을 얻지 못했을 터였다. 하지만 레이디 미들턴의 손님으로서는 환영을 받을 만했다. 루시는 오래전부터 이 가족과 개인적 친분을 쌓고 싶어 했고, 그들의 성격과 본인이 겪게 될 어려움을 좀 더 자세히 알기를 원했으며, 또한 어떻게든 그들에게 잘 보일 기회를 원했던 까닭에 존 대시우드 부인의 초청장을 받았을 때만큼 기쁜 적도 없었다.

엘리너의 경우에는 반응이 사뭇 달랐다. 에드워드가 어머니와 함께 살고 있으니, 그 역시 누나에게 파티 초대를 받았을 거라는 생각이 즉시 들었다. 그 모든 일이 있은 후에, 그것도 루시와 한자리에서 처음으로 그를 보게 되다니! 그 자리를 어떻게 견딜지조차 막막했다!

이런 두려움은 온전히 이성에 근거한 것도, 사실에 근거한 것도 아니었다. 하지만 이런 두려움도 사라졌으니, 이는 엘리너 스스로 냉정을 되찾아서가 아니라 루시의 친절 덕분이었다. 루시가 엘리너에게 쓰라린 실망감을 안기려는 의도로, 에드워드가 화요일에 할리 거리에 오지 않을 것이라고 전했던 것이다. 더 나아가 루시는 상대에게 더 큰 고통을 안길 요량으로, 에드워드가 오지 않는 것은 자신을 너무 사랑해서라고, 한자리에 있으면 자신에 대한 애정을 감출 길이 없기 때문이라고 주장하기까지 했다.

무시무시한 시어머니 앞에 두 아가씨가 소개될 중요한 화요일이 돌아왔다.

"저를 가엾게 여겨주세요, 대시우드 양!" 함께 계단을 오르면서 루시가 말했다. 제닝스 부인 바로 뒤에 미들턴 부부가 도착한 터라, 그들은 다 같이 하인의 안내를 받고 있었다. "여기에서 저를 불쌍히 여기실 분은 대시우드 양밖에 없어요. 제대로 서 있기도 힘들어요. 어쩜 좋아요! 이제 조금만 있으면 제 모든 행복을 좌우할 분을 만나게 돼요. 시어머니가 될 분을요!"

엘리너는 그들이 만나게 될 사람이 루시의 시어머니가 아니라 모턴 양의 시어머니가 될 거라고 말해줌으로써 그녀의 걱정을 즉각 덜어줄 수도 있었다. 하지만 그렇게 하는 대신, 정말로 진심을 담아 그녀를 가엾게 여긴다고 말해주었다. 루시는 정말로 마음이 불안하기는 했지만 적어도 엘리너에게 견디기 힘든 부러움의 대상이라도 되고 싶었던 까닭에, 이런 반응을 마주하자 적잖이 놀랐다.

페라스 부인은 작고 마른 여성으로, 몸매가 얼마나 꼿꼿한지 딱딱해 보일 정도였고 표정은 얼마나 심각한지 심술궂어 보일 정도였다. 안색이 누르께하고, 이목구비는 또렷하지도 아름답지도, 당연히 표정이 풍부하지도 않았다. 하지만 다행히도 찌푸린 이마 덕분에 자만심과 괴팍함 같은 강한 성격이 그대로 드러나, 표정이 밋밋하다는 불명예는 피할 수 있었다. 그녀는 말이 많은 여성이 아니었다. 대부분의 사람들과 달리, 말수가 생각의 수와 비례했기 때문이었다. 그리고 실제로 입에서 나온 몇 마디 안 되는 말 중에 대시우드 양에게 돌아간 것은 한 마디도 없었다. 부인은 무슨 일이 있어도 싫어하겠다는 굳센 결의를 품고 그녀를 주시하고 있었다.

이제 엘리너는 이런 행동 때문에 불행해지지 않았다. 몇 달 전만 하더라도 이런 대우를 받았다면 굉장히 상처받았을 것이다. 하지만 이제는 그녀를 괴롭힐 힘이 페라스 부인에게 없었다. 게다가 스틸 자매를 대하는 다른 태도, 엘리너를 더욱 초라하게 만들려는 의도로 보이는 그런 태도는 오히려 재미있게 느껴졌다. 어머니와 딸이 다른 사람도 아닌 루시에게, 그들이 자기만큼만 알았어도 그 누구보다 굴욕을 주려고 안달했을 바로 그 사람에게, 그렇게 각별한 친절을 베푸는 것을 보니 엘리너는 실소를 금할 수 없었다. 반면 그녀 자신은, 상대적으로 그들에게 해를 끼칠 힘이 전혀 없는 그녀는, 두 모녀에게 노골적인 무시를 받으며 앉아 있었다. 하지만 이렇듯 방향을 잘못 잡은 친절함에 실소를 지으면서도, 그녀는 그런 친절의 바탕에 깔린 비열한 어리석음을 생각할 때, 그리고 스틸 자매가 그런 친절을 지속시키기 위해 온갖 정성을 다하는 것을 지켜볼 때, 그들 네 사람을 철저히 경멸하지 않을 수 없었다.

루시는 황송한 특별 대우 앞에 날아갈 듯 기뻤다. 스틸 양으로 말하자면 데이비스 박사 이야기로 놀림만 받아도 더할 나위 없이 행복했다.

정찬은 성대했고, 하인들도 많았으며, 모든 것이 안주인의 과시욕과 이를 뒷받침하는 바깥양반의 재력을 드러냈다. 노어랜드 영지에 이루어지는 개량 공사와 확장 작업에도 불구하고,

또한 그 소유주가 한때 몇 천 파운드나 손해 보고 주식을 팔 형편이었음에도 불구하고, 그가 이런 이야기를 통해 암시하려고 했던 궁핍의 징후는 어디에서도 찾아볼 수 없었다. 종류를 막론하고 빈곤이라고는 보이지 않았다. 대화의 빈곤이라면 모를까. 이 점에 있어서는 결핍의 정도가 심각했다. 존 대시우드는 들을 만한 가치가 있는 말을 별로 하지 않았고, 그의 아내는 더욱 심했다. 하지만 이것이 특별히 수치스러운 일은 아니었으니, 손님들 대다수가 비슷한 상황이었기 때문이다. 서로 유쾌한 상대가 되기에는 거의 대부분이 하나 혹은 그 이상의 결격 사유를 지니고 있었다. 타고난 것이든 교육에 의한 것이든 분별력이 부족하다거나, 우아함이 부족하다거나, 생기가 부족하다거나, 침착함이 부족하다거나.

숙녀들이 정찬을 마치고 응접실로 물러났을 때, 이러한 결핍은 더욱 분명해졌다. 지금까지는 신사들이 그럭저럭 다양한 이야깃거리, 즉 정치라든가 공유지의 사유화라든가 말 길들이는 법 등을 제공했는데 이마저도 사라졌기 때문이었다. 그리하여 커피가 제공될 때까지 숙녀들은 오로지 한 가지 이야기에만 몰두했으니, 그것은 거의 비슷한 또래인 해리 대시우드와 레이디 미들턴의 둘째 아들 윌리엄의 키를 비교하는 것이었다.

두 아이가 모두 한자리에 있었다면 즉각 키를 재어봄으로써 너무도 간단히 결론을 얻었을 테지만, 그곳에는 해리만 있었기 때문에 양측 모두 추측성 주장만 던질 따름이었다. 다들 똑같이 자기 의견이 옳다고 여길 권리가 있었고, 몇 번이고 되풀이해 말할 권리가 있었다.

일행의 입장은 다음과 같았다.

두 어머니는 각자 자기 아들이 더 크다고 진심으로 믿었지만, 예의 바르게 상대 아이 편을 들어주었다.

두 할머니는 편애도 덜하지 않거니와 진지함은 더 커서, 각자 자기 후손을 열심히 지지했다.

루시는 어느 쪽 부모도 섭섭하게 만들고 싶지 않았기 때문에, 두 아이 모두 또래에 비해 월등히 키가 크다, 두 아이 사이에 키 차이가 있는 줄은 전혀 모르겠다고 주장했다. 스틸 양은 더욱 훌륭한 말솜씨를 발휘하여 최대한 재빨리 이쪽 편과 저쪽 편을 모두 들어주었다.

엘리너는 한번 윌리엄의 편을 들었다가 페라스 부인과 패니의 심기를 건드린 터라, 굳이 더 자기주장을 펼칠 필요성을 느끼지 못했다. 메리앤은 사람들이 의견을 묻자, 자기는 거기에 대해 생각해본 적도 없기 때문에 아무 의견도 없다고 대답해서 모두의 심기를 상하게 했다.

엘리너는 노어랜드를 떠나기 전에, 올케를 위해 난롯불 가리개* 한 쌍에 쓸 아주 예쁜 그림을 그려준 적이 있었다. 그것들이 얼마 전에 틀이 제작되어 집으로 돌아왔고, 이제 응접실을 장식하고 있었다. 존 대시우드는 다른 신사들을 따라 응접

---

*난롯불의 열기를 막기 위해 얼굴을 가리는 용도로 쓰였다. 틀 위에 종이와 천 등을 씌워 만들었고 손잡이가 달려 있었다. 종이와 천에는 자수를 놓거나 그림을 그려 장식했는데, 이는 당시 숙녀들이 흔히 하던 취미 활동이었다.

실로 들어서다가 이 가리개 한 쌍에 시선이 가자, 그것들을 감상해보라고 브랜던 대령에게 덥적덥적 건넸다.

"제 큰누이가 그린 겁니다." 그가 말했다. "안목이 높은 분이시니 틀림없이 마음에 드실 겁니다. 제 누이가 그린 그림들을 이전에 보셨는지 모르겠지만, 다들 굉장히 잘 그린다고 말하지요."

대령은 전문적 안목이 있는 듯한 허세는 조금도 부리지 않았지만, 난롯불 가리개를 진심으로 칭찬했다. 물론 대시우드 양이 그린 것이라면 어떤 그림이라도 칭찬했을 테지만. 다른 사람들도 호기심이 동하여 다들 가리개를 돌려보며 감상했다. 페라스 부인은 그것이 엘리너의 솜씨인 줄 모르고 한번 보겠다고 각별히 청했다. 레이디 미들턴의 만족스러운 평가가 끝나자, 패니는 가리개를 어머니에게 건네면서 대시우드 양의 작품이라고 사려 깊게 귀띔했다.

"음." 페라스 부인이 말했다. "아주 예쁘군." 그러고는 한 번 쳐다보지도 않고 딸에게 돌려주었다.

잠시 패니는 어머니가 너무 무례하다는 생각이 들었던 모양인지 얼굴을 살짝 붉히며 곧장 말했다.

"아주 예쁘죠, 어머니, 그렇지 않아요?" 하지만 이번에는 자신이 너무 친절했다는, 상대를 너무 띄워주었다는 생각이 들었던 모양인지 이내 이렇게 덧붙였다.

"모턴 양이 그리는 방식과 뭔가 비슷하지 않아요, 어머니? 모턴 양이 그린 그림은 정말 예뻐요! 지난번 풍경화도 얼마나 아름답게 그렸어요!"

"아름답고말고! 하긴 모턴 양은 뭐든 다 잘하지."

메리앤은 이런 행동을 참을 수 없었다. 그렇잖아도 이미 페라스 부인이 너무 불쾌했던 참이었다. 상대가 무슨 의도로 이러는지는 알 수 없었지만, 엘리너를 칭찬하다 말고 엉뚱하게 다른 사람을 치켜세우는 데 발끈해서 즉각 열을 내며 쏘아붙였다.

"참 별난 칭찬도 다 있네요! 모턴 양이 저희랑 무슨 상관이에요? 누가 그분을 알기나 해요? 신경이나 쓰고요? 지금 저희가 생각하고 말하는 사람은 엘리너 언니라고요."

그녀는 이렇게 말하면서 직접 온당하게 감상하고자 올케의 손에서 가리개를 낚아챘다.

페라스 부인은 극도로 화난 표정이 되어, 이전보다도 더 꼿꼿하게 몸을 세우더니 이런 반론으로 매섭게 응수했다. "모턴 양은 모턴 경의 따님이시네."

패니 역시 몹시 화난 표정이었고, 그녀의 남편은 누이동생의 무례한 행동에 놀라서 어쩔 줄 몰라 했다. 엘리너는 메리앤이 발끈한 이유보다 동생의 그런 행동 때문에 더욱 마음이 아팠다. 하지만 메리앤에게 붙박인 브랜던 대령의 두 눈은 그녀의 모습에서 오로지 상냥한 마음, 언니가 조금이라도 무시당하는 것을 참지 못하는 다정한 마음만을 보고 있음을 여실히 드러냈다.

메리앤의 감정은 여기에서 멈추지 않았다. 그녀 자신의 상처 입은 마음을 통해 고통스럽게 배웠듯, 내내 차갑고 오만하게 언니를 대하는 페라스 부인의 태도는 앞으로 언니가 어떤 어려움과 고통을 겪게 될지 예고하는 것처럼 보였다. 다정한 감수성이 순간적으로 강하게 북받쳐 올라, 그녀는 잠시 뒤 언니의 의자로 다가가서 한 팔로 언니 목을 감싸 안고 한쪽 뺨을 언니의 뺨에 가까이 댄 채, 나지막하지만 열띤 목소리로 말했다.

"사랑하는 우리 언니, 저 사람들 신경 쓰지 마. 저 사람들 때문에 언니가 불행해지면 안 돼."

그녀는 더 이상 말을 잇지 못했다. 마음을 가누지 못해 엘리너의 어깨에 얼굴을 파묻고 울음을 터뜨렸다. 모든 이들의 관심이 쏠렸고, 거의 모든 이들이 걱정을 했다. 브랜던 대령은 자기도 모르게 자리에서 벌떡 일어나 그들에게로 다가갔다. 제닝스 부인은 왜 그러는지 잘 안다는 듯 "아유! 가엾은 것" 하고 말하면서 곧장 방향염을 건넸다. 존 경은 이런 신경성 고통을 안긴 작자에게 너무 격렬한 분노를 느낀 나머지, 곧장 루시 스틸 양 곁으로 자리를 옮겨, 속닥속닥 낮은 소리로 그 충격적인 사건의 전말을 간략히 전했다.

하지만 몇 분이 지나자 메리앤도 그럭저럭 정신을 차려 소동은 가라앉았다. 그녀는 다른 사람들과 함께 자리를 지켰지만, 저녁 내내 앞서 일어난 사건을 마음에서 떨치지 못했다.

"불쌍한 메리앤!" 그녀의 오빠가 브랜던 대령의 관심을 확보하자마자 낮은 목소리로 말했다. "저 애는 언니만큼 건강이 좋지 못해요. 신경이 아주 예민하죠. 엘리너와는 기질이 달라요. 젊은 여자가 한때는 아름다웠다가 외모의 매력을 잃어버리게 되면 아주 괴롭겠지요. 아마 그런 생각이 안 드시겠지만, 메리앤도 몇 달 전에는 실제로 빼어나게 예뻤어요. 거의 엘리너만큼 예뻤지요. 이제는 보시다시피 한물갔지만요."

13

페라스 부인을 보고 싶었던 엘리너의 호기심은 충족되었다. 그녀는 부인에게서 가족 간의 인연을 더 이상 발전시키는 것이 어느 모로나 바람직하지 않겠다는 점을 충분히 확인했다. 그녀의 자만심, 비열함, 자신에 대한 확고한 편견을 볼 만큼 보았기에, 에드워드가 행여 자유로운 몸이라 했을지라도, 그와 자신의 약혼을 저해하고 결혼을 방해했을 온갖 어려움을 충분히 이해할 수 있었다. 또한 한 가지 더 큰 장애물이 버티고 있는 덕분에 페라스 부인이 제공할 여타 장애물로부터 고통받지 않아도 되고, 부인의 변덕에 좌우되거나 좋은 평가를 얻기 위해 전전긍긍하지 않아도 된다는 것이 그녀 자신만 생각하면 감사하게 여겨질 정도였다. 조금 더 정확히 말해, 에드워드가 루시에게 속박되어 있다는 사실에 기뻐하는 것까지는 아니더라도, 만약 루시가 좀 더 호감 가는 여성이기만 했더라면, 자신도 마땅히 기뻐했을 것 같았다.

루시가 페라스 부인의 친절을 입고 저렇게 의기양양해하다니…… 본인의 사리사욕과 허영심에 눈이 멀어, 그저 엘리너가 아니라는 이유만으로 받게 되었을 관심을 자신에 대한 칭찬이라고 여기다니…… 그저 자신의 실제 처지가 알려지지 않았기 때문에 받게 되었을 특별 대우에서 희망을 이끌어내다니, 엘리너로서는 이해가 되지 않았다. 하지만 루시가 실제로 그러하다는 것은, 당시 그녀의 눈빛에서 드러났을 뿐 아니라, 다음 날 아침 더욱 공공연하게 드러나게 되었으니, 루시의 각별한 청에 따라 레이디 미들턴이 그녀를 버클리 거리에 내려주었기 때문이었다. 혹시나 엘리너를 따로 볼 수 있지 않을까 기대하면서, 자신이 얼마나 행복한지 전하러 찾아온 것이었다.

그녀의 기대는 운 좋게 들어맞았다. 그녀가 도착하고 얼마 뒤 파머 부인에게 전갈이 오면서 제닝스 부인이 집을 나섰기 때문이었다.

"대시우드 양." 그들끼리 남게 되자마자 루시가 외쳤다. "제가 얼마나 행복한지 말씀드리러 왔어요. 어제 저를 대하던 페라스 부인의 태도만큼 황송한 일이 또 있을까요? 그렇게 상냥한 분이시라니! 제가 그분을 뵙는 걸 얼마나 두려워했는지 아시죠. 하지만 소개를 받는 순간, 태도가 얼마나 상냥하신지, 마치 제가 꽤 마음에 든다고 말씀하시는 듯했어요. 그렇지 않았어요? 대시우드 양도 다 보셨잖아요. 그런 생각이 안 드셨어요?"

"확실히 루시 양을 무척 정중하게 대하시더군요."

"정중하게라니요! 그저 정중함밖에 보이지 않던가요? 제 눈에는 훨씬 더 많은 것이 보였어요. 그런 친절은 오직 저한테만 베푸셨다고요! 자만심도 없고, 오만하지도 않고, 그건 올케분도 마찬가지였어요. 어쩜 그렇게 다정하고 상냥하신지!"

엘리너는 화제를 돌리고 싶었지만, 루시는 끝까지 자기가 행복해하는 것이 타당하다고 인정받고자 했다. 엘리너는 어쩔 수 없이 대화를 계속해야 했다.

"그분들이 루시 양의 약혼 사실을 알고 계신데도 그렇게 대하셨다면," 그녀가 말했다. "확실히 그보다 더 황송한 대우도 없겠지요. 하지만 지금은 그런 경우가 아닌지라……."

"그렇게 말씀하실 줄 알았어요." 루시가 재빨리 대답했다. "하지만 페라스 부인께서 실제로 저를 좋아하시지 않았다면, 저를 좋아하는 것처럼 행동할 이유가 없잖아요. 그분이 저를 좋아하신다는 사실이 가장 중요하죠. 어떻게 말씀하셔도 제 흐뭇한 기분을 꺾을 수는 없어요. 분명 모든 일이 잘 풀릴 거예요. 예전에 생각했던 그런 어려움도 전혀 없을 거고요. 페라스 부인은 멋진 분이세요, 올케분도 마찬가지고요. 두 분 다 얼마나 기분 좋은 분들인지! 올케분이 그렇게 상냥하신데 대시우드 양께서 여태 그런 얘기를 한 번도 안 하셨다는 게 놀라워요!"

여기에 대해서는 엘리너도 대꾸할 말이 없었고 굳이 그러려고 하지도 않았다.

"어디 편찮으세요, 대시우드 양? 기운이 없어 보이시는데…… 말씀도 안 하시고. 이런, 몸이 안 좋으시군요."

"지금처럼 건강한 적도 없어요."

"그러시다니 진심으로 기뻐요. 하지만 아까는 정말 그렇게 보이지 않았어요. 대시우드 양께서 편찮으시다면 너무 마음이 아플 거예요. 지금껏 제게 가장 큰 위로가 되어주신 분인데! 당신의 우정이 없었다면 제가 어떻게 되었을지 누가 알겠어요."

엘리너는 예의 바른 대답을 하려고 애썼지만, 제대로 했는지는 의문이었다. 하지만 루시는 만족했는지 곧바로 이렇게 대답했다.

"정말이지 저는 대시우드 양의 호의를 추호도 의심하지 않아요. 그리고 에드워드의 사랑 다음으로 그건 제게 가장 큰 위안이고요. 가엾은 에드워드! 그래도 이제, 한 가지 좋은 점은 있어요. 서로 만날 수 있거든요, 그것도 아주 자주요. 레이디 미들턴이 대시우드 부인을 무척 마음에 들어 해서 할리 거리에 자주 들를 것 같은데, 에드워드는 시간의 반을 누님 댁에서 보내잖아요. 게다가 레이디 미들턴과 페라스 부인도 서로 왕래할 것 같아요. 페라스 부인과 올케분은 두 분 다 어찌나 친절하신지, 언제든 저를 보면 반가울 거라고 여러 번 말씀하셨답니다. 정말 멋진 분들이세요! 혹시라도 제가 올케분을 어떻게 여기는지 전하실 거면 그 어떤 칭찬으로도 부족할 거예요."

하지만 엘리너는 올케에게 그런 말을 전할 거라는 기대감을 심어주지 않았다. 루시는 말을 이었다.

"행여 페라스 부인께서 저를 싫어하셨다면, 분명 바로 알게 되었을 거예요. 예컨대, 그분께서 한마디 말도 없이 형식적인 인사만 건넸다든가, 이후로 제게 눈길 한번 주시지 않았다든가, 상냥한 표정으로 쳐다보시지도 않았다면 말이에요. 무슨 말인지 아시겠죠. 그런 식으로 냉담한 대접을 받았다면 저는 절망에 빠져 모든 것을 포기해버렸을 거예요. 절대 버티지 못했을 거예요. 그분이 뭔가를 정말 싫어하면, 그 정도가 극심하다는 걸 잘 아니까요."

엘리너는 이처럼 예의 바른 승리감에 굳이 대꾸하지 않아도 되었다. 문이 활짝 열리면서 하인이 페라스 씨가 왔다고 알렸고, 이어 에드워드가 바로 들어섰기 때문이었다.

정말 어색한 순간이었다. 각자의 표정이 그러함을 말해주었다. 그들 모두 굉장히 황망해 보였다. 에드워드는 방으로 들어서려는 마음 못지않게 다시 나가고 싶은 기색이 역력했다. 그들 각자가 극도로 피하고 싶었을 그런 상황이, 가장 불쾌한 형태로 그들에게 닥친 것이었다. 셋이 한자리에 모였을 뿐 아니라, 다른 일행이라도 있었으면 덜 어색했을 텐데 그마저도 아니었으니까. 숙녀들이 먼저 정신을 차렸다. 지금은 루시가 나설 자리가 아니었고, 겉으로는 계속 비밀을 유지할 필요가 있었다. 따라서 그녀는 표정으로만 애정을 내보일 따름이었고, 그에게 가벼운 인사를 건넨 뒤로는 아무 말도 하지 않았다.

하지만 엘리너는 할 일이 더 많았다. 그를 위해서나 자신을 위해서나 아주 반듯하게 처신하고 싶은 마음이 간절했기에, 잠시 정신을 가다듬은 뒤, 거의 자연스러운, 거의 스스럼없는 표정과 태도로 애써 그를 환영했다. 다시 한 번 애쓰고 다시 한 번 노력하니, 표정과 태도도 더욱 나아졌다. 그녀는 루시가 같이 있다고 해서, 또는 자신이 부당한 대접을 받았다는 생각이

든다고 해서, 그를 만나 반갑다는 인사를 안 하거나, 앞서 그가 버클리 거리에 들렀을 때 집을 비워 무척 아쉬웠다는 인사를 안 하지는 않겠다고 마음먹었다. 루시가 빤히 지켜보고 있다고 해서 지레 겁을 먹고, 친구이자 친척지간이나 다름없는 그에게 마땅히 베풀어야 하는 이런 배려를 삼가지는 않을 터였다. 그녀는 루시의 두 눈이 자신을 뚫어지게 쳐다보고 있다는 사실을 알고 있었다.

그녀의 태도에 에드워드는 얼마간 마음이 놓였는지 용기를 내어 자리에 앉았다. 하지만 그는 숙녀들에 비해 상대적으로 훨씬 어색해했으니, 이는 남성으로서는 드문 일이나, 상황으로 서는 그럴 만했다. 그의 마음은 루시처럼 태연하지도 않고, 그의 양심은 엘리너처럼 편안하지도 않았으니까.

루시는 한결같이 얌전한 태도로, 다른 이들의 마음을 편하게 하는 데 아무 도움도 주지 않기로 작정한 듯, 한마디도 하지 않았다. 실제로 나온 이야기의 거의 대부분은 엘리너가 제공한 것으로, 그녀는 어머니의 건강이라든가, 런던에 오게 된 일이라든가, 에드워드가 물어보아야 마땅하지만 물어보지 않은 여타 정보들을 자진해서 제공해야 했다.

그녀의 노력은 여기에서 멈추지 않았다. 얼마 뒤 너무나 의연한 마음가짐으로, 메리앤을 불러오겠다는 핑계하에 그들끼리 있도록 자리를 비워주기로 마음먹기까지 한 것이었다. 그녀는 실제로 그렇게 했고, 그것도 너무나 너그러운 방식으로 그렇게 했다. 더없이 고결하고 꿋꿋하게 층계참에서 몇 분간 시간을 지체한 다음 동생을 부르러 갔기 때문이었다. 하지만 일단 동생을 부르고 나자, 에드워드의 황홀한 기쁨도 끝나야 했다.* 메리앤이 반가운 마음에 냉큼 응접실로 걸음을 재촉했던 것이다. 메리앤이 그를 보고 느낀 기쁨은 그녀의 여타 감정들과 비슷했으니, 그 자체로도 강렬했고, 그 표현 방식도 강렬했다. 그녀는 손을 잡으라고 내밀었고 목소리에는 처제로서의 애정이 담겨 있었다.

"에드워드!" 그녀가 외쳤다. "정말 행복한 순간이에요! 그간의 모든 일이 보상되는 것 같아요!"

에드워드는 그녀의 친절함을 온당히 되돌려주려 애썼으나, 지켜보는 시선들이 있다 보니 자신이 실제로 느끼는 것의 반도 표현하지 못했다. 그들은 다시금 자리에 앉았고 1, 2분가량 아무도 말이 없었다. 메리앤은 애정이 그대로 묻어나는 눈빛으로 때로는 에드워드를 보고 때로는 엘리너를 보았다. 불청객 루시의 존재 때문에 그들이 마음껏 기뻐하지 못한다는 점이 그저 애석할 따름이었다. 먼저 입을 연 사람은 에드워드였다. 그는 메리앤의 달라진 모습을 눈여겨보면서, 런던 생활이 잘 맞지 않는가 보다고 우려를 표시했다.

"아! 제 걱정은 하지 마세요!" 이 말을 할 때 두 눈에 눈물이 차오르기는 했지만, 그녀는 씩씩하게 진심을 담아 대답했다.

*낭만적 관습에 따르면 남성은 사랑하는 여성과 함께 있을 때, 특히 오랫동안 떨어져 있다 만났을 때, 황홀한 기쁨을 느껴야 마땅했다. 하지만 이 대목에서 에드워드가 루시를 보고 그런 기쁨을 느꼈을 성싶지는 않다.

"제 건강은 걱정하지 말아요. 보시다시피 엘리너 언니는 괜찮잖아요. 그걸로 우리 둘 다 충분해요."

이 말은 에드워드나 엘리너의 마음을 더 편하게 해주지도 않았고, 루시의 호의를 얻지도 못했다. 루시는 그다지 온화하지 않은 표정으로 메리앤을 올려다보았다.

"런던이 마음에 드십니까?" 에드워드가 뭐든 다른 이야깃거리를 꺼내려고 이렇게 물었다.

"전혀요. 뭔가 즐거운 일이 많을 줄 알았는데 하나도 얻지 못했어요. 에드워드, 당신을 만난 것이 런던 생활에서 얻은 유일한 위안이에요. 게다가, 고맙기도 해라, 당신은 변함없이 그대로군요!"

그녀는 말을 멈췄다. 아무도 말이 없었다.

"있잖아, 언니." 그녀가 이내 덧붙였다. "바턴에 돌아갈 때 에드워드한테 동행해달라고 부탁해야겠어.* 아마 한두 주 있다가 가게 되지 않을까. 틀림없이 에드워드도 이런 임무를 꺼리지는 않을 거야."

가엾은 에드워드는 뭐라고 중얼거렸는데, 그게 무슨 소리인지는 그 자신을 비롯해 아무도 알지 못했다. 하지만 메리앤은 그의 동요된 모습을 보고도 그 원인을 자기가 원하는 대로 간단히 해석한 탓에, 아주 만족한 기색으로 이내 다른 이야기를 꺼냈다.

*젊은 미혼 여성들끼리는 여행할 수 없었다. 에드워드는 그들과 친척 관계이므로 그들의 여정에 보호자 역할을 할 수 있다.

"어제 할리 거리에서 말이에요, 에드워드, 정말 괴로운 하루를 보냈어요! 진짜 따분했어요, 진짜 지독하게 따분했어! 그점에 대해 할 말은 많지만 지금은 못 하겠어요."

그녀는 이처럼 훌륭하게 신중함을 발휘하면서, 양쪽 모두에게 친척 관계인 사람들이 그 어느 때보다 불쾌했다는 이야기라든가, 그중에서도 특히 그의 어머니에게 혐오감을 느꼈다는 이야기 등을 좀 더 사적인 자리가 될 때까지 미루었다.

"그런데 그곳에 왜 안 계셨어요, 에드워드? 왜 안 오셨어요?"

"다른 곳에 약속이 있었습니다."

"약속이라고요! 도대체 어떤 약속이기에, 이런 친구들이 만나는 자리에 빠지시나요?"

"저기, 메리앤 양." 루시가 복수를 하고 싶어 이렇게 외쳤다. "중요한 약속이든 소소한 약속이든, 젊은 남자들은 마음이 내키지 않으면 약속을 전혀 지키지 않는다고 생각하시나 보군요."*

엘리너는 몹시 화가 났지만, 메리앤은 상대의 말에 가시가 있는 줄 전혀 모르는 듯 차분하게 대답했다.

"아뇨, 그렇지 않아요. 진심으로 말하지만, 저는 에드워드가 할리 거리에 오지 않은 건 오로지 양심 때문이라고 확신하니까요. 저분은 세상에서 가장 섬세한 양심을 지녔다고 믿고 있

---

*윌러비가 메리앤과의 약속을 저버렸음을 비꼬고 있다.

334

어요. 아무리 사소한 약속이라도, 아무리 본인의 이익이나 기쁨에 어긋나는 약속이라도, 본인이 한 약속은 더없이 세심하게 지키죠. 제가 아는 사람들 중에 저분만큼 다른 이에게 상처를 주거나 기대를 저버리는 것을 두려워하고, 이기적이 될 수 없는 분은 없어요. 에드워드, 정말이에요. 저는 그렇게 말할 거고요. 뭐라고요! 자기 칭찬은 듣지 않겠다는 건가요! 그렇다면 제 친구가 아니신가 봐요. 제 사랑과 존경을 받아들이시는 분은 제 숨김없는 칭찬도 감수하셔야 하거든요."

하지만 지금과 같은 경우에서 그녀의 칭찬은 그 성격상 청중 셋 중 둘의 감정을 특히 불편하게 만드는 것이었고,* 에드워드에게도 아주 낙담이 되는 내용이었던지라, 그는 곧바로 자리에서 일어났다.

"벌써 가시려고요!" 메리앤이 말했다. "에드워드, 그러시면 안 되죠."

그러면서 그를 한쪽으로 살짝 잡아끌고는 루시가 그리 오래 머물지는 않을 거라고 속삭였다. 하지만 이런 격려조차 효과가 없었는지 그는 굳이 가겠다고 했다. 그가 설령 두 시간을 머물렀다 해도 그보다 더 오래 버텼을 루시 역시 그가 떠난 뒤에 곧장 가버렸다.

"저 여자는 왜 이렇게 자주 오는 거야!" 루시가 떠나자 메리

*이 대목에서 메리앤은 에드워드가 아무리 내키지 않는 약속일지라도 반드시 지킨다고 칭찬하고 있다. 그녀의 칭찬은 엘리너에게 그가 루시와의 약속을 지켜야 한다는 사실을, 루시에게는 그가 자신에게 애정이 없다는 사실을 상기시킨다.

앤이 말했다. "제발 좀 가줬으면 하는 걸 눈치도 못 채나! 에드 워드가 얼마나 속이 탔을까!"

"왜라니! 다들 그분과 친분이 있고, 루시는 그중에서도 가장 오래 알았잖아. 에드워드가 우리뿐 아니라 루시 양도 보고 싶어 하는 건 당연한 일이지."

메리앤은 언니를 찬찬히 바라보더니 이렇게 말했다. "있잖아, 언니, 이런 게 내가 참을 수 없는 대화야. 아마 내가 언니 주장을 반박하기를 기대하면서 그런 말을 하나 본데, 나는 절대 그런 식으로 대화하지 않는다는 거 잘 알잖아. 실제로 필요하지도 않은데, 굳이 언니한테 그런 말을 해줄 생각은 없어."

이어 그녀는 방을 나갔다. 엘리너는 감히 동생을 따라가서 더 말해주지 못했다. 루시와 비밀을 지키기로 약속한 터라 메리앤을 납득시킬 어떤 이야기도 해줄 수 없었기 때문이었다. 이런 오해를 지속시키는 것에 따른 결과가 아무리 괴로울지라도 감수하는 수밖에 없었다. 그저 바라는 것이라고는, 메리앤의 잘못된 찬사를 들어야 하는 고역이나 조금 전의 만남에 수반되었던 여타 고통스러운 일들이 되풀이되는 상황 속에, 에드 워드가 그녀나 자기 자신을 자주 노출시키지 않는 것뿐이었다. 그리고 이것은 그녀가 어느 모로나 기대할 만한 일이었다.

14

이 만남이 있고 며칠 뒤, 신문에는 토머스 파머 에스콰이어*의 부인께서 후계자 아들을 무사히 출산했다는 공고가 실렸다. 적어도 이 사실을 이미 알고 있던 가까운 일가친지들에게는 아주 흥미롭고 만족스러운 내용이었다.

이것은 제닝스 부인의 행복에 몹시 중대한 사건이라, 그녀의 하루 일과는 일시적인 변화를 맞게 되었고, 비슷한 식으로 젊은 친구들의 시간 약속에도 영향을 미쳤다. 제닝스 부인이 되도록 샬럿과 함께 있기를 원해, 매일 아침 옷을 차려입자마자 딸네 집으로 가서는 저녁 늦게야 돌아왔기 때문이었다. 대시우드 자매는 미들턴 부부의 각별한 청에 따라 날마다 컨듀잇 거리에서 온종일 머물렀다. 그들로서는 그냥 제닝스 부인의 집에서, 적어도 아침나절만이라도 머무는 쪽이 더 편했지만, 모든 이들의 청을 무시하면서 우길 만한 사안이 아니었다. 그리하여 그들은 레이디 미들턴과 두 스틸 자매에게 시간을 할애하게 되었으나, 상대가 그들과 함께하는 시간을 공공연하게 청한 것만큼 그리 소중하게 여긴 것은 아니었다.

전자에게 바람직한 벗이 되기에는 그들은 너무 분별력이 있었고, 후자의 경우에는 자기들 영역을 침범했다고, 자기들끼리 독점하고 싶은 친절함을 나눠 가지게 되었다고, 그들을 질투

*작위가 없는 신사의 이름 뒤에 흔히 붙이는 칭호.

어린 시선으로 경계하고 있었다. 레이디 미들턴은 지극히 예의 바른 태도로 엘리너와 메리앤을 대했지만, 사실은 그들을 전혀 좋아하지 않았다. 그들이 자신이나 아이들의 비위를 전혀 맞춰 주지 않았기 때문에 품성이 착하다는 생각이 들지 않았다. 게 다가 그들이 책 읽기를 좋아했기 때문에 풍자적일 거라는 생각 도 들었다. 풍자적이라는 말이 정확히 무슨 뜻인지는 알지 못 했지만, 그건 중요하지 않았다. 사람들이 비난할 때 흔히 쓰고 쉽게 던지는 말이었으니까.

그들의 존재는 레이디 미들턴과 루시 모두에게 속박이었 다. 한 명은 게으름을 피울 수 없었고, 다른 한 명은 본분을 다 할 수 없었다. 레이디 미들턴은 그들 앞에서 아무 일도 하지 않 는 게 창피했고, 루시는 여느 때라면 아첨하는 걸 자랑스럽게 여기고 행했겠지만 지금은 그들이 경멸할까 봐 눈치가 보였다. 셋 중에서 그나마 스틸 양이 그들의 존재에 가장 흔들리지 않 았다. 그들은 원한다면 스틸 양의 마음을 온전히 살 수도 있었 다. 둘 중 한 명이라도 메리앤과 윌러비 씨 사이에 있었던 사건 의 전말을 세세하게 전하기만 했더라면, 스틸 양은 그들이 와 서 정찬 뒤에 난롯가의 제일 좋은 자리를 내어줘야 했던 희생 도 충분히 보상받았다고 생각했을 것이다. 하지만 이런 회유책 은 주어지지 않았다. 그녀가 종종 엘리너에게 동생분이 참 안 됐다고 동정하는 말을 내뱉어도, 그리고 여러 번 메리앤 앞에 서 애인의 변절에 대한 의견을 던져보아도, 전자는 무관심한 표정을, 후자는 경멸하는 표정을 지을 뿐 아무 효과도 없었다.

스틸 양을 친구로 만드는 데는 이 정도까지 노력할 필요도 없었다. 그냥 박사 이야기로 놀려주기만 해도 충분했을 테니까! 하지만 다른 이들처럼 대시우드 자매도 스틸 양의 기대에 부응해줄 생각이 전혀 없었기 때문에, 존 경이 바깥에서 정찬을 드는 날이면 그녀는 온종일 이 문제에 대해 아무런 놀림도 받지 못한 채 그저 몸소 자기한테 농담을 던지는 것으로 만족해야 했다.

하지만 제닝스 부인은 이런 질투와 불만을 전혀 의심하지 않았기에, 아가씨들이 함께 지내는 것이 참 즐겁겠거니 여겼다. 그래서 매일 밤이면 젊은 친구들에게, 따분한 노인네와 이렇게 오랫동안 떨어져 있으니 고마운 일이 아니냐며 축하를 건네는 것이었다. 그녀는 때로는 존 경의 집에서, 때로는 자기 집에서 그들과 함께했다. 하지만 장소가 어디든, 언제나 기운이 넘치는 데다 즐거움과 우쭐함이 가득한 모습이었다. 그녀는 샬럿의 빠른 회복을 자신의 살뜰한 보살핌 덕으로 돌리면서, 딸의 상태에 대해 너무나 정밀하고 너무나 세세하게 이야기를 늘어놓았는데, 그 정도로까지 듣고 싶은 호기심을 지닌 이는 스틸 양밖에 없었다. 제닝스 부인에게도 심란한 일이 하나 있기는 했다. 그리고 부인은 그 점에 대해 날마다 불평을 늘어놓았다. 파머 씨가 남성들 사이에서는 흔하지만 아버지답지는 않은 의견, 즉 모든 아기들은 비슷하게 생겼다는 의견을 고수한다는 것이었다. 게다가 자기는 언제 봐도 아기가 양가 친척들을 하나같이 빼닮았다는 게 눈에 확 들어오는데, 그걸 아기 아버지한테 납득시킬 방법이 없다는 것이었다. 자기가 아무리 누누이 이야기해도 사위는 그 또래 아기들이 다 똑같다고 여긴다나. 게다가 세상에서 이렇게 잘생긴 아기도 없다는 간단한 명제조차 인정하지 않는다고 했다.

이제 이 무렵 존 대시우드 부인에게 닥친 한 가지 불운에 대해 이야기할까 한다. 두 시누이가 제닝스 부인과 함께 할리 거리에 처음 들렀을 때, 공교롭게도 다른 지인 한 명이 그녀를 방문했다. 그 자체로는 그녀에게 어떤 해도 되지 않을 상황이었다. 하지만 사람들이 마음대로 상상력을 발휘하여 타인의 행동에 대해 그릇된 판단을 하고 사소한 겉모습만으로 결정을 내리게 되면, 언제든 그들의 행복은 어느 정도 운에 좌우되게 된다. 이번 경우, 나중에 도착한 이 숙녀가 진실과 개연성을 넘어 상상력을 발휘해버린 나머지, 대시우드 자매라는 이름을 듣고 대시우드 씨의 누이들이라는 사실을 파악하자마자, 그것만으로 그들이 할리 거리에 머무르고 있다고 즉각 결론을 지어버린 것이었다. 이런 오해로 인해 그로부터 하루 이틀 뒤, 대시우드 내외뿐 아니라 그들 자매에게도 초청장이 날아오게 되었으니, 그녀의 집에서 열리는 작은 음악회에 그들을 청하는 내용이었다. 그 결과, 존 대시우드 부인은 대시우드 자매에게 자기 마차를 보내야 하는 엄청난 불편을 감수해야 했을 뿐 아니라, 설상가상으로 시누이들을 살뜰히 챙기는 것처럼 보여야 하는 지극히 못마땅한 상황에 처하게 되었다. 더군다나 시누이들이 자기와 다시 외출할 것을 기대하지 않으리라고 누가 장담하겠는가?

물론, 그들을 실망시킬 권한은 언제든 그녀에게 있었다. 하지만 그것만으로는 충분치 않았다. 사람들은 스스로 알면서도 그릇된 행동 양식을 고수하면, 그저 더 반듯한 행동을 기대받는 것만으로도 기분이 상하는 법이니까.

메리앤은 날마다 외출하는 일에 점차 익숙해져, 이제는 밖에 나가든 말든 무관심한 경지에 이르렀다. 그녀는 매일 저녁 약속을 위해 조용히 기계적으로 준비를 했지만, 약속에서 어떤 즐거움도 기대하지 않았고, 마지막 순간까지 어디로 가는지도 모르는 경우가 많았다.

옷차림이나 외모에도 철저히 무관심해진 터라, 그녀가 몸단장을 하는 내내 본인에게 들인 관심은, 몸단장이 끝난 뒤 스틸 양과 처음 만난 5분 사이에 받은 관심의 절반도 되지 않았다. 그 어떤 것도 스틸 양의 세세한 관찰력과 오지랖 넓은 호기심에서 벗어날 수 없었다. 그녀는 모든 것을 보았고, 모든 것을 물었다. 메리앤의 옷차림을 구성하는 개별 품목들의 가격을 몽땅 알아내기 전에는 만족하지 못했다. 메리앤에게 드레스가 모두 몇 벌 있는지 본인보다 더 잘 어림했고, 일주일에 세탁비로 얼마가 나가는지, 그리고 해마다 몸단장에 얼마를 쓰는지, 이런 정보들을 헤어지기 전에 알아내리라는 희망을 품고 있었다. 게다가 이처럼 무례하게 꼬치꼬치 캐묻고 난 뒤에는 항상 칭찬으로 마무리를 했는데, 본인은 사례랍시고 하는 말이었지만 메리앤이 보기에는 이것이야말로 가장 무례한 말이었다. 드레스 가격과 재단 과정, 구두 색깔, 머리 모양 따위에 관한 취조가 끝나면, 십중팔구 스틸 양에게서 "정말이지 너무너무 멋져 보이시고, 틀림없이 수많은 남자들을 정복하실 것"이라는 이야기를 듣게 될 것이기 때문이었다.

이번에도 메리앤은 이런 격려를 들으면서 오빠의 마차로 물러났다. 마차가 문간에 멈추고 5분 뒤에 그들은 바로 탈 준비가 되어 있었는데, 이렇듯 시간을 정확히 엄수하는 것도 올케의 마음에는 들지 않았다. 그녀는 지인의 집에 먼저 도착해, 그곳에서 시누이들이 꾸물거려 자기 자신이나 마부에게 폐를 끼치기를 바라고 있었으니까.

저녁 행사는 그다지 특별한 점이 없었다. 여타 음악회들과 마찬가지로, 연주에 진정한 안목을 지닌 사람들도 많았고, 안목이 전혀 없는 사람들은 더 많았다. 연주자들 본인도, 늘 그렇듯, 자기 자신이나 가까운 친지들의 평가에 따르면, 잉글랜드에서 가장 뛰어난 아마추어 연주자들이었다.

엘리너는 음악에 뛰어나지도 않았고 그런 척하지도 않았기 때문에, 언제든 마음이 내키면 주저 없이 그랜드 피아노에서 눈길을 돌렸다. 심지어 하프나 첼로의 존재에도 초연했기 때문에, 무엇이든 마음 가는 대로 방 안의 다른 대상에 눈길을 주었다. 이런 식으로 이리저리 둘러보던 중, 젊은 남자들의 무리 속에서 그 남자, 그레이 보석상에서 이쑤시개 갑에 대해 강의를 늘어놓았던 그 남자의 모습이 눈에 들어왔다. 얼마 뒤 그가 자기를 쳐다보고 그녀의 오빠에게 친근하게 이야기하는 모습도 보였다. 오빠에게 그의 이름을 물어봐야겠다고 막 마음먹은 참에 두 사람이 그녀에게 다가왔고, 대시우드 씨가 그를 로버트 페라스 씨라고 소개했다.

그는 매끄럽고 정중한 태도로 인사말을 건네면서 고개를 삐딱하게 숙여 보였는데, 그것만으로도 그가 예전에 루시가 묘사했던 멋이나 잔뜩 부리는 남자란 사실을 똑똑히 알 수 있었다. 에드워드에 대한 그녀의 애정이 당사자의 미덕보다 가까운 가족의 미덕에 의존했더라면 차라리 행복했으련만! 그렇다면 그의 어머니와 누이의 고약한 성질을 보고 비롯되었을 감정이 남동생의 고갯짓에서 확실하게 마무리되었을 텐데. 하지만 젊은 두 형제의 차이에 놀라면서도, 한 사람의 경박함과 자만심 때문에 다른 한 사람의 겸손과 가치에 대한 애틋한 마음이 사라진 것은 결코 아니었다. 그들이 실제로 왜 다른가에 대해, 로버트는 15분간의 대화 동안 본인 스스로 설명했다. 자기 형에 대해 말하면서, 그리고 형이 지체 높은 사람들과 어울리지 못하는 것이 극도의 어색함 때문이라고 진심으로 믿고 애통해하면서, 그는 공정하고 너그럽게도 그 원인을 타고난 결함에 돌리기보다는 개인 교습의 폐해 때문이라고 했다. 반면 자기 자신으로 말하자면, 딱히 형보다 특별하거나 걸출한 재능을 타고나지는 않았겠지만, 그저 일류 사립학교를 다닌 덕분에 그 누구 못지않게 세상 사람들과 잘 어울리게 되었노라고 했다.

"단연코 말씀드리지만," 그가 덧붙였다. "단지 그것 때문이라고 믿습니다. 그래서 어머니께서 이 일을 두고 비통해하시면, 저는 종종 이렇게 말씀드립니다. '어머니, 마음을 편히 가지세요.' 항상 이렇게 말씀드리지요. '이미 돌이킬 수 없는 일이에요. 그리고 전적으로 어머니께서 자초하신 일이고요. 본인의 판단대로 밀고 나가시지, 왜 괜히 삼촌인 로버트 경의 말씀에 휘둘려서 에드워드 형을 개인 교사에게 맡기셨어요, 그것도 그렇게 중요한 시기예요? 형을 프랫 씨한테 보내지 않고 그냥 저처럼 웨스트민스터 학교에 보냈으면 이런 일도 없었을 거잖아요.' 저는 이 사안을 항상 이렇게 여기고, 저희 어머니께서도 본인의 잘못을 완전히 인정하십니다."

엘리너는 그의 의견을 반박할 생각이 없었다. 일류 사립학교의 이점에 대해 일반적으로 어떤 견해를 가지고 있건, 에드워드가 프랫 씨의 가족과 함께 거주한 것을 생각하면 그다지 흡족하지 않았기 때문이었다.

"데번셔에 사신다면서요." 그가 다음에 던진 말이었다. "돌리시* 근처에 있는 코티지라던데."

엘리너는 코티지의 위치에 대해 바로잡아주었다. 데번셔에 사는 사람이 돌리시 근처에 살지 않는다니, 그는 다소 놀라는 눈치였다. 하지만 그들이 거주하는 가옥의 종류에 대해서는 아낌없는 찬사를 베풀었다.

"저는 코티지를 굉장히 좋아합니다." 그가 말했다. "코티지에는 언제나 매우 큰 안락함과 우아함이 있어요. 감히 말씀드리지만, 제게 여윳돈이 있다면 런던 근처에 땅을 조금 사서 직

---

*데번셔에 있는 유명한 해변 휴양지. 대시우드 가족의 코티지는 돌리시와 다소 떨어진 데번셔의 엑서터 북쪽에 위치해 있다.

집 한 채를 지을 겁니다. 언제든 그곳에 내려가 몇몇 친구들을 불러서 즐거운 시간을 보낼 수 있게요. 누구든 집을 지으려는 사람이 있으면, 저는 코티지를 지으라고 조언합니다. 요 전날 제 친구인 코틀랜드 경이 조언을 구하러 찾아와서는 보노미*의 설계도 세 장을 제 앞에 펼쳐놓았습니다. 그중 제일 나은 도안을 고르라는 것이었습니다. '친애하는 코틀랜드,' 저는 설계도를 몽땅 벽난로 속에 던져 넣으면서 이렇게 말했습니다. '이것들 중에서 고르지 말고 무조건 코티지를 짓게.' 그리고 짐작하건대, 아마도 그렇게 되었을 겁니다.

어떤 사람들은 코티지라고 하면 불편하고 좁다고만 생각하는데, 그건 완전히 오해입니다. 지난달에 다트퍼드 근처에 사는 친구 엘리엇의 집에 들렀을 때 일입니다. 엘리엇 부인이 무도회를 열고 싶어 하시더군요. '하지만 무슨 수로 열지요?' 부인이 말했습니다. '페라스 씨, 어떻게 해야 할지 부디 말씀해주세요. 이 코티지에는 남녀 열 쌍이 들어갈 만한 방이 하나도 없어요. 게다가 석식은 어디에서 하지요?' 저는 아무런 어려움이 없다는 걸 곧바로 알고 이렇게 말했습니다. '친애하는 엘리엇부인, 걱정하지 마십시오. 정찬실에는 열여덟 쌍이라도 거뜬히들어갈 겁니다. 카드 탁자는 응접실에 설치하면 되고, 서재를개방해서 차와 다과를 대접하고, 석식은 홀에 차리시면 됩니

*조지프 보노미는 당시 잉글랜드의 대표적 건축가로, 대저택이나 교회 등을 설계했다. 그는 건물을 설계할 때 웅장한 규모, 완벽한 균형미, 넓찍한 공간 등을 중요시했고, 이는 코티지와는 거의 상반되는 것이었다.

다.' 엘리엇 부인은 이 생각을 반기셨어요. 저희가 정찬실 크기를 재봤더니 정확히 열여덟 쌍이 들어가겠더군요. 그래서 온전히 제 계획에 따라 일을 준비했지요. 그런고로 보시다시피, 사람들이 일을 해결하는 방법만 알면 넓디넓은 대저택 못지않게 코티지에서도 온갖 편안함을 누릴 수가 있지요."

엘리너는 모든 말에 동의했다. 굳이 논리적인 반론이라는 호의를 베풀어줄 만한 상대도 아니라 여겼기 때문이었다.

존 대시우드는 큰누이와 마찬가지로 음악에서 큰 즐거움을 얻지 못했던 터라 그의 마음도 자유로이 이리저리 떠돌았다. 그러다가 저녁에 어떤 생각이 떠올라, 그는 집에 돌아왔을 때 아내의 허락을 구하고자 이야기를 해주었다. 데니슨 부인이 누이들을 그들의 손님이라고 오해했던 것을 생각해보았을 때, 마침 제닝스 부인도 일이 있어 집을 자주 비우니, 이참에 누이들을 정말로 집으로 초대하는 것이 적절하지 않겠느냐는 이야기였다. 돈도 거의 안 들고, 그렇다고 불편할 일도 거의 없을 터였다. 게다가 그의 섬세한 양심이 지적한 바로는, 아버지께 드린 약속에서 완전히 해방되려면 이 정도 배려는 필수적이었다. 패니는 이 제안에 화들짝 놀랐다.

"어떻게 그럴 수 있겠어요." 그녀가 말했다. "레이디 미들턴께 무례를 범하게 될 텐데요. 아가씨들이 날마다 레이디 미들턴과 시간을 보내잖아요. 그것만 아니라면 저도 기꺼이 당신 생각대로 할 거예요. 오늘 저녁에 함께 외출한 것만 봐도 아시겠지만, 언제든 저는 아가씨들을 잘 챙길 마음을 갖고 있어요.

하지만 레이디 미들턴의 손님이잖아요. 어떻게 그분을 저버리고 이곳으로 오라고 청하겠어요?"

남편은 몹시 송구스러워했지만 아내의 반론에 설득력이 있다고 생각지는 않았다. "누이들이 벌써 일주일 동안 이런 식으로 컨듀잇 거리에 머물렀으니, 같은 기간 동안 우리처럼 가까운 친척과 지낸다고 해서 레이디 미들턴께서 크게 기분 나빠하실 것 같지는 않소."

패니는 잠시 침묵하다가 이어 새로이 힘을 내어 반격했다.

"여보, 할 수만 있다면 온 마음으로 기꺼이 아가씨들을 청하겠어요. 하지만 스틸 자매를 며칠간 초대하려고 마음먹은 참이거든요. 행실도 아주 바르고 착한 아가씨들이에요. 게다가 그 아가씨들의 아저씨가 에드워드한테 그렇게 잘해줬으니, 우리도 마땅히 배려를 해야지요. 시누이들이야 다른 해에도 초청할 수 있잖아요. 하지만 스틸 자매는 이제 런던에 오지 않을지도 몰라요. 틀림없이 그 아가씨들을 좋아하게 되실 거예요. 사실, 정말로 좋아하시잖아요. 벌써부터 굉장히 마음에 들어 하셨으면서. 그건 저희 어머니도 마찬가지고요. 해리도 얼마나 따르는데요!"

대시우드 씨는 납득했다. 당장 스틸 자매를 초청해야 하는 당위성을 깨달았고, 누이들은 다른 해에 초대하기로 결심하면서 양심과도 타협을 보았다. 하지만 이와 동시에 내년이면 그들을 초대할 필요가 아예 없어질 수도 있겠다고 남몰래 생각했다. 엘리너는 브랜던 대령의 부인으로 런던에 올 테고, 그러면 메리앤은 그들의 손님이 될 테니까.

패니는 궁지에서 벗어난 것에 기뻐하고 이를 가능케 한 본인의 영리한 기지에 뿌듯해하면서, 다음 날 아침 루시에게 레이디 미들턴이 허락하시는 대로 며칠간 언니와 함께 할리 거리에 와서 지내라고 편지를 썼다. 이러한 제안은 루시를 진심으로, 그리고 몹시 행복하게 했다. 마치 대시우드 부인이 몸소 자기를 위해 길을 놓아주는 것 같았다. 모든 희망을 보듬어주고, 모든 기대를 북돋워주면서! 에드워드뿐만 아니라 그의 가족과 함께 지낼 수 있다니 이것은 무엇보다도 그녀의 이익을 도모할 중대한 기회였고, 그녀의 마음을 흐뭇하게 하는 초대였다! 아무리 감사해도 모자라고 아무리 서둘러도 부족한 호기였다. 지금까지는 레이디 미들턴과 얼마 동안 함께 지낼지 딱히 기한을 정해두지 않았지만, 이제는 마치 이틀 안에 끝내기로 전부터 정해져 있었던 것처럼 순식간에 분위기가 바뀌었다.

엘리너는 편지를 보았을 때, 다시 말해 편지가 도착하고 10분도 되지 않아 상대방이 그것을 내보였을 때, 처음으로 루시의 기대감을 얼마간 공유하게 되었다. 서로 알게 된 지 얼마 되지도 않았는데 이렇듯 유난히 친절을 보이다니, 이는 루시에 대한 호의가 단순히 엘리너 자신에 대한 악의에서 비롯된 것은 아니라고 말하는 듯했다. 그리고 시간과 수완에 따라, 루시가 원하는 대로 모든 것이 이루어질 수도 있겠다고. 이미 루시의 아첨은 레이디 미들턴의 자부심 강한 마음을 정복했고, 이제는 대시우드 부인의 까다로운 마음까지 파고들었다. 이런 결과물은 앞으로 더 큰 가능성을 열어줄 터였다.

스틸 자매는 할리 거리로 거처를 옮겼고, 그곳에서 그들이 어떤 영향력을 발휘하는지 이야기가 들려올 때마다, 엘리너의 이런 예상은 더욱 굳어져갔다. 존 경은 한 번 이상 스틸 자매를 방문한 뒤, 집에 와서 그들이 어떤 총애를 받고 있는지 전했는데, 두루두루 인상적인 이야기였다. 대시우드 부인은 평생 스틸 자매만큼 마음에 드는 처녀를 본 적이 없다고 했다. 그들 각자에게 어느 망명자*가 만든 바느질 용품 지갑을 선물했고, 루시를 성이 아닌 이름으로 불렀으며, 앞으로 그들과 어떻게 헤어질지 막막할 정도라고 했다.

---

*프랑스 혁명 당시 잉글랜드로 피신한 사람들을 지칭한다. 그중 다수는 처벌을 피해 도망쳐온 귀족 계층이었는데, 생계를 위해 여러 물건을 만들어 팔았다.

제3권

1

파머 부인은 보름이 지나자 거의 회복하여 어머니는 이제 딸에게 온 시간을 쏟을 필요가 없겠다고 느꼈다. 그래서 하루에 한두 차례 딸을 찾아가보는 것으로 만족하고 그때부터는 자신의 집과 일상생활로 되돌아왔다. 대시우드 자매 역시 기꺼이 예전 생활로 되돌아갈 태세가 되어 있었다.

이런 식으로 버클리 거리에 다시 자리 잡은 지 사나흘쯤 지난 어느 오전, 제닝스 부인이 평소처럼 파머 부인을 방문했다 돌아오는 길에 얼마나 허둥지둥 중요한 일이 있는 기색으로 응접실로 들어서던지, 그곳에 혼자 앉아 있던 엘리너는 뭔가 놀라운 소식을 듣겠구나 하고 짐작했다. 그리고 이런 생각을 마치기가 무섭게 제닝스 부인이 곧장 이야기를 쏟아내면서 그녀의 짐작이 옳았음을 증명해주었다.

"세상에! 대시우드 양! 그 소식 들었우?"

"아뇨, 무슨 일인가요?"

"너무 놀라운 일이라오! 하지만 처음부터 몽땅 이야기해드리리다. 글쎄 내가 파머 씨 집에 갔더니 샬럿이 아기 때문에 난리더라고. 틀림없이 아기가 심하게 아프다는 게야. 계속 울고 보채고 온몸에 발진이 생겼거든. 그래서 바로 아기를 살펴보고 말했다오. '아이고! 애야. 그냥 젖니가 올라오면서 발진이 생긴 것뿐이야.' 보모도 똑같은 말을 했지. 하지만 샬럿이 도통 믿으려 하질 않아서 도너번 선생을 부르러 보냈다오. 다행히도 선생이 할리 거리에서 막 돌아오던 참이라 곧장 우리한테 건너왔는데, 아기를 보자마자 우리랑 똑같은 말을 합디다. 그냥 젖니가 나면서 발진이 생긴 것뿐이라고 말이우. 그래서 샬럿도 마음을 놓았지. 그렇게 해서 선생이 다시 나가려는데, 문득 이런 생각이 머리에 드는 거요. 왜 그런 생각이 들었는지는 나도 모르겠어. 하지만 무슨 소식이 없나 물어봐야겠다는 생각이 들었지. 그래서 물어보았더니, 선생이 뭔가를 알고 있는 듯, 괜히 실실 웃더니 심각한 표정을 짓는 게 아니겠우. 그러고는 마침내 귓속말로 이렇게 전합디다. '부인께서 돌보시는 젊은 숙녀분들이 올케분의 병환에 대해 안 좋은 소식을 전해 들을 수도 있을 테니, 이렇게 말씀드리는 편이 낫겠군요. 아무 걱정 하실 이유가 없다고요. 대시우드 부인께서는 별일 없으실 거라 생각합니다.'"

"설마! 올케가 아픈가요?"

"나도 딱 그렇게 말했다오. '이런! 대시우드 부인께서 편찮

354

으신가요?' 그랬더니 모든 이야기가 나오게 된 거지. 이야기를 간추리자면, 내가 들은 바로는 이렇게 된 것 같습니다. 에드워드 페라스 씨가, 내가 대시우드 양을 두고 농담을 던져댔던 바로 그 청년이, (하지만 일이 이렇게 되고 나니, 실제로 아무 일도 없었다는 게 엄청나게 다행이지 뭐요) 그 에드워드 페라스 씨가, 글쎄 1년 넘게 내 친척 루시와 약혼을 이어오고 있었던 모양이야! 그렇다니까, 글쎄! 게다가 낸시* 말고는 아는 사람이 아무도 없었다지 뭐요! 그런 일이 가능하리라고 생각이나 했겠우? 두 사람이 서로 좋아하는 거야 뭐 그리 놀랄 일도 아니지만. 그래도 일이 이 정도로까지 진척되도록 아무도 눈치조차 못 챘다니! 그건 말이 안 되지! 어쩌다 보니 둘이 같이 있는 걸 본 적이 없어서 그렇지, 만약 내가 봤다면 금방 알아차렸을 거라오. 어쨌거나, 둘은 페라스 부인이 두려워서 꼭꼭 감춰왔던 모양입디다. 그래서 모친이나 누나 내외는 전혀 낌새도 채지 못했고. 그러다가 오늘 아침에 딱한 낸시가 몽땅 털어놓았다지 뭐요. 알다시피 그 아가씨가 마음씨는 좋아도 썩 영리하지는 않잖우. 낸시는 혼자 생각했겠지. '그래! 다들 루시를 이렇게 좋아하니, 틀림없이 아무도 문제 삼지 않을 거야.' 그러고선 대시우드 양의 올케한테 간 거지. 올케는 무슨 일이 일어날지 전혀 모른 채 혼자서 카펫 작업**을 하고 있었다오. 5분 전만 해도, 누군지는 기억 안 나지만 무슨 귀족의 따님이랑 에드

*언니인 앤 스틸.
**염색한 털실로 캔버스에 바느질을 하여 깔개, 커튼, 침구 등을 만들던 작업.

워드를 엮어줘야겠다는 이야기를 남편이랑 하고 있었다니까. 그러니 올케의 허영심과 자만심이 얼마나 큰 타격을 입었겠소. 곧장 격렬한 히스테리 발작을 일으키고는 어찌나 비명을 질러 댔던지, 시골 집사한테 편지를 쓸까 생각하면서 아래층 드레스룸*에 앉아 있던 남편 귀에까지 들렸다지 뭐요. 그래서 대시우드 양 오빠가 바로 위층으로 달려 올라갔더니, 끔찍한 광경이 펼쳐져 있었던 게지. 그때쯤 루시도 돌아와 있었거든, 무슨 일이 벌어지고 있는지 꿈에도 생각지 못하고서 말이야. 딱한 것! 난 그 애가 가여워요. 분명히 말하지만 너무 모진 대접을 받았어. 올케가 얼마나 길길이 날뛰면서 몰아세웠던지, 이내 기절할 지경에 이르렀다니까. 낸시는 무릎을 꿇고선 서럽게 울어댔고, 오빠는 방 안을 서성이면서 어떻게 해야 할지 모르겠다고 말하고. 대시우드 부인이 그들을 당장 집에서 내쫓겠다고 하는 통에, 이번에는 오빠가 무릎을 꿇어야 했다지 뭐요, 적어도 옷가지를 챙길 시간은 주자고 사정하면서 말이야. 그러자 올케가 다시 히스테리 발작을 일으켰고, 오빠는 너무 겁이 나서 도너번 선생을 불렀고, 도너번 선생은 집이 이 난리인 걸 보게 된 게지. 불쌍한 우리 친척들을 데려가려고 문간에 마차가 대기 중이었다고 합디다. 선생이 내릴 때 그 애들이 막 올라타는 중이었다고. 불쌍한 루시는 얼마나 상태가 안 좋은지, 선생 말로는 제대로 걷지도 못하더래요. 낸시도 거의 비슷한 처지였고.

*당시의 드레스룸은 대개 침실 곁에 붙은 큰 방으로, 손님을 맞거나 기타 용무를 처리하는 공간으로 쓰였다.

내 말하지만, 올케 같은 사람은 참고 봐줄 수가 없다우. 진심으로 바라건대, 올케가 뭐라 하건 둘이 맺어지면 좋겠어. 아유! 불쌍한 에드워드 씨가 이 이야기를 들으면 얼마나 마음이 괴로울까! 사랑하는 사람이 그렇게 모욕을 당했으니! 사람들 말로는 에드워드 씨가 그 애를 엄청나게 좋아한다고 합디다. 그야 당연하지. 그러니 이 일을 듣고 격노한대도 전혀 놀랄 일이 아니지! 도너번 선생도 같은 의견입디다. 선생과 나는 이 일을 두고 이야기를 많이 나눴거든. 여기서 제일 마음에 드는 부분은 선생이 할리 거리로 다시 돌아갔다는 거지. 그러면 페라스 부인이 이 소동에 대해 전해 들었을 때 바로 왕진을 갈 수 있거든. 우리 친척 아가씨들이 쫓겨나자마자 올케가 모친한테 오라고 청한 모양이더라고. 자기 모친도 히스테리에 빠질 게 분명하다면서. 그러거나 말거나 내 알 바 아니지. 둘 다 하나도 가엾지가 않아. 사람들이 돈이나 지위를 가지고 야단법석을 떠는 걸 보면 이해가 안 돼. 에드워드 씨와 루시가 결혼하면 안 되는 이유가 대체 뭐요. 페라스 부인이야 아들한테 넉넉히 해줄 형편이 되고, 루시가 거의 빈털터리에 가깝기는 하지만 누구보다도 알뜰살뜰 잘 사는 법을 아는데. 내가 장담하는데 페라스 부인이 연간 5백 파운드만 아들한테 허락해도, 루시는 8백 파운드로 사는 사람들만큼 살림을 번듯하게 잘 꾸릴 거요. 아유! 두 사람이 대시우드네 코티지 같은 곳에서, 아니면 조금 더 큰 곳에서, 하녀 둘에 하인 둘을 데리고 얼마나 편안하게 잘 살 텐데. 하녀 구하는 건 나도 도울 수 있어요. 우리 집 베티한테 지금 일 없는 여동생이 있거든, 두 사람한테 딱 적당할 게야."

이 대목에서 제닝스 부인은 말을 멈췄다. 엘리너는 이미 생각을 정리할 시간을 충분히 가졌던 터라, 이런 이야기를 들었을 때 자연스럽게 나올 만한 대답과 논평을 내놓을 수 있었다. 이 사안에 대해 특별한 관심을 가진 것처럼 의심받지 않아서 다행이었고, (최근 들어 종종 그런 기대가 들었던 것처럼) 제닝스 부인이 그녀와 에드워드를 더 이상 연결시키지 않아서 다행이었다. 무엇보다도 메리앤이 그 자리에 없는 것을 다행으로 여기면서, 그녀는 이 일에 대해 당황하지 않고 얘기할 수 있다고, 그리고 모든 당사자들의 행동에 대해 치우침 없이 판단할 수 있다고 느꼈다.

자신이 이 일의 결말을 실제로 어떻게 기대하고 있는지 판단이 서지 않았다. 하지만 궁극적으로 에드워드와 루시의 결혼이 아닌, 뭔가 다른 결말이 가능할 거라는 생각은 떨치려고 진심으로 노력했다. 페라스 부인이 어떤 말과 행동을 할지 비록 빤히 예상이 되긴 했지만, 그래도 간절히 듣고 싶었다. 그리고 에드워드가 어떤 식으로 처신할지는 더더욱 간절히 알고 싶었다. 그에 대해서는 크나큰 연민을 느꼈다. 루시에게는 아주 조금만 느꼈다. 그마저도 얼마간 애를 쓴 끝에 간신히 얻은 것이었다. 나머지 당사자들에 대해서는 어떠한 연민도 들지 않았다.

이제 제닝스 부인은 오로지 이 이야기만 늘어놓을 게 불 보듯 뻔한지라, 엘리너는 바로 메리앤을 대비시켜야겠다고 느꼈다. 한시라도 빨리 메리앤의 착각을 일깨우고, 진실을 알게 하

고, 다른 사람들이 하는 이야기를 들어도 언니를 향한 걱정이
나 에드워드를 향한 분노를 드러내지 않도록 만들어야 했다.

이것은 괴로운 임무였다. 동생에게 남은 유일한 위안임을
잘 알면서도 그것을 빼앗게 될 터였고, 에드워드에 대한 동생
의 호의를 영영 망치게 될지도 모를 만한 그런 이야기를 세세
히 전해야 했다. 게다가 동생이 보기에는 언니와 자신의 처지
가 매우 닮았을 것이기에, 다시금 예전의 실망감을 되살리게
될지도 몰랐다. 하지만 아무리 달갑지 않다 해도 피할 수 없는
일이었으므로 엘리너는 서둘러 임무에 착수했다.

그녀는 자기 감정에 대해 넋두리를 늘어놓거나, 자신이 크
나큰 고통을 겪고 있다고 묘사할 생각이 전혀 없었다. 그저 에
드워드의 약혼에 대해 처음 알게 된 이후로 발휘해온 본인의
자제심이, 어떤 식으로 행동하는 것이 바람직한지 메리앤에게
어렴풋이나마 제시해주길 기대할 따름이었다. 그녀의 이야기
는 단순하고 명료했다. 감정이 완전히 배제될 수는 없었지만,
극심한 동요라든가 격렬한 슬픔 같은 것을 내비치지는 않았다.
그것은 오히려 듣는 사람의 몫이었으니, 메리앤은 들으면서 경
악했고 하염없이 흐느꼈다. 엘리너는 자신의 불행 앞에서도 타
인의 불행을 마주했을 때와 마찬가지로 그들을 위로해야 했다.
자신은 아무렇지도 않다고 거듭 확인해주고, 에드워드는 신중
하지 못했을 뿐 아무 잘못도 없다고 열심히 옹호하면서, 본인
이 할 수 있는 모든 위로를 건넸다.

하지만 메리앤은 한동안 어떤 이야기도 믿으려 들지 않았

다. 에드워드는 제2의 윌러비 같았다. 또한 엘리너가 본인 말처럼 실제로 그를 진심으로 사랑했었다면, 어떻게 자기 자신보다도 감정이 격하지 않을 수 있단 말인가! 루시 스틸로 말하자면, 메리앤은 그녀를 호감 가는 구석이라고는 전혀 없다고, 분별 있는 남성을 잡을 만한 능력도 전혀 없다고 여겼기 때문에, 에드워드가 한때 그녀에게 애정을 지녔다는 사실을 처음에는 믿지 않으려 했고 나중에는 용서하지 않으려 했다. 심지어 그런 일이 자연스럽게 일어난다는 사실조차 인정하지 않으려 했다. 엘리너는 그런 일이 가능하다는 것을 동생이 납득할 수 있는 유일한 방법, 즉 인간에 대한 보다 깊은 이해에 맡기기로 했다.*

그녀가 처음 꺼낸 이야기는 약혼 사실과 그것이 지속된 기간을 전하는 데서 더 나아가지 못했다. 메리앤의 감정이 바로 개입하면서 이야기의 질서 정연함이 모두 무너진 것이었다. 한동안 엘리너가 할 수 있는 일이라고는 동생의 고통을 달래주고, 충격을 덜어주고, 분노를 가라앉히는 것밖에 없었다. 동생 쪽에서 첫 번째 질문을 던지면서 좀 더 상세한 내용으로 나아가게 되었다.

"얼마나 오랫동안 알고 있었던 거야, 언니? 에드워드가 언니한테 편지를 썼어?"

---

*훗날 메리앤이 인간에 대해 보다 깊이 이해하게 되면, 현명하고 도덕적인 사람들조차 때로는 외적인 아름다움이나 겉으로 보이는 상냥함 등에 현혹되어 어리석은 일을 저지를 수 있다는 사실을 알게 될 것이라는 뜻. 엘리너는 에드워드가 루시에게 한때 반했던 것도 이런 이유 때문이라 여겼다.

"넉 달 됐어. 작년 11월에 루시가 바턴 파크에 처음 왔을 때, 비밀로 해달라면서 약혼 이야기를 했어."

이 말에 메리앤은 입을 떼지 못하고 두 눈으로 경악을 표현할 따름이었다. 잠시 놀라움에 말이 없다가 그녀가 외쳤다.

"넉 달이라고! 지난 넉 달 동안 이 사실을 알고 있었다는 거야?"

엘리너는 그렇다고 했다.

"세상에! 내 온갖 시름을 다 받아주는 동안, 마음속으로는 이런 짐을 짊어지고 있었다고? 그런데도 나는 언니더러 행복하다고 몰아세웠고!"

"당시에는 내가 그렇지 않다는 걸 네게 알릴 만한 상황이 아니었잖아."

"넉 달이라니!" 메리앤이 다시 외쳤다. "어쩌면 그렇게 침착하게! 어쩌면 그렇게 유쾌하게! 무슨 수로 견뎌낸 거야?"

"내 도리를 다하고 있다는 생각으로. 루시랑 약속했으니 비밀을 지켜야 했어. 루시에 대한 도리 때문에, 그 사실에 대해 아무 말도 할 수 없었어. 그리고 가족이나 친구들에 대한 도리 때문에, 내가 설명해줄 수도 없는 일인데 공연히 걱정을 끼칠 수는 없었어."

메리앤은 무척이나 놀란 듯했다.

"너나 어머니한테는 여러 번 진실을 밝히고 싶었어." 엘리너가 덧붙였다. "그래서 한두 번 그러려고 했었지. 하지만 약속을 깨지 않고서는 납득시킬 방법이 없었어."

"넉 달이라니! 하지만 언니는 에드워드를 사랑했잖아!"

"그래. 하지만 내가 사랑한 건 단지 그분만이 아냐. 내겐 다른 이들의 마음이 편안한 것도 중요해. 그래서 내가 어떤 감정을 겪고 있는지 모르게 한 걸 다행이라고 생각해. 이제는 말이야, 별다른 감정 없이 이 일에 대해 생각하고 말할 수 있어. 나 때문에 네가 괴로워하는 건 싫어. 나 자신도 이제는 크게 괴롭지 않으니까. 많은 것들이 나를 지탱해주는걸. 이런 실망감을 맛본 것이 내 자신의 경솔함 때문도 아니고, 지금까지 그런 감정을 퍼뜨리지 않고 최대한 잘 견뎌왔어. 에드워드는 본질적으로 어떤 잘못도 저지르지 않았어. 나는 그분이 아주 행복해지길 바라. 워낙 본인의 도리를 다하는 분이니까. 지금은 얼마간 회한을 느낄지라도 결국에는 그렇게 되실 거야. 루시도 분별력이 부족하지 않으니, 그것을 기반으로 좋은 일들을 쌓아나가겠지. 그리고 메리앤, 일편단심 한 사람만 사랑한다는 생각이 매혹적일지라도, 그리고 누군가의 행복이 전적으로 어느 한 사람에게 달려 있다는 생각이 그럴듯하게 느껴져도, 꼭 그렇게 되어야 하는 것도 아니고…… 타당하지도 않고…… 가능하지도 않아. 에드워드는 루시와 결혼할 거야. 외모나 이해력 면에서 동성들의 평균치보다는 나은 여자와. 그리고 시간이 흐르고 익숙해지면 그분은 한때 그녀보다 나은 사람을 생각했다는 것도 잊게 되겠지."

"만약 언니 생각이 그렇다면," 메리앤이 말했다. "세상에서 가장 소중한 것을 잃었는데도 다른 것으로 쉽사리 마음을 다스릴 수 있다면, 어쩌면 언니의 결단력이나 자제심이 내가 생각했던 만큼 놀라운 것은 아니었나 봐. 이제는 조금 더 이해할 수 있겠어."

"무슨 말인지 알겠어. 내 감정이 깊지 않았다고 생각하는 거겠지……. 지난 넉 달 동안, 메리앤, 이 모든 것이 마음을 짓누르는데도 누구 한 사람에게도 말할 수 없었어. 언제고 이 일을 알리게 되면 너나 어머니한테 크나큰 불행을 안길 거란 사실을 알면서도 마음의 준비조차 전혀 시킬 수 없었어. 내게 그 사실을 전한 이는…… 거의 강제하다시피 전한 이는, 나보다 먼저 약혼을 해서 내 모든 기대를 무너뜨린 장본인이었지. 그것도, 내 생각에는, 의기양양한 태도였어……. 따라서 이 사람의 의심을 막아내야 했어, 내 마음을 온통 차지하고 있는 일에 대해 무관심한 듯 애쓰면서……. 한두 번도 아니었어……. 상대가 우쭐해서 전하는 기쁨과 희망을 몇 번이고 들어줘야 했어……. 영영 에드워드와 헤어질 수밖에 없음을 아는데, 그와의 인연에 대한 갈망은 어떤 이야기를 들어도 줄어들지 않았어. 어떤 것도 그분의 가치를 폄하하지 못했고, 어떤 것도 그분이 내게 무관심하다고 말하지 않았으니까……. 그분 누나의 무례함과 어머니의 오만함도 견뎌야 했어. 애정에 따르는 혜택은 전혀 없이 대가만 치러야 했지……. 그리고 너도 잘 알다시피, 이 모든 일이 일어난 시기에 불행한 건 나 혼자만이 아니었어. 만약 내게도 감정이란 게 있다고 생각한다면…… 이제는 내가 괴로워했다는 사실을 알겠지. 지금 내가 담담하게 이 일을 생각할 수 있는 것도, 선선히 마음의 위안을 받아들인 것도, 끊임없이 고통스럽게 애쓴 결과였어. 저절로 그렇게 된 게 아냐. 처음부터 생겨나서 내 마음을 어루만져주지는 않았어. 아니었다고, 메리앤. 그때, 만약 내가 비밀을 지키기로 약속만 하지 않았다면, 그 어떤 것도 완전히 나를 침묵시키지는 못했을 거야. 사랑하는 사람들을 향한 도리가 아무리 중요해도……내가 정말 불행하다는 걸 그대로 내보였을 거야."

메리앤은 완전히 압도되었다.

"아! 언니." 그녀가 외쳤다. "언니 때문에 나 자신을 영영 미워하게 될 것 같아. 언니한테 그토록 잔인하게 굴다니! 나한테 유일한 위안이었고, 내 모든 불행을 함께 견뎌줬고, 그저 나 때문에 괴로워하는 줄 알았는데, 그런 언니한테! 나는 이런 식으로 감사를 표했다고? 이런 식으로밖에 보답하지 못했다고? 언니의 장점이 내게 너무 버거워서 무시하려고 애썼던 거야."

이런 고백 뒤로 더없이 다정한 포옹이 이어졌다. 이제 동생의 마음가짐이 이런지라, 엘리너는 무엇이건 필요한 약속을 아무런 어려움 없이 받아낼 수 있었다. 그리고 언니의 청에 따라, 메리앤은 이 일에 대해 누구와 얘기하더라도 쓰라린 기색을 전혀 드러내지 않겠다고, 루시를 만나도 그녀에 대한 반감을 일체 더 내보이지 않겠다고, 그리고 혹시 기회가 되어 에드워드를 만나게 되어도 평소처럼 따뜻하게 대하겠다고 약속했다. 이것은 대단한 양보였다. 하지만 메리앤은 본인이 누군가에게 상처를 주었다고 느낄 때, 그 어떤 식으로 갚아도 모자란다고 생각했다.

그녀는 신중하게 행동하겠다는 약속을 훌륭하게 지켜냈다. 이 사안에 대해 제닝스 부인이 쏟아내는 말을 얼굴색 하나 변하지 않고 전부 들어줬고, 어떤 반대 의견도 제기하지 않았으며, 세 번이나 "네, 그렇군요"라고 대답하기까지 했다. 루시를 칭찬하는 소리를 들어도 그냥 이 의자에서 저 의자로 옮겨 갔을 뿐이었고, 에드워드의 애정에 대한 얘기가 나왔을 때에는 그저 목에 경련을 일으키는 정도로 끝냈다. 이처럼 동생이 결연한 용기를 보여주자, 엘리너는 자신도 무엇이든 감당할 수 있을 것처럼 느껴졌다.

다음 날 아침에는 더 큰 시련이 찾아왔다. 오빠가 이 끔찍한 사태를 알리고 아내에 관한 소식을 전하기 위해 자못 심각한 표정으로 찾아온 것이었다.

"아마 너희도 들었겠지." 그는 자리에 앉자마자 매우 숙연하게 말했다. "어제 우리 집 지붕 아래에서 드러난 아주 충격적인 사실에 대해서 말이다."

다들 그렇다는 표정을 지어 보였다. 말을 하기에는 너무 어색한 순간 같았다.

"너희 올케는 끔찍한 고통을 겪고 있어." 그가 말을 이었다. "페라스 부인도 마찬가지시고. 간단히 말해 너무나 당황스럽고 비통한 장면이 펼쳐졌지. 그래도 어느 누구도 다치지 않고 이 폭풍이 무사히 지나가기를 바랄 거란다. 불쌍한 패니! 어제 내 내 히스테리 상태였지. 하지만 너무 놀라지 않아도 돼. 도너번 말이 크게 염려할 일은 없다더라. 체질도 양호하고, 정신력은 어떤 것도 감당할 수 있으니까. 올케는 천사처럼 의연하게 모든 걸 견뎌냈단다! 이제는 어느 누구도 좋게 여기지 않겠다고 하더라. 그렇게 속았으니 놀랄 일도 아니지! 그렇게 친절을 베풀고 믿음을 보였건만, 그런 배은망덕한 짓을 당했으니! 올케가 그 아가씨들을 집으로 청한 건 순전히 호의에서였어. 뭔가 배려해줘야겠다고 생각했고, 아무런 해가 되지 않을 처신 반듯한 아가씨들이라고 여겼지. 같이 어울리면 즐겁겠거니 하면서. 안 그랬으면 우리 둘 다 너랑 메리앤을 무척이나 초대하고 싶었어. 저기 계신 인정 많은 친구분께서 따님을 돌보시는 동안 말이야. 그랬는데 이런 보답을 받다니! 가엾은 패니가 다정하게 말하더구나. '진심으로 후회가 돼요. 저들 대신에 아가씨들을 청했으면 얼마나 좋았을까 하고요.'"

이 대목에서 그는 감사 인사를 받기 위해 말을 멈췄다. 인사를 받고 난 뒤 그는 계속했다.

"패니가 그 소식을 처음 전했을 때, 가엾으신 페라스 부인께서 어떤 고통을 겪었는지는 형언할 수가 없단다. 아들을 진정 사랑하는 마음으로 아주 바람직한 혼사를 계획하고 계셨는데, 그러는 내내 아들은 남몰래 다른 사람과 약혼 중이었다니! 그런 의심은 머리에 떠올릴 수도 없었지! 행여 장모님께서 다른 쪽에서 애정을 의심하셨다면, 그쪽은 절대 아니었어. '그쪽은 전혀 생각도 못 했는데.' 장모님께서 이렇게 말씀하셨지. 아주 비탄에 잠기셨어. 하지만 우리는 어떻게 해야 할지 함께 상의했고, 마침내 장모님께서 에드워드를 부르기로 결심하셨지. 처남이 왔어. 하지만 다음에 일어난 일을 이야기하자니 마음이 안 좋구나. 파혼을 시키려고 페라스 부인께서 어떤 말씀을 하셔도, 그리고 너희도 짐작하다시피 내가 장모님을 도와 아무리 설득하고 올케가 간청해도, 아무 소용이 없었어. 도리, 애정, 그 모든 것을 내팽개치더구나. 나는 에드워드가 그렇게 완고하고 그렇게 인정머리 없는지 예전에는 몰랐다. 장모님께서는 아주 너그러운 제안을 하셨어. 처남이 모턴 양과 결혼하면 노퍽 영지를 물려주겠다고 말이야. 그곳은 토지세도 면제라, 연간 1천 파운드는 너끈히 나오지. 사정이 절박하게 돌아가자, 심지어는 1천2백 파운드까지도 제시하셨어. 이와 반대로 만약 처남이 이 미천한 혼사를 계속 고집하면, 극심한 가난이 따를 것임을 알리셨어. 처남 수중의 2천 파운드가 전 재산이 될 거라 단언하셨지. 다시는 처남을 보지 않을 거라고도 하셨어. 그리고 어떤 도움도 주지 않을뿐더러, 처남이 생계를 위해 무슨 직업이라도 가지려 한다면 본인이 할 수 있는 모든 방법을 동원해 막겠다고 말이야."

이 대목에서 메리앤은 분노에 휩싸여 손바닥을 탁 치며 소리쳤다. "세상에! 그런 말도 안 되는 일이!"

"놀라는 것도 당연하지, 메리앤." 오빠가 대답했다. "이런 설득조차 안 먹힐 정도로 완고하다니. 네가 흥분하는 것도 지당해."

메리앤은 대꾸를 하려다가 약속을 생각하고 참았다.

"하지만 어떤 설득도 소용없었다." 그가 계속했다. "에드워드는 거의 말이 없었어. 하지만 말을 할 때는 아주 단호하더구나. 자기를 아무리 설득해도 약혼은 포기하지 않겠다는 거야. 어떤 대가를 치르더라도 끝까지 고수하겠다고."

"그렇다면 말이우." 더 이상 입을 다물기 힘들어진 제닝스 부인이 대놓고 정색하며 외쳤다. "양심적인 남자답게 처신했구려! 실례지만 대시우드 씨, 만약 그분이 다른 식으로 행동했다면 천하에 몹쓸 사람이라고 생각했을 거라오. 나도 이 일에 관해서는 대시우드 씨만큼이나 적잖이 관련이 있어요. 루시 스틸은 나랑 친척지간이니 말이우. 나는 세상에 루시만큼 참하고, 루시만큼 좋은 남편을 얻을 자격을 갖춘 아가씨도 없다고 생각해요."

존 대시우드는 대단히 놀랐다. 하지만 그는 천성이 차분하여 쉽게 흥분하지 않는 데다, 누구의 마음도 상하게 하길 원치 않았다. 그 누군가가 재산이 많은 경우라면 더더욱. 그런고로 전혀 불쾌한 기색 없이 대답했다.

"결단코 부인의 친척을 모욕할 생각은 없습니다. 아마도 루시 스틸 양은 무척 참한 아가씨겠지요. 하지만 이 경우는 부인도 아시다시피 불가능한 인연이에요. 자기 아저씨의 지도 아래 있는 청년과, 그것도 페라스 부인처럼 막대한 재산을 가진 여성의 아들과 남몰래 약혼을 하다니, 그런 일은 아주 드물다고 봐야지요. 간단히 말해, 부인께서 아끼시는 사람의 처신을 두고 따질 생각은 없습니다. 우리 모두 그 아가씨가 매우 행복해지길 바라고 있어요. 전반적으로 페라스 부인께서 보이신 행동은, 비슷한 상황에 놓인 세심하고 훌륭한 어머니라면 누구나 취했을 만한 것이었고요. 품위 있고 너그러우셨지요. 에드워드는 제비뽑기를 했지만 안타깝게도 나쁜 걸 뽑은 것 같습니다."

메리앤도 비슷한 염려에 한숨을 내쉬었다. 자기한테 마땅한 보답도 못 해줄 여자를 위해 어머니의 협박에 맞서고 있다니, 엘리너는 에드워드의 심정을 생각하며 마음이 짓눌리듯 아팠다.

"그래서 어떻게 끝났나요?" 제닝스 부인이 물었다.

"유감입니다만, 부인, 최악의 불화로 치달았지요. 페라스 부인은 에드워드를 영영 내치셨습니다. 어제 어머니의 집에서 나갔는데, 어디로 갔는지, 아직도 런던에 있는지, 알 길이 없습니다. 저희는 당연히 물어볼 처지가 아니니까요."

"불쌍한 청년 같으니! 앞으로 어찌 되려나?"

"그러게 말입니다, 부인! 생각만 해도 우울합니다. 그렇게 풍족한 앞날을 가지고 태어났는데! 이보다 더 비통한 상황은 상상도 되지 않습니다. 2천 파운드의 이자라니…… 무슨 수로 먹고살겠어요! 게다가 그렇게 어리석게만 굴지 않았다면, 석 달 내에 연간 2천5백 파운드가 굴러 들어왔을 텐데, (모턴 양한테 3만 파운드가 있으니까요) 세상에 이보다 비참한 처지가 상상이나 됩니까? 다들 처남을 불쌍히 여겨야 합니다. 저희는 처남을 도와줄 만한 여건이 전혀 아닌지라, 더더욱 그렇지요."

"불쌍한 청년 같으니!" 제닝스 부인이 외쳤다. "우리 집에서 숙식을 하겠다면 언제든 환영이라오. 그 청년을 보게 되면 그렇게 말해줄 텐데. 지금 같은 상황에 하숙집이나 여인숙에서 자기 돈으로 생활하는 건 가당치 않지."

엘리너는 에드워드를 향한 이런 친절이 진심으로 고마웠다. 비록 그 친절의 방식에 미소를 억누르기는 힘들었지만.

"가족들이 자기를 대우해주는 것만큼만 처남이 스스로 처신을 잘했어도," 존 대시우드가 말했다. "지금쯤 온당한 자리에서 아무 부족함 없이 지냈을 겁니다. 하지만 현실이 이러하니, 아무도 처남을 도와줄 힘이 없어요. 게다가 처남을 상대로 한 가지가 더 준비 중인데, 이게 그중에서 최악이지요. 조건만 맞았다면 에드워드의 몫이 되었을 그 영지를, 모친께서 로버트에게 즉각 물려주기로 결심하신 겁니다. 뭐 그렇게 마음먹으신 것도 지극히 당연하지요. 오늘 오전에 나설 때 장모님께서는 변호사와 이 일을 상의하고 계셨습니다."

"거참!" 제닝스 부인이 말했다. "모친께선 그런 식으로 복수하시는군. 다들 나름의 방법이 있겠지. 하지만 한 아들이 속을 썩인다고 다른 아들을 부자로 만든다니, 나 같으면 그렇게는 안 하겠어요."

메리앤은 자리에서 일어나 방을 서성였다.

"자기 몫이었던 재산을 남동생이 차지하는 걸 보다니, 남자한테 이보다 더 분통 터지는 일이 있겠습니까?" 존이 말을 이었다. "불쌍한 에드워드! 진심으로 딱해요."

몇 분간 더 이런 식으로 이야기가 쏟아진 뒤 방문이 마무리

370

되었다. 그는 패니의 건강 상태가 크게 심각하지 않다고 진심으로 믿는다면서, 그러니까 너무 염려할 필요 없다고 누이들을 거듭 안심시킨 뒤 그곳을 나섰다. 남겨진 세 숙녀는 현 상황에 대해, 최소한 페라스 부인과 대시우드 부부, 에드워드의 처신에 대해서는 감정이 일치했다.

그가 방을 나서자마자 메리앤이 분노를 토해냈다. 그녀가 격분하자 엘리너는 말을 삼가기가 힘들었고 제닝스 부인은 그럴 필요가 없어져서, 모두 입을 모아 당사자들을 열렬히 비판했다.

2

제닝스 부인은 에드워드의 행동을 몹시 칭찬했지만, 오직 엘리너와 메리앤만이 그것의 진정한 미덕을 이해했다. 오직 그들만이 그가 내키지도 않는 상대를 위해 부모의 뜻을 거역해야 했으며, 가족과 재산을 잃는 대신 그에게 남겨진 것은 옳은 일을 했다는 의식뿐, 그 어떤 위안도 없다는 사실을 알고 있었다. 엘리너는 그의 고결함을 뿌듯하게 생각했다. 메리앤은 그가 받고 있는 벌을 가엾이 여겨 모든 잘못을 용서했다. 그들은 사건이 밝혀지면서 예전처럼 서로 마음을 털어놓는 사이로 돌아갔지만, 자기들끼리 있을 때는 가급적 이 이야기를 피했다. 엘리너는 원칙상 피했다. 메리앤이 너무 열렬히, 너무 적극적으로 확언하는 탓에, 에드워드가 여전히 자신을 사랑하고 있다는 믿음이 자신의 바람처럼 사라지기는커녕 더더욱 생각 속으로 파고들기 때문이었다. 메리앤은 얼마 가지 않아 이 주제에 대해 이야기할 용기를 잃어버린 터였다. 이야기를 하고 나면 언제나 언니의 행동과 자신의 행동이 불가피하게 비교되면서 스스로에 대한 불만이 더더욱 커지기 때문이었다.

그녀는 비교에 따른 영향력을 절실히 느꼈다. 하지만 언니가 기대했던 것처럼, 현재에 노력을 하게끔 고무되지는 않았다. 오히려 그녀는 지속적인 자책감에 괴로워했고, 예전에는 노력을 전혀 하지 않았다는 사실에 뼈저린 후회를 했다. 하지만 이것은 뉘우침의 고통만 안길 뿐, 개심의 희망은 주지 않았다. 그녀는 마음이 너무 약해져서 지금은 노력이 불가능하다 생각했고, 이로 인해 더더욱 기운이 빠질 뿐이었다.

그로부터 하루 이틀 동안은 할리 거리나 바틀릿츠 빌딩스에서 별다른 소식이 들려오지 않았다. 이미 그들은 이 사건에 대해 아주 많이 알고 있어, 제닝스 부인은 새로운 소식을 더 구하지 않고도 충분히 이야기를 퍼뜨릴 수 있었지만, 그녀는 처음부터 되도록 속히 친척 아가씨들을 찾아가 위로도 건네고 속속들이 캐물어보려고 마음먹고 있었다. 하지만 평소보다 손님들이 많이 찾아오는 바람에 일찌감치 그들을 찾아가보려던 계획은 틀어지고 말았다.

사건에 대한 상세한 소식을 접하고 사흘째 되던 날은 3월의 둘째 주밖에 되지 않았는데도 워낙 화창하고 아름다운 일요일

이어서, 많은 이들이 켄싱턴 공원*으로 몰렸다. 제닝스 부인과 엘리너도 그중에 속했다. 하지만 메리앤은 윌러비 부부가 런던에 돌아왔다는 사실을 알고 그들을 만날까 항상 두려워하고 있었기 때문에, 그렇게 사람들이 많이 모이는 장소에 나가기보다는 집에 머무는 쪽을 택했다.

그들이 공원에 들어서고 얼마 안 돼 제닝스 부인의 가까운 친지 한 명이 합류했다. 그녀가 함께하면서 제닝스 부인의 모든 대화를 독점한 덕분에 혼자 조용히 사색할 수 있게 된 것이 엘리너로서는 전혀 아쉽지 않았다. 윌러비도 보이지 않았고, 에드워드도 보이지 않았으며, 심각하게든 유쾌하게든 그녀에게 흥미가 있을 만한 사람은 한동안 아무도 보이지 않았다. 그러다 스틸 양이 인사를 걸어오는 바람에 그녀는 적잖이 놀랐다. 스틸 양은 다소 쑥스러운 기색이기는 했지만 그들을 만난 것에 무척 반가워했고, 각별히 친절한 제닝스 부인의 태도에 용기를 얻었는지 잠시 자기 일행을 떠나 그들한테 합류했다. 제닝스 부인이 즉각 엘리너에게 속삭였다.

"몽땅 알아내요, 대시우드 양. 물어보기만 하면 죄다 말해줄 테니까. 보다시피 나는 클라크 부인 곁을 떠날 수가 없다우."

하지만 스틸 양은 물어보지 않아도 죄다 말해주었으니, 제닝스 부인의 호기심을 위해서나 엘리너 본인의 호기심을 위해서나 다행스러운 일이었다. 그렇지 않았다면 아무것도 알아내

---

*원래 켄싱턴 궁에 딸린 정원이었던 넓은 공원.

지 못했을 테니까.

"만나서 정말 반가워요." 스틸 양이 살갑게 팔짱을 끼며 말
했다. "정말 너무너무 뵙고 싶었거든요." 그러더니 목소리를
낮춰 물었다. "제닝스 부인도 이 일에 대해 전부 들으셨을 것
같은데. 혹시 화가 나셨나요?"

"전혀요. 스틸 양께 화가 나지는 않으셨어요."

"다행이에요. 그리고 레이디 미들턴요, 그분은 화가 안 나셨
어요?"

"절대 그럴 일은 없을 것 같은데요."

"정말 무지하게 기뻐요. 아유 세상에! 진짜 대단했어요! 평
생 루시가 그렇게 화내는 건 처음 봤다니까요. 처음에는 죽을
때까지 다시는 새 보닛에 장식도 안 해주고* 아무것도 안 해줄
거라고 그러더라고요. 하지만 지금은 진정이 돼서, 다시 예전
처럼 사이좋게 지내고 있어요. 보세요, 제 모자에 달린 이 리본
도 동생이 만들어준 거예요. 어젯밤에는 깃털도 달아줬고요.
그럴 줄 알았어요, 대시우드 양도 절 놀리시려는 거죠. 하지만
제가 분홍색 리본을 못 맬 이유가 뭐가 있겠어요? 이게 실제로
박사님이 제일 좋아하는 색깔이라 해도 전 상관 안 해요. 박사
님이 우연히 그렇다고 말해서 알았지, 박사님이 정말로 분홍색
을 다른 색깔보다 좋아하는지 제가 무슨 수로 알았겠어요. 친

---

*모자에 직접 장식을 다는 것은 부유하지 않은 여성들 사이에서 흔한 일이었다. 이미
장식이 다 된 모자를 사는 것보다 일반 모자를 사서 장식을 다는 것이 저렴했기 때문
이었다. 리본과 깃털, 꽃과 과일 모양이 주로 장식에 쓰였다.

374

척들이 저를 얼마나 못살게 구는지 몰라요! 진짜 가끔씩은 그 사람들 앞에서 시선을 어디다 둬야 할지 모를 정도랍니다."

그녀는 이야기가 옆길로 샜다가 엘리너가 아무 말이 없자, 다시 원래 화제로 돌아오는 게 적절하겠다고 재빨리 판단했다.

"근데요, 대시우드 양." 그녀가 의기양양한 태도로 말했다. "페라스 씨가 루시를 버리기로 했다느니 어쩌니 사람들이 마음 대로 떠드는데 그러라고들 해요, 절대 아니니까요. 이렇게 못 된 소문이 사람들 사이에 퍼지다니 참 안타까워요. 글쎄, 루시 본인이 그렇게 생각하든 말든 남들이 그걸 기정사실로 단정 지 을 일은 아니잖아요."

"지금까지 그런 이야기는 전혀 들은 적이 없어요, 진짜로 요." 엘리너가 말했다.

"아! 그래요? 하지만 실제로 얘기들을 한답니다, 제가 잘 알 아요. 그것도 한 사람만 그런 게 아니고요. 고드비 양이 스파크 스 양한테 말했대요. 제정신인 사람이라면 페라스 씨가 무일 푼인 루시 스틸 때문에 3만 파운드 재산을 가진 모턴 양을 포 기할 리 없다고요. 제가 스파크스 양한테 직접 들은 이야기예 요. 그뿐만 아니라, 제 친척인 리처드도 그러더라고요, 막상 때 가 되면 페라스 씨가 떠나버릴 것 같다고요. 에드워드가 사흘 동안이나 저희 근처에 얼씬도 하지 않았을 때는 저 자신도 어 떻게 생각해야 할지 모르겠더군요. 저는 루시도 이제 다 글렀 다고 포기한 모양이라고 마음속으로 생각했어요. 저희가 대시 우드 양 오빠 댁에서 수요일에 나왔는데, 목요일, 금요일, 토요

일이 다 가도록 에드워드는 나타나지도 않고, 어떻게 되었는지도 알 길이 없었으니까요. 한번은 루시가 그분한테 편지를 쓸까 하다가 자존심 때문인지 말더라고요. 그런데 오늘 오전에 저희가 교회에서 막 돌아왔을 때 그분이 집으로 찾아왔어요. 그래서 그분이 수요일에 할리 거리에 불려간 일이며, 어머니를 비롯한 모든 이들한테 설득당한 일이며, 그들 앞에서 자기는 루시밖에 사랑하지 않는다고, 오로지 루시하고만 결혼하겠다고 선언한 일 등, 모든 사정이 밝혀졌죠. 그분은 이런 일이 벌어져 너무 걱정이 된 나머지, 어머니의 집에서 나오자마자 말에 올라타고 어딘가 시골로 향했다고 하더군요. 그리고 목요일과 금요일 내내 어느 여관에 묵으면서 방법을 모색했대요. 생각에 생각을 거듭한 끝에, 이제 자기한테는 재산이고 뭐고 아무것도 없으니까, 루시를 약혼에 계속 붙들어놓는 것은 너무한 것 같았대요. 가진 돈이라고는 2천 파운드밖에 없는 데다 달리 더 생길 희망도 없는지라 루시한테 손해가 될 거라면서요. 게다가 자기가 염두에 두었던 것처럼 성직에 들어가게 되더라도 목사보가 고작일 테니, 그걸로 어떻게 생활이 되겠냐 하더군요. 루시가 겨우 그런 식으로 살아야 한다는 건 생각만으로도 견딜 수 없다, 그러니까 혹시 조금이라도 그런 마음이 든다면 바로 약혼을 끝내버리자, 자기는 알아서 하도록 내버려두면 된다, 이렇게 사정하더군요. 이 모든 이야기를 제가 아주 똑똑히 들었다니까요. 에드워드가 끝내자고 한 건 전적으로 루시를 위해서고 루시를 생각하기 때문이었지, 그분 자신 때문이 아니었어요. 루시한테 싫증이 났다거나, 모턴 양과 결혼하고 싶다거나, 뭐 그런 말은 한 마디도 하지 않았다고 제가 맹세한다니까요. 하지만 당연히 루시는 그런 말을 들으려고도 하지 않았지요. 바로 그분한테 말하더군요. (내 사랑이니 내 님이니, 달콤한 표현들을 엄청 곁들이면서요, 아이, 참! 이런 말은 옮기기가 뭣해요.) 자기는 끝낼 생각이 조금도 없다고, 푼돈만 가지고도 함께 살 수 있다고 하더군요. 가진 돈이 아무리 적더라도 기꺼이 감수하겠다고, 뭐 그런 말들이었어요. 그랬더니 그분이 엄청 좋아했고, 둘이서 앞으로 어떻게 할지 잠시 이야기를 나누었어요. 곧바로 성직 서품을 받아야 한다고, 그리고 교구 자리를 얻을 때까지는 결혼을 미루어야 한다고 둘이 뜻을 모으더군요. 그 후로는 더 이상 듣지 못했어요. 친척이 아래층에서 저를 부르며 전하길, 리처드슨 부인이 마차를 타고 왔는데 우리 중에 한 명을 켄싱턴 공원으로 데려갈 생각이라는 거예요. 그래서 두 사람에게 방해가 되겠지만 어쩔 수 없이 방에 들어가 루시한테 가고 싶으냐고 물었더니, 에드워드 곁을 떠나고 싶지 않다더군요. 그래서 저는 바로 위층으로 뛰어 올라가 실크 스타킹을 신고 리처드슨 부부와 함께 나온 거랍니다."

"두 사람에게 방해가 되다니 무슨 뜻인지 잘 모르겠어요." 엘리너가 말했다. "다 함께 방에 계셨잖아요, 아닌가요?"

"세상에, 아니죠. 다 함께라뇨. 아유! 대시우드 양, 누가 옆에 있는데 사람들이 사랑을 어떻게 속삭여요? 아이, 망측해라! 당연히 그 정도는 아셔야죠. (가식적으로 웃으면서) 아뇨, 아뇨, 둘은 같이 응접실에 들어가 있었고요, 제가 들은 이야기는 전부 문간에서 엿들은 거예요."

"어떻게!" 엘리너가 외쳤다. "문간에서 엿들어서 알게 된 내용을 저한테 옮기신 건가요? 미리 알았어야 했는데 유감이에요. 만약 그런 줄 알았더라면 애당초 스틸 양 본인도 알아서는 안 되는 대화 내용을 굳이 제게 옮기시도록 하지는 않았을 거예요. 어떻게 동생분한테 그렇게 부당한 행동을 하실 수가 있어요?"

"아유, 참! 그건 아무것도 아니에요. 그냥 문간에 서서 들리는 것만큼만 들었어요. 그리고 분명 루시도 저한테 똑같은 짓을 했을걸요. 1, 2년 전인가, 저랑 마사 샤프가 비밀을 엄청 공유한 적이 있거든요. 그때 루시도 우리 이야기를 엿들으려고 벽장 속이나 벽난로 가림판* 뒤에 거리낌 없이 숨었는걸요."

엘리너는 화제를 다른 데로 돌리려고 애썼다. 하지만 스틸 양은 자기 마음속에 가장 큰 비중을 차지한 화제에서 1, 2분 이상을 벗어나지 못했다.

"에드워드는 조만간 옥스퍼드로 간대요." 그녀가 말했다. "하지만 지금은 팰맬 거리 ○○ 번지에서 묵고 있어요. 어머니 성미가 얼마나 고약하시던지, 안 그래요? 오빠나 올케분도 그리 친절하지 않았고요! 하지만 대시우드 양 앞에서 그분들 험담을 하지는 않겠어요. 하긴 그 집 마차로 우리를 집에까지 데

*여름철에 벽난로를 사용하지 않을 때 그 앞에 세워두던 목재 가림판.

려다주기는 했죠. 그건 기대 이상이었어요. 저는 말이에요, 올케분께서 하루 이틀 앞서 저희한테 줬던 바느질 용품 지갑을 다시 내놓으라고 할까 봐 얼마나 겁이 났는지 몰라요. 하지만 지갑 이야기는 안 하시더라고요. 어쨌거나 제 건 눈에 띄지 않도록 단단히 치워뒀지요. 에드워드 말로는 옥스퍼드에 무슨 볼일이 있대요. 그래서 당분간 그곳에 가 있어야 한다고요. 그런 다음에는 주교님을 뵙는 대로 성직 서품을 받을 거고요. 어느 교구 자리를 얻을까 궁금해요! 아유 세상에! (말을 하면서 킬킬 웃으며) 제 목숨을 걸고 말하는데, 친척들이 이 소식을 들으면 어떤 말을 할지 알아요. 박사님한테 편지를 써서 새로 교구 목사직을 맡으시면 그곳의 목사보 자리를 에드워드한테 주십사 청하라고 할 거예요.* 틀림없이 그럴걸요. 하지만 저는 세상이 무너져도 그런 일은 하지 않을 거예요. 바로 이렇게 말할 거예요. '아유, 어떻게 그런 생각을 할 수 있어요. 나더러 박사님께 편지를 쓰라니, 세상에!'"

"음." 엘리너가 말했다. "최악의 상황에 대비하면 마음이 든든하겠지요. 대답을 미리 준비하셨다니 됐네요."

스틸 양은 똑같은 화제에 대해 대꾸를 하려다가, 자기 일행이 다가오는 바람에 다른 이야기가 더 필요해졌다.

"아유! 저기 리처드슨 부부가 오시네. 아직도 드릴 말씀은 엄청 많지만 더 이상 저분들 곁을 비울 수가 없겠어요. 아주 품

*이 대목을 보면 데이비스 박사가 신학 박사임을 알 수 있다.

위 있는 분들이랍니다. 남편이 돈도 엄청나게 버시고요, 저분들 소유의 대형 사륜마차도 있어요. 시간이 없어서 제닝스 부인께 직접 말을 못 하겠는데, 우리한테 화가 나신 게 아니라니 정말 기쁘다고 전해주세요. 레이디 미들턴께도요. 그리고 혹시라도 일이 생겨서 대시우드 양이나 동생분이 떠나고 난 뒤 제닝스 부인께 말벗이 필요하게 되면, 저희가 기꺼이 가서 원하시는 만큼 얼마든지 있어드리겠다고요. 아마도 레이디 미들턴께서는 이번 철에는 더 이상 저희를 청하지 않을 것 같아요. 안녕히 가세요. 메리앤 양을 뵙지 못해 아쉬워요. 동생분한테 안부 전해주세요. 아유! 그 점무늬 모슬린은 제일 좋은 드레스인데 입고 오지 마시지! 찢어지면 어쩌나 걱정도 안 되셨나 봐요."

이것이 헤어질 때 당부한 말이었다. 이 말을 끝으로 그녀는 제닝스 부인한테 작별 인사만 급히 올리고 리처드슨 부인 곁으로 되돌아갔으니까. 엘리너는 마음속으로 이미 예상하고 생각했던 내용보다 더 알게 된 것은 거의 없었지만, 그래도 한동안 자신의 사고력에 자양분을 공급할 정보를 얻게 되었다. 그녀가 예견했던 것처럼 에드워드와 루시의 결혼은 확정적이었고, 그 시기가 언제가 될지는 철저히 불확실했다. 딱 그녀가 예상했던 그대로, 모든 것이 그가 성직을 얻느냐의 여부에 달려 있었는데, 현재로서는 눈곱만큼도 가능성이 없어 보였다.

제닝스 부인은 마차로 돌아오자마자 소식을 듣고 싶어 안달했다. 하지만 엘리너는 애당초 너무나 부당하게 얻은 정보를 되도록 퍼뜨리고 싶지 않았기 때문에, 루시가 본인의 이익을 위해 알리기를 원했을 만한 그런 간단한 내용만 짧게 전했다. 그들이 약혼을 깨지 않았다는 사실, 그리고 이런 목표를 이루기 위해 그들이 앞으로 취할 방법 등이 그녀가 전한 전부였다. 제닝스 부인은 이 소식에 다음과 같은 자연스러운 반응을 내놓았다.

"교구 목사직을 얻도록 기다린다고! 아이고, 그게 어떻게 끝날지 뻔히 보이는데. 둘이서 1년쯤 기다리다가 아무 소득이 없으면 연간 50파운드짜리 목사보 자리에다, 그이가 가진 2천 파운드의 이자에다, 스틸 씨와 프랫 씨가 루시한테 내놓을 수 있는 푼돈에다, 뭐 이런 걸로 가정을 꾸리겠지. 그런 다음에는 해마다 아이가 태어날 테고! 아이고 하느님! 얼마나 찢어지게 가난할까! 살림살이 장만이라도 어떻게 거들도록 한번 알아봐야겠구려. 하녀 둘에 하인 둘이라니 어림도 없지! 요 전날 내가 그렇게 말했잖우. 안 되지, 안 돼. 그냥 집안일을 몽땅 다 하는 건장한 하녀 한 명으로 만족해야겠어. 베티의 여동생은 이제 안 되겠는걸."

다음 날 오전에는 루시 본인이 2페니 우편을 통해 엘리너에게 편지를 보내왔다. 내용은 다음과 같았다.

바틀릿츠 빌딩스, 3월

이렇게 제멋대로 편지 쓰는 걸 친애하는 대시우드 양께서 이해해주시길 바랄게요. 하지만 제게 우정을 품고 계시니, 저와 사랑하는 에드워드에 관해 이런 희소식을 들으시면 틀림없이 기뻐하시리라 생각합니다. 최근에 저희가 온갖 고초를 겪은 뒤니까요. 그러니 더 이상 양해를 구하지 않고 바로 말씀드리고자 합니다, 감사하게도! 비록 끔찍한 고통을 겪기는 했지만, 지금은 저희 둘 다 아주 잘 지냅니다. 서로의 사랑 속에서 언제나 그렇듯 행복하고요. 저희는 수많은 시련과 수많은 박해를 겪었어요. 하지만 동시에 많은 친구들이 있음을 알고 감사하게 되었지요. 그중에서도 대시우드 양은 누구 못지않게 고마운 분이니, 당신의 따뜻한 친절을 언제나 감사히 기억하겠습니다. 에드워드도 그럴 거고요. 그이에게 당신의 친절에 대해 모두 이야기했답니다. 지금부터 해드리는 이야기를 들으시면 틀림없이 기뻐하실 거예요. 친애하는 제닝스 부인도 그러실 거고요. 어제 오후에 그이랑 행복한 두 시간을 함께했는데, 그이는 헤어지자는 말을 들으려고도 하지 않았어요. 비록 저는 도리상 신중함을 위해 그렇게 해야 한다고 간청했고, 그이가 동의만 한다면 그 자리에서 영영 헤어질 마음이었지만요. 하지만 그이는 절대 그럴 수 없다고, 제 애정만 가질 수 있다면 어머니의 노여움은 개의치 않는다고 했어요. 분명, 저희 앞날이 그리 밝지는 않아요. 하지만 기다려야지요, 최선을 희망하면서요. 그이는 조만간 성직 서품을 받을 거예요. 혹시라도 대시우드 양께서 그이에게 교구 목사직을 하사하실 만한 분을 주변에서 알고 계시면 틀림없이 저희를 잊지 않고 그이를 추천해주실 거라 믿어요. 친애하는 제닝스 부인께서도 존 경이나 파머 씨, 그 외에도 도움을 주실 만한 친구분들에게 저희 얘기를 좋게 해주실 거라 믿고요. 불쌍한 앤 언니는 비난받아 마땅한 행동을 했지만 좋은 마음으로 그런 것이니, 저는 아무 타박도 하지 않아요. 혹시 제닝스 부인께서 언제라도 오전에 이쪽으로 오실 일이 있으면, 크게 귀찮다 여기지 마시고 저희한테 한번 들러주시면 좋겠어요. 만약 그래주시면 크나큰 친절로 여길 거고요, 제 친척들도 부인을 알게 되어 자랑스러워할 거랍니다. 편지지가 다 되어 그만 써야겠어요. 나중에 기회가 되면 부디 제닝스 부인과 존 경과 레이디 미들턴과 귀여운 아이들에게 감사와 존경을 담아 인사를 전해주세요. 그리고 메리앤 양에게도 애정을 전합니다.

이만 총총

엘리너는 편지를 다 읽자마자 글쓴이의 진짜 의도라고 생각되는 일을 행했으니, 그것은 바로 제닝스 부인의 손에 편지를 넘겨주는 것이었다. 부인은 소리 내어 읽으면서 흐뭇함과 칭찬을 담아 많은 논평을 곁들였다.

"참 잘됐네! 글도 어쩜 이리 예쁠꼬! 아무렴, 남자가 원한다면 놓아주는 게 지당하지. 딱 루시다운 행동이구먼. 딱한 사람! 나한테 교구 목사직을 구해줄 능력이 있으면 얼마나 좋을꼬. 나를 친애하는 제닝스 부인이라고 불렀어, 암. 이렇게 마음씨 고운 아가씨도 없을걸. 아무렴 그렇고말고. 이 문장은 참 멋지게도 썼네. 그럼, 그럼, 한번 찾아가봐야지, 당연히. 모든 이들을 이렇게 챙기다니, 참 세심하기도 해! 편지를 보여줘서 고마워요, 대시우드 양. 이렇게 예쁜 편지는 처음이라오. 이걸 읽으니 루시의 분별력과 마음씨를 더욱 높이 여기게 되는구려."

3

대시우드 자매는 이제 런던에서 두 달 넘게 머물렀고, 메리앤은 날이 갈수록 점점 집으로 돌아가고파 안달이었다. 그녀는 시골의 공기, 자유, 조용함을 그리워하며 한숨지었다. 세상 어딘가에서 마음의 평안을 얻을 수 있다면, 그곳은 바턴이라고 했다. 엘리너 역시 떠나고픈 마음은 못지않았으나, 이를 즉각 실행에 옮길 마음이 덜했던 것은 기나긴 여정의 어려움을 잘 알기 때문이었다. 메리앤은 아무리 해도 이를 인정하려 들지 않았지만. 그러나 엘리너도 떠나는 쪽으로 진지하게 생각을 잡기 시작해, 자신들의 의향을 친절한 여주인한테 피력했으나, 여주인은 온정의 힘을 총동원해 그들을 만류했다. 그러던 차에 어떤 계획이 제시되었으니, 비록 집으로 돌아가는 것이 몇 주 정도 지체되기는 하여도, 엘리너가 보기에는 전체적으로는 가장 마땅한 안 같았다. 파머 부부가 부활절 축일을 보내기 위해 3월 말경 클리블랜드로 떠날 예정이었는데, 샬럿이 제닝스 부인과 그녀의 두 친구한테 함께 가자고 열렬히 청해온 것이었다. 이것 자체로는 대시우드 양의 섬세한 예법을 충족시키기에 부족했을 것이나, 파머 씨 본인도 진심으로 예를 갖춰 합세한 터라 그녀는 기꺼이 초청을 받아들이게 되었다. 그녀의 여동생이 불행하다는 소식이 알려진 뒤로 그들을 대하는 파머 씨의 태도는 현격히 달라진 터였다.

하지만 메리앤에게 이 소식을 전했을 때, 동생이 보인 첫 반응은 그다지 상서롭지 않았다.

"클리블랜드!" 그녀는 마음이 심하게 동요되어 외쳤다. "아니, 클리블랜드에는 못 가."

"잊었나 본데," 엘리너가 부드럽게 말했다. "그곳이 위치상으로 그렇게…… 그러니까 거리상으로 그렇게 인접한 게……."

"그래도 서머싯셔잖아. 난 서머싯셔에는 못 가. 어떻게 그곳에, 내가 그렇게 가길 고대했던 곳인데……. 아니, 언니, 어떻게 나더러 거길 가라고 해."

엘리너는 이런 감정을 극복해야 마땅하다고 설득하려 들지는 않았다. 대신 다른 이유를 내세워 동생의 감정을 누그러뜨리려고 노력했다. 그런고로, 이 방법을 쓰면 사랑하는 어머니 곁으로, 네가 그렇게 그리워하는 어머니 곁으로 돌아가는 시간이 정해진다고, 또한 다른 어떤 방법보다도 적절하고 편안할 것이며, 아마 크게 지체되지도 않을 것이라고 했다. 클리블랜드는 브리스틀에서 몇 마일 떨어지지 않았으니, 그곳에서 바턴까지 가는 데는, 비록 온종일 꼬박 가기는 해야겠지만, 하루 이상은 걸리지 않는다고. 그러면 어머니의 하인이 손쉽게 그곳으로 마중을 나올 거라고. 게다가 클리블랜드에서 일주일 이상 머무를 일은 없기 때문에 넉넉잡아 삼 주 정도면 집에 도착할 것이라고 말했다. 메리앤은 어머니에 대한 애정이 각별했기에, 언니의 논리는 동생의 상상 속 기우를 별 어려움 없이 물리쳤다.

제닝스 부인은 자기 집에 묵고 있는 손님들한테 전혀 싫증이 나지 않는 터라, 클리블랜드에 들렀다가 자기랑 함께 다시 돌아오자고 열심히 졸랐다. 엘리너는 이런 배려가 고마웠지만, 그들의 계획은 바뀌지 않았다. 어머니의 동의도 곧바로 얻어, 집으로 돌아갈 준비가 착착 진행되었다. 그리고 메리앤은 자신과 바턴을 갈라놓고 있는 시간이 어떻게 줄어들고 있는지 그려보는 것에서 얼마간 위안을 얻었다.

"아이고! 대령, 대시우드 자매가 가버리면 대령이랑 나는 뭘하고 지내야 할지 막막하구려." 그들이 떠나기로 한 것이 확정된 뒤 대령이 처음 방문했을 때 제닝스 부인이 건넨 인사말이었다. "파머 내외 집에서 바로 자기 집으로 돌아간다고 결심이 확고하거든. 집으로 돌아왔을 때 우리는 얼마나 쓸쓸할꼬! 아이고! 고양이 두 마리처럼 따분하게 서로 입만 헤벌린 채 쳐다보며 앉아 있겠구려."

아마도 제닝스 부인은 앞으로 닥칠 권태를 생생하게 그려보임으로써, 대령으로 하여금 그 사태를 막을 수 있는 제안을 하도록 부추기려는 심산이었는지도 모른다. 만약 그랬다면, 그녀는 얼마 지나지 않아 자기 목적이 이루어졌다고 생각할 충분한 근거를 얻게 되었다. 엘리너가 부인을 위해 어떤 그림을 똑같이 그려주기로 했는데, 원본의 치수를 보다 신속하게 재기 위해 창가로 옮겼을 때, 대령이 의미심장한 표정으로 따라가 그곳에서 몇 분간 그녀와 이야기를 나누었기 때문이었다. 그의 이야기가 숙녀에게 미친 영향도 부인의 주의 깊은 시선을 벗어나지 못했다. 그녀는 남의 얘기를 엿듣기에는 마음이 너무 곧았고, 실제로 이야기를 듣지 않으려고 메리앤이 연주를 하고 있는 피아노 근처로 자리를 옮기기까지 했지만, 엘리너의 안색이 변한 것이라든가, 동요한 기색이라든가, 그의 이야기에 열중한 나머지 본인이 하던 작업도 잊어버린 것까지 눈에 보이지 않을 수는 없었다. 부인의 기대를 더더욱 확인시켜준 것이 있었으니, 메리앤이 한 곡에서 다른 곡으로 넘어가기 위해 잠시 멈춘 사이, 대령의 말 몇 마디가 불가피하게 부인 귀에 들려온 것이었다. 그는 자기 집이 누추한 것에 대해 사과하고 있는 듯했다. 이제는 의심할 여지가 없었다. 대령이 왜 그런 말까지 굳이 했을까 실제로 의아하기는 했지만, 아마 그게 올바른 예법이겠거니 하고 짐작했다. 엘리너가 뭐라고 대답했는지는 확실치 않았지만, 입술의 움직임으로 보건대 그것이 크게 문제가 된다고 생각지 않는 것 같았다. 제닝스 부인은 참 착한 아가씨라고 마음속으로 칭찬했다. 이어 그들이 몇 분 더 이야기를 나누는 동안 제닝스 부인은 한 마디도 얻어듣지 못했는데, 운 좋게 메리앤이 다시 연주를 멈춘 덕분에 대령이 차분한 목소리로 이렇게 말하는 것이 들려왔다.

"이른 시일에는 힘들 것 같습니다."

이토록 연인답지 않은 말에 깜짝 놀라고 충격을 받아, 그녀는 당장이라도 이렇게 외칠 뻔했다. "아유! 방해가 될 게 뭐가 있다고!" 하지만 그런 마음을 억누르면서 속으로만 외쳤다.

'참 이상한 노릇이로세! 대령이 더 나이 먹길 기다릴 이유가 없을 텐데.'

하지만 대령 편에서 날짜를 늦춘 것에 대해 상대 아가씨는 조금도 모욕이나 굴욕을 느끼지 않은 모양인지, 그로부터 얼마 뒤 그들이 대화를 끝내고 각자 다른 길로 갈 때, 제닝스 부인은 엘리너가 진심이 묻어나는 목소리로 이렇게 말하는 것을 똑똑히 들었다.

"언제나 매우 감사하게 여기겠어요."

제닝스 부인은 엘리너의 감사가 흐뭇한 한편, 대령이 이런 말을 듣고도 그들한테 작별을 고할 수 있다는 점에 의아해했다. 실제로 대령은 더없이 침착한 태도로 그들에게 작별을 고한 데다, 엘리너에게는 아무 대꾸조차 않고 떠났으니까! 부인은 자신의 오랜 친구가 이렇게 무심한 청혼자가 되리라고는 생각도 못 한 터였다.

그들 사이에 실제로 오간 대화는 다음과 같았다.

"친구 되시는 페라스 씨께서 가족들로부터 부당한 대우를 받았다고 들었습니다." 그가 크나큰 연민을 담아 말했다. "제가 제대로 이해한 것이 맞는다면, 그분이 자격이 충분한 아가씨와 약혼을 고수한다는 이유로 가족들한테 완전히 버림받았다고 하던데요. 제가 들은 이야기가 맞습니까? 그런 겁니까?"

엘리너는 그렇다고 말해주었다.

"잔인하군요, 어리석도록 잔인합니다." 그가 감정이 격해지며 대답했다. "오랫동안 사랑해온 두 젊은 남녀를 갈라놓다니, 아니 갈라놓으려 하다니, 끔찍한 일입니다. 페라스 부인은 본인이 무슨 짓을 하는지, 본인이 아들을 어디로 몰아가는지 모르고 있어요. 예전에 할리 거리에서 에드워드 페라스 씨를 두세 번 만난 적이 있는데, 매우 괜찮은 분이더군요. 단시간에 친해질 수 있는 그런 젊은이는 아니었지만, 그 정도 뵌 것만으로도 그분이 잘되기를 바라기에 충분했습니다. 대시우드 양의 친구 되시니 더더욱 그런 마음이 들고요. 그분이 성직에 드실 생각이라고 들었습니다. 오늘 우편으로 소식이 오길, 델라퍼드 교구 목사직이 지금 비었다고 하니, 혹시라도 수락하실 마음이 드신다면 그분께 드리겠다고 부디 전해주시겠습니까?* 하지만 현재 그분이 처한 매우 불운한 처지를 고려할 때, 수락 여부를 의심하는 시늉도 무의미한 일일 듯합니다.** 그저 좀 더 가치 있는 곳이면 좋았을 텐데 그 점이 아쉽습니다. 교구 목사직이긴 하지만 작은 곳입니다. 전임자도 제가 알기로는 연간 2백 파운드 이상을 얻지는 못했습니다. 앞으로 나아질 가능성은 분명 있지만, 그분이 아주 안락하게 사실 정도의 수입은 아니에

---

*델라퍼드 교구의 임명권은 브랜던 대령에게 있다. 부유한 지주들은 흔히 본인이 거주하는 지역의 목사직 임명권을 소유하고 있었다.
**임명을 하는 자는 임명을 받는 사람에 대한 존중의 표시로 수락 여부에 대해 의구심을 표현하는 것이 일반적 예법이나, 현 상황에서는 무의미한 형식에 불과할 것이다.

요. 이렇듯 변변치는 못하지만, 그분께 목사직을 드릴 수 있다면 매우 기쁠 겁니다. 부디 그렇게 전해주십시오."

설령 대령이 정말로 그녀에게 청혼을 했다 하더라도 엘리너가 이런 임무 앞에 느낀 놀라움이 더 커지지는 않았을 것이다. 불과 이틀 전만 하더라도 에드워드가 성직을 얻기란 가망이 없어 보였는데, 이렇게 빨리 자리가 생겨 결혼이 가능해지다니. 게다가 하고많은 사람들 중에 하필이면 그녀가, 그런 호의를 베풀도록 정해지다니! 제닝스 부인이 전혀 다른 이유 때문이라고 여긴 그녀의 감정은 사실 이러한 것이었다. 하지만 이런 감정 속에 조금은 덜 순수하고, 조금은 덜 유쾌한 감정이 섞여 있었을지라도, 그녀는 브랜던 대령이 이런 행동을 하게 된 동기를 알고 있었으니, 그가 지닌 보편적인 인정에 대한 존경심, 그리고 각별한 우정에 대한 고마움을 강하게 느꼈고 진심으로 표현했다. 그녀는 온 마음으로 감사를 표했고, 에드워드의 신념과 성품에 대해 이야기하면서 그가 받아 마땅한 칭찬을 해주었다. 그리고 이처럼 기분 좋은 임무를 다른 이에게 넘기길 정말로 원하신다면 자신이 기꺼이 맡겠노라고 약속했다. 하지만 동시에 이 임무를 대령 본인만큼 잘해낼 사람이 없을 거란 생각을 하지 않을 수 없었다. 그녀는 자신에게서 책무를 부여받는 고통을 에드워드에게 안기고 싶지 않았기에, 간단히 말해 이 임무에서 기꺼이 빠지고픈 마음이었다. 하지만 브랜던 대령도 그녀 못지않은 섬세한 예법을 이유로 이를 마다하면서 그녀를 통해 전달하고자 하는 뜻이 무척 강해 보여, 그녀는 어떤 이유

390

에서건 더 이상 반대하지 않기로 했다. 그녀가 생각하기로 에드워드는 아직 런던에 있었고, 다행히 스틸 양한테서 그의 주소도 들은 터였다. 그래서 그날 중으로 소식을 전하는 일에 착수할 수 있었다. 모든 일이 결정된 뒤, 브랜던 대령은 자기로서도 그토록 나무랄 데 없고 마음에 드는 이웃을 얻게 되어 좋은 점에 대해 이야기하기 시작했고, 집이 작고 누추해서 아쉽다는 말이 나온 건 바로 그때였다. 제닝스 부인이 미루어 짐작했던 것처럼, 적어도 집 크기에 관한 한, 엘리너는 이 문제를 대수롭지 않게 여겼다.

"집이 작다고 해서 그분들한테 불편할 일은 전혀 없을 거예요." 그녀가 말했다. "식구나 수입 규모에 적당할 테니까요."

그녀는 에드워드가 성직을 받게 되면 당연히 결혼을 할 것이라 여겼기에, 대령은 이 말을 듣고 놀랐다. 나름대로의 생활 양식을 가진 사람이 결혼해서 정착하기에는 델라퍼드 목사직의 수입으로는 무리라고 여겼기 때문이었다. 그는 실제로 그렇게 말했다.

"이 작은 교구는 페라스 씨가 독신으로 안락하게 지낼 정도까지는 가능합니다. 하지만 이걸 기반으로 결혼은 불가능해요. 제 후원이 여기에서 끝나 유감입니다. 제 연줄이 좀 더 넓지 못한 것도요. 하지만 혹시라도 기회가 닿아서 그분께 좀 더 도움이 될 수 있다면, 그분을 대하는 제 마음이 변하지 않는 한, 지금 진심으로 바라는 것처럼 그때에도 기꺼이 도움을 드릴 것입니다. 실제로 지금 제가 해드리는 일은 아무것도 아닌 것 같군요. 고작 이것으로는 그분에게 가장 중요한, 그분에게 유일한 행복의 목표를 향해 나아갈 수도 없으니까요. 그분의 결혼은 아직 요원한 일인 듯합니다. 아무튼, 이른 시일에는 힘들 것 같습니다."

제닝스 부인의 오해를 사서 그녀의 섬세한 감정을 당연히 상하게 했던 문장은 사실 이러했다. 하지만 브랜던 대령과 엘리너가 창가에 서서 실제로 이런 대화를 주고받은 뒤, 그녀가 헤어지면서 표현한 감사의 인사말은 적절히 흥분한 기색에다 예의를 갖춘 표현까지, 전체적으로 보아 청혼을 받았을 때 했을 법한 인사말에 못지않았을 것이다.

4

"저기, 대시우드 양." 신사가 물러나자마자 제닝스 부인이 명민한 미소를 지으며 말했다. "대령과 무슨 이야기를 했는지는 묻지 않으리다. 명예를 걸고 말하건대, 두 분 이야기를 듣지 않으려고 애썼지만, 대령의 의중이 뭔지 이해할 만큼은 귀에 들어옵디다. 내 평생 이렇게 기쁜 적은 단연코 없었다오. 대시우드 양한테 기쁨이 가득하길 온 마음으로 바라요."

"감사합니다." 엘리너가 말했다. "실제로도 제게 매우 기쁜 일이에요. 브랜던 대령님의 선한 성품을 절실히 느낀답니다. 대령님처럼 행동하실 수 있는 분은 세상에 얼마 없을 거예요.

그렇게 동정심 많은 마음을 지닌 분은 드물지요! 제 평생 이렇게 놀란 적은 없답니다."

"아이고! 참 겸손하기도 하지! 나는 하나도 놀라지 않았는걸. 근래 들어 종종 생각했거든, 분명 이렇게 될 것 같다고 말이우."

"대령님이 평소 인정 많은 성품임을 아시고 그리 짐작하셨겠지요. 하지만 적어도 이런 기회가 이렇게 빨리 찾아오리라고는 예상하지 못하셨을 거예요."

"기회라고!" 제닝스 부인이 되풀이했다. "아! 그거라면, 남자가 일단 이런 일에 마음을 정하고 나면 어떤 식으로든 곧 기회를 찾아내는 법이잖우. 어쨌거나 대시우드 양, 거듭거듭 기쁨이 가득하길 빌겠우. 세상에 행복한 남녀가 있다면 어디 가서 찾으면 되는지 조만간 알게 되겠구려."

"델라퍼드로 가서 찾으면 된다는 말씀이시겠지요." 엘리너가 희미한 미소를 지으며 말했다.

"아무렴, 대시우드 양, 그럼, 그렇고말고. 그리고 집이 누추하다던데, 대령이 무슨 생각으로 그런 말을 했나 모르겠네. 그렇게 멋진 곳도 없는데 말이지."

"수리가 제대로 되지 않았다고 하시던데요."

"그렇담 그게 누구 탓이겠소? 수리를 하면 될 일이지? 본인이 아니면 누가 한다고?"

그때 하인이 들어와 문간에 마차가 대기하고 있다고 알리는 바람에 대화가 끊겼다. 제닝스 부인은 즉각 나갈 채비를 하면서 이렇게 말했다.

"아유, 대시우드 양, 이야기를 절반도 다 못 했는데 나가야 겠구려. 하지만 오늘 저녁에 몽땅 이야기해봅시다. 오늘은 우리밖에 없을 테니까. 따라나서라는 말은 안 하리다. 함께 다니기에는 지금 마음속이 온통 그 생각뿐일 테니까. 게다가 동생한테도 얼른 이야기해주고 싶을 테고."

메리앤은 대화가 시작되기 전에 방에서 나간 터였다.

"그럼요, 메리앤한테 이야기해야지요. 하지만 다른 사람들한테는 당분간 말하지 않을 생각이에요."

"아! 그렇구려." 제닝스 부인이 다소 실망하며 말했다. "그럼 내가 루시한테 말하는 것도 안 되겠구려, 오늘은 홀번까지 나가볼 생각이었는데."

"네, 가급적이면 루시한테도요. 하루 더 늦어진다고 큰 문제가 되지는 않을 거예요. 제가 페라스 씨한테 편지를 쓰기 전에는, 다른 사람들한테 알려서는 안 된다고 생각해요. 지금 바로 그렇게 할 생각이에요. 그분의 경우에는 한시도 지체하지 않는게 중요해요. 성직 서품과 관련해서 당연히 할 일이 많으실 테니까요."

처음에 제닝스 부인은 이 말을 듣고 굉장히 어리둥절해졌다. 왜 이렇게 서둘러 페라스 씨한테 편지를 써서 이 일을 알려야 하는지, 그녀는 바로 이해가 되지 않았다. 하지만 잠시 생각을 하자 아주 흡족한 이유가 떠올랐고, 그녀는 이렇게 외쳤다.

"아하! 무슨 말인지 알겠구려. 페라스 씨가 그 역할을 맡는 거로군. 암, 그이한테도 몹시 잘된 일이지. 아무렴, 당연히 서둘러 성직 서품을 받아야지. 둘 사이에 이 정도로까지 일이 진척되었다니 참 기쁘구려. 근데 말이오, 대시우드 양, 이건 조금 이치에서 벗어나지 않소? 대령 본인이 편지를 써야 하지 않아요? 아무렴, 대령이 써야 말이 맞지."

엘리너는 제닝스 부인의 말 중 도입부를 거의 이해하지 못했다. 그러나 굳이 물어볼 가치가 있다고 여기지도 않았다. 그런고로 뒷부분에 대해서만 대답을 했다.

"브랜던 대령님은 워낙 예법이 세심하신 분이라, 페라스 씨한테 본인의 의사를 전하는 일을 누구든 다른 사람이 맡아주길 원하셨어요."

"그래서 대시우드 양이 떠맡은 게로군. 거참, 그것 한번 별난 예법이로구먼! 하지만 더 이상 방해하지 않으리다. (그녀가 편지 쓸 준비를 하는 것을 보면서) 본인 일은 본인이 가장 잘 알 테니. 그럼 다녀오리다. 샬럿이 몸을 푼 뒤로 이렇게 기쁜 소식은 처음이라오."

이어 그녀는 방에서 나섰다. 하지만 잠시 뒤에 다시 돌아와서는 덧붙였다.

"방금 베티 여동생 생각이 났다오, 대시우드 양. 그 애한테 이렇게 훌륭한 주인마님이 생긴다면 아주 기쁠 텐데. 하지만 그 애가 몸종으로 적당할지는, 글쎄 확실하지가 않구려. 하녀로는 아주 훌륭하고, 바느질 솜씨도 무척 뛰어나지. 하지만 이런 일은 나중에 시간 날 때 생각해보구려."

"그럴게요." 엘리너가 듣는 둥 마는 둥 대답했다. 그녀로서는 대화 속 주인마님이 되는 것보다는 홀로 되고 싶은 마음이 간절했다.

에드워드에게 편지를 쓸 때 어떻게 시작해야 할지…… 어떻게 표현해야 할지, 지금은 온통 그 생각밖에 없었다. 다른 사람에게는 이보다 손쉬운 일도 없었겠지만 둘 사이의 특별한 상황 탓에 그녀에게는 어렵기만 했다. 그녀는 너무 많이 말하는 것도 너무 적게 말하는 것도 걱정스러워, 펜을 손에 쥔 채 편지지를 앞에 두고 고민에 잠겨 있었는데, 그때 방으로 들어선 이가 있었으니 바로 에드워드 본인이었다.

그는 작별 명함을 남기려고 들렀다가, 마차를 타러 나서는 제닝스 부인을 문간에서 만난 터였다. 부인은 함께 되돌아가지 못해 미안하다고 사과하면서, 대시우드 양이 위층에 있는데 아주 특별한 일로 그와 얘기하고자 하니 안으로 들어가보라고 했던 것이다.

엘리너는 편지로 자기 뜻을 적절히 표현하는 것이 아무리 힘들다 할지라도, 직접 소식을 전하는 것보다는 적어도 낫겠다며, 심란한 와중에도 나름대로 위안을 하던 참이었다. 바로 그때 방문객이 들어서면서 그녀는 최대의 난관에 맞닥뜨리게 된 것이었다. 그의 갑작스러운 등장에 그녀는 몹시 놀라고 당황했다. 그의 약혼이 사람들에게 알려진 뒤로, 다시 말해 그녀가 알고 있다는 것을 그가 알게 된 뒤로, 그녀는 그를 본 적이 없었다. 이런 사실과 더불어, 그녀는 자신이 어떤 생각을 해왔고 그에게 어떤 소식을 전해야 하는지 의식하고 있었기에, 몇 분간 유난히 마음이 불편했다. 그 역시 무척 마음이 무거웠고, 둘은 쉽사리 사라지지 않을 난처함 속에 함께 자리에 앉았다. 자신이 처음 방에 들어설 때 방해해서 죄송하다고 양해를 구했던가, 그는 기억이 나지 않았다. 하지만 자리에 앉은 뒤 말을 할 수 있게 되자마자, 혹시 몰라서 정식으로 사과를 했다.

"제닝스 부인께 들었습니다." 그가 말했다. "대시우드 양께서 제게 하실 말씀이 있다고요. 적어도 저는 그렇게 이해했습니다. 그러지 않았다면 이런 식으로 불쑥 들어오지는 않았을 겁니다. 하지만 한편으로는, 대시우드 양과 동생분을 뵙지 않고 런던을 떠났다면 몹시 아쉬웠을 겁니다. 특히나 한동안은 그곳에 있을 가능성이 큰지라…… 조만간 다시 뵐 수 있을 것 같지는 않습니다. 저는 내일 옥스퍼드로 떠납니다."

"하지만 저희한테 작별 인사도 받지 않고 떠나시지는 않았을 거예요." 엘리너가 정신을 가다듬고 말했다. 그녀는 본인이 그토록 두려워하는 일을 되도록 빨리 끝내기로 마음먹었다. "비록 저희가 직접 만나 뵙고 인사를 드릴 수는 없었다 하더라도요. 제닝스 부인 말씀이 맞아요. 긴히 드릴 말씀이 있어서, 지금 막 편지로 전해드리려던 참이었어요. 제게 무척 기분 좋은 임무가 주어졌어요. (이 말을 할 때 평소보다 다소 숨이 가빠지면서) 브랜던 대령님께서 불과 10분 전에 다녀가셨는데, 제게 이렇게 전해달라고 하셨어요. 당신이 성직에 드실 생각인 걸 아신다면서, 델라퍼드 교구 목사직이 지금 막 공석이 되었으니, 기쁜 마음으로 그곳을 드리겠다고, 그저 좀 더 가치 있는 자리가 아니라 아쉽다고요. 이토록 훌륭하고 분별 있는 친구를 얻게 되신 걸 축하드립니다. 또한 그분 말씀처럼 그 자리가 (연간 2백 파운드 정도라고 하더군요) 수입이 한결 넉넉했으면 좋았을 텐데 아쉽습니다. 그러면 당신이 뜻하시는 바를…… 그러니까 혼자 머물 임시 거처가 아닌 그 이상을…… 다시 말해, 앞으로 계획하시는 행복을 온전히 이루는 데 도움이 됐을 텐데요."

에드워드가 어떤 감정을 느꼈는지는 본인조차도 말할 수 없었기에, 남이 대신 말해주기를 기대하기란 불가능하리라. 이토록 예상치 못한, 이토록 생각지 못한 이야기는 어김없이 크나큰 놀라움을 불러일으키는 바, 그는 표정으로 그런 감정을 내보일 따름이었다. 그의 입에서 나온 말은 이 두 단어뿐이었다.

"브랜던 대령!"

"네." 이제 최악의 순간이 어느 정도 지난지라, 엘리너는 좀 더 마음을 다잡으면서 말을 이었다. "브랜던 대령님께서는 이것을 최근에 일어난 일에 대해…… 가족분들의 부당한 행동 때문에 처하게 되신 모진 상황에 대해…… 염려하고 계시다는 증표로 삼으시고자 하세요. 이런 염려는 메리앤과, 저 자신과, 모든 친구분들도 분명 함께하고 있답니다. 또한 당신의 성품을 높이 여긴다는 표시이자 이번 일에서 당신이 보여주신 행동을 각별히 지지한다는 표시이기도 하지요."

"브랜던 대령께서 제게 목사직을 주신다니! 그게 가능한 일입니까?"

"가까운 가족한테 박대를 당하신 까닭에 어디서건 우정을 보여주면 놀라게 되시나 봅니다."

"아닙니다." 그가 문득 정신을 차리며 대답했다. "그런 우정을 보여주시는 이가 당신이라면 놀랍지 않습니다. 이 모든 것이 당신 덕분이란 것을, 당신의 친절 덕분이란 것을 모르지 않으니까요. 마음으로 느낍니다. 할 수만 있다면 말로 표현하련만……. 하지만 대시우드 양도 잘 아시다시피 저는 말주변이 없답니다."

"아주 잘못 알고 계신 거예요. 분명히 말씀드리지만 이 일은 전적으로, 최소한 거의 전적으로, 당신 자신의 미덕과 그걸 알아보신 브랜던 대령님의 안목 덕분이에요. 저는 전혀 관여하지 않았어요. 대령님의 의도를 알기 전까지는 그곳 목사직이 비어 있다는 사실조차 몰랐으니까요. 또한 대령님께 그런 자리를 내어줄 권한이 있다는 생각도 해본 적이 없어요. 제 자신과 제 가족의 친구이시니, 이런 호의를 베풀면서 어쩌면 더욱 기쁘게 여기실지는…… 아니 실제로도 그러시다는 걸 알아요. 하지만 맹세코 제가 청을 드렸기 때문은 아닙니다."

있는 그대로 말하려면 자신이 이번 일에 조금이나마 기여했다는 것을 인정해야 했지만, 한편으로는 에드워드에게 은혜를 베푸는 것처럼 보이고 싶지 않았기에, 그녀는 머뭇거리는 태도로 사실을 인정했다. 아마도 이런 태도 때문에 그는 최근에 마음속에 싹튼 의혹을 더욱 굳히게 되었을 것이다. 엘리너의 말이 끝난 뒤, 그는 잠시 깊은 생각에 잠긴 채 자리에 앉아 있었다. 이윽고, 얼마간 힘이 드는 일인 듯, 그가 말했다.

"브랜던 대령님은 무척 훌륭하고 존경할 만한 분인 것 같습니다. 지금까지 내내 그런 평판을 들었고, 대시우드 양의 오빠께서도 그분을 높이 평가하시더군요. 의심할 여지 없이 현명하고, 몸가짐도 완벽하게 신사다운 분이신 듯합니다."

"맞아요." 엘리너가 대답했다. "그분을 좀 더 알게 되면, 지금까지 들으신 모든 이야기가 사실임을 알게 되시리라 믿어요. 또한 두 분이 매우 가까운 이웃이 될 터이기에, (교구 목사관이 저택과 거의 붙어 있다고 하더군요) 그분의 평판이 모두 사실이어야 할 필요성이 특히 중요하지요."

에드워드는 아무 대답도 하지 않았다. 하지만 그녀가 다른 쪽으로 고개를 돌렸을 때, 그는 마치 앞으로 목사관과 저택 사이의 거리가 훨씬 멀어졌으면 좋겠다고 말하는 듯, 너무나 심각하고 너무나 간절하고 너무나 우울한 표정으로 그녀를 바라보았다.*

"브랜던 대령께서 세인트 제임스 거리에 묵고 계시다고 알고 있습니다만." 얼마 뒤, 그가 자리에서 일어나며 말했다.

엘리너는 정확한 주소를 알려주었다.

"그렇다면 서둘러야겠군요. 대시우드 양께서 받으려 하시지 않는 감사의 인사를 그분께 드려야 하니까요. 그분 덕분에 제

---

*그는 엘리너가 브랜던 대령과 결혼할 것이라고 믿고 있기에, 이들 부부 곁에 가까이 살고 싶지 않은 마음이 클 것이다.

가 아주…… 굉장히 행복해졌다고 말씀드려야지요."

엘리너는 굳이 붙잡지 않았다. 그리고 그들은 헤어졌다. 그녀의 편에서는 앞으로 그에게 어떤 상황이 닥칠지라도 변함없이 행복을 기원하겠다고 진심을 다해 이야기하면서, 그리고 그의 편에서는 똑같이 행복을 비는 마음을 말로 표현했다기보다는 그러려고 노력을 하면서.

"다시 저분을 보게 될 때면," 그가 나가고 문이 닫히자 그녀는 혼잣말을 했다. "루시의 남편으로 보게 되겠지."

이처럼 퍽 즐겁기도 한 예상 속에, 그녀는 자리에 앉아 흘러간 날을 되돌아보고, 주고받은 말을 떠올리고, 에드워드의 모든 감정을 이해하려 애써보았다. 물론, 스스로의 감정도 낙담 속에 되새겨보았다.

제닝스 부인은 집에 돌아왔을 때, 생전 처음 보는 사람들을 만나고 오는 터라 그들에 대해 할 이야기가 무척 많았겠지만, 지금은 자기가 알고 있는 중요한 비밀이 그 어떤 것보다도 훨씬 더 마음을 차지하고 있었기에, 엘리너를 보자마자 다시 그 이야기를 꺼냈다.

"그래, 대시우드 양." 그녀가 외쳤다. "아까 그 청년을 올려보냈는데. 잘한 일이지요? 큰 어려움은 없었을 것 같은데. 그이가 제안을 받아들이기 꺼린다거나 그러지는 않습디까?"

"그럼요, 그럴 가능성은 별로 없었어요."

"그래, 얼마나 빨리 준비가 된답디까? 모든 게 거기 달린 것 같은데 말이우."

"정말로 이런 일에 대해서는 아는 게 없어요." 엘리너가 말했다. "그래서 필요한 준비라든가, 시간 등에 관해서는 짐작조차 못 하겠어요. 하지만 두세 달 정도면 성직 서품을 마치지 않을까 싶어요."

"두세 달씩이나!" 제닝스 부인이 외쳤다. "아유! 대시우드 양, 그런 이야기를 어쩌면 이리 차분하게 하시오. 대령도 두세 달씩 기다릴 수 있답디까! 하느님 맙소사! 나라면 조바심이 나서 못 견딜 텐데! 가엾은 페라스 씨한테 친절을 베푸는 거야 아주 반가운 일이지만, 그이 때문에 두세 달씩 기다릴 것까지는 없잖아요. 누군가 딴 사람을 구해도 괜찮을 텐데. 이미 성직에 있는 사람 중에 말이우."

"죄송하지만, 무슨 생각을 하시는 건지요?" 엘리너가 말했다. "저기, 브랜던 대령님의 유일한 목적은 페라스 씨한테 도움을 드리고자 하는 거랍니다."

"아이고, 무슨 그런 소릴! 대령이 대시우드 양과 결혼하는 유일한 목적이 페라스 씨한테 10기니를 주기 위한 거라니, 지금 나더러 그런 소리를 믿으란 말이우?"

이 말이 끝나자 착각은 더 이상 계속될 수 없었다. 즉각 해명이 이루어졌고, 두 사람은 잠시 상당한 즐거움을 누린 한편, 어느 쪽도 크게 행복을 잃지는 않았다. 제닝스 부인의 경우 기쁨의 한 형태를 다른 형태로 바꾼 것에 불과한 데다, 첫 번째 형태에 대한 기대감은 여전히 간직할 수 있었으니까.

"아무렴, 아무렴, 목사관이 작기는 하지." 놀라움과 만족감의 분출이 한 차례 이루어진 뒤, 그녀가 말했다. "그리고 수리가 안 되었을 가능성도 꽤 크고. 그런데 난 이렇게 생각했지 뭐요. 내가 알기로 1층에 거실이 다섯 개나 되는 데다, 하녀장한테 듣기로 침대가 열다섯 개나 되는 저택을 두고 사과하는 소리를 듣다니! 그것도 바턴 코티지에 살고 있는 대시우드 양한테 말이우! 참 말이 안 되긴 했어. 그나저나 대시우드 양, 대령한테 잘 말해서 목사관을 어떻게 좀 해봅시다. 그래야 루시가 들어가기 전에 둘이 편히 살 만한 곳으로 만들지."

"하지만 브랜던 대령께서는 목사직 수입만으로는 두 분이 결혼하기에 충분치 않다고 생각하시는 것 같아요."

"대령은 아무것도 몰라, 대시우드 양. 자기가 연간 2천 파운드로 사니까, 다른 사람들도 더 적은 돈으로는 결혼도 못 할 거라 여기는 게지. 내 장담하건대, 만약 내가 살아 있으면 미카엘 축일 전에 델라퍼드 교구 목사관을 방문할 거라오. 그리고 가게 되면 루시를 보게 되겠지, 아무렴."

그들이 뭔가 더 생길 때까지 기다리지는 않을 거라는 가능성에 관한 한, 엘리너의 생각도 부인과 같았다.

5

에드워드는 브랜던 대령에게 감사를 표한 뒤, 이 행복을 루시한테 전하러 갔다. 그가 바틀릿츠 빌딩스에 이르렀을 때는 그 행복이 얼마나 넘쳤는지, 루시는 다음 날 축하 인사를 건네러 다시 들른 제닝스 부인에게 단언하길, 자기 평생 그가 그토록 활기차 보인 적은 없었노라 했다.

그녀 본인의 행복이나, 그녀 본인의 활기는, 적어도 아주 분명했다. 그녀는 미카엘 축일 전까지 델라퍼드 목사관에서 오순도순 함께할 거라는 제닝스 부인의 기대에도 열렬히 동조했다. 이와 동시에, 그녀는 에드워드가 엘리너에게 돌리고자 했던 공을 인정하기 꺼리기는커녕 오히려 얼마나 적극적이었던지, 자신들 둘에 대한 엘리너의 우정에 아주 뜨거운 감사와 칭송을 늘어놓았고, 그녀에게 큰 은혜를 졌다고 재깍 인정하면서, 지금이든 앞으로든 대시우드 양이 자기들을 위해 어떤 노력을 하건 자기는 전혀 놀라지 않을 거라고 공공연하게 떠들었다. 자기 생각에 대시우드 양은 정말로 소중한 사람들을 위해서라면 그 어떤 일도 할 수 있는 사람이라나. 브랜던 대령으로 말하자면, 그녀는 그를 성인으로 숭배할 태세가 되어 있었음은 물론, 더 나아가 모든 세속적인 문제에서 그렇게 대우하고자 진심으로 갈망했다. 그의 십일조가 최대한 늘어나기를 갈망했고, 델라퍼드에 가면 그의 하인들, 마차, 소, 닭이나 오리 등도 최대한 얻어 쓰리라 마음속으로 다짐하고 있었다.

존 대시우드가 버클리 거리에 들른 지도 어느덧 일주일이 넘었다. 그때 이후로 그의 아내의 병세에 대해 구두로 물어본 것 외에는 아무 관심도 기울이지 않은 터라, 엘리너는 한번 찾아가봐야 할 필요성을 느끼기 시작했다. 하지만 이것은 그녀 자신도 내키지 않는 의무였을 뿐 아니라, 어느 누구로부터도 마음을 북돋는 지지를 얻어내지 못했다. 메리앤은 본인이 가지 않겠다고 단호하게 거절하는 것만으론 성에 안 차는지, 언니도 못 가게 하려고 열심이었다. 제닝스 부인은 언제든 엘리너에게 마차를 내줄 수는 있지만, 존 대시우드 부인을 지긋지긋하게 싫어했던지라, 최근에 사건이 밝혀진 뒤로 그녀가 어떤 몰골인지 보고 싶은 호기심이나, 대놓고 에드워드의 편을 들어서 그녀를 모욕하고 싶은 강한 욕망조차도, 그런 여자와 다시는 어울리고 싶지 않은 마음을 꺾지는 못했다. 그 결과, 엘리너는 이번 방문이 그 누구보다도 내키지 않았음에도, 그리고 이제 곧 얼굴을 맞대고 앉아야 하는 여자를 그 누구보다 싫어할 이유가 많았음에도, 혼자서 길을 나서야 했다.

대시우드 부인은 손님을 받지 않는다 했다. 하지만 저택에서 마차를 돌려 나오기 전에, 우연히 그녀의 남편이 바깥으로 나왔다. 그는 엘리너를 보고 굉장히 반가워하면서, 그렇잖아도 이제 막 버클리 거리에 들르려던 참이라 했고, 올케가 보면 아주 좋아할 거라면서 안으로 들어가자 청했다.

그들은 위층으로 올라가 응접실에 들어갔다. 아무도 없었다.

"올케는 자기 방에 있나 본데." 그가 말했다. "내가 바로 가보마. 올케가 너를 보지 않으려 할 이유는 절대 없으니까. 암, 그렇고말고. 이제는 특히 그럴 이유가 없지. 하긴 너랑 메리앤을 항상 끔찍하게 아끼긴 했지만. 메리앤은 왜 안 왔지?"

엘리너는 동생을 위해 가급적 둘러댔다.

"너랑 둘이 보게 된 것도 섭섭지 않구나." 그가 대답했다. "너한테 할 얘기가 많거든. 브랜던 대령의 교구 말이다, 그게 사실이냐? 정말로 에드워드에게 목사 자리를 내줬어? 어제 우연히 그 얘기를 듣고, 더 자세히 물어보려고 너한테 가려던 참이었다."

"전부 사실이에요. 브랜던 대령께서 델라퍼드 교구 목사직을 에드워드에게 주셨어요."

"정말! 거참, 아주 놀라운 일이구나! 아무 연고도 없는데! 둘이 아무런 관계도 아닌데! 게다가 요즘 목사직이 얼마나 비싼 값에 팔리는데! 이 자리는 가치가 얼마나 되지?"

"연간 2백 파운드 정도예요."

"그렇군. 그 정도 가치의 목사직에 다음 후임자를 임명하려면…… 전임자가 늙고 병들어 곧 자리가 난다고 가정했을 때 말이다……. 내 장담하지만 대령이 받을 수 있는 금액은…… 1천4백 파운드는 됐을 거야.* 어쩌다 대령은 전임자가 죽기 전에 일을 처리하지 않았지? 이제 팔기에는 너무 늦었어.** 어쩌다 브랜던 대령처럼 지각 있는 사람이! 이렇게 일상적이고 이렇게 당연한 일에 그렇게 아무런 대책도 세워놓지 않았다니 놀랍구나! 음, 인간성이라는 게 모순으로 가득하다는

---

*성직 임명권은 재산의 한 형태로, 상속되거나 거래되었다. 통상적인 거래가는 해당 교구의 연간 수입의 5~7배 정도였고, 현임 목사가 곧 사망할 것으로 보이는 경우에는 가격이 더 높았다.
**일단 공석이 발생한 이후에는 임명권을 거래할 수 없었다.

확신이 드는군. 하지만 말이다, 다시 생각해보니…… 어쩌면 이런 경우가 아닌가 싶다. 대령이 실제로 임명권을 판 사람이 그 자리를 차지할 나이가 될 때까지만 에드워드가 목사직을 보유하는 거지.* 아무렴, 아무렴, 그렇게 된 거야, 틀림없이."

하지만 엘리너는 그의 말을 단호히 반박했다. 그녀 자신이 브랜던 대령의 제안을 에드워드에게 전달했고, 그런고로 임명 조건을 잘 알고 있다고 밝히면서, 상대방이 자신의 말에 수긍하게 만들었다.

"진심으로 놀랍구나!" 그는 여동생의 말을 들은 뒤 외쳤다. "대령이 무슨 의도로 그렇게 한 거지?"

"의도야 아주 단순하지요. 페라스 씨한테 도움을 드리려는 거예요."

"허, 거참. 브랜던 대령이 무슨 의도로 그랬건, 에드워드는 아주 운이 좋구나! 하지만 이 일을 네 올케한테는 언급하지 마라. 내가 이미 말해주었고 올케도 꽤 잘 참고는 있다만, 자기 앞에서 이 일을 두고 떠들어대면 좋아하지 않을 테니까."

이 대목에서 엘리너는, 남동생이 재산을 얻게 되었다고 해서 올케나 그녀의 자식이 더 가난해지는 것도 아닌데, 올케가 그 소식을 담담하게 받아들이지 못할 일이 뭐가 있겠느냐고 말하고 싶은 걸 간신히 참았다.

"페라스 부인은 말이다," 그가 아주 중요한 말이라도 하듯

---

*부자들은 종종 아들이나 어린 친척에게 넘겨줄 목적으로 성직 임명권을 구입하곤 했다.

목소리를 낮춰 덧붙였다. "아직까지 이 일에 대해 아무것도 모르신단다. 내 생각에 장모님께는 되도록 오랫동안 알리지 않는 편이 상책인 것 같아. 나중에 결혼을 하게 되면, 안타깝지만 다 듣게 되시겠지."

"하지만 왜 그렇게까지 조심해야 되는 건가요? 물론 페라스 부인께서 아들한테 충분히 살아갈 돈이 생겼다는 사실을 알면 눈곱만큼도 좋아하실 리 없겠지요. 그건 불가능한 일일 거예요. 최근에 그런 행동을 하셨으니, 어떤 감정이든 느낄 일이 없지 않나요? 아들이랑 연을 끊고 영영 내쳤을 뿐 아니라, 자신의 영향력 아래 있는 사람들한테도 그를 내치도록 시켰잖아요. 그런 행동을 하신 뒤인데, 분명 아들 때문에 슬픔이든 기쁨이든 어떤 영향을 받으실 리는 없겠지요. 아들한테 무슨 일이 생기건 관심을 가지실 리 없잖아요. 설마 자식의 위안을 모두 내버리고서도 부모의 근심을 아직 지니고 계실 만큼 약한 분은 아니실 텐데요!"

"아! 엘리너." 존이 말했다. "네 말도 꽤 일리가 있지만, 그건 인간성을 전혀 모르기에 나온 논리란다. 에드워드가 이 불운한 결혼을 실제로 하게 되면, 틀림없이 장모님께서는 처남을 내쳤든 내치지 않았든 똑같이 감정이 격해지실 거다. 그러니 그 끔찍한 결혼을 앞당길 만한 상황은 무엇이건 최대한 숨겨야지. 어쨌거나 페라스 부인께서는 에드워드가 아들이란 사실을 절대 잊을 수 없을 테니까."

"그 말을 들으니 놀랍네요. 지금쯤이면 부인의 기억에서 그런 사실이 지워졌을 줄 알았는데요."

"장모님을 굉장히 잘못 알고 있구나. 페라스 부인은 세상에서 가장 자애로운 어머니시란다."

엘리너는 입을 다물었다.

"이제 우리 생각으로는," 잠시 침묵이 흐른 뒤 대시우드 씨가 말했다. "로버트가 모턴 양과 결혼하면 어떨까 싶어."

엘리너는 마치 중요한 이야기라도 하듯 엄숙하고 단호한 오빠의 어조에 미소를 지으면서 차분하게 대답했다.

"그 숙녀분은 이 사안에서 아무런 선택권이 없나 보네요."

"선택권이라니! 무슨 말이냐?"

"제 말씀은, 지금 오빠께서 얘기하시는 투로 보아, 에드워드와 결혼하건 로버트와 결혼하건 모턴 양에게는 똑같은 것 같아서요."

"물론이지, 차이가 있을 리 없지. 이제는 로버트가 사실상 큰아들로 간주될 테니까. 그 밖에도 둘 다 아주 호감 가는 청년들이라, 어느 쪽이 더 낫다고 하기 힘들지."

엘리너는 더 이상 말하지 않았고 존도 잠시 침묵했다. 그의 명상은 이렇게 끝났다.

"한 가지는 네게 말해줄까 하는데, 엘리너." 그가 다정하게 동생의 손을 잡으면서, 소곤소곤 진지한 목소리로 말했다. "그래, 말해주마, 틀림없이 너도 흡족해할 얘기니까. 내가 이렇게 생각하게 된 데는 타당한 이유가 있지. 실제로 아주 확실한 사람한테서 들었으니까, 아니면 이런 이야기를 옮기지도 않을 거다. 그런 경우가 아니라면 입에 올리는 것 자체가 옳지 않으니까. 하지만 아주 확실한 사람한테서 들은 거라……. 그렇다고 페라스 부인한테 직접 들었다는 건 아니고, 그분 따님이 듣고 나한테 얘기해준 거지. 간단히 말해, 어떤…… 어떤 혼사가 아무리 탐탁지 않았을지라도…… (무슨 말인지 알 거다) 이 여자보다는 훨씬 나았을 거라고, 이번 혼사의 반만큼도 속상하지 않았을 거라고 하셨다더구나. 페라스 부인께서 그런 식으로 생각하신다니, 그 말을 듣고 굉장히 기뻤다. 우리 모두에게 아주 감사한 상황이니까 말이다. '둘 다 싫지만 그나마 고른다면 그쪽이 낫다, 비교할 여지도 없어.' 부인께서 그러셨지. '지금이라면 차악에라도 기꺼이 만족하련만.' 하지만 이제는 다 불가능한 일이야. 생각해서도 언급해서도 안 될 일이지. 어떤 애정이건 간에 말이다. 절대 안 되지, 다 지나간 일이야. 그래도 네게 얘기해줘야겠다는 생각이 들었단다. 이 이야기를 들으면 네가 얼마나 기뻐할지 잘 아니까. 그렇다고 네가 아쉬워할 이유가 있다는 건 아냐, 엘리너. 너야 굉장히 잘해나가고 있으니까. 그편에 못지않게, 아니 어쩌면 더 뛰어나게, 모든 걸 고려했을 때 말이다. 최근에 브랜던 대령이랑은 좀 만났니?"

엘리너는 이 정도 들은 것만으로도, 허영심이 충족되고 자존감이 높아지기는커녕 신경이 곤두서고 마음이 어지러워졌다. 그래서 로버트 페라스 씨의 등장으로 인해, 굳이 오빠의 말에 대꾸할 필요가 없어져서, 그리고 더 이상 이런 얘기를 듣지 않게 되어서 반가웠다. 잠시 한담을 나눈 뒤, 존 대시우드는 여동생이 찾아왔다는 이야기를 아직 아내한테 전하지 않았다는 사실을 떠올리고는 그녀를 찾으러 방에서 나갔다. 엘리너는 로버트와 친분을 쌓아야 하는 상황에 남겨졌다. 그리고 그저 본인의 겉만 번지르르한 생활 방식과 형의 고결한 인격 덕분에 추방된 형의 몫까지 어머니의 사랑과 관용을 너무나 부당하게 누리고 있으면서도, 명랑한 무관심과 행복한 자아도취에 빠진 태도를 보면서, 다시금 그의 머리와 가슴에 대해 매몰찬 평가를 내리게 되었다.

단둘이 남겨진 지 2분도 채 되지 않아 그가 에드워드에 대해 이야기하기 시작했다. 그도 교구 목사직에 대해 들었던지라 꼬치꼬치 캐물을 것이 많았다. 엘리너는 오빠에게 말해준 대로 상세한 내용을 되풀이해 전했는데, 이것이 로버트에게 미친 효과는 오빠와 사뭇 다르기는 해도 그에 못지않게 인상적이었다. 그는 걷잡을 수 없이 웃어댔다. 에드워드가 성직자가 되어 조그만 교구 목사관에서 산다는 생각이 그에게는 더없이 재미있었다. 거기에다 에드워드가 하얀 중백의를 입고 기도문을 낭송한다거나, 존 스미스와 메리 브라운의 결혼 예고*를 선언하는 상상까지 더해지자, 그는 이보다 우스꽝스러운 일은 상상할 수조차 없었다.

엘리너는 한결같은 냉엄함과 침묵 속에, 그의 어리석은 행동이 끝나기를 기다리는 한편, 경멸이 가득한 시선으로 그를

---

*교회에서 다가오는 결혼에 대해 일요일마다 연속 3회에 걸쳐 공지하는 것. 결혼을 반대할 중대 사유가 있으면 이의를 제기하도록 하기 위함이었다.

바라보지 않을 수 없었다. 하지만 워낙 시선 처리를 잘한 터라, 자신의 감정은 해소하면서도 그에게는 아무런 티를 내지 않았다. 그는 상대의 질책보다는 본인의 각성에 힘입어 재치에서 지혜로 되돌아왔다.

"이걸 농담처럼 다룰 수도 있겠지요." 한순간 진짜 느꼈을 유쾌함을 가식적인 웃음으로 꽤나 오랫동안 우려먹더니, 마침내 그가 웃음을 거두고 말했다. "하지만 맹세코 이건 더없이 심각한 문제랍니다. 딱한 형님! 이제는 영영 망했어요. 저도 굉장히 마음이 아픕니다. 형님이 아주 선량한 사람이란 걸 아니까요. 이 세상 누구 못지않게 뜻은 좋은 사람이지요. 대시우드 양은 형님과 친분이 깊지 않으니, 그것만 가지고 판단하시면 안 됩니다. 딱한 형님! 확실히 형님의 태도가 썩 만족스럽지는 않아요. 하지만 우리 모두가 똑같은 능력을, 똑같은 언변을 타고나는 건 아니니까요. 딱한 일입니다! 모르는 사람들 틈에서 살아가야 한다니! 정말 측은하기 그지없어요! 하지만 맹세코, 저는 형님이 어느 영국인 못지않게 선량한 마음을 지니고 있다고 믿습니다. 확실하고 분명하게 말씀드리지만, 사건이 터졌을 때, 제 평생 그런 충격은 처음이었습니다. 도저히 믿을 수가 없었지요. 제게 처음 말씀해주신 분은 어머니였는데, 저는 단호하게 행동할 필요성을 느끼고서 즉각 이렇게 말했습니다. '존경하는 어머니, 어머니께서 이 일을 어떻게 처리하실 생각인지는 모르겠지만, 만약 에드워드 형님이 이 아가씨와 결혼하면 저는 다시는 형님을 보지 않을 겁니다.' 이게 제가 즉각 한 말이랍니다. 정말이지 그런 충격은 다시없을 겁니다! 딱한 형님! 완전히 파멸이에요! 품위 있는 사회에는 이제 영영 발도 못 디디겠지요! 하지만 어머니께도 바로 말씀드렸다시피, 저는 이번 일에 전혀 놀라지 않았습니다. 형님이 받은 교육 형태를 생각해보면 항상 예견되던 일이었으니까요. 불쌍한 어머니는 반쯤 정신이 나가셨지요."

"그 숙녀분을 보신 적이 있나요?"

"네, 한 번 봤습니다. 그 아가씨가 이 집에 머무를 때, 제가 10분쯤 들른 적이 있거든요. 그 정도 본 것으로 충분했습니다. 한낱 어줍은 시골 아가씨로 세련미도 우아함도 없고, 미모랄 것도 거의 없더군요. 아주 똑똑히 기억하고 있어요. 딱한 형님이나 매력을 느낄 만한 그런 부류의 아가씨였습니다. 어머니한테 이 일에 대해 전해 듣자마자, 저는 제가 형님이랑 얘기해서 이 혼사를 포기하도록 설득하겠다고 곧장 말씀드렸습니다. 하지만 알고 보니, 이미 손을 쓰기에는 때가 늦었더군요. 안타깝게도, 처음에는 제가 자리에 없었고, 제가 알게 되었을 때는 이미 연을 끊은 뒤였으니까요. 아시다시피 그때는 제가 끼어들 만한 자리가 아니었지요. 하지만 제가 몇 시간만 일찍 전해 들었더라도 뭔가 해결책을 찾지 않았을까, 그럴 가능성이 컸으리란 생각이 듭니다. 틀림없이 저는 아주 단호한 관점으로 사태를 제시했을 겁니다. 이렇게 말했을 겁니다. '친애하는 형님, 지금 무슨 일을 하고 있는지 생각해보세요. 이렇게 수치스러운 인연을 맺으려 하다니요, 가족들이 하나같이 반대하는 인연을

요.' 간단히 말해, 뭔가 방법을 찾지 않았을까 하는 생각이 어쩔 수 없이 듭니다. 하지만 지금은 너무 늦었지요. 형님은 가난에 찌들 겁니다. 확실해요, 틀림없이 가난에 찌들 거예요."

그가 이런 관점을 무척이나 태연하게 제시하고 있을 때, 존 대시우드 부인이 들어오면서 대화는 끝이 났다. 비록 그녀가 자기 가족 이외에는 이 일에 대해 얘기한 적이 없지만, 방에 들어설 때 뭔가 당황스러워하는 기색이라든가, 자기한테 뭔가 상냥하게 대해보려고 애쓰는 태도 등에서, 엘리너는 이 일이 그녀의 마음에 미친 영향을 엿볼 수 있었다. 심지어 그녀는 엘리너와 여동생을 좀 더 보고 싶었는데 이렇게 빨리 런던을 떠나게 되었냐며 신경을 쓰기까지 했다. 이러한 갸륵한 노력은, 아내를 방으로 모신 뒤 그녀의 언품에 취해 있던 남편이 보기에, 세상에서 가장 다정하고 우아한 행동으로 여겨졌다.

6

잠시 작별 인사차 할리 거리를 한 차례 더 찾았을 때, 엘리너는 오빠에게서 따로 경비를 들이지 않고 바턴 방향으로 꽤 멀리 가게 된 것과, 브랜던 대령이 하루나 이틀 안에 그들을 따라 클리블랜드로 가기로 한 것에 대해 축하를 받았고, 이것으로 런던에서 남매간의 교류는 마무리되었다. 패니는 (그런 일이 일어날 가능성은 희박하지만) 혹시 근처에 올 일이 있으면 언제든 노어랜드에 들르라고 미지근한 초대를 했고, 존은 아내만큼 공공연하지는 않지만 좀 더 따뜻하게 조만간 엘리너를 보러 델라퍼드에 들르겠다고 확언했다. 앞으로 시골에서 혹시라도 그들이 만나게 된다면 이것이 전부일 터였다.

우습게도 주변 사람들은 하나같이 그녀를 델라퍼드로, 그녀로서는 세상에서 가장 들르고 싶지도 머물고 싶지도 않은 곳으로 보내고자 작심한 듯했다. 오빠와 제닝스 부인은 그곳을 장차 그녀가 살 집으로 간주하고 있었고, 심지어 루시조차도 그녀와 헤어질 때 꼭 그곳에 들러달라고 끈덕지게 청했으니까.

4월 중에서는 매우 이른 날, 하루 중에서는 그럭저럭 이른 시간에, 두 일행은 하노버 광장과 버클리 거리의 저택에서 각각 출발했고, 약속에 따라 길에서 만나기로 했다. 샬럿과 아이의 편의를 위해 여정은 이틀 이상이 될 터였고, 파머 씨는 브랜던 대령과 함께 좀 더 신속하게 이동하여 그들보다 얼마 늦지 않게 클리블랜드에 도착할 예정이었다.

메리앤은 런던에서 지내는 동안 마음 편할 날이 거의 없었고 오래전부터 떠나길 열망했지만, 막상 떠날 때가 되자 윌러비에 대한 믿음과 희망, 지금은 영영 잃어버린 그런 감정을 마지막으로 품었던 이 집에 작별을 고하면서 크나큰 고통을 느끼지 않을 수 없었다. 또한 윌러비가 아직 남아 있는 이곳을 떠나면서도 그녀는 많은 눈물을 흘리지 않을 수 없었다. 이곳에서 그는 그녀와는 전혀 상관없이, 새로운 약속과 새로운 계획으로 바쁘게 지내리라.

떠나는 순간에 엘리너가 느낀 만족감은 동생보다 긍정적이었다. 미련을 가질 대상도 없었고, 영영 헤어지게 되었다고 한 순간이라도 회한을 느낄 사람을 뒤에 남겨두는 것도 아니었고, 루시의 우정이라는 고문에서 풀려나게 되어 기뻤고, 윌러비의 결혼 이후 여동생을 그의 눈에 띄지 않는 곳으로 데려갈 수 있게 되어 감사했고, 바턴에서 몇 개월간 평온한 생활을 하면 메리앤도 마음의 안식을 되찾고 자신도 더더욱 그렇게 되리라 희망 어린 기대를 품고 있었다.

그들의 여정은 별 탈 없이 순조로웠다. 이틀째 되는 날에는 메리앤의 상상 속에서 소중한 곳이었다가 금지된 곳으로 뒤바뀐 서머싯셔 주에 들어섰고, 사흘째 오전에는 클리블랜드로 다가서고 있었다.

클리블랜드는 널찍한 현대식 저택으로, 경사진 잔디밭에 자리하고 있었다. 장원은 없었지만 정원은 꽤 넓었다.* 같은 수준의 여타 위엄 있는 저택들처럼 탁 트인 관목 길과 좀 더 빽빽한 숲길이 있고, 매끄러운 자갈길이 조림지를 감아 돌아 현관으로 이어졌다. 잔디밭에는 목재용 수목이 점점이 박혀 있고, 저택은 전나무와 마가목과 아카시아의 비호 아래 있었는데, 이런 나무들이 이룬 빽빽한 장막과 더불어 여기저기 우뚝 솟은 양버들이 마구간이나 헛간 같은 작업장을 가리고 있었다.

---

*정원과 장원은 저택을 둘러싼 조경에서 두 가지 주요한 영역이었다. 정원은 산책로, 관목, 뜰처럼 인공적으로 조성된 곳이었고, 장원은 대개 더 멀리 자리한 광활한 잔디밭과 숲으로 이루어졌다.

메리앤은 저택에 들어설 때 이곳에서 바턴까지 고작 80마일, 쿰 매그나까지는 불과 30마일도 되지 않는다는 생각에 감정이 벅차올랐다. 이어 그녀는 집 안에 들어선 지 5분도 되지 않아, 다른 이들이 샬럿을 도와 아기를 하녀장한테 보여준다고 분주한 틈을 타서 다시 집을 나섰고, 이제 막 아름다움을 얻기 시작한 구불구불한 관목 길을 따라, 저 멀리 떨어진 고지로 향했다. 그곳에 자리한 그리스풍 사원에서, 그녀의 시선은 남동쪽으로 넓게 펼쳐진 시골 지형을 정처 없이 둘러보다, 가장 멀리 떨어진 지평선의 산등성이에 다정하게 내려앉았고, 저 산꼭대기에서는 쿰 매그나가 보일지도 모르겠다는 생각에 잠겨들었다.

이처럼 소중하고 귀한 고통의 순간에, 그녀는 격정의 눈물을 쏟으며 클리블랜드에 오게 된 것을 기뻐했다. 이어 다른 길을 따라 저택으로 돌아오면서, 시골 지역의 해방감이라는 행복한 특권, 자유롭고 호사스러운 고독 속에 이곳저곳을 방랑할 수 있는 그 특권을 만끽했다. 그러면서 파머 가족과 함께 머무는 동안에는 매일 매시간을 이처럼 홀로 거닐며 보내리라 다짐하는 것이었다.

저택에 돌아왔을 때 다른 이들은 좀 더 가까운 구내를 둘러보려고 막 나서던 참이라, 그녀도 때맞춰 그들 틈에 합류했다. 나머지 낮 시간은 이런 식으로 설렁설렁 흘러갔다. 채마밭을 한가로이 거닐고, 담장의 꽃들을 살펴보고, 마름병을 한탄하는 정원사의 이야기에 귀 기울였다. 온실에서 어슬렁거릴 때, 샬럿은 자신이 가장 아끼는 식물들이 부주의하게 늦서리를 맞아 얼어 죽었다는 소식에 웃음을 터뜨렸다. 양계장에 들렀을 때에는, 암탉들이 둥지를 버렸거나 여우한테 물려간 바람에 낙담에 빠진 축사 담당 하녀를 보고, 또는 앞날이 창창한 병아리들이 급격하게 줄어든 것을 보고, 새로이 깔깔대며 즐거워했다.

아침나절이 맑게 개었던지라, 메리앤은 바깥에서 시간을 보낼 계획 속에, 클리블랜드에서 머무는 동안 날씨가 변할 가능성은 고려하지 않은 터였다. 그런고로, 비가 줄기차게 퍼붓는 바람에 정찬 후에 다시 바깥으로 나갈 수 없게 되자 적잖이 놀랐다. 그녀는 황혼 녘에 그리스풍 사원으로 산책을 나가거나 영지를 온통 누빌 수 있을 거라 단단히 기대하고 있었기에, 저녁 날씨가 그저 춥고 눅눅한 정도였다면 이에 굴하지 않고 나갔을 터였다. 하지만 아무리 그녀라도 줄기차게 퍼붓는 거센 비를 두고 산책을 하기에 알맞은 맑고 좋은 날씨라고 상상할 수는 없었다.

일행은 적었고, 시간은 조용하게 흘러갔다. 파머 부인에겐 아기가 있었고, 제닝스 부인에게는 카펫 일감이 있었다. 그들은 남기고 떠나온 친구들에 대해 이야기하고, 레이디 미들턴의 일정을 짚어보고, 파머 씨와 브랜던 대령이 그날 밤에 레딩을 지나올 건지 궁금해했다. 엘리너는 아무리 흥미가 없어도 그들의 대화에 함께했고, 메리앤은 아무리 대개의 가족이 기피하는 장소라 할지라도 어떤 저택에서든 서재로 가는 길을 용케 찾아내는 재주가 있었기에 이내 책 한 권을 손에 넣었다.

파머 부인의 한결같이 친절한 쾌활함은 그들에게 환영받고 있다는 느낌을 주기에 부족함이 없었다. 그녀는 침착함이나 우아함이 부족하여, 그 결과 종종 예법에 어긋나는 행동을 하기는 했지만, 스스럼없고 다정한 태도는 그런 결점을 보상하고도 남았다. 다정한 태도에 얼굴까지 무척 예쁘니, 애교스럽게 보였다. 어리석다는 사실은 자명했지만, 자만심에서 비롯된 것이 아니었기에 불쾌하지 않았다. 엘리너는 그녀의 웃음만 빼고는 모두 너그러이 넘겼을 터였다.

두 신사는 다음 날 매우 늦은 정찬 시간에 도착했는데, 덕분에 일행의 숫자도 기분 좋게 늘고, 낮 시간 내내 줄기차게 퍼붓는 비 때문에 거의 바닥이 났던 대화도 다양해졌으니 매우 반가운 일이었다.

엘리너는 파머 씨를 만난 적이 거의 없는 데다, 그 드문 시간 동안에도 자신과 동생을 대하는 태도가 워낙 변화무쌍했던지라, 그가 자기 가족과 함께 있을 때는 어떤 모습일지 짐작이 되지 않았다. 하지만 그는 완벽하게 신사다운 태도로 모든 손님들을 대했고, 가끔씩 아내나 장모한테 무례하게 굴 뿐이었다. 엘리너가 보기에 그는 함께 어울리기에 유쾌한 상대가 될 능력이 충분했음에도, 항상 그런 태도를 보이지는 못하는 이유가 있었으니, 필시 제닝스 부인이나 샬럿을 대할 때와 마찬가지로, 자신이 일반 사람들보다 훨씬 뛰어나다고 생각하는 경향이 워낙 컸기 때문이었다. 그의 나머지 성격이나 습관으로 말하자면, 엘리너가 보기에, 같은 나이대의 남성들과 비교해 전혀 별다른 특성이 없었다. 먹는 것에 까다롭고, 시간관념이 불확실하다든가. 자식을 좋아하면서도 겉으로는 아닌 척한다든가. 업무에 사용해야 할 낮 시간을 당구로 빈둥빈둥 보낸다든가. 하지만 엘리너는 전반적으로 기대했던 것보다 그가 훨씬 더 마음에 들었고, 그 이상 마음에 들지 않는다고 해도 마음속으로 섭섭할 일은 없었다. 그의 미식주의, 이기심, 자만심을 지켜보다가, 에드워드의 너그러운 품성, 소박한 취향, 겸손한 마음을 흐뭇하게 떠올리게 된다 해도 마찬가지였다.

에드워드에 관해, 좀 더 정확히 말하자면 그의 몇몇 근황에 관해, 그녀는 최근 도싯셔에 다녀온 브랜던 대령한테서 이야기를 전해 들었다. 대령은 그녀를 페라스 씨의 사심 없는 친구이자, 자신의 친절하고 믿을 만한 친구로 여겼기에, 델라퍼드의 교구 목사관에 대해 자세하게 이야기를 늘어놓고, 그곳의 결함에 대해 설명하고, 그런 결함을 없애기 위해 자신이 어떻게 할 생각인지 등등을 말했다. 이런 점에서나 다른 모든 점에서 대령이 그녀를 대하는 태도라든가, 그저 열흘 만에 만나는 건데도 드러내놓고 반가워하는 모습이라든가, 언제라도 그녀와 대화하길 원한다든가, 그녀의 의견을 존중하는 모습 등을 보면, 제닝스 부인이 그의 애정을 확신하는 것도 무리가 아니었고, 엘리너 본인도 처음부터 지금까지 그가 정말 사랑하는 사람이 메리앤이라는 것을 확신했으니 망정이지, 그렇지 않았다면 혹시나 하는 마음이 들었을 것이었다. 하지만 실상이 이런지라, 제닝스 부인이 넌지시 암시할 때만 빼면 이런 생각이 그녀의 머릿속에 떠오른 적은 좀처럼 없었다. 게다가 그녀는 둘 중에 자신이 더 뛰어난 관찰자라 확신했다. 자신은 그의 눈을 살폈지만, 제닝스 부인은 단지 그의 태도만 생각했으니까. 메리앤이 심한 감기의 전조로 머리와 목에 통증을 느꼈을 때 그의 표정에는 근심이 가득했지만, 이를 말로 표현하지 않았기 때문에 부인의 눈에는 전혀 들어오지 않았다. 하지만 그녀의 눈에는 연인의 민감한 감정, 불필요한 걱정이 그대로 보였다.

이곳에 오고 사흘째와 나흘째 되는 저녁, 메리앤은 황혼 녘에 기분 좋게 두 차례 산책을 나갔다가, 관목 정원의 마른 자갈길뿐만 아니라 온 영지, 그중에서도 특히 저택에서 가장 멀리 떨어진 데다 나머지 지역보다 뭔가 자연 그대로의 황량함이 남은 지역, 나무들은 가장 오래되고 풀들은 가장 길고 축축한 그런 지역을 온통 누비고 다닌 탓에, 게다가 더더욱 조심성 없이 신발과 스타킹이 젖었는데도 그대로 앉아 있었던 탓에 감기에 걸리고 말았는데, 그게 얼마나 지독했던지 하루 이틀 정도는 무시하고 부인했지만, 점점 더 증상이 심해지면서 모두가 걱정하고 그녀 본인조차 의식할 지경이 되었다. 온 사방에서 처방이 쏟아졌지만, 그녀는 여느 때처럼 모두 거절했다. 몸이 무겁고, 열도 나고, 사지가 쑤시고, 기침에다 목까지 아팠지만, 하룻밤 푹 자고 나면 말끔히 나을 거라 했다. 엘리너는 동생이 잠자리에 들 때 어렵사리 설득하여 한두 가지 가장 간단한 치료법을 써볼 수 있었다.

메리앤은 다음 날 아침 평소와 다름없는 시간에 일어났다. 사람들이 좀 어떠냐고 물을 때마다 그녀는 괜찮아졌다고 대답했고, 이를 입증하기 위해 평상시 하던 활동을 하려고 애써보았다. 하지만 읽지도 못하는 책을 손에 든 채 벽난로 앞에서 덜덜 떨며 앉아 있다거나, 소파에 힘없이 축 늘어진 채 누워서 하루를 보낸 것으로 미루어보건대, 그다지 상태가 나아진 것처럼 보이지는 않았다. 그리고 점점 더 몸이 불편해져서 마침내 그녀가 일찍 잠자리에 들었을 때, 브랜던 대령은 언니의 침착한 모습을 보고 놀랄 따름이었다. 엘리너는 동생의 반대에도 온종일 그녀를 돌보고 간호했으며, 밤에는 제대로 된 약을 억지로 먹이기까지 했지만, 메리앤과 마찬가지로 한숨 푹 자고 나면 괜찮아질 거라 믿으면서 크게 걱정할 일은 아니라 여겼다.

하지만 기대와는 달리 메리앤은 밤새 고열에 뒤척였다. 동생이 자리에서 일어나려고 고집을 부리다가 도저히 앉아 있지 못하겠다고 인정하고 자진해서 침대로 돌아갔을 때, 엘리너는 즉각 제닝스 부인의 조언을 따라 파머 부부의 약제사를 불렀다.

약제사는 환자를 살핀 뒤, 며칠만 지나면 동생이 건강을 회복할 거라면서 대시우드 양을 안심시켰지만, 동생의 병에 발진티푸스*의 낌새가 보인다는 말과 함께 '감염'이라는 단어를 입

---

*높은 열이 나고 온몸에 붉은색 발진이 나타나며, 두통과 관절통을 수반하는 급성 전염병.

밖에 내는 바람에, 파머 부인은 아기가 어떻게 될까 봐 소스라치게 놀랐다. 제닝스 부인은 처음부터 메리앤의 증상을 엘리너보다 심각하게 여겼던 터라, 해리스 씨의 진단을 듣고 아주 심각한 표정이 되었고, 샬럿의 불안과 조심성에 근거가 있다면서, 즉각 그녀와 아기를 다른 곳으로 보내야 한다고 주장했다. 파머 씨는 그들이 사서 걱정을 한다고 여겼지만, 아내가 너무 불안해하고 끈덕지게 간청하는 통에 버틸 방도가 없었다. 결국 떠나는 쪽으로 결정이 났다. 해리스 씨가 도착하고 한 시간도 되지 않아, 그녀는 아기와 유모와 함께 버스 반대편 수 마일 떨어진 곳에 사는 파머 씨의 가까운 친척 집으로 출발했다. 남편은 아내의 간청에 따라 그곳으로 하루나 이틀 안에 가겠다고 약조했다. 그녀는 어머니에게도 함께 가자고 열심히 졸랐다. 하지만 제닝스 부인은 메리앤의 병세가 지속되는 한 자기는 클리블랜드에서 꼼짝도 하지 않겠다고, 그리고 자기가 메리앤을 어머니한테서 데려왔으니 그녀의 자리를 대신해서 살뜰하게 보살필 거라고 단호한 의지를 밝혔고, 이토록 따뜻한 마음씨에 엘리너는 진심으로 그녀를 사랑하게 되었다. 그리고 엘리너도 알게 되었듯 부인은 매사에 기꺼이 나서서 적극적으로 도움을 주었고, 어떤 고된 일이든 함께 짊어지려 했으며, 풍부한 간호 경험으로 종종 큰 도움이 되곤 했다.

가엾은 메리앤은 병세로 인해 힘없이 축 늘어진 채 온몸이 아프다고 느꼈고, 내일이 되면 회복될 거란 희망도 더 이상 품지 못했다. 그리고 이 불운한 병만 아니었다면 내일 어떤 일이 있었을지 생각하자 모든 증상이 악화되기만 했다. 원래대로라면 다음 날 집으로 출발할 예정이었기 때문이다. 제닝스 부인의 하인 한 명이 그들을 집까지 수행하고, 이튿날 오전에 그들은 어머니를 깜짝 놀라게 할 계획이었다. 메리앤은 거의 말을 못 했지만 어쩌다 내뱉게 되면 온통 이 불가피한 일정 연기를 한탄하는 말뿐이었다. 엘리너는 금방 돌아가게 될 거라면서 동생의 기운을 북돋우려 애썼는데, 당시에는 그녀 자신도 그렇게 믿고 있었다.

　다음 날도 환자는 거의 차도를 보이지 않았다. 더 나아진 것은 분명 아니지만, 차도가 없다는 점을 빼면 더 나빠진 것처럼 보이지도 않았다. 일행의 수는 이제 더 줄어들었다. 파머 씨는 진심 어린 인정과 선한 마음 때문이기도 하지만, 아내가 시키는 대로 달아나는 것처럼 보이는 게 싫기도 해서, 그곳을 떠나는 게 아주 내키지 않았다. 하지만 부인과 약속을 했으니 지키라는 브랜던 대령의 설득에 못 이겨 결국 따라가기로 했다. 그가 떠날 채비를 하는 동안, 브랜던 대령 본인도 훨씬 내키지 않는 기색으로 떠나야겠다는 이야기를 꺼냈다.* 하지만 이 대목에서 제닝스 부인의 친절함이 더없이 만족스러운 중재 역할을 했다. 부인이 생각하기로, 사랑하는 사람이 동생 때문에 이토록 마음고생을 하고 있는데 대령을 멀리 떠나보내는 것은 두 사람 모두에게서 안식을 빼앗는 짓이었기 때문이었다. 그리하

---

*주인인 파머 내외가 모두 떠난 데다, 그는 이들과 친척 관계도 아니고 간호 임무를 맡은 것도 아니기 때문에 떠나는 것이 예의에 맞다고 판단했을 것이다.

여 그녀가 즉각 대령에게 자기를 위해 클리블랜드에 꼭 있어줘야겠다는 둥, 저녁에 대시우드 양이 위층에서 동생을 돌보는 동안 자기랑 피켓 놀이*를 해줬으면 좋겠다는 둥, 얼마나 강력하게 가지 말라 만류하는지, 그는 그러겠노라 대답만 하면 그 무엇보다 마음속으로 바라는 바를 이룰 터였기에 길게 사양하는 시늉조차 하지 못했다. 게다가 파머 씨도 제닝스 부인의 간청을 열심히 지지하고 나선 마당이었기에 더욱 그러했다. 파머 씨는 혹 위급 상황이 생겼을 때 대시우드 양에게 도움을 주거나 조언을 해줄 능력이 탁월한 사람을 뒤에 남기게 되어 스스로 위안이 되는 모양이었다.

물론 메리앤은 이런 일들이 벌어지고 있다는 사실을 전혀 몰랐다. 클리블랜드의 주인들이 집에 도착한 지 대략 일주일 만에 자기 때문에 다른 곳으로 옮겨 가게 되었다는 사실도. 파머 부인이 보이지 않는다고 해서 그녀가 놀라움을 느낄 일은 없었다. 마찬가지로 어떤 염려도 느끼지 않았기에 그녀의 이름을 언급한 적조차 없었다.

파머 씨가 출발한 날로부터 이틀이 지났지만, 그녀의 상태는 아무런 변화 없이 똑같았다. 해리스 씨는 날마다 그녀를 살피러 와서 여전히 빠른 회복을 대담하게 점쳤고, 대시우드 양도 똑같이 낙관적이었다. 하지만 다른 이들의 전망은 결코 밝다고 할 수 없었다. 제닝스 부인은 발병 초기부터 메리앤이 절

---

*두 명이서 하는 카드놀이.

대 이겨내지 못할 거라 마음을 굳힌 터였고, 주로 제닝스 부인의 불길한 예감을 들어주는 역할을 맡았던 브랜던 대령은 그런 말의 영향력을 물리칠 마음 상태가 아니었다. 그는 이성적으로 불안을 이겨내려고 애썼다. 약제사가 달리 판단하고 있는데 이런 불안이 터무니없이 여겨졌다. 하지만 날마다 몇 시간이고 혼자 보내다 보면 온갖 우울한 상념이 몰려들기 마련이었고, 메리앤을 더 이상 못 볼지 모른다는 생각을 마음에서 떨칠수가 없었다.

하지만 사흘째 오전이 되자 두 사람의 비관적인 예상은 거의 사라지게 되었다. 해리스 씨가 와서는 환자가 크게 호전되었다고 선언했기 때문이었다. 맥박도 훨씬 강해지고, 모든 증상이 앞서 방문했을 때보다 좋아졌다고 했다. 엘리너는 반가운 기대가 모두 확인되자 날아갈 듯 기뻤다. 그리고 앞서 어머니한테 편지를 보낼 때 제닝스 부인보다 본인의 판단을 믿고, 클리블랜드에서 지체하게 만든 병에 대해 대수롭지 않게 묘사하길 잘했다며 즐거워했다. 그녀는 메리앤이 언제쯤 여행할 수있게 될지 거의 날짜까지 정할 태세였다.

하지만 그날 하루의 끝은 시작만큼 상서롭지 않았다. 저녁이 다가오면서 메리앤의 상태가 다시 악화되기 시작하더니, 이전보다 축 늘어진 채 뒤척뒤척 불편해하는 것이었다. 하지만 언니는 이런 변화를 보고도 여전히 낙관적으로, 아마도 아까 침대 정리를 하는 동안 앉아 있어서 피곤했나 보다, 라고만 여겼다. 이어 처방된 강장제를 조심스럽게 먹인 뒤, 이윽고 동생이 잠에 빠져드는 것을 만족스럽게 지켜보았다. 잠이야말로 최고의 보약이라고 기대하면서. 메리앤은 언니의 기대만큼 그렇게 편안하게 잠을 이루지는 못했지만 그럭저럭 오랫동안 잠들어 있었다. 엘리너는 그 결과를 직접 지켜보고 싶은 마음에, 동생이 깰 때까지 내내 곁에 앉아 있기로 마음먹었다. 제닝스 부인은 환자에게 변화가 생긴 걸 전혀 모른 채, 유난히 일찍 잠자리에 들었다. 간호를 맡은 주된 하녀들 중 한 명이었던 부인의 몸종은 하녀장의 방에서 휴식을 취하던 중이라, 엘리너는 메리앤과 단둘이 남았다.

동생의 수면은 점점 더 불안해졌다. 언니는 이 자세에서 저 자세로 쉴 새 없이 뒤척이는 동생에게서 잠시도 눈을 떼지 않았고, 동생의 입에서 알아듣기 힘든 헛소리가 빈번하게 흘러나오는 것을 들으면서, 이렇게 고통스럽게 잘 바에는 차라리 깨우는 것이 낫지 않을까 생각했다. 그 순간 메리앤이 집 안에서 어쩌다 난 소음에 잠에서 깨어 화들짝 일어나더니, 열에 들떠 흥분한 채 외쳤다.

"엄마가 오시는 거야?"

"아직 아냐." 언니는 극심한 불안감을 숨기고 메리앤을 다시 눕히면서 대답했다. "하지만 머지않아 오실 거야. 너도 알다시피 여기에서 바턴까지는 꽤 멀잖아."

"하지만 런던으로 돌아서 오시면 안 돼." 메리앤이 여전히 허둥대는 태도로 외쳤다. "그럼 엄마를 절대 못 볼 거야, 런던으로 돌아서 오시면."

엘리너는 두려움 속에 동생이 제정신이 아니라는 사실을 알아차렸고, 동생을 진정시키려 애쓰는 한편 다급하게 맥박을 살폈다. 어느 때보다도 희미하고 빨랐다. 메리앤은 여전히 흥분한 채 엄마 이야기를 했고, 이에 엘리너의 두려움은 급속하게 커져서, 즉각 해리스 씨를 부르는 한편, 바턴으로 심부름꾼을 보내 어머니를 모셔 오겠다고 결심하기에 이르렀다. 곧이어 어머니를 모셔 올 가장 좋은 방법이 무엇인지 브랜던 대령과 상의해봐야겠다는 생각이 들었다. 그녀는 자기 대신 동생 곁을 지키도록 벨을 울려 몸종을 부른 뒤, 서둘러 정찬실로 내려갔다. 지금보다 훨씬 늦은 시간에도 대개 그가 그곳에 있다는 사실을 알고 있었기 때문이었다.

머뭇거릴 때가 아니었다. 그녀는 즉각 그에게 두려움과 어려움을 털어놓았다. 그에게는 그녀의 두려움을 가라앉히려고 시도할 용기도, 확신도 없었다. 그저 말없이 어두운 낯빛으로 귀를 기울일 뿐이었다. 하지만 그녀의 어려움은 즉각 제거되었다. 그는 상황의 긴박성을 드러내듯 신속하게, 그리고 이미 마음속으로 작정한 듯, 대시우드 부인을 모시러 갈 심부름꾼 역할을 자청했다. 엘리너는 억누르기 쉽지 않았지만 아무 반대도 하지 않았다. 그녀는 짧지만 뜨겁게 감사를 표했고, 그가 해리스 씨한테 전갈을 보내고 곧장 역마* 주문을 넣도록 하인을 급파하는 사이 어머니에게 전할 서신을 몇 줄 적었다.

*여정이 길면 역에서 규칙적으로 말을 교체했다. 브랜던 대령에게는 이미 자기 소유의 마차가 있으므로 역에 도착할 때마다 말만 교체하면 되었다.

이 순간 브랜던 대령 같은 친구가 있다는 사실이, 그런 사람이 어머니와 동행한다는 사실이 얼마나 위안이 되고 감사한지! 그의 판단력은 어머니를 이끌고, 배려는 어머니를 안심시키며, 우정은 어머니를 위로하리라! 이런 일로 불려오는 어머니의 충격을 조금이나마 덜어줄 게 있다면, 그건 그의 존재, 그의 태도, 그의 도움일 터였다.

한편 그는 실제로는 어떤 감정이었건 간에, 더없이 단호하고 침착하게 행동했고, 필요한 모든 준비를 매우 신속하게 처리했으며, 언제쯤 돌아올 것인지 정확하게 시간을 계산했다. 어떤 지체에 따른 시간 낭비도 없었다. 말들은 심지어 예상보다도 빨리 당도했고, 브랜던 대령은 엄숙한 표정으로 그녀의 손을 꼭 잡은 채, 너무 낮아서 들리지도 않는 몇 마디 말을 남기고선 서둘러 마차에 올랐다. 그때가 자정 무렵이었다. 그녀는 동생의 방으로 돌아가 약제사를 기다리는 한편, 밤새 곁에서 동생을 지켰다. 둘 모두에게 거의 똑같이 괴로운 밤이었다. 해리스 씨가 도착할 때까지, 메리앤의 경우에는 잠 못 이루는 고통과 정신착란 속에, 엘리너의 경우에는 더없이 가혹한 불안감 속에 매시간이 흘러갔다. 일단 엄습한 두려움은 이전의 안도감을 벌충하려는 듯 극심하기만 했다. 게다가 그녀와 함께 앉아 있던 몸종은 (엘리너는 제닝스 부인을 부르지 못하게 했다) 주인마님이 늘 품고 있던 생각을 암시함으로써 더더욱 그녀에게 고통을 안길 뿐이었다.

메리앤의 생각은 띄엄띄엄, 횡설수설 여전히 어머니에게 붙박여 있었다. 동생이 어머니를 찾을 때마다 가엾은 엘리너는 가슴이 저몄다. 그렇게 여러 날 아팠는데 대수롭지 않게 여긴 자신을 자책했고, 당장 고통을 덜어줄 약을 애달피 갈구했다. 얼마 안 가 모든 약이 소용없을 거라는, 모든 것이 너무 지체되었다는 생각이 들었고, 애끓는 어머니가 도착했을 때에는 이미 때가 늦어 이 사랑하는 자식을, 또는 정신이 멀쩡한 모습을 보지도 못하게 될 거라는 상상이 들었다.

그녀가 다시 해리스 씨를 부르러 사람을 보내거나, 혹시 그가 오지 못할 상황이면 뭔가 다른 방법을 강구해야겠다고 생각하는 참에, 비록 5시가 넘은 시간이긴 했지만 약제사가 도착했다. 하지만 그가 내놓은 소견은 늦게 온 것을 상당 부분 보상했으니, 비록 환자 상태가 예기치 못하게 악화된 것은 맞지만 자신이 보기에 크게 위험할 일은 없다면서, 새로운 치료 방법을 쓰면 어떤 효과가 있을지 확신에 차서 얘기했던 것이다. 이런 확신은 정도가 덜하기는 했지만 엘리너에게도 전해졌다. 그는 서너 시간 후에 다시 들르겠다고 약속했고, 환자와 근심스러운 보호자 둘 모두를 처음보다 진정된 모습으로 남겨두고 떠났다.

다음 날 아침 제닝스 부인은 어떤 일이 있었는지 전해 들으면서 깊은 우려를 표하고 왜 자신에게 도움을 청하지 않았느냐며 몇 번이고 나무랐다. 앞서 품었던 불길한 예감이 이제는 더 확실한 근거와 함께 되살아났고, 그녀는 끝이 어떻게 될지 조금도 의심하지 않았다. 부인은 엘리너에게 위로의 말을 건네려고 애썼지만, 메리앤의 위독함을 확신한 터였기에 차마 희망을 가지라고 위로하지는 못했다. 부인은 진심으로 비통했다. 메리앤처럼 이렇게 젊고 사랑스러운 아가씨가 속절없이 시들어 이른 죽음을 맞다니, 이건 그다지 가깝지 않은 사람들조차도 안타까워할 만한 일이었다. 제닝스 부인이 가슴 아파 하는 데에는 다른 이유도 있었다. 메리앤은 지난 석 달간 그녀와 함께 지낸 데다, 여전히 그녀의 보살핌 아래 있었고, 알려진 바처럼 크나큰 마음의 상처를 입고 오랜 시간 불행을 겪어온 터였다. 게다가 부인이 특히 예뻐하는 그녀의 언니 역시 눈앞에서 괴로워하고 있었다. 그들의 어머니로 말하자면, 아마도 그녀에게 메리앤의 존재는 자신에게 샬럿의 존재와 같을 것이었기에, 부인은 그녀가 겪을 고통에 진심으로 연민이 일었다.

해리스 씨는 두 번째 방문 때는 정확하게 시간을 지켰다. 하지만 마지막 처방에 걸었던 기대는 무너지고 말았다. 그의 약은 아무런 효과도 없었다. 열은 조금도 내리지 않았다. 메리앤은 그저 더 조용히, 더 정신을 잃은 채, 심각한 인사불성 상태에 빠져 있었다. 엘리너는 모든 상황뿐 아니라, 그것을 넘어, 순간적으로 그에게 비친 불안감을 감지했기에, 다른 도움을 구해보자고 제안했다. 하지만 그는 그럴 필요가 없다고 판단했다. 뭔가 더 시도해볼 것, 뭔가 새로운 처방이 아직 남았다면서, 지난번과 마찬가지로 이번에도 그 효과를 확신했다. 그는 격려하고 장담하면서 방문을 마무리했지만, 이런 말들은 대시우드 양의 귀에만 닿았을 뿐 마음까지 가 닿지는 못했다. 그녀는 어머니를 생각할 때만 빼면 침착했지만, 거의 절망에 빠진 상태였다. 그리고 이런 상태로 정오가 될 때까지 동생의 침대에서 거의 꼼짝도 않은 채, 깊은 슬픔의 이미지, 괴로움에 젖은 가족과 친구들의 모습만 하염없이 떠올랐다. 무엇보다도 그녀의 마음을 짓누른 것은 제닝스 부인과의 대화였는데, 부인은 메리앤의 병세가 이처럼 위중해진 것이 실연으로 인해 이미 수주간 몸이 약해졌기 때문이라고 주저 없이 말했던 것이다. 엘리너는 이 말이 조금도 틀리지 않았다고 느꼈고, 이는 그녀의 상념에 새로운 아픔을 더했다.

하지만 정오 무렵, 그녀는 비록 조심스럽기도 하고 혹시 실망할까 두려워서 한동안 제닝스 부인에게조차 알리지 않았지만, 동생의 맥박이 희미하게나마 나아졌다는 생각과 희망을 품기 시작했다. 그녀는 기다리고 지켜보고 거듭거듭 살폈다. 그리고 마침내, 앞서 침착한 겉모습 아래 숨겼던 어떤 고통보다도 숨기기 힘든 마음의 동요를 느끼면서, 자신의 희망을 조심스럽게 입에 올렸다. 제닝스 부인은 환자를 살핀 뒤 일시적인 호전을 인정할 수밖에 없었지만, 자신의 어린 벗이 이 상태가 지속될 거라는 기대에 빠지지 않게 하려고 애썼다. 엘리너 역시 이것을 믿지 못할 온갖 이유를 되새기면서, 희망을 품지 말자고 스스로에게 일렀다. 하지만 이미 때는 늦었다. 희망은 이미 들어선 뒤였다. 그녀는 희망의 간절한 두근거림을 느끼면서, 몸을 숙이고 동생을 지켜보았다. 무엇을 보고자 하는지 알지도 못한 채. 반 시간이 흘렀지만, 이 긍정적인 징후는 여전히 그녀를 지키고 있었다. 심지어 다른 징후들까지 나타나 이를 확인해주었다. 동생의 숨결, 피부, 입술, 이 모든 것들이 회복의 표시를 드러내 엘리너의 마음을 들뜨게 했다. 메리앤은 힘은 없지만 또렷해진 눈빛으로 언니를 응시했다. 이제 불안과 희망이 똑같은 강도로 그녀를 짓눌렀고, 그녀는 4시에 해리스 씨가 도착할 때까지 잠시도 마음을 진정시키지 못했다. 그리고 그가 심지어 자신이 기대했던 것보다도 동생이 잘 회복했다고 장담하면서 축하의 말을 건넸을 때, 비로소 확신과 위안, 기쁨의 눈물을 만끽하게 되었다.

메리앤은 어느 모로 보나 뚜렷한 차도를 보였고, 해리스 씨는 그녀가 위험에서 완전히 벗어났다고 단언했다. 제닝스 부인은 자기 예언이 최근의 위급한 상황을 통해 부분적으로나마 입증되었다는 점에 만족했기 때문인지, 약제사의 판단을 순순히 받아들이면서 거짓 없는 기쁨뿐 아니라 이내 명백한 쾌활함으로 완치의 가능성을 인정했다.

엘리너는 쾌활할 수 없었다. 그녀의 기쁨은 성격이 달랐고, 결코 명랑함으로 이어지지는 않았다. 메리앤이 삶과 건강과 친구와 그녀를 끔찍이 사랑하는 어머니의 품으로 다시 돌아왔다는 생각에 그녀의 가슴은 강렬한 안도감과 뜨거운 감사로 벅차올랐다. 하지만 이것이 겉으로 드러나는 기쁨이나 말이나 웃음으로 이어지지는 않았다. 엘리너의 가슴속에 자리한 것은 오로지 조용하고 강렬한 만족감이었다.

그녀는 오후 내내 거의 쉬지 않고 동생 곁을 지키면서, 나약해진 마음에서 나오는 모든 불안을 진정시키고, 모든 질문에 답하고, 모든 도움을 내주고, 거의 모든 표정과 모든 숨결을 살폈다. 물론 순간순간 재발의 가능성 때문에 불안감을 느낄 때도 있었다. 하지만 몇 번이고 세심히 살펴보아도 회복의 모든 징후는 계속되었고, 6시에 메리앤이 조용히, 안정되게, 그리고 어느 모로 보나 편안하게 잠든 걸 보고서 그녀는 모든 의혹을 내려놓았다.

이제 브랜던 대령이 돌아올 것으로 예상되는 시간이 다가오고 있었다. 10시면, 혹은 아무리 늦어도 그 즈음이면, 어머니는 지금 그들을 향해 오면서 짙어지고 있을 끔찍한 긴장감을 내려놓게 되리라. 대령도 마찬가지였다! 어쩌면 그는 어머니 못지않게 측은한 사람이리라! 오! 그들은 아직 아무것도 모르는데 시간은 어쩌면 이리 더디게 가는지!

7시가 되자, 그녀는 여전히 새근새근 잠든 메리앤을 남겨두고서 제닝스 부인과 함께 응접실에서 다과를 들었다. 조찬은 불안감 때문에 걸렀고, 정찬은 갑작스런 상태 변화 때문에 거의 먹지 못한 터였다. 그래서 이처럼 흡족한 마음으로 다과를 들게 되자 몹시 반가웠다. 제닝스 부인은 다과가 끝난 뒤 어머니가 도착할 때까지 좀 쉬라고, 자기가 대신 메리앤의 곁을 지키겠다고 설득했다. 하지만 엘리너는 그 순간 어떤 피로감도 느끼지 못했고, 잠들 능력도 없었으며, 잠시라도 불필요하게 동생 곁을 떠나지 않으려 했다. 그리하여 제닝스 부인은 그녀와 함께 병실로 올라가 아직까지 아무 일 없다는 사실을 흐뭇하게 확인한 뒤, 다시금 동생을 돌보고 상념에 빠질 수 있도록 그곳을 엘리너에게 맡겨두고, 자기는 방으로 돌아가 편지를 쓰고 잠이 들었다.

그날 밤은 춥고 폭풍이 몰아쳤다. 바람이 집 주위에서 노호했고, 빗줄기가 창문을 때렸다. 하지만 엘리너의 마음은 행복으로 가득하여 이에 아랑곳하지 않았다. 메리앤은 거센 바람에도 푹 잠들어 있었고, 여행객들은, 지금은 아무리 불편할지라도 충분히 값진 보상을 받을 터였다.

시계가 여덟 번 울렸다. 만약 그때가 10시였다면 엘리너는 그 순간 마차가 저택을 향해 달려오는 소리를 들었다고 확신했을 것이다. 그들이 벌써 도착할 가능성은 거의 희박했지만, 실제로 마차 소리를 들었다는 확신이 너무 강했던지라, 그녀는 병실에 붙어 있는 드레스룸으로 건너가 창의 덧문을 열고 사실을 확인해보았다. 즉각 그녀는 자신의 귀가 틀리지 않았음을 알게 되었다. 일렁거리는 마차 등불들이 바로 눈에 들어왔던 것이다. 희미한 불빛 속에서 말 네 필이 끄는 모습이 얼핏 보인 것 같았다. 이것은 가엾은 어머니의 놀라움이 얼마나 큰지 알려주는 한편, 그들이 예상보다 이렇게 일찍 도착한 까닭을 설명해주었다.*

엘리너는 평생 그 순간만큼 침착함을 유지하기 어려웠던 적이 없었다. 마차가 문간에 멈췄을 때 필시 어머니가 느끼고 있을 감정을 알고 있었기에, 어머니의 의혹, 두려움, 어쩌면 절

---

*일반적인 장거리 마차는 대개 말 두 필이 끌었다. 네 필을 쓰면 속도가 빨라지지만 그만큼 비용도 올라갔다.

망! 그리고 자기가 하게 될 말! 이 모든 것을 알고 있었기에 침착함을 유지하기란 불가능했다. 이제 남은 일은 서두르는 것뿐이었다. 그리하여 그녀는 제닝스 부인의 몸종에게 동생 곁을 맡길 때까지만 지체한 뒤, 서둘러 계단을 내려갔다.

그녀가 안쪽 복도를 지날 때 현관에서 웅성거리는 소리가 들리는 것으로 보아, 그들은 이미 집 안으로 들어선 게 분명했다. 그녀는 응접실을 향해 걸음을 재촉했고, 안으로 들어섰고, 윌러비만을 보았다.

8

엘리너는 그를 보고 경악한 표정으로 뒤로 물러서면서, 마음이 제일 먼저 시키는 대로 즉각 몸을 돌려 방에서 나가려 했다. 그녀의 손이 이미 문고리를 잡았을 때, 그가 황급히 다가와 간청보다는 명령에 가까운 목소리로 이렇게 말하는 바람에 그녀는 잠시 머뭇했다.

"대시우드 양, 반 시간만…… 10분만…… 제발 내어주십시오."

"아뇨." 그녀가 단호하게 대답했다. "그러지 않겠어요. 제게 볼일이 있으실 리 없어요. 아마 하인들이 잊고 말씀드리지 않았나 본데, 파머 씨는 집에 안 계세요."

"설혹 하인들이 제게 파머 씨와 일가친척들이 몽땅 지옥에 떨어졌다고 했을지라도, 저는 문간에서 돌아서지 않았을 겁니다. 저는 대시우드 양한테, 오직 당신한테만 볼일이 있습니다." 그가 격하게 소리쳤다.

"저한테요!" 엘리너는 극도로 놀라면서 말했다. "그렇다면…… 얼른 끝내세요. 그리고 가능하면…… 흥분을 가라앉히세요."

"앉으십시오, 그러면 둘 다 따르겠습니다."

그녀는 망설였다. 어떻게 해야 할지 알 수 없었다. 브랜던 대령이 도착하여 이곳에서 그를 보게 되면 어쩌나 하는 생각이 들었다. 하지만 그의 이야기를 들어주기로 이미 약속한 데다, 도의심 못지않게 호기심도 일었다. 그리하여 잠시 생각한 뒤, 서둘러 끝내는 편이 사리에 맞고, 그렇게 하기 위해서는 묵묵히 따르는 것이 최선이라 판단하고서, 조용히 탁자로 걸어가 자리에 앉았다. 그는 맞은편 의자에 앉았고, 30초 동안 둘 다 한 마디도 하지 않았다.

"부디 서둘러주세요." 엘리너가 초조하게 말했다. "제겐 이럴 시간이 없어요."

그는 깊은 생각에 빠진 듯 앉아 있었고, 그녀의 말이 들리지 않는 듯했다.

"동생분은," 잠시 뒤, 그가 불쑥 말했다. "위험에서 벗어났다고요. 하인한테 들었습니다. 하느님, 감사합니다! 하지만 사실인가요? 정말로 사실인가요?"

엘리너는 아무 말도 하지 않았다. 그는 더욱 간절하게 질문을 되풀이했다.

"제발 말씀해주세요. 위험에서 벗어났나요, 아닌가요?"

"벗어났다고 기대하고 있어요."

그는 자리에서 일어나 방을 가로질러 걸었다.

"반 시간 전에만 알았더라도…… 하지만 이왕 여기까지 왔으니……." 그는 의자로 돌아가면서 짐짓 명랑한 척 말했다. "무슨 문제가 되겠습니까? 부디 한 번만, 대시우드 양…… 아마 마지막이 될 겁니다……. 함께 즐거워해주십시오. 저는 기꺼이 유쾌해질 마음이거든요. 솔직하게 말씀해주십시오." 더욱 짙은 홍조가 뺨으로 번졌다. "저를 악한이라고 생각하십니까, 아니면 바보라고 생각하십니까?"

엘리너는 더욱 놀라서 그를 바라보았다. 그가 술에 취했으리라는 생각이 들기 시작했다. 이런 식으로 찾아와, 이런 식으로 행동하는 기이함은 다른 식으로는 이해가 되지 않았다. 이런 느낌이 들자 그녀는 곧바로 자리에서 일어나며 말했다.

"윌러비 씨, 그만 룸으로 돌아가시지요. 저는 더 이상 이러고 있을 형편이 못 됩니다. 제게 어떤 볼일이 있으신지 모르겠지만, 내일 좀 더 생각을 정리하고 말씀하세요."

"무슨 말씀인지 압니다." 그가 의미심장한 미소와 함께 더없이 차분한 목소리로 대답했다. "맞아요, 아주 취했습니다. 말버러에서 소고기 냉육을 곁들여 포터*를 한 파인트 들이켰더니

*흑맥주의 일종.

438

이렇게 마음을 가누기가 힘들군요."

"말버러라고요!" 엘리너가 외쳤다. 그의 의도가 무엇인지 더더욱 이해가 되지 않았다.

"네, 오늘 아침 8시에 런던에서 출발했고, 그때 이후로 마차에서 단 10분 동안 내려 말버러에서 가벼운 요기를 했습니다."

이렇게 말할 때의 침착한 태도나 또렷한 눈빛으로 보건대, 그가 어떤 어리석고 용납 못 할 의도로 클리블랜드에 찾아온 것인지는 모르겠으나, 취기 때문에 찾아온 것은 아니라는 확신이 들었다. 잠시 마음을 가다듬은 뒤, 그녀가 말했다.

"윌러비 씨, 당신도 당연히 느끼실 테고, 저도 분명히 느끼지만…… 그런 일이 있은 후인데…… 이런 식으로 여기에 찾아와 제게 관심을 요구하시다니, 아주 특별한 이유가 있어야 될 겁니다. 이러시는 의도가 무엇인가요?"

"제 의도는," 그가 진지하고 힘차게 말했다. "할 수만 있다면, 대시우드 양이 지금보다 저를 조금이라도 덜 미워하게 만드는 겁니다. 흘러간 일에 대해 일종의 해명이랄까, 일종의 사과를 드리려는 겁니다. 제 마음을 활짝 펼쳐 보이고, 제가 늘 어리석기는 했지만 내내 나쁜 놈은 아니었다는 사실을 보여드려서, 뭔가 용서 같은 것을 얻고자 하는 겁니다. 메…… 동생분한테서요."

"찾아오신 진짜 이유가 이것인가요?"

"맹세코 그렇습니다." 그가 대답했다. 그의 열의에 엘리너는 예전 그대로의 윌러비를 떠올렸고, 자기도 모르게 그가 진지하다고 믿지 않을 수 없었다.

"만약 그게 전부라면 이미 뜻을 이루셨어요. 메리앤은 실제로…… 오래전에 당신을 용서했으니까요."

"용서했다고요!" 그가 똑같이 열성적인 어조로 외쳤다. "그렇다면 그렇게 해야 하기도 전에 용서를 했다는 말이군요. 하지만 다시 저를 용서하게 될 겁니다. 그것도 좀 더 합당한 근거로요. 이제 제 말을 들어주시겠습니까?"

그녀는 동의의 뜻으로 고개를 끄덕였다.

"잘 모르겠습니다." 그녀의 편에서는 기다림으로, 그의 편에서는 깊은 생각으로 잠시 침묵이 흐른 뒤, 그가 말했다. "제가 동생분에게 보인 행동에 대해 대시우드 양께서 어떻게 생각하고 계신지, 또는 제가 어떤 사악한 동기를 가졌으리라 짐작하시는지. 어쩌면 저를 더 좋게 보실 일은 없을지 모르지만, 그래도 시도해볼 만한 가치가 있으니 모든 것을 말씀드리겠습니다. 처음 그 댁 가족과 친해지게 되었을 때, 제가 그 친분에서 의도했던 것, 이루고자 했던 것은, 어차피 데번셔에 머물러야 되는 기간 동안 가급적 즐겁게, 예전보다 즐겁게 지내자는 것 하나뿐이었습니다. 동생분의 사랑스러운 외모와 매력적인 태도가 제 마음에 들지 않을 수 없었습니다. 그리고 저를 대하는 그녀의 태도 역시 거의 처음부터 특별했습니다. 그것이 어떠했는지, 그녀가 어떠했는지 돌이켜보면, 제 가슴이 그렇게 무감각했다는 사실이 놀라울 따름입니다! 하지만 고백하건대, 처음에는 허영심만 드높아졌을 뿐이었습니다. 그녀의 행복이야 어떻건, 그저 제 자신의 즐거움만 생각하면서, 거의 고질적으로 탐닉했던 감정에 저를 내맡겼고, 그녀의 애정에 답할 어떤 의향도 없이, 그저 가능한 모든 수단을 동원해 그녀에게 잘 보이려고 애썼습니다."

이 대목에서 대시우드 양은 강한 분노와 경멸의 눈빛으로 그를 응시하면서 이야기를 끊었다.

"윌러비 씨, 더 이상 얘기할 가치도, 들을 가치도 없군요. 시작이 이러한데 뒤에 나올 이야기야 뻔하겠지요. 이 문제에 대해 더 들어봤자 괴로울 뿐이니 그만하셨으면 합니다."

"그래도 전부 들으셔야 합니다." 그가 대답했다. "저는 결코 재산이 넉넉지 않았지만, 언제나 씀씀이가 컸을 뿐 아니라, 항상 저보다 수입이 많은 사람들과 어울리는 버릇이 있었습니다. 성년이 된 이후로, 어쩌면 그 이전부터, 매년 빚이 늘었습니다. 스미스 부인이라는 연로한 친척이 세상을 뜰 경우 빚 문제에서 벗어날 터이긴 했습니다. 하지만 그게 언제가 될지는 불확실했고 어쩌면 먼 훗날이 될 수도 있었기에, 저는 오래전부터 재산 많은 여자와 결혼하여 제 형편을 다시 일으키리라 마음먹고 있었습니다. 따라서 동생분과 애정을 언약한다는 생각은 한 번도 해본 적이 없었습니다. 그저 야비하고 이기적이고 잔인하게……. 저는 그녀의 애정을 얻으려 애쓰면서도, 그것을 되돌려줄 생각은 전혀 없이, 그런 식으로 행동하고 있었습니다. 그 어떤 분노와 경멸의 시선도, 심지어 대시우드 양, 당신의 시선도 제 행동을 질책하기에는 모자랄 겁니다. 다만 한 가지 변명을 하자면, 저는 이기적 허영심에 젖은 끔찍한 인간이긴 했지만, 제가 입히려는 상처가 어느 정도인지 알지 못했습니다. 당시에는 사랑이란 게 뭔지 몰랐으니까요. 하긴 지금까지 안 적이 있었을까요? 의심하는 것도 당연합니다. 만약 제가 정말 사랑을 했다면, 허영심 때문에, 탐욕 때문에, 제 감정을 희생했겠습니까? 더 나아가, 그녀의 감정을 희생했겠습니까? 하지만 저는 그렇게 했습니다. 상대적인 빈곤을 피하고자 부유함을 좇았고, 그 결과 빈곤을 축복으로 만들 수도 있었을 모든 것을 잃어버렸습니다. 그녀의 애정만 있다면, 그녀와 함께할 수만 있다면 그깟 빈곤이 가져올 비참함 따위는 모두 물리칠 수 있었을 텐데 말입니다."

"그 말씀은," 엘리너가 약간 누그러들면서 말했다. "한때는 제 동생을 사랑한다고 믿으셨다는 거군요."

"그런 매력을 거부하고 그런 애정에 버텨낸다니! 세상 어떤 남자가 그럴 수 있겠습니까! 네, 저는 저도 모르는 사이에 서서히, 정말로 그녀를 좋아하고 있었습니다. 제 평생 가장 행복했던 순간은 그녀와 함께 보낸 때였습니다. 제 의도는 오로지 명예로웠고, 감정은 더없이 순수하다고 느꼈으니까요. 하지만 그녀에게 청혼하겠다고 굳게 마음먹었던 그때조차, 저는 부당하게도 그것을 실행에 옮길 순간을 차일피일 미루었습니다. 제 처지가 그렇게 형편없는데 약혼에 들어가기가 꺼려져서였습니다. 여기에서 제 자신을 정당화하지는 않겠습니다. 또한 어리석게도, 아니 그보다 더 한심하게도, 이미 제 명예로 묶여 있는 일인데 언약하길 주저한 것에 대해 대시우드 양께 책망할 기회를 드리지도 않겠습니다.* 그 일로 입증된 바처럼, 저는 교활한 얼간이였고, 영원히 제 자신을 비열하고 한심한 인간으로 만들 만일의 경우에 대해 아주 신중하게 대비하고 있었지요.** 하지만 마침내 저는 결단을 내렸고, 그녀와 단둘이 있을 기회가 생기는 즉시, 그동안 변함없이 그녀에게 보였던 관심을 정당화하고, 이미 수고롭게 그녀에게 내비쳤던 애정을 공식적으로 확인해주리라 마음먹었습니다. 하지만 그사이에…… 그녀와 단둘이 이야기할 기회를 가지기까지 남은 불과 몇 시간 사이에…… 어떤 상황이…… 어떤 불운한 상황이 발생하면서, 제 모든 결심과 더불어 제 모든 안식을 망쳐버리고 말았습니다. 어떤 사실이 탄로가 나면서," 이 대목에서 그는 머뭇거리며 고개를 숙였다. "스미스 부인께서 어떤 경로를 통해 (아마도 저를 부인의 눈 밖에 나게 하려던 먼 친척이 그랬겠지요) 어떤 사건, 어떤 관계에 대해 전해 들으신 겁니다. 하지만 더 이상 설명해드릴 필요는 없겠군요." 그는 상기된 얼굴과 캐묻는 눈빛으로 그녀를 바라보며 덧붙였다. "각별히 친한 사이시니…… 이미 오래전에 전부 들으셨을 테지요."

"그래요." 엘리너가 대답했다. 그녀 역시 얼굴이 상기되었

---

*그는 메리앤에게 애정 어린 태도를 보이고 친밀한 관계를 형성했으므로, 당시의 도덕 관념상 직접적인 언약을 하지 않았다 하더라도 그녀와 결혼하도록 명예로 묶여 있었다.
**그는 실제로 책임을 질 만한 약속이나 행동을 지속적으로 피했다.

고, 그에게 어떤 동정심도 가지지 않겠다고 새로이 마음을 모질게 먹었다. "전부 들었습니다. 그 끔찍한 사건에서 당신이 지은 죄를 어떻게 조금이라도 해명하실지, 솔직히 저로서는 이해가 되지 않습니다."

"잊지 마십시오." 윌러비가 외쳤다. "그 이야기를 누구한테 들었는지. 과연 아무 치우침이 없었을까요? 물론 제가 그녀의 처지나 인격을 존중했어야 된다는 것은 인정합니다. 제 자신을 정당화하려는 건 아니지만, 동시에 제게는 일말의 변명거리도 없을 거라고 생각하지는 마십시오. 그녀는 상처를 입었으니 아무런 죄가 없고, 제가 방탕하니 그녀는 성인일 거라고 말입니다. 만약 그녀의 격렬한 열정과 미약한 분별력이……. 하지만 제 자신을 변호하려는 건 아닙니다. 그녀의 애정을 그런 식으로 대우하지 말았어야 했어요. 종종 그녀의 애정을 떠올리면 심한 자책감이 듭니다. 아주 짧은 시간이나마 반응하지 않을 수 없었던 그런 애정이었지요. 그렇지 않았더라면 좋았을 걸 괴롭습니다. 진심으로 괴롭습니다. 하지만 제가 상처를 입힌 건 그녀만이 아니었습니다. 게다가 제가 상처를 입힌 그 사람은, 저에 대한 애정이…… (이렇게 말해도 될까요?) 그녀 못지않게 열정적이었고, 내면으로 말하자면…… 아! 한없이 우월했습니다!"

"하지만 그 불행한 아가씨에게 마음이 없었다는 것이, (이런 주제를 논하는 것 자체가 불쾌하지만, 이 말씀은 드려야겠군요) 그분에게 마음이 없었다는 것이, 잔인한 방치를 정당화하지는 못합니다. 그 아가씨의 분별력이 미약했다고 해서, 타고난 결함이 있었다고 해서, 당신이 명백하게 저지른 부도덕한 잔인함이 용서받는 것은 아닙니다. 당신이 데번셔에서 새로운 계획을 좇아, 언제나 즐겁게, 언제나 행복하게 즐기고 계신 동안, 그 아가씨는 극도의 빈곤에 시달리고 있었으리란 사실을 모르시지는 않았을 텐데요."

"하지만 맹세코 저는 몰랐습니다." 그가 격하게 대답했다. "제 주소를 깜박하고 알려주지 않았다는 생각도 못 했습니다. 그리고 상식이 있는 사람이라면 주소쯤이야 어떻게 알아낼지 알았을 겁니다."

"글쎄요, 어쨌거나 스미스 부인께서는 뭐라고 하셨나요?"

"즉각 제 잘못을 질책하셨습니다. 제가 얼마나 당혹해했을지 짐작이 되실 겁니다. 워낙 생활이 깨끗하고, 형식을 중요시하고, 세상 물정을 모르시는 분이다 보니…… 모든 것이 제게 불리했습니다. 그 사건 자체를 부인할 수도 없었고, 어떻게든 누그러뜨리려는 노력도 소용이 없었습니다. 아마도 부인께서는 이미 전부터 제 전반적인 도덕성을 의심하신 듯했고, 더군다나 당시 방문 기간 중에 그분에게 거의 관심을 보이지 않고 거의 시간을 할애하지 않았다는 사실을 못마땅하게 여기고 계셨습니다. 간단히 말해, 결과적으로 그분은 저와의 연을 완전히 끊어버리셨습니다. 제 자신을 구제할 방법이 하나 있기는 했습니다. 워낙 도덕성이 높으신지라, (훌륭한 분이시죠!) 만약 제가 일라이자와 결혼하면 과거를 용서하시겠다는 겁니다.

그럴 수는 없었기에…… 저는 공식적으로 상속권을 박탈당한 채 집에서도 쫓겨나게 되었습니다. 이 일이 있은 그날 밤 (저는 다음 날 아침에 떠나기로 되어 있었습니다) 앞으로 어떻게 해야 할지 고심했습니다. 정말 힘든 싸움이었지만…… 너무 일찍 끝이 났습니다. 메리앤을 향한 애정, 그녀의 애정에 대한 완벽한 확신, 이 모든 것도 가난에 대한 두려움을 떨치기에는, 혹은 부의 필요성에 대한 그릇된 관념들을 물리치기에는 역부족이었습니다. 저는 본래부터 그렇게 타고난 데다, 사치스러운 무리와 어울리다 보니 더더욱 그런 면이 강해진 터였지요. 구혼만 하면 지금의 아내를 확실히 얻을 거라 믿을 만한 이유가 있었고, 상식적으로 볼 때 달리 제게 남은 길은 없다고 스스로를 설득했습니다. 하지만 데번셔를 떠나기 전에 가슴 무거운 장면이 저를 기다리고 있었습니다. 바로 그날 그 댁 가족과 정찬을 하기로 되어 있었으니까요. 따라서 약속을 지키지 못하는 것에 대해 뭔가 해명할 필요가 있었습니다. 하지만 이것을 편지로 쓸지, 직접 가서 전달할지, 저는 한참 고민해야 했습니다. 메리앤을 보는 건 괴로울 터였고, 다시 그녀를 보고도 제 결심을 지킬 수 있을지 자신이 없었습니다. 하지만 결과적으로 드러났듯, 그 점에서 저는 스스로의 결단력을 과소평가했던 모양입니다. 저는 가서 그녀를 보았고, 비참해하는 모습을 보았고, 비참해하도록 남겨두고 떠났으니까요. 다시는 그녀를 보지 않길 희망하면서 말입니다."

"그때 왜 찾아오셨던 거지요, 윌러비 씨?" 엘리너가 책망하듯 말했다. "그냥 편지로도 충분히 뜻을 이루셨을 텐데 왜 굳이 찾아오셔야 했나요?"

"제 자존심을 위해 필요했습니다. 그런 식으로 지역을 뜨면 스미스 부인과 저의 사이에 실제로 벌어진 일을 여러분이, 혹은 다른 이웃들이 조금이라도 의심하게 될지 모른다는 생각이 들어 견딜 수 없었습니다. 그래서 호니턴에 가는 길에 코티지에 들르기로 마음먹은 겁니다. 하지만 사랑하는 동생분을 보자 정말 괴로웠습니다. 게다가 더욱 곤란하게도 그녀 혼자였지요. 여러분은 다들 어디로 갔는지 보이지 않았습니다. 바로 전날 저녁에 그녀 곁을 떠날 때만 해도 저는 옳은 일을 하기로 그토록 온전히, 그토록 굳건히 마음먹고 있었는데! 불과 몇 시간이면 영원히 그녀를 내 사람으로 만들 터였는데. 코티지에서 앨러넘으로 걸어갈 때 제 마음이 얼마나 행복했는지, 얼마나 즐거웠는지 기억납니다. 제 자신에게 만족하고, 세상 모두가 좋았었지요! 하지만 이제, 우리 우정의 마지막 대면에서, 저는 죄책감을 느끼며 그녀에게 다가갔고 그 죄책감은 제게서 가장할 힘을 빼앗을 뻔했습니다. 제가 그렇게 곧장 데번셔를 떠나야 한다고 말했을 때, 그녀가 보인 슬픔, 낙담, 절절한 아쉬움…… 절대 잊지 못할 겁니다. 게다가 저를 향한 그토록 큰 믿음, 그토록 큰 확신이라니! 아, 하느님! 저 같은 냉혹한 악당이 있었을까요!"

둘 다 잠시 침묵했다. 엘리너가 먼저 입을 열었다.

"동생에게 금방 돌아온다고 말하셨나요?"

"그녀에게 무슨 말을 했는지 모르겠습니다." 그가 초조하게 대답했다. "지난날에 마땅한 수준보다는 틀림없이 적게 말했을 테고, 훗날에 정당화될 수준보다는 십중팔구 많이 했겠지요. 차마 생각하지 못하겠습니다. 부질없는 일이에요. 이어 대시우드 부인께서 오셔서 크나큰 친절과 신뢰로 더더욱 저를 고문하셨습니다. 하느님 맙소사! 정말로 제게는 고문이었습니다. 저는 비참했습니다. 대시우드 양, 제가 스스로의 불행을 되돌아볼 때 어떤 위안을 얻는지 당신은 모르실 겁니다. 그토록 멍청하고 비열했던 마음을 가진 제 자신이 너무 싫어서, 그런 마음 때문에 겪었던 과거의 고통들은 이제 제게 통쾌하고 기쁘게 느껴질 따름입니다. 그래요, 저는 그렇게 가서 사랑하는 모든 이를 떠났고, 기껏해야 무관심의 대상일 뿐인 사람들에게로 향했습니다. 런던으로 가는 여정은…… 제 말들을 이용했기에 너무나 더디었고……* 이야기를 나눌 사람 한 명 없이…… 떠오르는 생각들은 얼마나 또 유쾌한지……. 앞날을 내다보면 그 모든 게 매력적이길 했겠습니까! 바턴을 뒤돌아보면 떠나온 장면이 위로가 되길 했겠습니까! 아! 축복받은 여정이었지요!"

그는 말을 멈추었다.

"그렇군요." 엘리너가 말했다. 동정심도 일었지만 얼른 떠나줬으면 싶었다. "이게 전부인가요?"

"전부라니…… 아니요, 런던에서 있었던 일을 잊으신 겁니

---

*역마를 이용하면 중간중간 말을 교체하기 때문에 속도가 빠르게 유지되지만, 본인의 말을 이용하면 도중에 자주 말을 쉬게 해야 하기 때문에 속도가 더디었다.

까? 그 파렴치한 편지…… 동생분이 보여주던가요?"

"네, 오고 간 서신을 모두 보았습니다."

"그녀한테서 첫 번째 편지가 도착했을 때, (곧바로 도착했지요, 저는 내내 런던에 있었으니까요) 제가 느낀 감정은…… 흔한 말로 하자면, 형언하기 어려웠습니다. 좀 더 단순한 말로 하자면…… 어쩌면 너무 단순해서 아무 느낌도 안 나겠지만…… 제가 느낀 감정은 너무너무 고통스러웠습니다. 모든 행이, 모든 단어가…… 만약 친애하는 글쓴이가 이 자리에 있었다면 결코 허용하지 않았을 진부한 비유를 빌리자면…… 단검이 되어 제 심장을 찌르는 듯했습니다. 메리앤이 런던에 있다는 소식은…… 같은 말로…… 청천벽력이었습니다. 청천벽력과 단검이라니! 그녀가 들었으면 얼마나 나무랐을지! 그녀의 취향, 그녀의 견해들…… 저는 그것들을 제 자신의 취향이나 견해보다 더 잘 알고 있다고 믿습니다. 또한 더 소중하다고 확신합니다."

엘리너의 마음은 이처럼 이례적인 대화를 나누는 동안 많은 변화를 겪었고, 지금은 다시 누그러들었다. 하지만 상대가 마지막과 같은 생각은 품지 않도록 제지하는 것이 자신의 의무라고 느꼈다.

"이건 옳지 않아요, 윌러비 씨. 결혼하신 몸이라는 걸 잊지 마세요. 양심에 비추어 제게 들려줄 필요가 있다고 생각하시는 이야기만 하시지요."

"메리앤의 편지는 아직도 제가 예전처럼 그녀에게 소중하다는 사실을, 그리고 서로 몇 주 동안이나 떨어져 있었음에도 그녀의 감정이 여전히 한결같고, 제 감정도 한결같으리라 여전히 확신하고 있다는 사실을 보여주더군요. 그렇게 해서 제 모든 가책을 다시금 일깨웠지요. 일깨웠다고 말하는 것은, 시간과 런던, 일과 유흥 덕분에 어느 정도 잊고 지낸 데다, 이제는 그녀에게 무관심해졌다고, 그리고 그녀 역시 나한테 무관심해졌을 거라고 상상하는 쪽을 택하면서 비정한 악당 역을 꽤 잘해내던 중이었거든요. 지난날 우리의 애정이 그저 하찮고 사소한 일이었다고 혼잣말을 하면서, 그렇다는 증거로 어깨를 으쓱하고는 '그녀가 좋은 곳에 시집갔다는 얘기가 들리면 진심으로 기쁠 텐데'라고 이따금 속으로 말함으로써, 모든 비난을 잠재우고 모든 가책을 억눌렀지요. 하지만 그 편지는 저 자신을 더 잘 알 수 있게 해주었습니다. 저는 그녀가 이 세상 어떤 여자들보다 한없이 소중하다고, 그리고 제가 그녀에게 파렴치한 짓을 하고 있다고 느꼈습니다. 하지만 그때는 그레이 양과 저 사이에 모든 것이 확정된 참이었습니다. 뒤로 물러서기는 불가능했습니다. 제가 해야 될 일은 오직 하나, 두 분을 피하는 것뿐이었습니다. 저는 메리앤에게 답장을 보내지 않았고, 그렇게 해서 더 이상의 관심을 피하려고 했습니다. 심지어 한동안은 버클리 거리를 방문하지 않기로 마음먹기까지 했습니다. 하지만 결국, 그저 그런 일반적 친분의 분위기를 가장하는 것이 가장 현명하겠다는 판단에, 어느 날 오전 여러분 모두 집에서 확실히 나서는 걸 지켜본 뒤에야 제 명함을 남겨두었습니다."

"저희가 집에서 나서는 걸 지켜보셨다고요!"

"그뿐이겠습니까. 제가 얼마나 자주 여러분을 지켜보았는지, 얼마나 자주 여러분과 마주칠 뻔했는지 들으면 놀라실 겁니다. 여러분의 마차가 지나갈 때, 눈에 띄지 않으려고 상점에 들어간 것도 여러 번입니다. 제 숙소가 본드 거리에 있다 보니, 거의 날이면 날마다 여러분 중 누군가를 볼 수밖에 없었습니다. 오로지 제 쪽에서 부단히 경계하고, 여러분의 눈에 띄지 않으려는 마음이 변함없이 지배적이었기에, 그토록 오랜 시간 서로 마주치지 않았던 것입니다. 저는 미들턴 부부도 되도록 피했고, 서로 공통으로 친분이 있을 만한 사람들도 마찬가지로 모두 피했습니다. 하지만 그들이 런던에 와 있다는 사실을 알지 못했기에, 어느 날 존 경과 마주치고 말았습니다. 제 생각에 그분이 도착한 첫날이었고, 제가 제닝스 부인 댁에 들른 그 다음 날이었을 겁니다. 그분은 파티에 저를 초대했습니다. 저녁에 자기 집에서 무도회를 연다더군요. 설령 그가 저를 부추기려고 당신과 동생분이 올 거라고 알려주지 않았을지라도, 저는 그렇게 될 게 너무 확실하다고 보고 그의 근처에 얼씬도 하지 않았을 겁니다. 다음 날 아침에 메리앤에게서 또다시 짧은 편지가 왔는데…… 여전히 다정하고, 솔직하고, 꾸밈없고, 믿음으로 가득한 터라…… 제 행동을 혐오스럽기 그지없게 만들었습니다. 저는 답장을 쓸 수 없었습니다. 시도는 해보았지만…… 한 문장도 쓸 수가 없더군요. 하지만 저는 온종일 매순간 그녀 생각뿐이었습니다. 만약 저를 동정하실 수 있다면, 대시우드 양, 당시의 제 처지를 동정해주십시오. 머리와 가슴은 온통 동생분 생각뿐인데, 다른 여성의 행복한 연인 노릇을 해야만 했으니까요! 그 서너 주가 최악이었습니다. 그러다 마침내, 굳이 말씀드릴 필요도 없이, 여러분과 맞닥뜨리게 되었지요. 저는 참으로 다정하게도 굴었지요! 얼마나 고통스러운 저녁이었던지! 한쪽에서는 메리앤이 천사처럼 아름다운 모습으로 '윌러비' 하고 부르는데…… 그 목소리라니! 아! 하느님! 그녀는 제게 손을 내밀면서, 그 매혹적인 두 눈에 절절한 근심을 가득 담은 채 저를 바라보며 해명을 부탁했지요! 그런데 다른 한쪽에서는 소피아가 악마처럼 질투심에 사로잡힌 채 모든 장면을 지켜보고 있었으니……. 뭐, 이제는 중요하지 않습니다. 모두 지난 일이니까요. 대단한 저녁이었지요! 저는 가능한 한 빨리 여러분 모두로부터 달아났지요. 하지만 메리앤의 어여쁜 얼굴이 죽은 듯 하얗게 질리는 것을 보고 난 뒤였습니다. 그것이 제가 본 그녀의 마지막, 마지막 표정이자…… 제게 비친 마지막 태도였습니다. 처참한 모습이었지요! 그래도 오늘 그녀가 정말로 죽어가고 있다고 생각했을 때, 이 세상에서 마지막으로 그녀를 보는 사람들에게 어떤 모습으로 보일지 저 또한 이미 똑똑히 알고 있다고 생각하니 일종의 위안이 되었습니다. 이곳으로 오는 동안 그녀는 똑같은 표정과 안색으로 제 앞에, 끊임없이 제 앞에 나타났지요."

둘 다 생각에 잠기면서 잠시 침묵이 이어졌다. 윌러비가 먼저 정신을 차리고 이렇게 말했다.

"자, 이제 서둘러 떠나도록 하겠습니다. 동생분이 확실히 나아진 게, 확실히 위험에서 벗어난 게 맞습니까?"

"저희는 그렇게 믿고 있어요."

"대시우드 부인도 심정이 어떨지! 메리앤을 그렇게 사랑하시는데."

"하지만 윌러비 씨, 편지는, 당신이 쓰신 편지에 관해서는 아무 하실 말씀이 없나요?"

"아, 그래요, 바로 그 편지. 아시다시피 동생분은 바로 다음 날 오전에 다시 제게 편지를 보냈습니다. 어떤 내용인지는 보셨겠지요. 저는 그때 엘리슨 부부 댁에서 조찬 중이었는데, 그녀의 편지가 다른 우편물들과 함께 제 숙소에서 그쪽으로 배달이 되었습니다. 그런데 그 편지가 저보다 소피아의 눈에 먼저 띈 겁니다. 편지 크기나 우아한 용지나 필체 등이 즉각 그녀의 의심을 불러일으켰습니다. 이미 그녀는 제가 데번셔에서 어떤 아가씨에게 애정을 품었다는 막연한 소문을 들었고, 전날 저녁에 자기 눈앞에서 벌어지는 장면을 통해 그 아가씨가 누군지 알아낸 터라, 그 어느 때보다 질투심에 사로잡혀 있었습니다. 그래서 사랑하는 여성이 그런다면 애교로 보일 만한 장난스러운 분위기를 가장하면서, 제 편지를 바로 펼쳐서 내용을 읽었습니다. 그리고 뻔뻔함에 대해 톡톡히 대가를 치렀지요. 그녀가 읽은 내용은 자신을 비참하게 만드는 것이었으니까요. 그녀의 비참함이야 못 견딜 것도 없었지만, 격한 흥분…… 적개심…… 무슨 일이 있어도 그것은 진정시켜야 했습니다. 간단히 말해…… 제 아내의 편지 스타일을 어떻게 생각하십니까? 섬세하고…… 온화하고…… 참으로 여성미가 넘치지요. 그렇지 않았습니까?"

"아내라고요! 하지만 편지는 윌러비 씨의 필체였어요."

"네, 하지만 제가 맡은 유일한 역할은 제 이름을 서명하기조차 수치스러운 그런 문장들을 비굴하게 베껴 쓴 것이었습니다. 원문은 전부 그녀의 작품이었어요. 그녀 본인의 유쾌한 생각과 부드러운 말투였지요. 하지만 제가 무얼 할 수 있었겠습니까? 이미 약혼한 데다, 모든 준비가 진행 중이었고, 날짜까지 거의 잡혔는데요. 하지만 바보처럼 이야기하고 있군요. 준비라니! 날짜라니! 솔직히 말해, 그녀의 돈이 필요했던 거고, 제 처지에서는 파혼을 막기 위해 어떤 짓이라도 해야 했습니다. 그리고 어쨌거나, 제가 어떤 표현으로 답장을 쓰건, 메리앤과 주변 사람들이 생각하는 제 인격에 무슨 영향이나 있었겠습니까? 편지의 목적은 오직 하나뿐이었습니다. 제가 할 일은 스스로를 악당이라 선언하는 것이었고, 그걸 정중하게 하건 무례하게 하건 하등 중요하지 않았습니다. '내 평판은 영영 끝장났어.' 저는 스스로에게 말했습니다. '앞으로 영영 그분들과는 어울리지 못하겠지. 이미 다들 나를 부도덕한 놈이라고 생각하는데, 이 편지를 받으면 더더욱 불한당 같은 놈이라 여기게 되겠지.' 이런 생각의 흐름 속에, 저는 일종의 자포자기식 무관심에 빠져 아내의 글을 베꼈고, 메리앤을 기념하는 마지막 물품들과 헤어졌습니다. 그녀의 편지 세 통을, 저는 입맞춤조차 하지 못한 채 내놓아야 했습니다. 안타깝게 제 지갑 속에 들어 있지만 않았더라도, 저는 그것들의 존재를 부인하고 영원히 간직했을 겁니다. 게다가 그녀의 머리카락…… 그것 역시 똑같은 지갑 속에 항상 지니고 다녔는데, 귀하신 마님께서 매력적이기 그지없는 표독함 속에 기어이 찾아내더군요. 저는 그 소중한 머리카락과…… 추억이 담긴 모든 물품들을 모조리 빼앗기고 말았습니다."

"옳지 않아요, 윌러비 씨, 아주 잘못된 행동이에요." 엘리너는 이렇게 말했지만, 목소리에는 자기도 모르게 동정심이 묻어났다. "윌러비 부인에 대해서나 제 동생에 대해서나 이런 식으로 말씀하시면 안 됩니다. 당신 스스로 하신 선택이에요. 아무도 강요하지 않았어요. 부인을 대하실 때 적어도 예의를 갖추고 존중하는 모습을 보이셔야지요. 그분은 윌러비 씨에게 애정을 지니고 있어요. 그렇지 않으면 결혼을 하지도 않았겠지요. 그분을 매정하게 대하고 모욕적 언사를 내뱉는 것이 메리앤에 대한 속죄가 되지는 않습니다. 당신 자신의 양심에 위안이 되지도 않을 테고요."

"제 아내에 대해 말하지 마십시오." 그가 무겁게 한숨을 내쉬며 말했다. "당신의 동정을 받을 가치도 없는 사람입니다. 그녀는 결혼할 때부터 제가 자신에게 아무런 애정이 없다는 걸 알고 있었습니다. 뭐, 저희는 결혼을 했고 행복을 찾아 쿰 매그나에 내려갔다가, 즐거움을 찾아 런던으로 돌아왔지요. 이제 제게 동정심이 드십니까, 대시우드 양? 아니면 제가 아무 쓸데없이 이 모든 이야기를 늘어놓은 건가요? 제가…… 아주 조금이나마…… 이전보다 죄가 덜하다고 생각되십니까? 제 의도가 항상 그릇되었던 것만은 아닙니다. 이런 해명으로 제가 지은 죄가 일부나마 씻기었습니까?"

"네, 확실히 무언가를…… 조금이나마…… 없애주셨습니다. 전체적으로 당신의 잘못이 제가 생각했던 것보다는 덜하다는 점을 보여주셨어요. 생각했던 것만큼 마음이 사악하지 않다는 것을, 훨씬 사악하지 않다는 것을요. 하지만 잘 모르겠습니다. 당신이 입힌 그 불행…… 무엇이 그것을 더 악화시켰을지는 잘 모르겠어요."

"동생분이 회복되면 제가 해드린 이야기를 전해주시겠습니까? 대시우드 양처럼 동생분의 마음에서도 제 죄를 조금이나마 덜고 싶습니다. 그녀가 이미 저를 용서했다고 말씀하셨지요. 제 마음을, 지금의 제 심정을 더 잘 알게 되면, 그녀가 좀더 자발적이고 자연스럽고 다정하게, 좀 덜 엄숙하게 저를 용서하리라 부디 생각하게 해주십시오. 제가 얼마나 고통받고 있고 뉘우치고 있는지 전해주십시오. 그녀를 향한 제 마음이 결코 변한 적이 없다고, 그리고 괜찮으시다면, 지금 이 순간에도 그녀는 제게 그 어느 때보다도 소중한 사람이라고."

"당신의 행동을 해명하는 데 웬만큼 필요한 내용은 모두 전하겠습니다. 하지만 지금 찾아오신 특별한 이유나, 동생의 병을 어떻게 알게 되었는지에 관해서는 설명하지 않으셨어요."

"지난밤에 드루어리 레인* 로비에서 존 미들턴 경과 마주쳤습니다. 그는 저를 보더니, 최근 두 달 만에 처음으로 말을 거시더군요. 제가 결혼한 이후부터 그가 저를 봐도 모른 체했다는 걸 내내 알고 있었지만 놀랍거나 억울할 일도 아니었습니다. 하지만 이제, 그의 선량하고 정직하고 단순한 마음이 저에 대한 분노와 동생분에 대한 걱정으로 가득한 터였기에, 제가 들었을 때 끔찍한 곤혹감을 느껴 마땅한 이야기를…… 아마 그렇지 않을 거라 생각하면서도…… 들려주고픈 유혹을 억누르지 못한 겁니다. 그리하여 그는 무뚝뚝하기 그지없는 태도로 메리앤 대시우드가 클리블랜드에서 발진티푸스로 죽어가고 있다고 말하더군요. 그날 아침에 제닝스 부인한테 받은 편지에 따르면 위험이 임박했다고…… 파머 가족은 모두 놀라서 피신했다고요. 저는 너무 큰 충격을 받았기에, 둔감한 존 경마저 눈치챌 정도로 무심함을 가장하지 못했습니다. 제가 괴로워하는 걸 보자 그는 마음이 누그러들었습니다. 나쁜 감정이 많이 사라졌는지 나중에 헤어질 때는 예전에 포인터 새끼를 주겠다고 했던 약속을 상기시키면서 거의 악수를 나누려고까지 하시더군요. 동생분이 죽어가고 있다는 말을 들었을 때 제 심정은……그것도 마지막 순간까지 저를 세상에서 가장 비열한 악한이라 믿으면서 경멸하고 미워할 거라 생각하니……. 제게 어떤 끔찍한 혐의가 씌워졌을지 어찌 알겠습니

*런던 중앙부에 위치한 왕립 극장.

까?* 어떤 한 사람은 저를 무슨 짓이든 할 수 있는 인간이라고 묘사할 게 분명했으니까요. 저는 참혹한 심정이었습니다! 그래서 즉각 결단을 내리고 오늘 아침 8시에 마차에 올랐습니다. 이게 전부입니다."

엘리너는 아무 대답도 하지 않았다. 그녀는 너무 이른 경제적 독립과 그 뒤에 따른 나태하고 방탕하고 사치스런 습성이 어떻게 한 남자의 마음과 인격과 행복에 돌이킬 수 없는 상처를 남겼는지 말없이 생각하고 있었다. 그는 외모와 재능이 뛰어났을뿐더러, 천성적으로 솔직하고 진솔한 기질과 섬세하고 다정한 감성까지 겸비하지 않았던가. 세상은 그에게 낭비벽과 허영심을 안겼다. 낭비벽과 허영심은 그를 매정하고 이기적인 사람으로 만들었다. 허영심은 타인을 희생시키면서 죄 많은 승리를 구가하려다 그를 진정한 사랑에 빠지게 했고, 낭비벽 또는 좀 더 정확히 말해 그것의 산물인 궁핍은 그 사랑을 희생하도록 요구했다. 각각의 그릇된 성향은 그를 죄로 이끌었고, 이와 마찬가지로 벌로 이끌었다. 명예도 저버리고, 감정도 저버리고, 보다 우월한 모든 관계도 저버리면서 그가 표면상 떨쳐버린 그 애정은, 이제 더 이상 용납되지 않는 상황에서 그의 생각을 온통 사로잡고 있었다. 그리고 아무 거리낌 없이 동생을 비참하게 내버리고 선택한 인연은 이제 그 자신에게 훨씬 더 치유할 수 없는 불행의 원천이 된 듯했다. 그녀는 이와 같은 상

---

*일라이자를 유혹하여 육체적 관계를 맺고 버린 것처럼 메리앤에게도 그런 속셈을 지녔으리라는 뜻.

념에 잠겨 있다가, 몇 분 뒤 윌러비 때문에 정신을 차렸다. 그는 그녀에 못지않게 고통스러운 상념에서 깨어난 뒤, 자리에서 벌떡 일어나 떠날 채비를 하며 이렇게 말했다.

"이곳에 있어봤자 소용이 없습니다. 이제 떠나야겠어요."

"런던으로 돌아가시나요?"

"아닙니다. 쿰 매그나로 갑니다. 그곳에 볼일이 있어요. 하루나 이틀 뒤에 그곳에서 런던으로 갈 겁니다. 안녕히 계십시오."

그는 손을 내밀었다. 그녀는 악수를 거절할 수 없었다. 그가 그녀의 손을 다정하게 꼭 쥐었다.

"정말로 예전보다 저를 괜찮게 생각하시는 거지요?" 그가 손을 놓고 마치 떠나기로 했던 걸 잊어버린 듯 벽난로 선반에 몸을 기대면서 말했다.

엘리너는 그렇다고 확인해주었다. 그를 용서하고, 동정하고, 잘 살길 바란다고 했다. 심지어 그의 행복까지 염려하면서, 그것을 증진할 만한 행동에 대해 부드러운 조언까지 덧붙였다. 그의 대답은 그다지 고무적이지 않았다.

"그 점에 대해서는 어떻게든 그럭저럭 잘 지내봐야지요." 그가 말했다. "가정의 행복은 제게 불가능한 일입니다. 하지만 혹여 대시우드 양과 가족분들께서 제 운명과 행동에 관심을 가질 거라 제가 생각해도 된다면, 그게 수단이 될 수도 있겠습니다. 그 생각이 저를 방심하지 않도록 해주겠지요……. 적어도 뭔가 제가 살아갈 이유가 될 겁니다. 메리앤은 영원히 제 곁에

서 멀어졌습니다. 혹시라도 천운으로 제가 다시 자유의 몸이
된다 할지라도요."

엘리너는 질책하며 그의 말을 막았다.

"그럼," 그가 대답했다. "다시 한 번 안녕히 계십시오. 이
제 그만 이곳을 떠나 한 가지 사건을 두려워하며 살아가겠습니
다."

"무슨 말씀이신가요?"

"동생분의 결혼 말입니다."

"아주 잘못 알고 계세요. 제 동생과는 지금보다 더 멀어지실
일도 없습니다."

"하지만 다른 누군가가 그녀의 곁을 얻겠지요. 만약 그 누
군가가 하고많은 사람들 중에서 제가 가장 견디지 못하는 바로
그 사람이라면……. 하지만 상처는 내가 더 주고서 용서는 더
못 하는 모습을 보여, 대시우드 양의 연민과 호의를 빼앗기고
싶지는 않습니다. 안녕히 계십시오. 신의 은총이 함께하길!"

이 말과 함께, 그는 거의 뛰다시피 방에서 나갔다.

9

그가 떠난 뒤, 심지어 그의 마차 소리가 사라진 뒤에도 한동안,
엘리너는 수많은 상념들, 성격은 각자 사뭇 다르지만 전체적으
로 슬픔을 안기는 그런 상념들에 짓눌려 잠시 동생 생각조차

잊을 정도였다.

윌러비, 불과 반 시간 전만 해도 세상에서 가장 형편없는 인간이라 혐오했던 그 윌러비가, 비록 잘못이 크다고는 하나 그것으로 인해 고통받는 모습을 보니 얼마간 동정심이 일었다. 그 결과 그가 이제 자기 가족과는 영원히 남이 되었다는 생각에 애틋함과 회한마저 느껴졌는데, 마음속으로도 이내 시인했듯, 그것은 그에게 그럴 만한 가치가 있어서라기보다는 그의 간절한 소망에 따른 것이었다. 그녀가 느끼기에 자기 마음에 미치는 그의 영향력이 커진 것은 이치상 무게를 지녀서는 안 되는 요소들, 즉 유난히 매력적인 외모라든가, 이제는 더 이상 미덕이 되지 못하는 솔직하고 다정하고 활기찬 태도라든가, 심지어 지금은 허물로 여겨질 메리앤에 대한 여전히 뜨거운 사랑 때문이었다. 그럼에도 그의 영향력이 줄어들기까지는 참으로 기나긴 시간이 걸릴 거라 느껴졌다.

이윽고 그녀가 아무것도 모르는 동생의 곁으로 돌아왔을 때, 메리앤은 막 잠에서 깨어난 참이었는데, 참으로 길고 달콤한 잠을 잔 덕분에 언니의 기대가 충족될 정도로 원기를 되찾은 모습이었다. 엘리너는 마음이 복잡다단했다. 과거와 현재와 미래와, 윌러비의 방문과, 메리앤의 회복과, 곧 다가오는 어머니의 도착 등등, 이 모든 일들로 마음이 뒤숭숭하여 피로한 기색은 보이지도 않았고 다만 동생에게 티가 날까 걱정스러운 마음뿐이었다. 하지만 이런 걱정에 시달린 시간은 짧았다. 윌러비가 그곳을 떠나고 반 시간이 채 지나기 전에 그녀는 또 다른 마차 소리에 다시 아래층으로 불려갔기 때문이다. 어머니가 느낄 끔찍한 긴장감을 한순간도 불필요하게 늘이고 싶지 않았기에, 그녀는 즉각 현관으로 달려가서 바깥쪽으로 열리는 문에 이르렀고 때마침 안으로 들어오는 어머니를 맞아 부축할 수 있었다.

대시우드 부인은 집에 가까워질수록 두려움에 사로잡혀 메리앤이 더 이상 살아 있지 않을 거라고 거의 확신하기에 이르렀기에, 딸의 상태를 물어보기는커녕 엘리너에게 말을 건넬 목소리조차 나오지 않았다. 하지만 딸 쪽에서 먼저 인사나 질문을 기다리지 않고 즉각 기쁨과 안도의 소식을 전했다. 어머니는 여느 때처럼 열렬하게 소식을 받아들였고, 조금 전까지 두려움에 압도당했던 것만큼이나 순식간에 행복에 압도당했다. 그녀는 딸과 친구의 부축을 받으며 응접실로 들어갔다. 그리고 그곳에서 여전히 말은 못 했지만 기쁨의 눈물을 흘리면서 엘리너를 거듭 껴안았고, 이따금 브랜던 대령 쪽으로 몸을 돌려 그의 손을 꼭 쥐었는데, 그 표정에는 고마움, 그리고 이 순간의 환희를 그도 함께 나누고 있으리란 확신이 담겨 있었다. 대령은 환희를 나누기는 했으나 부인보다도 더 말을 하지 못했다.

대시우드 부인은 마음이 진정되자마자 제일 먼저 메리앤을 보고 싶어 했다. 그리고 2분 뒤 그녀는 사랑하는 딸과 함께하게 되었다. 부재와 불행과 위독한 상황을 겪은 뒤 그 어느 때보다 소중하게 여겨지는 딸이었다. 엘리너는 감동의 해후를 지켜보며 기쁜 한편, 메리앤이 이로 인해 잠을 더 이루지 못할까 봐 염려스러웠다. 하지만 대시우드 부인은 자식의 생명이 걸린 일에는 침착하게 처신할 수 있었고, 심지어 신중함마저 발휘할 수 있었다. 메리앤 역시 어머니가 곁에 있다는 사실에 만족한 데다, 대화를 나누기에는 너무 쇠약해져 있다는 것을 본인도 알고 있었기에, 그녀를 둘러싼 모든 간병인들의 권유대로 기꺼이 절대 안정을 취하기로 했다. 대시우드 부인은 한사코 밤새 딸의 곁을 지키겠노라 했고, 엘리너는 어머니의 간곡한 부탁대로 잠자리에 들었다. 하지만 하룻밤을 꼬박 새운 데다 장시간의 불안감으로 온몸이 녹초가 된지라 반드시 휴식이 필요할 터인데도 마음이 심란한 탓에 잠을 이룰 수 없었다. 윌러비가, 이제 그녀 스스로 "불쌍한 윌러비"라 부르게 된 그가 끊임없이 생각났다. 그를 변호하는 말 따위는 절대 듣지 않을 생각이었는데, 지금은 예전에 그를 너무 모질게 판단했다고 스스로를 비난했다가 스스로를 옹호했다가 마음이 오락가락했다. 하지만 동생에게 이야기를 전해주겠다고 한 약속은 한결같이 고통스러웠다. 이야기를 전하는 행위 자체도 두려웠고, 그것이 메리앤에게 끼칠 영향도 두려웠다. 그런 해명을 들은 뒤에 동생이 과연 다른 사람을 만나 행복하게 살 수 있을까 의심스러웠고, 차라리 윌러비가 사별했으면 싶은 마음도 잠시나마 들었다. 그러다 브랜던 대령을 떠올리고는 자신을 꾸짖으면서, 그의 고통과 그의 일편단심이야말로 경쟁자보다 훨씬 더 동생의 보답을 받아 마땅하다 느꼈고, 윌러비 부인의 죽음을 바라는 일 따위는 하지 않기로 했다.

브랜던 대령이 바턴에 찾아온 용건을 두고 대시우드 부인의 충격이 그나마 많이 덜했던 것은 이미 예전부터 불안감을 느끼고 있었기 때문이었다. 메리앤에 대한 염려가 너무 컸던 탓에, 그녀는 더 이상 소식을 기다리지 않고 그날 클리블랜드로 떠나기로 이미 마음먹었던 터였다. 그리하여 대령이 도착하기 전에 여행 준비가 상당히 진행되어 언제라도 캐리네 가족이 마거릿을 데려가기로 되어 있었다. 감염 위험성이 있는 곳으로 막내딸을 데려가기가 내키지 않았기 때문이었다.

메리앤의 상태는 나날이 좋아졌고, 대시우드 부인의 환한 표정과 쾌활한 기분은, 그녀 본인이 되풀이해 천명하는 것처럼 자신이 세상에서 가장 행복한 여인임을 증명해주었다. 엘리너는 그런 말을 들을 때마다, 그리고 그 증거를 목격할 때마다, 어머니는 에드워드를 기억이나 할까 하는 생각을 이따금씩 하지 않을 수 없었다. 하지만 대시우드 부인은 앞서 엘리너가 본인의 실망감에 대해 담담하게 써서 보낸 이야기를 곧이곧대로 믿은 데다, 지금은 넘치는 기쁨에 휩싸인 나머지 그런 기쁨을 더욱 키울 생각에만 몰두했다. 이제 와서 느끼기 시작한 것처럼, 자신의 그릇된 판단으로 윌러비와의 불운한 애정을 부추긴 탓에 메리앤을 위험에 처하게 했는데, 그 딸아이가 위험에서 벗어나 자신의 품으로 돌아온 것이다. 게다가 딸의 회복을 두고 그녀가 기뻐하는 데에는 또 다른 이유가 있었으니 이는 엘리너가 생각지 못했던 부분이었다. 단둘이 이야기할 기회가 생기자마자 그녀에게 전해진 이야기는 다음과 같았다.

"마침내 단둘이 있게 되었구나. 우리 엘리너, 넌 엄마가 행복해하는 이유를 전부 다 알지는 못한단다. 브랜던 대령이 메리앤을 사랑하고 있어. 본인이 직접 내게 얘기하더구나."

딸은 기뻤다가 고통스러웠다가, 놀라웠다가 놀랍지 않았다가, 이런 감정을 번갈아 느끼면서 그저 말없이 귀를 기울였다.

"넌 엄마랑은 참 달라, 엘리너. 그게 아니라면 이렇게 담담한 모습이 이상하게 여겨졌을 거다. 만약 엄마가 우리 가족에게 좋은 일이 생기게 해주십사 자리에 앉아 빌었다면, 브랜던 대령이 너희 하나와 결혼하는 걸 가장 큰 소원으로 삼았을 거야. 그리고 엄마 생각에는 메리앤이 대령과 더 행복할 것 같구나."

엘리너는 왜 그렇게 생각하시는지 이유를 묻고 싶은 마음이 반쯤 일었다. 그들의 나이, 성격, 감정 등을 편견 없이 고려했을 때 그 어떤 이유도 나오지 않을 거라 확신했기 때문이었다. 하지만 어머니는 마음을 사로잡는 사안이 있으면 언제나 넋을 잃을 정도로 상상력에 휩쓸려야 했기에 엘리너는 질문을 하는 대신 미소를 지으며 그냥 넘겼다.

"어제 함께 이곳으로 올 때 대령이 자기 마음을 다 털어놓았단다. 자기도 모르게, 어쩌다 문득 그런 이야기가 나왔지. 너도 잘 알다시피, 엄마는 자식 얘기밖에 할 수가 없었거든. 그는 비통한 기색을 숨기지 못했어. 거의 나와 맞먹을 정도로 비통해하는 게 눈에 보이더구나. 그러자 대령이 아마도 세상에서 흔히들 말하듯 단순한 우정만으로는 그렇게 뜨거운 연민을 설명할 수 없다고 생각했는지, 아니면 전혀 아무 생각이 없었는지, 더 이상 애끓는 감정을 억누르지 못한 채, 메리앤을 향한 간절하고 애틋하고 한결같은 사랑을 털어놓았지. 그 애를 처음 본 순간부터 사랑해왔다는 거야, 엘리너."

하지만 이 대목에서 엘리너가 받아들인 것은 여기에 동원된 표현도, 브랜던 대령의 고백도 아닌, 어머니의 활발한 상상력으로 자연스레 윤색된 이야기였다. 그녀의 상상력은 모든 것을 자기 입맛대로 골라 재구성했으니까.

"메리앤을 향한 대령의 애정은 윌러비가 이제껏 느꼈던, 혹은 가장했던 것보다 한없이 크단다. 훨씬 더 뜨겁고, 훨씬 더 참되다고 할까 한결같다고 할까, 뭐라고 부르든 간에 말이다. 우리 메리앤이 그 형편없는 젊은이한테 빠져 있던 걸 다 알면서도 그 애정을 계속 간직했다니! 아무 이기심도 없이, 아무 희망도 없이! 메리앤이 다른 남자와 행복하게 사는 것도 그냥 지켜보았을 거야. 얼마나 마음이 고결한지! 얼마나 솔직하고, 얼마나 진실한지! 그분이야말로 겉과 속이 똑같은 분이시지."

"브랜던 대령님의 훌륭한 인품이야 다들 알고 있죠." 엘리너가 말했다.

"엄마도 안단다." 어머니가 심각하게 대답했다. "그렇지 않았다면 이런 황망한 일을 겪은 이후에 내가 그의 애정을 부추길 리가 절대 없지. 그 소식에 기뻐할 리도 없고. 하지만 대령이 그토록 적극적이고 기꺼운 우정으로 나를 데리러 온 걸 생각하면, 그것만으로도 얼마나 인품이 훌륭한지 알고도 남지."

"보편적 인정을 논외로 했을 때, 메리앤을 향한 애정이 그런 친절함을 발휘하게 했겠지만, 그분의 인품은 그저 친절한 행위 하나에만 기초한 건 아니에요. 제닝스 부인이나 미들턴 내외는 오래전부터 그분을 잘 알고 지내셨어요. 그리고 다들 그분을 사랑하고 존경하시죠. 최근 일이긴 하지만 저 역시 그분에 대해 상당히 많이 알게 되었고요. 저 또한 그분을 워낙 높이 여기고 존경하기 때문에, 만약 메리앤이 그분과 행복해질 수만 있다면, 저 역시 어머니처럼 기꺼이 이 인연을 우리에게 주어진 가장 큰 축복으로 여기겠어요. 그분께 뭐라고 답하셨어요? 희망을 가져도 좋다고 하셨나요?"

"아! 얘야, 당시에는 그분한테든 나 자신한테든 희망을 얘기할 수 없었단다. 바로 그 순간에도 메리앤이 죽어가고 있을지 몰랐으니까. 하지만 대령도 무슨 희망이나 격려를 바란 건 아니었어. 그저 위로가 되는 친구에게 자기도 모르게 속마음을 털어놓고, 주체할 수 없는 감정을 토로한 것일 뿐, 부모에게 허락을 구하는 게 아니었단다. 하지만 시간이 지난 뒤 (처음에는 워낙 놀라서 경황이 없었으니까) 내가 말해주었다. 틀림없이 그렇게 되겠지만 만약 메리앤이 목숨을 건지면, 둘의 결혼을 성사시키는 게 내게 가장 큰 행복이 될 거라고 말이야. 그리고 이곳에 도착해서 메리앤이 무사하단 걸 기쁘게 확인한 뒤로 좀 더 확실하게 다시 얘기해줬단다. 최대한 격려도 아끼지 않았고. 내 말했지, 시간만, 시간만 조금 지나면, 모든 게 풀릴 거라고. 메리앤이 윌러비 같은 남자한테 영원히 마음을 낭비하지는 않을 거라고. 대령 본인의 미덕이 이내 메리앤의 마음을 굳게 사로잡을 거라고."

"하지만 대령님의 기분으로 보건대, 그분을 어머니만큼 낙관적으로 만드시진 못했나 본데요."

"그래. 대령은 메리앤의 애정이 너무 깊어서 긴 시간이 지나도 쉽게 바뀌지 않을 거라 생각하고, 설사 메리앤의 마음이 다시 자유로워진다 하더라도, 서로 나이와 성향이 워낙 달라서 그 애의 애정을 얻지 못할 거라며 자신 없어 하더구나. 하지만 그 점에서는 대령이 잘못 안 거야. 메리앤보다 나이가 많기는 하지만 그 정도 차이는 오히려 더 낫지. 대령의 성격이나 신념이 확고히 자리를 잡았을 테니까. 게다가 그의 성향도 네 동생을 행복하게 만들기에 딱 알맞아. 엄마는 그렇게 확신한단다. 외모나 태도 역시 다 유리한 요인이지. 물론 대령을 편애한다고 눈까지 멀지는 않았어. 확실히 인물이 윌러비만큼 좋지는 않지. 하지만 한편으로는 말이다, 대령의 표정이 뭔가 훨씬 더 기분 좋게 느껴진단다. 너도 기억하겠지만, 때때로 윌러비의 눈을 보면 뭔가 꺼림칙한 게 있었거든."

엘리너는 기억이 나지 않았다. 하지만 어머니는 딸의 동의를 기다리지 않고 말을 이었다.

"게다가 태도로 말하자면 대령 쪽이 윌러비보다 한결 기분 좋게 느껴질 뿐 아니라, 메리앤한테도 훨씬 더 단단한 결속력을 지닐 게다. 그 친절함, 타인에 대한 진정한 배려, 남자답고 꾸밈없는 소박함은 종종 인위적이고 종종 부적절했던 윌러비의 쾌활함보다 메리앤의 참된 성향과 훨씬 더 잘 어울려. 설사 월러비가 정말로 괜찮은 남자였다고 하더라도, (결과적으로는 정반대였지만) 메리앤은 그자와는 썩 행복하게 지내지 못했을 거야. 브랜던 대령하고 훨씬 행복하게 지낼 수 있지."

그녀는 말을 멈추었다. 딸은 어머니의 생각에 그다지 동의하지 않았지만, 이견을 소리 내어 말하지는 않았기 때문에 어머니의 마음을 상하게 하지도 않았다.

"델라퍼드에 살아도 나랑은 쉽게 오가는 거리일 거야." 대시우드 부인이 덧붙였다. "내가 바턴에 계속 산다고 해도 말이다. 그리고 십중팔구, 그곳이 꽤 큰 마을이라고 하니 틀림없이 근처에 작은 저택이나 코티지가 있을 거야, 지금의 거처처럼 우리가 살기 딱 알맞은 곳이."

가엾은 엘리너! 그녀를 델라퍼드로 데려가려는 새로운 계획의 등장이 아닌가! 하지만 그녀의 정신은 굴하지 않았다.

"대령의 재산도 그래! 엄마 정도 나이가 되면, 다들 그런 점에 신경을 쓰거든. 대령의 재산이 실제로 얼마쯤 되는지는 알지도 못하고 알고 싶지도 않지만, 분명히 꽤 넉넉할 거야."

이때 제삼자가 들어오면서 대화는 끝이 났고, 엘리너는 그곳에서 물러나 조용히 대화 내용을 되짚어보고, 친구의 성공을 빌어주고, 그러는 와중에도 월러비를 생각하며 가슴 아파했다.

10

메리앤의 병은 그 성질상 환자를 쇠약하게 만들기는 했지만, 회복을 더디게 할 만큼 오래가지는 않았다. 젊음, 타고난 힘, 그리고 곁에서 도와주는 어머니의 존재에 힘입어 병세는 순조롭게 호전되어, 어머니가 도착한 지 나흘 만에 그녀는 파머 부인의 드레스룸으로 거동할 수 있을 정도가 되었다. 그곳에서, 그녀의 특별한 요청에 따라, 브랜던 대령이 그녀를 보러 들어왔다. 그녀는 어머니를 모시고 와준 것에 대해 얼른 감사를 표하고 싶은 마음이었다.

　그가 방에 들어서서 그녀의 달라진 모습을 보고, 자신에게 즉각 내민 창백한 손을 잡았을 때 내보인 강한 감정은, 엘리너의 추측에 따르면 그저 메리앤에 대한 애정이나 다른 사람들이 알고 있다는 의식 그 이상의 뭔가에서 비롯된 것이었다. 그리고 동생을 바라보는 그의 우울한 눈빛과 달라지는 안색을 보고, 아마도 과거의 수많은 고통스런 장면들이 다시 마음속에 떠올랐나 보다고 이내 깨닫게 되었다. 이미 본인도 인정한 메리앤과 일라이자의 유사점이 그런 기억을 다시 떠올리게 했을 뿐 아니라, 퀭한 눈과 창백한 피부, 힘없이 뒤로 기댄 자세, 그리고 특별한 은혜에 대한 진심 어린 감사 등이 더더욱 그런 인상을 굳힌 것이었다.

　대시우드 부인은 눈앞에서 벌어지는 장면을 큰딸 못지않게 주의 깊게 살폈지만, 그녀의 마음은 전혀 다르게 영향을 받은 터라 지켜본 결과도 사뭇 다르게 나왔으니, 대령의 행동에서는 더없이 단순하고 자명한 감정에서 비롯된 것만이 보였고, 메리앤의 행동과 말에서는 고마움 그 이상의 뭔가가 이미 싹트기 시작했다고 스스로 믿기에 이르렀다.

하루 이틀이 더 지났을 때, 메리앤은 오전과 오후가 다를 정도로 눈에 띄게 기력을 되찾았고, 대시우드 부인은 본인과 딸들의 소망에 따라 바턴으로 옮겨 가겠다는 이야기를 꺼내기 시작했다. 그녀의 결정에 따라 다른 두 친구의 향방도 정해질 터였다. 제닝스 부인은 대시우드 가족이 클리블랜드에 머무는 동안에는 그곳을 떠날 수 없었고, 브랜던 대령은 그들이 이구동성 청하는 통에 그곳에 머무는 것이 똑같이 필수 불가결한 건 아니더라도 똑같이 확정적이라 여긴 터였다. 이번에는 대령과 제닝스 부인이 이구동성 청하는 통에, 대시우드 부인은 집으로 돌아가는 여정에 아픈 딸이 좀 더 편안하도록 그의 마차를 쓰기로 했다. 그리고 대령은 대시우드 부인과 제닝스 부인의 공동 초청을 받아들여, 몇 주 내에 코티지에 들러 마차를 찾아가기로 기쁘게 약속했다. 제닝스 부인은 워낙 성격이 활발하고 싹싹하여 자기 스스로도 손님을 따뜻하게 환대할 뿐 아니라 다른 사람들의 손님맞이까지 적극 주선하는 것이었다.

이별과 출발의 날이 다가왔다. 메리앤은 제닝스 부인에게 각별하고 기나긴 작별 인사를 남겼는데, 마치 지난날의 무성의함을 마음속으로 남몰래 인정한 듯 진정한 고마움이 묻어나고, 존경심과 따뜻한 기원이 가득 담긴 인사였다. 이어 브랜던 대령에게는 따뜻한 우정을 담아 작별을 고한 뒤 그의 조심스런 부축을 받고 마차에 올랐는데, 대령은 그녀가 적어도 마차 공간의 절반을 차지해야 한다고 바라는 기색이었다. 뒤이어 대시우드 부인과 엘리너가 마차에 오르자, 나머지 사람들은 뒤에 남아 떠난 이들에 대해 얘기하고 무료함을 느끼는 신세가 되었다. 그러다 제닝스 부인의 마차가 당도했고, 그녀는 몸종이 전하는 이런저런 소문과 잡담에서 위안을 얻으며 두 젊은 말벗을 잃은 섭섭함을 달랬다. 브랜던 대령도 그 후 곧바로 델라퍼드를 향해 홀로 길을 나섰다.

대시우드 가족은 길 위에서 이틀을 보냈고, 메리앤은 그 이틀 동안 큰 피로감 없이 잘 버텨냈다. 그녀가 편하도록 더없이 뜨거운 애정과 더없이 세심한 보살핌으로 갖은 정성을 들이는 것이 두 동행이 맡은 역할이었고, 환자가 육체적으로도 편안하고 심적으로도 평온한 것을 확인하는 데서 그 보답을 얻었다. 엘리너의 경우, 심적인 평온함을 지켜보면서 특별히 고마움을 느꼈다. 지난 수주 동안 동생이 끊임없이 고통받는 모습, 말로 꺼낼 용기도 없고 그렇다고 감출 의연함도 없이 가슴앓이에 시달리는 모습을 지켜봐야 했는데, 이제 확연히 평정심을 되찾은 것을 보니 그 누구보다도 기뻤다. 또한 이런 평정심은 진지한 성찰의 결과일 터였기에, 궁극적으로 동생에게 만족감과 활기를 안길 것이라 믿었다.

실제로 그들이 바턴에 이르러, 모든 들판과 모든 나무가 뭔가 특별한, 뭔가 고통스러운 회상을 불러일으키는 풍경 속으로 들어서자, 그녀는 점점 말없이 생각에 잠겼고, 동행의 눈에 띄지 않도록 고개를 돌린 채 간절하게 창밖을 바라보며 앉아 있었다. 하지만 이 대목에서 엘리너는 놀라지도 않았고 나무라지도 않았다. 또한 메리앤을 마차에서 내리도록 부축하다가 동생이 울고 있었다는 것을 알아차렸을 때도, 그런 감정 자체가 워낙 자연스러운 것이었기에 그저 연민처럼 애틋한 감정만 들 뿐이었고, 대놓고 슬퍼하지 않았다는 점에서는 대견함마저 들었다. 이후의 태도에서도 그녀는 분별 있게 처신하려 애쓰는 마음가짐을 보였다. 그들이 가족용 거실에 들어서자마자, 메리앤이 마치 윌러비를 연상시킬 수 있는 모든 사물에 즉각 익숙해지기로 마음먹은 듯, 결연한 눈빛으로 주변을 둘러보았기 때문이다. 그녀는 거의 말이 없었지만 일단 입을 떼면 유쾌하게 말하려 애썼고, 이따금 한숨이 새어 나올 때도 있었지만 그럴 때면 반드시 미소로 보상을 했다. 정찬 후 그녀는 피아노를 쳐보기로 했다. 피아노로 다가갔다. 하지만 그녀의 눈에 제일 먼저 들어온 악보는 윌러비가 구해준 오페라로, 둘이 좋아했던 이중창 몇 곡이 담겨 있었을 뿐 아니라, 겉장에는 그의 필체로 그녀의 이름이 적혀 있었다. 이건 적절치 않았다. 그녀는 고개를 저으며 악보를 치웠고, 잠시 건반을 두드리다가 손가락에 힘이 없다면서 피아노를 다시 닫았다. 하지만 그와 동시에 앞으로는 연습을 많이 해야겠다는 굳센 다짐도 곁들였다.

다음 날 오전에도 이런 행복한 징후는 전혀 약해지지 않았다. 오히려 몸과 마음이 휴식을 통해 강건해진 터라, 표정과 말에서 예전보다 진정한 생기가 느껴졌다. 그녀는 마거릿이 돌아올 날을 즐겁게 고대하면서, 다시 온전히 모이게 될 소중한 가족들, 함께 하는 취미 활동, 그리고 함께 나눌 유쾌함만이 진정으로 바랄 가치가 있는 유일한 행복이라 이야기했다.

"날씨가 맑게 개고 내가 기력을 회복하면," 그녀가 말했다. "날마다 함께 산책을 나가서 오래오래 걷는 거야. 구릉지 끄트머리에 있는 농장까지 걸어가서, 아이들이 어떻게 지내는지도 보고. 바턴크로스에 있는 존 경의 새 조림지랑 애비랜드에도 가보자. 그리고 옛 수도원 유적이 있던 자리까지 자주 걸어가서, 사람들 말마따나 그곳 터가 예전에 어디까지 뻗어 있었는지 최대한 멀리 따라가보는 거야. 틀림없이 우린 행복할 거야. 여름도 행복하게 지나갈 거고. 나는 6시 전에는 반드시 일어나서, 그때부터 정찬 때까지 매순간을 음악과 독서에 나눠 쓸 거야. 이미 계획도 짜두었고 진지하게 공부를 해보기로 마음먹었어. 우리 서재에 있는 책들은 워낙 잘 알아서, 그냥 기분 전환 삼아 읽을 정도밖에 안 돼. 하지만 파크에 가면 읽을 만한 책이 꽤 있어. 그리고 좀 더 최근 작품들은 브랜던 대령님한테 틀림없이 빌릴 수 있을 거야. 하루에 여섯 시간씩만 읽어도 열두 달이면 지금 내게 부족하다고 느껴지는 지식을 꽤 얻을 수 있을 거야."

엘리너는 이처럼 고귀하게 시작된 계획을 듣고 동생을 높이 여겼다. 한편으로는 지금껏 동생을 열의 없는 나태함과 이기적인 탄식의 극단으로 내몰았던 그 열정적 성향이, 이제는 이처

럼 이성적인 활동과 고결한 자제심이 가득한 계획을 무리하다
시피 짜 내려가게 하는 것을 보고 미소가 지어졌다. 하지만 아
직까지 윌러비와 한 약속을 지키지 않았다는 생각이 들자, 미
소는 한숨으로 바뀌었다. 그녀가 전할 내용이 메리앤의 마음을
다시 뒤흔들지 모른다는 생각, 그리고 이처럼 분주하고 평온한
생활이 적어도 한동안은 깨질지 모른다는 생각에 마음이 무거
웠다. 그리하여 그녀는 이 불길한 시간을 되도록 늦추고픈 마
음에, 일단은 동생의 건강이 좀 더 안정될 때까지 기다렸다가
나중에 때를 정하기로 마음먹었다. 그러나 그런 결심은 결과적
으로 깨어지고 말았다.

메리앤이 집에 온 지 이삼 일이 지나도록 그녀 같은 환자가
바깥나들이를 해볼 정도로 날이 개지 않았다. 그러다 마침내
부드럽고 따뜻한 아침이 밝았다. 딸의 소망과 어머니의 확신을
모두 충족시킬 만한 날씨였다. 그리하여 메리앤은 엘리너의 팔
에 기대어 집 앞 오솔길로 나섰고, 피로만 느끼지 않으면 오랫
동안 걸어도 좋다는 허락을 받았다.

메리앤은 몸이 아픈 뒤로 이런 신체적 활동을 한 적이 없었
기에, 자매는 그녀의 허약한 몸에 맞춰 느린 걸음걸이로 출발
했다. 그들이 집 너머로 그 언덕, 집 뒤쪽에 자리한 문제의 그
언덕이 한눈에 보이는 곳까지 이르렀을 때, 메리앤이 걸음을
멈추고 그쪽을 바라보며 조용히 말했다.

"저기야, 정확히 저기." 그녀는 한 손으로 가리키며 말을 이
었다. "저기 툭 튀어나온 둔덕 있지, 저기에서 넘어졌어. 그리

고 저기에서 윌러비를 처음 봤어."

그 이름과 함께 그녀는 목소리가 잠겼지만, 이내 기운을 차리며 덧붙였다.

"저곳을 봐도 그다지 고통스럽지 않아서 고마울 뿐이야! 이런 문제에 대해 얘기해도 될까, 언니?" 머뭇거리는 말투였다. "아니면 잘못일까? 이제는 얘기할 수 있는데, 온당한 방식으로 말이야."

엘리너는 마음을 터놓으라고 부드럽게 권했다.

"회한으로 말하자면," 메리앤이 말했다. "그이에 대해서는 아무것도 남지 않았어. 그이에 대한 감정이 과거에 어땠는지 얘기하려는 게 아냐. 지금 어떠한지 말하려는 거지. 지금은 말이야, 한 가지만 확인할 수 있다면 좋겠어. 그이가 항상 연극을 하지는 않았다고, 항상 나를 속이지만은 않았다고 생각해도 된다면 좋겠어. 하지만 무엇보다도 그이가 그렇게 사악한 사람은 아니었다고 확신할 수만 있다면 좋겠어. 그 불행한 소녀 이야기를 들은 뒤로는 때때로 두려움 속에 그런 생각이 들거든."

그녀는 말을 멈췄다. 엘리너는 동생의 말을 기쁘게 마음에 새기면서 대답했다.

"그걸 확신할 수 있다면 네 마음이 편해질 것 같다는 얘기구나."

"응. 내 마음의 평화는 거기에 이중으로 달려 있어. 그이가 나한테 어떤 존재였는데, 그런 속셈을 지녔으리라 의심하는 건 끔찍한 일이거든. 그뿐 아니라 내가 스스로를 어떻게 생각하게 되겠어? 나 같은 상황에서, 수치스럽기 짝이 없는 무방비 상태로 그이한테 푹 빠져 있었으니 어떤 꼴을 당했을지……."

"그렇다면 그 사람의 행동을 어떻게 설명하려는 거니?"

"그냥 그이가……, 아! 그냥 마음이 쉽게 변한다고, 아주, 아주 쉽게 변한다고 생각해도 된다면 얼마나 기쁠까."

엘리너는 더 이상 말하지 않았다. 지금 바로 이야기를 시작할까, 아니면 메리앤이 좀 더 건강해질 때까지 미룰까, 마음속으로 고민 중이었다. 그들은 몇 분간 말없이 천천히 걸었다.

"그이를 위해 너무 많은 걸 비는 것도 아냐." 이윽고 메리앤이 한숨을 쉬며 말했다. "그이가 마음속으로 생각하는 것들이 나보다 더 불쾌하지 않았으면 하고 빈다고 해서 말이야. 그런 생각만으로도 충분히 괴로울 테니까."

"네 행동을 그 사람의 행동과 비교하는 거니?"

"아니. 마땅히 했어야 했던 행동과 비교하는 거야. 언니의 행동과 비교하는 거고."

"우리 상황은 닮은 점이 거의 없었잖아."

"그래도 우리 행동보다는 닮은 점이 많았지. 사랑하는 우리 언니, 이성적으로는 비판할 일을 친절함 때문에 옹호하지는 마. 아프니까 생각을 하게 되었어. 아프니까 차분하게 여유가 생기면서 진지한 생각을 하게 되더라고. 말을 할 정도로 회복되기 오래전부터 이미 온전히 생각은 할 수 있었어. 지난날을 돌이켜봤어. 지난가을에 그이를 처음 알게 된 이후로 내 행동을 떠올렸더니, 스스로에게는 경솔함의 연속이었고 다른 이들에게는 불손함뿐이었지. 내 자신의 감정이 내게 고통을 안겼다는 걸, 그리고 그 고통 아래 아무 의지 없이 무너졌기에 하마터면 무덤으로 갈 뻔했다는 걸 알게 되었어. 내 병은 전적으로 나 때문이란 걸, 그리고 스스로 건강을 너무 방치했기 때문이란 걸 말이야. 심지어 당시에도 잘못이란 걸 알고 있었지. 만약 내가 죽었다면…… 그건 자살 행위였을 거야. 내가 어떤 위험에 처했는지, 그 위험이 제거되기 전까지는 알지도 못했어. 하지만 이런 생각들이 안긴 감정들을 통해, 지금은 내가 회복된 게 놀랍기만 해. 살고 싶다는 간절함, 그래서 나의 하느님과 모든 이들에게 속죄할 시간을 얻고 싶다는 그 간절함이 당장은 나를 죽이지 않았다는 게 말이야. 만약 내가 죽었다면, 언니한테 어떤 비참한 고통을 안겼을까. 나의 간병인이자 벗이자 자매인 언니한테! 내 마지막 나날들의 성마른 이기심을 모두 보았고, 내 가슴속의 넋두리를 모두 알고 있는 언니한테! 언니의 기억 속에서 나는 어떤 모습으로 살게 되었을까! 우리 어머니도! 언니가 어머니를 어떻게 위로할 수 있었을까! 내 자신이 얼마나 혐오스러운지 말로 표현조차 못 하겠어. 지난날을 되돌아볼 때마다 내가 소홀히 한 의무나, 제멋대로 탐닉한 잘못만이 보여. 모든 이들한테 상처를 준 것 같아. 제닝스 부인이 베풀어준 친절, 그 한없는 친절에 나는 배은망덕한 경멸로 보답했지. 미들턴 부부, 파머 부부, 스틸 자매한테도, 심지어 평범한 모든 지인들한테도 무례하고 부당하게 굴었어. 그들의 장점에는 마음을 굳게 닫은 채, 내게 보이는 관심에는 신경 거슬려 했지. 존 오빠한테도, 패니한테도, 그래, 심지어 그들한테도, 실제로 그다지 자격이 있지는 않지만, 나는 그마저도 대접해주지 않았어. 하지만 언니한테…… 그 누구보다도 언니한테, 어머니한테보다도 더 큰 잘못을 저질렀어. 언니의 마음과 슬픔을 아는 사람은 나밖에, 오직 나밖에 없었지. 하지만 그게 나한테 어떤 영향이라도 미쳤어? 언니나 나 자신한테 도움이 될 연민을 갖게 하지는 못했지. 언니가 눈앞에서 본보기가 되어주는데도, 그게 소용이나 있었어? 내가 언니나 언니의 안위를 더 배려하게 되었어? 언니의 인내심을 따라 하길 했어, 아니면 그때까지 언니한테만 떠맡겨졌던 일반적 예법이나 각별한 감사의 의무를 함께 짊어져서 언니의 부담감을 덜어주기라도 했어? 아니. 언니가 불행하다는 사실을 알았을 때도, 나는 언니가 편안하다고 믿었을 때와 마찬가지로 모든 의무와 우정을 도외시했지. 오직 나만 슬픔을 짊어진 듯 굴면서, 나를 부당하게 대접하고 저버린 그 마음만을 아쉬워했고, 언니한테는 한없이 사랑한다고 말만 하면서 나 때문에 괴로워하도록 그냥 내버려두었어."

거침없이 쏟아지던 그녀의 자책감은 여기에서 멈추었다. 엘리너는 성품이 정직하여 없는 말을 하지는 못했지만, 조금이라도 빨리 근심을 덜어주고픈 마음에, 동생의 솔직함과 참회에 대해 즉각 온당한 칭찬과 지지를 보내주었다. 메리앤이 언니의 손을 꼭 쥐고 대답했다.

"언니는 정말 착해. 앞으로 다가올 날들이 나를 증명해줄 거야. 이미 계획도 세워뒀어. 만약 계획을 지킬 수만 있다면……
감정을 절제하고 성격도 다스릴 거야. 내 감정과 성격 때문에
남들을 걱정시키거나, 스스로를 괴롭히는 일은 더 이상 없을
거야. 이제는 오직 가족만을 위해 살겠어. 언니랑 어머니랑 마
거릿이 지금부터는 내게 전부야. 우리 가족한테만 애정을 나눠
줄 거야. 우리 가족을, 우리 집을 떠날 일은 앞으로 다시는 없
어. 만약 내가 다른 사람들과 어울리게 된다면, 그건 오로지 내
정신이 겸허해지고 내 마음이 반듯해졌다는 것과, 내가 예법과
사회적 의무를 상냥하고 의연하게 수행할 수 있다는 것을 보여
주기 위해서야. 윌러비로 말하자면, 그이를 곧 잊겠다거나 절
대 잊지 못하겠다고 말하는 것은 아무 의미가 없어. 그의 기억
은 상황이나 의견이 바뀐다고 지워지지 않아. 하지만 종교와
이성과 부단한 활동으로 다스리고 억누를 거야."

그녀는 말을 멈췄다가 나지막하게 덧붙였다. "그이의 마음
이 어땠는지만 알 수 있다면 모든 게 쉬워질 텐데."

엘리너는 빨리 이야기해버리는 편이 적절할지 부적절할지
한동안 고민했지만 처음과 마찬가지로 아무런 결정도 내리지
못하던 참에 이런 말을 듣게 되었다. 그녀는 고민으로 될 일이
아니면 결단으로 해결하는 수밖에 없다 여겼고, 이내 사실대로
전하기 시작했다.

그녀는 희망했던 대로 능숙하게 이야기를 다루었다. 초조해
하는 동생에게 마음의 준비를 시켰고, 윌러비가 해명의 근거
로 삼았던 요지들을 간단하고 솔직하게 들려주었으며, 그의 뉘

우침을 공정하게 전했고, 현재의 애정을 주장한 부분만 줄여서 이야기했다. 메리앤은 한 마디도 하지 않았다. 몸이 떨렸고, 두 눈은 땅에 붙박여 있었으며, 입술은 병색으로 인한 것보다도 더 파리하게 변했다. 가슴속에서 천 개의 질문이 솟았지만 한 가지도 감히 묻지 못했다. 숨 막히는 간절함 속에 단어 하나하나를 새겼다. 그녀의 손은 자기도 모르는 새 언니의 손을 꼭 쥐고 있었고, 뺨에는 눈물이 흘렀다.

엘리너는 동생이 지칠까 두려워 집으로 이끌었다. 코티지 문에 이를 때까지, 비록 아무 질문도 나오지는 않았지만 동생의 호기심이 어떠할지는 쉽게 짐작이 되었으므로, 그녀는 오로지 윌러비에 대해, 그리고 그들이 나눈 대화에 대해서만 이야기했다. 상세하게 전해도 해가 되지 않는 곳에서는 말과 표정의 세세한 부분까지 조심스레 묘사했다. 그들이 집에 들어서자마자, 메리앤은 고마움의 입맞춤과 함께 "엄마한테도 말씀드려"라는 두 마디만 눈물 속에 간신히 남기고선 언니 곁을 떠나 천천히 계단을 올라갔다. 지금 동생이 홀로 있기를 원하는 것은 너무나 자연스런 일이었기에 엘리너는 방해할 뜻이 없었다. 그리고 그 결과가 어떻게 될지 초조하게 예견하는 마음과, 만약 메리앤이 하지 못하면 자신이 다시 이야기를 꺼내봐야겠다는 결심 속에, 동생이 떠나면서 남긴 임무를 수행하기 위해 거실로 향했다.

11

대시우드 부인은 한때 총애했던 사람의 변호를 듣고 마음이 움직이지 않을 수 없었다. 그가 일부나마 죄를 벗게 된 게 기뻤다. 부인은 그를 가엾게 여겼다. 그가 행복하길 빌었다. 하지만 지난날의 감정을 다시 찾기는 불가능했다. 그가 믿음을 저버리지 않고 인격도 더럽혀지지 않은 상태로 메리앤에게 되돌아갈 길은 절대 없었다. 메리앤이 그로 인해 어떤 고통을 겪었는지 모르던 상태로 돌아갈 길도, 그가 일라이자에게 저지른 몹쓸 짓이 사라질 길도 절대 없었다. 따라서 그가 지난날의 호의를 되찾을 길도, 브랜던 대령이 불이익을 당할 일도 절대 없었다.

만약 대시우드 부인이 딸처럼 윌러비의 사연을 직접 들었다면, 그의 비통함을 직접 보고 그의 표정과 태도에 영향을 받았다면, 아마도 그녀의 동정심은 더 컸으리라. 하지만 이야기를 전하면서 처음에 자기 마음속에 일었던 감정을 다른 이들에게 불러일으키는 것은 엘리너의 능력도 아니었고 그럴 마음도 없었다. 거듭된 생각을 통해 차분한 판단력이 생기면서 윌러비가 받은 응분의 벌에 대해서도 좀 더 냉정하게 여기게 된 터였다. 따라서 공연히 애틋한 마음으로 이야기를 윤색하여 엉뚱한 상상을 부추기는 대신, 있는 그대로의 진실만 전하고, 그의 인격에 실제로 합당한 사실만 제시하고자 했다.

저녁에 셋이 다 같이 모였을 때, 메리앤이 자진해서 다시 그의 이야기를 꺼냈다. 하지만 한동안 초조하고 불안하게 생각에 잠긴 채 앉아 있던 것이나, 이야기를 할 때 안색이 달아오르고 목소리가 떨린 것에서 분명히 드러나듯, 그녀로서는 상당히 노력이 필요한 일이었다.

"엄마랑 언니가 믿어주면 좋겠어." 그녀가 말했다. "나도 이제…… 두 사람이 기대하는 방식으로 보게 됐다는 걸."

엘리너가 동생의 편견 없는 의견을 진심으로 들어보고 싶어 어머니한테 가만히 있으라는 몸짓을 열심히 보내지 않았다면, 대시우드 부인은 바로 끼어들어 애틋한 위로의 말을 건넸을 것이다. 메리앤은 천천히 말을 이었다.

"나한테는 굉장히 위안이 돼. 언니가 오늘 오전에 이야기해준 내용이…… 내가 듣고 싶었던 바로 그런 내용이었으니까." 잠시 그녀는 말을 잇지 못했다. 하지만 기운을 차리면서 더욱 침착하게 덧붙였다. "이제는 완벽하게 만족해요. 아무것도 바꾸고 싶지 않아. 결국에는 내가 알아야 했을 이야기를, 이 모든 것을, 지금에든 나중에든 알게 되었다면, 그이랑 절대 행복하게 지내지 못했을 거야. 어떤 신뢰도, 어떤 존경심도 지닐 수 없었을 테니까. 어떤 것으로도 내 감정에서 그 사실을 지워내지 못했을 거야."

"엄마도 안다, 알고말고." 어머니가 외쳤다. "그렇게 방탕하게 살아온 남자랑 행복이라니! 우리한테 너무나 소중한 친구이자 훌륭하기 그지없는 분의 마음을 그렇게 어지럽힌 인간이랑! 아니지. 우리 메리앤의 마음씨가 어떠한데 그런 남자랑 행복이라니! 남편의 양심이 마땅히 느꼈어야 할 것을, 네 양심이, 그 섬세한 양심이 오롯이 다 느꼈을 텐데."

메리앤이 한숨을 내쉬며 되풀이해 말했다. "아무것도 바꾸고 싶지 않아요."

"올바른 마음과 건전한 이해력을 갖춘 사람이라면 누구든 너처럼 생각했을 거야." 엘리너가 말했다. "그리고 감히 말하건대, 비단 이 문제뿐만 아니라 다른 많은 상황에서도 그와의 결혼은 많은 문제와 실망감을 안겼을 테고, 그의 편에서 애정이 불확실하니 너를 지탱해줄 것도 별로 없었으리란 걸 너도 나처럼 깨달았을 거야. 그와 결혼했다면 항상 가난했겠지. 그의 낭비벽은 본인 스스로도 인정할 정도이고, 지금까지의 행동으로 미루어보건대 자제심이란 단어는 들어본 적도 없는 듯하니까. 그는 바라는 게 많고 너는 경험이 부족하니, 적은, 아주 적은 수입으로 살자면 틀림없이 괴로움이 많았을 거야. 게다가 예전에는 알지도 못하고 생각조차 못 했던 괴로움이었을 테니 네게는 더더욱 비통하게 느껴졌겠지. 너는 명예와 정직을 소중히 여기니까, 자신이 처한 상황을 깨닫고는 틀림없이 가능한 모든 방법으로 절약해보려 애썼을 거야. 만약 그게 네 자신의 편의만 줄여서 되는 일이었다면 힘들더라도 어떻게든 꾸려나갔겠지. 하지만 그 이상이라면……. 게다가 너 하나만 최대한 알뜰살뜰 산다 해서 이미 결혼 전부터 시작된 파산을 무슨 수로 막았겠어. 그것뿐만 아니라, 만약 네가 그의 쾌락을 줄이려 했다면, 그게 아무리 합리적이었다고 하더라도, 그렇게 이기적인 마음을 가진 사람이니 네 설득에 수긍하는 대신, 오히려 너에게서 마음이 멀어지면서 이런 불편을 초래한 결혼을 후회하게 되지 않았을까?"

메리앤은 입술이 떨리면서 "이기적인?"이라는 단어를 되풀이했는데, 그 어조는 마치 "정말 그가 이기적이라고 생각해?"라고 묻는 듯했다.

"이번 사안에서 그가 취한 행동은," 엘리너가 대답했다. "처음부터 끝까지 이기심에 바탕을 두고 있었어. 애초에 그가 네 애정을 가지고 논 것도, 이후에 본인도 애정을 가지게 되었을 때 그 고백을 미룬 것도, 그리고 마침내 바턴을 떠난 것도 모두 이기심이었어. 본인의 쾌락, 본인의 안위가 모든 면에서 그의 주된 원칙이었어."

"맞는 말이야. 내 행복은 절대 그의 목표가 아니었지."

"지금에 와서 그는 자신이 한 행동을 후회해." 엘리너가 계속했다. "왜 후회하는 걸까? 자기 뜻대로 되지 않았기 때문이지. 행복하지가 않으니까. 이제 금전 상황은 남부끄럽지 않게 되었어. 그런 종류의 어려움은 사라졌지. 그러자 이제는 자기가 결혼한 여자가 너처럼 상냥한 성격이 아니라는 사실만 생각나는 거야. 그렇다고 해서 그가 너랑 결혼했다면 과연 행복했을까? 그렇게 되면 다른 종류의 불편함을 겪었겠지. 지금은 해결되었기 때문에 아무것도 아니라고 여기지만, 그는 금전적으로 쪼들리게 되었을 거야. 아무 흠잡을 데 없는 성격을 지닌 아내를 얻게 되었지만, 언제나 궁핍하고…… 언제나 가난했겠지. 십중팔구 얼마 가지 않아 저당 잡히지 않은 부동산이나 넉넉한 소득이 가져다주는 수많은 안락함이 한낱 아내의 성격보다 훨씬 중요하다고 여기게 됐겠지. 심지어 가정의 행복을 위해서도 말이야.”

“틀림없이 그렇게 됐을 거야.” 메리앤이 말했다. “후회는 전혀 없어. 내 자신의 어리석음만 빼면 말이야.”

“그냥 이 엄마의 경솔함을 탓하렴, 아가.” 대시우드 부인이 말했다. “네 엄마 책임이 크니까.”

메리앤은 어머니가 자책하도록 놔두지 않았다. 엘리너는 두 사람 다 자기 잘못을 느끼고 있다는 점에 만족했으나, 동생의 기운을 꺾을지 모르는 과거사는 파헤치고 싶지 않았다. 그리하여 원래 화제로 방향을 돌려 즉각 말을 이었다.

“전체 사건을 돌이켜봤을 때 한 가지는 말할 수 있을 것 같아. 윌러비가 겪는 어려움은 모두 첫 번째 악행, 즉 일라이자 윌리엄스에게 저지른 짓에서 비롯되었다는 사실 말이야. 그 죄가 나머지 덜한 죄들, 그리고 현재 그가 겪는 모든 불만의 근원이 되었지.”

메리앤은 이 말에 마음으로부터 동의했다. 그리고 어머니는 이 말을 계기로 브랜던 대령의 상처와 미덕에 대해 늘어놓기 시작했는데, 우정도 있고 달리 속셈도 있어서 태도가 사뭇 열렬했다. 하지만 딸은 어머니의 말을 그다지 귀담아 듣는 것 같지도 않았다.

엘리너가 예상했던 대로, 메리앤은 그 후 이삼 일 동안은 예전처럼 기운을 얻지 못했다. 하지만 동생의 결심이 꺾이지 않고 계속해서 명랑함과 느긋함을 유지하려고 애쓰는 한, 시간이 흐르면 건강도 좋아지리라고 편안히 믿을 수 있었다.

마거릿이 돌아오면서 다시 온 식구가 한자리에 모였고, 다시 그들은 조용한 코티지 생활로 돌아갔다. 평소 하던 학업도 처음에 바턴에 왔을 때처럼 열성을 다하지는 않았지만, 적어도 앞으로 열성적으로 할 계획은 세워둔 터였다.

엘리너는 에드워드의 소식이 알고 싶어 점점 더 초조해졌다. 런던을 떠나온 이후로는 그에 대해 아무것도 듣지 못한 터였다. 그의 계획에 대한 새로운 소식도, 심지어 현재 어디에 있는지에 대한 확실한 소식도 없었다. 메리앤의 병 때문에 그녀와 오빠 간에 편지가 몇 통 오가기는 했다. 존이 보낸 첫 번째 편지에 이런 문장이 있었다. "우리는 딱한 처남에 대해 아무것도 모른단다. 워낙 금기시된 주제라 물어볼 수조차 없지만, 아직 옥스퍼드에 있지 않나 추정한다." 서신 왕래를 통해 알아낸 에드워드 소식은 이것이 전부였다. 그 뒤의 편지들에서는 아예 그의 이름조차 언급되지 않았으니까. 하지만 그의 동향에 대해 오랫동안 모르고 있을 운명은 아니었다.

어느 날 오전 그들은 엑서터에 볼일이 있어 하인을 보냈다. 나중에 식탁 시중을 들 때 하인은 심부름 간 일이 어떻게 되었는지 마님의 질문에 대답을 하다가 자진해서 이런 이야기를 꺼냈다.

"이미 알고 계시겠지요, 마님, 페라스 씨가 결혼하셨답니다."

메리앤은 소스라치게 놀라면서 엘리너를 응시했고, 언니가 창백하게 변하는 걸 보고선 히스테리 상태로 의자에 풀썩 쓰러졌다. 대시우드 부인은 하인의 질문에 답하면서 시선은 직감적으로 같은 방향을 향했다가, 엘리너의 표정을 통해 실제로 딸이 얼마나 고통스러워하는지 깨닫고는 충격을 받았다. 마찬가지로 메리앤의 상태도 심각한지라, 한순간 그녀는 어느 자식부터 먼저 돌봐야 할지 막막했다.

하인은 그저 메리앤 양의 몸이 나빠진 것만 보고는 분별 있게 하녀 한 명을 불러왔고, 하녀는 대시우드 부인의 도움을 받아 메리앤을 다른 방으로 부축했다. 그때쯤 메리앤도 몸이 좀 괜찮아져서 어머니는 마거릿과 하녀에게 맡겨놓고 다시 엘리너에게로 돌아왔다. 엘리너는 여전히 마음이 어수선했지만, 어느 정도 이성과 목소리를 되찾고는, 토머스에게 소식을 어디서 들었느냐고 막 질문을 시작한 참이었다. 대시우드 부인은 즉각 모든 수고를 자신이 도맡았다. 덕분에 엘리너는 힘들게 묻지 않고서도 이야기를 들을 수 있었다.

"페러스 씨가 결혼했다고 누가 말하던가, 토머스?"

"페러스 씨를 직접 뵈었습니다, 마님, 오늘 아침에 엑서터에서요. 부인도 함께 계시던데요, 스틸 양 말입니다. 뉴런던 여인숙 문간에 마차를 대놓고 그 안에 앉아 계셨지요.* 저는 바턴 파크의 샐리 부탁으로 그곳에서 역마 배달꾼으로 일하는 오

---

*여인숙은 대개 여행객들이 말을 교체할 수 있는 장소였다.

라비한테 메시지를 전하러 갔던 길이었죠. 마차 곁을 지나다가 우연히 고개를 들었더니, 스틸 자매 중 동생분이 바로 보이지 뭡니까. 그래서 모자를 벗었더니, 그분이 저를 알아보시고는 부르시더니 마님 안부와 아가씨들, 그중에서도 특히 메리앤 아가씨의 안부를 묻고는, 자신과 페라스 씨가 인사를 전한다고, 진심으로 존경의 인사를 보낸다고 전해달라면서 시간이 없어 들르지 못해 너무 죄송하다고, 아직 내려갈 길이 멀어서 많이 서둘러야 한다고, 하지만 돌아오는 길에는 반드시 찾아뵙겠다고 전해달라 했습니다."

"그런데 그분이 자기가 결혼했다고 하던가, 토머스?"

"네, 마님. 방긋 웃으시더니, 예전에 이 지역에 있을 때와는 성이 달라졌다고 하셨지요. 언제 봐도 아주 싹싹하고 스스럼없는 아가씨지요, 예의도 아주 깍듯하고요. 그래서 저도 기꺼이 축하를 해드렸습니다."

"페라스 씨도 마차에 같이 계시던가?"

"네, 마님, 그 안에서 몸을 뒤로 기대고 계셨는데 고개를 들지는 않으셨습니다. 원래부터 그다지 말씀이 많은 신사분은 아니었지요."

엘리너는 그가 왜 나서지 않았는지 마음으로부터 이해할 수 있었다. 대시우드 부인도 같은 식으로 생각한 것 같았다.

"마차 안에 다른 사람은 없던가?"

"네, 마님, 두 분만 계셨습니다."

"혹시 어디에서 오던 길인지 아는가?"

"런던에서 바로 오시던 길이었죠. 루시 양이…… 페라스 부인께서 그렇게 말씀하셨습니다."

"서쪽으로 더 내려간다고 했다고?"

"네, 마님, 하지만 오래 머물지는 않을 거라고 하셨습니다. 금방 다시 돌아올 거라고, 그때 반드시 이곳으로 찾아뵙겠다고 그러셨습니다."

대시우드 부인은 이제 딸을 쳐다보았다. 하지만 엘리너는 그들이 오지 않을 거라는 사실 정도는 알고 있었다. 그녀는 루시가 이 전갈에서 하려는 말을 간파했고, 에드워드가 그들 가까이 올 리 없다는 걸 강하게 확신했다. 그녀는 낮은 목소리로 어머니에게, 아마도 그들이 플리머스 근처의 프랫 씨네 집에 가는 길인가 보다고 말했다.

토머스의 소식은 이게 다인 것 같았다. 엘리너는 더 듣고 싶은 기색이었지만.

"그분들이 떠나는 걸 보고 왔는가?"

"아뇨, 마님. 말들이 이제 막 나오는 중이었고, 저는 더 이상 꾸물거릴 형편이 아니었습니다. 늦을까 봐 걱정이 돼서."

"페라스 부인은 괜찮아 보였고?"

"네, 마님, 아주 잘 지낸다고 말씀하셨습니다. 제가 생각하기로는 언제 봐도 아주 예쁜 아가씨입니다. 굉장히 흡족해하는 모습이셨습니다."

대시우드 부인은 더 이상 질문할 말이 떠오르지 않았고, 토머스고 식탁보고 이제 둘 다 필요가 없어져서 이내 방에서 물리게 되었다. 메리앤은 이미 아무것도 먹지 못하겠다고 말을 전해왔고, 대시우드 부인이나 엘리너는 둘 다 식욕이 사라진 터였다. 마거릿으로 말하자면 두 언니가 최근에 근심도 워낙 많고 식사를 소홀히 할 이유도 워낙 많았던지라, 지금까지 자기가 정찬 식사를 거르지 않아도 되었다는 사실만으로도 운이 좋다고 느꼈을지 모른다.

후식과 포도주가 차려지고 대시우드 부인과 엘리너만 남게 되었을 때, 두 사람은 비슷한 생각과 침묵 속에 오랫동안 자리를 지켰다. 대시우드 부인은 무슨 말이라도 꺼내는 것이 두려워, 감히 위로를 건넬 시도도 하지 못했다. 괜찮다는 엘리너의 말만 믿었던 것이 잘못이었음을 이제 깨닫고 있었다. 메리앤 때문에 마음 아파하는 어머니한테 자기까지 불행을 안기지 않으려고, 당시에는 모든 것을 일부러 줄여서 말했으리란 것도 제대로 짐작했다. 딸의 세심하고 속 깊은 배려를 알아보지 못하고선, 한때 자신도 아주 잘 알았던 그 애정을, 평소 믿어왔던 것보다, 또는 지금 드러난 것보다, 실제로는 더 가볍게 여겼던 것이다. 그런 생각이 들자 지금껏 사랑하는 엘리너를 부당하고, 무심하고, 아니, 거의 야박하게 대했다는 두려움이 들었다. 메리앤의 고통은 더 공공연하고 더 눈앞에 있었다는 이유로 알뜰살뜰 챙긴 반면, 엘리너의 경우에는 똑같이 고통스러워하는 딸이었는데도, 스스로 내세우지 않고 더 꿋꿋하게 인내했다는 이유로 잊고 있었다는 것도.

12

엘리너는 마음속으로 아무리 확실한 일이라 여겼을지라도, 달 갑잖은 사건을 예상하는 것과 그것을 확실히 알게 되는 것은 다르다는 걸 이제 알게 되었다. 에드워드가 아직 홀몸인 동안 에는 그와 루시의 결혼을 방해할 어떤 일이 일어날지도 모른다 고, 자기도 모르게 언제나 희망을 품어왔다는 것도 이제 알게 되었다. 뭔가 그가 결단을 내린다거나, 친구가 중재한다거나, 숙녀 측에 좀 더 바람직한 혼처가 생긴다거나 해서 모든 이가 행복해지지 않을까 하는 희망. 하지만 이제 그는 결혼한 몸이 되었고, 그녀는 희망의 끈을 놓지 않았던 자기 마음을 책망했 다. 그런 마음 때문에 소식을 듣고 훨씬 더 고통이 커졌으니까.

그가 (그녀 생각에) 성직 서품을 받기도 전에, 따라서 교구 자리를 얻기도 전에, 그렇게 빨리 결혼했다는 사실이 처음에는 다소 놀라웠다. 하지만 얼마 안 가, 자기 앞가림에 밝은 루시가 얼른 그를 붙들어두고픈 마음에 결혼만 서두를 수 있다면 나머 지는 모조리 무시했으리라는 생각이 들었다. 그들은 결혼했다. 런던에서 결혼해, 지금은 루시의 아저씨 댁으로 서둘러 내려가 고 있었다. 바턴에서 4마일도 안 되는 곳에 있었을 때, 어머니 의 하인을 보았을 때, 루시의 전갈을 들었을 때, 에드워드는 어 떤 심정이었을까!

그들은 곧 델라퍼드에 자리를 잡으리라. 델라퍼드, 너무나 많은 것들이 그녀의 관심을 끌고자 했던 곳. 알고 싶기도 하지만 피하고 싶기도 한 그곳. 목사관에 있는 그들의 모습이 곧바로 떠올랐다. 민첩하고 요령 좋은 살림꾼 루시가 말쑥하게 보이고픈 욕망과 극도의 근검절약을 어떻게든 양립시키면서, 한편으로는 자기가 어떻게 아끼면서 사는지 절반이라도 들킬까봐 걱정하는 모습. 그녀가 사사건건 자기 이익을 따지고, 브랜던 대령과 제닝스 부인과 모든 부자 친구들의 호의를 얻으려고 애쓰는 모습. 에드워드의 경우에는…… 어떤 모습이 보이는지, 또는 어떤 모습을 보기 원하는지 그녀 자신도 알 수 없었다. 그가 행복하건 불행하건, 어느 쪽도 마음에 들지 않았다. 그녀는 그의 모습을 그려보고자 하는 생각을 머릿속에서 지워버렸다.

엘리너는 런던에 있는 친지들 중 누군가가 이 일에 관해 편지를 보내올 거라고, 그래서 더 자세한 소식을 전해줄 거라고 기대를 품었다. 하지만 하루하루가 흘러가는데도 어떤 편지도, 어떤 소식도 전해지지 않았다. 누구를 탓할 일인지는 확실치 않았지만, 무심한 친구들이 하나같이 못마땅했다. 다들 생각이 모자라거나 나태한 사람들뿐이었다.

"브랜던 대령님께는 언제 편지를 쓰실 거예요, 어머니?" 사정이 어떻게 돌아가는지 알고 싶은 조바심에 튀어나온 질문이었다.

"벌써 지난주에 편지를 보냈단다, 애야, 그리고 다시 답장을 받기보다는 직접 뵙게 되길 기대하고 있단다. 엄마가 꼭 한번 들르라고 편지로 간곡히 청했거든. 그러니 오늘이나 내일, 또는 언제든 갑자기 나타나신대도 놀랄 일이 아니지."

이것은 얼마간 소득이었고, 기다려볼 만한 일이었다. 틀림없이 브랜던 대령에게는 뭔가 전해줄 소식이 있으리라.

그녀가 이런 마음을 먹기가 무섭게 말을 탄 어떤 남자의 모습이 보이면서 그녀의 시선은 창문으로 향했다. 남자가 코티지 입구에서 말을 멈췄다. 신사였다. 브랜던 대령 본인이었다. 이제 더 많은 소식을 듣게 될 터였다. 기대감에 몸이 떨렸다. 하지만…… 브랜던 대령이 아니었다. 분위기도 달랐고 키도 달랐다. 그게 가능한 일이라면, 에드워드처럼 보인다고 했을 것이다. 그녀는 다시 보았다. 남자가 막 말에서 내린 참이었다. 잘못 볼 수가 없었다. 정말로 에드워드였다. 그녀는 창에서 물러나 자리에 앉았다. "일부러 우리를 보러 프랫 씨 댁에서 오신 거야. 침착하게 굴 거야. 내 마음을 다스릴 거야."

이내 다른 이들도 본인들의 착각을 깨달은 모양이었다. 어머니와 메리앤의 안색이 변하는 게 보였다. 그들이 자신을 쳐다보며 몇 마디 서로 속삭이는 것도 보였다. 말을 할 수만 있다면, 그래서 그를 냉대하거나 멸시하는 걸 원치 않는다고 그들에게 알려줄 수만 있다면 좋으련만. 그러나 그녀는 목소리가 나오지 않았고, 각자의 분별력에 모든 것을 맡기는 수밖에 없었다.

한 마디도 오가지 않았다. 다들 말없이 손님이 나타나길 기다렸다. 그의 발소리가 자갈길을 따라 들려왔다. 곧 그는 복도까지 들어왔고, 다음 순간 그들 앞에 나타났다.

방에 들어설 때 그의 표정은, 심지어 엘리너의 기준으로 봐도, 행복해 보이지 않았다. 마음이 심란한 탓에 안색이 창백했고, 어떤 대접을 받을까 두려워하는 듯했으며, 자신에게 따뜻한 환대를 받을 자격이 없다고 생각하는 표정이었다. 그러나 대시우드 부인은 모든 것을 딸의 뜻에 따르기로 따뜻하게 마음먹고, 그 딸의 소망이라 생각되는 바대로 행했으니, 억지로나마 만족한 표정으로 그를 맞은 뒤, 손을 내밀면서 행복을 빌어준 것이었다.

그는 얼굴을 붉히면서 뭔가 알아들을 수 없는 말로 더듬더듬 답했다. 엘리너도 어머니를 따라 입술을 움직였는데, 손님맞이의 순간이 끝나자 자기도 악수를 할 걸 그랬다는 생각이 들었다. 하지만 이미 때가 늦었으므로, 그녀는 스스럼없는 표정을 지으려 애쓰면서 다시 자리에 앉아 날씨 이야기를 꺼냈다.

메리앤은 괴로움을 숨기기 위해 되도록 눈에 안 띄는 자리로 물러나 있었다. 마거릿은 사건의 일부는 알았지만 전체는 몰랐던 터라, 자기도 무게 있게 굴어야 한다고 생각했는지 되도록 그에게서 먼 자리에 앉아 입을 꾹 다물고 있었다.

엘리너가 맑게 갠 철에 대한 칭송을 마치고 나자, 아주 어색한 침묵이 깔렸다. 침묵을 깬 사람은 대시우드 부인이었다. 페라스 부인의 안부를 물어보는 게 예의라 느꼈던 것이다. 그는 허둥거리며 잘 지낸다고 대답했다.

또다시 침묵.

엘리너는 자기 목소리가 어떻게 들릴지 두려웠지만, 기운을 내기로 마음먹고 이렇게 말했다.

"페라스 부인께서는 롱스테이플에 계신가요?"

"롱스테이플이라고요!" 그가 놀란 기색으로 대답했다. "아뇨, 어머니는 런던에 계십니다."

"저는," 엘리너가 탁자에서 바느질감을 집어 들며 말했다. "에드워드 페라스 부인을 말씀드린 건데요."

그녀는 감히 고개를 들지 못했다. 하지만 어머니와 메리앤의 시선은 둘 다 그에게로 향했다. 그는 얼굴을 붉혔고, 당혹스러운 표정을 지으며 긴가민가 쳐다보다가, 잠시 머뭇거린 뒤 대답했다.

"아마도…… 제 동생…… 그러니까 로버트 페라스 부인을 말씀하시나 봅니다."

"로버트 페라스 부인이라고요!" 메리앤과 어머니가 몹시 놀란 듯 되풀이해 말했다. 엘리너는 말이 나오지 않았지만, 그녀의 두 눈마저 다른 이들처럼 초조한 놀라움을 드러내며 그에게 붙박였다. 그는 어찌해야 할지 모르겠다는 듯, 자리에서 일어나 창가로 걸어갔다. 그곳에 놓여 있던 가위를 집어 들더니, 그걸로 가위집을 조각조각 잘라 가위와 가위집을 둘 다 못 쓰게 만들어놓으면서 황급한 목소리로 이렇게 말했다.

"아마 모르시나 보군요. 아직 못 들으셨나 본데, 제 동생이 최근에…… 자매 중 동생 쪽과…… 루시 스틸 양과 결혼했습니다."

엘리너만 빼고 모든 이들이 말로 표현하지 못할 놀라움으로 그의 말을 되풀이했다. 엘리너는 바느질감 위로 고개를 숙인 채 앉아 있었는데, 마음이 너무 격앙되어 자신이 어디 있는지조차 모를 지경이었다.

"네." 그가 말했다. "두 사람은 지난주에 결혼해서 지금은 돌리시에 있습니다."

엘리너는 더 이상 견딜 수 없었다. 그녀는 거의 뛰다시피 방에서 나갔고, 문이 닫히자마자 기쁨의 눈물을 터뜨렸는데, 처음에는 영영 멈추지 않을 것만 같았다. 그때까지 그녀 쪽으로는 눈길을 피하고 있던 에드워드는 그녀가 서둘러 나가는 것을 보았고, 어쩌면 그녀의 격앙된 감정을 눈으로, 심지어 귀로 확인했는지도 몰랐다. 왜냐하면 대시우드 부인의 어떤 논평도, 어떤 질문도, 어떤 다정한 말씨도 귀에 들어오지 않는 듯, 곧바로 깊은 상념에 빠지더니, 마침내, 한 마디 말도 없이 방에서 나가, 마을 쪽으로 걸어가버렸기 때문이다. 뒤에 남은 이들은 너무나 놀랍고 너무나 갑작스럽게 뒤바뀐 그의 상황에 크나큰 놀라움과 혼란을 느꼈다. 그저 추측만 할 수 있을 뿐 달리 해소할 길이 없는 혼란을.

13

그가 풀려난 상황이 그들 가족에게 아무리 불가해하게 보여도, 에드워드가 자유의 몸이 되었다는 것은 확실했다. 그리고 그

자유를 어떤 목적으로 사용할 것인지는 모든 이들이 쉽게 정해 둔 바였다. 이미 한 차례 모친의 승낙 없이 경솔한 언약을 맺어 4년 이상 지속해온 축복을 겪은 터에, 그것이 무산된 지금 사람들이 그에게 기대하는 것은 곧바로 다른 사람과 언약하는 것이었으니까.

그가 바턴에 온 용건은 사실 단순했다. 그저 엘리너에게 청혼하기 위해서였다. 이런 사안에서 경험이 없지도 않다는 점을 고려하면, 그가 이번 일에 왜 그렇게 초조해하면서 격려와 신선한 공기를 필요로 했는지는 의아한 일이었다.

하지만 걷고 걷다가 얼마 만에 제대로 결심이 섰는지, 그런 결심을 행사할 기회가 얼마나 빨리 생겼는지, 어떤 식으로 자기 마음을 표현했는지, 그리고 어떻게 상대에게 받아들여졌는지, 이런 부분은 세세히 묘사할 필요가 없으리라. 이것만 이야기하면 되겠다. 그가 도착한 지 세 시간쯤 뒤인 4시에 다 함께 식탁에 둘러앉았을 때, 그는 사랑하는 여인을 얻었고, 그녀 어머니의 승낙을 받았으며, 그저 기쁨에 넘친 연인 정도가 아니라, 이성과 진실에 기초해 말했을 때, 세상에서 가장 행복한 남자 중의 하나가 되었다는 사실이었다. 실제로 그의 상황은 그저 일반적으로 기쁜 정도가 아니었다. 사랑을 얻어 가슴이 부풀고 기운이 솟는, 그런 통상적인 기쁨 이상이었다. 오랫동안 자신을 비참하게 만들었던 구속으로부터, 오래전에 이미 사랑하지 않게 된 여자로부터, 아무 비난받을 짓을 하지 않고 풀려난 데다, 그 즉시 다른 여인을, 한때 그가 애정을 품게 되자마자 거의 절망적으로 포기했을 그 여인을 얻게 된 것이었다. 그는 의혹이나 긴장감에 빠져 있다 행복해진 것이 아니라, 불행에 빠져 있다 행복해진 경우였다. 그런 변화는 그의 유쾌한 태도에서 가감 없이 드러났으니, 이제껏 주변 사람들이 보지 못했을 정도로 참되고, 거침없고, 고마운 유쾌함이었다.

이제 그는 엘리너에게 마음을 숨김없이 열어 보였다. 모든 약점과 모든 과실을 고백했고, 소년 시절 루시에게 느꼈던 풋사랑을 스물네 살의 냉철한 관록으로 이야기했다.

"내 쪽에서 어리석고 나태했기 때문입니다." 그가 말했다. "세상에 대해 무지했고, 딱히 할 일이 없었기 때문에 비롯된 결과였지요. 열여덟 살에 프랫 씨의 지도에서 벗어났을 때 어머니께서 뭔가 활동적인 일을 하도록 허락하셨다면 아마도, 아니 분명히, 그런 일은 절대 일어나지 않았을 겁니다. 롱스테이플을 떠나던 당시에는 그분의 조카딸한테 억누를 수 없는 애정을 느끼고 있다고 생각했지만, 만약 그때 제게 뭐라도 할 일이 있었다면, 뭐라도 제 시간을 요구해서 몇 달간 그녀로부터 거리를 유지하게 했을 대상이 있었다면, 금세 사랑이라는 착각에서 벗어났을 겁니다. 무엇보다도 세상과 좀 더 어울렸다면 필연적으로 그렇게 되었겠지요. 하지만 아무것도 할 일이 없었기에, 그리고 저를 위해 직업을 선택해주시거나 제 스스로 선택하도록 허락하시지도 않았기에, 저는 집에 돌아와서 완전히 나태한 생활을 하게 되었습니다. 대학에라도 속해 있었다면 명목상의 활동이라도 했겠지만, 옥스퍼드에 들어간 건 열아홉이 되어서였으니, 집에 돌아오고 열두 달 동안에는 그마저의 활동도 없었지요. 결국 아무 할 일도 없이, 그저 나 자신이 사랑에 빠져 있다는 착각만 키웠습니다. 게다가 어머니 덕분에 어느 모로나 집이 편하지는 않았고, 친구도 없고 동생과 친하지도 않았고 새로운 만남을 좋아하지도 않았기 때문에, 제가 롱스테이플을 자주 찾은 것이 부자연스러운 일만은 아니었습니다. 그곳에 가면 언제든 마음이 편했고, 언제든 나를 반겨주리란 걸 확신했으니까요. 따라서 열여덟에서 열아홉 사이에 저는 대부분의 시간을 그곳에서 보냈습니다. 루시는 더없이 상냥하고 싹싹하게 보였지요. 게다가 예뻤습니다. 적어도 당시에는 그렇게 생각했어요. 다른 여성은 거의 본 적이 없었기에 딱히 비교를 할 수도 없었고, 아무 결점도 보지 못했습니다. 따라서 두루두루 고려해보았을 때, 비록 우리의 약혼이 어리석었고 그 후로 모든 점에서 어리석었음이 증명되었지만, 당시로서는 그렇게 부자연스럽거나 용납 못 할 바보짓은 아니었습니다."

불과 몇 시간이 대시우드 가족의 마음과 행복에 불러일으킨 변화는 워낙 대단했던지라, 다들 뜬눈으로 밤을 새리라는 만족감은 보장된 터였다. 대시우드 부인은 너무 행복해서 마음이 진정되지가 않았고, 어떻게 해야 성에 차게 에드워드를 예뻐하고 엘리너를 칭찬해줄 수 있을지, 어떻게 해야 그가 풀려난 것을 마음껏 기뻐하면서도 그의 섬세한 감정을 상하게 하지 않을지, 어떻게 해야 둘한테 허심탄회하게 대화를 나눌 시간을 주면서도 동시에 둘을 자기 곁에 두고 흡족하게 볼 수 있을지 막막하기만 했다.

메리앤은 자신의 행복을 그저 눈물로 보여줄 수 있을 뿐이었다. 비교도 될 것이고, 회한도 일 것이었다. 그녀의 기쁨은 언니에 대한 사랑만큼이나 진실했지만, 그녀에게 생기를 준다거나 말을 하게 만드는 그런 종류는 아니었다.

하지만 엘리너는…… 그녀의 감정은 어떻게 묘사할 수 있을까? 루시가 다른 사람과 결혼하여 그가 자유의 몸이 되었다는 것을 안 순간부터, 곧바로 뒤따른 희망을 그가 확인해준 순간에 이르기까지, 그녀는 온갖 감정이 번갈아들었지만 결코 침착할 수는 없었다. 하지만 두 번째 순간이 지났을 때, 그리고 모든 의혹과 모든 근심이 걷혔음을 확인하고, 불과 얼마 전의 처지와 지금의 처지를 비교하고, 그가 기존의 약혼에서 명예롭게 풀려났음을 확인하고, 자유의 몸이 되자마자 즉각 자신에게 청혼하면서 더 이상 바랄 수 없을 정도로 다정하고 한결같은 애정을 맹세했을 때, 그녀는 압도당했다. 지극한 행복에 압도당했다. 인간의 마음이란 더 나은 변화에 쉽게 익숙해지는 행복한 성향을 갖고 있지만, 그녀의 들뜬 기분이 진정되고 조금이나마 마음이 가라앉기까지는 몇 시간이 걸렸다.

에드워드는 이제 적어도 일주일은 코티지에 눌러앉기로 했다. 아무리 다른 용무가 생긴다 해도, 일주일도 안 되는 시간으로는 엘리너와 함께하기에 부족할뿐더러, 과거와 현재와 미래에 대해 절반도 이야기를 못 나눌 것이기 때문이었다. 합리적인 두 인간 사이에서는 몇 시간 고되게 쉴 새 없이 이야기하면

공통된 주제가 모두 바닥나고도 남겠지만, 연인들의 경우에는 다른 법이었다. 그들 사이에서는 적어도 스무 번은 되풀이해야 어떤 주제든 끝이 나고 어떤 대화든 나눴다고 할 수 있었다.

루시의 결혼은 모든 이들에게 당연히 끊임없는 놀라움을 안겼고, 물론 연인들의 대화에도 일찌감치 등장했다. 엘리너는 두 당사자를 각별히 잘 알고 있었기에 이번 사건은 어느 모로나 이제껏 들어본 적이 없을 정도로 특이하고 불가사의한 상황으로 여겨졌다. 어떻게 두 사람이 같이 엮이게 되었는지, 어떤 매력에 이끌려서 로버트가 결혼까지 하게 되었는지, 상대 아가씨의 외모에 대해 시큰둥하게 이야기하는 것을 그녀 본인이 들었는데, 그 아가씨는 이미 자기 형과 약혼한 사이인 데다 형이 집에서 쫓겨나는 이유가 되었는데, 그녀로서는 도저히 이해가 되지 않는 일이었다. 마음으로는 재미있게 여겼고, 상상으로는 우스꽝스럽기까지 했지만, 이성이나 판단으로 보자면 완전히 수수께끼였다.

에드워드는 두 사람이 처음에는 우연히 만났다가, 한쪽의 허영심과 다른 쪽의 아부가 워낙 잘 맞아떨어져서 차츰차츰 나머지로 전개되지 않았겠느냐고 추측만 내놓을 따름이었다. 엘리너는 로버트가 할리 거리에서 본인이 늦지 않게 형의 일에 개입했다면 어떤 결과가 생겼을지 의견을 피력했던 것이 떠올랐다. 그녀는 에드워드에게 되풀이해 말해주었다.

"그거야말로 딱 로버트다운 생각입니다." 그가 즉각 내놓은 소견이었다. "그리고 그게," 그가 곧 덧붙였다. "두 사람이 처음 만났을 때 동생의 머릿속에 들어 있는 생각이었을 겁니다. 아마 루시도 처음에는 저 때문에 동생의 호의를 얻을 생각만 했을 겁니다. 다른 계획들은 그 뒤에 생겨났겠죠."

하지만 둘 사이에 얼마나 오랫동안 일이 진행되었는지에 대해서는 그 역시 그녀처럼 전혀 감이 없었다. 런던을 떠난 후 본인의 선택으로 옥스퍼드에 머무는 동안, 그는 루시 본인을 통해서만 그녀의 소식을 접할 수 있었는데, 그녀의 편지는 마지막 순간까지 평소보다 횟수가 줄지도 애정이 덜하지도 않았으니까. 따라서 그는 장차 어떤 일이 벌어질지 눈곱만큼도 의심하지 못했던 터였다. 그러다 마침내 루시 본인의 편지에서 그런 사실이 밝혀졌을 때, 그는 한동안 놀라움과 경악과 해방의 기쁨 사이에서 반쯤 넋을 잃었다고 했다. 그는 엘리너의 손에 편지를 건넸다.

친애하는 귀하,

이미 오래전에 당신의 애정을 잃었다고 확신하기에, 제 애정을 다른 이에게 주어도 무방하다고 생각했고, 이분과 함께라면 행복하리라고 믿어 의심치 않습니다. 한때 당신한테도 그렇게 기대했지요. 하지만 마음은 다른 사람의 것인데 손만 받아들이는 것은 제 자존심이 허락지 않습니다. 당신의 선택에 행복하시길 진심으로 바라며, 이제 가까운 인연이 되었으니 마땅히 그래야 하겠지만, 혹시라도 저희가 항상 좋은 친구로 남지 못하더라도 그것이 제 탓은 아닐 것입니다. 당신께 어떤 악

감정도 없음을 분명히 말씀드리는 한편, 당신도 워낙 너그러운 분이시니 저희에게 아무런 해를 끼치지 않으시리라 믿습니다. 제 애정은 당신의 동생이 완전히 차지했고, 저희는 서로가 없이는 못 살기 때문에, 방금 식을 올리고 돌아와, 이제 돌리시에 몇 주간 가 있으려고 떠나는 길입니다. 동생분은 궁금한 마음에 얼른 그곳을 보고 싶어 하지만, 저는 우선 당신께 몇 줄 남겨야겠다고 생각했습니다.

진심으로 행운을 빌며,

친구이자 제수인 루시 페라스

추신: 당신의 편지는 모두 태워버렸고, 초상화는 다음에 뵙는 대로 돌려드리겠습니다. 제 서신도 부디 없애주시길. 하지만 제 머리카락이 든 반지는 그냥 간직하셔도 좋습니다.

엘리너는 편지를 읽고 말없이 돌려주었다.

"이 편지가 작문으로서 어떠한지 의견을 물어보지는 않겠습니다." 에드워드가 말했다. "예전에 그녀가 쓴 편지는 절대 당신한테 보여드리지 않았을 겁니다. 제수씨라 하더라도 형편없는 글인데, 하물며 아내였다면! 그녀가 쓴 글을 읽으면서 얼마나 얼굴이 화끈거리던지! 제 생각에 우리의 어리석은…… 일이 있고 나서 첫 반년 이후로 그녀한테서 받은 편지 중에, 내용이 문체의 결함을 보상하는 것은 아마 이 편지가 유일할 겁니다."

"사정이 어떻게 되었든 간에," 엘리너가 잠시 뒤 말했다. "둘은 확실히 결혼한 거네요. 어머님께서는 제대로 제 발등을 찍으신 거고요. 당신 때문에 홧김에 로버트에게 경제적 독립을 부여했다가 자기 뜻대로 선택할 힘을 안겼군요. 한 아들의 상속권을 박탈하면서까지 말린 행동을 다른 아들한테 연간 1천 파운드씩 쥐가며 시킨 셈이 되었네요. 당신이 루시와 결혼했대도 상심이 크셨겠지만, 로버트가 그녀와 결혼한 것도 만만치 않을 것 같은데요."

"아마 상심이 더 크실 겁니다, 언제나 로버트를 더 아끼셨으니까요. 상심도 더 크고, 같은 이유로 인해 용서도 훨씬 빨리 하시겠지요."

그들 사이의 상황이 어떠한지 에드워드는 알지 못했다. 아직까지 어떤 식구와도 연락을 취하지 않았기 때문이었다. 그는 루시의 편지가 도착하고 스물네 시간도 안 돼 옥스퍼드를 떠난 터였고, 바턴으로 가는 가장 가까운 길이라는 오직 한 가지 목표만 눈앞에 있었기에, 그 길과 직접적 연관이 없는 일에 관해서는 어떤 행동도 구상할 여유가 없었다. 대시우드 양과의 운명을 확인하기 전까지는 아무것도 할 수 없었다. 그리고 그 운명을 신속하게 찾아 나선 것으로 보아, 한때 브랜던 대령한테 품었던 질투심이나, 자신을 낮춰 평가하는 겸손함이나, 받아들여질지 확신하지 못했다고 이야기하는 깍듯한 예의에도 불구하고, 전반적으로 그렇게 모진 대접을 기대하지는 않았던 모양이었다. 하지만 그랬다고 말하는 게 그의 본분이었고, 그는 아주 반듯하게 그렇게 말했다.* 열두 달 후에 그가 이 문제에 대해 어떻게 이야기할지는, 결혼한 부부들의 상상에 맡겨야겠다.

루시가 토머스에게 보낸 전갈에서 상대를 속일 의도가 분명히 있었으며, 에드워드에 대한 악의를 마음껏 휘두르고 사라졌다는 것은 엘리너에게 명백해 보였다. 에드워드 본인도 이제는 루시의 인격을 완전히 깨달은 터라, 그녀가 부당하고 비뚤어진 마음으로 극히 비열한 짓도 저지를 수 있다는 사실을 주저 없이 받아들였다. 그는 이미 오래전에, 심지어 엘리너와의 친분이 시작되기도 전에, 루시의 일부 의견에서 무식하고 공정하지 못한 성향을 보았지만, 모두 교육을 받지 못한 탓이라고 여긴 터였다. 또한 그녀로부터 마지막 편지를 받기 전까지는, 언제나 그녀를 심성 따뜻하고 마음씨 착한 아가씨로 여겼고, 자신한테 일편단심이라고 믿었다. 오직 그런 생각이 있었기에, 어머니에게 발각되어 노여움을 사기 이미 오래전부터 그에게 끊임없는 불안과 후회의 근원이 된 그 약혼을 차마 끝내지 못했던 것이다.

"그때는 그게 제 도리라고 생각했습니다." 그가 말했다. "제 감정과는 별개로, 약혼을 지속할지 말지 그녀에게 선택권을 주어야 한다고요. 어머니한테 내쳐지고, 어느 모로 보나 세상에 저를 도와줄 친구 한 명 없어 보이던 상황이었으니까요. 인간

---

*청혼의 관례에 의하면, 남성은 여성의 대답에 대해 자신 없는 태도를 보이는 것이 예의였다. 이는 존경심의 표시로서, 여성의 매력이 뛰어나 다른 구혼자들이 많으리라 여긴다는 뜻이었다.

의 탐욕이나 허영심을 자극할 만한 요소라곤 전혀 없는 그런 상황에서, 그녀가 어떤 운명이든 저와 같이 나누겠다고 그렇게 진지하게, 그렇게 열렬하게 고집했을 때, 오로지 사심 없는 애정 외에 다른 이유를 제가 어찌 생각했겠습니까? 지금조차 그녀가 어떤 동기로 그렇게 행동했는지, 또는 자기가 전혀 사랑하지도 않는 남자, 게다가 수중에 돈이라고는 2천 파운드가 고작인 남자한테 얽매이는 게 어떤 이득이 있을 거라고 상상했는지 이해가 가지 않습니다. 브랜던 대령이 교구 목사직을 줄 거라고 미리 예상도 못 했을 텐데요."

"맞아요, 하지만 뭔가 당신에게 유리한 상황이 생길 수도 있다고 판단했을 거예요. 시간이 지나면 당신 가족이 뉘우칠 수도 있다고요. 어쨌거나 루시는 약혼을 지속해서 아무것도 잃은 게 없어요. 그녀의 생각이나 행동이 약혼 여부에 얽매이지 않았다는 건 이미 증명되었으니까요. 훌륭한 집안과 인연을 맺은 것이니, 아마 친지들 사이에서 위상도 높아졌겠죠. 설혹 더 유리한 일이 생기지 않는다 하더라도, 독신으로 사는 것보다야 당신과 결혼하는 편이 나았을 테고요."

물론 에드워드는 루시의 행동이 지극히 자연스럽고, 그 동기도 지극히 명백하다는 사실을 이내 납득하였다.

숙녀들이 자신에 대한 찬사이기도 한 경솔한 행동을 나무랄 때 흔히 그러하듯, 엘리너는 그가 마음이 흔들린다는 사실을 알았을 텐데도 노어랜드에서 그렇게 오랫동안 함께 지낸 것을 두고 심하게 나무랐다.

"분명 아주 그릇된 행동이었어요." 그녀가 말했다. "왜냐하면…… 제 자신이 그리 믿은 건 말할 것도 없이, 양쪽의 모든 가족들이 당시 당신의 상황으로서는 절대 불가능한 어떤 일을 상상하고 기대하게 되었으니까요."

그는 자기 마음을 몰랐으며, 약혼의 힘을 과신했다고 변명할 수 있을 따름이었다.

"이미 다른 이와 언약했기 때문에 당신과 함께 있어도 위험할 일이 없을 거라고 그냥 단순하게 생각했습니다. 이미 약혼한 몸이라는 의식이 제 마음을 제 명예만큼 안전하고 신성하게 지켜줄 것이라고요. 당신을 향한 감탄을 느꼈지만 그저 우정이라고 스스로에게 일렀습니다. 당신과 루시를 비교하게 되기 전까지는 제 마음이 얼마나 멀리까지 흘러왔는지 깨닫지 못했어요. 그 뒤에도 서식스에 그토록 오랫동안 머물렀던 것은 분명 그릇된 행동이었지요. 제 자신이 편리하게 내세운 논리는 그저 이런 것이었습니다. 나만 위험해질 뿐이라고. 여기에서 상처 입을 사람은 나밖에 없다고."

엘리너는 미소를 지으며 고개를 저었다.

에드워드는 브랜던 대령이 코티지에 오기로 했다는 소식에 반가워했다. 진심으로 그와 더 친해지고 싶기도 했거니와, 자신에게 델라퍼드 교구를 준 것을 더 이상 원망하지 않는다고 확인해줄 기회였기 때문이었다. "당시에 그렇게 불손하게 감사 인사를 드렸으니," 그가 말했다. "지금쯤, 그 자리를 주신 것에 대해 제가 아직 용서를 하지 않았다고 생각하실 겁니다."

이제야 그는 아직까지 그곳에 가보지 않았다는 사실에 놀라움을 느꼈다. 하지만 지금껏 그 문제에 관심이 거의 없었던 터라 목사관, 정원, 교회 소속 경작지, 교구 범위, 토지 상태, 십일조 비율 등에 대한 정보를 모조리 엘리너에게 의지해야 했다. 그녀는 브랜던 대령에게 워낙 이야기도 많이 들었고, 또 워낙 유심히 들었던 터라, 그 사안에 대해 완전히 꿰고 있었다.

이제 그들 사이에 결정되지 않은 문제, 극복해야 할 어려움은 단 한 가지였다. 그들은 서로를 향한 애정으로 하나가 되었고, 사랑하는 이들로부터 열렬한 승인도 받았으며, 서로를 잘 알고 있으니 앞으로 행복해질 일은 확실해 보였다. 다만 뭔가 생계를 유지할 방법이 필요했다. 에드워드에게 2천 파운드, 엘리너에게 1천 파운드, 여기에 더해 델라퍼드 교구가 그들이 자기 재산이라 부를 수 있는 전부였다. 대시우드 부인이 얼마라도 융통해주는 것은 불가능했고, 그들이 아무리 서로를 사랑한다고 하더라도 연간 350파운드*로 안락한 생활이 가능하다고 생각할 정도는 아니었다.

에드워드는 어머니가 호의적으로 변할지도 모른다는 기대를 완전히 버리지는 않았다. 그리고 거기에서 수입의 나머지를 기대하고 있었다. 하지만 엘리너는 그런 확신이 없었다. 에드

---

*에드워드와 엘리너의 3천 파운드에 당시 연이율 5퍼센트를 적용하면 연간 150파운드의 이자가 나온다. 여기에 델라퍼드 교구에서 나오는 연간 2백 파운드의 수입을 더하면 연간 350파운드가 된다. 앞서 엘리너는 연간 1천 파운드 정도면 넉넉한 생활을 할 수 있다고 말한 바 있다.

워드는 여전히 모턴 양과 결혼하지 못할 것인 데다, 페라스 부인의 황송한 표현에 따르면 그가 자신을 선택한 것은 루시를 선택한 것보다 그나마 나은 차악일 뿐이니, 로버트의 비행으로 결국 패니만 부유해지는 게 아닐까 우려스러웠다.

에드워드가 도착하고 나흘쯤 지나 브랜던 대령이 나타나면서, 대시우드 부인의 만족감은 온전히 충족되었을 뿐 아니라, 바턴에 살게 된 이후 처음으로 집에 다 수용하지 못할 정도로 손님을 맞는 명예를 누렸다. 에드워드가 먼저 온 손님의 특권을 계속 유지하여, 브랜던 대령은 매일 밤마다 바턴 파크의 옛 거처로 걸어서 돌아갔다. 그랬다가 대개 다음 날 아침에 다시 돌아왔는데, 얼마나 일찌감치 오는지 조찬 전 연인들의 오붓한 첫 시간을 방해할 정도였다.

대령은 델라퍼드에서 삼 주간 머무는 동안, 적어도 저녁 시간에는 서른여섯과 열일곱 사이의 가당찮은 격차에 대해 생각하는 것 외에는 달리 할 일이 없었던 터라, 바턴에 도착했을 때 그의 우울한 마음이 유쾌함을 얻으려면 메리앤의 한결 나아진 모양새나, 그녀의 따뜻한 환영이나, 그녀 어머니의 격려가 모두 필요할 터였다. 하지만 이런 친구들과 함께하고, 이런 기분 좋은 대접을 받으면서, 그는 실제로 활기를 되찾았다. 루시의 결혼에 관한 소문이 아직 그에게는 닿지 않았던 터라, 그는 그 사이 어떤 일이 벌어졌는지 전혀 모르고 있었다. 따라서 방문의 초반부는 이야기를 듣고 놀라는 데 쓰였다. 대시우드 부인이 모든 걸 설명해주었을 때, 그에게는 페라스 씨에게 호의를 베푼 것을 기뻐할 새로운 이유가 생겼다. 결과적으로 엘리너에게 이익이 되었기 때문이었다.

두 신사가 서로를 잘 알게 되면서 서로 호감을 키우게 되었다는 것은 말할 필요도 없겠다. 그럴 수밖에 없지 않겠는가. 건전한 신념과 양식에서, 성향과 사고방식에서 서로 닮은 점이 많았으니, 달리 끌리는 점 없이도 서로 우정을 쌓기에 충분했을 터인데, 하물며 둘 다 같은 자매와 사랑에 빠져 있고, 두 자매 역시 서로 의가 좋으니, 다른 상황에서였다면 시간과 판단의 결과를 기다려야 했을 서로에 대한 호감이 이런 상황에서는 불가피하고 즉각적으로 생길 수밖에 없었다.

런던에서 편지들이 도착했을 때, 엘리너는 며칠 전만 했더라도 터질 듯한 감정에 온몸의 신경이 짜릿짜릿했겠지만, 지금은 차분한 즐거움으로 이것들을 읽었다. 제닝스 부인은 이 놀라운 소식을 전하면서, 약혼자를 버리고 떠난 여자를 향해 숨김없는 분노를 토해내는 한편, 불쌍한 에드워드 씨를 향해서는 동정심을 쏟아냈다. 부인이 확신하기로, 그는 아무 짝에 쓸모없는 방탕한 계집에게 홀딱 빠져 지내다가, 지금은, 사람들한테 듣기로, 옥스퍼드에서 비탄에 잠겨 있다는 것이었다. "정말이지 내 생각엔," 그녀는 계속 써 내려갔다. "이렇게 감쪽같이 속은 경우는 살다 살다 처음이라오. 불과 이틀 전만 해도 루시가 여기에 들러서 두어 시간 나랑 같이 앉아 있다가 갔단 말이지. 그런데 누구 하나 그 일에 대해 낌새도 못 챘다오, 심지어 낸시조차 말이우. 낸시야말로 딱하지! 다음 날 울면서 나를 찾아왔는데, 페라스 부인이 무서워서 잔뜩 겁에 질린 데다, 플리머스로 어떻게 돌아가야 할지도 모르겠다지 뭐요. 보아하니 루시가 결혼을 하러 내뺴기 전에 낸시 돈을 죄다 빌려간 모양이더라고. 아마도 그 돈은 몸치장을 하는 데 썼겠지. 불쌍한 낸시는 수중에 7실링짜리 동전 한 푼 없더란 말이지. 그래서 내가 엑서터까지 갈 수 있도록 기꺼이 5기니를 내줬다오. 낸시는 그곳의 버제스 부인 댁에서 서너 주 함께 지내면서, 내가 시킨 것처럼, 그 박사님이랑 다시 마주치길 기대할 생각이라오. 루시가 자기네 마차에 언니를 함께 안 태워갔다니, 그런 고약한 심보가 무엇보다도 괘씸하지 뭐요. 가엾은 에드워드 씨! 머릿속에서 그이 생각을 지울 수가 없구려. 대시우드 양이 그이를 바턴으로 불러서, 메리앤 양이 위로를 해줘야 될 듯싶구려."

대시우드 씨의 어조는 좀 더 엄숙했다. 페라스 부인은 세상에서 가장 불행한 여인이고, 가엾은 패니는 격심한 심적 고통을 겪고 있으며, 이런 날벼락을 당하고도 두 사람이 살아 있다는 게 감사하고 놀랍다고 했다. 로버트도 용서 못 할 죄를 지었지만, 루시가 지은 죄는 한없이 더 괘씸하다고 했다. 이제 페라스 부인 앞에서 두 사람은 이름조차 언급되지 않을 터였다. 설사 부인이 앞으로 어찌어찌 아들을 용서하게 된다 해도, 그의 아내는 절대 며느리로 인정되지 않을 것이고, 부인 앞에 나타나지도 못하게 할 것이었다. 그들 사이의 모든 일이 암암리에 진행된 점은, 죄를 엄청나게 키운 요인으로 당연히 욕을 먹었다. 다른 사람들이 조금이라도 그런 낌새를 눈치챘다면, 적절한 조치를 취해서 결혼을 막았을 것이기 때문이었다. 그는 루시가 온 집안에 불행을 퍼뜨리는 매체가 되는 것보다는 차라리 에드워드와의 약혼이 결실을 맺는 편이 나았을 거라며, 그렇게 되지 못한 점을 함께 통탄하자고 엘리너에게 청했다. 그러면서 이렇게 써 내려갔다.

"페라스 부인께서는 아직도 에드워드 처남의 이름을 입에 담지도 않으신단다. 놀랄 일도 아니지. 하지만 이 일에 대해 여태껏 처남한테서 편지 한 줄 없다는 건 굉장히 놀랍구나. 어쩌면 장모님의 심기를 건드릴까 봐 두려워서 침묵을 지키고 있는지도 모르니, 내가 옥스퍼드로 몇 줄 적어 힌트를 줄까 싶어. 누나와 내가 생각하기로 처남이 제대로 머리를 조아리는 편지를 패니한테 보내고, 그걸 누나가 장모님께 보여드리면, 잘못될 일이 없을 거라고 말이지. 왜냐하면 우리도 다 알다시피 페라스 부인은 마음이 온화하신 데다, 자식들과 사이좋게 지내는 걸 무엇보다 바라는 분이시니까."

이것은 에드워드의 앞날과 행동에 중요성을 지닌 문단이었다. 이것을 보고 화해를 시도하기로 마음먹게 된 것이다. 딱히 매형과 누나가 제시한 방식은 아니었지만.

"제대로 머리를 조아리는 편지라니!" 그가 되풀이했다. "어머니한테 배은망덕하게 굴고 내 신의를 저버린 건 로버트인데, 지금 저더러 어머니의 용서를 구하라는 겁니까? 머리를 조아리는 일 따위는 못 합니다. 지금까지 벌어진 일로 인해 저는 겸손해지지도, 뉘우치지도 않았습니다. 오히려 아주 행복해졌습니다. 이런 사실에는 관심도 없겠지만. 머리를 조아려야 할 제대로 된 이유를 도무지 모르겠습니다."

"꼭 용서를 구하세요." 엘리너가 말했다. "심기를 상하게 해 드린 건 맞으니까요. 그리고 더 나아가 어머님의 노여움을 사게 된 약혼을 했던 것에 대해 이제는 얼마간 근심을 표명하는 것도 괜찮을 것 같아요."

그는 그렇게 하겠노라고 했다.

"그리고 어머님께서 용서를 하시면, 두 번째 약혼에 대해 밝히실 때 약간 저자세를 취하시는 편이 나을 거예요. 그분 눈에는 첫 번째 약혼만큼이나 경솔해 보일 테니까요."

그는 이 말에 반대할 명분이 없었지만, '제대로 머리를 조아리는 편지'라는 생각에 대해서는 여전히 거부감을 느꼈다. 그는 어차피 비굴하게 숙이고 들어가야 한다면 서면보다는 구두로 하는 편이 훨씬 낫겠다고 단언했고, 그리하여 좀 더 일을 수월하게 하고자, 패니에게 편지를 쓰는 대신 직접 런던으로 가서 누나에게 중재를 부탁해보기로 했다. "만약 두 사람이 정말로 화해를 주선하는 일에 관심을 가진다면," 메리앤이 새롭게 생긴 공정한 면모를 선보이며 말했다. "존 오빠와 패니 올케 같은 사람한테도 미덕이 아주 없지는 않다고 여기겠어."

브랜던 대령 편에서는 겨우 사나흘 머문 다음, 두 신사는 함께 바턴을 떠났다. 그들은 곧장 델라퍼드로 갈 예정이었고, 그곳에서 에드워드는 앞으로 살게 될 집을 손수 둘러보고, 후원자이자 친구를 도와 집을 어떻게 손볼지 결정하기로 했다. 이어 그곳에서 두어 밤 묵은 다음, 런던으로의 여정을 계속할 계획이었다.

14

페라스 부인 편에서 항상 우려했던 비난, 즉 너무 사람 좋다는 비난을 사지 않을 정도로 거세고 꾸준하게, 적절한 수준으로 저항한 뒤, 에드워드는 어머니를 뵙도록 허락받았고 다시 아들로 선언되었다.

최근에 그녀의 가족은 굉장히 변동이 심했다. 긴 세월 그녀에게는 아들이 둘 있었다. 하지만 몇 주 전에 에드워드가 죄를 짓고 제거되면서 그녀는 아들 하나를 잃었다. 그러다가 로버트마저 비슷하게 제거되면서 보름간은 아들이 하나도 없었다. 그리고 이제 에드워드가 소생하면서 다시 하나가 생겼다.

그는 다시 한 번 아들로 살도록 허락을 받았지만, 현재의 약혼 사실을 밝히기 전까지는 자신의 생존이 불안하게만 느껴졌다. 그런 상황을 밝히는 즉시, 그의 자격에 이상이 생기면서 예전처럼 즉각 제거될 거란 우려가 들었다. 그리하여 그는 불안한 심정으로 조심스레 사실을 밝혔는데, 뜻밖에도 상대는 차분하게 이야기를 경청했다. 물론 페라스 부인도 처음에는 가능한 모든 논거를 동원하여 대시우드 양과의 결혼을 말리려고 애썼다. 모턴 양과 결혼하면 신분도 더 높고 재산도 더 많은 부인을 얻게 된다고 했다. 더 나아가 모턴 양은 귀족의 딸에다 재산이 3만 파운드나 있지만, 대시우드 양은 고작 지방 신사의 딸에다 기껏해야 3천 파운드밖에 없다고 했다. 하지만 아들이 어머니의 주장이 옳다고 전적으로 수긍하면서도 거기에 따를 생각이 전혀 없다는 걸 알게 되자, 그녀는 과거의 경험을 되살려 본인 뜻을 꺾는 편이 현명하겠다고 판단했다. 그리하여 위엄을 유지하기 위해, 그리고 마음이 따뜻하다는 의혹을 일절 방지하기 위해, 매정하게 시간을 질질 끈 뒤에야 에드워드와 엘리너의 결혼을 승낙하는 칙령을 공포했다.

그녀가 둘의 수입을 늘리기 위해 어떤 조치를 취할 것인가, 라는 것이 다음에 고려될 사항이었다. 그리고 에드워드가 현재 유일한 아들임에도 결코 장남 자격을 되찾지는 못한다는 사실이 여기에서 명백히 드러났다. 로버트가 연간 1천 파운드씩 불가피하게 받아가는 동안, 에드워드가 기껏 250파운드를 받고자 성직을 얻는 일에는 일절 반대 의견이 나오지 않았으니까.* 또한 예전에 패니한테도 주었던 1만 파운드만 약속했을 뿐, 그 외에는 현재든 미래든 어떤 약속도 없었다.

하지만 이것은 에드워드와 엘리너가 바라던 것과 맞먹는, 그리고 실제로 예상했던 것보다 많은 금액이었다. 그녀가 더 내놓지 않는 것에 대해 놀란 사람은, 얼버무리며 변명하는 것으로 보아 페라스 부인 본인뿐인 듯했다.

*당시에는 장남이 집안 재산을 상속하고 차남이 수입을 위해 직업을 얻는 것이 일반적 관행이었다

516

이런 식으로 그들에게 필요한 수입이 꽤 넉넉히 확보되자,* 에드워드가 목사직을 얻은 다음에는 집이 완성되기만 기다리면 되었다. 브랜던 대령은 엘리너가 살 집이라고 온갖 열성을 다해 상당한 수리를 하고 있었다. 수리가 끝나길 한동안 기다린 뒤, 그리고 세상일이 그렇듯, 일꾼들이 알 수 없이 늑장을 부리는 통에 천 번이나 실망하고 지연된 뒤, 역시나 세상일이 그렇듯, 엘리너는 모든 것이 준비될 때까지는 결혼하지 않겠다던 처음의 단호한 결심을 깨트리고 이른 가을 바턴 교회에서 예식을 올렸다.

결혼 이후 첫 달은 저택에서 친구와 함께 지냈다. 그곳에 머물면서 목사관의 진척 상황을 감독하고, 모든 것을 원하는 방식대로 즉석에서 지시할 수 있었다. 벽지도 고르고, 관목 정원도 설계하고, 곡선형 진입로도 고안하고. 제닝스 부인의 예언은 다소 뒤죽박죽 섞이기는 했지만 대개는 실현되었다. 미카엘 축일 전에 목사관으로 에드워드와 그의 아내를 방문하러 갈 수 있었고, 그녀가 진심으로 믿은 바처럼, 엘리너와 그의 남편이 세상에서 가장 행복한 부부임을 확인하였으니까. 실제로 그들은 더 이상 바랄 것이 없었다. 그저 바라는 게 있다면 브랜던 대령과 메리앤의 결혼과, 젖소를 키울 괜찮은 목초지 정도뿐.

*당시 5퍼센트의 이율을 적용하면, 페라스 부인이 준 1만 파운드에서 연간 5백 파운드, 에드워드와 엘리너가 가진 3천 파운드에서 연간 150파운드의 이자가 나온다. 여기에 교구에서 나오는 250파운드를 합하면 연간9백 파운드의 수입이 확보된다. 이는 엘리너가 행복에 필요한 조건으로 이야기했던 연간 1천 파운드에 근접한 금액이다.

그들이 신접살림을 시작하자 거의 모든 친척과 친지들이 방문했다. 페라스 부인은 둘의 행복을 승인해준 것을 거의 창피하게 여겼지만, 어쨌거나 얼마나 행복한지 시찰하러 들렀다. 심지어 대시우드 부부도 서식스에서부터 여행 경비를 들여가며 황송하게 왕림했다.

"실망했다는 말은 하지 않으마, 엘리너." 어느 아침에 델라퍼드 하우스의 정문 앞을 함께 걷고 있을 때 존이 말했다. "그렇게 말하는 건 너무 지나치니까. 지금 이대로도, 너만큼 운 좋은 젊은 여자는 세상에 드물지. 그래도 솔직히 말해, 브랜던 대령을 매제라고 부르게 되었다면 나로서는 아주 기뻤을 게다. 이곳 영지며, 부지며, 저택이며, 모든 것이 얼마나 나무랄 데 없이 훌륭한지! 게다가 숲은 어떻고! 델라퍼드 숲에 서 있는 저런 목재는 도싯셔 어디에서도 보기 힘들지. 딱히 메리앤이 대령을 사로잡을 만한 인물은 아닌 것 같다만, 그래도 네가 자주 그들을 불러 함께 어울리는 게 두루두루 좋을 것 같구나. 브랜던 대령도 집에 머무는 시간이 아주 많은 것 같으니, 어떤 일이 일어날지는 아무도 모르지. 사람들은 자주 한 공간에 놓이고 딴 사람을 거의 못 보면…… 게다가 너야 언제든 동생을 돋보이게 해줄 수 있을 테니, 이러저러하면……. 간단히 말해, 동생한테 기회를 줘보렴. 무슨 뜻인지 알 거다."

비록 페라스 부인이 실제로 그들을 보러 왔고 그들을 대할 때 항상 그럭저럭 애정 어린 태도를 가장하긴 했지만, 그녀가 정말로 총애하고 예뻐하는 사람은 따로 있다는 사실에 그들은 절대 마음 상하지 않았다. 그것은 어리석은 로버트와 교활한 아내의 몫이었다. 그들은 몇 달이 채 지나기도 전에 부인의 애정을 얻은 터였다. 루시의 이기적 영민함은 처음에는 로버트를 궁지에 몰아넣었지만, 이제는 그를 궁지에서 구해내는 주요 수단이 되었다. 일말의 틈이 보이자마자 예의 그 깍듯한 겸손함, 열과 성의를 다하는 태도, 끊임없는 아부를 얼마나 잘 발휘했는지, 페라스 부인은 아들의 선택을 받아들이고 다시금 완벽히 그를 총애하게 되었다.

따라서 이번 사안에서 루시가 취한 모든 행동과 결국에 쟁취해낸 성공은, 사람이 자기 이익을 위해 부단히 열성을 다하면, 비록 중도에 방해물에 가로막히는 듯 보일지라도, 그저 시간과 양심만 희생하면, 궁극적으로는 모든 금전적 이득을 얻을 수 있음을 보여주는 더없이 고무적인 사례라 하겠다. 로버트가 처음에 그녀를 만나려고 따로 바틀릿츠 빌딩스를 찾았을 때, 그때는 형이 짐작한 그런 의도밖에 없었다. 그저 약혼을 포기하라고 그녀를 설득할 생각이었다. 당사자들의 애정 외에는 달리 극복해야 할 문제가 없었기 때문에 당연히 한두 번 만나서 이야기하면 문제가 해결될 것이라고 기대했다. 하지만 그 점에서, 오로지 그 점에서, 그는 착오를 범했다. 루시는 그의 유려한 말솜씨에 금방이라도 설득당할 듯 희망을 주면서도, 이런 확신을 얻기 위해서는 다시 한 번 만나 다시 한 번 이야기를 나눠야 할 여지를 계속 남겼기 때문이었다. 그녀는 헤어질 때마다 번번이 마음속에 뭔가 석연치 않은 구석이 남았고, 이를 제거할 유일한 방법은 다시 그를 만나 반 시간 정도 이야기를 나누는 것뿐이었다. 이런 식으로 그와 함께할 시간이 확보되었고, 나머지는 순차적으로 뒤따랐다. 그들은 에드워드에 대해 이야기하는 대신, 점차 로버트에 대해서만 이야기하게 되었다. 이런 주제라면 그는 언제든 할 말이 많았고, 이내 그녀도 그에 버금가는 관심을 내비치기 시작했다. 간단히 말해, 그가 형을 완전히 밀어냈다는 사실은 두 사람 모두에게 빠르게 명백해졌다. 그는 자신의 정복이 뿌듯했고, 형을 속인 것이 뿌듯했고, 어머니의 허락 없이 몰래 결혼한 것이 아주 뿌듯했다. 그 직후에 일어난 일은 알려진 바대로다. 그들은 돌리시에서 몇 달간 아주 행복하게 지냈다. 그녀에게는 도도하게 무시할 친척들과 친지들이 많았고, 그는 웅장한 코티지를 위한 설계도를 여러 장 그려댔으니까. 이후 런던으로 돌아온 그들은 루시의 주도하에 그냥 용서를 비는 간단한 방식을 채택하기로 했고, 이를 통해 페라스 부인의 용서를 얻어냈다. 그 용서라는 건, 당연한 일이지만, 처음에는 로버트에게만 해당되었다. 루시는 그의 어머니에게 아무런 의무도 진 게 없고, 따라서 어떤 의무도 저버릴 게 없었지만, 어쨌거나 그보다 몇 주 더 용서를 받지 못한 채 지내야 했다. 하지만 행동에서나 전갈에서나 끈질기게 낮은 자세를 취하고, 로버트의 잘못에 대해 자신을 탓하고, 매정한 대우마저도 감사하게 받아들이자, 이윽고 거만한 눈길이나마 관심을 얻게 되었다. 그녀는 부인의 자애로움에 몸을 가누지 못했고, 이후 빠른 속도로 최고의 애정과 영향력을 누리게 되었다. 루시는 로버트나 패니에 못지않게 페라스 부인에게 필요한 존재가 되었다. 에드워드는 한때 그녀와 결혼하려 했던 죄를 진심으로 용서받지 못했고, 엘리너는 재산에서나 태생에서나 그녀보다 우월함에도 불구하고 침입자로 얘기된 반면, 그녀는 모든 면에서 어여쁜 며느리로 간주되고 언제나 그렇게 공공연히 인정받았다. 그들은 런던에 정착했고, 페라스 부인한테서 아주 후한 지원을 받았으며, 대시우드 부부와도 상상 가능한 최고의 관계를 유지했다. 패니와 루시 사이에 끊임없이 시기와 악감정이 존재했고 당연히 남편들도 이에 가담했다는 사실이나, 로버트와 루시 본인들 사이에 툭하면 가정불화가 일어났다는 사실만 제외하면, 그들이 함께 살아가는 화목함에 비할 것은 아무것도 없을 터였다.

에드워드가 어떤 행동을 했기에 장남의 권리를 박탈당했는지, 많은 사람들은 사연을 알게 되면 이해가 되지 않았을 것이다. 또한 로버트가 어떤 행동을 했기에 그 권리를 물려받게 되었는지, 더더욱 이해가 되지 않았을 것이다. 하지만 이것은 원인보다는 결과에서 정당화될 일이라고 하겠다. 왜냐하면 로버트의 생활 방식이나 말하는 투로 봐서는, 형한테 돈이 너무 적게 갔다든지 자기한테 너무 많이 왔다든지 하는 식으로, 자신의 소득 수준을 후회하는 낌새는 전혀 없었기 때문이다. 에드워드 역시 모든 점에서 자신의 임무를 기꺼이 수행한다든가, 아내와 집에 대한 애정이 점점 더 커진다든가, 한결같이 기분이 명랑하다는 점 등으로 판단하면, 동생 못지않게 자신의 운명에 만족하고 있으며, 동생 못지않게 그런 운명을 맞바꿀 의도가 없어 보였다.

엘리너는 결혼을 했지만 바턴 코티지를 완전히 쓸모없게 만들지 않는 선에서 최소한으로 가족과 떨어져 지냈다. 어머니와 자매들이 절반이 훌쩍 넘는 시간을 그녀와 함께 보냈기 때문이었다. 대시우드 부인이 델라퍼드를 자주 방문하는 데에는 즐거움뿐만 아니라 전략적 동기도 있었다. 메리앤과 브랜던 대령을 엮어주고 싶은 그녀의 마음은 앞서 존이 밝힌 것보다는 금전적 목적이 덜했지만 열성적이기는 그에 못지않았다. 이제 이것은 그녀에게 꼭 이루고픈 목표였다. 딸과 함께하는 시간이 소중하긴 했지만, 훌륭한 친구에게 그 한결같은 즐거움을 넘겨주는 것만큼 그녀가 바라는 바도 없었다. 메리앤이 델라퍼드 저택에 정착하는 것을 보고 싶은 마음은 에드워드와 엘리너 역시 마찬가지였다. 그들 각자 대령의 슬픔과 그에게 입은 은혜를 느꼈고, 다들 동의하는 바, 메리앤은 이 모든 것에 대한 보상이 될 터였다.

그녀를 상대로 결성된 이런 연합 세력에다, 그녀 자신도 너무나 잘 알고 있는 그의 선량한 성품에다, 다른 사람들은 이미 오래전에 알아챘지만 본인은 이제야 드디어 깨닫게 된, 자신을 향한 그의 애틋한 사랑에 대한 확신까지, 이 모든 것 앞에 그녀가 무엇을 할 수 있으랴.

메리앤 대시우드는 특이한 운명을 타고 태어났다. 그녀는 자신의 의견이 그릇되었음을 깨닫고, 자신이 소중히 여겼던 좌우명들을 행동으로써 부정하도록 태어난 운명이었다. 열일곱이라는 늦은 나이에 품게 된 애정을 떨쳐낼 운명, 그리고 강한 존경심과 끈끈한 우정에 불과한 감정만을 지니고서 다른 이에게 자발적으로 손을 내어줄 운명! 게다가 그 상대는 지난날의 사랑 때문에 그녀 못지않게 고통을 겪었던 남자, 불과 2년 전만 해도 그녀가 결혼을 하기에는 너무 늙었다고 생각했던 남자, 아직도 건강을 지키기 위한 수단으로 플란넬 조끼를 찾는 남자가 아니던가!

하지만 실상이 그러했다. 그녀는 한때 허황되게 자신하고 기대했던 것처럼 저항할 수 없는 열정에 몸을 바치는 대신, 또한 이후에 좀 더 차분하고 건전한 판단력으로 결심했던 것처럼 영영 어머니와 함께 살면서 은둔과 학문에서 유일한 즐거움을 구하는 대신, 열아홉 나이에 새로운 애정을 받아들여 새로운 가정에서 새로운 임무를 맡게 되었으니, 한 남자의 아내이자, 한 가족의 안주인이자, 한 마을의 후원자가 된 것이었다.

이제 브랜던 대령은 행복했다. 그를 가장 사랑하는 모든 이들이 그에게 마땅히 주어져야 한다고 믿는, 그 정도의 행복이었다. 메리앤을 통해 그는 지난날의 모든 고통을 위로받았다. 그녀의 애정을 얻고 그녀와 함께하면서 그의 마음은 생기를, 그의 정신은 유쾌함을 되찾았다. 또한 메리앤이 그에게 행복을 안기면서 그녀 본인도 행복을 찾았다고, 그들을 지켜보는 모든 이들은 확신하고 기뻐했다. 메리앤은 반쪽짜리 사랑은 못 하는 사람이었다. 그리하여 때가 되자 한때 윌러비에게 그랬던 것만큼이나 남편에게 온 마음을 바치게 되었다.

윌러비는 그녀의 결혼 소식을 듣고 마음의 고통을 느끼지 않을 수 없었다. 게다가 얼마 뒤 스미스 부인이 자발적으로 용서를 베풀면서 그의 벌은 완성되었다. 부인은 그가 인품 있는 여성과 결혼했기 때문에 너그러움을 베푸는 것이라 말했는데, 이 말인즉 그가 메리앤에게 신의를 지켰더라면 행복과 부를 한꺼번에 얻었을 거라는 이야기였으니까.

그의 그릇된 행실은 이런 식으로 스스로 벌을 받았으니, 그가 자신의 행실을 진심으로 뉘우쳤다는 것은 의심할 필요가 없겠다. 또한 그가 오랫동안 브랜던 대령을 부러워하고 메리앤을 아쉬워했다는 것도. 하지만 그가 영원히 슬픔을 가누지 못했다거나, 사교계를 떠났다거나, 습관적으로 우울한 기질을 갖게 되었다거나, 상심한 나머지 죽었다거나 하는 것은 믿을 바가 못 된다. 이 중 그에게 해당되는 것은 하나도 없었으니까. 그는 살면서 기운을 차렸고 자주 즐거움도 누렸다. 그의 아내가 항상 기분이 언짢은 것은 아니었고, 그의 집도 항상 불편하지만은 않았다. 그는 말과 개를 여럿 키우면서, 또한 온갖 재미를 좇으면서, 가정에서 얻을 수 있는 행복을 적잖이 누렸다.

하지만 메리앤에 대해서는, 그녀를 잃고도 잘 살아가는 무례를 저질렀음에도 불구하고, 언제나 확고한 애정을 간직하고 있었기에, 그녀에게 일어나는 모든 일에 관심을 기울이고 그녀를 완벽한 여성의 기준이라고 남몰래 여기고 있었다. 훗날 새로이 떠오른 수많은 미인들도 브랜던 부인에게는 비할 바가 아니라며 그에게는 무시를 당할 터였다.

대시우드 부인은 현명하게도 델라퍼드로 옮기려 들지 않고 그냥 코티지에 머물렀다. 존 경과 제닝스 부인에게는 다행스러운 일이, 메리앤을 떠나보내고 나자, 마거릿이 춤을 추기에 아주 적당한, 그리고 애인이 생겨도 크게 부적절하지는 않을 만한 나이가 된 것이었다.

바턴과 델라퍼드 간에는 강한 가족애에 자연스레 뒤따르는 끊임없는 교류가 있었다. 그리고 엘리너와 메리앤이 지닌 미덕과 행복 중에 결코 중요성이 폄하되어서는 안 되는 것이 있으니, 그들이 자매지간임에도, 또한 엎어지면 코 닿을 거리에 살면서도, 서로 간에 불화한다거나 남편들 사이를 소원하게 만든다거나 하는 일 없이 살 수 있었다는 점이다.

일상이라는 작은 세계 속에서 삶을 그린 예술가

권민정(번역가)

몇몇 습작과 미완성 원고들을 제외하면, 제인 오스틴이 마흔 두 해 짧은 생을 살며 남긴 작품은 장편소설 여섯 편에 불과하다. 1811년 출간된 첫 소설 《이성과 감성》을 비롯, 《오만과 편견》(1813), 《맨스필드 파크》(1814), 《에마》(1815) 등 살아생전 발표한 소설 네 편과, 사후인 1818년 출간된 유고작 《노생거 수도원》, 《설득》이 전부이다. 그럼에도 그녀의 작품은 2백 년이 지난 오늘날까지 변함없이 사랑받고 있으며, 매년 영화와 드라마로 꾸준히 제작되어 인기가 날로 높아지고 있다. 1999년 영국 BBC 방송국이 20세기를 마감하며 '지난 천 년간 가장 위대한 문학가'를 묻는 설문을 실시했을 때 오스틴은 셰익스피어에 이어 2위에 오르는 영예를 누렸다. 오늘날 '제인주의자(Janeite)'라는 용어가 사전에 등재될 만큼 열혈 독자층을 거느린 그녀지만, 작품이 발표되던 당시에는 이와 같은 명성을 누리지 못했다.

　제인 오스틴은 1775년 12월 16일 영국 햄프셔 주의 시골 마을 스티븐턴에서 8남매 중 일곱째로 태어났다. 그 지역 교구 목사였던 아버지는 자식들에게 학문을 사랑하도록 가르쳤다. 제인은 어린 시절부터 다양한 습작 활동을 하면서 자신이 쓴 글을 가족과 친구 앞에서 낭독했고, 형제자매와 함께 가족 연극을 공연하기도 했다. 가장 가까운 벗은 언니 커샌드라였는데, 둘은 일생을 독신으로 살면서 서로 의지했다. 작품 속에서도 드러나듯, 당시 미혼 여성들은 아버지와 형제들에게 의존해 생활할 수밖에 없었다. 따라서 그들에게 결혼은 비단 애정의 문제일 뿐 아니라 경제적으로 중요한 문제였다. 제인 오스틴에게도 연애와 결혼의 기회가 몇 번 찾아왔다. 스무 살이던 1795년에는 톰 르프로이라는 아일랜드 청년과 사랑에 빠졌다가 르프로이 집안의 반대로 헤어지는 아픔을 겪었다. 스물일곱이던 1802년에는 지역 명문가의 상속자였던 해리스 빅위더에게 청혼을 받고 승낙했다가 다음 날 다시 거절했다는 일화도 전해진다. 이후 그녀는 독신으로 지내면서 작품 활동에 열중했다.

제인 오스틴이 《이성과 감성》을 처음 집필한 것은 스무 살이었던 1795년 무렵이라고 알려져 있다. 원래는 서간체 형식에 제목도 〈엘리너와 메리앤〉이었으나, 이후 이를 서술체로 바꾸고 《이성과 감성》이라는 제목으로 출간했다. 제인 오스틴의 여타 작품들처럼 《이성과 감성》 역시 당대 중상류 계층의 남녀가 서로 사랑에 빠지고 시련을 겪고 결혼에 이르는 과정을 그리는데, 현실적인 묘사와 반짝이는 위트가 유난히 돋보이는 작품이다.

제목에서 드러나듯, 주인공인 두 자매는 각각 이성과 감성을 대변하는 인물로 그려진다. 언니인 엘리너가 신중한 판단력과 자제력을 지닌 반면, 동생인 메리앤은 뜨거운 감정과 거침없는 표현 방식을 지니고 있다. 그렇다고 두 자매가 오로지 한쪽 성향만을 타고난 것은 아니다. 엘리너 역시 감정의 깊이는 메리앤 못지않다. 처음 등장하는 장면에서 오스틴은 그녀를 이렇게 묘사한다. "성품은 다정했고, 감정은 강렬했다. 하지만 감정을 어떻게 다스리는지도 알고 있었다." 메리앤 역시 이해력의 깊이는 엘리너와 맞먹는다. 오스틴은 그녀를 "이지적이고 영리했다. 하지만 매사에 지나치게 열성적이었다. 그녀의 슬픔, 그녀의 기쁨은 적절한 선을 몰랐다"라고 묘사한다. 다시 말해 두 자매는 이성과 감성 중 어느 한쪽이 결핍되어 있다기보다는, 서로 다른 삶의 가치관에 따라 이성적으로 감성적으로 서로 다른 선택을 하게 되는 것뿐이다.

그들의 이야기는 아버지가 사망하면서 시작된다. 아버지의 갑작스러운 죽음으로 인해 의붓오빠에게 전 재산이 넘어가고 자매는 살던 집에서 쫓겨날 처지에 놓인다. 이 장면에서 두 자매가 대처하는 방식은 향후 그들이 새로운 역경 앞에서 어떻게 행동할지를 압축적으로 드러낸다. 메리앤이 "슬픔 앞에 온

몸을 내던졌고, 조금이라도 그럴 만한 여지가 보이면 더 비참해지려 애썼으며, 앞으로 결코 마음의 위로를 얻지 않겠다고 다짐"한 반면, 엘리너는 슬픔이 깊은 와중에도 "노력할 수 있었고 힘을 낼 수 있었다. 오빠와 함께 상의하고, 올케가 도착하면 맞이하고, 적절한 예의를 갖춰 대접할 수 있었다"고 묘사된다.

두 자매는 비슷한 시기에 사랑에 빠졌다가 각각 실연의 아픔을 겪게 된다. 엘리너는 올케의 남동생인 에드워드 페라스의 소박하고 사려 깊은 성품에 사랑을 느끼고 그 사랑이 상호적인 것이라고 확신하지만, 에드워드가 이미 루시 스틸과 비밀 약혼을 했다는 사실을 알고서 절망한다. 메리앤은 빼어난 외모에 유려한 언변을 지닌 존 윌러비를 운명의 상대라 여기고 열렬한 사랑에 빠지지만, 윌러비는 경제적 이유로 인해 그녀를 버리고 재력 있는 여성과 결혼한다. 실연의 아픔 앞에서 두 자매는 확연히 다른 태도를 보여준다. 엘리너는 주변 사람들에게 감정을 숨긴 채 혼자서 슬픔을 삭인다. 이루어질 수 없는 사랑에 마음이 무너져 내리는 와중에도 가족을 돌보고 사교적 의무를 다한다. 반면 메리앤은 사랑이 열렬했던 만큼 실연의 아픔도 강렬하게 드러낸다. 모든 이들이 안타까워할 정도로 절망하고 급기야 죽음의 문턱에 이를 정도로 자신을 방치한다.

작품 내내 주변 사람들을 배려하기만 했던 엘리너가 에드워드의 비밀 약혼 소식이 세상에 알려진 뒤 처음으로 감정을 터뜨리는 장면은 일종의 카타르시스를 안긴다. 메리앤이 실연의 아픔을 무던하게 견뎌내는 듯 보이는 언니에게 에드워드를 향한 사랑이 그다지 깊지 않았나 보다, 라고 말하자 그녀는 비통하게 절규한다. 가족을 위해, 도리를 위해 감정을 억눌렀을 뿐, 자신의 사랑 역시 메리앤 못지않게 깊었다고, 그녀 역시 메리앤 못지않게 불행했다고. 그리고 이 대목을 기점으로 메리앤은 바뀌게 된다. 그녀는 열정과 솔직함이라 생각했던 자신의 감정이 사실은 이기적이었음을 깨닫게 되는 것이다.

작품은 언뜻 이성과 감성을 대척점에 두고 그 둘의 조화를 강조하고 있는 듯 보이지만, 실상 그것들의 대상이 무엇인지를 눈여겨볼 필요가 있다. 이성과 감성의 대상이 타인을 향해 열려 있는지, 아니면 오직 자기 자신만을 위한 것인지. 흔히들 '차가운 이성과 뜨거운 감성'이라고 말하지만, 상대를 향한 진실함과 배려가 존재할 때 차가운 이성이 뜨거운 이성이 될 수 있음을, 그리고 타인을 향한 도리를 도외시한 채 자기애에 파묻힐 때 뜨거운 감성이 차가운 감성이 될 수 있음도.

주인공들이 젊음의 통증을 겪으며 성장하는 동안, 주변 인물들의 활약이 두드러진다. 감초 역할을 톡톡히 하는 조연들 덕분에 작품 곳곳에서 위트가 반짝인다. 자매의 의붓오빠인 존 대시우드 부부는 경제적 속물이다. 존은 임종을 앞둔 아버지의 당부에 따라 의붓어머니와 여동생들을 돕겠다고 약속하나, 약삭빠른 아내와 대화를 나누는 과정에서 차츰 마음을 바꾼

다. 여동생 각자에게 1천 파운드씩 선물하겠다고 마음먹었다가, 그 금액이 5백 파운드, 1백 파운드, 50파운드로 계속 줄어들더니 급기야 돈보다는 가끔씩 사냥물이나 선물해야겠다고 결론 내리는 장면은 너무나 사실적이면서 씁쓸한 웃음을 안긴다.

존 미들턴 경과 레이디 미들턴은 서로 상반되는 기질을 지닌 부부다. 남편이 소탈하고 오지랖이 넓은 반면, 아내는 우아함과 예법을 최우선으로 여긴다. 장모인 제닝스 부인이 오히려 사위와 기질이 흡사하여, 둘은 작품 내내 유쾌한 조합을 이룬다. 파머 부부 역시 서로 상반되는 기질을 보인다. 남편이 무례하고 무뚝뚝한 반면, 아내는 주책없고 애교가 넘친다. 남편이 아무리 타박해도 부인이 아랑곳없이 즐거워하는 장면은 엉뚱한 재미를 선사한다. 낸시와 루시 스틸은 처세술과 아부에 능한 자매로, 본인들의 처지가 기울다 보니 부유한 사람들의 비위를 맞추고 환심을 얻는 데 온갖 노력을 기울인다. 이외에도 본인의 재력을 바탕으로 독선과 오만을 떨치다 결국 제 발등을 찍고 마는 페라스 부인, 겉멋에 사로잡힌 채 내면은 텅텅 빈 로버트 페라스 등, 각자 다른 인성과 가치관을 지닌 인물들이 작품에 재미를 더한다.

제인 오스틴은 그들을 통해 상류층의 자만심과 허영심을 날카롭게 풍자한다. 아무리 우아한 예의범절을 갈고닦은들, 아무리 최신 유행과 멋진 마차로 자신을 치장한들, 그리고 아무리 으리으리한 저택과 하인으로 재력을 과시한들, 결국 진정한 교양과 품위는 내면의 자존감과 상대에 대한 따뜻한 배려에서 나온다는 사실을 깨닫게 한다. 어려움에 빠진 먼 친척에게 선뜻 도움의 손길을 내미는 존 미들턴 경, 열병에 걸린 메리앤을 살뜰하게 보살펴주는 제닝스 부인은 겉보기에 예법이나 교양과 거리가 먼 인물들임에도 오히려 인간으로서의 진정한 가치를 엿보게 한다.

제인 오스틴은 작품에서 돈과 관련된 사항을 비교적 정확하게 기술한다. 또한 여성들에게 절대적으로 불리했던 상속 제도, 당시에 몰아쳤던 낭만주의 열풍과 회화적 자연미, 중상류층 여성들의 일상과 취미 활동 등을 섬세한 시각으로 보여준다.

　이번 번역 작업에서는《주석판 이성과 감성》의 도움을 많이 받았다. 과거와 현재 용법이 달리 쓰이는 어휘들, 당대의 관습과 예법, 정치적 경제적 상황 등에 대한 설명이 자세히 실려 있어 오역을 피할 수 있었다. 작품 이해에 도움이 될 만한 내용들은 옮긴이 주로 구성했다.

　《이성과 감성》은 이미 영화와 드라마로 제작되어 있어 영상의 도움도 많이 받았다. 1995년에 나온 이안 감독의〈센스 앤드 센서빌리티〉, 2008년에 영국 BBC에서 제작된〈이성과 감성〉을 참고했다. 작품에 등장하는 코티지와 시골 풍경을 눈으로 확인할 수 있다.

제인 오스틴이 작품 활동을 하던 시기는 유럽이 전쟁에 휘말렸던 시기였다. 1789년 프랑스 대혁명이 일어났고, 영국은 프랑스와 빈번한 전쟁을 치르고 있었다. 이러한 격변기에 시대의 흐름과는 상관없이, 작은 시골 마을에서 중상류층 젊은이들의 연애와 결혼에 대해 그려낸 그녀의 작품들은 역사적, 사회적 의식이 결여되었다는 비판을 받기도 했다. 또한 지나치게 현실적인 결혼 조건을 묘사한 탓에 속물스럽다는 비판도 받았다.

그러나 그녀는 섬세한 관찰력과 묘사력으로 당대 중류층 가정과 사교계의 일상을 더없이 사실적으로 그려냈고, 이와 더불어 경제적으로 종속된 여성들의 지위, 결혼을 통한 부의 증식과 신분 상승 등을 날카롭게 풍자했다. 당대 저명한 소설가였던 월터 스콧 경은 일상의 사건과 감정을 묘사하는 오스틴의 탁월한 능력과 리얼리즘을 극찬했고, 훗날 소설가 헨리 제임스는 그녀를 셰익스피어, 세르반테스, 헨리 필딩과 더불어 "삶을 그려낸 뛰어난 예술가들"의 반열에 올리기도 했다.

가족과 친지로 이루어진 작은 세상 속에서 일상을 관찰하고 인간성을 탐구한 제인 오스틴. 그녀의 작품이 2백 년이 지난 오늘날까지도 널리 사랑받는 것은 아무리 시간이 흘러도 삶의 본질적인 요소는 바뀌지 않기 때문이 아닐까. 상대의 애정을 갈구하고, 결혼의 조건을 따지고, 신분의 상승을 꿈꾸고, 온갖 다양한 방식으로 저마다의 행복을 찾고자 하는 다양한 인간 군상은 과거에도 오늘날에도 여전히 존재할 테니까.

12월 16일 영국 햄프셔 주 스티븐턴에서 교구 목사 조지 오스틴의 일곱째 딸로 태어남.	1775
가족이 함께 첫 가족 공연으로 〈머틸다〉 상연.	1782
언니 커샌드라와 함께 옥스퍼드의 콜리 부인 기숙학교에 입학. 같은 해 콜리 부인을 따라 사우샘프턴으로 옮겨 갔으나 장티푸스에 걸려 학업을 중단하고 집으로 돌아옴.	1783
가족 공연으로 리처드 셰리든의 〈경쟁자들〉 상연. 이러한 공연을 통해 특유의 풍자와 유머가 싹틈.	1784
언니와 버크셔 주 레딩에 있는 레딩 수도원 여자기숙학교에서 수학. 많은 문학 작품을 접하기 시작함.	1785
학교를 그만두고 아버지와 두 오빠에게 독서와 작문 지도를 받음.	1786

친구나 가족에게 자신의 작품을 들려주는 것에 흥미를 느끼고 소설 습작을 시작함.	1787
6월 초기 습작 가운데 하나인 〈사랑과 우정〉을 탈고.	1790
초기 습작 〈레슬리 캐슬〉과 〈이블린〉 탈고 후 〈캐서린 혹은 은신처〉의 집필을 시작.	1792
〈찰스 그랜디슨 경 혹은 행복한 사람〉이라는 짧은 희곡을 쓰기 시작함.	1793
서간체 소설 〈레이디 수전〉 집필.	1794
첫 장편소설 〈엘리너와 메리앤〉을 집필. 12월 이웃의 조카인 톰 르프로이를 만남. 막 대학을 마치고 삼촌 댁에 방문차 와 있던 톰과 각별한 친분을 쌓음.	1795
1월 톰이 런던으로 떠남. 10월 《오만과 편견》의 초고인 〈첫인상〉 집필 시작.	1796
〈첫인상〉을 탈고하고 〈엘리너와 메리앤〉을 바탕으로 《이성과 감성》을 쓰기 시작함. 아버지의 권유로 〈첫인상〉을 출판사에 보냈으나 거절당함.	1797
《노생거 수도원》의 초고인 〈수전〉 집필 시작.	1798
가족과 함께 바스로 이사.	1801
여섯 살 연하인 해리스 빅위더에게 청혼을 받고 승낙했으나 하루 만에 마음을 바꾸어 거절함.	1802
크로스비 출판사에 〈수전〉을 10파운드에 팔았으나 출판되지 못함.	1803

1월 아버지 조지 오스틴 사망. 전해부터 집필 중이던 〈왓슨 가족〉을 중단.	1805	
어머니, 언니와 함께 사우샘프턴으로 이주.	1806	
아내를 잃은 셋째 오빠 에드워드의 권유로 초턴으로 이사.	1809	
출판업자 토머스 에저턴과 《이성과 감성》 출판 계약.	1810	
10월 넷째 오빠 헨리 부부가 거주하는 런던에 기거하며 《이성과 감성》 출간. 《맨스필드 파크》 집필을 시작함.	1811	《이성과 감성》
《오만과 편견》의 판권을 110파운드에 에저턴에게 넘김.	1812	
《오만과 편견》이 큰 호평을 받음. 런던에 계속 머물며 이후 모든 작품을 익명으로 출간.	1813	《오만과 편견》
1월 《맨스필드 파크》 출간. 《에마》의 집필을 시작함.	1814	《맨스필드 파크》
10월 《에마》의 출간 직전, 섭정공(훗날 조지 4세)의 도서관장으로부터 《에마》를 섭정공에 헌정할 것을 권유받고 동의함. 12월 《에마》 출간.	1815	《에마》
《설득》 초고 완성. 건강이 악화되기 시작함.	1816	
〈샌디턴〉을 쓰기 시작했지만 건강이 악화되어 중단함. 5월 요양을 위해 윈체스터로 이주. 7월 18일 42세의 나이로 영면, 윈체스터 성당에 안장됨. 12월 출판업자 머리가 《노생거 수도원》과 《설득》을 묶어서 출판함.	1817	《노생거 수도원》 《설득》

머리가 《노생거 수도원》과 《설득》의 판본을 폐기.	1820
리처드 벤틀리가 남아 있던 오스틴의 판권을 사들여 12년 만에 5권으로 출간.	1832
최초의 제인 오스틴 전집 출간.	1833
조카인 제임스 에드워드 오스틴 리가 출판한 전기 《제인 오스틴 회상록》 2판에서 〈레이디 수전〉과 〈왓슨 가족〉, 그리고 〈샌디턴〉 원고의 일부를 수록.	1871
《샌디턴》 출간.	1925 《샌디턴》

옮긴이 **권민정**

이화여대 영어교육학과와 동대학 통번역대학원 한영번역학과를 졸업했다. 현재 전문번역가로 일하고 있으며, 옮긴 책으로 워싱턴 어빙의 《슬리피 할로의 전설》, 캐런 러셀의 《늪 세상》, 레이프 엥거의 《강 같은 평화》, 오스네 사이에르스타드의 《카불의 책장수》, 로알드 달의 《개조심》, 트레이시 슈발리에의 《버진 블루》 《여인과 일각수》 등이 있다.

이성과 감성

초판 1쇄 발행일 2016년 10월 27일
초판 5쇄 발행일 2023년 2월 24일

지은이 제인 오스틴
옮긴이 권민정

발행인 윤호권
사업총괄 정유한

편집 박고운 **디자인** 전경아 **마케팅** 윤아림
발행처 ㈜시공사 **주소** 서울시 성동구 상원1길 22, 6-8층(우편번호 04779)
대표전화 02-3486-6877 **팩스(주문)** 02-585-1755
홈페이지 www.sigongsa.com / www.sigongjunior.com

ISBN 978-89-527-7712-6 04840
ISBN 978-89-527-7711-9 (세트)

*시공사는 시공간을 넘는 무한한 콘텐츠 세상을 만듭니다.
*시공사는 더 나은 내일을 함께 만들 여러분의 소중한 의견을 기다립니다.
*잘못 만들어진 책은 구입하신 곳에서 바꾸어 드립니다.